王在野

星光照进孤独　著

九州出版社
JIUZHOUPRESS

图书在版编目（CIP）数据

王在野 / 星光照进孤独著. -- 北京：九州出版社，
2025. 3. -- ISBN 978-7-5225-3663-7

Ⅰ. I247.5

中国国家版本馆CIP数据核字第202566YD40号

王在野

作　　者	星光照进孤独　著	
责任编辑	周红斌	
出版发行	九州出版社	
地　　址	北京市西城区阜外大街甲35号（100037）	
发行电话	（010）68992190/3/5/6	
网　　址	www.jiuzhoupress.com	
印　　刷	三河市中晟雅豪印务有限公司	
开　　本	710毫米×1000毫米　16开	
印　　张	30.5	
字　　数	447千字	
版　　次	2025年3月第1版	
印　　次	2025年3月第1次印刷	
书　　号	ISBN 978-7-5225-3663-7	
定　　价	88.00元	

目 录
Contents

寇据金銮王在野

我比世界上任何一个人都讨厌我，对自己没有一丝一毫的同情。无论我遭遇什么厄运，受到什么侮辱，遇到什么困难，我都觉得不解气，直到那个人出现。我知道自己不好，但不知道具体哪儿不好，更没想过改。我打算破罐破摔，最后跌落谷底，一了百了，直到那个人出现。在被他救赎以前，我并不知道自己是需要被救赎的。

我叫易若然，今年十九岁，是大学一年级学生。人人都夸我长得美，我却深感被容貌所累。我是个落落寡合、消极厌世的人，抗拒所有人靠近，容貌却让我频频被人打扰，非要我露出冷酷的一面才行。在碰了无数钉子后，那些人总算明白了，长得好看没用，这个女孩脾气坏透了，一点都不讨人喜欢。我终于能清静一会儿了。我不希望任何人喜欢我，因为我没有同等的感情可以回馈，又不想欠人家的。

室友叫我："易若然，该去上课了。"

同宿舍共四个女生。她们三个本来不怎么打扰我，自从室友林小雨跳楼自杀后，徐傲朵和肖添添开始对我嘘寒问暖，像是怕我也自杀。从我的石头心中寻找温情是她们做过的最愚蠢的事。我不想理她们，但倘若不理，她们便没完没了。

我拿起书，跟着她们走出门，一脚迈出，突然，周围全黑了。怎么回事？大白天的，天怎么突然黑了，且黑得这么快，这么彻底，伸手不见五指。我冒出一个念头：我瞎了！我的手指几乎戳到脸上，却看不见。我叫："徐傲朵！肖添添！"室友在我前面几步远的地方，应该能听到我的呼喊。但，无人回应。

随身物品都不见了，课本、笔、钥匙、手机统统消失。我摸摸身上，衣服倒是没变。这究竟是怎么回事？

我向前摸索，指尖一片虚无。身处黑暗，脚下虽然平坦，我依然走得深一脚浅一脚。不知走了多久，远处出现一个光点，像是黑夜中唯一的星。我向亮处走去，光点越来越大，似无形的聚光灯从空中照射，光明处是一个男人高大的背影。他离我很远，没发现我。他的周围依然是一片漆黑。我怀疑自己在做梦，但我并未入睡啊。

我不敢靠近他，向相反方向走，暗想，刚进入黑暗时，假如我不是往前走，而是后退，或许能退出这怪异的地方。

我一路摸索着。黑暗中没有参照物，想找回原来的路根本不可能，连走直线都困难。"咚"。我撞到了什么东西，摸了摸，是一扇门，凭空出现的一扇门，没有墙，只有门。我小心地拧动把手，打开门，门那边还是黑暗。我咬牙迈步，刚踏进去，阳光晃得我睁不开眼睛，手中的门把手变成了课本。

徐傲朵招呼我："易若然，该去上课了。"

我愣了，四下看看。我在宿舍中，大家正准备去上课，时间仿佛回到了原点。刚才是我的幻觉？我站着睡着了？我伸出手看了看，心里最大的庆幸是——我没瞎。

肖添添回转，向宿舍里探头，说："愣着干吗？快点。"

我走到门边，抬起脚，小心地迈步，脚落在走廊，我回头看门，一切正常。

肖添添问："你在干吗？"

我说："和门告别。"

我在同学们眼中一直是个怪人，他们习以为常，不再问。

晚上，我把经历记在紫色印花笔记本上。过了几日，在我即将把这件事忘了的时候，怪事再次发生了。

我在图书馆上晚自习，离开时，刚推开自习室的门，再次陷入黑暗。一开始我以为停电了，紧接着，我发现随身物品消失了，我又一次进入奇怪的黑暗中。我吸取上次的教训，直接向后退，本以为身后就是门，但我没有碰到任何物品，身后一片虚无。我用胳膊扫，双手挥舞，什么都碰不到。

为什么我一再碰到这种事？门去哪儿了？

我蹚着走路，那个小亮点又出现了。我已有心理准备，向亮点走去。还是那个高大的男人，还是他的背影。我陷入时间循环了？进入这里和离开这里，时间似乎都会回到原点。

我从他背后谨慎地靠近，避免衣服发出摩擦声。

那人一只手背后。我眼神儿不好，远远见他手里拿着红色的东西，猜想是一束鲜花，花瓣飘落。莫非他面对着一个女孩，要送花给她？

再靠近一些，我看清了：他手里拿着一把匕首，匕首沾满鲜血，血正在滴落。

我大吃一惊。见到血我就头晕。我咬紧嘴唇，强迫自己清醒。

男人沉思地望着脚下，我的目光也随之往下。血泊中躺着一个身穿白裙的花季少女。我移步，壮着胆子探头望去，女孩脸色苍白，双目紧闭，而她的五官，天啊，这不是我吗！

这是梦境？是平行宇宙？是预兆？不管怎样，这个男人要伤害我，我必须逃。

我捂住嘴，无声无息地后退。就在这时，男人忽然环顾，发现了我。那是一张年轻的脸，表情冷漠。我掉头就跑，在无尽的黑暗中狂奔，没有路，看不见地面，脚抬起多高，落在什么位置，完全不可预测。我摔倒了，仓皇回顾，虽在黑暗中，仍能看见那个人，他像影子一样跟着我。

年轻人抓住我。我站不起来，用腿又踢又蹬，他按住我的肩，扬起手，匕首闪耀寒光。我尖叫："我不认识你。你是谁，为什么追我？"

年轻人的动作停顿了，他端详我的脸。突然，一袭白得刺眼的长裙如鬼魅般贴近，是那个倒在地上的"我"，她居然活了，还追了过来。我倒吸一口凉气。年轻人察觉有异，未及转身，白衣女子从后面勒住了年轻人的脖子，看得出她用尽了全力，然而年轻人面不改色，纹丝不动。刹那间，从白衣女子身体里又冒出一个白衣女子，依然是我的模样。年轻人猝不及防，被抓伤眉骨，血流进他的眼睛，他看不清楚，顿时落了下风，争斗中，他的匕首掉在地上。

年轻人冲我叫："跑，快跑！"

我惊骇，同时被血刺激得晕眩。

白衣女子对我说："捡起刀，杀了他。"

我不知道该听谁的。

白衣女子说："他要杀我，我就是你，你就眼睁睁看着？快动手！"

我瞪着眼睛，不知所措。白衣女子对我嗤之以鼻，不再指望我。这时，她身上再次冒出一个白衣女子，捡起匕首。三人齐战年轻人。

年轻人冲我大喊："快跑！不要回头。"

我爬起来，迅速跑了。我不知道该往哪儿逃，黑暗是否有边界，总之，我拼命跑，突然，我撞入一扇门，回到了图书馆。我摔在地上，惊恐四顾，心有余悸。旁边的同学把我扶起来。我许久不敢迈步，怕再次跌入黑暗。

到底发生了什么？那个白衣女子为什么和我长得一样？是平行宇宙的"我"向我发出了求救信号吗？他们的角斗结果如何？

疑问困扰着我，好几天不得安睡。室友察觉我的异常，建议我去看心理医生。我神经质地叫："我不去！"她们力劝我。徐傲朵认识一位心理咨询师，她反复强调心理咨询师不是心理治疗师，她坚称她相信我没病。我说："我不做心理治疗，不做心理咨询，什么都不做！"徐傲朵一再保证不会催眠我，不会录音录像。"你以为谁都有催眠的本事？"她揶揄。我眼里显出疯狂，打算以死相搏，她不敢再提。

这天，我正坐在宿舍床上听歌，徐傲朵带来一个女同学，说是她的老乡，学心理学的，"她可不是医生，是个学生。"

我充满戒备。

徐傲朵说："让她跟你聊聊，就当是练手了。"我恼怒。女学生态度温和，问我喜欢坐着聊还是躺着聊。躺着让人放松，遇到突发状况无法及时应对，我以前做心理治疗的时候只肯坐着。不过，我根本不打算跟她聊。

我不理她，背对她们躺在床上，头刚碰到枕头，所有光线都消失了，我站在黑暗中。

这次，我没有进出任何一扇门。那姑娘把我催眠了？我大叫，得不到回应。我摸索着，找了很久，找不到门。

黑暗中有某种光出现，这种光并不明亮，甚至可以说是黑色的，又与黑暗区别开，使得它虽然同属黑暗，依然能被看见。

是那个年轻人。他向我走来，光自他身上发出。

我静静站立。上一次，他要我跑，不像要杀我，况且我跑不过他。在这个陌生的环境中，天时地利人和，我一样都不占。我累了，从身体到心理。如果这是我的宿命，我躲不掉，放弃挣扎。

他打量我，带着几分诧异，问："你在这儿干什么？"

我问："我认识你吗？"

他仔细看我的脸，辨认之意和上次一样。然后，他似乎确认了我的身份，警觉地环视，说："快离开这里。"

"上次你也让我跑。到底怎么了？"

"这里有很多人要杀你，快走！"

我问："包括你吗？"

"包括。所以，别再让我见到你。"

"可我无路可走。我每次都是稀里糊涂进来的，也是稀里糊涂出去的。我已经转了很久，找不到出口。谁要杀我？那个白衣女孩后来怎么样了？她为什么长得和我一样？"

他不答，径自向前走去。我跟着他。他回头，警告地瞪我一眼。

我嗫嚅："你能不能给我些提示，出口在哪儿？"

他答："这附近已经没有出口了。你去别处找吧。"

含糊的话语提供不了任何帮助。简短的回答背后往往隐藏着厌弃，这种态度我见得多了。我生性冷清，最怵人际交往，倘若有人热情待我，我反而害怕，有人讨厌我，我更不会凑上前去。

我正打算走开，他忽然一脸警觉，问："你听到了吗？"

"什么？"我竖起耳朵，四处张望，什么都看不见。

他猛地把我扯到身后，同时，一股劲风从我耳边掠过，待我站稳，他已经捉住了一个东西。我不知道那是什么，因为我什么都没看到，他把外套脱下来，蒙在那个东西上，我才能看到它，它竟然是透明的！外套穿在他身上时是黑色西装，披在那东西上，变作白色斗篷。

"易若然，我要杀了你。"那东西发出人声，居然是我的声音。我起了一身鸡皮疙瘩。

年轻人把她捆起来，责备地对我说："你脑袋里都装了些什么稀奇古怪的！"

我糊涂了。关我什么事？我到现在都不明白发生了什么。

年轻人说："你问我这是什么地方。告诉你，这里是你创造的幻境。"

"什么叫我创造的？"

他说："你讨厌真实世界，幻想生活在一个童话王国。你的想法异常强烈，于是诞生了这个世界。这里是幻境，出自你的想象。"

我问："那个白衣女孩也是我想象出来的？以及，这个？"我指指扭动的白斗篷。

"她们是你在这个世界的分身。每当遇到挫折，你就幻想有一个更好的你代替你解决问题。一旦产生这种想法，就会有一个'你'出现在这里。那个白衣女孩就是其中之一。近年来，幻境中的人越来越多，因为你在现实中的逃避越来越多。"

他说的事过于离奇，我思索了一会儿，强迫自己接受。除此之外，暂时没有更好的解释。的确，我常常幻想有另一个我，代替我面对困难。比如，体育考试时，我希望有一个更强壮的我；与人争执时，我希望有一个能言善辩的我；身处尴尬时，我希望有一个透明的我。

"愿望真的能实现？"我关注的是这个。

他说："你并没有为你的梦想付出努力，天天做白日梦，所以，你的愿望在真实世界不可能实现，不过在幻境中实现了。"

"白衣女孩还活着吗？"

他无情地说："她活着对你没好处。"

我问："你为什么杀她，或者说，'我'？"

他不答。

我问："你是我的仇人？可我不认识你。如果她得罪了你，我替她道歉。她是更好的我，请别伤害她。"

他冷冰冰地说："对，她们每一个都是更好的你，都比你强。"

透明人阴恻恻地笑。

我将在这个世界中遇到许多个"我"，多么神奇，多么……令人紧张。我不擅长与人相处，和自己也无法和平共处。我不喜欢任何人，尤其是自己，想到与自己的会面，我脑海中出现的不是欢声笑语，而是沉寂冷漠，相顾无言，尴尬到极点。

我说："我不想见她们。"

年轻人哼一声，说："最好不见。你不思进取，懦弱无能，总幻想天上掉馅饼，遇到困难就退缩。你在真实世界中的种种，幻境中的分身都看在眼里，她们替你着急，为你担心。终于有一天，其中一个提议，既然你这么废物，何不让更好的'你'取而代之。她们如果去真实世界，一定比你做得好。于是她们想方设法，开启了幻境与现实之间的连接门。"

我问："我进来的那扇？"

他说："不止那扇门。她们同时开启多扇门，你可以进来，她们也可以出去。后来她们发现，只要你在真实世界，她们就无法进入，真实世界只允许存在一个你，所以她们合力将你引入幻境，代替你去往真实世界。"

我听完不觉害怕，反倒觉得轻松。我无法适应真实世界，不管它是残酷还是美好。如果有人能代替我面对，哪怕从此我只能生活在黑暗的幻境中，我也愿意。我说："外面让给她们好了。反正在外面我是个失败者，我愿意待在幻境。"

年轻人的嘴角轻蔑地撇了一下，说："这么轻易就放弃？"

我说："我什么都做不好。有人代替我反倒是好事。"

年轻人说："你只会自我否定？事情不像你想的那样简单。当你被吸入幻境，分身们确实去往真实世界了，但是一旦你回去，时间便倒流，回到你进入幻境前，她们做的一切都化为乌有。于是，她们又萌生了一个想法。"说到这里，他踢了一下透明人，命令她说。

透明人咬牙切齿地说："在幻境中杀掉你，让你无法回到现实，让现实的时间能正常运转。"

我脊背冒寒气。

年轻人说："那天，白衣分身赶往连接门准备猎杀你，今天这个也是。你明白了吗？你想在这里过安逸日子，根本不可能。"

要铲除我的，竟是我自己。我觉得可笑可叹。无论在幻境还是现实，我对自己极不满意，甚至到了想让自己消失的地步，这一点还真是一致。

年轻人说："你得尽快出去。你根本不是她们的对手。连接门出现的地点是随机的。附近曾经出现门的地方我都看过了，没有，你得到其他地方去找。"

透明人瘆人地笑，说："你逃不掉，没用的。"

年轻人捏紧外套，透明人疼得大叫："大人，饶了我吧！"

年轻人对我说："给你个建议，躲进密林或山洞，等想清楚再行动，尽量保住小命。"

"密林、山洞？"他在说什么，我只见到黑暗。

"你忘了你幻想中的国度。"他轻轻一挥手臂，仿佛拉开了一张无形的大幕，一个美丽的王国展现在我眼前。我们正站在乡村的黄土路上，路两旁种植着两米高的向日葵，金灿灿迎着太阳。野花摇曳，姹紫嫣红，蜜蜂和蝴蝶繁忙地飞舞。

此处是丘陵地带，花树绚丽，美得像一幅画。我爬到高处，放眼望去，东边是无垠的碧绿草原，野马在草原上撒欢。不远处有条小溪，清澈见底，鹅卵石上荡漾着阳光照射下的水纹。小溪汇入河流，河水蜿蜒流淌，上游是群山，密林深处飘荡着白色烟岚。微风吹动我的衣裙，柔软的轻纱贴着我的小腿。

风物似曾相识，正是我梦想中的童话王国。能生活在这里是我梦寐以求的，没想到真能实现，岂有离去之理？

他看出我的想法，问："不想出去？"

我说："生活是一场磨难，我在挨日子，盼着能解脱。"

他说："只有你这胆小鬼才这么看。"

如果分身们能在现实中找到生活的乐趣，那的确是她们更适合活在现实。我心意已决，说："我不出去，她们完全不用担心，我要永远留在这里。"

他说："她们不敢让你活着。一旦你回到真实世界，她们的努力就白费了。不管你如何赌咒发誓不离开，她们都要斩草除根，永绝后患。"他望着透明人，"是不是？"

透明人支支吾吾。

我不信，"一定要这样吗？我觉得我能说服她们。毕竟，她们就是我。我知道自己的想法，我是个讲道理的人。杀戮不能解决问题。如果碰到她们，我会提出更好的建议。"

他看我的眼神仿佛在看一个傻瓜。

透明人说："对生命毫无敬畏，对生活毫不珍惜，一味自我否定，只知道逃避！管她干什么？大人，让我杀了她，取代她！"

年轻人一脸厌恶，对我对透明人皆是。

我对旁人的厌恶习以为常。我不需要别人的喜爱或认同。我早知道自己不招人喜欢。我问："你是谁？"

他答："不重要。"

透明人夸张地叫："他？他是大人，是伟大的猎人！专门猎杀分身，死在他手里的'易若然'不计其数。"她语气谄媚，不动声色地挑拨离间。

我的幻境中为什么会出现猎人？我没有幻想过这个人。

我问："你打算把她怎么办？"

透明人浑身发抖，哀求年轻人："别杀我，我还有用。我发誓效忠于您，永不背叛。我这条小命全凭您做主，早晚都是您的，何必现在动手？"

年轻人漠然地说："我从不留活口。"透明人哀鸣一声，晕死过去。

我说："不如留两天，实在没用再杀。"我纵然无情，终究无法坐视"自己"被杀。

"对对对，至尊真身说得对。留我两天命吧。"透明人只是假装晕死，听了我的话赶紧接茬。

年轻人不置可否。我与他告别，满怀欣喜，启程探寻童话王国，而非逃离之门。年轻人神情阴郁，目送我走。

透明人在背后大喊："所有的门都关闭了，除非……"年轻人喝道："住口！"透明人打了个哆嗦，顿时闭嘴。

我不在乎门，只是奇怪年轻人为何阻止透明人指点我。他不是希望我赶快找到门离开吗？

我在树林中穿行，捡一根木棍做手杖，兼为防身，用树枝编一顶帽子防晒，渴了就喝溪水，饿了就摘野果吃。现在大概是正午，影子缩成小小的一团。我拂过嫩绿的草尖，阳光洒在脸上，如同带着温柔的抚触。我越来越爱这里，脚步轻盈，烦恼放空。

"嗖"，一支利箭破空而来，从我耳边飞过，钉在树干上。我猛然记起身处险境，我还没来得及与分身们达成友好协定，目前仍是敌对状态。看来我的行踪已被发现，我迅速蹲下，瞥见旁边的灌木丛，钻了进去。

又是一支箭，射入了灌木丛，与此同时，我发现了弓箭手。她藏在一棵大树后，频频向我射箭。

我纳闷：我们长相相同，她们如何分辨出我不是分身？

此时无暇思索。藏身处已暴露，必须转移，并想办法制服她。此时此刻，要是有另一个……不对不对，我不能再幻想，每次幻想都将产生一个新的敌人。

我把树枝帽摘下来，用一根小树枝支着，放在灌木上。做好伪装，我悄悄绕到女孩身后。她没发现我，继续俯身向灌木丛射箭。射箭这项技能在这个世界有必要吗？

我举起手杖，想击打她的头。我从未打过人，下不了手。这时，女孩伸手摸箭，箭筒空了，她下意识回头看箭筒，一眼看见了我。她闪电般出手，用弓横扫我，力道之大，把我打出半米远。我重重摔在地上。她拔出靴筒中的匕首，飞扑过来，我连忙用手杖去挡。眨眼间，她刺了三下，状若疯狂，狰狞的脸距我咫尺之遥。我被她的速度及凶狠惊呆了，反应不过来，眼见匕首向我的咽喉扎来，用手杖挡已然来不及，突然一个人赶来，用一根麻绳勒住弓箭手的脖子。

又一个分身！

她们扭打在一起，每个人都在拼命，眼睛血红。持麻绳的占了上风。我呆看了两秒，轻叫："别杀她。"持麻绳的扫了我一眼。她的眼神如同看着猎物。她不是来救我的，她是想亲手干掉我！

我翻滚着爬起来，拼命跑，跑了很久很久，直到脚软得摔倒。

她们就是我。原来骨子里我这么狠毒，这么疯狂，为达目的不择手段。这个发现令我深深战栗，我被自己吓到了。它带给我的震撼远胜于我在鬼门关转了一圈。

设想的谈判根本来不及进行，面对她们，我吓得连话都说不出。

附近有溪水的声音，我拖着软得像面条的腿挪到溪水边，俯身要喝水。其实我并不渴，只是必须做点儿什么，让自己尽快镇定下来。溪水倒映我的影子，一张惊慌失措的脸。手剧烈发抖，难以合拢，水从指缝漏下去，到嘴边已所剩无几。我重新捧水，刚要喝，有人低声道："水里有毒。"

是我的声音，从头顶传来。

我的身旁有一棵巨树，树上搭建了一间树屋，从中探出一个头，是一个分身。她居高临下，占尽地理优势。我顿时戒备。

她比我先开口，说："别过来，你敢靠近，别怪我不客气。"

没有安全感，对他人充满敌意，这就是我。我怕她，同样，她也怕我。

她说："白公主在小溪、河流、泉水中都下了毒，已经有三个人因此中毒了。她的目标是你。"

"白公主？"

"对。幻境中有三个分身力量最强，因为你在幻想她们的时候最迫切，感情最强烈。她们分别是黑将军、白公主和红女郎，又称'三女王'，拥有不死之身。"

我问："你们怎么认出我的？"

"你的身上有光，虽然很微弱，像那位大人一样。"

"谁？"

"那个年轻人，你见过的。"

我懂了。没想到我的身上也带着奇怪的光。我问："那年轻人是谁？"

她说："不知道。从连接门出现的那天起他就在了。"

我问："你不想杀我吗？"

她自嘲地笑了。"我？我只是一个擅长考试的你。如果早几年，我或许会想出去，但你的高考已经结束，我还有什么用？我是个胆小鬼，像你一样。"

"你为什么住在树上？"

"躲避危险。我知道你在想什么，没错，我不是为了躲野兽，人比野兽可怕多了。"

我问："幻境中还有其他人？"

她答："除了那位大人，其他都是分身。"

"分身们……互相伤害？"

"人一多就会产生等级。即使都是分身也有强有弱，强的自然就骑到了别人头上。刚才树林里那两个能力最弱，等级最低，受欺负最多，所以迫切想出去。"

她们那么强悍，在这里居然是能力最弱的？

她猜到了我的想法，毫不客气地说："你完全没有胜算。"

我知道。她们是我幻想出来的更好的我，每个人都至少在一个方面比我优秀，这场生死角逐，我已输在起跑线上。

我问："她们为什么自相残杀？"

她答："谁杀了你，谁就有资格代替你。很公平吧？"

这么说，她们组织了一场狩猎竞赛，目标是我，奖品是代替我在真实世界中生活。她们不知道真实世界有多残酷。活在那里有什么好？不过，也许正因为真实世界残酷，她们才要用优胜劣汰的方式决定谁有资格出去。从局外人的角度看，如果只能有一个我，当然应该物竞天择，让更优秀的那个存在才对，而不是这个百无一用的我。

或许我刚才不该跑，束手就擒就完了，然后和她们对话，阐明我的想法。不过，照刚才那个情形，我连发誓留下都来不及，她们动作太快。

她说："你的时间不多了。所有分身都知道你来了，她们正向这边赶来。"

我说："其实我不想离开。"

"这些话你留着跟她们说吧，与我无关。"

至少，现在我知道向谁说了。黑将军、白公主和红女郎，她们在幻境最有话语权。我问："三女王在哪儿？"

"女王当然在城堡。"她疑惑，"你想送死？"

"当然不。我还要领略美景，在这里逛个够呢。不过，早晚得面对她们，需要先打听清楚。"

她说："城堡在东边，与这里隔着草原，草原一马平川，连只兔子都藏不住。建议你向南走，然后折向东。南边是沼泽，敌人不好追击，不过你的危险也大。你自己想清楚。"

"谢谢。"

她冷漠地说："你来了以后这里一团糟。我希望混乱赶快结束。"话音未落，数十支火箭雨点般洒落，点燃了树木和枯草。她叫："骑兵来了！"

我喊："快下来！"

火顺着树干往上蹿。

"你走！快走！都怪你！"她缩进树屋，里面传来翻东西的声音。她在收拾东西？没时间了！火势正在加大，远处有人怪叫着骑马奔袭。

我叫："走啊！"我拍打树干，火苗燎着了我的头发，我赶紧扯断烧焦的部分。她还不出来，一些东西从树屋门口掉下来，野果、一只鞋，还有一把牙刷。

又一拨火箭射来。我不敢耽搁，仓皇逃走，穿过矮树丛，专门挑陡峭的路，防止马追上来。骑兵们围着树屋，不再追我。大火烧到了树冠。我一边逃，一边揪心地回望，心里明白她逃不掉了。团结就是力量，为何自相残杀？我困惑不已，深觉痛心。

草原上出现了另一队骑兵，正在搜寻，我赶紧隐身树丛。她们堵在向南的路上，我只能往北走。

前方出现一座村庄，宁静悠然。一栋栋蘑菇形的彩色小房子宛如童话。我又饿又渴，打算找些吃的，又怕被人捉住。我悄悄进村。家家户户门窗紧闭，上了锁，一个人都没有，难怪如此安静。我在村子里转悠半天，因为无法进屋，什么吃的都找不到。走到村庄边缘，一栋又小又破的危房映入眼帘。这房子也是蘑菇屋，眼看快塌了。如果无人，或许我可以在此过夜。

门半掩，没有门锁。我走进去，不由一惊。房子里只有歪歪扭扭的桌椅，却十分干净，显然有人经常收拾。

我意识到这里有人居住，正要退出，从里面的房间传出一个声音："谁在那儿？"紧接着，一个分身走出来。躲已经来不及了，她正对着我。"谁在那儿？"她又问，脸上带着期盼，又带着惧怕。她的眼珠是灰绿色的，毫无光彩。她看不见。

我稳住情绪，说："你好。我路过这里，想找点吃的。"

她显出一种奇怪的失望之色，失望中似乎又有一分轻松。她说："我只有水，在那边的水壶里，食物两天前就吃光了。请坐。"她摸索着给我倒水，我不忍让一个盲人伺候，但我是客人，不能擅自动她家的东西。

我接过水杯，把水喝得一滴不剩。她听到了，把整个水壶都给我。

我问："村里只有你一个人？"我担心的是其他人什么时候回来。

她说："原本住满了人。自从女王发布了弑神赛，她们都去参加比赛了。"

想都不用想"弑神赛"是什么。我不解，问："这里像仙境一样，为什么大家要去参赛？住在这里不好吗？"

她微笑，说："一听你就是刚进来的。"

我打量她，又打量她的住所，问："是因为食物吗？这里缺食物？林间有鹿，草原有野兔，我看到有人穿得像猎人，你们可以打猎啊。这里还有平原，可以开垦耕地。只要劳动，应该不缺食物。"

盲人含笑摇头。

我问："平时谁照顾你？你的房子为什么这么破？"

她说："房子很破吗？我看不见，这是她们施舍给我的。能让我住在这里已经很好了。"

"你说的她们是谁？村里人？她们照顾你？你不能干活，靠什么吃饭？"我有一肚子问题。

盲人说："她们……有时拿食物给我。"

我十分宽慰。有人照顾她，真好。我说："她们离开多久了，中途没回来？她们大概忘了给你留足够的食物。"

她沉默了一会儿，低声说："食物不是白给的。她们生气了，有火没地撒，就来打我，作为交换，每次打完我，她们都给我食物。"

我如遭雷击。怎么会这样？在我梦想的国度，人们应该友善热忱，互帮互助，幸福快乐。为什么有人明目张胆地打人，而她以挨打为生。这个世界怎么了？！

难怪刚才她露出那么奇怪的表情。她期待来的是一个打人者，期待挨打后得到食物。

我气愤不已。她反倒安慰我："没什么。我只有这点用处，也算物尽其用。"

"不对，这样不对！"

"我什么都做不了，谁愿意养闲人呢。她们的食物也不是白来的。现在已经很好了。我不怨她们。要说怨的话，我只怨一个人。'我不想看这个世界，宁愿当个瞎子'。她心里这样一想，我就出现在这里了。我只怨那个人，懦弱，胆小，只知道逃避。"

我一震，苦涩地说："她肯定想不到会这样。"

"是啊，谁能想到会变成这样。"

我起身，说："我去给你找吃的。"

她吓了一大跳，连忙说："别去其他房子里拿，她们知道了，会打断你的腿。曾经有一个分身路过，像你一样，刚进入这个世界，她饿极了，偷了一片面包，被所有人追着打，后来不知跑哪儿去了。"

她要不提，我还真没想过偷。我想的是，就算要我上山抓熊我也去，不能让她再挨饿了。要不要偷东西？我矛盾极了。不行，即使在幻境中也不能作恶。君子慎独慎微。可是，可是，她们那么坏，遇到弱者不思帮助，反倒打她取乐，还搞得名正言顺，带坏风气。

盲人问："现在是什么季节？"

"啊？"我没注意过。

她脸上露出希冀的光，说："我在房后种下了一棵苹果树，去年秋天结了苹果。如果现在是秋天，就有苹果吃了。只有这些苹果属于我，不用拿什么交换。要是秋天到了就好了。"

我心酸不已，说："是啊，要是秋天到了就好了。"

她摸索着出门，带我到房后看苹果树。呀，我看到了什么——满树红艳艳的苹果！

我惊喜道："秋天，现在是秋天！"她也兴奋地叫："你看到苹果了？结果了？"我们欢叫着抱在一起又蹦又跳。

她找到竹篮，我先摘低处的，摘了满满一篮子，交给她，说："吃吧。"她拿了一个，把篮子推给我。我说："你先吃。"

她说："这是你的报酬。"我不解。她说："我眼睛看不见，去年是别人帮我摘的，一篮苹果，一个归我，其余是她们的报酬。"

我问："去年你一共得到几个苹果？"

她快乐地说："六个。"

我大怒。她遇见的是什么吸血鬼邻居，这样欺负一个盲人！而且，大家都是易若然啊，相煎何太急。我看看她的破房子，再看看周围坚固漂亮的蘑菇屋，恨不得一把火把那些房子烧个精光！

一个社会的文明程度主要看他对弱者的态度。这是什么破世界！

远处的天空发出炸裂般的巨响，天塌地陷一样。我一边安抚盲人一边张望，没看到什么异状。

我把篮子拿进房子，把苹果堆了一桌子，郑重地说："这些都是你的！我再去帮你摘，摘下来的也都归你。我把苹果全摘下来，省得给别人帮你的机会。记住，苹果都是你的！"

她有些惊愕，感动地说："你和她们不一样。你是个好人。"

我摘了一篮又一篮，只剩最高处树杈上的了。我小心翼翼地爬，偶然垂首，看见盲人仰着脸，一脸阳光。她看不见我，但知道我在帮她。我胸口热血翻涌，继续往上爬。树杈恐怕无法支撑我的体重，我不敢再向前，伸长胳膊。只差一点了，这是最后一个苹果，在最接近阳光的树枝上，最高，最红，最艳……

"呀。"盲人忽然惊呼。

我吓了一跳，脚下一挫，整个身体失衡，想抓树杈，已经来不及，我从树上掉了下来。电光石火间，天地忽暗，银波闪现。原来是一袭绣银线黑斗篷裹住了我。我回过神时已站在地上。眼前是那个年轻人。他纵身跃起，再落地时，手里拿着那个红苹果。他把红苹果放在我手里，淡淡看我一眼，一闪身不见了。

盲人问："怎么了？"

"没事。所有苹果全摘下来了。"我忽然觉得奇怪，她那双无神的眼睛似乎在盯着我。我说："你刚才怎么了，忽然叫一声，吓我一跳。"

她准确地抓住了我的手腕！"是你，对吗？真身。"

我无比紧张。

她说："我'看见'你了。就在刚才，你身上发出了光。虽然我瞎了，但我'看见'你了，我忍不住叫了出来。"

我不知所措。光天化日，阳光灿烂，一个瞎子说看见了我身上发出的光。

"别让人发现你。"她拉着我摸索着走进房子，除了我，其他的她依旧看不见。进了房子，她踏实了，洗苹果，摆在我面前，说："快吃吧。"

我此时只想到一句："你不想杀我吗？你最应该离开幻境。"

她露出笑容，说："你指的是出去？我只听别人说过，不敢相信。万一是假的呢，万一出去了我还是个瞎子呢？唯一能肯定的是，我看到了一个很好的你，正直善良，这样的你才配出去，代表我们亮相。你比其他人都好。"

我甚感惭愧。"要是我足够好，也不至于进来了。这是我梦想的地方，我希望生活在这儿。外面太累。有人说活得越认真越累，我活得不认真，我也累。"

"这样啊。"她低头思索，说，"那么，请你到处走走看看，尤其要到城堡去。我没去过城堡，听说那里很美。那里的人大概生活幸福。"

我说："将来我会去的。到时候，我接你过去。"

她点头，说："为了把你困住，她们一定将所有的连接门都关了。但是有一扇门，分身无法关闭，那是这个世界的伊始之门，有它才有整个世界，它是你创造的，第一个分身从那扇门走出来，所以分身们无法关闭它。据说它在城堡的地下深处。"她担忧地说，"最糟糕的是你身上的光，什么都掩盖不住。"

"什么光？我自己看不见。"

"我也说不上来，总之就是有。我不是用眼睛看到的，更像是一种感应。我感受到你的光。"

那还真是糟糕。

我们聊了一夜。清晨，我启程了。她装了满满一袋苹果给我，祝我一路平安。我说："等我安顿下来，我来接你，以后我照顾你。"她微笑挥手，对我的话不作回应。

我继续探索幻境。村庄北边是一个大湖，一望无际，找不到船，无法渡过。我只能折向南方。

沼泽与草原相连，颜色比草原深，被一层薄薄的雾气笼罩着，如果进去，很容易迷失方向。我用手杖杵了杵地面，有的地方是硬的，有的地方松软。倘若步步为营地走过去，不知得走几天才能走出沼泽。我需要食物、水、火把、防虫面罩等一系列补给，而这些现在都不可得。想到沼泽中的瘴气、那些深不见底的泥潭，我感觉做再多的准备也无法通过。

南方不可行，西方是崇山峻岭，目测难以逾越，我考虑向西南进发。西南有几座小山，看起来更好爬。在山中，分身围猎我的难度增加，我更安全。

天黑前，我到达西南方群山脚下。小溪潺潺，我不敢喝水。我必须到上游寻找干净的水。所有下游的植物都可能吸收了有毒的水，所以我也不敢吃野果。

天黑得很快，藏身之处还没找到，天已经黑透了，我实在走不动了。我不擅长攀爬，即使是平缓的山坡也耗尽了我的体力。我倒在一棵树下，力气渐渐流失。

我审视自己。她们说的光是什么？我自己看不到。如果她们能看到，夜色并不能给我掩护，反而会暴露我。

"救命。"微弱的呼救声传来。我握紧手杖，张望着。

"救命。"听起来距离很远。

或许是陷阱，或许在我赶到前她的呼喊已经被野兽听见，或许我根本帮不了她。不要管她。我从来就不是什么善良的人，为何非要在这种时候大发慈悲。然而，呼救声充斥我的耳朵，我甚至出现幻听，四面八方都是哀鸣。

今夜没有月亮，只有漫天繁星，光线极暗。我用手杖一点点试探道路，尽量不发出声响。求救声到底从哪边传来的？因为有山，有树木，回声飘荡，声音一会儿在左，一会儿在右。我找得昏了头，干脆向山顶爬。衣服被树枝刮破，鞋底被某种尖刺刺穿，差一点刺破脚。

我终于到达山顶，确定了声音的方向，黑暗使我看不到下山的路。"坚持住，"我在心里默默对她说，"等到天亮，我一定去找你。"

呼救声折磨着我的神经，疲倦拉扯着我的睡意，我在半睡半醒中度过一夜。清晨，露珠落在我的脸上。我如获至宝，把树叶上的露珠舔干净，虽然不足以解渴，至少能滋润我干涸的喉咙。

我忽然意识到呼救声停止了，赶忙向昨晚确定的方向奔去。那一侧是沼泽，污浊的绿色泥潭冒着泡，泥潭上层是黄绿色的半透明的水，薄薄一层，与下方的泥分离，水面上漂着长发。

我瞠目结舌。她陷入泥潭沉下去了！要是我早点发现她就好了，要是我昨晚找到她就好了。我以为她能坚持，她能等，可她再也无法看见清晨的太阳了。我对着泥潭发呆，胸口憋闷。

几只鸟惊飞，从树林冲向蓝天。我立刻躲藏，几个人沿着山麓走来。

"白公主大人实在高明，用下毒这招把她吓得不敢喝水，她要么渴死，要么被毒死。怂恿她进沼泽也是妙招，估计她永远走不出来了。哈哈，她还向那个分身道谢呢，殊不知她每一句话都是陷阱。"

"她如果这样死了，算谁的？"

"哎呀，你以为白公主会和其他人争功吗？你脑子进水了？在这里做王还是在真实世界做无名小卒，换成你，你选哪个？"

"说得对。我真是傻透了。看那儿的头发，会是她吗？"

"怎么可能！"

"既然已经骗她进沼泽了，为什么还要设陷阱？"

"白公主说她胆小，很可能不进沼泽，又说她懒，不会上山浪费体力，最有可能的是沿着山和沼泽的交界走，也就是我们脚下这条路。因此，在这里布陷阱最有效。"

"如果别人触发陷阱，怎么办？"

"分身这么多，少一两个算什么。"

"黑将军派骑兵到处找她，她们人多，武器先进，我们比不过。"

"不用担心。按照白公主的部署，一定是我们先抓到她。"

"老实说，白公主大人足智多谋，真的很适合在真实世界生活。比起凶悍的黑将军和十全十美的红女郎，我更怕白公主，虽然她从不亲自动手做什么。"

"嘘，千万别让黑将军和红女郎知道你的想法，她们一直不是很和睦。"

她们布置好陷阱，继续向前走。

我内心翻江倒海。人畜无害的学生妹居然是白公主派来骗我的，她给我的指点全都将我引向绝路，而我还感谢她，为她的死难过。白公主竟然如此狡诈。

我是在什么情况下幻想有一个狡诈的我的？当时我遇到了什么？分身们谈到伤及无辜时表现出的冷漠，刷新了我对自己的认识。无论她们多坏，都是"我"。我不禁悲哀。以前，我觉得自己虽然称不上是好人，但至少不是坏人，现在我没有把握了。

口渴得嗓子快要冒烟了。我重回山中，沿着小溪走，只要找到活水的源头，就能找到干净的水。一天过去了，还没找到。我严重脱水，夕阳为我苍白的面颊染上红晕。看着身边的小溪却不敢喝，是对精神和肉体的双重折磨。

我蜷缩在一块巨石的后面过夜。饥渴令我视线模糊。在冷杉树的树顶，有个一身黑衣的人静静站立，凝望远方，像一个哨兵，月牙挂在他肩头。

次日，又走了大半天，我终于找到了泉眼，俯下身喝了个饱。我已经深入群山，并且在山里转了无数次方向。现在我既不清楚沼泽在哪边，也不知身在何处。手杖换了三根，鞋子跑丢了一只，裙子破破烂烂，我把外套脱下来，系上袖口，背在肩上当褡裢，袖笼里装满从山顶采摘的野果。运动背心是短袖，护不住胳膊，我的胳膊被树枝划了无数血痕。

以泉眼为圆心，我向四面八方进发，朝每个方向走一天，如果走不出山，就回到泉眼处，喝足水，第二天向另一个方向探寻。前几天还算安全，没有找到出路，但也没遇到危险。

这天早上，我被惊醒。天空的颜色很奇怪。我爬到高处，见西北的天通红，浓烟直冲云霄。

山火！

看不见火苗，想必大火离我尚隔几座山。我匆忙拿起外套，喝了好几口水，向大火相反的方向逃命。

跑到一半，我想，如果这是圈套呢，那些骑兵曾经射过火箭，这次很可能是她们故意放火，在另一方等着我自投罗网。我不能按她们设计的走！大火从西方和北方烧过来，留给我的只有东方的沼泽和南方。如果她们人手足够，会同时埋伏在东方和南方。假如我走运，她们人手不够，则主要埋伏在南方。因为她们知道，我进入沼泽依然活不了，在东方布置兵力有些浪费。

来不及细想，我向东狂奔，边跑边回头看火势，突然见后方的山脊上站着一个人，是那个年轻人。我冲他挥手，大喊："跑啊！山火来了，跑！"

他望着我，动也不动。"火！火！"我喊，指着西北。他可能听不见，依然不动。我急了，折返回来，气喘吁吁地爬到他所在的山脊，累得说不出话，只能拉住他跑。他稳如泰山，我拉不动。

他说："起风了。感觉到了吗？东南风，六七级。"

我刚才在山坳里奔跑，没注意风，此时听他一说，又是站在山脊，我明显感觉到风了。强劲的风吹着，我几乎站不住。

他望向西北，说："风向变了，纵火的人将被卷入火海。听，她们的惨叫。"

远处隐隐约约传来惨叫，不止一个人。

他说："大风将持续三天。黑将军派人在西北纵火，她的队伍在东方和南方围堵。建议你向西北跑，捡烧焦的地方走。树林烧光就没事了。你不能停在原地。她们等不到你，一定会缩小包围圈。"

我问："你呢？"

他淡然说："她们的目标不是我。"

我道谢，向西北方跑，与山火保持距离，等树林烧焦再往前走。一路上，我留意是否有火海遇难的人，打算将其伪装成我，让追兵以为我死了，不过，什么都没有，或许她们已成灰烬。我捡到不少烧焦的鸟和小兽，把焦黑的部分剥掉，还剩一点能吃。这是我进入幻境后第一次吃到熟食。

半夜，我听到杂乱的脚步。有人说："仔细搜。黑将军说，风向转了，她有可能向火里走。"另一个说："她身上有光，夜里很好找。"

真该死。她们能发现我，我却看不见她们。

脚步声离我越来越近，我只能跑。月亮还没升起来，我什么都没发现，用手杖探着走。"她在那儿！"她们发现我了。脚步声向我逼近，有什么东西重击我。我摔倒了，疯狂挥舞手杖，打到了人，也打到了树木。有人痛呼，呼声伴随着树枝断裂的声音远去。

一人惊呼："她把她打落悬崖了！"我的冷汗冒出来。我杀了人！我竟然杀了人！我的大脑一片空白。

一顿暴揍落在我身上。我无力招架，喊："住手！我根本不想离开幻境。我们不能和平共处吗？"她们完全不听，直到一个分身说："行了，别把她打死。"

手杖被夺，她们绑住我的手脚，抬起半死不活的我扔在一块板子上，蒙上一大块黑布。板子移动了。她们在抬我下山。板子再次升高，落下，我被抬上一辆马车。

黑布被风吹开的时候，天光大亮。她们一共有四个人，都是士兵装扮，所谓的黑布是一个士兵的斗篷。我动弹不得，仰面朝上，看见蓝天。有人再次将斗篷蒙在我脸上。

我问："你们不杀我？"士兵们哄笑。我问："你们要把我带给黑将军？"

"将军大人才不稀罕。不是所有分身都想去外面。"

"那你们抓我干什么？"

"换钱啊。多亏了你，分钱的人少了一个。"

一个士兵问："今晚预计来多少人？"

"现在已经有三十多人报名了。"

"告诉你别张扬，怎么弄了这么多人！"

"没办法，她抢手嘛。"

周围渐渐嘈杂起来，士兵们变得谨慎，不再交谈。她们将我带入一个巨大的帐篷。我被绑在椅子上，左右各有一名士兵看管，另外两个撤掉帐篷。帐篷外黑压压全是分身。喧闹在我亮相的一刻全部消失，四周寂静，只有火把燃烧的声音。我像一个商品，被买家围观。

"来吧，看啊，这是我们的创造者，来自现实的真身！看她身上的光，货真价实。起价是一个金扣子。"

众人哗然。显然这个起价已经超出了一些人的承受能力。

突然，一支利箭直奔我的面部射来。人群发出惊呼，我闭上眼睛，只听

"砰"的一声，箭在我面前一米处落下。

"我们早提防着偷袭了。"一个士兵敲了敲身侧，得意地说，"水晶罩！想不付钱就杀她，门都没有。"

"不要试图攻击水晶罩。"另一个士兵抽刀指着我，对众人说，"我保证我能在你们攻破水晶罩之前杀了她。只有最后的竞得人才能进入水晶罩。"

"来吧，竞拍开始，起价是一个金扣子。让我看到你们的手，让我看到你们的决心。取代她，取代她！她不配活着。"

"两个金扣子。"

"十个金扣子！"有人高喊。

叫价声此起彼伏。她们服装各异，激动万分。有钱的估算着价格，摩拳擦掌，跃跃欲试，没钱的兴致勃勃地看热闹。

我是个与世无争的人。我的无欲无求不是淡泊名利，而是对世界毫无兴趣，消极至极。为什么幻境中的"我"如此兴奋，一个个积极努力，斗志昂扬，拼了命也要出去？

叫价达到了一百五十五个金扣子。我不知道一个金扣子在幻境中能买到什么，但看其他人的表情，这已经是天文数字。没想到真实世界对她们的诱惑这么大。还是说，我的无能让她们愤怒到了极点？

最终的竞得人诞生了。她穿着一条蓝色连衣裙，长发披肩，清新美丽。众人纷纷让路，她来到水晶罩前，隔着罩子看我。

我叹息："其实我不打算离开。想代替我，尽管去吧。你根本不用动手。"

她的表情玩味而讽刺。这个纯真无辜的少女真的下得了手？

我心底发凉，问："你想让罪恶感伴随余生吗？"

她露出笑容，那是一种无所谓的、带着嘲弄的胜利者的笑。她说："没想到你能活到现在。在树屋我就错过了一次机会，这次无论如何不会再错过了。"

是她，那个擅长考试的学生妹。她还活着！

我说："你故意骗我进沼泽，你是白公主的走狗。你不是说你不想出去吗？"

"如果有机会，谁不想试试呢。要不是那位大人一直跟着你，我早就动手了。今夜他不在，机会难得，错过了是傻瓜，我绝不再让你跑掉。"她从腰间拔出匕首，检查刀刃是否锋利。

"杀了她！"

"取代她，取代她！"

"她不配活着，杀了她！"

分身们呐喊着，给她鼓劲。

她清澈的眼眸倒映我的恐惧。我不仅怕死，更怕"我"的阴险狡诈。我真的是这样？将来会变成这样？

她把一个鼓鼓囊囊的钱袋交给水晶罩外的士兵。士兵们清点着。所谓的金扣子，是一种金色的蜗牛壳。

"等等。不该由她代替真身！"人群中传来一声大喊。

蓝裙子目露凶光，迅速转身，搜寻声音的来源。"谁在说话？"

"我们定下的规定是谁有本事杀了她，谁就能代替她，不是看谁钱多！有钱了不起吗？现实中，钱不是万能的，幻境中也一样。你是个穷光蛋，胆小怕事，天天躲在树上。要不是白公主找到你，给了你一袋金扣子，你哪儿有钱？"

蓝裙子怒道："到底是谁在胡吣？滚出来！"她挤进人群。

说话的是一个披着纯白色斗篷的分身，戴着帽子，捂得严严实实。一身白，显然她不打算躲。

蓝裙子愤怒地掀开那个人的帽子，帽子里却什么都没有。大家惊呆了。斗篷突然委顿在地，仿佛里面是空气。

水晶罩外的士兵已经清点完金扣子，两个人对视一眼，捂紧钱袋跑了。水晶罩里的士兵急了，大叫："你们去哪儿？回来！把钱留下！"一个士兵打算打开水晶罩，另一个叫："别打开，打开了我们就什么都没了。"

蓝裙子听到这边的喧闹，不禁回头，就在这时，一点寒光刺进她的身体，是蓝裙子自己的匕首，她的手腕像是被无形的力量扭转，用她的武器结果了她。蓝裙子惨叫一声，如烟雾般消散，匕首掉在地上。

人群顿时乱了。大家尖叫着往外挤，生怕那无形的凶手找上自己。

一个穿绿衣服的分身扑过来，拍打水晶罩，急切地说："她死了，轮到我了。我出一百五十个金扣子，把真身交给我！"

士兵们惊慌地对视，还没回答，另一个分身冲过来，打倒了绿衣服，高叫着："她是我的！带着你的钱快滚。"她们扭打在一起。

士兵冲绿衣服叫："把钱拿来，她是你的了。"绿衣服哪儿还顾得上。

场面更加混乱，斗殴的，抢钱的，企图砸破水晶罩的，她们打得头破血流。一些分身倒下了，化为乌有。

没有一个人是无辜的，她们全都有备而来，带着武器。

我喊："别打了，我不想出去。你们可以投票选一个人出去。别再打了。"声音淹没在喧嚣里。

眼前的乌合之众冷血，势利，凶残，为达目的不择手段，她们如同一面镜子，把我的缺点放大给我看。或许我也是这么坏的人，但我用理智扼制疯狂，不像她们肆无忌惮，纵容自己的坏。她们没资格取代我。

左边的士兵惊讶地看着我，说："她发光了。"右边的士兵满脸恐惧。

一声清啸划过天空。众人大吃一惊，抬起头。一个披着连帽黑斗篷的人站在巨石上，俯瞰这方。他掀掉帽子，是那个年轻人。

"猎人来了！"分身们大惊失色，四散奔逃，有的跌倒了，其他人踩着她的身体逃命，有的趁火打劫，逃跑时还不忘拽下伤者的钱袋。

"别慌，他只有一个人，我们联手对付他。"有人叫。听到呼唤，有的分身停下了，冲着年轻人准备迎战。

一支飞镖向年轻人射去，他微微偏头，闪开了。

年轻人从巨石跳下，黑斗篷飘飞，像一只巨大的黑鸟。他动作极快，在人群中穿梭，看不清他出手，只见他所到之处分身全都消失了，剩下的落荒而逃。霎时间，场地空空，只剩下水晶罩中的我和两个士兵。

年轻人向水晶罩走来，两个士兵慌了，齐刷刷抽出刀，架在我的脖子上。年轻人脚步不停，平静地说："竞拍者都逃走了。不如把她给我。我给的价钱是，饶你们不死。"

士兵说："别过来，我的手只要一动，她就完了。"

年轻人说："随便你。我的目标不是救她。"

士兵说："你再往前走，我就杀了她，自己去真实世界。"

年轻人轻蔑地说："你确定？你能杀了她，但你以为走得掉？"

士兵说："这是弑神赛的规矩，赢的人就能取代她。"

年轻人说："那是你们的规矩，不是我的。"

他越走越近，士兵慌了神儿，叫："我们真的动手了啊！"

年轻人说："要不要打个赌，赌你们能不能走到连接门？"

两个士兵一脸恐慌，壮着胆子问："放了她，我们有什么好处？"

年轻人说："我说过，把她给我，饶你们不死。"

两个士兵犹豫着，显然不甘心。年轻人挥了挥手，水晶罩瞬间破碎，只剩一地残渣。一个士兵吓坏了，拿不稳刀，刀刃划破了我的脖子，血流进我的衣领。另一个提醒她："喂。"

远方传来号角声。年轻人说："黑将军来抓逃兵了。你们最好快做决定，否则，就算我放过你们，你们也跑不掉。"两个士兵对视，同时扔下刀逃走了。

年轻人割断绳子。我迅速把绳子扔掉，刚站起来，又腿软得坐回椅子。

年轻人问："想好了吗？留在你的桃花源还是出去？"

我孤傲地说："如果你不想帮忙，就请走吧，不要挖苦我。"

他说："你自己没有求生的念头，我为什么要帮你？人必须自救，否则谁都救不了。"

白色斗篷飘荡着靠近，我知道是透明人。我说："谢谢你们。黑将军快发现我了，我得走了。"

透明人说："那个呀，号角是我吹的。"她凑到我耳边，说，"跟紧大人，有他在你就安全了。你这些天能安安稳稳睡觉，都是他保护着你。"

年轻人没有提出帮忙，我也不向他求助。我不愿与一个讨厌我的人多做交谈。弱归弱，我不肯低声下气求人，况且我的安危不该由别人负责。

透明人捅我，我不理，指着空荡荡的场地，问："她们为什么消失了？"

透明人说："本就是虚无之物。"

我想起最初的白衣分身，说："可我见过她们流血。"

透明人说："她们以为自己是血肉之躯，受伤时，像普通人一样流血、疼痛、鼻青脸肿。一旦她们死了，随着意识消散，她们就消失了。"

我猛然想起沼泽里的长发。她那时还活着？我救她还来得及？现在想明白已经晚了。我眼睁睁看着一个鲜活的生命沉没，却没施以援手，内疚蚕食我心，化为眉间紧蹙。

一个黑影不知从哪儿冒出来，扑向我。我正发呆，等回过神儿，她已近在咫尺。寒光一闪，年轻人挥剑横扫，黑影消散了。年轻人还剑入鞘，瞥了我一眼，那眼神不是邀功，更非关切，只有责备。我知道，如果不是因为我，那些分身现在还活着。没有我，根本不会有这场杀戮。

透明人叫："还敢来，不要命了！当大人不存在吗？"

我对年轻人说："谢谢。"

他冷淡地说："今晚第二十九个。我不是为了救你。我的任务是阻止分身通过连接门出去。"

我环顾四周，一片狼藉。

这是什么破世界？弱肉强食，恃强凌弱，居然还搞起人口买卖了，我的童话梦境几乎全被这些扭曲的分身毁了。这里需要好好整顿一下。

远处的天空又发出炸裂般的巨响。透明人抖了一下，忽然叫："光！这该死的光，太耀眼了，快收起来，你会害死自己的。"她把白色斗篷披在我身上。我抖落。这玩意在夜晚多扎眼。她说："虽然是白色的，总比你现在强。你身上的光藏不住，十里外都能看见，最好用它挡一下。"我坚决不要。

年轻人解下身上的黑斗篷，披在我身上，我要拒绝，他低沉地说："想死吗？被一些小喽啰杀掉？你为此而来？"经他提醒，我顿时醒悟，是啊，我还有事要做。他给我系好斗篷。接着，他的身上出现了一袭银白的斗篷，辉映月色。

透明人说："大人，太……太高调了吧？"

年轻人看她一眼。

她忙改口，说："我是说，太好看了，怎么这么好看呢。"继而小声嘀咕，"隔老远都能看见。你想保护她，威慑敌人，也不用这么拼啊。"

年轻人问："下一步你打算干什么？"

我答："去城堡。"

透明人倒吸一口凉气。"城堡聚集了最强大的分身，你根本无法接近，一路上你还要面对无数敌人。如果我是你，就找个地方躲起来，暗中打听连接门。"

我不语。我曾经拖延着，不想面对分身，只想找个僻静处安顿下来，可她们不让我消停。亡命天涯不是长久之计，我得改变被追杀的处境，同时结束这场残酷的比赛。一个一个解释太麻烦，最好的办法是找三位女王解释清楚，我不想回到现实，她们不用怕。我相信只要把话说透，她们能理解。

透明人着急地说："你是不是还做梦呢，想和她们谈判？她们只想要你的命！我在城堡里亲耳听黑将军说要永绝后患。不管你是不是真想留下，她们都要把你除掉。"

我问："为什么帮我？你不想出去？"

透明人说："我是所有分身中最胆小的。我无法想象被人看见的日子该怎么过，那对我是场灾难。我杀你，不过是为了邀功。"

她的话倒有几分可信。

透明人说："你今天看见的只是小喽啰，光是她们的实力已经很强了。你知道那三位统治者有多可怕吗？黑将军非常残暴，她很早就出现在幻境了。据说在她来之前，所有分身都是平等的，是她开启了奴役其他分身的先河。她心狠手辣，谁要是不服，准得吃鞭子。白公主极其强大。白公主出现时，曾经和黑将军打了一仗，不分胜负，后来她们决定共同统治幻境。白公主的能力在于绝顶聪明，料事如神。有人说她能未卜先知。她从不亲自动手，但我觉得她才是最可怕的。红女郎人见人爱，虽然没见她露过本事，但人人都喜欢她，连黑将军那样暴戾的人都与她亲厚，所以她也成了统治者。城堡有多危险，你明白了吗？"透明人喋喋不休。

无须她说，我全明白，因为她们是我创造的。

黑将军来自我的憎恨。父母离婚后，不到一个月，爸爸就娶了那个女人，还逼我叫她妈妈。我死扛到底，绝不开口。他们一家欢欢乐乐，每一秒都是对我的挑衅。她不仅赶走了我的妈妈，还抢走了爸爸。我恨她，我的眼神、表情都诠释着我的恨。爸爸因此责骂我，她还假惺惺阻拦。我曾幻想有一个"我"开车撞死她。

红女郎来自我的自卑。离婚时，妈妈坚决不要我。我无数次想，如果我很好，她是不是就要我了，不会把我丢下。一定是因为我不够好。真希望有一个十全十美的我，被爸爸妈妈当成宝。

白公主来自我的愧疚。大学室友林小雨被老师骚扰，反被诬为勾引老师，老师的妻子找到学院，大闹课堂，小雨哭了一夜。第二天，小雨就从宿舍窗户跳下去了。老师骚扰她是我亲眼看见的。那时的我自我封闭，隔绝世界。小雨被冤枉，我什么都没做，什么都没说。如果时光倒流，回到出事的前一天，我大声说出真相，或者在她痛哭时安慰她，在她跳楼那天坚持拉她去上课，而不是任她留在宿舍，没准儿现在她还活着。要是有一个热心勇敢、未卜先知的我就好了。

透明人见劝不动我，无奈地说："去吧，去吧，去送死吧。"

年轻人沉吟："逃不掉的，早晚要面对。"

透明人说："想清楚再走。至少先去见见沼泽女巫。"

我惊讶："女巫？这个世界有巫术？"

透明人说："你相信就有，你不信就没有。很显然，你不信，所以幻境中没有。叫她女巫是因为她古怪，她不会巫术。放心，她是个安分守己的商人，否则大人早就消灭她了。她开了一家神奇商店，在沼泽中心。你手无寸铁，总得武装一下才能去跟三位女王打啊。"

我说："为什么要打？我只想告诉她们，外面爱谁去谁去，反正我不去，弑神赛可以取消了，建议她们用其他方式选择取代我的人。我还要顺便提醒她们在统治上的失误。"

透明人嗤之以鼻，说："等你活着走到她们面前再说吧。今晚先休息。你身上的光在晚上很显眼，白天走安全一些。"

我靠在树下，胡乱睡了一觉。半夜醒来，见巨石上一道白光。高天孤月下，年轻人站立在巨石上，沉默地望着远方，长袍飘展，和夜空的流云飘在一处。

天亮了，透明人问："什么时候出发？"

我说："我习惯一个人。"

年轻人面无表情看我一眼，转头走了。

透明人埋怨我："离开我们你死定了。你这脾气真是的。你先往沼泽走，一会儿我们去追你。"

透明人追上年轻人，低声劝说："大人，别怪她。她一个人惯了。打记事起，父母就一直吵架，离婚时两个人谁都不想要她。她很小就得了抑郁症。亲人疏远，她又孤僻，不肯交朋友，她一直一个人，无依无靠，能指望的只有自己。她从不信赖别人，所以每当遇到困难，只能希望有个强大的自己出来帮忙，这才有了幻境和分身嘛……"

我向沼泽进发。茫茫沼泽弥漫绿色大雾。沼泽中心在何处？女巫商店在哪里？我现在最该担心的是脚落在哪儿才不至于沉入泥沼。

我正在沼泽边缘发愁，一只乌鸦飞来，在我头上盘旋，仿佛我是死尸，它要落在我身上。一根黑羽毛掉下来，接着，又是一根。乌鸦飞走了，一路掉落羽毛。我试着踩在羽毛上，一步步向前，心想，鸟掉光了毛就得从天上掉下来了吧。想为我引路，你慢慢飞着就好，没必要掉毛。

在乌鸦的羽毛掉光前，我看到了一条奇怪的船，上面写着四个大字"这厢有毒"，下面还有一行小字"神奇商店哪里找，请到沼泽十三号"。女巫商店原来是一条船，位置不固定，要不是乌鸦引路，我可能一辈子找不到。

我的防身工具只有一根手杖。我握紧它，蹑手蹑脚靠近。

"是我把你引来的，你以为我看不见你。快进来。"乌鸦突然说话了，吓我一大跳。我一想也是，于是收起架势，迈进船舱。

从没见过一间狭小房间能塞下这么多东西，简直没有下脚的地方，头上悬挂着成百上千个用各种骨头和羽毛做的小饰物，为了不碰到它们，我只能弯下腰。

"不用行此大礼，随便看，随便选。只此一家，别无分店，错过了可就没处找了。"这次说话的不是乌鸦，我左顾右盼，终于在一堆面具中看见了一个分身的脸。她说："惊讶吗？这个世界里，除了那个年轻人，剩下的都是你的分身。女巫这个职业还挺好的，要不哪天你试试。"

我忍不住说："你嘴怎么这么碎。我不是这样的。"

她委屈地说："你希望我能言善辩，这会儿又嫌弃我。啊，我活着还有什么意思，我去死好了。"

"喂，你别这样。"

她立刻开心，说："舍不得我死啊。"

我说："等我买完东西你再死，行吗？"

她泫然欲泣，揉搓衣角，抽噎说："没人喜欢我，没人心疼我，我去死好了。"

"等一下，"我赶紧阻拦，"你别作了行吗？我收回我的话。"

她噘嘴，放下衣角，说："好吧。等你买完东西，要是不拦着我，我就真的去死了。啊，孤独地死在沼泽里，无亲无故，只有冒泡的脏水埋葬我……"

我大声说："我要买衣服。"

她立马换了亲热嘴脸，说："看上哪件了，亲爱的。你皮肤白，我推荐你穿绯红色。"

我严肃地说："黑色！"

"像你身上这件。"她嫌弃地说，忽然睁大眼睛，盯着我的斗篷，"是大人的。啊，我的大人！"她捧着衣服贴在脸上，无限陶醉。

我嫌恶地扯回来，说："别弄脏了，我要还的。我从不欠人家的。"

"卖给我吧，我高价收购。只要你把它让给我，店里的东西随你挑。"

"不行。借人家的得还。"

她悻悻地哼一声。我挑选了一身黑衣，一双皮靴，一柄弯刀，然后把一袋金扣子放在桌上，这是我在拍卖场捡的。

　　她嗤笑，说："我不收金扣子。"

　　我愣了。"这不是钱吗？"

　　"是钱，可我要的不是钱。"她伸出手，手上全是金扣子，越来越多，任它们掉落在地，她全不在意。

　　我问："你要什么？"

　　她眼巴巴看着黑斗篷。我说："想都别想。这不是我的。"

　　"既然不是你的，你就当丢了，扔了，把它给我。"她渴求地说。

　　我固执地说："不行，要还的。换一样别的。"

　　她气得脸都红了，憋了半天，见我不让步，只能说："我要你身上的东西。"

　　我暗想：头发，手脚，眼睛？

　　"想什么呢！你的身体在真实世界，我得不到。我要的是别的，比如你的噩梦、你的眼泪，比如你的记忆。最值钱的是记忆。"她的眼睛闪着光。

　　我思索。

　　"把记忆给了我，你就不再有了。"她魅惑地笑，说，"很好的交易吧？你经历了那么多痛苦，把你不想要的回忆都给我吧，以后它们不再折磨你了。"

　　竟有这种好事？为了摆脱那些痛苦，我喝醉过，麻木过，都没用，它们成为抑郁症的诱因，日夜折磨我。她能帮我？我迫不及待在心中默数痛苦，挑挑拣拣，思考把哪些给她。她的眼睛因渴望而变得血红，期待地搓手。

　　有人在我身后咳嗽。是披着白斗篷的透明人。她说："提醒你啊，你打算把记忆卖了还是典当？"

　　女巫怒视她，说："你是谁？别捣乱。"

　　我说："可以典当？那我先典当，以后再赎回。"

　　女巫神色勉强，说："也行。"

　　我起疑，问："肯定能赎回吧？"

"当然。"她使劲点头，却让我更加怀疑。

透明人曼声道："你不会来赎回的。"

那倒是，因为我正想忘记它们。透明人又说："你会忘记曾经有过这段记忆，进而把典当的事忘记。"我一惊。

女巫脸都气白了，对我说："很多人求之不得，你有什么可犹豫的？"

我说："那我就不完整了。"

女巫跺脚，说："无稽之谈！你总有一天会忘记，我只是提前拿走而已。有的人天生记性不好，你能说他的人生不完整吗？"

她说的似乎有点道理，可又有什么地方不对劲。

"多管闲事，都是你多嘴。"女巫对着透明人正要发怒，透明人对我说："大人要我提醒你……"她还没说完，女巫以夸张的语气叫："大人，他在哪儿？"

"外面。"

女巫冲出去。"大人——"她谄媚地拉长声音，接着激动地叫，"大人！真是你！啊，我好开心，我要死了，我要晕倒了，我太高兴了。"她抚着胸口，一副呼吸困难的样子。

我说："你死了，东西我可随便拿了。"

她立刻转身瞪我，精神抖擞，说："你这没人心的。大人，她欺负我。"她嘤嘤哭泣。

年轻人问我："想好了吗？"

我摇头，极其矛盾。

年轻人说："要拿得起，放得下，回忆并不可怕。"

我说："那是因为你没被痛苦击倒过，才能说得这么轻松。"

"击倒也只能击倒你一次，不是吗？"

我一震，望着他。

女巫看看我俩，怯怯地插嘴："早晚会忘记，给我不好吗？"

我和年轻人异口同声："这是两码事。"

女巫瑟缩了一下，当着年轻人的面不敢造次，满脸委屈伤心。

我打定主意，说："我不能失去这些记忆，哪怕是痛苦的，也是我曾经的经历，我不想失去。东西我不买了。"

年轻人露出笑容。这是相识以来第一次见他笑。女巫愣了，痴痴地望着年轻人，一脸陶醉。

年轻人问："可以赊账吗？"

"可以。"女巫说完，如梦初醒，万分为难地说，"不、不可以。不能开这个先例，否则以后生意没法做了。即使是大人您开口，我也……我也……"

年轻人说："那就做笔交易吧。你把东西卖给她，报酬嘛，她负责撤销你的放逐令。"

女巫睁大眼睛。"她能撤销放逐令？我可以离开沼泽？"

我能吗？我自己都不确定。

年轻人说："她能。"

女巫欢欣地说："有大人您作保，我还有什么不放心的。"我犹豫地看一眼年轻人，他冲我点头。我随女巫进船舱拿东西。

我问："什么放逐令？"

女巫一边服侍我更衣一边说："红女郎下达的，将我放逐在沼泽，永世不得离开。"

"她不是十全十美的人吗，应该很善良啊。你干了什么？"

她苦笑："说了一句话。"

"什么话？"

"实话。"

我觉得难以置信。怎么可能有人因为说了一句实话就被放逐呢，而且还是被公认为十全十美的人放逐。

她说："不信？我就知道没人相信我。如果有错，大家一定认为错在我。啊，我还活什么劲，让我死了算了。啊啊啊。"

我好奇，"你到底说了什么？"

她止住叫声，犹豫一下，凑到我耳边说："她长得和我们不一样。"她声音很小，仿佛空气中都是奸细的耳朵，她不敢大声说话。

我明白了。她说的的确是实话。我设想的十全十美的人一定比我长得美，所以红女郎长得和所有分身都不一样。大家都看见了，不说破，只有这个傻了吧唧的女巫快言快语。

她叹息："整个城堡里一面镜子都没有。"

弱者受欺压，真相被掩盖，权力倾轧，民不聊生，不让人说实话，这是什么世道！幻境的统治到底出了什么偏差？我得亲眼到城堡看一看。

外面惊雷阵阵，狂风大作。女巫抓住我的胳膊，严肃地望着我。我被她看得发毛。她突然抽出一把雨伞塞给我，说："白送的。"接着不由分说把我推出去，催促，"赶紧上路吧。"她诡异地笑。

一出船舱，我来不及把伞撑起，已经被淋成落汤鸡。然后，像来时那样突然，大雨戛然而止，仿佛上天向人间泼了一瓢水，只此一瓢。

年轻人站在桅杆上，透明人躲在船檐下，两个人都没淋湿，奇怪，那雨只奔我而来。

靠一人之力无法到达城堡。我看着他们两个。他们存在于我的幻想世界，应该是我能接受的人吧。我独来独往惯了，现在必须改变。

我拧干衣服的水，问："所有分身都知道我是谁、我来了，对吗？"

透明人嗤嗤怪笑，说："当然。"

我的豪情油然而生，说："那便是她们不该了。这是我的幻境，我才是王，不做而已。她们不来迎驾，反而意图害我。她们忘了谁才是主人。"

透明人惊得口吃，说："你说、说什么？你疯啦？"

我昂然道："我要去城堡，需要人带路，你们两个，从今天开始辅佐我。"

透明人大叫："凭什么？你支使我也就算了，居然妄图支使大人，吃了熊心豹子胆了你！"

我问年轻人："你叫什么名字？"

"什么态度？你怎么跟大人说话哪！"透明人挑拨离间。

年轻人说："我没有名字。"

透明人说："大人，别理她，她疯了。"

"没有名字不方便。我可不会叫你大人，但也不能叫你'喂'，不礼貌。"我沉吟，"寇据金銮王在野。我就是这个世界的王，不过我已经有名字了，这个名字赐给你吧，以后你叫'王在野'。"

"赐？你真敢说呀你。"透明人撸袖子，因我的无礼要打我。

这时，年轻人说："好。"

透明人傻了，怪叫："大人！"

王在野说："让我帮你去城堡，理由？"

我踌躇满志，说："我能说服女王取消弑神赛。她们应该挑选一个最好的分身出去。靠杀戮选出的必然是个自私自利、心狠手辣的人，这样的人怎么可能是最好的我。在现实中，我存在的意义是什么，我从来都不明白。但至少在这里，目前我能做的是阻止那些坏透了的分身去往现实为害一方，这和你阻止分身逃出幻境的目标一致。唯一的连接门很可能在城堡里。你要阻止她们，也得去连接门。"

王在野说："这理由不够。"

透明人讥笑："管他谁出去呢。易若然，你不是个无情的人吗？现实就算毁灭了，关你什么事，你在乎吗？大人要想阻止她们，都杀了就好了，见一个杀一个，用不着帮你去城堡。"

我哑然一会儿，声调低了一些，说："我能改变社会制度。摘苹果只能帮一个人，要想帮助所有人，必须改变统治。我要把民情告知三位女王，让她们看清底层人民的生活状况。大家都是平等的，她们手握权力，更该负起责任，带领大家幸福生活。"

我自认为理由充足，王在野却凝眉。

透明人说："你有多不好管，自己心里没点数吗？只有高压手段才能制服你。至于平等什么的，别忘了，有人的地方就有阶级。再说，她们有什么义务让其他分身过得幸福。把大家送到这里来的是你！如果不是因为你，我们何必在此受苦？她们只不过凭自身能力让自己过得舒服一点。你并不是博爱的人，也没有胸怀天下，凭什么要求她们做个好女王？她们要想改变，早就做了。坐视恶行的人能是善良的人吗？指望她们统治清明，岂不是痴人说梦！"她越说越激动。

王在野劝慰道："好了。"

透明人意犹未尽，哭道："我们有什么存在的必要？不过是她逃避现实的一个念头，对她丝毫没有帮助，我们却永世困于此地，逃又逃不掉，死又不甘心。谁用她救？这会儿想起当救世主了，早干什么去了？"

她说的都对。我愧悔无地，所有豪情都被击溃，但我还是要去城堡，只是无颜再让他们帮忙。

方才的暴雨让沼泽水汪汪的。我对着乌鸦羽毛一步踩下去，却忘了羽毛随水漂转，这一脚下去正是深渊。脚下一软，收势不及，眼看就陷下去了，蓦地，王在野揽住我的腰，把我拔起来，我们贴着水面疾飞，他的白袍迎风猎猎，后面透明人大叫："大人，我怎么办？"

转眼已飞出沼泽，迷雾不再。我低声说："累你们受困，对不起。"

他抬头看天。正黄昏，西边的天空一片漆黑，又不像乌云密布，宛如天幕的那方关了灯。他指着大路上的一块石头，说："在那儿等着。"

我乖乖在石头上坐下，转头已不见他。等了一会儿，远处马蹄声声，向这方奔来。周围一片开阔，我无处可躲，欲抽刀，一张大网兜头而下，越挣扎越紧。一队骑兵来至眼前，惊喜道："抓住了，快禀报将军。""哈哈哈，这下可以领赏啦。"

众人将我捆了，放在马背上。马背颠簸，我头昏脑胀。蓦然间，见远处山岭上一袭白袍无比醒目。是王在野。他平静地望着我。他是故意的！我本来还期盼他来救我，顿时灰心，同时大怒。不行，我得撑下去。想杀我，没那么容易。

奔驰到深夜，马队停下休息。我毫不客气，要水要饭，怒火顶到嗓子眼，底气十足。士兵们被我的气势震慑，不敢违抗。虽然不得自由，但有好吃好喝伺候着，倒比前几日舒坦。她们怕我半夜被人行刺，特意分了一队人守护，我高枕安睡，养足精神。

士兵们聊天，说最近各地频频出现异象，季节突变，沸水结冰，瀑布逆流，动物成群死去，西边的天塌了。

我见到士兵们押解分身干繁重的工作，鞭打动作缓慢的人，称她们为奴隶。我看到奴隶们满头大汗，用羸弱的身体推动装满珍贵玉石的沉重的马车，据说城堡需要用宝石修葺。

我问："她们犯了什么罪？"

"穷。"

我看到蛮横的分身肆意抢夺弱者的东西，对自己的强盗行径沾沾自喜。我看到路过的人们对此视若无睹。

我问："为什么没人管？"

"为什么要管？世界本就弱肉强食。"

我问："没人同情弱者吗？"

她们笑了："弱者，我们就是啊。否则，谁会无端端躲进白日梦。"

一路前行，我见识了更多的尔虞我诈、仗势欺人，也见识了更多的冷酷无情。

奔波数日，城堡已可见，不日可达。我们驻扎在野外。有个分身战战兢兢来向士兵们卖梅子酒。士兵们抢了她的酒，分文不给，用棍棒把她轰走。

我哭了。

我的幻境不该这样。它应该物华天宝、山川壮丽，人们互帮互助，友善恬淡，无忧无虑，不须纷争。冬日里采梅雪烹茶，夏月夜莲叶间泛舟，趁春风吟诵烟霞，借秋霜醉卧落花。如今，景物有了，可人呢，人都不对。

我眺望城堡。得赶紧到那儿去，提醒三位女王看看民间疾苦，她们不能什么都不做。

"传令！"远处来了一个骑兵，"弑神赛取消了。黑将军下令，见到真身格杀勿论。去现实世界者另立规则挑选。"众人愣了。传令兵高声宣布："白公主占卜出，真身将害死所有人，必须赶紧杀了她。"

不行，我还没见到统治者，很多话还来不及说，不能就这么死了。士兵们拿着武器向我冲来。我急得挣扎，但手脚被捆得结结实实，根本挣不开。我大叫："我是来帮大家的，不会害你们。"

"帮我们？就是你害了我们。"

我叫："我能改变这一切！你们过得很糟！如果女王们知道了，绝对不会坐视不理。我去说服她们。"

有的士兵耐心对我说："女王们谁的话都不听。以前有人提过建议，那些人后来都失踪了。她们不可能听你的。"另一个士兵说："别跟她浪费口舌。动手吧。"

我说："你们不敢说，我去！我是真身，她们会考虑我的话。"我自信满满。

她们迟疑了。一个说："如果女王们不听怎么办？你推翻她们自己当王？所有统治者都一样。换成你又有什么新鲜的？还不是凌驾于我们之上。真正的平等根本就不存在。"马上有人附和她。

"别废话了，杀了她。"

我大喊："我死了，你们就彻底没希望了！这样的日子你们就得一直过下去！"

她们再次迟疑了。一个说："要不别管她了，看她能干出什么来。"

一个说："你傻了？她根本斗不过三位女王。她们三个永生不死！真身迟早得死，不如死在我们手上，还能拿她的人头领赏。"

一个说："对呀，要是女王们知道咱们放了她，咱们别想活了。"

众人被她说动了，兵器齐齐向我袭来。我气愤不已，厉声叫："住手！是，我胆小，我逃避，我创造了你们，那是因为我不甘心，哪怕是在心里偷偷想，我也在反抗。你们呢，就这样任人宰割？你们打算忍到哪一天？你们每个人至少在一个方面比我强，可你们并没有比我更好，反倒长成一个德行——是非不分，残忍懦弱。你们比不上我！"

"啊，光！"她们惊叫。

忽然，一袭白斗篷浮现半空，在夜色中分外耀眼。营地响起惊呼，士兵们严阵以待。透明人高叫："要命的赶紧闪开。"士兵们盯着空中舞动的白斗篷，不懂斗篷为什么能说话。

又一片白光出现，王在野飘然而落，说："谢谢你们把她带到这儿，现在该交给我了。"

士兵们面面相觑，一个胆大的高声叫："你说什么？"

王在野说："你们以为我任你们带走她是为什么？好了，把人给我。"

士兵们恍然："上当了。他故意把真身留给我们，借我们之手把她带到城堡。"

她们齐刷刷将武器对准我。王在野皱了一下眉。下一秒，透明人脱了斗篷偷袭士兵。她们脸上满是惊恐，还没搞清状况便被透明人刺倒。须臾，营地只剩我们三个。

透明人为我解绳子，揶揄："这几天吃饱喝足了吧？"

我指责王在野："你出卖我。"

透明人叫："说什么哪。你傻了吗？大人帮你解决了多少次暗杀，你根本不知道。他料定士兵们不敢伤害你，才借她们带你来到这里。要没有我们，这会儿你小命已经没了。"

我审视王在野，问："你的目的是什么？"我搞不懂他到底想干什么，是敌是友。

王在野平静地说："送你离开幻境，并保证你永远不能回来。"

"这里容不下我？"

他望着我，眼神清澈，说："你不能留下。"

我生气地说："这是我的幻境，任何人都无权赶我走。"

他说："幻境是一座坟墓，你打算把自己埋葬于此？"

"我觉得这里挺好。"

"外面没有你在乎的人吗？"

"没有！"我斩钉截铁地说。

他盯我一眼。我挑衅地回望他，说："人需要有感情吗？感情是累赘，幸好我没有。"

他吩咐透明人："捆住她，押她去城堡。"

绳子刚解了一半，又重新绑紧。我恨声说："我就知道你没安好心。"

他说："你不是想去城堡吗？我送你去。"

我说："不用你管。"

透明人说："很好，她不领情，大人，我们走吧。"

王在野检查绳子是否绑紧。我叫："我已经说了一万遍了，我不走！你为什么总是跟我对着干？我碍着你什么了？难道你想统治幻境？那你应该找女王们。她们才是你称王称霸的障碍。"

"胡说八道！"透明人气愤地说，"你以为幻境是女王们统治的？她们除了剥削什么都没做，一直是大人在维持幻境的秩序。大人是幻境的无冕之王。三女王在他眼里什么都不是。"

我冒出一个想法，失声问："难道你想取代我？你故意带我涉险，借刀杀我，然后你代替我去真实世界？"

透明人说："大人在现实与幻境中来去自如，用得着抢你的身份吗？"

什么？他竟能在两个世界穿梭？

透明人得意地说："要不他怎么追捕那些偷溜进现实的分身？"

我紧紧盯着王在野，问："你来自现实？你不是我幻想出来的，你是真人，无意中从连接门进入了我的幻境？是不是？是不是？你到底是谁？"

透明人被我的想法吓呆了，我自己也吓呆了。如果我的猜测是对的，王在野为什么不回现实？

王在野对透明人说："她身上的光藏不住，想偷溜进城堡是不可能了。弑神赛改成了追杀令，分身们不再内斗，她是唯一目标。从现在起，要一路杀过去了。咱们分头走，你潜进城堡找连接门。"

透明人还处在我带来的头脑风暴中，过了一会儿才回应王在野的话："真要去？咱们斗不过女王，她们能无限重生，除非……"她住口，像是被什么吓住了。半晌，她说："只剩一扇连接门，她们一定重兵把守。您带着真身很难靠近。到时候，连您都有危险。"

王在野说："你只管去找，不用多说。"

透明人犹豫片刻，领命而去。

我问王在野："你既然能进入现实，为什么不去？你自己不想出去，却要赶我走？你知不知道有一句话叫'己所不欲，勿施于人'？"

他说："你一味躲避，从现实躲到幻境。如果幻境也待不下去，你还往哪儿躲？你总不能躲一辈子。"

"所以我要把这里建好呀。"

他嗤之以鼻："有这份热情，哪如用在现实里？"

我沉默许久，轻声说："我太疼了。我的生活漆黑如夜，胸口总是堵的，从来没有舒畅过。活得越认真就越痛苦。在现实中，我连哭都不会了。没人需要我，我也不需要任何人。我病得很重。在这里，我的身体不用再承受病痛，我得到了重生的机会。出去才是死路一条。我好不容易来到幻境，让我留下吧。"

他说："你的认知出现了偏差，漆黑如夜的不是你的生活，而是你的精神世界。现实并不像你想的那么可怕。你得全面看待事物，不能只看阴暗面。"

"我知道世界上有美好存在。世界越美好我越觉得沉重，因为我不配。只有在幻境我才能自由呼吸。我属于这里。"

他说："没有人属于这里。"

我说："如果你不喜欢，可以离开。我在外面无处安身，所以想留下。我们都有自由选择的权利。只要见到三位女王，我就能扭转局面，和她们相亲相爱，然后快乐地生活下去。别赶我走。"

他说："这可不像一个厌弃自己以至于想自杀的人说的话。你讨厌自己，每一个分身都是你讨厌的人，你怎么和她们相亲相爱？她们彼此憎恨，源于你。"

原来他知道我的秘密，我的心理疾病，我的自杀倾向，他都知道。我恼羞成怒，说："你对我一无所知！你假惺惺装出一副为我好的样子，事实上你完全不顾我的意愿。我已经找到了生的希望，找到了幸福的可能，而你只想毁了我！"我尖刻地说，"我真傻，居然跟你讲道理讲人情，你不会懂。你不是人，没有人心，你根本体会不到我的痛苦。你只是一个幻影，谁知道你是怎么跑进幻境的。你冷酷无情，活该一个人，无亲无故，一辈子孤独。"

　　我指责他，诅咒他，他充耳不闻，抬头看一眼天色，已是破晓时分，他把我扔上马背，催马上路。

　　我们进入城堡。一路上，分身见到我便扑过来，王在野的白袍忽左忽右，动作迅捷如闪电，身形所到之处，碰者死沾者亡。他在路上扫荡，连不攻击我们的分身都不放过，像在进行大清洗。

　　"住手。"我看得心胆俱裂，出声阻止。他置之不理。我对着分身们喊："别过来。我是来帮你们的，我找三位女王有话说。你们别过来。"她们高叫着保卫王国，依然如潮水般涌来。

　　怎么有这么多分身，够组成军队，甚至填满几座城池。

　　王在野仿佛猜到我的想法，说："不全是你幻想出来的。有的分身掌握了你的能力，在幻境中创造出自己的分身，这种二级分身称为'影魔'。"他解开我的绳子，递给我一把刀，说："别死了。"

　　我不愿与人发生对抗，拼命跑，只为摆脱她们，以防她们因靠近我而死。

　　宫殿矗立山巅，富丽堂皇。大殿前的花园中有各种珍奇花卉，园中水潭清波粼粼。进入宫殿，它比我想象的还要奢华。桌子由整块翡翠做成，上面摆着紫水晶的平底盘，盘中的葡萄由绿宝石雕刻而成。水晶高脚杯中盛着鸽血红的宝石，黑玛瑙的花瓶倒了，里面的珍珠撒满桌子。洁白的象牙柱撑起缀满美玉的缂丝华盖，下面的王座是纯金的。

　　突然，从四面八方涌出上千名士兵，我逃进花园，士兵将我团团围住。人群分开，走出一个银盔银甲的少年将军，英姿飒爽。想必她就是黑将军。

　　我心酸不已。这是十五岁的我，刚经历父母离异、父亲再婚，稚气未除的小脸写满仇恨。

黑将军冷冷道：“恭候多时了。”

我说：“黑将军，终于见到你了。我不打算离开，我也不是来毁灭的，我和你们共建童话王国。”话说清楚了，杀戮总算可以停止了，我松了一口气。

她斜睨我，说：“我猜到了。至尊真身来取回她的王国。可惜，民众们厌倦了你的懦弱，耻于与你为伍。”

我急忙说：“你误会了。我不想取代你们成为王。我来，一是要说明我不离开，请你们用别的方式选拔去现实世界的分身，二是想提醒你们，很多分身在受苦。”我痛心地说，“这是个自由的国度，不该有奴隶。我想象这里时，把它当作安乐园、避难所，人们在幻境应该生活得很幸福，可事实上她们过得并不好。你不知道，穷人衣衫褴褛，骨瘦如柴，宫殿中却堆满黄金珠宝。有人专以欺压别人为乐，强盗横行，冤屈的人找不到地方申诉，士兵不仅不保护她们，反而欺负她们。请帮帮她们。”

黑将军嫌恶地说：“帮她们？谁又帮我了？你叽叽歪歪说什么呢。你到城堡来，不就是为了推翻我们的统治，自己当王吗？别废话了。”

我愣了。我以为我一说她就会明白，然后停止敌对，误会解除，皆大欢喜，孰料她完全不相信我，也不关心我说的事。我有点蒙了，喃喃：“我不想推翻你们的统治，只希望你们善待分身。”

她嘲弄地说：“就凭你？最冷血的就是你。”

我被噎了一下，依旧不死心，问：“我说的那些你都看见了吗？你不可怜她们？”

她笑了：“你并没有给我一颗心啊。”

我满头冷汗。

黑将军说：“别告诉我你也是善良的。你是个胆小鬼，满怀仇恨，懦弱无能。让我帮你解脱吧。我替你去真实世界，然后……”她脸上浮现残忍笑容。

我明白她要干什么，叫：“不行。”她一鞭抽过来，我拔刀抵抗，刀被鞭子缠住，她振臂扬鞭，将我的刀甩飞。我被震倒在地，虎口疼痛不已。

众分身哗然，继而哄笑。她们没想到我这么弱。此时我才发现王在野不见了。该死的，我干吗找他，这个时候我居然寄希望于他。

黑将军用鞭子缠住我的脖子，我拼命扯着。她说："干吗挣扎？你不是很想死吗？我们对你的伤害大，还是你对自己的伤害大？你琢磨了十几种自杀方式，何不让我帮你？"

现在不同了。我在现实中活不下去，但这里是幻境啊，是我梦寐以求的，我要在这里好好生活。鞭子紧缠脖子，我说不出话。

黑将军说："哟，还在反抗？你觉得自己很重要，不能死？每个人都觉得自己很重要。在我眼里，你跟其他分身一样，没有区别。你太差劲了，在场每一个都比你强。"

周围一片叫好声，众人挥动手臂给她加油，催她下手。我扯着鞭子艰难地呼吸，目眦欲裂，余光看向刀，它离我甚远。"刀有何用？女王是杀不死的。"黑将军说，笑得猖獗。

不止一个人说过，她们是杀不死的。难道没有办法了？放黑将军出去，以她的狠毒，必将伤害许多人，不仅有我恨的，还有无辜的人。无情是我的止痛药，黑将军却将它当做武器，肆意地释放暴力。不行，不行啊，得阻止她。

黑将军的膝盖压在我的胸上，我扯开一点鞭子，呼吸困难，咳嗽着说："别伤害继母。我恨她，但是她真心实意对爸爸好。爸爸住院，她衣不解带陪护。爸爸好了，她却病倒了。她永远不可能成为我妈妈，不过只要她对爸爸好，就算我不能忍受跟她一起生活，我可以走，把那个家留给他们。爸爸需要她。"

黑将军鄙夷地说："心软了？啐，真没用。你的样子让人恶心。我们早该清除你。"鞭子缠绕得更紧。

我因缺氧而头昏，脸涨得通红，又气又急，心里不由得生出一股劲，说："我有胆量宽容，有胆量退让，有胆量接受现实，我比你勇敢！仇恨最简单，你躲在仇恨里，而我已经向前看了，你还停留在过去。你过时了。如果你不改变，没法适应世界。"

她只是狞笑。我眼前发黑，已经窒息。突然，昏花的眼前似有一个身影，接着，鞭子松了。一个身着布衣的分身不知从哪儿冲出来，撞上黑将军。

我大口喘气。布衣分身死死抱着黑将军将她拖后，身边的士兵用长枪刺布衣分身，另有几个人过来拉她。布衣分身倒在地上，奄奄一息。血流如注，她依然不放手。

黑将军鞭打布衣分身，厉声问："你是谁？"

分身说话了，却是对着我说的："只有你怜悯我。现在我终于还了你的眼泪了。"我想起她了，她是卖梅子酒的。我爬过去，用身体挡住她，鞭子抽在我背上，皮开肉绽，钻心地疼。

分身挤出一个笑容，闭上眼睛，消失了。我呆呆地用手抱着虚无的空气。

黑将军鄙夷道："无聊的同情心泛滥。这么软弱的你早该被淘汰。"

我怒火高涨，嘶吼："这不叫软弱！因为要守护弱小，我们才变得强大。你根本就不懂！我原以为女王能比其他分身好一些，看来我错了。你来自我的恶念。你冷血、残忍，就算要取代我，也不是你！你不配！"

霎时间地动山摇，众人大惊："又地震了。"黑将军用手挡眼睛，仿佛被强光刺到，露出慌乱之色。

"终于。"王在野低沉的声音响起。

黑将军又扑过来，王在野不知何时来到我旁边，往我的手里塞了一把剑，握着我的手将剑刺入了黑将军的身体。

黑将军大笑，说："你不知道吗，我是你的夙念，是杀不死的。"

王在野冷冷地说："她已否定了你。你死了。"

黑将军大惊失色，瞬间化为乌有，盔甲短暂支撑了几秒，散了架。分身们瞠目结舌，继而四散奔逃，大叫："黑将军死了！真身能杀死黑将军！"

我手软，剑掉到地上，冷汗涔涔，哆嗦着问："她……她……"

王在野说："她不会复活了。"

"为什么？"

"你的心结已解，找回了内心的平静，她也就消失了。"

我问："如果我解开了所有心结，她们都会消失？"

王在野反问："她们应该存在吗？不过，要让她们全部消失不容易，有些心结你自己都忘了，怎么解开？"

大地的晃动停止了，我扶着柱子，惊魂未定。亲手杀死分身让我内心震颤，明知她不是真人，我还是手脚发软。

这时，一个红衣少女施施然走来。她打哪儿冒出来的？从阴影里，从空气中？她身姿婀娜，步履无声，悲戚地走到黑将军的铠甲旁，蹲下身，轻抚铠甲，眼泪簌簌而落。她美丽绝伦，如明月般皎洁，一举一动皆倾城。她是红女郎，十五岁，是父母离异时妈妈不要我，我臆想出的完美的我。

她背对我们，轻声说："想动手就来吧。"

我凄然，刚要开口，听见王在野平静地说："我不是来杀你的。"

红女郎含泪，半回首，侧脸如暖玉雕刻，说："一别经年，安好？"

王在野不语。

红女郎抱着黑将军的头盔，纤纤玉手捋着红缨，说："你杀了我最亲的人，下一个就是我。还等什么？"

王在野依旧不语。

我说："我没打算伤害你们，我是想，想……"我想请三位女王爱惜百姓，共建桃花源，但如今黑将军因我而死，我说不下去了。

红女郎站起来，向我凝目，说："终于见到本尊了。"她的眼波向王在野流转，温婉凄楚地问："你攻击我们，就为了她？你知不知道，我们为了维系幻境花了多少心血？她是扶不起的阿斗，她不会变好，分身杀不完，你到现在还不明白？"

王在野说："她才是真实的，其余都是虚幻。"

红女郎潸然，问："真与假，好与坏，孰轻孰重？假的又怎样？如果真的是坏的，假的是好的，你怎么选？"

王在野说："假的再好也是假的。"

红女郎哭得我心都碎了。我说："你们选一个更好的去真实世界吧。我知道自己不够好，我不走。"

她说："你当然不能回去。你缺点多多，如何能让所有人喜欢？只有完美的人才配出去。"

我一怔，问："得不到所有人的喜欢，难道就不能出去吗？"

她反问："不完美的你能出去见人吗？你想再被抛弃一次？不能让这种事发生。我要万千宠爱，要所有人温柔相待。"

我也希望这样，但是不可能，所以后来我的想法变了。我说："不需要得到所有人的喜爱，只要有三两知己足够。"

她不屑地哼了一声，说："你这么说是因为你得不到。"

我想起任务，说："我想请你撤销对女巫的放逐令。"

红女郎的脸色变了，沉声说："竟敢替她求情。她满口胡话，放逐是对她最仁慈的惩戒。"

我说："可她并没有说错啊。"

她神情骇人，逼视我，问："你知道她说了什么？"我点头。她激动地说："她居然不知悔改，还敢到处乱说。这次我要割掉她的舌头，把她关进笼子沉入沼泽。"

我急道："你不能这么做。难道你不知道她说的是实话？"

"胡说，胡说！"红女郎气疯了，身上的红纱暴涨，激射出十几条红绫，将我的胳膊和腿分别缚住，向外拉扯。这是要给我分尸！

我抗争不过，疼得叫。王在野翩若惊鸿，挥剑将所有红绫斩断。红女郎差点摔倒，薄纱飘落，清凌凌的双眸向他一瞥。那是极尽哀怨的一瞥，让旁观的我都不禁动容，不知王在野如何承受得住，他面无表情。

红女郎说："若非我暗中帮你，多个连接门同时开启时，你如何能阻止所有分身逃离幻境？即便你有天大本事，被几百个分身围攻也难活命。为了你，我杀了多少同伴，你就用这个报答我？"说到最后，她声音颤抖。

我听得心惊。完美的红女郎竟然动手杀人？

王在野无情地说："我不需要你做这些。你以为我会开心？"

红女郎说："那你要我怎样？你嫌我杀人不好，她也杀过呀。你天天守着连接门，唯恐分身们伤害她，她感激你吗？她根本不知道你的存在。"

我心里翻江倒海。红女郎曾是我的希望。假如黑将军暴戾，白公主狡诈，至少还有一个善良的红女郎。可是，似乎指望不上她了。她认为足够完美才能去现实世界，她接受不了不完美。抱着这种态度，怎么能在现实世界生活？她的心理如此脆弱，不等别人打击，她先饶不过自己。

王在野问我："你最初的想法是让她代替你，对吗？"

我说："我现在不这么想了。"

红女郎不悦地说："你敢小看我？"

我沉思，"你来自我的自卑，现在自卑的反而是你。你确实比我美，比我好，但我比你更敢于直面现实。"

她耻笑："你瞎了吗？我人见人爱，用得着自卑？你有没有自知之明？"

我平静地说："我倒想问你，你认清自己了吗？你连真实的自己都面对不了，哪有自信可言？在这一点你已经输了。"

王在野注视水潭，说："看。"

水潭倒映我们的影子。红女郎看到自己的模样，惨叫一声，宛如受到无形的重击。我也看到了自己的样子，我的倒影闪着光，白色的光焰熊熊燃烧。王在野的倒影呢？他怎么没有倒影？！我惊讶地抬头，王在野神态从容。

红女郎扬起手臂，足尖踮跶，一道红绫向我抛来，如同巨掌拍向我的面门，顿时压得我透不过气。红绫无边无际，教人无处可躲。危急之际，王在野拧身踏步，挡在我身前，反手挥剑，片片红绫如雪片飘落。

红女郎摔倒在地，苟延残喘："人们不喜欢你，你最好当缩头乌龟，一辈子躲在幻境。你认识的人越多，讨厌你的人越多。"

我说："我的确不如你讨人喜欢，但我不贪心，我已经接受了平凡。如果够幸运，我爱的人也爱我，那是最好的了。一个人的美丽，一半来自天然，一半来自自信。今日的我不比你差。"

红女郎大叫一声喷出鲜血，对王在野说："我知道你要做什么了。是死地，也是生门。可怜可怜你自己。"她哀怨地看了王在野最后一眼，香消玉殒。红纱落地，缠绕在黑将军的头盔上。

大地剧烈摇晃，我站不稳，撞到王在野身上。他的身体像冰一样冷。在沼泽时他曾携我飞行，那时他体温正常。他扶我站稳，我急问："你怎么了？她怎么了？"

"你找到自信，她便消亡了。"王在野说，"你接下来应该问你自己怎么了。你说过，每一个分身都至少在一个方面比你强，别忘了，与此同时，她们的心理也存在着不同程度的扭曲。因为你正是在心态失衡的时候产生了逃避情绪，然后有了她们。所以，幻境中的分身个个都心理不健康，而且她们不会成长，而你在不停地成长，自我调节，与自己、与他人和解，尽管你用冷漠做面具，这并不妨碍你每一天都成为更优秀的你。"

我似懂非懂。我想问的是他，而他说的全是我。

宫殿在摇晃。地上部分一层层坍塌，整个城堡一截截沉降。不知何处起火，火势越来越大，墙壁烧得焦黑，断壁残垣岌岌可危。我惶恐地叫："城堡塌了！哎呀，那些人……"分身们仓皇逃命，有的躲避不及，被滚落的石砖砸中。

王在野带我冲向城堡。城堡正在下沉，我们难道不该远离它？跑进宫殿肯定是死路一条。我停步，心乱如麻。他说："相信我！"

"等一等，让我想想。"我抱着头，梳理思绪，"幻境太糟糕了，需要好好整顿。我此来是为了提醒女王们在统治上的失察，好将幻境建成理想家园，却阴错阳差害死了黑将军、红女郎以及许多分身。这并非我的本意。我要好好想想下一步做什么，避免因莽撞行事造成更大的破坏。"我苦苦思索，"分身们处于水深火热之中，幻境正在经历巨变，得有人带领大家稳定局面。照目前的情况看，即使黑将军和红女郎活着也指望不上，白公主恐怕也一样，最适合的人选好像是我。"

地动山摇渐渐停止。王在野严肃地望着我，似乎十分失望。

我这么有勇气，有担当，放在以前根本不可想象，他为什么失望？

正在这时，白斗篷飘过来，是透明人。王在野问："找到连接门了吗？"透明人不答。王在野神情转冷，盯着她。

透明人问："黑将军和红女郎呢？"我难过地垂首。

透明人问："大人，你带她来，是想结束一切？"

王在野说："事情本该如此。"

透明人颤声说："不行，不能这样。大人，求求你。"王在野不为所动。透明人突然向我扑来，我来不及反应，王在野已经一剑刺穿白斗篷，透明人惨叫，白斗篷微微抬起，像是她向我伸出手，气息微弱地说："别跟他去，他想毁……"话未说完，王在野抽出剑，手一捞，轻巧地抄起委顿的白斗篷。

他杀了透明人！我目瞪口呆，好一会儿才反应过来，声音尖厉地问："为什么杀她？"

他平静地说："救你。"

什么？透明人要杀我？可她明明在提醒我，只是没说完话。我急得跺脚："你要提防她，可以捆住她，像上次那样。第一天你要杀她，我没话说，这是你的使命，那时你不认识她。可是过了这么多天，她一路陪伴，任你差遣，你居然毫不犹豫杀了她。你没有感情吗？"

他漠然反问："你不是无情人吗，现在反倒指责我没有感情。人需要有感情吗？"

我感觉冷得彻骨，再次看不清他，又气又怕，同时伤心。我刚打算信任他，他却令我寒心。我沉声问："她说的是什么？你要毁灭什么？"

"没时间了，你得尽快离开。"他拉我继续跑，我躲避，后退两步。话不说清楚我绝不走。他眼中闪过阴鸷，懒得解释，已打算强迫我。我说："我打不过你。不过，就算你把我扔进连接门，我依然能回来，你阻止不了我。"

他眯起眼睛盯着我，我无惧地回望，与他冷冷对峙。大地的震动彻底平息，下起大雨。他手中剑飞快地转了转，突然斩向从废墟中逃出的分身，我惊怒。他说："你不走，我就杀光所有人。"我跺脚，恨声道："别逼我。"

王在野又杀了几个分身。她们好不容易逃出废墟，却遭到王在野的毒手。我恨得牙痒痒，无力阻止。他开始在城中寻找更多分身，惨叫声此起彼伏。

我说："你把她们都杀了也没用，我能幻想出更多分身，你杀不完。为什么不杀我? 杀了我一了百了。"

他猛回头,我一呆,他眼睛血红,似乎压抑着狂怒,很快又转头,消灭了一个分身。我阻止不及,又急又气,喊:"杀我啊,动手啊!我明白了,有一个人你打不过,白公主。任凭你多厉害,你拿她没办法,所以你才找上我。只有我能打败女王,你要利用这点,于是帮我进入城堡。在消灭白公主以前,你得确保我活着。我果然没猜错,你企图统治幻境,借我之手消灭三位女王!"

话语不经思索倾泻而出,说完反而点醒了我自己,原来是这么回事!我更加肆无忌惮,料定他不敢杀我。我们两个较着劲,王在野大杀四方,分身们有的奔逃,有的求饶,他一律不放过。

大雨滂沱的街道,泥沙俱下,水流带着树枝和朽木冲刷路面。一截粗大的断木沿路滚来,携万钧之势,即将砸到我身上。我躲进旁边的房子。那房子只剩两堵墙。这时,十几个白色分身从墙后冒出来偷袭我。王在野一把推开我,我顿时从不管不顾的状态里清醒过来。追杀我的人仍然很多,命悬一线,逃跑要紧。我在小巷中逃窜,分身们穷追不舍。

城墙倒塌了大半,我试图翻越城墙缺口,雨淋湿了砖块瓦砾,脚下很滑,我爬上城墙,却发现墙外是山谷。我收步不及,掉下去,落入湖中。

王在野大叫:"易若然。"接下来,水涌进我的耳朵,我听不见别的。

波浪卷着我翻滚,我不会游泳,挥手蹬腿,直往下沉。分身们跳入湖中,向我投掷兵刃,我险被击中,惊得呛了一口水,接着连咳带呛,水陆续灌进鼻子和嘴,呛到肺里,眼看小命不保,这时,一个声音问:"你可要我救你?"

谁在说话?不在耳边,倒像在我的脑海中。我耳中全是水,除了水声以外什么都听不见,那声音却直接入脑。

她又问:"你可要我救你?"我即将淹死,别无他选。她说:"别后悔。"话音刚落,我已经趴在湖面上。湖面平整如镜,承受住我的重量。我全身干燥,没有一滴水,回头看,哪有什么追兵,只有我一个人,城堡巍峨,天气晴朗,阳光灿烂。这是幻境,但是是完好的幻境。我目瞪口呆,余光见脚下有异。

湖面下波浪汹涌。几个分身正在水中搜寻,紧接着,王在野击毁分身,也在水中寻找。有一瞬间，他与我近在咫尺，却仿佛看不见我。过了一会儿，他游走了，越来越远，他到另一侧的湖面探头换气，再次潜入水中。

这是怎么回事？湖面仿佛一面镜子，隔开了两个一模一样的幻境，又仿佛是一扇玻璃窗，我能看到那个幻境发生的事，对方却看不见我。

我小心翼翼踩着湖面，它坚固而稳定，我退到岸边，松了口气。湖面下，王在野一次又一次换气、入水，持续寻找。

空中忽然传来银铃般的笑声，我连忙抬头。一只巨鹰扇动狂风，降落在湖面。一个头戴海棠花的少女骑在鹰上，笑吟吟望着我，说："来新伙伴了，欢迎。"

我死死地盯着她。她的容貌与我一样，显然也是分身。她竟能操控巨鹰！我意识到武器全都失落了，只能拉开架势，威胁地望着她。她扑哧笑了，说："别害怕，我要害你，刚才就不会救你了。"

"在湖里对我说话的是你？"

她点头，跳下巨鹰。我后退两步，与她保持一定的距离。她说："我喜欢头戴海棠花，别人都叫我海棠花。这里是忘忧湖世界，你安全了。"

我望着湖水，王在野还在找我。她说："他们追不到这里，也看不到你。跟我来吧。"

"离我远一点。"

她温和地说："不勉强你了。送你一匹枣红马，它很温顺，它会带你去你想去的地方。"她跳上巨鹰，高声说："等到雨住云收，阳光重新照耀，落花飘在水中，山雀在树上跳跃，大树下就是我家。"

巨鹰腾空飞走了。我尚处于惊愕中，远处传来马蹄声，一匹枣红色小马向这方驰骋。我上马疾驰，远远离开城堡，一路上人影皆无。这里的景物像是幻境，又有很多不同。例如，四季花朵同时盛开，瓜果也同时成熟，春蚕与蝉鸣俱在，芍药绽放，枫叶火红，似乎没有季节之分。瀑布倒流回天空，云朵积累了过多水汽，整个从天上掉下来，变成池塘。

我翻山越岭，跨越平原。盲人居住的蘑菇村庄只余空屋，沼泽变成了鲜花盛开的草原。景物虽美，却无人烟，越走越令人生疑。这个世界莫非除了海棠花再无他人？我曾渴望孤身一人，但不是这种。我已经走了很久很久，按说应该过了好几天了，艳阳却始终高照，从未西沉。

我勒缰拨马，奔赴宫殿。宫殿中空无一人，海棠花不在这里。乌云密布，下起雨。路过忘忧湖，我见王在野还在水中寻找，他的脸色青白。那边正是黄昏，湖水中闪着温和的橙色，是夕阳的余晖折射于水中。

雨越下越大，我在合欢树下避雨。娇美的花瓣哪堪风雨，纷纷凋落，飘在溪水上，随波去远方。天地在此刻安静了，我紧绷的神经得以放松，从逃命的慌张和误入幻境的惶恐中渐渐平复。

雨停了，信马由缰，马啃食青草，沿着蜿蜒的小溪缓缓前行。悦耳的鸟鸣传来，是两只不知名的小鸟在树枝上吵架。我觉得有趣，靠近观察。鸟飞到一棵粗大的树上，树的另一侧传来清脆的石块撞击的声音。绕树寻去，树荫下有青石桌和青石墩，桌旁坐着两个分身，正在对弈，海棠花在旁观棋。三个人悠闲自得，恬适超然，颇有些仙意。

见到我，海棠花微笑点头，说："周游世界回来了？先喝点茶。"桌上凭空出现了茶具，杯上热气袅袅。

我说："有人说幻境中没有魔法、巫术之类的。"

海棠花说："不是魔法，而是想象。忘忧湖世界出自我的想象，如同幻境出自你的想象。白公主害我落入湖中，在我快淹死的时候，我祈祷能生活在一个没有伤害的美好幻境，忘忧湖世界由此而来。它复制了幻境。进入这个世界后，我发现我可以心想事成，比如我们最爱的焦糖布丁。"话音刚落，桌上出现了四个焦糖布丁。

这是一个衍生世界，幻境中的幻境。这怎么可能？我暗暗咬自己，很疼，不是做梦。我还是不敢相信，对一切充满怀疑。我问："白公主为什么害你？"

"因为我有一项她不允许的能力。"

我脑中灵光一闪，脱口而出："影魔。"

"不错。白公主有创造影魔的能力，我也有。黑将军利用我的能力组建军队，却不干好事，还威胁到了白公主的地位。白公主诓我入宫，指责我背叛，将我从城头推落，没想到反而激发我生出新的能力，我创造了忘忧湖世界。"

我说："这里的时间不对劲。"

海棠花说："白天多好。你喜欢晚上？我可以让它变成晚上。"她拍拍手，光线忽暗，黑夜降临，星垂四野，她又拍拍手，转眼间阳光普照。

她竟然可以控制时间！我叹为观止，放下戒备，因为戒备也没用，如果她想害我，我毫无还手之力。

她叫我不必大惊小怪，说："这是幻想世界，只要敢想，什么都能发生。"

"一直是白天的话怎么睡觉？"我问。

她哈哈笑，眼中闪着狡黠，问："你困吗？饿吗？渴吗？其实都没有，对吧？现实中肉体的感受在这里都没有。我们吃饭喝水，只为重温生活的乐趣，其实并不需要。所以我喜欢白天，干什么都方便。"

海棠花带我四处游览。这里只有我们四个人。她解释说只有意外落水的人才有可能进来，主动跳入湖中的人进不来，也看不到这个世界。忘忧湖的水面如同一面单向镜，只能从这方看过去。物资取之不尽，用之不竭，因此没有纷争。一切都随心所欲。

海棠花说："你想干什么都可以，随你高兴。这里什么都好，就是无聊。你来了真是太好了。咱们去吃饭吧，爸妈应该已经把午饭准备好了。"

我瞠目结舌。爸妈？她在说什么？

我们来到城堡，餐厅中，饭菜已摆上，爸爸妈妈赫然坐在桌边，见到我，招呼道："然然，洗手吃饭。"我看看爸爸，又看看妈妈，他们笑容亲切，关系融洽。海棠花冲我眨眨眼睛。一家人其乐融融是我最大的愿望，而海棠花将愿望实现了。忘忧湖世界才是真的桃花源，比我那个"桃花源"强多了。我死心塌地地爱上这里。

阳光明媚，时光悠长，从此都是欢声笑语，幸福快乐。我们唱歌跳舞做游戏，想方设法找乐子。海棠花充满活力，思维很跳跃，跟她对话得打起十二分精神才能跟上她的思路。她很健谈，向我抱怨："最不好玩的游戏是猜谜和捉迷藏，因为大家都是易若然，心思一猜就中。"我被逗得哈哈笑。王在野曾质疑我和分身'相亲相爱'，他错了，我嫌弃的是现实中那个一无是处的失败者，而不是别人，哪怕是分身。

一开始，海棠花给我的印象是"疯狂至极"，她有好多"自杀式"的举动，后来我理解了，若非她是这么疯狂的人，不会产生那么多新奇的想法，不会创造忘忧湖世界，不可能死里逃生。

海棠花犹如忘忧湖世界的神，不断创造奇迹。我问她怎么做到的。她说："心里想一下就做到了。因为相信自己无所不能，然后就真的无所不能了。"

无论过多久，在忘忧湖世界始终是一天，过不完的一天。大家无忧无虑，唯一的烦恼是接下来玩点什么。我们至少已玩过一千种游戏了。海棠花竭尽全力让大家开心。我们骑马、打猎、酿酒、采花、寒江钓雪、扁舟逐浪……我尝试了许多以前想都不敢想的事，比如悬崖蹦极、深海潜水、在活火山口烤肉、在彩虹上滑滑梯。我从悬崖跳入水潭，又顺着倒流的瀑布回到悬崖上。我骑着巨鹰飞翔，横绝千里，直入白云。

有时我感叹生活美好，很怕失去。海棠花温柔地说："我知道你担心什么——无论在这里过得多快乐，回去后还得面对那些痛苦，不过你根本不用担心，因为你不会回去呀。你将一直快乐下去，享受美好。"

"就这样一直到老？"我还是惴惴。

海棠花笑了："老？不会老。我们永生，永远年轻！走，我们去雪山堆雪人。"她呼啸一声，巨鹰冲上云霄。

我莫名地打了个寒战。她说的永远和别人说的永远可不一样。

巨鹰飞越城堡，忘忧湖下，正是月夜，残破的塔楼上，王在野长身玉立，白袍飘展，如一片恢宏的云。他依然在找我，但不知去何处找，于是守在我消失的地方。

海棠花驱使巨鹰飞到我身边，望着湖水，说："啊，猎人。"

我问："他是什么来历？"

"没人知道。他大概是元老，我进入幻境时他就在。"

"不知他是敌是友。"我说，"他救过我。不过，或许他是想利用我除掉女王。"

她说："他的确对你另眼相看。"

我疑惑："你能看见幻境中发生的事？"

她点头，说："在幻境中，我能感受到你在现实中的经历，不是看到的，而是那些事自然地出现在大脑里。进入忘忧湖世界后，我感受不到现实了，但能够感受到幻境中的事。"

我惊讶："你知道我来自现实？你知道我的身份？"

她一副"何必大惊小怪"的模样，平静地说："能让你开心是我的荣幸。"

我很感激她们不嫌弃我，因为我是那么嫌弃自己。我喃喃："外面的世界不知道怎么样了。"

海棠花说："管他呢，把那些都忘了吧。从此以后，你不必对别人歉疚，不必考虑别人的感受，不必对谁负责，这里只有你自己，我们就是你。你没有任何责任、任务、压力，不会做错任何事。你做什么都是好的，正确的，不用再管任何评价，包括你自己做出的。你是自由的，松弛的。你可以享受孤独，也可以融入热闹。我能满足你所有的愿望，让你称心如意。"

在忘忧湖世界又过了多久？我已失去时间概念。时间是世上唯一的奢侈品，但在这里，它一文不值。当某个东西多到无穷无尽，它也就失去了吸引力。

因为知道爸妈是假的，我对他们无法产生强烈的感情；因为知道让我快乐的事是假的，所以快乐大打折扣。我渐渐失去对事物的兴趣，一天比一天沉默。海棠花努力逗我开心，我十分愧疚，觉得有负于她。扪心自问，自私而贪婪的我啊，究竟还有什么不满意？思索许久，没有答案。我不理解自己，从前是，现在也是。我自嘲地想，大概因为我与黑暗共生，反而不适应阳光。我痛苦惯了，快乐让我不知所措。虽然努力振奋精神，但我依然情绪不高。

海棠花察觉到了，说："我带你看一样东西。"她带我参观城堡的地下室。地下宝库中装满了珍珠宝石金扣子，多得从箱子里溢出来，同样的宝库共有十个。她大概以为这能让我安心。她忘了，在忘忧湖世界根本不需要花钱，没有商品买卖，没有交易，所有东西都自取，应有尽有。如果不需要交易，再多的金钱有什么用？慷慨与吝啬，判断的基础是有限的东西。

我的反应让海棠花失望了。她为我的落落寡欢着急，苦思冥想，拍手说："有了。你看看身后是谁。"我转身，看到了曾经的伙伴和现在的同学。她说："你想和谁玩，告诉我，我把他们变出来。"

所以全是假的！我心慌得不得了。我不是不满意，但所有快乐的日子都像是别人的，是我偷来的，一家和睦、同学亲爱，这是别人的生活，不是我的。生活越美好我心里越没底。

我嗫嚅："如果想离开忘忧湖，怎么走？"

她震惊地看着我，问："这里不好吗？我们对你不好吗？"

我摇头说："你们对我很好，这里也很好，只是，只是……都是假的。"

她困惑不解："幻境也是假的，为什么你想留在幻境呢？"

我无言以对。

她难过地说："你拼命留在幻境，即使它与你的期望相去甚远。忘忧湖世界比幻境安全，而且更美丽，更合你的心意，你在乎的人都在这里，怎么你反而想走？"

她说的没错。幻境和忘忧湖世界都是假的，为何我的心意却不同？忘忧湖世界比幻境更好，我反而不适应。难不成我有受虐倾向？我知道不是的。我自相矛盾，难以自圆其说，心绪烦乱，说："对不起，我又说傻话了。我出去走走。"

微风习习，芳草萋萋。一个分身穿着美丽的衣服在忘忧湖畔跳舞，借如镜的湖面倒映婀娜身姿。我呆呆地看着，脑海空空。

这里是乐土，一个美丽的新世界，满足了愿望，同时也失去了渴望，我再也无法希冀什么，对一切都缺乏兴趣。别人可以在这里安定下来，我却不能。我是不是太不知足了？放松和不安，心满意足和极度空虚，每一组词都是矛盾的，而我在同一时刻感觉到了它们。

偶然向湖水一瞥，惊见那个世界已没有王在野的身影。我跳起来，跑遍整个湖面，看不到他。

他走了，放弃我了！

我急得直冒汗，趴在湖面仔细找。湖水清澈，没有遮挡，没有遗漏，那边的的确确没有他的身影。湖面虽大，能看到的依然有限，或许他在幻境的其他地方寻找。我安抚狂跳的心，强作镇定，不由自主地想：接下来会怎样？连接门重新开启，分身代替我去往现实。时间如流水无痕，没人会察觉不对。人们认得我，却又忘了真正的我。只有幻境中的人知道我，可他们也快把我忘了。

分身们以为我掉了东西，要帮我找。我婉拒。她们找不到的，我把自己弄丢了。

我跑回城堡，想请海棠花帮忙看看王在野在干什么，刚要进入大殿，听到海棠花和一个分身在聊天。

分身说："我不明白，这里这么好，为什么有人想出去？"

海棠花叹息："我以为她能好转，看来她身体上的病痛虽然没了，精神上依然痛苦。"

"亲人、朋友、自由自在的生活，你都给她了。"

"她要的是真实的情感。尽管大家对她很好，但她清楚那些是假的，所以内心的渴望得不到真正的满足。"

分身说："假的又怎样？快乐是真的就够了。"

海棠花说："难就难在这里。因为知道所见所闻都是假的，所以她认为由此产生的快乐也是假的。她毕竟和我们不同。我们本身就是虚幻的，虚幻的分身与虚幻的情感相匹配，所以一直不觉得有什么不对。她因为虚幻的事获得了快乐，她怀疑快乐也是虚幻的，她怀疑一切，所以不踏实。"

"我明白了。"分身松了一口气，说，"我还以为她发现了你的真实身份，所以想走。如果她知道你就是白公主，恐怕更得怀疑一切了。"

我惊得一身冷汗！海棠花是白公主，她竟然是白公主！

我一定是发出了什么声音，她们一起向殿外看来。我转头就跑，眨眼间海棠花已挡在我身前。我知道斗不过她，愤愤地瞪着她。

她叹气："不告诉你是怕吓到你。"

我讥讽："感谢你好心欺骗。"

海棠花苦笑："我知道你在想什么，你以为我故意把你困在这儿，满足你的心愿，消磨你的意志。事情不是你想的那样。我是白公主，又不是全部的她，确切地说，我是她的影魔。她精神分裂，分离出了我。后来她掌握了这项本领，分离出更多影魔。她发现我也拥有分离影魔的能力，心存忌惮，想除掉我，我掉入湖中创造了忘忧湖世界，这些都是真的。"

"带我去连接门。"我语气强硬，她的话我不想听，这里我也不想再待下去。

海棠花凝视我片刻，说："我不是故意阻止你，但是……没有连接门。我在幻想这里时，从未想过要离开，所以压根不存在连接门。"

我的心往下沉。"我被困在这儿了？"

"不是被困，"她又委屈又悲哀地说，"而是幸福生活啊。"

"带我去连接门。"我喊，"如果没有，就造一个！"

她说："对不起，我不会。不是所有分身都能开启连接门。即使开启了，连接门出现的地点是随机的……"

"送我出去，你不是无所不能吗？我要出去！王在野呢，看看他在哪儿。"

"他不在幻境里，大概去现实世界抓分身了。你进入忘忧湖世界后，分身们找不到你，以为你死了，于是重启了连接门，许多分身赶往现实，王在野去抓她们了。"

他也以为我死了？我心里发慌。趁他们还没忘记我，我得赶快出去，再晚就来不及了！

海棠花喃喃："王在野，王在野。原来你想要的是他！"她眼睛放光，拍拍手，身后立刻出现王在野。王在野脸上浮现温柔笑意，向我伸手，说："易若然，我来找你了。"

我跳开两步，瞪着他，像见了鬼。这不是他，这种温柔，这种陌生的态度，这不是他！假的东西已经够多了，不能连他也是假的。我终于崩溃，大叫："让他消失，赶紧消失！"海棠花吓了一跳，赶紧将他变没了。

"连接门！给我一扇门！"因为恐惧和焦急，我的语气恶狠狠的。

海棠花一副爱莫能助的模样。指望不上她，我自己去找。我寻遍城堡地下宫殿，所有房间都堆满金银财宝，哪有连接门的影子，何况我并不知道初始连接门是何种形态。我骑上巨鹰，飞遍天涯海角。忘忧湖世界如同地球，是圆的，我飞了一遍又一遍，上天入地，找不到出口。

我来到忘忧湖，对着湖面用石头砸，用兵器砍，用火烧，在上面蹦，湖面纹丝不动。海棠花和其他分身担忧地看着我。

我把能想到的办法都用了，无计可施，万念俱灰，坐在湖面上，看幻境中日升月落，时光更迭。

一个分身说："现实有多可怕，幻境有多变态，你见识过。你最不应该想出去。我们都是被动进入幻境的，而你向往幻境，是你用想象力创造了它。你想来这里都想疯了。现在梦想成真，你却要走？"

另一个分身说："在幻境你很难活下去。除非杀光分身，否则哪怕你返回现实，她们还会引你进入幻境，杀死你。留在忘忧湖吧，这里的生活多好啊。"

海棠花不说话，只用悲伤的眼神望着我。

我说："你们不懂，不是什么都能替代。别说在幻境里，就算在现实中，你控制了真实的爸妈，让他们和好如初，一辈子相爱，一家人和和睦睦，那也不行，那也是假的，不是他们发自内心的，而是我强求的假象，是骗人的！"

说完，我心头豁然开朗。幻境就是我用来骗自己的一个白日梦，自我麻醉用的，现在该醒了。王在野说得对，幻境是一座坟墓，我栖身于此，就相当于埋葬了现实中的自己，看似有了无限的生命，其实已经被判了死刑。

我现在能回答红女郎的问题了。她问："如果真的是坏的，假的是好的，你怎么选？"我选真的，哪怕它可怕、冰冷、令人痛苦，我选真的。可惜，我明白得太晚了。梦再美，终究要醒，我却醒不过来了。出去已成奢望，因不可得，反而更加渴望。

砰！脚下突然传来震动。我四顾，寻找声音来源。白袍闪现，是王在野，他正从另一方撞击湖面。我跪在湖面，他直视我。我拍打湖面，他靠近了，还在看着我。他能看见我？他来找我了？希望被重新点燃，我狂喜地叫："王在野！"我以前竟不知自己这么依赖他。无论如何猜忌、失望，其实我一直以他为最亲近的人，从最初到现在。

他继续击打湖面，湖面已经出现裂痕。我赶紧找石头在这边配合着砸。旁边突然多出一双手，拿着石头帮我一起砸，是一个分身，接着另一个分身也来帮忙。我们做的一点用都没有，全靠王在野那边。王在野的气已经憋到尽头。海棠花说："让开，我来。"我感激地望着她。她向天空伸出双臂，乌云密布，天雷滚滚，一道闪电劈向湖面。我叫："别伤着他！"闪电落在湖的中央，却没留下一点痕迹。我们使不上力，只能靠王在野。

王在野的动作慢下来，却没有停，一下又一下撞击着。我心惊胆战，盼着他去换气，又怕他一去不回。裂痕越来越大，终于，湖面裂开了，我掉入水中，被波浪淹没，脑海中响起海棠花的声音："保重。"

我持续下沉，一双冰冷的手抓住我的胳膊，手上的寒意传给我，冻得我直打哆嗦。我憋的这口气已到了尽头，晕了过去。

我是被冻醒的。有人正抱着我摇晃，我被晃得头晕，呻吟一声，那个人放下我。我缓缓睁开眼睛，眼前漆黑一片。我身上是干的，并未浸湿。难道事情逆转了，我回到了忘忧湖世界？我吓得立刻清醒，叫："王在野？王在野？"

"我在。"

我看到他了。黑暗中，唯有他是光明的，幽暗地闪耀。

我松了一口气，感觉终于安全了，不再孤独无助。哪怕没能逃出去，回到了忘忧湖世界，我都不怕了，不过我还是问："我们在哪儿？"

他答："幻境。城堡附近。"

太好了，我没有连累他困在忘忧湖。

一阵窸窸窣窣的声音后，一盏灯亮了，不，那不是灯，是沼泽女巫送给我的伞，不知王在野从哪儿捡到它，原来它在黑暗中能发光。

我问："你怎么找到我的？"

"光。湖中忽然发出耀眼的光，我寻着光找到湖底，看到由光聚集而成的你。"

"对不起，我的任性惹出了很多麻烦。"

"知道就好。"

他还是一样不留情面。熟悉的冷言冷语莫名地让人觉得亲切。

我垂头丧气地说："我以为能幸福。湖中世界就是我向往的极乐净土，我却无法安心。事实证明，即使周围景色如画，但我内心是灰色的，所以不可能快乐。问题根源在我，而非环境。我可能永远都找不到快乐的方法了。"

他哼一声，说："我认识一个人，她悲观厌世，人人都以为她内心一片苍凉，她却用想象力创造了一个童话王国，花是红的，草是绿的，山是青的，我没看见灰色。"

"谢谢。"我低声说。

他问："现在想离开了吗？"

困在忘忧湖世界时，我渴望返回现实，现在回到了幻境，离现实近了一步，我倒犹豫了。现实中身体的剧痛让我心有余悸，我真的怕。我说："那些孤独而可怕的日子，说它漆黑如夜一点儿都不夸张，它给我的感受就是那样的。"

出乎我的预料，王在野没有讽刺我，反而点头，说："我知道。"

"我疼得无处可逃，想过很多次自杀，那是我唯一能想到的终结痛苦的办法。你可以说我懦弱，但我真的撑不下去了。那些劝说我的人都是为我好，我明白，可我忍不住生气。他们体会不到我的痛苦，强求我积极面对生活，难道他们不自私？只许他们自私，就不许我任性一点？我只是想找个方法让自己不疼。可我又觉得自己不识好歹，辜负了大家的好意，因此对自己生气。我总是愤怒的、痛苦的，看不到出路。"

他说："我知道。"

我说："曾经想活在只有我一个人的世界，以为能得到宁静。有时，明明优秀的是我，听到人们夸赞的是另一个人，我不觉得委屈，反而觉得解脱，虽然我也渴望被人认可。我不喜欢与众不同，我处理不好别人的关注，最好无人问津，我能轻松些。"

他说："因为你怕令他们失望。你总是妄自菲薄，觉得自己什么都不好，无法承受别人的期待，认为自己一定会辜负他们。自信一点，你很好，非常好。"

他深谙我心。我疑惑："你究竟是谁？"

他说："王在野。"

"打哪儿来，来做什么？"

"我是幻境守卫。"

"你有朋友吗？有亲人吗？"

他摇头，说："举目皆敌。"

幻境中只有他和我的分身，可不就是举目皆敌嘛。他无亲无故，孤零零一个人在幻境里，在无尽的时光中，独自面对越来越多的敌人。我顿生恻隐。

一道血红色的闪电短暂地照亮大地。闪电仿佛被圈在城堡上空的小片区域，其余天空都是黑的。像之前看到的一样，那种黑不是乌云，不是黑夜，像是天空的画板完全被厚重的黑色涂抹了。

我问："天怎么了？"

他淡淡地说："天塌了。还有更奇怪的事，马上你就能见到。"

又是一道闪电。远方某种白色的东西正向这边蔓延，速度快得惊人。第一道闪电时还离得很远，第二道闪电时，那片白色已靠近了许多。第三道闪电让我看清了它，那是由白色分身组成的军队，密密麻麻，无穷无尽，多得让人直起鸡皮疙瘩。

王在野说："如果从高空俯瞰幻境，大概全是白色了。我刚把这一片的消灭完，这么快她们又卷土重来了。"

她们进入发光伞照明的范围。我不免大吃一惊，她们不是走过来的，而是从原有的分身中分离出来，一个分出好几个，新的又分离出新的。对了，这种不叫分身，叫影魔。影魔从四面八方涌来。我心中一动，说："是最初我见过的那个！"

王在野说："没错，你刚进入幻境时见到的就是她。"

我思索："白公主。"难怪白衣少女能重生，王在野杀不死女王。

"看来你都知道了。黑将军和红女郎死后，鼎足之势被打破，白公主知道早晚要对付你，便用影魔占领了整个幻境。"

在伞的照明下，一张张相同的冷漠的脸逼近，让人毛骨悚然。我有些慌，深吸口气。王在野问我："要躲吗？"我看向他，他在发问之前已经知晓答案，发问只是为了确定我的心意。

大军到了眼前，人挨人，人挤人，简直没有缝隙，要是再多一些，有可能把我俩挤入湖中，幸好分裂停止了。为首的影魔面无表情地说："白女王陛下恩准你返回现实，她为你打开了一扇连接门。"

呵，她已经自封为王了。

影魔们闪出一条路，蜿蜒的路望不到头。

王在野说："准许你返回现实有可能是真的。然后，她们从别的门把你召唤进来。连接门出现的地点是随机的，遍地都是影魔，当你回来时，我无法及时找到你，她们就有机可乘了。算盘打得挺好。"

他多么冷静，看问题多准啊。有他在，我无所畏惧。我对王在野说："请帮我见白公主。"

王在野深深看我，说："愿尽绵薄之力。"

影魔说："女王陛下饶你不死，你别不识好歹。"

我微微一笑，从容道："我才是幻境之王。这是我和白公主之间的事，你们不该管，也管不了。"

影魔们为我的态度震惊。王在野微微拔剑。影魔畏惧他，不敢靠近。僵持之下，一个影魔退后了，紧接着，其他影魔也退后。为首的影魔呵斥："不许退！都站好！消灭她，不能让她毁了我们！"王在野一剑结果了她。影魔们让出一条路。无数双眼睛盯着我。我看向王在野，他给了我一个安定的眼神，我迈步前行。

城堡已塌陷一半，大门早已沉入地下。经过修缮，地面部分还有一些可用。血红色的闪电撕裂长空，宫殿中灯火辉煌，地毯也是血红的。高高的王座上，白公主头戴王冠，眼神如王冠上的钻石一样冰冷。

"至尊真身。"她极其轻蔑地吐出这几个字，"没想到你能走到这里。不，应该说我已算出你能走到这里，所以我才在这儿等你，以逸待劳。"

影魔们沉默围观，四周鸦雀无声，连风都静止了。她责备地环视影魔，说："看来影魔虽然没有倒戈，但也没有尽到阻拦的责任。好，这是我们两个的事。"

果然是我的分身，想法和我一样。

白公主说："我就知道你不肯善罢甘休。说吧，要怎样？把王国一分为二，还是共同统治？"

我说："我要走了。"

"走？返回现实？！舍弃无限的欢乐，返回生命有限的残酷现实？"她不信。

我说："对，我要离开幻境。我还没找到那个让我内心安定的地方，也许余生都找不到，但我得去找。"王在野赞许地点头。

白公主问："那你为什么不从我开启的连接门离开？"

"我有话对你说。首先，不要再召唤我进来。我不想称王，更不想为奴，这个世界留给你吧。其次，我希望你勇敢一些，不要害怕，做你认为正确的事，坚定向前。"

白公主冷笑，问："我害怕？"

我平静地说："你不害怕，就不会创造这么多影魔。她们帮不了你，克服恐惧是自己的战争，别人帮不上忙。"

她冷冷望着我。

我说："还有，希望你带领大家重建家园，善待她们。我们都有非做不可的事，无论多难都得担负起来。没有人比我更适合现实，分身们很优秀，但无法取代我。这是我要面对的。而你要做的，就是管理好幻境。你可以做女王，也可以做她们的朋友，总之，别害怕其他分身。我们与世无争，你知道的，只要你真心相待，不用担心她们推翻你的统治。她们孤僻惯了，不被逼急了，不会理你的。"

白公主笑了，狂笑，充满讽刺。她说："你居然教我拯救幻境。你看看幻境现在的样子，都是拜你所赐。"她指向王在野，"你知不知道他带你来干什么？他明明能随时随地开启连接门，却费尽心机引你来城堡，你以为他在帮你？他正在不遗余力地摧毁你的梦，而且是骗你自己动手。"

我暗暗惊心，不是很明白她的意思，但我对王在野的信任已坚不可摧。尽管不理解他全部的做法，但我知道他在帮我。

白公主的神情带着几分不屑，又有几分怜悯，对王在野说："活该你要死！你难道不知道这么做的后果？难得拥有永恒的生命，却用来做这种无聊的事。"

王在野要死？这是怎么回事？我问他："她在说什么？"

王在野眼神幽深，拔剑，说："她的话太多了。"

白公主笑道："图穷匕见了？易若然，我死了，你的梦就彻底破灭了，你不拦着他？"

我懵懂地望着王在野。王在野正要攻向白公主，突然脸色发青，单膝跪地，以剑支撑身体。我慌忙扶他。他的身体像冰，不止冷，还僵硬。他挣扎着站起来，仿佛已到极限，尚未站直便再次跌倒。血红地毯染红了他的白袍，我这才看清，那不是地毯，而是猩红苔藓，脚踩在上面，印出一个个血脚印。

"动不了了？身体僵硬了？是你咎由自取。"白公主边说边走近，王在野用剑指她，剑身刚好将我护住。白公主被迫停下脚步，说："自身难保，还想护她。"

我低声问王在野："你怎么了？"他咬紧牙关，微微摇头。

白公主说："告诉她啊，告诉她你正在毁灭幻境。当她觉醒，重拾勇气和自信，幻境就失去了存在的必要。这是她的逃避之境，如果她不再逃避，这里必将倾塌。你的力量源自幻境，她越是质疑幻境，你的力量越弱。你帮她认清自我纯属自取灭亡。"

我问王在野："为什么？"

王在野凝视我，说："幻境本就不该存在。你只有一个世界，在那个世界过好，别贪心。"

我紧紧抱着他，恨不得把全身热量都给他。幻境不存在，他会怎样？会死吗？他一路保护我，我不能反过来害了他。

"伟大的幻境守卫致力于毁灭幻境，真是可笑至极。不过，你不用惦记他，因为你也活不长了。"白公主阴恻恻地说，"这些苔藓是林小雨的血。记得吗，她流了很多血。她的血在吸食你的命。你马上就要死了。"

林小雨跳楼自杀，我们得到消息，跑回宿舍楼。她横陈宿舍楼下，我抱起她，那一刻我才懂"七窍流血"这个词的含义，除了鼻子、嘴巴，她的眼睛、耳朵也在流血。血染红我的衣服，正如现在苔藓染红我们的衣服。

我浑身颤抖，手脚发凉，晕血症犯了，膝盖一软，跌坐在苔藓上，坐在那一摊血上，这让我几乎崩溃。

王在野说："站起来，易若然。"

我也想，可使不上劲。我感觉力量在抽离。

白公主喋喋不休："是你害死林小雨的，你害死了她。如果你大声说出事实，她就不会蒙冤。如果你陪着她，她就不会绝望。你袖手旁观，害死了她。坐视恶行的始作俑者是你。我是跟你学的。你害死了林小雨！"

她的话一句句戳我的心。我痛苦万分，叫："不是我！"

白公主大笑，拍手说："对，不是你，不是我们。你早该明白，你根本不用愧疚，是她自己笨。没人替她说话，她自己可以分辩啊。说不过别人是她没本事。我有什么义务帮她？人活着得靠自己，不能总指望别人。轻生的是她，她懦弱无能，自己非要跳楼，怪得了别人吗？凭什么我得愧疚？"她说的不是反话，而是真的这么想。

多么讽刺。白公主生于我的愧疚，她却不认同我的愧疚。我失望地说："你应该是她们之中最睿智的，你有未卜先知的能力，善解人意，善良又勇敢。你怎么变成这样？"

白公主喝道："还执迷不悟！我以为这段奇幻旅程能开阔你的眼界，让你聪明些。我错了。你冥顽不灵，到死都改不了。要不是你庸人自扰，就不会有这么多事。"

我想站起来，以手撑地，沾了一手血，不禁冷汗涔涔。

王在野说："易若然，你比她强大。记得你进入幻境时看到了什么吗？你看见了金黄的向日葵，季节是初夏，但你帮助盲人时希望是秋天，于是季节变为秋天。当你质疑这个世界时，天空的一角塌了。山火肆虐那天原本没有风，我说刮起了东南风，你相信了，于是刮起了东南风，逆转了火势。季节变换，天塌地陷，都是因为你。风起云涌，瀑布逆流，都是你的威力。你对强权的反抗让城堡沉陷，你能打败永生的女王，你的能力超过你的想象。你是这里的王，拥有至高无上的权力。记住，这是幻境，一切都是虚幻的，只为了让你相信，从而束缚你。易若然，冲破思维的禁锢，这是你的天下，你只管为所欲为。"

同样的道理海棠花也讲过，可我不知具体该怎么做。我告诉自己我能动，但依然瘫痪。

起初，白公主面露恐惧，见我不知所措，她放心了，幸灾乐祸地说："没用的。她是个废物。"她沉下脸，吩咐影魔："杀了他们。"

王在野脸色惨白，坚定地守卫在我身旁。满屋都是影魔，一个个面貌狰狞，穷凶极恶。我叫："你们伤不了我。你们都是幻影，消失，立刻消失！"

影魔们哈哈大笑："声音再大也没用。你自己不相信的事不会发生。"她们如潮水一般涌来。

王在野将我护在身后，左突右挡。我撑开发光伞当盾牌。王在野的动作明显比从前慢。我曾见过他出手，那时，他快得连影子都看不清。现在他勉强站立，再加上要保护我，他的活动范围严重受限，本领难以充分施展。尽管如此，他对付那些影魔仍绰绰有余，剑光所指无人能敌。影魔无穷无尽，刚消灭一片，转眼冒出更多，虽然伤不到我们，却足以干扰视线，牵扯精力。

最难防的是白公主。她总是从背后偷袭，又迅速退去，混入影魔。她有未卜先知的能力，王在野还没碰到她，她已预知并躲开。王在野无法伤她分毫，反被她击中多处。随着时间推移，他要么力竭而死，要么被她斩杀。我心急如焚。我到底要"觉醒"到什么程度才能反败为胜？如何突围？我甚至不敢想得太久，怕白公主预知我下一步的行动。我恨自己无能，帮不上忙，只会拖累别人。如果有一个强大的我……不行，不能再寄希望于幻想。

王在野再次被击中，踉跄着倒退几步，勉强站稳。他的血染红了白斗篷。我急得大叫："如果你的力量来自幻境，那我希望幻境恢复原状。"

王在野猛地回头瞪我，厉声喝道："易若然！"

我吓得噤声。

王在野咬牙说："这就认输了？如果你为了救我，那大可不必。如果你是为了幻境，这样的幻境是你要的吗？即使建得再好，不过是另一个忘忧湖，这就是你要的？"他每说一句话就泄愤似的砍向一个影魔。

我说："可是，我要你活着！"

他反手挥剑，带着怒气，剑气如虹，消灭一大片影魔。"永世孤独，自我囚禁，这样的永生谁稀罕？我讨厌这里！"

影魔讥笑我："没有幻境，你的精神早就崩溃了。你离不开幻境。优柔寡断，多愁善感，你在哪儿都是弱者。投降吧，我们允许你留在这里。"

王在野大喝："易若然，你没有退路，赶快击败白公主，毁灭幻境！"

我势必要出去，唯有一点犹豫，就是出于对王在野的担心。幻境受损，王在野随之势微；保全幻境，白公主必成大患。事无两全，怎么选？

我脑中灵光一闪——还有一条路！"王在野，你愿意陪我出去吗？"

王在野说："乐意之至！"

霎时间地动山摇，墙壁开裂，轰隆隆的倒塌声不绝于耳。屋顶裂开了一道缝，血红色的闪电伴着雷鸣，暴风卷着乌云，城堡在风暴的中心。外围的影魔被风兜上天空，扯得粉碎。

白公主尖啸："停下！你在干什么？停下！你们这帮可恶的入侵者。我是这片大地的主人，我不准你们毁灭它！"

更多的影魔分裂而出，多如蚂蟥，如扩散的癌细胞无法扼制。包围圈越来越小。王在野的动作渐渐迟滞，我手中的发光伞被砍得只剩伞骨。影魔狞笑："你赢得了我吗？"

一瞬间，我有些出神。白公主是怎么做到的？她像海棠花一样，如有神力，靠想象创造了影魔。影魔太多了，反而提醒我她们都是假的。我真傻，怕她们干什么，她们都是假的。我刚才还为白公主的冷漠无情失望，真傻啊，我和一个幻想中的人较什么劲？

狰狞的面孔逐渐逼近，为了杀我，她们挥动兵刃，不惜误伤同类。若在以前，她们的狠绝将令我自省，现在她们已无法动摇我。尽管容貌一样，但我清楚，她们不是我的镜像。我已认清自己，不再自我怀疑。

力量从身体深处泉涌而出，我站了起来，长发在风中狂舞，心绪反而沉静。我说："幻境只是心灵短暂的驿站，不是谁永久的领地，更不能代替现实。它的使命已完成。我要回去了。我要在现实中重生，而不是在幻想中虚度时光。别挡我的路。你们不是我的对手，我要走要留，你们都拦不住。"

白公主怒吼："不准用这种高高在上的态度跟我讲话，你不是我的王！"

"我是！"我微笑，自信而从容，"没有王冠，不曾加冕，但我依然是王，当之无愧的唯一的王。你只不过是我的幻想，一个泡沫而已。"

"你胡说！"所有影魔都在咆哮，震耳欲聋，玻璃全部碎裂。影魔纷纷消失，只剩一个，就是白公主。电光石火间，王在野果断出剑，刺中了她。

我刚要欢呼，突然，王在野身后冒出一个身影。我大叫："不！"

是我大意了，低估了白公主的预知能力。白公主早已感知我的想法，将计就计抛出一个诱饵，趁我们放松的一瞬，刺穿王在野的腹部。

王在野扯下斗篷，将斗篷飞卷，动作一气呵成。白公主躲避不及，被卷在其中，王在野的剑穿过斗篷，刺在白公主身上。白公主弯腰捂着伤口，神情十分复杂，说："千算万算，没想到……"

王在野的伤口汩汩流血。我用手捂，血从指缝涌出来，他的血冰冷，像带着冰碴。"没事。"他说，"血不流了。你看。"他说完，血真的不流了。他让我相信了，所以事情发生了，对吗？

我说："告诉我你的身体很好，是温暖的，健康的。你说我就信，你说啊。"

王在野望着我不说话。因为我们都知道我不会信，而我不信的事不会发生，但我还是恳求："你说啊。我想救你。我自己没办法，需要你告诉我。"王在野沉默。

白公主向后倒退，靠着柱子站立，说："你们一起杀了我。我是你主动杀的第一个吧？"

我说："对不起。"

她不耐烦地说："不许道歉。你做得很好。就是要无情，对谁都无情，无情是最坚固的铠甲。"

"我不。"我打了个寒战。她一副无可奈何的模样。我说："我要谢谢你。你帮我认清了对小雨的愧疚。我该愧疚，不过这份愧疚扭曲了我。我把所有善良寄托在你身上，然后好像把善良的责任转嫁出去了、我不用做了似的，我反而更冷漠了。我最大的病不是自卑，而是逃避——逃避责任，逃避问题，逃避失败。"

话音刚落，高大王座突然旋转，纯金椅背对着我们，发出耀眼的光。头顶传来轰鸣，仿佛有什么巨大的东西坠落下来，碰撞声和崩塌声越来越近，大地缓缓沉陷。

白公主望着王座苦笑："我一直纳闷这扇门为什么打不开，原来它在等真正的主人觉醒。椅背就是连接门，去吧。我以为我能赢。真不甘心啊，出去的还是你。"

我问："你能未卜先知，刚才你真的躲不开？为什么你迟迟不下杀手？你好像一直在等。"

她顺着柱子坐在地上，虚弱地说："别做梦了，我可没手下留情。咱们两个只有一个能出去。这是你死我活的斗争。所幸你不算差，我输得不冤。"她喘了几口气，说，"当你认清自己，战胜心魔，你将无比强大，同时幻境将毁灭，这是不可逆转的，除非提前把你杀掉，可惜我们失败了。我们终将消殒，只剩一个王，就是你。出去以后，不要愧疚，不要善良，把你的心变得无懈可击。不，我更正一下，你最好没有心。心没有用，只会拖累你。没有心的人无敌。"

我说："如果没有心，再强大有什么用？这世上，有柔软才有坚硬，有弱小才有强大。没有心，什么都感受不到。我宁愿不要无敌。"

她说："那么，未来你还要受苦。你准备好了？"

我点头。

她抬手指向王座，身体慢慢消失。

大地摇晃着，屋顶吱吱嘎嘎，一面墙倒了。我们得赶快走了。

我搀扶王在野，他拨开我的手，我说："这儿要塌了，走啊。"

他摇头，说："我是幻境守卫，我属于这里。生于斯，逝于斯。"

我傻了。"不行，结局不是这样的。你答应过陪我出去！"他沉静地望着我。我心惊胆战，比命悬一线时还要害怕，哀声祈求："跟我走。"

"我不是真实存在的，我是你的防御意识，职责是保护你，现在任务完成了。对不起，我只能陪你到这里。"

我只觉万箭穿心。他一直都知道帮我的下场，却隐瞒不说，领着我一步步走向目的地，一步步走向他的死亡。我旅程的终点就是他生命的终点，他从未想过活着离开。红女郎、透明人、白公主，她们都知道这件事，只有我蒙在鼓里。我还几次三番误会他，以为他蓄谋害我。

"我不走，不和你分开。要活一起活，要死一起死！毁灭就毁灭吧。"我不管不顾。我以生死相托，早就将命运和他绑在一起，我离不开他。

他严厉地说："你敢践踏我的心血，我死不瞑目！"

我不愿惹他生气，可要我离开他，我怎么做得到？我哭道："我以后也需要你，没你我不行。我什么都没有了，只有你。"

他抚着我的头发，说："你可以的。我看到了你所有的苦，也看到了你的坚韧。释放你的善良，结交真心的朋友，你不会孤单。答应我，不要逃避，不要放弃，别再构筑幻境，积极面对生活，拿出勇气和自信，对自己的人生负责。"

我哭着点头，拉他的胳膊，说："跟我一起走，我什么都听你的。跟我出去。我能在这个世界活，你也一定能在外面活。我帮你。"

他说："你已经帮我了，我终于解脱了。你不知道，杀死一个又一个你，我心里有多难受。"他露出释然的微笑。

他的微笑是温暖的，却寒透我的心。我残存最后一缕希望，说："我不能走。盲人还在等我，明年秋天我得帮她摘苹果。女巫盼着我解除放逐令，如果我食言，她又该寻死觅活了。海棠花在忘忧湖过得很好，我不能毁了她的世界。"

王在野说："我们本就是虚幻的，你不同，你是真实的。如果你把我们当作真人，别让我们白死。"

他的每一句话每一个字都透着无可挽回的诀别。我以为的生死与共，原来只有我一人能活。我泣不成声："我不值得。我有好多缺点你都不知道，我不值得你拿命来换。"

他叹息："你这轻贱自己的毛病什么时候能改啊？记住，你很好，很重要。你是你人生的王。易若然，多好的名字，这个名字只有一个人能用。这个名字一辈子跟随，成也是它，败也是它，那就只许成功，不许失败，别辱没了它。"

巨石砸穿了天花板，落在我们身边，水晶吊灯只剩一根吊链还连着，悬在半空。

他凝视我的眼睛，说："你要爱全部的你，因为有个人已经这样做了。走！"他用力向王座推我，我想拉他，却抓不住他的手，待要跑回去，几块巨石砸下来，阻隔了我们。水晶灯坠落，在石头上摔得粉碎。

我看不见他，撕心裂肺地喊："王在野！"

废墟中传来他微弱的声音："走，不许回头，永远不许回来！"

城堡摇摇欲坠，仿佛已经支撑不住，即将彻底坍塌。我多想冲过去抱着他，永不分离，但我知道他希望我做什么。椅背平滑如镜，金光闪闪，我最后回望一眼废墟，紧紧咬牙，仿佛死死咬住我的万千不舍，以免被它击溃。我走进连接门。

这是一条黑暗的通道，看不到尽头。一路跌跌撞撞，深一脚浅一脚，我摔了很多跟头，泪眼蒙眬。不能回头，我答应过不回头！

突然，眼前光芒四射，出现徐傲朵等人的脸。我问："怎么了？"

"没怎么呀。你不刚躺下吗？"

"我躺了多久？"

"一秒。"徐傲朵笑。

一秒！那个人出现了，那个人救了我，那个人不在了。我哭得昏天黑地。她们不知所措，而我什么也不说。世界还在运转，我的骑士却永远消失了。

过了好几个月，我的悲伤才平复一些，每次出入门，我依然有片刻心悸，小心翼翼。旧梦依稀在，情怀已暗改。

王在野用命换我逃出生天，我必须好好地活。我答应过他，不逃避，不放弃，积极面对生活。我试着改变自己，柔化表情，敞开心扉，不吝表达善意，尽管收效甚微，但我在努力。

我不回头，但我永远记得他在月光下长身玉立，白袍飘展，如一片恢宏的云。

2023 年 4 月 29 日

冷月明霜王在野

目　录

一、仓皇初遇

人与人之间的鸿沟，其本质是各自的经历凝炼成的价值观的分歧，有人努力填补，有人继续挖沟，有人视而不见，有人置之不理。我属于袖手旁观的那种。我不擅长与人打交道，也不想为之努力，交朋友也是找笔友那种不用见面的，而且不是我主动找的，是对方看见我在博客上发的文章，千方百计联系我要成为我的笔友。

笔友是个女孩，她说最喜欢我文中的那句"生活对我而言是一场漫长的羞辱，每天都像有一只无形的手狠狠扇我耳光，我无地自容又无处可逃"。

笔友并非真懂我的感受，她只是觉得这句话很帅。

她近日刚失恋，在网上直播跳楼，被网友劝阻。她嚷着要买醉，叫了一帮朋友作陪，其中有我。我本不想理她，我们算不上朋友，但"跳楼"两个字刺激了我，何况她高叫着"生活对我而言是一场漫长的羞辱"，哭得撕心裂肺。我去酒吧找她，盯着她防止她做傻事，反倒被灌了许多酒。她说要么她喝，要么我替她喝，我就这么喝醉了，要抽身，却是难了。

我向来冷傲，想拂袖而去，奈何笔友泫然欲泣，哀求我留下。我这人吃软不吃硬，不免多耽搁了一会儿。

我的头渐渐发昏。

糟糕！周围都是陌生人，我一个单身女生，倘若醉倒，谁来保护我？易若然啊易若然，你血管里流淌的是冷漠，怎么一时发了善心，把自己置于危险中了？

我起身说："我要走了。我老公生气了，他不让我喝酒，来接我了。"

其他人不放我，嚷着说："他到了吗？让他进来。"

笔友拉着我的袖子，说："男人没一个好东西。他没准儿像我前男友一样，被别的女人拐跑了，还顾得上接你？"她打了一个酒嗝，醉眼蒙眬。

我无奈，眼见一个单身男人从旁边走过，我壮着胆子冲过去，一把揽住那男人的脖子，亲昵地把脸凑上去，飞快地在他耳边说了一句："救我！"然后大声说，"亲爱的，你来接我了？我正要回家呢。"

　　男人愣了一下，无情地推开我，说："你是谁？"我冒了汗，不知如何是好。同伴们在一旁起哄。紧接着，那男人皱眉，气度沉稳，冷冷地说："是我的女人就不该喝酒。你还想回家？"说完，向酒吧外走。

　　所有人都愣了。我醒悟，抱歉地对大家说："我老公生气了，我先走了。"我抓起手包，跑出酒吧。这一跑动，酒气上涌，我的头更昏了。来到门外，我回头看看，没人跟出来。

　　男人驻足，似乎在等人。我说："谢谢您！"男人点一下头，面无表情。方才室内灯光昏暗，此时借月光看清他，我不由得愣住。

　　竟有如此神清骨冷之人！他的面庞似玉石雕刻，冰冷精致，眼眸黑沉沉，却莫名的耀眼，眉宇间写尽疏离。这一刻，舒爽的晚风、清凉的夜色、皎洁的银月都显得俗了，唯有他气质逼人，淡漠得仿佛随时可以从这世间无情地抽离，不屑于留一丝联系。

　　我回过神，说："真的非常感谢您。再见。"

　　我刚要离开，另一个男人走出酒吧，气恼地说："王在野，你敢把我一个人扔下！"

　　我大震，失声问："你叫什么名字？"

　　两个男人都看向我。

　　我仰着头，急切地在男人脸上搜寻，灼灼的目光要把他脸上每一处细节看清楚，刻在脑海里，像要印证什么。我颤声问："你叫王在野？国王的王，存在的在，田野的野？"我殷切地期待着他的回答，又惧怕他的答案，一颗心在胸膛里没着没落，跳得狂乱。

　　另一个男人问他："这是谁，刚认识的？"他上下打量我，"我怎么遇不到这么美的女孩。"

　　男人摇头，眉宇间闪过厌憎。

我忽然醒悟：我在干什么，找什么印证？！"你不是王在野，没有人是他。"我斩钉截铁地说，强行浇灭不切实际的幻想。

他不是王在野，一定不是，否则，否则，我望着左手无名指的戒指。我捂着它，它显得那么冰凉。这世界上不可能有王在野，我不可能遇见他，所以，安于现状吧。

我逼自己移开视线，逼自己转身，但在转身前的刹那，我不由自主深深看他一眼，把他的模样烙印在脑海中，不敢忘记。

双眉俊秀修长，眼睛黑沉沉，吞噬所有的光，深不见底，鼻梁挺直，嘴唇微薄，神情寡淡，有一种难以名状的寒冷。这个人长这个样子！

我刚才一定是听错了，或许他姓汪，叫赞野，或者叫再烨，或者叫……反正不可能一字不差。一股强烈的悲凉突然涌上心头，我把它压下去。刚才一定是我的幻想，不是真实场景。我喝多了，出现了幻觉。

一声刺耳的刹车声。我惊觉自己不知何时站在了马路中间，一辆车停在身边，离我只有几厘米。车窗摇下来，驾驶位上坐着刚才那个男人的同伴。他戏谑地问："美女，喝醉了？需要帮忙吗？"

"开车。"那个叫"王在野"的男人低沉地说。

我的目光不敢飘过去，迅速武装表情，冷静而礼貌地说："对不起。"我闪到一边，专注于道路，禁止自己看车牌号。直到他们的车走远了，我才抬头，舒了一口气。

世上不可能有王在野，命运不会跟我开这么大的玩笑。

我掏出手机给"丈夫"李寄打电话。

李寄既是我的高中同学，又是大学同学。我们从大一开始交往。他父亲生了重病。他家比较迷信，打算让李寄结婚冲喜。李寄向父母提起我。他妈妈找人算命，发现我和李寄八字不合，坚决要我们分手。因为大学在外地，父母鞭长莫及，我们依然交往着。今年，我们毕业了，偷偷领了结婚证，想以后慢慢说服他的父母。他父亲的病情越来越重，李寄一直不敢和家里说，一拖再拖。我们没有举办婚礼，他住在公司的员工宿舍，我和两个女生合租。

电话接通了，我问他是否方便来接我，他说："加班，走不开。你怎么了？需要我接吗？"

示弱不是我的风格，尽管头昏，我还是说："没事。天气不错，我想和你溜达溜达。你忙吧。"

夜风温柔，我郁闷的情绪需要发散出来，街头漫步正适合我，但我喝多了。我早已学会自我保护，不让自己身处险境。今天草率地陪第一次见面的笔友喝酒已经破例，我得赶紧回到安全之地。

我打车回到合租屋。

两个室友都是我大学时的室友，一个是徐傲朵，另一个是肖添添。我们三个合租一套两居室的房子，相处还算融洽。她们合住一间，我自己住一间。

摘下戒指藏好，我开锁进门。肖添添听到声音，蹦出来迎接我，兴奋地说："易若然，回来啦。相亲相得怎么样？快说说。"她血管里流淌的是八卦，而不是血，每天靠猎奇打发无聊的生活，听到两只狗打架都要凑上去看看怎么回事。

我把包扔在沙发上，倒了一杯水。

"怎么有酒气？你喝酒了！"肖添添惊叫，睁大眼睛，"你这一走就是一天，还喝酒。快说说你那笔友什么样。是不是个帅哥？要不你怎么能和他聊这么久。快说说啊，别吊人胃口。"她追着我，好奇得不得了。

我木然地说："女的！"

"我不信。"她几乎贴到我脸上，探究我所有细微的表情。我推开她。

徐傲朵正在摆弄她的几十顶假发。她说这些假发能助她成为变装大师，利于她进行暗访。目前她在某网络的经济频道做实习记者，参与的采访离她梦想的惊心动魄相差十万八千里。她总说早晚有一天她要得普利策奖。她不像肖添添那么八卦，但也饶有兴趣地望着我，说："看上去情绪不高啊。"

"那男的欺负你？"肖添添跳起来，十分兴奋。

徐傲朵说："不可能。易若然沉下脸，哪个男的敢惹？"

肖添添笑嘻嘻地说："万一那男的色胆包天呢。易若然可是大美女，只是性格冷了一点。"

我冷？我已经改了，难道又变回去了？我不是正逼着自己和她们聊天吗？

徐傲朵说："肖添添说的时候我还不信，你居然去见网友。你，冷冰冰的易若然，天底下还有能惊动你的人。什么人有这么大魅力？"

肖添添说："我就说是个大帅哥嘛。是不是？是不是？是不是？"

我说："她要自杀。"

她们吓了一跳。肖添添叫："你去救人了？她死了吗？"

徐傲朵打量我，一脸不信，说："以你的脾气，死一万个人也和你无关。"

我说："她要跳楼。"她们又是一惊，面面相觑，显然，"跳楼"两个字也刺激了她们。肖添添总算安静下来。

我喝光一杯水，走向房间。肖添添拦住我，还要发问。徐傲朵劝她："你还不知道她的脾气，你问不出来的。"肖添添只好作罢。

我消极厌世，铁石心肠。出于自我保护，我的心扉仅开启一道缝，以免伤痛有偷溜进来的机会。这道狭窄的缝隙在阻挡外侵的同时也阻碍了感情的表达，我总是冷淡麻木的。尽管我试图改变，刻意展现善意，但别人总觉得我连温和中都带着寒意。

关上灯，推开窗看天空。城市里霓虹闪烁，星光显得黯淡。我倒在床上，打开手机，翻出李寄的照片，盯着他的脸，稳定心魂。

父母离异后，我跟着爸爸生活，与继母关系紧张。我想搬出家单住，因为未成年，爸爸不准。我发奋学习，誓要考到外地去。我如愿地考上离家千里的大学，名正言顺地离开家，从此紧绷的精神才得以放松。身虽自由，心却孤独，以前的朋友们要么在老家，要么天南海北各地求学，我孤身一人，漂泊异乡，从李寄那里汲取温暖。

手机屏幕渐渐暗了。我洗漱，准备睡觉。无论遇到什么事，只要能睡着，明天总会变好的。

笔友发来一条消息：今天丢人了，你别笑话我。改天我向你赔罪。

我回复：不用。

手机响起来。打来电话的是玉措，我最好的朋友。我把约会笔友的事告诉她，她担心我的安危，要我赴约后每隔一个小时给她报一次平安，后来被我忘个精光。

我像看见救星，连忙捧起手机，有太多话想对她说，可她与我相隔千里，我纷乱的思绪要如何解释给她？她离我那么远，又能做什么？

她敏锐地察觉我情绪有异，问："怎么了？"我欲言又止。她问："和别人生气了？又有人误会你了？你呀，外表太冷，所以别人都以为你不好相处。态度温和一点，多笑笑。"

"笑不出来。其实我没有摆脸色给别人看。"

"这我当然知道。但你天生高冷，让人望而生畏，你得试着改变。"

"我是一块冰，懒得装了。"

"才不是呢。有个简单的办法，多说话。话痨让人感觉容易接近。"

"言多必失。"

她叹息。她劝过我许多次，我也在试着改，慢慢来吧。

我轻声说："我碰见他了。"

"谁？"

"王在野。"说出这三个字，牙齿都发烫。

她倒吸一口凉气，条件反射似的叫："不可能！"

是啊，不可能。王在野是我笔下小说中的人物，是我幻想出来的，用来拯救我濒临崩溃的神经。他是我的精神支柱，我的命，我唯一所求，只存在于我的想象中。我对外宣称他是我的前男友，他死了，我永远爱他。玉措是仅有的知道"王在野"秘密的人之一，另一个是李寄。

我懊恼万分。我为什么要说出那个名字？说出来就证明我在乎，我认真了。"确实不可能。大概是我听错了，那个人的名字和他很像。我不认识那个人，我肯定弄错了。"

玉措忙不迭地安慰我："就算重名又怎么样。没关系，世界上重名的多得很。"

我们同时说着，话语交织在一起，然后又同时停下。她说："赶紧睡觉，别胡思乱想。"

"好。"我飞快地应着。分配在这个话题上的时间越少，关注度越低，越容易忘记。

上锁的抽屉中，紫色印花笔记本静静躺着，它记录着《寇据金銮王在野》的故事，我最深的秘密。我甩甩头，摒除杂念，关灯睡觉。

二、死水微澜

一大早，肖添添盯着我的脸，"易若然，你最近怎么回事，瘦得眼窝都陷下去了。"

我摸摸脸，好像是瘦了点。

"遇见什么事了？"她眼睛闪光，八卦之魂燃烧。

我夸张地长叹："工作繁重，老板欺压，上班族的悲哀。"

"嘴里没一句靠谱的。"她的好奇心被浇灭，背起包上班去了。

我照镜子，长发乌黑，脸色微微苍白，显得眼睛更加漆黑清亮，消瘦明显，好在精神尚佳。

人人都说我很美。玉措说我的美与众不同，有一种破碎感，仿佛撕碎后又拼起来，美得动人心魄又处处矛盾：嘴角笑着，眼中毫无喜悦，越是喜爱的越无情对待。这种美让人敬而远之，因为难以捉摸，更别说驾驭。

不过，并非所有人都看清了我。我工作的第一家公司的老板每天都送我一件名贵礼物，我不收，告诉他我结婚了，他照送不误。一周后，我的工位摆满了各种礼盒。我是来工作的，既然没地方工作了，我便走了。其他的求职经历与此类似。有个被我拒绝了十几次的人说："就算要我跪下吻你的脚我也觉得幸福，可你根本不理我。"我觉得他变态。我吸取教训，到了新的公司，我先告诉同事我已经结婚了，后来觉得这方法也啰唆，于是刻意扮丑，化老气的妆，用深色粉底遮住白皙肤色，长发束成马尾，衣服永远是黑色套装加白衬衫。

目前，我在一家大企业做实习生。几个鬼鬼祟祟的男同事总围在我身边。我的实习生的身份更是让他们以为能随便调笑，对此我一律不给好脸色。一声冷笑加上不屑的转头，足以让对方颜面扫地。实习期过半，部门主管问我工作感受，提醒我注意搞好人际关系，又指出我落落寡合，不关心同事。我说我会努力。

温和如同脸上的淡妆，淡妆能修饰肤色，不能改变五官，隔一段时间还需要补妆。伪装的温和不能改变我冰冷的性格，每隔一段时间它就会消失，需要再攒出一些来补上。

李寄说："你得学会变通，当然，我不是让你受欺负不吭声。我是叫你平时别总跟同事对着干。比如你上次应聘的工程造价咨询公司，本来干得好好的，要不是同事们对你不满，你何至于试用期都没做满。"

我说："我有我的职业操守。干工程不是儿戏。拿挖槽的护坡来说，在管线工程这种较窄的沟槽里，一般采用横撑式土壁支撑，其中，间断式水平挡土板适用于湿度小的黏性土，挖土深度小于3米，而上次那个工程挖土深度达到6米，土松散且湿度大，应该使用垂直挡土板做土壁支撑。这是基本常识。他们为了省钱，非要使用间断式水平挡土板。你知道，边坡失稳很危险，搞不好要死人的。这种小钱也要省，大工程还不知怎样偷工减料呢。赚多少黑心钱算够？"

"好好好，你说得对。可是，后来人家让你计算土方量，是你分内的工作，为什么你也跟同事起冲突？"

"那个擅长抛媚眼的女生业务能力实在让人不敢恭维。她给我的场地设计标高不停地变，导致'零线'的位置不停地变。场地设计标高每调整一次，土方工程量就得重新计算一次。我好不容易确定了最优土方调配方案，这个时候她说场地设计标高又改了，我能不跟她急吗？"

李寄说："你这脾气，早晚得吃亏。"

李寄是个乌鸦嘴。试用期结束，我真的没被录用。

李寄调侃："其实你暗藏实力，一旦发威，所向披靡。哈，我指的是你的容貌。漂亮的人谁不喜欢？所有面试你都能通过，你的美丽为你打开了大门，只要你的脾气稍微温和那么一点点，一点点就够。"我瞪他。他委屈："夸你漂亮你还不爱听，唉，做人真难。"

我说："漂亮不是什么好事，只给我带来烦恼。"

李寄看见我手上的婚戒，紧张地说："干吗戴它，赶紧摘掉，别让人看见。"

我摘下戒指，放进包里。他松了口气。我询问他父亲的病，他说："老样子。"

我问："我们领证的事你父母还不知道？"

"我妈要是知道咱们没分手，肯定很生气。"

"现在还不到告诉他们的时候。"我说给自己听。

他说："我知道你着急。其实没什么可急的。我们已经结婚了，我在你身边。人家都说，最大的爱就是陪伴。这还不够吗？"我低下头。他觉得冤枉，说："你不是也没告诉你爸妈吗？"

我说："我爸要是知道咱们结婚了，肯定联系你爸妈。你不想让你爸妈知道，我也只好不说。"

李寄打趣："这么着急嫁给我啊？"

"拖着不是办法。"

"我早说过，我去租房子，咱们一起住。"

"不行。"我坚决拒绝，"我要一个婚礼，双方亲友出席。"

他说："婚礼只是形式，结婚证都领了，咱们受法律保护，你怕什么？"

我不语。

他问："你是不是觉得跟着我委屈？"

我的确觉得委屈。因为怕他父母知道，我俩结婚的事不敢告诉任何人，担心朋友之间传递消息，辗转传到他父母耳朵里。我们甚至不敢承认还在交往。戒指买了许久，我只戴过两次，李寄怕人看见，不准我戴。那天去见笔友，我为了防骚扰才戴上。

我说："没人知道我们结婚了，我和你住，算怎么回事？不敢拍合照，在朋友面前假装不熟，吃饭得找偏僻的餐厅，怕碰见熟人。领结婚证已经偷偷摸摸了，我不希望糊里糊涂地住在一起，还对外谎称我们没结婚。"

他说："也不是没人知道，你不是告诉玉措了嘛，所以你也不算太委屈。"

"她是我最好的朋友，她不会告诉别人。"我不喜欢他揪着我的一点破绽大行反驳，只重拌嘴而非解决问题。我说："这没有改变现在的局面。"

"何必让所有人知道？我们过自己的日子，又不是过给别人看，谁关心？"

我摇头，觉得他偷换概念把话题岔开了。

李寄说："我的压力很大。我妈以为我们分手了，三天两头问我新女友的事，要我早点把女孩带回去给她看，还说什么我爸的病全指望这个了。唉，我都不知道撒了多少谎了，好不容易才稳住他们。"他忽然说，"如果我的女朋友不是你，不知道现在会怎样。"

我瞥他一眼，"什么意思？"

"没什么，随便说说。今天有新电影上映，咱们去看电影吧。"

"什么片子？"

他说："家庭伦理片，口碑不错，本周票房第一，据说特别感人。"

我不假思索地说："不看。"

"唉，你老是看悬疑片、枪战片、超级英雄片，不腻啊？按说女生应该喜欢温情的。"

我可以陪他看搞笑的、恐怖的、无脑的，总之，绝不看感人的。我不喜欢在公众场合流露感情。他不说"特别感人"还好，他一说我坚决不去，那种电影触及私密的情感，适合独自看。

最终，他选了一部谍战片。看完电影，他送我回出租屋。夜色为我们提供保护，他只敢在晚上送我回去。

他问："有几个高中同学提议聚聚，在老家，这个周末，你回去吗？"

"不去，我约了笔友吃饭。"

"借口。"他揭穿我，"你是不想回去。"

我说："我真的约了笔友。"

"你还在写东西啊？"

"偶尔写写，闲着也是闲着。"

他问："最近写了什么？"

"都发在微博上了。"

他叹气："你呀，不能讲给我听吗？我得随时掌握你的思想动向啊。"

"上微博又不麻烦。真的关注我的话，所有可能展露我情绪的地方，你都要看啊。靠我主动说，叫你关心我？"

"你能不能别这么清醒？真是的，和你说话跟客户谈判似的，老得打起十二分精神，一点儿都马虎不得。"

我自省，喃喃道："对不起。我写了一个科幻故事……"

他突然压低声音，说："你看。"路灯下，一对情侣在拥抱。他艳羡地看，路过后还频频回头。我悄悄扯他，怕人家发现。

他说："你看看人家女生，小鸟依人。坐公交车时，我让你靠着我你都不肯。"

"你肩膀低，靠不着。"我答得简洁。他未必不明白，举动亲密，万一碰见熟人，怎么解释？

他挺胸昂首，不服气地说："我多高了。你现在靠过来试试。"

我笑他孩子气，不肯靠。

他说："你黏人一点儿就好了。你过于独立，女强人。"

我说："我没有女强人的本事。"

他说："女孩子还是柔弱一点儿好，让人有保护欲，说话轻声细语的，不开心了会噘嘴巴，很可爱。"

当初他追求我的时候说，他讨厌黏黏糊糊的恋爱，不喜欢女孩子以娇滴滴的样子绑架男生。他欣赏我干脆利落，简洁明快，说我像一阵清风，看到我就心情舒畅。现在他却这么说。

李寄慨叹："你什么时候能依赖我啊，哪怕经济上也好。"

上学时，学费、生活费由爸爸出，我打工挣零花钱。毕业后，我不再用家里的钱。爸爸曾经恨恨地说："你以为不用我的钱你就跟家里脱离关系了？"无论他怎么说，我坚决不用。我也不用李寄的，以致他也不满，说我和他只维持着最低程度的联系，像是随时可以一拍两散。

我答："依赖别人，山珍海味也变成嗟来之食。我不干。"

他悻悻地。

我的积蓄所剩无几，找工作成为目前最迫切的事。只有实现经济独立，我才有冷傲的资本。

三、谁撼心城

笔友要赔罪，约我吃午饭，我多次拒绝，再拒绝怕她难堪，只能答应。

她向我道歉，说那天一心想把自己喝死，结果连累了我，再加上朋友恶作剧，她拦不住。"你长得漂亮，他们就更爱跟你闹，实在对不起。"

我说："没事。我知道你心情不好。"

她忽然盯着远处说："那不是你老公吗？"

我回头，没看见李寄。

她说："不是在那儿吗？那儿！"

我正纳闷她怎么认识李寄，再次回头，看见了那个叫"王在野"的男人。原来她说的是他。我忙低头，不作声，紧张地喝水，被呛住，咳嗽不止。桌上的金属花瓶倒映他的身影，他走进包间，我松了口气，对笔友说："他约了客户。"

笔友说："真帅！这么帅的人哪儿找的？就是有点儿严肃。"

整顿饭我心神不宁，不想看见他，也不想被他看见。我不停地看花瓶，借倒影观察他是否走出包间。我跑进洗手间，检视自己：白衬衫，粉灰色百褶裙，胸前戴着一只小鸟胸针。小鸟有着黄色的喙和爪子，天蓝色翅膀，样子憨憨的。我的长发垂顺，素颜，眼睛明亮有神。我的模样得体吗？他没看见我吧？

匆匆结束饭局，我和笔友离开饭店，她开车的技术实在够烂，还没出车位就着急打方向盘，刮伤了右侧的车。她拨打对方车主电话。车主来了，我忙背身，真倒霉，怎么又是那个"王在野"。

笔友笑盈盈，叙说事情经过。王在野直接拿出交通事故快速处理协议书。笔友一愣，说："喂，我和你老婆一起吃饭，你就这么对我，一点不通融。"

王在野扬起眉，看向我，他在想我是谁。我的脸因失去血液而微微刺痛，此刻一定苍白如纸。我说："一码归一码，走保险吧。"

笔友惨叫："明年的车险费会上涨的。"

我说："那就直接赔偿。我坐你的车，赔偿我也有份。"

笔友说："我赔给他，你帮我出一部分，你们是一家人。这账怎么算的？我糊涂了。"

"需要赔多少？"我急于脱身。

王在野检视一下车，说："五千。"

笔友叫："抢钱啊！"

五千！我三个月的生活费。但我顾不了那么多，只想赶快结束这一切。我说："五千就五千。"

笔友说："太多了。我没那么多钱。"她懊恼地跺脚。

我已经掏出手机，说："我先帮你出。"我看向王在野，"账号多少？我转钱给你。"

笔友不解地看着我们，说："你俩真逗。记不住银行账号，可以微信转账啊。"

我哪儿有他的微信？眼看要穿帮，我又不肯用另一个谎来圆以前的谎。我翻着包，凑出的现金不足一千，正犯难，一个人从饭店走出来，问："总监，出什么事了？"

"没什么。"王在野伸手拿走我手上的现金，丢下一句"够了"，转身和那个人走进饭店。

笔友满脸疑惑，说："到底怎么回事？你俩的状态很奇怪啊。"

我尴尬得想找个地缝钻进去。

笔友说："他真酷，浑身冒凉气，我都不敢大声说话。他还在为那天你喝酒的事生气？"

我不愿撒谎，匆忙告别。笔友还要送我，我一秒都待不下去，飞快地走了。

我找到最近的银行，从自动取款机上取钱，装进信封，跑回饭店。不能欠他的人情，否则我得惦记一辈子。

我清楚地记得他的包间，打算托服务员把信封转交给他，服务员告诉我客人已经走了。我颓然发呆，失落感莫名地强烈。

我在失落什么？我禁止自己看他的车，避免记住他的车牌号，只看他一眼便转开头，不许记住他的模样，可我却跑了两公里取钱，急巴巴地送回来。我是不想欠他的人情，还是潜意识中想找个借口再见他一次？

我咬着牙，强行封闭所有感觉，打电话给李寄，约他见面。

李寄说："我刚下火车。昨天高中同学聚会，我被灌了好多酒，现在还头晕。明天见面行不行？"

"可是，我想见你。"我极少说出这样的话。李寄沉吟一下，赶来见我。

逛街逛到他开始抱怨，我们在一家甜品店坐下休息。他说："最佩服你们女生这点，逛街就没见你们累过。"

我瞥他。"你们女生"指谁？我是极少逛街的。

他东张西望，风声鹤唳。"逛街太危险了，容易碰上熟人。太危险了。"说到这儿，他狐疑地盯着我，"你故意的吧？想让别人看见，发现咱俩的关系？"

他的手机响了一声，屏幕上显示笑寒给他发来消息。笑寒是他高中时的同桌，也是他的初恋女友。他知道我看见了屏幕，说："好几个同学问我毕业为什么不回去。"我"嗯"一声。

李寄清了清嗓子，说："笑寒毕业后就回去了。"我还是回应一声"嗯"。

他问："你不关心我们聊什么吗？"

我不问，他倒说个不停。我平静地说："有什么需要我知道的，你告诉我就好了。"

"那倒没有。"李寄忽然笑了笑，说，"当初如果我没跟你在一起，大概会和她在一起，现在可能已经结婚了。"

我沉下脸，说："现在后悔也来得及。"

"你看你，小心眼儿。我只是开个玩笑。"

我说："我不觉得好笑。"当着妻子的面聊前女友，一脸向往地想象着与前女友结婚，他脑子进水了？

"哎哟，我不是离开她和你在一起了嘛。你还不满意啊？看你，脸拉这么长。"

我皱眉。"李寄，有件事得说明白。你和她是高中毕业前分手的，你和我是上大学后交往的，我不是第三者。你别说什么离开她选择了我。"

"这么严肃干吗？我说的是事实。现在让我选，我还选你。"

"选谁是你的自由，我必须把时间说清楚。我和你交往时，你们已经分手了。"

他说："哎呀，知道，知道。老说这事有意思吗？"

明明是他一直在聊笑寒，怎么变成我"老说这事"？我不悦，又不想与他争执，低头看菜单。他说："你这人，心理阴暗，从不把人往好处想。"

他萌生两意，倒说我心理阴暗。我冷笑一声，说："我的确心理阴暗，不过我敢作敢当。哪天我要是移情别恋，一定最先让你知道。"

他说："开个玩笑，你还急了。好了，不谈这个了。找工作还顺利吗？"我还在因他刚才的话生气，只"嗯"一声。

他貌似漫不经心地说："我妈问我为什么不回老家找工作。我爸病着，他们希望我回去，离他们近一些。"我等着听下文，听他的决定，但他说到这里就不说了。

我坦言："你清楚我家里的情况。接到大学录取通知书的时候我就想好了，毕业后留在这里，不回去。"

他说："哎呀，知道，知道。你说过很多次。选奶茶吧。"他开启话题，现在又着急结束。

他说："别选凉的，你的胃不好。"我情绪和缓，点点头。

他笑嘻嘻地问："我好吧？当初你是不是因为这个才追我的？"

我说："谁追的谁啊？我哪儿追你了？"

他说："不是你追的我吗？"

"明明是你追我，你先给我写信告白的，忘了？"

"是吗？"他挠挠头，"哦，好像是。谁想到一追你就同意了。"

我蓦然火起，问："这话什么意思？"

"开个玩笑。你看你，动不动就急。"

我面无表情地说："留着你的玩笑自己乐吧，我不想听。"

什么叫"谁想到一追你就同意了"！这是嫌我不矜持啊。我被这句话硌硬得心情沉郁。他责怪我小心眼，我们不欢而散。

走进出租屋，徐傲朵正试戴紫色假发，肖添添在玩手机，看我一眼，说："闷闷不乐的。"

我说笔友剐了别人的车，说完就后悔了。为什么要告诉她们，我该赶紧忘掉这件事，为何重提？

徐傲朵问："多少钱？"

"对方要五千。"

肖添添惊呼："这么贵！三个月饭钱没了。"

徐傲朵说："不算贵，看撞的是哪儿了。"她掰着手指数，"前保险杠、前叶子板、前门，光喷漆就不止两千，做钣金就更贵了。万一撞坏了大灯、雷达什么的，五千远远不够。对方是什么车？"

我说："我没注意。"

徐傲朵说："五千肯定不够。"

"我没带那么多现金，只有不到一千。他拿走了，说够了。"

肖添添警惕地说："你是不是被碰瓷了？"

我摇头。"不是，车真的撞了。人家的车停着一点没动，我们全责。"

"那你赚到了。"肖添添替我庆幸。

我说："后来我在附近的自动取款机上取了现金，想给他，可他已经走了。"

肖添添说："易若然你太实诚了。人家都说够了，你还送上门去。哦，我明白了。那个人是不是帅哥，你想多见他一面？"她嗅到了八卦的气息，顿时像吃了兴奋剂，两眼冒光。

我心里咯噔一下。

徐傲朵说："想跟帅哥亲近，借口转账直接加微信不好吗？易若然不愿意留联系方式，才想用现金的，是不是？"

肖添添不甘心地说："你就告诉我他是不是长得很帅吧。快说。啊，急死我了！"

尽管我刻意不去看，但早在初遇的那天，他的模样已经烙印在我心上。面庞如玉石雕刻，冰冷精致，有一双黑沉沉的眼睛，表情淡淡的疏离，却莫名地有一种吸引力，让人想靠近他，探究疏离的背后。他是英俊的，沉稳的，不怒自威，但我无法回答肖添添。一个"帅"字难以描绘他的神态，无端拉低了他，显得那样肤浅苍白。

我的沉默降低了室内的气温，她们不敢再追问。

肖添添说："就算饭钱真没了也没关系，我俩养你啊。"她眼珠一转，"最好的办法是，你找个人嫁了。有了长期饭票，再也不用愁。"

我和徐傲朵同时叫出来。

徐傲朵叫："她？她一副拒人于千里之外的样子，谁喜欢？咱们三个，她肯定是最后一个结婚的。"

我叫："我？我是新时代女性，结婚是为了爱情，不是为了面包。不过你俩让我很感动。以后真吃不上饭，我就来找你们。你们说过的话要算数啊。"

徐傲朵指肖添添说："她说的，找她。"肖添添拿起抱枕扔向她。

是夜，梦中又见到那辆撞坏的黑车。他站在车旁，默默看着我。

左手好疼。我低下头，发现戒指红得发亮，在无名指上烫出一个圆圈。

"对不起，"我轻声说，"我已经结婚了。"话一出口，我立刻惊醒，满头冷汗。

我在歉疚什么，遗憾什么！奇怪的想法，荒谬的期待，赶紧从我的脑海消失！他不是王在野！这世上没有人是他！

心倏然疼痛，仿佛被这句话刺伤，挣扎着反驳。

他不是王在野！我再次对自己说，说给我的心听，任它疼得要死。我的嘴角浮现讽刺的笑。不笑又能怎样呢？

四、雨夜孤灯

暗红色砖墙外有一丛红蔷薇，枯萎了一半，淡淡的香味顺着半开的窗户飘进来。茶吧里顾客寥寥无几，十分安静。

李寄聊起高中同学和老师，眉飞色舞地讲述在同学会上的见闻。从老家回来后，他常常提起老家的人和事。我兴味索然，沉默地望着红蔷薇。

他问："你为什么喜欢我？"

我错愕抬头，"什么？"

"你为什么愿意和我在一起？"

"为什么问这个？"

"好奇啊。你从来没夸过我。"

"那是你忘了。"

"那你再夸一遍。"

"你很好。"

"哪里好？"

"长相、学识、家庭、脾气都很好。"我一边回答一边揣摩他的意图。他怀疑我对他的感情，或者说，他要再次确认我对他的感情，用来……用来干什么呢？用来做某种决定！回忆我们的感情，从起点到过程，反思它的意义和……正确性，他要和什么东西做比较，做出取舍。

他认真地听，敷衍地点头，显然没听到想听的。

我不动声色地问："我落下什么了？提醒我一下。"

"我还有许多优点，比如善良，聪明，幽默，真诚。"

我再冷淡也不禁笑出来。真诚？他要是真诚的人，不会绕这么大圈子。

他有点儿不悦。我问："还有什么？"

"还有，我这么多年都没变，不像有些人世俗化了，我依然纯真得和当初一样。"

这不像他的自评，倒像是别人给他的评语，那个人必然是他的旧识，才会用"这么多年""当初"这种字眼。看他沾沾自喜的样子，这评语八成来自女生。我心头浮现答案，又抹掉它。

他望着天花板畅想："要是没遇见你，现在的我是什么样子呢？可能已经到别的城市闯荡去了。"

数不清这是他第几次假设没有遇见我。所有的假设都是过了脑子说出来的，他真的想过。我的怒气渐渐升腾，刻意沉了沉，避免爆发。我说："我拖累你了？这个好解决。"

"你看你，我说的是我很幸运，你没听出来吗？有了你我的心就安定了。"

我说："没听出来。"

他说："咱俩上学的时候多快乐啊，无忧无虑的。进入社会后，遇到很多事，还好有你在旁边可以商量。"他的本意是想表达亲昵吧，但为什么我觉得越描越黑。

我说："你说话越来越艺术了，我以前竟然没发现。"

他开启别的话题。

我暗自叹息。从什么时候开始，我们的对话要么变成互相刺探，要么就是废话。正如他说的，以前多快乐。那时，他的父母不知道我的存在，我们正大光明地交往。他不喜欢读书，却愿意陪我去图书馆。他带我去操场跑步，配合我的速度，慢慢地跑。跑累了，我们便坐在看台上，戴着耳机听同一首歌。

后来，我们是怎么失掉了那份快乐？

他的虚情假意引发我淡淡的讥讽。这不是我想要的约会。然而，气氛是双方营造的，我一定也有责任。问题出在哪儿呢？我必须改正。

他说："神思恍惚的，你有别的喜欢的人了？"

我像被烫了，厉声说："胡说！"

他笑哈哈："没有就没有，反应这么大。开个玩笑而已。其实我知道，你有你的梦中情人，叫什么来着，名字还挺特别的，好像姓王……"

我打断他："你什么时候跟家里说我们的事？"

"没想好。"

我说："你爸妈喜欢什么？我可以投其所好。"

"不用了。他们什么都不缺。"

"可我总得做点什么。"

他说："你要是做了，让不让他们知道？你得让他们知道，要不没用，对吧？可他们又迷信，如果知道咱们没分手，肯定说我爸的病加重是因为你。我太了解他们了。所以，你什么都别做。"

我总不能一直干等着。问题该怎么解决？我沉思。

他问："为了我，你能付出到什么程度？"

同样的一句话用不同的态度说出来，效果真的大相径庭。如果这是一句疑问，他发自真心地提出，我会认真思考，诚恳作答。但他说这句话时，乜斜着眼睛，似笑非笑，神情是怀疑的，甚至有一丝挑衅，自带隐含的答案——他认定我不会为他牺牲什么。

真奇怪。从什么时候开始，他掌握了这种本领，三言两语便能点燃我的怒火。我实在不解！这份不解压过了愤怒，令我探究地望着他。我以前竟没发觉他这么气人。他从前不是这样的，否则我也不会瞎了眼跟他交往多年。

即使我回答，他也不会信，他已经有了自己的答案，于是我沉默。

他表情忽然一变，笑嘻嘻说："哎哟，开个玩笑嘛，我又没要你为我赴汤蹈火，别紧张。"

我们想的根本不是一码事。这注定是一次不愉快的约会。

这段时间李寄有些反常。他不再关注我的感受，总是说些让人寒心的话，或者专门挑我不爱听的说，仿佛故意惹我生气。

不行，不能总挑对方的毛病。我反思自己哪儿做得不够好。我不够温柔体贴，是个不合格的情侣。我吝啬流露感情，心里对一个人好，缺乏行动上的表达。我真需要改改了。

李寄喜欢一款手机。尽管我还没找到稳定的工作，只能打零工，入不敷出，我还是咬牙买下来。再见面时，我微笑着把手机递给他。他诧异："不年不节的，送我礼物干什么？"

"你喜欢呀，何必非要等过年过节。"

他狐疑："工作有着落了？有事求我？"我含笑摇头。

李寄并不兴奋，把手机放在一边，说："我的工作不太顺，有个项目本来是我的，不知为什么，公司不让我参与了。老板喜欢溜须拍马的人，我嘴笨，很吃亏，要想晋升估计难了。我想换个环境发展。"

"辞职？"

"我想离开北京。"

我的工作还没有着落。除了故乡，其余都是他乡。除了家，其余都是漂泊。在哪儿不是活啊。他要走，我随时可以跟他走。

我问："什么时候走？"他神情复杂地看着我，不似喜悦。我握他的手，安慰他："不用担心我，我的适应能力可强了。我陪你到新的地方重新开始。"

他犹豫地说："我妈又催我回去呢。"

我的手不禁松开。他说的换个环境，是回老家。我好不容易离开，难道又得回去？继母对我并无恶意，是我的心魔作祟，纵然努力自解，仍存芥蒂。回到老家，即使不跟父母同住，头上都笼罩乌云，压得人透不过气。

因父母离异而对婚姻充满恐惧的我偏偏是同学中结婚最早的。恐惧婚姻，却讽刺地用婚姻创造了一个家，用来逃离原本的家。如今，要把我打回原形吗？绕了一大圈，还是得回到原点？

但，李寄是家中独子，父亲卧床不起，父母盼归，实属人之常情。我不能阻碍他回去尽孝。

李寄说："回去很好呀。朋友多，机会多，离家近，照顾父母方便，遇到事找人帮忙也方便。"他极力游说，神情却显示他对说服我不抱任何希望。他早已猜到我的选择，并为此做好了准备。所以，当我说愿意陪他在另一个城市重新开始时，他的反应不是感动，而是用复杂的目光看着我。

我觉得有些冷，说："让我想想。"

他说："好。"又轻快地说，"你不会是在想怎么和我分手吧？我很抢手的，错过了没处找。"

分手？在他说之前，我一丁点儿都没想过。我在发愁如何和继母呼吸同一个城市的空气。

他说："对我紧张一点，抓紧我。要不，我可回去找笑寒了。"

我凝视他。

他说："听说她还是单身，在老家工作。"

他频频提起初恋，第一次可以算是偶然，说两次便可疑了，说三次简直就是刻意提醒，唯恐我忽略。我灵魂深处打个寒战，但我一向冷面，内心纵有波澜，表面也风平浪静。我看看天色，说："我累了，想回去了。"

他出神地想着什么，没听到我的话。我再说一遍。他醒悟，责备："你看你，开个玩笑，活跃一下气氛嘛，你又认真了。"

我信了他的鬼话才怪！所有的玩笑都是真实想法的投射。但我无意纠缠这个问题，平和地说："你不累？那好，陪我逛街。"

他告饶，说："怕了你。"

回到出租屋，我不着急上楼，目送他远去。我踱步到附近的公园，坐在长椅上。夕阳沉落于水泥丛林，天渐渐黑透。长椅旁的路灯亮了，灯光照亮周围十几平方米，远处皆是黑暗。

我几乎可以肯定，李寄在参加同学会时遇到了什么人或发生了什么事，直接导致了他近期反常的举动。他不止一次重新审视我们的关系，设想不一样的情感走向，向往身边有另一个女孩。婚后生活还没正式开始就已经这样，将来的日子可想而知。

下雨了，公园里的人越来越少，夜跑的人、约会的情侣都走了，我拖延着，迟迟不肯离去。

玉措打电话告诉我她决定结婚了。我预祝她幸福。她问我在哪儿。我答公园里。

她说："和李寄？看我这不识趣的。不打扰你们了。"

"一个人。"

她说："一个人？没事在公园干什么？不早了，回去吧。"

"只有这里是亮的，远处太黑了。我不想走出去。"

她警觉："你做了什么重大决定，告诉我！"

最了解我的玉措啊。我说："雨下大了，真该往回走了。"

我起身，往黑暗里走，灯光被留在身后。走过这段黑暗，转个弯，前方还有路灯，照着另一张长椅，一对情侣打着伞坐在椅子上。我避开他们，尽管出口在前方，我宁愿去绕。

五、命运转轮

经过两天的思考，我主动约李寄提出分手。他不惊讶，反而笑，说："别闹了。我先回去，慢慢向爸妈渗透，等时机成熟再接你。"

我望着他，静静地说："不如我和你一起回去，我先不见他们，等你把铺垫做好。"

他一愣，说："不着急。你先在这里待着，等我通知。"

我说："回老家等更好一点，有什么事方便沟通。"

他沉默。

我忽然觉得可笑。从某种角度说，他不懂我，但从另一个角度说，他又了解我，毕竟我们交往了四年。他清楚我绝不回去，在他规划未来时已经把我排除在外，但他不明说，要我自己说出来。他做出努力与父母沟通的样子，料定我解不开自己的心结，障碍扫平，前路一片坦途，我反而更加抵触回家。最后展现的，是他为了我们的未来拼尽全力，而我不识好歹，辜负他的苦心。然而，我看穿他，故意说愿意和他回去。他始料不及，乱了方寸。

相处多年，利用彼此的性格特点打各自的小算盘，我为我们悲哀。不忍见他为难，不愿再做无谓的周旋，我说："分手吧。不对，对于我们，应该是离婚。你的未来没有我，而我的未来绝不是在老家生活。我们心里早已做了选择，何不明明白白说出来。"

他问："你舍得吗？"

说这些还有什么意义？我说："我们之间最大的分歧是，你向往的生活在老家，而我向往的是除了它以外的任何地方。我不打算异地恋。我是为了找伴侣才和你交往的，我缺的是陪伴。"

"不对，我们之间最大的问题不在于地点，在于人。"他补了一句，"这问题无解。"

他明显有所指。指的是我还是他自己？

他审视我，问："你是不是有别的喜欢的人了？要不怎么能这么轻易地放下？"

不愧是李寄，总有办法一秒钟点燃我的怒火。我忍着气说："此时此刻，猜忌和侮辱还有必要吗？你敢带我回家吗？"

他说："干吗生气，我只是开个玩笑。"

我们都沉默了。

我目光悠远，过了一会儿，说："我喜欢的人始终没变过。"他看我一眼，欲言又止。我把心硬化，像一块石头，扼杀所有感觉，平静地问："你想说你也是，对吗？"

"瞎说什么呀。"他笑哈哈，眼神躲闪。反应过激，反倒显得心虚。

我猜到他心里的人。笑寒。他对她念念不忘，三番五次提及，貌似无意，其实是思念满溢，溅出几滴教旁人得见。

我说："明天，民政局，带好证件。"

他故作惊讶，说："这么快！你还真是不念旧情啊。"我严肃地望着他。他尴尬地耸肩，接着，不甘心地反击："你喜欢过我吗？"

我说："黑暗中的人渴望光明，窒息的人渴望空气，口渴的人渴望水。我曾经把你当作阳光、空气和水。"

他动容。

我望着远处，语气平缓地说："我上初中的时候，爸妈离婚。那个勾引我爸爸的女人成了我的后妈。我想跟着妈妈，可她说她再也不想看见姓易的人，看见就难受。没办法，我只能跟着爸爸。我恨婚内出轨，恨第三者，恨爸爸和后妈，一心只想逃离家。上大学遂了我的愿，我可以离他们远远的了。我在这世上孤身一人，没人需要我，更没人懂我，我也不需要别人懂。后来，你说你喜欢我，要我做你女朋友。我想，终于有一个人和我作伴了。和你确定情侣关系，让我和这个世界多建立了一种联系，我不再显得可有可无。四年了，我习惯从你这儿寻找温情慰藉，你让我觉得不那么孤单。若非世界如此寒冷，我不会如此渴望你的温暖。我是个自私的人，出于需要才和你在一起。"

他的神情十分复杂。

我说："放心，我早已战胜心魔，跟自己和解，跟所有敌对的情绪和解，虽然让我亲近别人还是很难。希望这世界并不像我想的那么寒冷，我正在慢慢接受它。无论如何，以后我会好好的。"

他说："没想到你还挺看重我。你这么一说，让我很为难。"

我诧异："我以为你同意分手，难道你反对？"

尽管他从未说过分手，但他屡屡影射分手，频频暗示自由，现在他说我的临别之语让他为难。

我外表麻木，但我不是傻瓜，他的每一分厌弃我都感受到了。我害怕。我不想再次被人当作累赘，像妈妈当年那样。李寄已经不再给我温暖，不仅如此，我还得防备他突然冒出的"玩笑"之语带来的寒心和失望。趁当年的美好残留在记忆中，趁我们尚未反目成仇，我抢先终止走下坡路的感情。

他问："离婚是你能想到的唯一方法？是遗传吗，你爸妈离婚，你也要离婚？"

这句话深深刺伤我。我脸色发白，一时说不出话。没有词汇能描绘我此刻的感受。他大概也察觉说得过分，陷入沉默。

情侣相处，走到彼此防范、时刻抵御对方伤害的地步，已然是到了尽头。互相戒备时，哪儿还有依赖和温存可言。我愈发绝望，预见到未来的相处状况，心生恐惧。我说："离婚吧，放过彼此，留些余地想念。"

我们约定了时间。

一夜难眠，胸口沉甸甸。躺在床上，反思自己，或许终极一生都不会有人喜欢我。我冷若冰霜，对什么都无所谓，死气沉沉，一意孤行，不顾别人的感受，自私地独立着，刚愎自用，孤傲不合群。

次日，我装作若无其事，准时出现在民政局。

"你要真的和我分手，我可能就真的回去找笑寒了。"李寄叹气，一副"我也很无奈"的样子。

分别在即，他就不能给彼此留下最后的好印象吗？我心灰意懒。无论他再说出什么伤人的话，我已打定主意不在意。我淡淡地说："赶紧去，飞着去。"

　　他说："以后别想我。"

　　他的玩笑从来都不好笑，只会让气氛更尴尬。

　　他自嘲："我又幼稚了。你铁石心肠，离婚了，你连一滴眼泪都不会掉。你管这个叫什么，天生泪腺不发达？"

　　我已转头看向别处。他问："用我送你回去吗？"

　　"不用。"我盼他赶紧从眼前消失。

　　他发动车。民政局的院子很小，他排队等候出门。门口人很多，我转身往院子深处走。

　　不管如何逞强，感情不是自来水，说关就关。我快掩饰不住了。悲怆从四面八方涌来，淹没了我。不能让他发现我难过，既然已经分手，我的事从此与他无关。

　　与我有紧密联系的人一共四个。妈妈不要我，爸爸有新家庭，玉措再知心也不能一生厮守，只剩下李寄。如今，他也要走了，我又变成一个人。

　　他是我的情感支撑。不管是他给我的，还是我自己想象出的那份安定踏实，现在消失了。我本就不该把希望寄托他人。过于依赖某人某物，早晚会被辜负。我怎么忘了这个道理？

　　我咬着牙，默默告诫自己："别忘了你昨晚下定的决心，再难受都不许露出来。要坚强开朗，充满阳光，接受没有他的生活。你不爱他，你只是习惯了他的陪伴，失去了也不要紧。他说得对，你那么自私，善于自我保护，不肯轻易付出感情，你能有多大损失？大家都看清你了，怎么你自己反而看不清？下一次，如果有下一次，记住，不动情。所有人都是过客，你也只是别人的过客，不要过分认真。人们很善良，未来很美好，一切都会变好。"

　　理智一遍遍对感情洗脑，感情却不肯轻信，悲伤盘桓不散。

　　一对情侣甜蜜地挽着手走进大楼，想必是结婚的。一对男女争吵着，走走停停。怎么这么多人？我想找个清静的地方，但周围全是人。

身体调集力量应对疼痛，以致浑身无力，我有些站不住了，寻找僻静之地。身侧是一排车，其中一辆车的司机没下车。我的目光扫到他，顿时凝注。

王在野！

我的大脑一片空白，其他的什么都看不见了，耳畔轰鸣，隔绝万籁。

他也看到了我，与我对视。忽然，他推开车门，向我快步走来。我动弹不得，仿佛石化。他来到我身侧，挡住了什么。原来是那对吵架的男女推搡起来，差点儿撞到我。他赶过来护住我。他对我说了什么，我听不见，一脸懵懂，过了一会儿才反应过来，他说的是："我们认识吗？"

"不认识。"我说，这三个字像刀子在心里搅，瞬间唤回清醒。我想撂下一句谢谢便走，偏偏此时喉咙哽住，嘴唇动了动，没发出声音。罢了，我得赶紧脱身。天底下根本没有他，全是幻觉，我得离开幻境。

我假装庄重地其实是仓皇地离去。出了民政局是公交车站，有很多人，再往前是照相馆，也是一堆人，再往前是店铺。为什么到处都是人？

我拐进一条清静的小巷，不料是个死胡同，一转身，王在野已跟着我走来。

我内心震动，故作镇定说："先生，都说了我们不认识，你还跟着我干什么？"

他说："每次见到我，你的反应都很奇怪。"

"每次"两个字勾动心事，我悲喜交加。他记得！尽管不知道我是谁，但他记得。邂逅三次，他帮了我三次。为什么他不是个坏人？如果他是个坏人，我就能讨厌他，放下他了。

我像被窥破了秘密，叫："我哪儿奇怪了？你才奇怪！我们只是陌生人，你一直跟着我，想干什么？"察觉声音的尖厉，我赶忙停住。

"你这么大声，别人会以为我欺负你。"话虽这么说，他却好似一点都不担心，态度沉静。从始至终，他泰然自若，一言一行不泄露丝毫感情。我嫉妒他，我曾经也是这样的，在遇见他之前我一直很平静。他打破了我的平静，独享从容。

我犹如陷入重围，负隅顽抗，激动地说：“我不记得你，不想看见你。请你走开。我根本不认识你，也不想认识！”我越说越挫败。他根本没做什么，我却狼狈不堪，反应过激。

　　他说：“我叫王在野，国王的王，存在的在，田野的野。”

　　我浑身发抖，恳求：“别说了，求求你别说了！”

　　怎么可能呢，世界上怎么会有他呢？如果真的有，之前的二十年他去哪儿了？我无限委屈，摇着头，想否认一切。

　　我的嘴唇哆嗦着，话语不经大脑，宣泄而出：“我一定是疯了才会爱你。我不想爱你。我要忘了你。你对我而言只是个陌生人，我不能因为一个名字就爱你。我要忘了你！我知道我现在的样子很傻。请你走开，拜托。我不知道过一会儿还会说出什么傻话来。求求你，走开，别管我！”

　　我靠墙壁支撑剧烈颤抖的身体，眼泪滂沱，对情绪的失控不甘不愿又无可奈何。真丢脸。我从不在人前哭泣，今天不仅哭了，还是当着一个陌生人的面，且是他！我的狼狈无助被他看见多少才算完？

　　有个路人同样走错路，见到我们，不禁多看两眼。王在野移步挡在我面前，阻挡路人窥探的目光。路人走开了。

　　他问：“要不要嫁给我？”

　　我抬头，泪水模糊了视线，我看不清他，也听不懂他的话。

　　他又问：“要不要嫁给我？”

　　我擦一下眼泪，新的泪水又涌上来，他的样貌只有刹那清晰。我说：“我……刚离婚。”

　　他的眉一挑，显然有些意外。“最后问你一次，要不要嫁给我？”

　　“嫁！”我冲口而出。

　　“明天跟我结婚。”他把名片塞进我手里，又要走了我的电话号码。

　　我抽噎：“你连我的名字都不知道。”

　　“告诉我。”他打开手机通信录记下，然后说，“别再哭了。眼睛肿了，照结婚照不好看。”

他走了。我拿着他的名片，对着他的背影发呆。名片上，"王在野"三个字反射阳光。

又是一个难眠夜。好几次我想拨打他的电话，看看是不是真的，我是否在做梦，他是否改变了主意。可我终是不敢。即使是梦，能多做一会儿也是好的。

我反复看他的名片，看了几千遍。王在野！海彻电气有限公司技术总监。我回忆他的容貌以及他说话时的神态，检查我是否在某一个点误解了他的意思。

他眼神幽深，如九旋之渊，难窥其真。他气质冷峻，叫人望而生畏，难以接近。他询问我嫁不嫁给他时不带一丝感情，整个人仿佛是个石雕，好看是好看，没有一点温度。他外在的气场和我如出一辙，内心是否也同我一样？

我们相遇的地点多么奇妙。我是去离婚的，他呢？他为什么和我结婚？莫非他也是去离婚的，为了报复前妻，才决定抓个人结婚。

我有许多疑惑，它们控制了我的思绪，冲淡了离婚的惨痛。

办理结婚证的时候，王在野面无表情，我惶然跟在他身后，不知情的准以为我们是来离婚的。

没有戒指、鲜花、婚纱。

没有蜜月、喜宴、誓言。

唯一的见证，是两张了无生气的结婚证。

在填写资料时，我获知了一些他的信息，他是初婚，比我大六岁。

从民政局出来，他问："你和父母一起住？"

"我不是本地人。我和朋友合租。"

他给我一个地址，一把沉甸甸的顶部是十字星的钥匙，告诉我随时可以搬进去。他没有提出帮我搬东西或是接我。他说："我还有事，先走了。"

我像梦游一样回到住处，望着结婚证上的照片傻笑不已。我已经把李寄完全抛到脑后，离婚似乎是上个世纪的事了。

晚上，两个室友下班归来，我正将衣物装箱。我迫不及待地要搬去他的家。

我宣布我结婚了。肖添添和徐傲朵一脸怀疑，"什么时候？"

"今天。"我说，"我明天搬走。"

她们瞪着我。我脸上荡漾笑容。这样的我实在罕见，她们震惊了，终于相信了，接着尖叫："天啊，易若然，开什么国际玩笑！"

"你有男朋友？藏得够深的啊。"

"你们认识多久了？为什么一直瞒着我们？"

"他是谁？我们见过吗？你以前提过吗？"

"是你的同学吗？你的同事？"

任凭她们七嘴八舌询问，我笑吟吟，快乐发自心底。肖添添捏我的脸。"这是你吗，易若然？"她们眼中的我淡漠孤僻，尽管我努力显得开朗，仍改不掉骨子里的冷。我居然是三个人中第一个结婚的，她们一时无法接受。

"你吃错药了？被人下蛊了？"

"你是不是被骗了？"

她们猜测着。

我说："他是王在野。"

满屋寂静。她们的表情像见了鬼。

我说："我要收拾东西了。我会常回来看你们。"

"你站住！"肖添添跳过沙发拦住我。一向嬉笑的她此刻无比严肃，说："这不可能！"

"可能的。我遇见他了。"我笑得傻傻的。

"什么时候？什么地方？"

"昨天，在民政局。他问我要不要嫁给他，我答应了。"

她叫："不可能，根本不可能！你说过，王在野死了！你以前的男朋友王在野，他死了！"

徐傲朵摇我的胳膊，说："易若然，你鬼迷心窍了。"

我掏出结婚证给她们看。她们死死盯着他的名字，灼灼目光几乎把证件烧穿。徐傲朵喘口气，说："带我们去见他。"

"他很忙，以后有机会再见吧。"

肖添添说："易若然，快醒醒。他们不是同一个人。不能遇见个重名的你就嫁啊。"

徐傲朵犀利地问："他爱你吗？他知道你为什么爱他吗？"

这些重要吗？何必管这么多？只要能和他在一起，我心满意足。

"易若然。"徐傲朵担忧地摇我。

"我得收拾东西了。"我抽出胳膊。

我告诉玉措我结婚的事，用的是视频通话，想让她看到我的状态。

我和李寄结婚时，玉措曾坐火车来找我，大骂我草率，说我对人对己都不负责任，拿婚姻当儿戏。我说："我太想要一个家了。"她抱住我哭了。

这次，我说："每天醒来，都将是快乐的一天。我是王在野的妻子，他是我丈夫。还有比这更好的事吗？我连梦里都会笑出声。我可以看到他的模样，听到他的声音。他二十八岁，没有结过婚，简直像在特意等我。"我心花怒放。

大概我走火入魔的样子令她不忍责备我的草率。沉默许久，她问："李寄怎么样了？"

我没有虚伪地唏嘘上一段婚姻，实话实说："我已经顾不得他。离婚给了我寻找新的幸福的机会。我是不是特别无情？我也觉得自己差劲，可我现在提起离婚，顶多是歉疚，而且不是对李寄歉疚，我不欠他的。我歉疚是因为我无情无义，我只伤心了两天。从王在野求婚的那刻开始，我就不再伤心了。我所有的注意力都转移到他的身上。新人代替了旧人，开心代替了遗憾。玉措，你骂我吧，我太自私了。"

她叹气。"如果我不了解你，你在离婚当天答应别人的求婚，我一定觉得你水性杨花，蓄谋已久，骂得你狗血淋头，可是，我了解你。"她再次叹气。

我的快乐像喷泉一样四溢。"玉措，玉措，你不为我高兴吗？"

她不回答，沉吟："这么特别的名字，现实中居然真有重名的？"

我说："玉措，这是天意啊！"

玉措说："实在可疑。不过，他的出现让你不再为李寄难受，至少在这一点上他是有用的。"

我喊："你太低估他了。他让我非常非常快乐，快乐得要爆炸了！"

"我怎么会不知道。"玉措忧愁地说，"他不是李寄。李寄伤害你，惹你生气，你能很快化解，不往心里去。他呢？他是王在野。他的影响力和破坏力不可估量。让你欣喜若狂的人，同样能让你肝肠寸断。"

"我不怕。就算肝肠寸断，也是他给的肝肠寸断啊。"我幸福地叹息。

玉措最了解我，知道说什么都没用。她要我把王在野的名片拍照发给她。

六、追光而行

物品整理后装满一个大行李箱。朋友们提出送我，我拒绝。她们嚷着要王在野请客，我不知王在野会不会给我这个面子，又怕她们质疑他，于是全都推掉了。

我兴高采烈，脸上洋溢笑容。原来我可以一整天都带着笑，原来我可以由内而外迸发热情，无需借助外界的温度温暖我的心，原来生活可以充满希望。我第一次希冀未来，抬眼远望，渴盼明天早点到来，每一个明日我都期待。

我拖着行李箱，按照地址来到王在野的家。箱子沉重，我的脚步轻快，心情如同天空，一片晴朗。电梯直接入户。敲门无人应。今天是工作日，他应该去上班了。钥匙顺利打开锁，我踏入他的家，将来也是我的家。

一进门，玄关处有个衣帽架，旁边立着一面两米高的穿衣镜。镜中，有个女孩笑靥如花，眼中闪耀着喜悦。啊，这是我，从未有过的快乐的我！

白蜡木的玄关桌上摆着一个彩色瓷盘，大概是放钥匙的。我把钥匙放在上面。从此，我也是房子的主人了，进门将钥匙放在这里，离开家时拿上。

家，这个字前所未有的温馨，我再也不讨厌它了。

我换上拖鞋，走进屋子。

这是一套四室两厅、南北通透的房子。客厅居中，四间卧室分设客厅两侧，两南两北。家具和装修是简欧式风格，雅致舒适。从门口的衣帽架到厨房的水槽，从客厅的茶几到书房的窗帘，每一件物品都显得那么可爱，因为是他的，与他有关的我都喜欢。

我的手拂过实木家具上的漩涡花纹，拂过窗纱，拂过书桌上的笔，指尖反馈真实的触感，星星点点，燃起欣喜的火花。屋内没有一点红色，没有一丝喜庆，但这丝毫不减我的快乐。

我得告诉他我来了，让他回家时有心理准备。该怎么说呢？"我是易若然，我来了。"不行，没说清楚地点，万一他以为我去公司找他了呢。"你好，我要搬去你家了。"也不妥。他会不会以为我在要求他帮忙搬东西？或者，他正忙着，会告诉我先不要来，等他下班来接我。想到这儿，我才发觉自己过于心急，早早地自动送上门，一点儿都不矜持。可是，我等不及他用八抬大轿来接，一秒钟都等不了。

斟酌许久，我发送消息，只有六个字：我搬进你家了。

他回复：知道了。

我捧着手机。这是他第一次以信息的方式与我对话，这三个字无比珍贵，我简直不知该怎么珍藏它。

我买一束鲜花摆在客厅的茶几上，增添亮色。凭窗远眺，像古时梨花院落，红颜画楼倚栏，等丈夫封侯归来。窗外风华，窗内繁花，三千痴怨，待到重逢方得休。我托着腮，脑海中描摹他的容貌，笑容止不住。

徐傲朵打电话，说："你是不是在他家？他在你身边吗？我通过很多朋友打听，不问不知道，一问吓死人。王在野阴狠极了，所有跟他合作过的人提起他就头疼。他不近人情，心狠手辣，以自我为中心，翻起脸来六亲不认。他不是公司高管，只是技术总监，可是大家都说他是隐形的老板，公司的业务由他把持，什么都听他的。你想想，这人手段了得啊。你傻了吧唧的，哪儿斗得过他。"

徐傲朵是不是误会了？我不想和他斗啊。我是他的妻子，他越有本事我越高兴。

"我说的是人品。做人最起码得善良。他可不是什么善茬儿。抱歉，我不是故意说他坏话。你们到底交往多久了？他真的对你好吗？你看准了吗？"

"他对我很好。"我说。帮助素不相识的醉酒的我，放过拿不出钱的尴尬的我，保护差点被陌生人误伤的我。他的善良毋庸置疑。

徐傲朵半信半疑。"难道传言是假的？可大家都这么说。要不，就是他对你另眼相看。"

另眼相看是不可能的。他帮我的时候我们是陌生人。无差别地帮助一个陌生人，是他善良的最好证明。

徐傲朵说："他们说他……说他不像个活人，没有一丝作为人该有的温度。"

不是的，他只是外表淡漠。

徐傲朵见我不搭腔，说："你中王在野的毒太深了，每天自我催眠。醒醒吧，这个人不是他。你旧情难忘，可是去世的人不会复活，也没有还魂那一出。"

我说："我知道。"

无独有偶，玉措也联系我。她嫁入豪门，托那个圈子的人查到了一些王在野的消息。

她说："你根本不知道自己嫁给了怎样一个人！"

她说王在野原任职于国企，是电力工程师，主要做特高压输电，有一次公派到某国，参与当地的电力建设。该国的企业看重王在野的技术，打算将他挖走。利诱失败后，他们设下圈套，散布王在野与该公司高层见面的照片，制造流言，说他与该公司私下合作，出卖核心技术。

项目的中方负责人是王在野的老师。老师信任他，但事情闹得沸沸扬扬，虽然没有确凿证据，但蛛丝马迹均指向技术泄露。老师为了保护他，引咎辞职，叮嘱他要坚持下去。

老师辞职后没多久，王在野也辞职了，正式加入该国公司。众人哗然，遂以为他背叛一事属实，苦无证据追究他的罪责。老师被气得住院，王在野成为千夫所指。

王在野加入该公司后，立即驱逐中方人员，终止合作。按他的说法，他掌握所有技术，能够独立带领该国完成建设，无需中方技术顾问。该公司以为离间得逞，大喜过望，答应了他的要求。

在王在野的指挥下，项目干得热火朝天，实际上只做外围形象工程，主体部分进展缓慢，甚至停滞。等该公司反应过来，项目已被拖延一年，且因与中方国企决裂，不可能再与中方合作。公司这才明白上当了，将王在野辞退并向他索赔，却发现王在野与公司签约时已留有退路，设计了免责条款。公司高层被气得几乎吐血，工程就此搁置。王在野只冷冷丢下一句："这是你们自找的。"

玉措说："现在那个国家的电力基础设施水平跟咱们比至少差二十年。王在野恃才傲物，胆大包天，凭一己之力，竟然拖垮了一个小国的电力建设。"

我咋舌："他不怕被报复？"

"他被该国扣留一年才放回来。"

我点头，说："他将计就计，实施报复，为自己和老师出了气。"

玉措说："我跟你说这些不是让你佩服他的。他是一匹狼，十分危险，做事不计后果。"

我说："爱憎分明，有仇必报，正合我意。"狼性是被逼出来的。人们往往被自己的珍爱束缚着，谨慎小心，唯恐行差踏错失去了它，纵然少年意气，依旧有所顾忌。有朝一日平静被打破，从云端不受控制地跌落，遵循的准则似乎全变了，捧在手心里的碎了，触手可及的都远去了，同时束缚也就解除了，如猛虎出笼，大杀四方。我说："孟子曰，天将降大任于斯人，必行拂乱其所为，所以动心忍性，增益其所不能。他一遇打击就变强，挺好的。"

玉措说："旁观者可以抱着猎奇心理看热闹。你不是旁人，你是要和他过日子的，不是玩冒险游戏。"

"小女子谨记教诲。"我语调轻快。

玉措一愣，问："你刚刚说什么？你学会开玩笑了？"

我由衷地喊："玉措，我真希望你现在在我身边，看看我有多快乐！"

她忧心忡忡，说："这人是个人物，我想不通他为什么匆匆忙忙和一个陌生人结婚。他的目的是什么？你的心思我明白，他呢？你可以不在乎他的理由，但你必须清楚他的理由。"

我微笑，说："他不问我的过去，我又何必问他的。"

她语重心长地说："你得对自己负责。"

我说："负责呀。不过，人一旦在鬼门关走过一遭，看待人生的角度便和以前完全不同了。"但我答应她我会想。

我的注意力被王在野写的诗句吸引。玉措说那是他辞职时写下的。

曾许天下第一流，
壮志未随落拓休。
扁舟一叶抛白浪，
海阔天高任遨游。

啊，坚韧而勇敢，豪迈且洒脱，天生傲骨，睥睨万物。这样的男人教人如何不爱？

夕阳垂地，光芒万丈，我在灿烂余晖中买菜回家。我还不知道王在野的饮食习惯，买了多种食材，让他有选择的余地。

不想用过多的消息打扰他，我静静等他回来。这一等，直等到星河深沉。我托腮看花，听到钥匙开门的声音，赶紧迎上去，腼腆地说："你回来了。"我控制声音让它平稳，热情却自眼神泄露，隐藏不住。

他深深看我一眼，嗯了一声。他该不会忘了我是谁吧？

我问："吃过饭了吗？"

他答："吃过了。"

他看到我的行李箱。我不想让他觉得我急于挤进他的生活，所以还没打开。他走进主卧室，抱起被子和枕头放入次卧，说："你睡主卧。等你有空的时候，把我的衣物都倒进次卧的衣柜里。"他拿出一套新的被子和枕头给我，说，"周末你自己晒晒，全新的。"

我嗫嚅："我们分屋睡？"

他瞥了我一眼，仿佛我问了一个奇怪的问题。我脸红了，觉得自己很蠢。

有些人喜欢假装深沉，还有一些皱着眉装严肃，还有的故作冷酷，只差在脸上写"你不配和我说话"，他不是。他始终淡淡的，面容平静，仿佛什么都不能让他吃惊，浑身散发的漠然拒人千里。他完全无视其他人的存在，让人望而却步，不敢靠近他自讨没趣。

然而我有一腔热火，烧掉我的自卑，全靠我的自尊拦着才没有喷射而出，他的冷漠对我无效。在他走进卧室前，我鼓起勇气问："你一般早上几点出门？早饭想吃什么？"

他说："我在公司吃早饭。晚饭我从来不在家吃，不用等我。"

他的态度让我有些受挫。我心想，周末呢，周末总得在家吃饭吧。

我裹着被子，又兴奋，又忐忑，难以入眠。

清晨，有人敲门，我穿好衣服走出卧室，王在野已经打开了门。来客我见过，是那天在酒吧他的同伴。男人正要对王在野说什么，见到我，怪叫："你家里有女人！"继而展开一丝促狭的笑。

王在野淡淡地说："她是我妻子。"

男人失声叫："你结婚了？我怎么不知道。什么时候？"

"前天。"

男人脸色变得凝重，意味深长地扫了我一眼，又看向王在野，神情竟有些怜悯。

王在野对他说："走吧。"

从头到尾，他没看我。

一整天，我心神不宁，一边找工作，一边思考他的态度。

离婚的当天遇见他，第二天与他结婚。他是不是认为我是个轻浮的人，所以轻视我？可我当时要是不答应，必然错失他。我忐忑不安，琢磨如何重建在他心中的形象。

我揣摩他的心理，探究他的爱好。书柜中摆着许多奖杯和奖牌，大部分书是关于电力和机械的，要学懂弄通，达到跟他聊天的水平，太难了。我打开电视，查看历史记录，他上一次看的节目是军事类的，又是一个我不懂的门类。

小雨淅淅沥沥，到傍晚下大了。我按照他昨晚回来的时间，拿着雨伞到楼门口等，左等右等不见他，等了一个多小时，冻得直打喷嚏，我黯然回家，他已在家中。

我诧异："你从哪儿进来的？"

"地下车库。"他的目光下移，落到我手中干燥的伞上。

原来有地下车库，我汗颜，偷偷把伞放下。

我试着和他聊天："你具体做什么工作？我一点儿都不懂。"他淡然说："你不会感兴趣。"

这个话题被关闭，我试图开启另一个。他的杯子在茶几上，我问："你平时喜欢喝茶还是咖啡？"他说："都可以。"

他始终平和疏远，与我的对话简短至极，态度不冷不热。有时我反思，我对李寄是否也持同样的态度，是否也曾让李寄不舒服。李寄不像我被爱冲昏了头，他能忍我四年真不容易。我十分愧疚。我和李寄离婚不到一周，想到他，却像是很久之前的事了。听说他已经回老家了。

王在野果然从不在家吃饭，周末也出门办事。我们像是合租者，互相不过问对方的生活。我吸取教训，不再用一堆问题打扰他，而是悄悄在他的身侧围绕，热切地望着他，陶醉在想象的幸福里。

我以前没发现自己这么黏人，总想靠近他，眼睛渴望看见他，耳朵渴望听到他，和他相处总觉得时间飞逝。仅仅看着他，听他的声音在房间里响起，我都陶醉。即使不见面，只是想着他，我已心旌摇曳，激动不已。等待是一种煎熬，同时也是一种甜蜜，因为我知道他一定会回来，无论多晚，我总能见到他。想象着他走进门，房间和我的心同时充盈起来，我的快乐不可抑制，嘴角的笑容压都压不住。

白天我四处参加面试，晚上回家苦读电力学书籍。这书艰涩难懂，我不知不觉趴在书桌上睡着了，醒来时，脑海回旋着水系液流电池的衰减率。

身旁好像有个人。我吓了一跳，书差点儿掉到地上。王在野正静静看着我。"不要试图了解我，浪费时间。"他说完便走了。

我轻咬嘴唇，好一会儿透不过气。我经历过比这更难堪的场面，但我不在乎那些人，所以无所谓。王在野的一句话影响力太大。不是嫌弃，不是生气，他平和地像在叙述一个无需论证的真理，让人有一种无法抵抗的无力感。

我安慰自己：他一时还不适应有我，没关系，慢慢来。

七、今夜有戏

都说王在野冷，难相处，我却一天天深陷。在我眼中，他无一不好。他的冷静散发着庄重，沉默蕴含着优雅，疏离充满神秘，我为他着迷，沉醉其中，难以自拔。

这天，王在野对我说："明晚和我的朋友吃饭，下班我去接你。"

他要带我见他的朋友，我可以融入他的生活了。我一阵激动。

他问："你在哪儿上班？"

我顿时尴尬，嗫嚅："我还没有固定的工作。"他可千万别以为我嫁给他是为了找个长期饭票，我不是寄生虫，不需要他养。除了结婚证那张相片，我没花过他的钱。经济窘困此时突然凸显，成为我最大的弱项。自卑与自尊同生同长，激发骄傲。我下定决心，得赶紧找个稳定的工作，不能让他看不起。

他说："在家等我。"

我穿上我最好的一条连衣裙，化了淡妆。第一次在他的朋友面前亮相，我得给他长脸。秋日夜寒，我加了一件风衣，在约定的时间下楼。

树下一地落花。我在树旁等他。

上了车，他递给我一个黑丝绒盒子，里面是一枚戒指。戒指内圈刻着字母W和Y，两个字母中间有一颗小小的心形。戒圈略大，戴上有些松。他发现了，说："以后可以不戴。今天必须戴着。"

我说："挺好的。"我不打算做任何改动。这是他送给我的，不能改，改了就不纯粹了，意义就不一样了。

他说今晚要见他大学同宿舍的兄弟。宿舍共六人，他年龄最小。

我们是最后到达的。包间里已经坐满了人，有男有女。

"六王爷和六王妃来了！"

"老六，你又是最后一个。快来，里边坐。"

有个女孩子瞪大眼睛看我，惊呼："这是天上的仙女吗？长得也太美了吧。"

王在野突然碰碰我的胳膊，微笑着帮我脱外套，挂在衣架上。这是我第一次见他笑。他的笑容如春日暖阳融化冰雪。我心旌摇曳，承受不住他的微笑，匆匆低头，脑海已将他的笑颜铭刻。

"你们看见没有，六王爷笑了！"女孩惊讶得破了音。其余人亦哗然。

王在野朗声介绍："我媳妇，易若然。"

"大家好。"我说。

王在野依次为我介绍。老大邢之效，大嫂祝薇，就是那个惊呼的女孩。二哥路常轩，他的女朋友夏暖。四哥季如，四嫂商月。五哥就是我见过两次的郎林御。老三缺席，据说毕业后就定居国外，没回来过。

众人落座，热热闹闹地谈天说地，推杯换盏，但气氛有一丝说不出的古怪。

男士们的年龄和王在野相仿，都是二十八九岁，一个个英气勃发。祝薇很年轻，和我差不多大，长相甜美，真诚而友善。商月二十八岁，身材娇小，说话语速很快，十分干练。夏暖也是二十八九岁，容貌柔美，妩媚动人。她精心打扮过，妆容一丝不苟，一双眼睛不时停驻在我和王在野身上。

王在野从头到脚散发淡漠，语调没有起伏，态度甚至有些疏离。我以为他只对陌生人这样，原来在熟人面前他依然如此。其他人显然习惯了，不以为意。外人给他的评语是阴狠，我不信。人品差的人不可能有众多好友，且相交多年不散。

这次聚会的主题是给路常轩洗尘。他携夏暖自外省来京发展，与同学们多年未见。看得出，他们兄弟之间感情非常好，但总像加着小心。郎林御有几分紧张，仿佛提防着什么，说话前总是先看王在野的脸色。王在野一反常态，对我殷勤温柔，为我夹菜。他不知道我的喜好，夹的大部分是我不爱吃的。我全都收下，默默吃掉。

我和他都不主动挑起话题，却无形中成为焦点，我更是焦点中的焦点。

我们迟到了，他的兄弟要罚我们酒，他认罚，把我的酒也代喝了。兄弟们不同意，但他执意为我挡酒，也不问我的意见，只是说："要罚罚我。"

四哥季如对我说："别看他最小，我们都怕他。他一板起脸，我们都不敢说话。我们叫他六王爷，你也就成了六王妃了。"

商月说："我今天大开眼界。以前从来没见过六王爷对女孩笑，还帮忙拿衣服。"

祝薇感慨："你像从画里走出来的，也只有这样的人物才入得了六王爷的眼。"

商月说："以前我常想，能让六王爷动心的人得什么样。今天见到你，我觉得没错，就是你！"

大哥邢之效很稳重，温和地说："这回有人能管他了。他敬着我的时候拿我当大哥，要是犯起脾气来，他才是宿舍老大。"

大家都笑了。

季如问我："你话这么少，他平时是不是总欺负你，所以你不敢说话？"我微笑摇头。他故意压低嗓音，声音却十分清晰，说："他要是欺负你，你告诉我们，虽然不管用，但咱们可以一起在心里骂他。"

大家又笑。

祝薇说："你们两个的气质真是绝配，都是高冷范儿。"

季如补充："就是挺装挺作的那个范儿。"

王在野淡淡瞥他一眼。季如说："你看他，劲儿上来了。我佩服你。听名字他就不是什么好人。这么野的人你也敢要？"

我说："他的名字很好啊。寇据金銮王在野，人间有恨月常缺。王迟早会回来的。"

满座都看着我。商月说："六王爷，你找对人了。"

祝薇问："这是诗吗？"

我说："我随口说的。"

"有才。"

邢之效问路常轩有什么打算。路常轩说先陪夏暖把摄影展办完再想其他。夏暖说到时候请大家赏光参加。摄影展的名字是《笑着流泪的人》，我顿时对夏暖刮目相看，觉得她情感细腻、眼光独到。

　　他们谈古论今，臧否天下人物，尽抒肺腑之言。聊到电力，王在野双眸闪亮。他真的热爱这行。

　　"发电量世界第一，可再生能源发电量世界第一。我们拥有世界第一的电网规模，世界第一的电压等级，世界最多的特高压线路。"他们为此举杯。

　　邢之效说："以电为马……"其他男士齐声接口："……驰骋天下。纵横捭阖，散发光热。"

　　呵，他们还有口号。

　　路常轩慨叹："可惜没有一个人真正从事电力行业。"

　　郎林御说："我俩是呀。"他和王在野同在海彻电气有限公司，这是一家民营电力电气技术开发公司。

　　路常轩说："你们公司主业做电气设备制造，不是我所说的那种电力。"

　　郎林御不服气地说："也能干工程以及技术咨询。"

　　路常轩说："你们资质有限，只能接点儿小工程，无法承接大型电力基础设施建设，与电力只能算沾边。"

　　他说的没错。王在野一脸抱憾。

　　邢之效聊起刚买的别墅，他起名"九九阁"。路常轩问是哪两个字，是久久为功的久久，还是九九归一的九九。邢之效说："藏于九地之下，动于九天之上。"

　　郎林御赞叹："听听老大的气魄。"

　　季如叫："不是吧，《孙子兵法》！住个房子而已，搞得跟打仗似的。"

　　邢之效说："生活不易，随时备战。"

　　季如说："戾气太重，不像你的风格，倒像老六的。"

　　祝薇说："我提议叫'知足楼'，知足不辱，知止不殆，他不听。"

　　季如颔首，说："《道德经》，我喜欢。"

邢之效摇头说："知足楼和我的名字有同音字。就叫'九九阁'吧，不改了。"

邢之效问王在野最近在忙什么，王在野说："几年前我去南方对接客户，路过一个小镇。那里过去以采砂为主要产业，生产方式粗放低效，过度开采严重破坏了生态，后来资源枯竭，采砂业不行了，环境也不行了，整个城镇破破烂烂，年轻人跑到外面打工，留守的只剩老弱病残。当地政府正努力做生态修复，推动产业转型，对旧城镇进行改造。我觉得应该做点什么。"

季如说："老六要搞大动作了，他要建一座城。"

路常轩说："我身在外地都听说了，他的方案一推出就引起了轰动。如今打着零碳旗号的多的是，但他的方案非同凡响。这下老六要进军房地产业了。"

王在野说："房地产我可不懂，我只想搞电力。"

郎林御说："有个做房地产的朋友跟我说了一件挺有意思的事。有一个拆迁户，选回迁房的时候四套房子选的是同一栋楼同一个户型，而且是楼上楼下，从一楼到四楼。"

季如问："那户型有那么好吗？"

郎林御说："不知道啊。换一栋楼、换一个单元他都不干，非要选同一个位置，直上直下对着。"

邢之效说："强迫症。"

郎林御说："是不是挺有意思？四哥，你给分析分析。"

季如投降，说："别问我。我虽然在房地产公司，但我是做人力资源的。"

郎林御说："就是让你分析人啊。"他转头问王在野，"你看呢？"

王在野说："我只看到了阴谋。"

"啊？"

王在野说："别听我的，我这人不长好心眼，总把人往坏处想。"大伙执意让他说说。他说："按规定，房屋建筑面积与商品房买卖合同约定面积不符的，如果面积误差比绝对值超出3%，买受人可以提出解除合同，要回购房款及利息。买受人同意继续履行合同，房屋实际面积大于合同面积的，超过3%的面积白给买受人；房屋实际面积小于合同的，误差比超过 3% 的面积出卖人须按房屋单价双倍赔偿买受人。所以，我一听这种同一栋楼同一户型的偏执选房方式，第一反应就是开发商想行贿，从面积上做文章。比如，故意减少面积，付双倍赔偿，或故意多建面积，白送给买受人。"

王在野用平淡的语气说完，郎林御目瞪口呆，喃喃："还能这么干？"其他人也跟听天书似的。

无人回应。其他人都不是这个领域的，唯独我清楚，王在野的话虽然骇人听闻，但不管理论还是实操都可行。人们更关注拆迁时是否合法合规，很少有人想到若干年后交房时测绘面积的腐败文章。这种隐蔽的行贿方式时间跨度大，追查难度高，亏他能想出来。不了解王在野的人准以为他从事房建很多年，浸淫已久，才冒出这个想法。他对其他行业尚且摸得这么透，对心爱的电力专业的精通程度可想而知。

郎林御说："太复杂，谁没事费这大劲啊。我不信你说的。你又不搞房地产，这些都是你胡诌的。"

王在野淡然说："时间是真相的拆信刀。走着瞧吧。"

祝薇说："不许谈工作了啊，听得我脑袋疼，听不懂。"

季如新买了一辆摩托车，配置很高。他对王在野说："改天你试试，倍儿有感觉！"

郎林御搭茬："飞一般的感觉？"

王在野说："我对别人的东西不感兴趣。"

"什么叫别人的东西？见外。"季如翻白眼。

郎林御说："你还不知道他。有主儿的他都不稀罕，除非你送给他。"

季如说："美得他。"

王在野说："送给我我都不要。"

郎林御叹口气，说："你的脾气什么时候能改改？以你的能力，不该只是个技术总监。你看看最近新提的副总经理，跟你比差远了，好多人替你不值。其实许总挺欣赏你的。"

王在野平静地说："黑夜披上缀满星光的沙丽到处炫耀。白昼的衣服却很朴素，只是光。"他的狂傲以内敛的方式表达，莫名地又多一层震撼。

郎林御懊恼，"说他一句他还我一百句，还都一套一套的。"

夏暖问我："王在野喜欢吃什么菜？你做饭一定很好吃。"她不像别人揶揄他为六王爷，也不亲切地称呼他为老六，而是称呼他的全名。

我答不出，不敢瞎编，说："我不知道。"

邢之效说："别说你了，我们认识他这么多年都不知道他喜欢什么。"他接口那么快，简直像给我解围。

郎林御说："他啊，他没有特别喜欢的东西。"

"易若然，"王在野忽然说，"我喜欢易若然。"

众人震惊。"六王爷你真的转性了！"继而哄笑。夏暖抿嘴，不再说什么。季如扶额，说："男人一旦怀春，太可怕了。"商月笑喷了。

我脸红，心里却对王在野的反常警惕，不觉甜蜜，反而惊惧。

邢之效问我和王在野认识多久。我小心地回答："虽然时间不长……"王在野接口说："但感觉已经认识很多年了，像是缘定三生。"

祝薇感叹："有点浪漫啊。"

邢之效、路常轩和季如同时质疑："他？浪漫？"

季如说："恐怕他连这两个字都不会写。"王在野瞥他一眼，季如做个在嘴上拉上拉链的动作。

酒杯空了，服务员又打开一瓶酒，郎林御站起来，向服务员伸手要酒瓶，脚下踉跄，手差点儿拍到服务员身上。年轻的女服务员吓得退后好几步。

季如揶揄："都说男人四十一枝花，这还没到三十呢，花就开了。"

路常轩说："开得还有点儿大。老郎你控制一下自己。"

郎林御脸红了，叫："没站稳，我没站稳！二哥你被带坏了。你原来不是这种人。"

季如说："瞧，恼羞成怒了。"

邢之效对我说："我们聊天总是这样，慢慢你就习惯了。"

季如重重点头，说："互捧都是假情谊，互损才是真兄弟。"

我微笑。邢之效沉稳，路常轩敦厚，季如绵里藏针，最温和友善的当属郎林御。这些人都是值得交的朋友。

商月饶有兴趣地问我："你们两个是一见钟情吗？"

我和王在野没有统一过答案，都等着对方回答。过了几秒，不见王在野开口，我说："不是。"与此同时，他说："是。"大家看看我，又看看他。

王在野看着我说："你对我不是，我对你可是一见钟情。老郎作证。"

郎林御说："啊？啊，对，当时我在场。"

众人起哄，要我们讲讲当时的情景。王在野起身倒酒，说："喝酒。"大家又鼓动几句，不再问了，似乎对他颇为忌惮。

夏暖问我："你什么时候喜欢他的？"

喧闹一时减弱，继而夸张地增大，大家纷纷起身推杯换盏，一边碰杯，一边留意我的回答。

我说："早在遇见他之前，我已经喜欢他了。"

夏暖睁大漂亮的眼睛。

我说："他是我全部的梦想，唯一的希望。我找了他很多年，在知道他存在之前，直到遇见他。他就是我一直在等的人。"

满屋寂静。

我说："我不奢求他是什么样子，他什么样我都喜欢。我没想过要从他那儿得到什么。只要他存在，我就高兴。"我微笑，不由自主地，发自内心地，"我觉得非常幸运，能和他走到一起。我从来没想过，也不敢想。可是这一切都是真的。我到现在都感觉像做梦，不敢相信。"

房间里静了几秒，仿佛时间定格，然后许多人同时发声。祝薇捂着胸口说："我好感动。"商月擦擦眼角，说："我也是。"路常轩说："老六，你小子运气不赖。这么好的女朋友从哪儿找的？赶紧给老郎张罗一个。"季如大声叹息："没想到连他这野蛮人都找到女朋友了。我以前总担心他没人要。"

王在野说："她不是我女朋友。"大家都一愣。王在野亮出无名指上的戒指，说："我说过，她是我媳妇。我们结婚了。"

众皆哗然，几个人飞快地瞟一眼夏暖。夏暖脸色发白。大家纷纷嚷着王在野不够意思，这么大的喜事居然不请客，又要罚酒。我装作羞涩低头，心中已经明了，不免苦涩。

祝薇倾身向前，问："他怎么向你求婚的？"邢之效悄悄拉她一下，她笑了笑，退后坐好。

我觉得已经无需回答，王在野却答："是我逼她嫁给我的。"

大家哈哈笑。"像你干出的事。"

夏暖问我："他怎么逼你的？"

王在野说："我问她要不要嫁给我，问了三遍。"

我说："我赶紧答应，怕他不再问了。"

夏暖一双明眸望向王在野，问："怎么问了三遍？"

我说："我哭得一塌糊涂，他问前两遍的时候我没反应过来。"

"要是我也得感动哭了。"商月推一下季如，"你求婚的时候我哭了，你记得吗？"

季如说："那么久的事谁还记得啊。"

"嘿。"商月悻悻。

邢之效举杯，说："老二，欢迎回来，这里永远有你的好兄弟。"大家随他共同举杯。

回家的路上，王在野一言不发。我望向车窗外，玻璃倒映我紧抿的嘴角。代驾司机更是一声不吭。车厢里安静得令人窒息。

今晚种种，全是戏，演给谁看，大家心知肚明。

原来王在野也可以温柔体贴，只看他愿不愿意这么做。

一瞬的暖，反而让我觉得更冷。

难怪他对我态度冷淡。他眼里只有一个人，容不下其他。他故意不看她，躲避目光，反而昭示他的在意。

这是命吗，第一任丈夫心里装着别的女孩，现任丈夫又是如此。

回到家，他说："不想回答的问题可以不回答，不用管别人怎么想。"

我说："好的。"

我摘下戒指，放进丝绒盒妥善收好。戒圈有点大，太松了，总是掉。丝绒盒的旁边是结婚证，距离领证只过去了六天。

我对自己说："你在失望什么？你早该知道，他不是你的王在野。"

八、寇据金銮

王在野交给我一张银行卡，密码是我的生日。倘若他在得知我没有工作前给我，算是他给的家用，现在给我，像是救济。我不想在此事上多费唇舌，默默接过，一辈子不打算用。他说："家里还有一辆车，在地下车库，你可以开。"说完将一把崭新的车钥匙放在玄关桌的瓷盘里。我碰都不碰。

我比以往任何时候都渴望有一份工作。像是为了宣示我不附属于任何人，不屈服于任何人，我要证明我的独立品格，必须有安身立命之本。

我到大北骅建集团面试，进入面试区，看见了熟悉的人。季如，他是大北骅建集团人力资源部的，也是面试官之一。他翻看我的简历，发问的是另一位面试官。

面试结束，工作人员叫住我，说季经理找我。我被领到季如的办公室。他手里拿着我的简历，请我坐下。他目光敏锐，语气温和。"易小姐，你的简历修改过。你第一次的简历上写着已婚，丈夫的姓名是李寄。今天的简历删掉了家庭成员信息。当然，我们不强求简历上包含家庭成员信息。不过，你能解释一下吗？"

"我投简历是在半个月前，那时我的丈夫是李寄。"

"你是王在野找来骗我们的？"

"不是。我离婚后再婚，我和王在野正式登记结婚了。"

"你是说，在半个月之内，你离婚，又再结婚？"

"是的。"

"王在野知道吗？"

"知道。他在民政局遇见我，那天我离婚。"

季如望着我。我无畏地回望。"他说你们结婚了，我还以为他撒谎，没想到他真做了。"季如摇摇头，"做戏做到这个份儿上，唉，他总是走极端。戏怎么收场，你们想好了吗？"

我平静地说："白头偕老，百年好合。"

"什么意思？"

"我们不是演戏。他真的求婚，我真的答应。"

"易小姐，你了解王在野吗？"

"会了解的。"

他看了我一会儿，说："易小姐，我佩服你的勇气。我以私人身份提醒你，你和王在野不合适。"

"很多人说过。"

"你根本不知道他是什么样的人，经历过什么，是什么脾气。"

"那么，作为他的朋友，为了他的幸福，您能告诉我吗，帮我了解他？"

"要看清一个人，三五年都不够，三言两语哪儿说得清，而且，我认为没有这个必要。他对你是真是假，你不会不明白吧？"

"谢谢。"

"易小姐，有句话你可能不爱听，你配不上他。"

"我知道。"

"王在野和你想象的不一样，趁早离开他，为你好。"

离开他？他们不知道，我爱了他好多年，不曾渴盼，是因为不敢相信能有幸遇见。既然相识，我岂肯放手？"季先生，您认定我是假冒的，为什么还找我谈？如果是假冒的，将来戏演完了，自然也就完事了。"

"因为你喜欢他。身份是假的，你的喜欢是真的。"季如坦诚地说，"我和商月讨论很久。我们都觉得你演得太真了，不知道老六从哪儿找来个专业演员，气质合适，分寸拿捏得也好。"

我说："您能不能告诉我，路常轩、王在野和夏暖，他们到底怎么了？"

"是演戏就别多问，是真的就等着看吧。你已经发现了，还要搅进去？这是个大漩涡，卷进去就出不来。"

我告辞。有他在，面试结果可想而知。他顶多不落井下石，要他为我说好话却难了。

我进入电梯，一个男人从远处走来，似乎也要乘坐电梯。他离得尚远，我按下开关耐心等他。他走进电梯，向我致谢，问我是哪个部门的，我说我来应聘。

日已西沉。坐公交车回家，路过海彻电气公司。我心中一动，就近下车。这是王在野工作的地方，我只是想多看两眼。只是看着，已经觉得温暖。

正是下班时分，三三两两的人向外走，我背过身。两个女孩的谈话引起我的注意。

一个说："最近找总监的女人少了很多。"

另一个说："能不少吗，他结婚了，那些女人一瞅没希望了，还来干什么。"

"什么？他？"

"你没看见他手上戴着结婚戒指？唉，总监本来是向我求婚的。"

"什么？你？"

"他一向不正眼看女人，突然求婚，还急着领证，我猜一定有事。果然，我打听到他前女友快回来了。虽然我喜欢他，但这个浑水不能轻易蹚，所以我临时反悔。本来我们都约好去民政局了。不过，我失约并不耽误他结婚，他临时抓了一个女孩。不知道这女孩清不清楚面临的状况。总监真豁得出去，拿结婚当挡箭牌，就这么把结婚证给领了。"

"那女孩叫什么名字？"

"谁在乎，又不是真的。"

她们越走越远，我觉得凉风直往脖子里灌，竖起风衣的领子，一转身，正对上郎林御关切的眼神。他说："别听她们瞎说，有些人唯恐天下不乱。"

他的话证实了她们谈论的人。郎林御察觉失言，不禁露出懊恼，试图岔开话题，说："你找他？他被我派去参加商务应酬，晚点回家。我替他跟你请假。"

我静静望着他。

郎林御说："他是技术总监，工作很忙，经常加班。以后我会尽量少安排他应酬，让他早回家。"

我还是望着他。

他犹豫一下，说："上大学的时候，夏暖是我们系的系花，二哥和老六都喜欢她。为了二哥，老六让了，刻意疏远夏暖。夏暖很伤心，和二哥吵架，刺伤了他，被判故意伤害罪，坐了几年牢。随后，二哥也离开了。没想到这次他们一起回来了。"他宽慰我，"事情已经过去了，不用担心，老六能处理好。"

不，事情没过去。要是真的过去了，他们不会这么紧张。

夏暖看王在野的眼神，任何人都能察觉他们有事，而王在野根本不看她。若非在意，何必回避？

我不该烦恼。我本就是个名存实亡的妻子。我甚至觉得，王在野是为了演这出戏才决定结婚的。我们领结婚证的时间和夏暖的出现挨得太近了。要用婚姻这种极端的方法把另一个人推远，那个人对他的困扰有多大可见一斑。他们相识十年不能相守。我只出现三次，已经和他携手，还奢求什么？

寇据金銮。我才是寇。

我不该烦恼。朋友们一再告诫，他不是"他"，我也跟自己说要保持清醒，可我从未听进去。理智记得他们是两个人，感情却将他们混为一谈。我该醒了。

我太想对王在野好了。我有满腔期待、满心热爱想倾注在他身上，胸膛里总像揣着一团火，炽烈无比。我需要降降温了。人心里一旦有了一个人，别人再好他都感觉不到。不过，至少我是他的妻子，正大光明站在他身边的人是我。他已经做出选择，成全路常轩和夏暖。

既知他的感情经历，我不再贸然靠近，以免引起他的反感。我坚持读电力学书籍，看军事栏目，暗自培养与他相同的爱好。我不再主动开启谈话，暂且搁置无穷无尽的疑问，退远一些，给他空间，默默关怀，静静等待。

每天晚上，我在客厅看书等他，在他进门后打个招呼，并不多言。我用鲜花点缀他的房间。天凉了，我给他的椅子垫上厚坐垫，在玄关摆放棉拖鞋。估摸着他回家的时间，我提前烧好热水，方便他喝。我尽力为他做一点事，尽管他可能不需要。他或许看见了，或许没看见，他没说过什么。

夏暖不知从何处得到我的电话号码，问我能不能陪她买衣服，她对此地不熟。我为了展现大度，满口答应。

已是深秋，她要买一件大衣。逛了一家又一家商店，她兴致勃勃，不知疲倦。有一件鹅黄色短款皮衣很亮眼，飒然清爽。我向她推荐。她笑着摇头，说不喜欢鹅黄色。我觉得可惜。她反复游说我："易若然，这件皮衣的款式符合你的风格。你有些沉闷，需要用鲜亮的颜色提升一下精神。"

最终，她买了一件粉红色大衣，娇艳似玫瑰。

走得累了，夏暖请我喝咖啡。我说："我请你，尽地主之谊。"

她说："别忘了，咱们都是外地人。我十年前在这里上大学，比你早。按照先来后到，该我请你。你别跟我客气。谢谢你陪我逛了一天。"她环顾四周，说，"好多地方都变了，不过也有很多没变，我还认得出。"

我搅动咖啡。

她说："真怀念以前的日子。大家来自天南地北，年纪轻轻，没有心机，没有利益冲突，感情好到你无法想象，天天在一起都嫌不够，放假舍不得回家，过完春节盼着返校。"

我说："路常轩对你真好。他看你的眼神非常温柔。"

她喝一口咖啡，问："王在野对你好吗？"

我说："很好。"

夏暖说："他对谁好是藏不住的。他还打篮球吗？"

"他很忙。"

"当年他是校篮球队的，迷倒一片小姑娘。他们打比赛，我们逃课去看。他们最辉煌的纪录是三度蝉联冠军。我们兴奋得晚上在操场上又喊又唱，直到老师来赶我们回去睡觉。"

她说的是我无法参与的回忆，插不进去的话题。

她说："我老是提以前的事，你别介意。我坐了几年牢，和社会脱节了，一直没缓过来，记得的美好都是当年的，所以总挂在嘴边。那些是我仅有的快乐，恨不能刻进骨头里。"

她用小勺搅动咖啡，美丽的眼睛瞟我，说："我拉着你你不烦吧？我不是个讨女孩喜欢的人，没有闺蜜。我喜欢和你相处，总想约你。你大概从其他人那儿听过我的事。我确实犯过错，伤过人。那时候急疯了。现在长大了，不会再冲动。我属于感情特别强烈的人，付出时毫无保留，受的伤也就格外重。伤好了继续付出，直到什么也不剩。我是拿命去爱的，赌上所有去换一个可能。回过头想想，真傻啊，以后再也找不到那么豁得出去的自己了。把心掏出来，最后落得一无所有，有一阵子，我觉得不值，后来我又觉得值，至少我对得起自己，我努力争取过，没白活。"

我静静地，任她说去。

她说："我有时很羡慕你。你活得潇洒，不较劲，冷面无情，管别人怎么想！我不成。我把什么都看得重，都舍不得，老怕失去，要赶紧抓在手里。"

我问："你怕失去路常轩吗？"

她忽略我的问题，说："我到底输了没有，我始终不明白。留在一个人身边和留在一个人心里，哪一个更重要，你觉得呢？"

我不打算跟着她的思路走，根本不答。

她忽然认真地看我，说："你和我想的完全不一样。"然后，她露出笑容，说，"王在野的眼光变了。"

回到家时，王在野已在家，正抱着笔记本电脑在客厅沙发上敲击键盘。

我说："夏暖缺大衣，陪她买了一件。"

他点一下头，目光仍在电脑屏幕上。

我说："有一件鹅黄色的皮上衣，很好看，款式也好，可惜她不喜欢。"

他继续敲键盘，说："她不喜欢鹅黄色。"

我说："哦。"阔别多年，他依然记得她的好恶。

他说："不用帮我收拾书房，我习惯自己收拾。"

"好。"我应着。

收拾书房的时候，我总是把他翻阅的书和资料都读一遍。既然他发话，我不再帮他收拾，但依然关注他读了什么。我想通过这些多了解他。他的事情，我希望自己发现，或者由他告诉我，而不是夏暖略带炫耀地讲出来。

九、赶尽杀绝

饭桌对面是路常轩和夏暖。夏暖永远妆容精致，风情万种。路常轩憨厚踏实，话不多。餐巾纸掉了，我俯身去捡。夏暖的高跟鞋不知何时脱了，大概是嫌鞋子闷，一双纤美的脚虚踩在鞋上。

长得美的人，连脚都美。

路常轩在某基金会找到了工作，他说办公室里有个女孩怪怪的，每句话都好像别有深意，动辄自责，对所有人道歉，楚楚可怜，男同事觉得她可爱，女同事都讨厌她。

夏暖笑了，说："男人大概都没有鉴别绿茶的能力，茶言茶语在他们眼中全是我见犹怜。"她似不经意地瞥我，说，"有时候我觉得绿茶和抑郁症有一拼，都是说自己怎么怎么不好，博取大家同情。"

我看她一眼。

路常轩说："是有一点像。"

王在野说："完全不同。抑郁症和绿茶最明显的区别是，抑郁的人说自己不好是真的觉得自己不好，绿茶说自己不好只是为了让别人觉得她好。"

我心里顿时舒服了，简直想给他鼓掌。

郎林御也来到这家饭店，见到我们，立刻走过来，不客气地坐下。

路常轩说："你怎么来了？"

"人总得吃饭啊。你们吃饭也不叫我，不知道我孤家寡人的周末无聊吗？今天让我撞见了，你们请客。"郎林御对王在野说，"新来的李副总让你陪他出席后天的活动。"

王在野说："我已经回绝。"

"所以董事长派我来劝你。李副总是董事长重金挖过来的，你多少给点面子。"

"不给。"

郎林御说："不是我说你，你对人家太冷淡。"

王在野说："我对谁都这样。他名不副实，职称挺高，实操能力差点儿意思。"

郎林御说："别小看人家，他可是在大国企当过总经理的人，要不是遇到变故，他才不来当这个小公司的副总，这已经算屈尊了。"

王在野说："有些人错把机遇当成能力，高估了自己，其实他的成功是一连串巧合促成的，说白了，时代好，让他抄上了。然后突然遭到变故，他应变能力不足，基础又不牢，很容易出问题。我没有任何瞧不起他的意思，他能多年位居高位，必然有过人之处。或许他更适合去集团总部，在高层统筹协调，而不是负责具体项目。"

路常轩对郎林御说："你不是他的上司吗，他违抗命令，罚他。"

郎林御叹气："我是他上司，他是我的活阎王。"

路常轩说王在野："你也就欺负老郎脾气好，换成别人试试。"

郎林御连忙摆手，紧张地说："不敢不敢，他没欺负我。"说着拿眼瞄王在野。

路常轩笑："活该你只是'羽林郎'。"

王在野说："高峰论坛遍地开花，每个都去，自降身份。"

郎林御愁眉苦脸，"你傲气，你不去，我可怎么交差？"

路常轩对郎林御挤眼睛，说："你贿赂贿赂他。"

"这人已成仙，无欲无求。"

路常轩说："他夸过你的什么东西，赶紧送给他。"

郎林御说："你还不知道他，对于有主儿的东西，他没有任何兴趣。"

路常轩说："精神洁癖。既然你对别人的东西不感兴趣，你们和其他企业竞标项目又怎么算？"

王在野平静地说："那不是别人的东西，是我的，我只不过去拿回来。"

路常轩笑："也不知是过度自信还是霸气。"

有人叫我的名字，是我多年不见的高中同学，我离座去和她打招呼。她对着我们那桌努努嘴，说："刚才听到你结婚了，恭喜。"我诺诺，闲聊几句，转回座位。

郎林御接了个电话，顿时皱眉，不胜其烦地说："公司被讨薪的围了。"

王在野说："你替我送易若然回家。我去看看。"我婉拒，路常轩和夏暖提出送我，郎林御笑着说这是王在野交代的任务，不能交给别人。

路上我几乎无话。郎林御打趣："他冷冰冰的，你也不热乎，你们俩冷到一块去了。唉，我还指望你带来点暖和气儿，让他别那么冷，别老走极端。比如今天这个施工队，偷工减料，串通工程监理出具虚假工程月报。他发现了，把施工队和监理公司一顿痛批，记入黑名单。别看他只是公司的技术总监，在业内他可是响当当的人物。他的一句差评能让施工队一辈子翻不了身。施工队软磨硬泡，请他通融。他把对方企图贿赂他的事又给捅出去了。"

这么狠！

郎林御说："对方带着农民工讨薪，明显想用恶意欠薪的舆论压垮我们。要是处理不当，可能引发别的事。住建委、人保局、信访办等部门都去现场了。"郎林御摇摇头，说，"王在野做事一丝不苟，在他看来，遵守规矩是底线，违反规则必然受罚，没什么可说的，可别人不这么想。他要求高，喜欢追求极致，不给别人留余地，不给自己留后路，老弄得你死我活的。再这样下去，别说做对手，连做他的盟友都难。其实他以前很活泼的，因为发生了一些事才变得阴沉沉的。"

真巧，我也是。我以前脾气很坏，又懦弱又暴躁，后来遇见一个人我才变了。

郎林御看我一眼，说："不过你放心，他对家人和朋友很好，只是看上去有点冷淡。"

我曾留心观察王在野。他待人接物十分得体，在礼仪上从不缺失，所以并不惹人反感，平淡的态度反增威严。他也笑，他的话也不少，但他依然令人觉得遥远，可见不苟言笑不是评判一个人冷漠的标准。王在野的清冷疏离是刻在骨子里的，非谈笑能去。他对任何事物都不感兴趣，即使提及，也不投入丝毫感情，别人尚在话题中，他的心思已转至他处。他的冷源于漠不关心。

由他我想到了自己，我努力做出温和的样子，其他人依然觉得我无情，大概和王在野给人的感觉一样，因为我打心底漠视万物，管他生死明灭，我都无动于衷。

我说："去现场看一眼好吗？"

郎林御调转方向去公司。那条街已堵得水泄不通，人们围得里三层外三层，人声鼎沸，群情激愤。我们无法靠近，远远眺望，找不到王在野的身影。郎林御接到公司电话，惊讶："什么，王总监还没到？半个小时前他就往回赶了呀。好，我联系他。"他望着我，我说："不用管我，你去忙吧。"他神情凝重，犹豫一下，匆匆走了。

这时，我接到王在野的电话。他说："这几天你住朋友那儿吧，别回家。"简短一句，从他的语气中无法判断事态情况。回合租屋一定遭到狂轰滥炸般的盘问，我选择住快捷酒店。

两天后，王在野通知我可以回家了。一进门，只见郎林御正在埋怨王在野。郎林御很急躁，王在野则悠悠然，一脸云淡风轻。我以为突发紧急事件，王在野却消失了，郎林御因此责备他，听了一会儿，发现不是这么回事。

那天王在野没有直接回公司，众人都联系不上他。郎林御赶回公司和高层紧急商量对策，决定先付一部分工程款，稳住施工队的情绪，正要找施工队谈判，只听大门口传来更大的喧哗。

王在野回来了。他不是一个人，还带着业主委员会代表以及上千名居民的联合签名。引发事端的是老旧小区综合整治项目中的电力改造部分。王在野当众公布现场检查的照片，展示施工队偷工减料的证据，业主委员会代表声讨黑心施工队。施工队顿时没词，开始诬赖设计方，说自己是按照设计图备料施工的。王在野早有准备，请来了设计公司，拿出设计方案，指出施工队擅自降低施工标准，串通监理公司骗取工程款。围观群众热议此事，舆论风向瞬间改变。

我暗暗赞叹。王在野是个有急智的人，处变不惊，有勇有谋，就这样轻而易举化解了危机。

　　郎林御说："你是解气了，你想过后果吗？"

　　王在野说："他们腐蚀国家实业，对他们不能心慈手软。"

　　"这样的企业走不远，早晚把自己坑了。你能不能别跟着掺和？"

　　"靠市场淘汰他们太慢，我得亲自动手。"

　　郎林御气道："跟你说过多少次了，别把事做绝，你非得把人逼急了。你不给人家留活路，他们不报复你才怪。"

　　王在野说："弃身锋刃端，性命安可怀？"

　　任郎林御着急上火，王在野气定神闲，在他看来，这件事已经过去了，该向前看了，没必要再提。

　　郎林御说："我知道你不怕，可你现在不是一个人了，你结婚了！易若然好几天不能回家，是不是因为你？幸好他们不认识你家，但你的车被砸了是事实吧？"

　　王在野沉默了。

　　郎林御对我说："不是他新给你买的那辆，是他自己那辆被砸了。"

　　或许是我不经意间流露出担忧之色，王在野说："闹事的已经抓起来了，放心。"我点头。

　　该说他疾恶如仇还是心狠手辣？刚正不阿还是冷酷无情？他阴沉吗？不，他行事光明正大，直来直去，连计谋都称不上。他的防守反击那么轻松，轻盈得像在作一首诗。他似乎完全意识不到自己的能量有多大，挥挥手能给别人造成多大伤害，就算他意识到了也不会在意，因为那正是他想要的。直奔目的，不计代价，不顾其他，弹指间致人重创，而他漠然视之，这才是他的可怕之处。我该怕他吗？郎林御说他对人对己都不留余地，既然如此，他对别人并没有比对自己更坏。

　　他送给我一辆车，却不明说，只告诉我家里还有一辆车可以用。敌人都找上门了，他只告诉我不要回家，避免波及我。这个人啊。

十、灵鹿森林

大北骅建集团录用了我。我有些诧异，本以为有季如在，我不可能通过面试。我应聘的职位是采购部，进入公司后却被安排在开发部。开发部的经理叫来自新，三十多岁，又高又壮，身形微胖。一见面，他说："多谢你按住电梯等我。"

原来是他。

我在走廊碰见季如，他说："不简单，能成为来少爷钦点的人。"我不解。他说："来自新，来副总裁的侄子。"

我说："我还以为是你帮了我。"季如被我讽刺，不再说什么。

若早知道来自新的身份以及他可能起到的作用，我绝不进开发部。我不想和任何人有关系，除了王在野。

来自新钦点录用的消息不胫而走，同事们难免好奇，在背后褒贬评判。路过休息室，我听到他们议论我。

"没有一丝热乎气，不过真漂亮啊，像发着光。"

"虽然也笑，但感觉不好相处。长得那么美，难怪来少爷动心。她的粉底颜色太深了，要是浅一些更好看。"

"传言是真的吗？她是来少爷从采购部抢来的？"

我一向不在意别人说什么，径自走过。

相处久了，我发现来自新脑子好像缺根弦，说话总是跑题，还总臆想出一些事情，然后当成真的。比如，他问我为什么崇拜季如，也不知这结论从何而来。还有一次，他问我是不是对他有好感，并郑重告诉我他刚交了个女朋友，让我不要难过，我赶紧否认。

部门副经理陈孚是来自新的智囊，帮他把握大方向，适度补救他的愚蠢。我的工作获得了陈孚的肯定。他夸我沉稳有度，做事麻利，又提醒我待人接物要温和，在试用期和大家搞好关系。

我落落寡合，与所有人保持距离，同事们起初以为我背后有来自新撑腰所以高傲，于是有人阿谀，有人鄙夷。过了一段时间，他们发现我对来自新持同样态度，针对我的窥探和敌意渐渐散去。

这天，来自新拿出一个项目策划书给开发部的同事们看，面露得意。那是关于新能源市镇建设的策划书。他打算把方案上报鲁总。我和陈孚反对。陈孚分析利弊，列出了一堆理由，我只问了一个问题：能源问题如何解决。来自新答不上来，仍计划将策划书上报给主管副总鲁总。等他一走，陈孚叹口气，找来资料分发给大家，让大家借鉴着补充来自新的策划书。

同事张燕迟疑地问："这该不会是王在野的那个吧？"陈孚说："胡说。大北骅建集团能模仿别人吗？这些……是从一些经典案例中摘出来的。"大家面面相觑，我悄悄打听，张燕说："这是王在野'灵鹿森林'的项目资料。"

给路常轩接风那天，朋友们提到王在野要建一座城，原来就是它。我一直想了解王在野的工作，没想到在大北骅建实现了。我如饥似渴地阅读。这是他的创意，他的智慧结晶，是了解他的最佳突破口。不看不知道，一看才明白我与他在专业知识上的差距之大，用云泥之别形容都不过分。"灵鹿森林"计划包罗万象，涉及领域极广，这还仅仅是对外公布的部分。一开始我是抱着接近王在野的目的去看的，随着了解的深入，我渐渐把它当成经典案例去学，尽管它尚未成真。这个计划的宏伟超出了人们的想象，王在野对它的介绍实在是保守了。难怪他从不跟我聊他的工作，估计他猜到我听不懂。我以前觉得自己专业素质挺好的，跟他比，我不敢说了。他不是一门通，而是门门通。

同事们一边看资料一边议论。

"王在野扬言要把零碳城镇建成数字新基建标杆。动不动就'典范''标杆'，口气够大的。"

"别人说的我不一定信，他说的我信。"

"依我看，他就是个装腔作势的毛小子。"

汇报那日，来自新带着陈孚和我。尽管已经做了大量补充，从"灵鹿森林"

抄了许多作业，来自新的策划书仍旧仅仅是一个概念，没有实质内容。听他讲述的时候，我已经猜到了领导不会同意。果然，鲁总意味深长地说："来经理，你的概念是好的，但是可行性嘛……"

来自新呈上电力企业名单，说："我们的短板在于电力，除此以外，集团都能自己搞定。您看，这些公司是专业电力公司，从业至少二十年以上，和咱们都有过合作。可以让他们组成联合体，共同参与项目。"

鲁总哈哈笑，说："正因为合作过，我清楚他们的实力。综合性大项目除了技术以外还需要做大量的沟通协调，最难得的是知识与创新融合的能力。不是人人都是王在野。"

来自新一百个不服气，暗地里说鲁总墨守成规、故步自封。我和陈孚对视一眼。来自新似乎没听懂鲁总的话。鲁总并不质疑那些公司的实力，而是质疑他来自新的能力。说白了，项目方案如果来自新编不出来，照抄王在野的就行了，施工企业也可以参照"灵鹿森林"的，关键是得有人牵头协调一切。来自新才不堪任，当不了这个牵头人，但他自命不凡，认为非他不可。有来副总裁撑腰，他绝不会将牵头人的位置拱手让人。

两位经理不在屋的时候，开发部的同事私下议论。有的说："鲁总也够损的，拿来自新和王在野比，这俩根本不在一个段位上。王在野是有名的'三高'：职位不高，地位很高；工资不高，待遇很高；职称不高，水平很高。来自新算什么？"

"要是能把王在野请来，来经理的项目或许能成。咱们是干房地产的，对电一窍不通。王在野就是技术的代名词，是成功的保障。他虽然身在民营企业，但在电力行业人脉广。他精通业务，说话也有分量，有他在，所有的路都能打通。"

"王在野是海彻集团的红人，挖是挖不过来的，海彻集团绝不会放，来自新又不可能主动向他请教。"

"绿色建筑精英论坛"发来邀请函，邀请函转到了开发部，来自新派我参加。在会场，我意外地遇见了徐傲朵。她来此采访。

我问："你不是经济栏目的吗，和建筑有什么关系？"

徐傲朵说："咳，现在什么和经济没关系啊。"

她只身前来。我揶揄："呵，开始挑大梁了。"

"哪儿啊，我和我师父一组。不过这种小活动他从不亲自来，都是派实习生，发表的时候加上他的名字，而且他的名字在前。大新闻轮不到我，小新闻全派我来。这里门道多着呢。"

徐傲朵既没拿话筒也没带摄像师。我疑惑，她说："新闻稿早就写好了，我来就是做做样子，拍两张照完事。"

"论坛还没开你就知道要写什么了？"

徐傲朵说："而且不是我写的，是主办方自己写的，我加工一下而已。唉，这工作真没意思。什么时候我才能得普利策奖啊？总有一天我要获奖！"

进入会场，徐傲朵前往专门的记者席，我则寻找"大北骅建"的桌签。大北骅建在行业内排名全国十强，借助这个强大的平台，我的座位比较靠前。

我看到了海彻集团的桌签，稳坐座位的是海彻集团的能源建设板块负责人许洲，他身边的男人一身黑色西装，举止端庄，沉稳有度，正是王在野。

身后有两个人在低语。

"席总，我刚才看见您主动和王在野打招呼。您入行二十多年了，他只是个晚辈。"

"我在圈里出了名的人缘好，唯独对王在野，我一看见他就发憷，感觉和他永远无法打成一片。他就算对你笑都像隔着一千里。可是我又觉得，一旦有一天他真拿我当朋友看，我们将是过命的交情，铁打不散。"

"您太抬举他了。"

"后生可畏。"

"我不喜欢他的傲气。说他狂吧，好像算不上，但就是让人不舒服。他情商智商都高，他可以面面俱到，让人如沐春风，但他偏不。他做事太狠，不留余地。"

主持人登台，活动开始了。我还以为所谓的论坛是专家研讨会，大家把各自的理念拿出来论一论，进行思维的碰撞，原来是个类似发布会的活动，议程包括开幕演讲、专家演说、视频展示等，受邀的都是大公司。其中的一个环节是海彻集团介绍"灵鹿森林"项目。

看着王在野在台上从容演讲，我的心怦怦跳。

项目位于河灵市圆溪区十鹿镇，由政府主导，对十八个村进行旧镇域改造，征地拆迁后建设智慧新能源园区，即"灵鹿森林"。它是一座主要靠电能驱动的零碳城镇，将打造成国家级智能绿色科技示范区，树立产城融合的典范。创意出自王在野，同时他也是该项目的能源设计工程师。海彻集团正在与河灵市政府签订合作备忘录。河灵市考虑由市属国企灵达伟业集团与海彻集团共同投资设立新公司，进行项目开发建设。

王在野说："'灵鹿森林'的电力来源于距十鹿镇百公里处的抽水蓄能电站。电站获得发改部门立项批复的第二天，我们与河灵市共同发布了'灵鹿森林'计划，敲定了配套电网接入方案。'灵鹿森林'将和抽水蓄能电站同步建成，以保证落成之日便能够接入电网。我的导师滕老师参与了抽水蓄能电站的建设工作。感谢电力建设者，让纯电能源小镇有机会成为现实。"他向前排的一个男人致意，想必那就是"滕老师"。

王在野继续说："我们将在城市建设中全方位落实零碳城镇概念。例如，镇域内的公交车全部采用无人驾驶的纯电动汽车，订制专属公交巴士。无人驾驶需要基础设施建设配套跟进，为此，在道路设计时需做特别考虑，充分利用北斗卫星导航、5G通信、人工智能、AR技术等。这些只是冰山一角。'灵鹿森林'将全面贯彻新发展理念，建成数字新基建标杆项目，欢迎大家持续关注。"

王在野不疾不徐描述心中擘画的蓝图。冰虽然冷，但可以反射光。当他沉静自若，谈论他的事业和理想，他像阳光下清澈的冰，散发万丈光芒，灿烂耀眼，让人不敢直视。

后面的人又发感叹："拆十八个村，啧啧，现在的年轻人真是敢想敢干。"

另一人说："王在野还是电力人的思维，认为电是世界上最好的能源，无所不能。"

论坛结束，徐傲朵跑到我身边兴奋地说："他就是王在野？本人和照片不大一样，帅得要人命。虽然我不懂他说的，但听着就很厉害。他看上去很冷漠，可是又能让人感觉到他的热爱。这个人太有魅力了，你怎么找到的？"

我示意她小点声，别让人听见。她会意，"你们的关系不能公开？"

我说："没有必要。"

她看向王在野，"那得有多少女人惦记他呀。哟，怎么还有单独采访他的？我去看看。"她终于有了点记者的样子，拿着录音笔冲到人群里。

王在野跟在许洲身后，沉静不语，却难掩锋芒。众多记者围住他们，七嘴八舌就"灵鹿森林"提问。许洲示意王在野作答。

有的问题十分犀利："'灵鹿森林'的电能消耗很大，能源供应能否跟得上？"

王在野从容作答："随着现代用电方式多元化，将不可避免出现潮流分布不均、局部重过载、'双高、双峰'等现象。我们进行了充分的前瞻性分析，已启动智慧配电网源网荷储高效协同运行研究，目前取得了重大突破，确保能在未来任何时候都做好电力保障。"

有人打趣："这项目又奔着国家示范工程去了。"

王在野说："既然做，就做到最好。"平淡的语气，高傲与自信跃然而出。

许洲和滕老师退后闲聊。滕老师说："他对周边情况摸得清清楚楚，这一点别人比不了。他是个很纯真的人，一根筋，认准了的事就一条道走到黑。好多人说他狂。年轻人不妨狂一点。我倒是欣赏他。其实他是做事太专注了，不管不顾的，忽略了周围人的感受。遇见你他算遇见伯乐了。"

许洲哈哈笑，说："我可不敢当。伯乐是董事长。王在野非常出色，值得托付重任。"

滕老师赞赏地说："他一向如此。上学的时候，他每次接到研究课题都跟接到关乎国家前途命运的重大任务似的，特别重视。他对自己要求很高，干事如履薄冰，带着一种使命感，不声不响下功夫。等他做足准备，心里有底了，能放手干了，他也就有了狂的资本。"说到这里他笑了，"有时我觉得他使劲使猛了，那些课题不值得他花那么多心思。不过，幸亏当初没劝他。所有的努力都不会白费，现在用不上，将来也能用上，知识永远不嫌多。"

许洲说："您真了解他。他的认真劲儿有时候挺吓人。董事长正是喜欢他这点。"

滕老师说："明年春节后就启动征地拆迁？"

许洲说："是啊，终于要正式启动了。我们得感谢您。没有您牵头建设的抽水蓄能电站，哪儿有我们这个项目啊。"

滕老师说："咱们都是沾了国家强盛的光。"

许洲说："我们的能源来自水电站，零碳小镇离不开水电站的电力输送，以后少不了麻烦您，请您多指点。"

论坛后面进行什么已经不重要了，我心中充满了骄傲和自豪，替王在野高兴，爱他志存高远，爱他才干超群。

一位五十多岁的男士脚步稳健，直奔我而来。别人都穿得很正式，他却一身休闲，头发花白，精神抖擞。"你好，我是汪白鹤。"他只介绍了名字，仿佛我一听就该知道他的身份，可我既不知道也不关心。

我微笑，说："汪先生，幸会。大北骅建集团易若然。"

他微微摇头，说："你这样的人物屈居大北骅建，可惜了。"他点头致意，走了。

大北骅建在业内名列前茅，他却说"屈居"。初次见面便做惊人之语，不留情面地褒贬，主动搭讪又突兀地离开，真是个怪人。

十一、旧情滋扰

我在公司收到一封信，寄信人姓名和地址都很陌生。撕开一看，里面有几张照片，照片上是王在野和夏暖。我愣了几秒，手不禁微抖。照片是近期的，画面十分清晰，角度是偷拍。王在野一如既往的面无表情，夏暖看着他，眼眸闪耀，巧笑嫣然。

我再次查看寄信人姓名和地址，确定是假的。是谁给我寄这种东西？

我闭上眼睛，平稳情绪。

王在野与夏暖之间的联系何曾断过，我在震惊什么？他帮我是出于善良，谁规定他有意中人就不能帮助其他人，是我夸大了他的善意，想多了。

没关系，我对自己说，他从来没说过爱我，我没有任何损失。

擅闯他们的感情边界绝非我的本意。我以为他是我一直在找的人，以为他依然单身是在等待一个人出现，尽管那个人可能不是我，却原来，那个人早已出现，他们错过了。他不是在等一个人出现，也不是等那个人回来，他是有意空着身边的位置，直到不得不填满，用来防御旧情袭心。

"不能把建筑建在不断变形的土体上，否则会导致上层建筑的破坏。"我默念着。这个道理我早就懂，感情也一样，可我偏偏犯忌。

感情深沉，连累神情沉重，渐渐不再展现情绪，喜怒不形于色。我是这样，他也是吧。

我把照片撕碎，午休时，步行几条街，把碎片扔进路边的垃圾桶。这条路不在公司与家之间，我永远不会路过。扔掉照片，画面残留脑海，不去想，偏又想。照片上，他们没有肢体接触，不同的场景大概有五个，都是公共场合，也就是说，他们至少见过五次。

我想得出神，差点儿撞上季如。他一语双关，说："不要在不属于你的领域瞎晃。"

原来我无意间走到了高级经理办公区。我调头回开发部。

案头摆着最新的"灵鹿森林"资料，我懒得翻了。到了下班时间，我拖延着不想回家，可最终还得回去。

小区入口处有两个人，粉色大衣，黑色西装。我止步，缩在廊柱后。

夏暖问："想骗我们你真的喜欢她，你当我们傻？"

王在野说："我喜欢她，不需要人懂。"

"你喜欢一块冰？"

"有什么不对？我自己就是一块冰。"

"她哪儿比我好？"

"她只要站在那儿就胜过所有了。"

夏暖冷哼。

王在野说："我警告你，不许在我家附近出现，更不许靠近易若然！"

夏暖讥笑："你怕什么，怕我说破？还用我说吗？你匆匆忙忙和她结婚，她早猜到了。不会有那么傻的人吧，以为你真喜欢她？她的作用已经发挥完了，骗过了路常轩，也让我看清了，你心里有我。"

"你是路常轩的女朋友，希望你时刻记住这点。我对别人的东西没兴趣。"

夏暖眼睛发光，轻笑，说："你很在意我是他女朋友吗？"

王在野说："你脑子有病！走，离开我的生活，走得远远的！"

"你要是不在乎我，我站在哪儿，躺在哪儿，死在哪儿，跟你有什么关系？你可以不看我啊。"

王在野转身走进小区。夏暖跺跺鞋跟，哼了一声。

我尽量以局外人的角度去看。夏暖的话一针见血，她看清了形势才有恃无恐地纠缠。他们之间爱恨交织，旁人难以插手。

那么漂亮的女人同样得不到爱，并未受到命运眷顾，我还嗟叹什么。

我时常恍惚，感觉在做梦。随着时间的推移，我应该渐渐适应婚姻状态，由最开始的懵懂变得清醒才对，可我却越来越不确定，需要摸摸家具或墙壁，靠触觉确认这不是梦境，然后像第一次走进这个家一样，对什么都新奇，一看再看，仿佛初次见到。

我对玉措说："即使没有夏暖，他也不会喜欢我。除了吃饭、睡觉、机械化地工作，我没有崇高的理想目标，安于荒废时光。从某种意义上讲，我就没活过，只是空壳。这样的人乏味无趣，没有人会真心喜欢。"

玉措说："能说出这番话的人不会差到哪儿去。你的灵魂并不苍白，只等一个人点燃。当务之急是让王在野眼中有你。"

什么时候王在野才能看见我？他那么清，不染凡尘，那么冷，如寒天孤月，我心向往，望而却步，既有自惭形秽的原因，又有骄傲作祟。他另有所爱，我的自尊叫我假装洒脱，不许痴缠。岁月一天天流逝，我一点点老去，他还不爱我。时间不等人，我有好多话想对他说，好多事要与他分享，我怕等不来他喜欢我的那天。

玉措问："你对他到底了解多少？"

"见过他的一些朋友，听过他的传闻。"我自嘲地说，"我知道这远远不够。如果把我们之间的故事拍成电影，名字应该叫《我和老公不太熟》。"

"你们需要多沟通。你和他结婚太快了，还没有好好相互了解。"

我是个慢热的人，他也是。真的，请忽略我们的闪婚。倘若没有旁人窥探，没有夏暖的虎视眈眈，或许我们能从容相处，有时间让心慢慢靠近，不用这么着急宣示恩爱，说不定，我们真能找到幸福的感觉。

我羡慕夏暖。王在野一再拒绝她，证明她给他造成了一定程度的困扰。相比之下，王在野对我视若无睹，毫无兴趣。

我说："夏暖真的爱他，非常非常爱，你是没看见她看王在野的眼神。她的感情那么强烈，以至于让人不忍心责备她守着一个男人还惦记着另一个。"

玉措提醒："她是你的情敌！"

"不是。"我黯然，"我不够资格。我什么都比不上她，无论身材、样貌还是女人味，能胜她的，似乎只有年龄。"

玉措说："你的自信到哪儿去了？你才是他的妻子。"

我苦笑："空有一个身份。"

"那也赢过她。易若然，不要灰心。你非常漂亮，善良真诚，气质端庄。我看过夏暖的照片，她并不比你美，要说女人味，可能她强一点。那得看王在野喜欢什么类型。要论爱王在野，你胜过所有人。"

我叹气。

玉措问："他们做了什么，打击了你？"

实际上，他们不用做什么。有一种东西在他们之间存在着，无形地将其他人排斥在外，我只是个局外人。看到他们在一起，我总感觉应该回避，给他们留出空间。即使王在野独处，我也不该打扰。

十二、筵比鸿门

新年将至，季如约大家一起吃饭，王在野拒绝，我也不想去，不想见到夏暖。我甚至无法接受他们出现在同一个画面里，只要一想便觉得受不了，只求眼不见为净。

新年当天，商月和季如找上门来。王在野不在家，他们硬把我拉走。商月得意地说："六王爷一定想不到我们到他家抢人。"

季如家里热闹非凡。除了王在野，其他人都到齐了。祝薇和商月在厨房忙活，我去帮忙。商月说："我把孩子送到他爷爷奶奶家了，方便咱们聚会。"她问起祝薇何时要宝宝，祝薇羞涩地说过两年再说。我问："夏暖有孩子吗？"她们的表情有些不自然，商月笑着说："她和路常轩还没结婚呢。"

饭菜端上桌，大家围坐。邢之效说："跟老六说一声吧，他回家找不到易若然该着急了。"

郎林御说："我告诉他了。"

季如说："嗯，我已经收到老六的威胁了。"

大家哈哈笑。

祝薇问我有什么新年愿望，我说："我的愿望都实现了。"

夏暖问："王在野性格很冷，不好相处吧？"

我答："我是冷的，所以不惧他的冷，我很适应。"我甚至无视他的漠然。外表冷的人不一定难相处，我自己就是这样，推己及人，觉得他应该也是如此。

郎林御笑着说："大概只有你受得了他。"

季如问："你和你前夫还有联系吗？"

一语惊四座。其他人都是第一次听说我离过婚，商月惊得筷子都掉了，夏暖目不转睛地盯着我，所有人都等着我的回答。

我平静地说："他回老家了。我们离婚后没再联系。"

季如又问："为什么离婚，合不来？"商月咳嗽着，用眼神制止他。

我说："情况有些复杂。"

季如不依不饶："你认识老六是在离婚前？"

我答："对。"

季如问："你移情别恋，那时候就看上他了？"

邢之效说："老四，你的酒喝得太慢了，来，干一杯。"路常轩问："老郎，老六忙什么呢，今天为什么不来？"郎林御说王在野的电话一直占线。祝薇问起我的羽绒服牌子，商月给她介绍另一个牌子。大家都在试图岔开话题。

我说："我前夫叫李寄，我们之间的问题三言两语说不清。总之，最后感情淡了，拖下去没意思，于是协议离婚。"我一开口，其他人全安静下来。我说："那时，我只见过王在野两次，他甚至不知道我的名字。"

季如说："你戒备心强，难以接近，没有个十年八年的相处，你不会接受一个人，即使你非常喜欢那个人，你也有所保留，所以我很好奇，你为什么嫁给他。按你说的，你们认识没多久就结婚了。"

商月叫："这问题真无聊。六王爷魅力大啊，没办法。"

郎林御附和："是啊，老六非常有女人缘。四哥你是不是嫉妒？"

季如说的没错。如果王在野不叫王在野，哪怕他主动追求我，我也要到很多年后，经过时间的检验，才敢把自己放心地交给他。让我轻易破防的是他的名字。

季如的疑惑也是大家的疑惑。他们怀疑我接近王在野的动机。

当众揭露我的往事，让我在他的朋友中混不下去，就是季如的目的吧。他一直希望我离开王在野。

我坦言："感情的深浅不以时间长短论断。你问我是不是移情别恋，我不是。我不是因为王在野才离婚的。我对他的感情在我与李寄结婚前就存在。我说过，早在遇见他之前我就爱他。我爱一个这样的人，盼着他出现，又不相信他真的存在，所以我结婚了，嫁给了别人。后来，他真的出现了，我还是不信他就是我要找的人。我不信命运对我这么好，真的让他降临到我面前。我不信命运对我这么坏，让我在结婚后遇见他。我离婚跟他无关，因为我没想过能和他走到一起。他是白日梦在现实中的实现，是奇迹中的奇迹，偶然中的偶然。"

听完我的话，大家都沉默了，唯有季如还在发问："所以说，你对你的前夫没有投入过感情？"

邢之效皱眉，警告他："老四，你过分了啊。"郎林御十分不忍，想安慰我，不知说什么好，想阻止季如，又不知如何开口，急得冒汗。

我说："李寄陪我度过最黑暗的岁月，我由衷感激。我对他的感情是不同的，他曾经是我的情感寄托。不过，坦白讲，离婚后我不遗憾也不留恋，很没良心地把他抛到脑后去了。"

"如果你和老六分开，你也像对你前夫那样把他抛到脑后去？"

郎林御实在忍不住了，打断他："四哥，别乱说。"

商月说："易若然，他喝多了，别理他。"

季如的盘问虽然犀利，胜在坦诚，比旁敲侧击强，所以我不生气。"没关系。"我说，"是的，我有可能做得更绝，把他列入黑名单，永远不联系，也不让他找到我。"

"如果在街上碰见，怎么办？"

我绝情地说："我会转身离开。"我会转身离开，无语潸然。心里的那个我，永远面朝他，永远守着他，永远张开双臂拥抱他。

季如说："一个人不喜欢你，你再喜欢他也没用。有些事是改变不了的，除非时光倒流，你明白吗？"

季如的手机忽然发出声音："四哥，你再逼问易若然，别怪我跟你翻脸。"

是王在野的声音！原来季如一直和王在野保持通话。

所有人再次震惊。商月拍打季如，责备："你究竟在干什么？"

季如打给王在野，想必是要让王在野听到我评论李寄，让他看清我的为人和感情态度，从而离间我们。我的话中有没有叫王在野不舒服的地方？担心也没用。至少我说的全是肺腑之言，一点儿不掺假。

季如按下通话结束键。大家如梦初醒。路常轩说："吃饭，吃饭。"祝薇招呼大家尝尝她做的鱼，郎林御起立给几位哥哥倒酒，商月给我夹菜。

门口传来敲门声，所有人脸色都变了，已经猜到是谁。

商月打开门，门外正是王在野。商月热情地招呼他进来。王在野在玄关站定，扫视众人，英俊的脸庞笼罩阴云，漆黑的眼眸似无底深渊。气氛降到冰点。他带着无形的威严，每个人都感觉到了压力。

王在野望着我，语气平淡，说："回家。"

没人阻拦或挽留。

车开了很久，我们都沉默。王在野虽然冷，相比席间的气氛，我更愿意待在他的身边。他对我刚才的话作何感想？我一点都看不出来。

快到家的时候，王在野说："世上没有真正的感同身受，用不着跟他们解释。"

我点头。

他向我伸出手，说："手给我。"

我和他基本没有过什么肢体接触，他突然这么一说，让我有些意外。而且刚才被盘问时，我硬撑着，靠理性思维应激，离开季如的家后，压抑的紧张后知后觉地发作，我的手现在微微发抖。

我迟疑着没动。

他似已明白，收回手，低声说："明明很慌，还故作镇定。"

我因被洞察情绪而不安，又因他的了解而心暖，说："我没事。"

他说："以后这帮人你不必见了，除非我在场。"

相信经过这次，其他人也不敢轻易约我了。

回想王在野出现的一幕，我暗生欢喜。他赶来保护我，即使是角色使然——作为丈夫应该保护妻子，我们一直扮演恩爱夫妻——也让人欢喜。他静立不动，一言不发，却震慑全场，沉稳的气度令人心折。

我的手互握。如果不是因为发抖，我会不会把手放进他的手掌？被他握住手是什么感觉？他是想安慰我吧？我暗暗后悔错失良机，想象着与他牵手的情景，不禁脸红。

十三、独守黑暗

知识的匮乏、信仰的缺失常常引发我的恐慌，带来不可排解的沮丧。生活陷入了一个怪圈，越是无法提振精神，就越找不到生活目标，进而觉得生命毫无意义，于是越发低落。我不知道如何改变，读书、工作、娱乐都没用，只好安慰自己——现在的我比从前强多了，至少敢面对明天，其他的慢慢来，不能逼自己太紧。

几年来，我一直这样自我麻痹，浑浑噩噩，得过且过。可如今不同了，王在野出现了。他点燃了生活的希望，同时也带来了新的烦恼。我阅读有关"灵鹿森林"的资料，一边赞叹，一边惆怅。必须拿出一个足够优秀的我去打动王在野，可这几乎是不可能的。于是，我在新的希望与失望中循环，越来越不自信。为缓解内心的惶恐，我抓紧一切时间学习，努力拉近与他的距离。

眼前忽然出现大团黑影。之前加班太多，也曾出现过黑影或者飞蚊症。这次无论怎么眨眼都过不去，视野总有一片区域看不清。天气晴好，我眼前却黯淡无光。我赶紧请假去医院。经过诊断，大夫说我视网膜脱落，得做手术。手术需要局部麻醉，我给徐傲朵打电话，请她代表家属签字。她会意："瞒着王在野？"我点头。我不想让王在野觉得我是个累赘，刚结婚就要他照顾，同时也怕他根本就不觉得麻烦——他根本就不理我这茬儿。我没有什么优点，不求他喜欢，只求他别厌憎。

我向公司请假，告诉王在野我要出差几天。

做完手术，我住进病房，雇了护工。大夫说我的症状比较轻，住两天观察一下足矣，后期回家休养。

绷带包扎双眼，世界陷入黑暗，我过得浑浑噩噩。一觉醒来，头疼得厉害，眼睛发胀。呼唤护工，没有回应。想摸呼叫铃，却怎么都摸不到。我摸索着下床，沿着床摸到墙壁，顺着墙壁走出病房。"护士。"我轻声叫，不敢再迈步。

护士站在左手边还是右手边？眼睛看不见，失去平衡感，即使站立不动也感觉要摔倒。

一个人扶住我。我道谢。那个男人问："你怎么在这儿？眼睛怎么了？"

"对不起，你是哪位？"我听不出他是谁。

"易小姐。"护工托着我的胳膊，说，"小伙子，谢谢你，我来。"她扶着我往回走。

我说："阿姨，我眼睛胀。"

护工说："可能是眼压高。我见的多了，没事。你坐着别动，我去叫大夫。"

头疼不减，又添了恶心，浑身发冷。

大夫来了。我的眼压超过 30 mmHg。大夫开了眼药水。滴过眼药水，症状明显减轻。

难受劲儿过去了，我突然想起那个扶我的人，他的声音，他的语气，他是王在野！天啊，我竟然连王在野的声音都听不出！是他说话太少，还是我那时难受得什么都顾不上了？他会不会怪我隐瞒了住院的事，而且听不出他的声音？他在哪儿，在旁边看着我吗，一边生气，一边心疼？

我急忙问护工扶我的人在哪儿，她说没注意，后来也没看见。我惴惴不安的心顿时被塞入酸楚。我假装不期待，但当他不期然出现，我的依赖迅速滋生，渴望他的关怀。可他走了。认出我，发现我住院，他还是走了。我不怪他。这正是我要的结果，不占用他的精力，不造成他的困扰。我没什么可失望的。我该担心的是骗他的事。隐瞒做手术，谎称出差，被他抓个正着。

我怕错过王在野的电话，整日握着手机。手机没有动静，我又怀疑它没电，于是一直插着电源线。事实证明，我想多了，王在野没有联系我。

护工说："你多吃点。你需要营养，得增加粗纤维食物，多吃新鲜的蔬菜、水果。猪肝汤一定要喝。"我实在没胃口。护工只得把饭收走。

隔壁病床的女孩说："好黑啊，我最怕黑了。我的手术后天做，我好怕手术失败。"

我安慰她："别害怕，这家医院很有名，手术肯定成功。"

"你怕黑吗？"

"不怕。"

"黑暗多可怕，你不知道里面有什么。"

我说："因为看不见，反而孕育无限可能。说不定里面有希望，有光明，有你想不到的好运。"

"好运？你遇到过？"

"算是吧。"

"什么叫算是？"她好奇。

我说："我遇见了这辈子不可能再遇见的对我最好的人。"

"他是谁？"她愈发好奇。

"他……他从黑暗中来，又在黑暗中消失。"

"你找不到他了，没留联系方式吗？"她替我遗憾。

我不语，抱膝而坐。别说联系方式了，连他的模样和声音我都不清楚。若能再见，余生中哪怕只有一面，哪怕是茫茫人海中惊鸿一瞥……我摇摇头，及时停止遐想。

她问："你闻到了吗？"

隐隐的花香。

我说："是小苍兰吗？真好闻。"

她叫："在咱们屋里！"

有人在病房里，拿着花走近我们，花香渐浓，可惜我俩都看不见，只听到衣服窸窸窣窣的声音。我问："是你的朋友吗？"

女孩说："不是吧。你是谁？快说话。"

没有回应。过了一会儿，我们感觉到那个人走了。

女孩说："谁呀这是，走错屋了吧？"

花香还在。那个人把花留下了。

护工回来后，我们让她看看花在谁的病床前。她说："在你们两个中间的桌子上。"她说没看到什么人。

我对女孩说："是暗恋你的人送来的吧？"她咯咯笑，说："说不定。"

拆开绷带，视力恢复大半，视野中被黑影遮挡的部分重见清明。大夫叮嘱我定期复查，不要剧烈咳嗽，不可吸烟饮酒，半年内不能坐飞机，等等。

我忐忑地回家，王在野不在家，我紧绷的神经暂时放松了。在穿衣镜前审视自己，我的神情带着忧思，不复曾有的狂喜。我轻轻问自己："你怎么了？"

过了一会儿，我听到王在野进门，犹豫片刻，走出卧室打招呼。和他一同进门的还有郎林御。我给他倒茶。郎林御说："不用忙，我待不住。这个给你。"他递给我一个大礼盒，"朋友给的燕窝，我嫌麻烦，又得泡发又得炖。送给你啦。"

我用目光征求王在野的意见，他点头，我向郎林御道谢。郎林御问："你的眼睛好些了吗？"我奇怪他怎么知道。他说："老六说的。董事长的眼睛做手术，他去探望，说在眼科病房碰见了你。"

我心里说不出是什么滋味。王在野把我住院的事告诉郎林御，可见他当回事了，哪怕他只是稍微牵挂了一下，我已经心暖。可是，他后来对我不闻不问，又让人心酸。我宁愿他从头到尾一点都不知道。

郎林御坐了一会儿便告辞了，王在野走向自己的房间。从头到尾，王在野没跟我说一句话。淡漠与无礼绝不等同。平时他虽然疏离，但至少有礼貌。今天，他刻意不理我，他在生气。

我说："对不起。"

他脚步停顿一下，淡淡地说："燕窝快吃掉，别等到过期。"

暌违多日，他安之若素，我的出现与消失对他没有任何影响。

重逢的激动被忐忑盖过，又被他的态度冰镇，一丝喜悦全无。不过回家总归是好的，我的心踏实了。他没有因生气而赶我走，这个家还有我的位置。不同的是，较之以前，他的淡然中多了寒意。

半夜我被冻醒。屋里不冷，是我发烧了。真糟糕，眼疾最忌发烧。我悄悄起来翻找医药箱，只找到外伤用的物品，没有感冒药和退烧药。我蘸湿毛巾，敷在额头，用物理降温法给自己退烧。

第二天，我买了退烧药，一天过去，烧没退，又添了咳嗽，且咳得厉害。我按照医生说的，咳嗽时用舌头抵住上颚，以防视网膜再次脱落。晚上，我待在卧室一步不出，咳嗽的时候用被子蒙着头，避免他听到。自尊、自卑和自责同时发挥作用，阻止我向他要关怀。

清晨，我打开卧室门，门口堆了几十盒药，有退烧的、止咳的、消炎的。我睁大眼睛，愣了一会儿。这是……清空了一家药店的感冒药专柜？

送药人显而易见。我既喜悦又酸楚。他每每令我失望，又在不经意间给我温暖。他忽冷忽热，我实在摸不准他的心思。

王在野正在穿大衣。我轻声说："谢谢。"鼻音浓重，忍不住咳嗽。

"吃药。"他扔下一句，开门走了。

十四、以冰融冰

爸爸打电话呵斥我："长本事了你，结婚也不跟家里说。你怎么那么有主意呢！"

我沉默，不知道他指的是哪段婚姻。他絮絮叨叨地数落我，说我越大越不听话，不把家长当回事等等。我听出来了，是在饭店偶遇的高中同学听到我结婚了，告诉了她的父母，辗转传到我爸爸耳朵里。

爸爸气呼呼地说："你不懂事，那男的也不懂事！他在吗？我要跟他讲话！"

我说："他加班。"

"你告诉他，我下周去北京找你们。我要看看他到底是什么人！他家里也不出声，孩子都结婚了，双方家长还没见过面呢，这叫什么事！要不是别人告诉我，我到现在都不知道。"

"您不用来，我们挺好的。他经常出差，说不准什么时候在家。"

"我非见他不可。我天天在你家等，不信他不回家。"

"我跟他商量一下，定下时间再告诉您。"

能拖一时算一时。我和王在野连熟人都算不上，教我如何开口让他面对我的家人。等我们的关系近一些再说吧。

我一直拖延着，眼看到春节了，我告诉爸爸今年还是不回家过年。爸爸又提出见王在野，我一再推托，爸爸不耐烦了，下最后通牒，他和继母已经买了火车票，周末必到。不管能不能见到王在野，他执意要来。我阻拦失败，暗想，他们总得回去上班，周末见不到他，骂我一顿，也就回去了。

我订好酒店，到火车站接他们。爸爸问："他人呢？"

我说："他在忙。不用等他，我们先去酒店。"

爸爸生气地说："我和你妈说好了，以后我们每个周末都来，看他能躲到什么时候。"

我心里咯噔一下。爸爸这是要打持久战啊，拖延术在他这儿行不通，而且，他们对王在野产生了误会，以为他在躲，其实问题在于我。

我把他们送到酒店安顿好，说："爸，说实话，你们来的事他不知道，我没告诉他。"

爸爸瞪着眼睛，问："怎么回事？"

我低头，"您别问了。"

"我不问行吗？你结婚不告诉家里，我得知道你过成什么样了。"

"我们挺好的。"

爸爸对继母说："请假！下周不回去。我得会会这小子。"

"爸，您这是干什么？您这样，我更不敢让他见你们了。都是我的问题，跟他没关系。"

"你有问题你倒是说啊。"爸爸急了。继母暗暗扯他。爸爸说："不是，你说有她这样让人操心的孩子吗？"

继母问："你是不是碰见什么难事了？"我摇头。

爸爸说："你说都是你的问题，跟他没关系。你俩结婚了呀，没关系才怪！你要觉得他挺好，干吗不敢叫来见我？"

我说："就是因为他太好了，我不想用任何事打扰他。我希望不给他找麻烦，不让他操心。"

爸爸气得对继母说："咱俩是她的麻烦，你听出来了吗！"

"爸，事情太突然了，搁谁谁都反应不过来。我需要时间跟他说。"

"哪儿突然了？你们结婚的时候没想过对方有父母？你们是石头缝里蹦出来的？"

我每解释一句，都引发老头更大的火。我无奈地说："总之都是我的错，我改，可是现在来不及了。我不能现在跟他说你俩来了，会吓着他。"

爸爸说："我又不吃人！"

我坐下，不说话。

岳父岳母突然来袭，纵然镇定如王在野，也会措手不及。他和我结婚是为了找个挡箭牌，不是找麻烦。我的家庭于他是完全陌生的，正如他的家庭于我。他会给我面子见我的父母吗？我不敢张口，刚惹他生完气，我唯恐引起他更大的反感。

继母劝爸爸出去转一转，来都来了，除了见王在野，还可以顺便旅游。周六过去了。周日，他们依然没有要走的意思。

我向郎林御求助。他说："跟老六说啊。"

我说："我不想打扰他。我爸脾气暴躁，我怕他们相处不好。"

郎林御替我发愁，问："我怎么帮你？假冒他？"假冒？我真没想过，不禁眼睛一亮。郎林御说："假冒可不是办法，他会杀了我。再说，你们早晚得见家长，除非你觉得你们很快会散，等不到见家长那天。"

我心一跳，说："我想让你以同事的身份露面，证明他出差了，让爸爸死心，先回老家。"

他说："这样行吗？我觉得不太好。"

我把酒店地址给他，"你要是改主意就到这里来。"

到酒店，我把火车票递给爸爸，说："晚上七点的高铁。"爸爸不接。我把车票放在一边。继母看看我，又看看爸爸。三个人都沉默。

我的手机响了，郎林御说："请你爸妈到酒店东边的餐厅来。"

我说："爸，咱们去吃饭吧。"

爸爸赌气："不饿！"

继母说："走吧，十二点多了，该吃饭了。"爸爸不情愿地起身。

我们来到餐厅，郎林御向我招手。爸爸眼睛一亮。我打碎他的希望，说："这是他同事。"爸爸压制着恼怒。郎林御说："叔叔阿姨好。我叫郎林御，是王在野的朋友。我订了包间，这边请。"爸爸强笑着跟他寒暄。郎林御说："王在野刚散会，马上就到。你们聊，我先走了。"我愣了。爸爸与继母对视。

郎林御退出房间，我追过去，低声问："你告诉他了？"

郎林御说："我怕你，更怕他。他要是知道我瞒着他，我活不了。抱歉啊。"

他匆匆跑了，徒留我惴惴不安。

爸爸心情变好了，虽然还悻悻的，但已主动要菜单，开始点菜，问我王在野喜欢吃什么。我答不出，爸爸说："还真是你的问题！你不知道他喜欢吃什么，怎么做饭？"

我暗叹。王在野从不在家吃饭。我跟他一起吃饭的次数少得可怜，且每次都有夏暖。想到夏暖，顿时胃口全无。

房门轻敲，接着，王在野走了进来，他身穿深灰色大衣，潇洒俊逸，气宇轩昂。爸爸和继母没想到他是这样出色的人物，掩饰不住眼中的赞叹，表情柔和了。

我暗自紧张，强作微笑，说："你来了。"

他对我点头，从容地与我父母打招呼，称他们为"叔叔阿姨"。爸爸嘴角一抖，显然想纠正他，但忍住了。

王在野说："我叫王在野。"

爸爸微微皱眉，他一直反感他的名字，说听着就野。

王在野说："我爸妈是搞地质勘探的，常年在大西北工作，以前援疆，现在援藏。我是我妈在野外测量时早产的，生在戈壁滩上，所以取名'在野'。"

这番话明显打动了爸爸，他的眉头舒展了。这也是我第一次听王在野提到他的家庭，我竖起耳朵听，牢牢记下。

王在野说："抱歉，我来晚了。今天本来一天的会，听说您是晚上的火车，我想，无论如何得来见一面。我早该去看您，现在倒让您来看我们这当晚辈的。"

我连忙说："都怪我，是我没想周全。"

爸爸哼了一声，说："可不怪你吗，横拦着竖挡着不让我们来，拖了我俩月。"

王在野说："不怪她。然然是怕您着急。您不知道，她刚做完手术。"

然然？如此亲昵的称呼。我心一跳。

"手术！"爸爸和继母都吃惊。

我说："小手术。视网膜脱落。"

爸爸叫："那不是瞎了吗？治好了吗？"

我说："治好了，视力还在恢复中。"

爸爸对我的责备一下子全变成心疼，埋怨："你这孩子，什么都不跟家里说。得亏你结婚了，有人照顾，要不你一个人怎么办？"

王在野寥寥几句，化解所有危机。他并非只会用狠绝手段，而是懂得因人施策的聪明人。

他和爸爸交谈甚欢。他不苟言笑，却博得了爸爸的欢心，偶然一句恭维，爸爸非常受用。王在野说："您放心，我一定对易若然好。她是我全部的梦想，唯一的希望。我找了她很多年，在知道她存在之前，直到遇见她。她就是我一直在等的人。我觉得非常幸运，能和她走到一起。"

这番话听起来耳熟极了。我坐不下去，起身倒茶，掩饰尴尬，余光瞥见王在野手上的结婚戒指。他似乎常常戴着戒指。

爸爸喜笑颜开。

真好哄，几句话便乐开花。

爸爸说："这孩子被我惯坏了，脾气倔，不随和。其实她本性很好，就是对人冷淡。"我瞪他。被别人几句迷魂汤灌下，开始降价推销女儿了。

王在野说："我爸妈工作忙，从小很少管我。您说然然冷淡，我比她还冷。我像一个在暴风雪里冻伤了的人，她的冷正好能救我。就像冻伤了的手不能用热水泡，反而要用雪搓才能缓释寒气，她的脾气正适合我。像她这样的人，我只遇见一个。要是没碰到她，现在我还是一个人。"他凝望我，淡漠的神情中罕见地露出一丝温柔。

我心乱如麻，眼神躲避。我分辨不出他是真情还是假意。如果这是演戏，他的演技未免太好了。他的孤单让人不忍。他说他受了伤，我能救他！我热血涌动，希望他真的需要我！

爸爸和继母的目光像长在了王在野身上，一直盯着他看，我紧张得不得了，王在野倒从容不迫。

吃完饭，王在野要赶回公司。爸爸对我说："你也回去吧。我们再逛逛，晚上就走了。你不用送我们。他晚上加班，你在家给他做饭吧。"

王在野从车上拿出两个礼盒，说："初次见面，我准备了点儿礼物，是我这个做晚辈的的一点孝心。羊绒围巾送给阿姨，天凉了，您注意保暖。送给叔叔的是一对狮子头。我听说您喜欢核桃，特地挑了这对。我是外行，也不知道您喜不喜欢。"他的智商和情商都超级高，礼物送得恰到好处。我爸的喜好他是怎么知道的？

爸爸笑眯眯地说："喜欢，肯定喜欢。你们都结婚了，以后改口吧。"

王在野说："好。"

我坐王在野的车回家。他沉着脸，全不似方才的温和。

"谢谢。"我说。

他看向我，严厉地说："易若然，我是你丈夫，为什么你什么都不告诉我？你的事，我还得从其他人那儿听说！"

"丈夫"两个字新鲜又刺耳。我震惊，继而为我的震惊自责。欢天喜地结婚却没有做好心理准备的首推我。我垂首，惴惴地说："我怕你烦。我总出状况。不过以后你不用管我，我自己能搞定，不会给你添麻烦。"

他紧抿嘴唇，面沉似水。

十五、冷月明霜

我和王在野的关系空前紧张。我在他身边，他移开视线。我跟他说话，他只给最简洁的回答。我不在意别人，除了他。他严重影响我的情绪，他的一点点不悦到我这里就放大了无数倍。我每天提心吊胆，在他面前大气都不敢出，他的脸色决定我一天的心情。这种情况太难受了，我既想解决，又忐忑退却。

深夜，我拖着疲惫的身体回到家，轻手轻脚，不想吵醒王在野。洗手间的垃圾桶里有几块带血的药棉，血液尚未凝固。我顿时眼前发花，手脚变冷。我晕血，不晕自己的，只晕别人的。定了定神，我打开柜子，医药箱不见了。我赶紧去王在野的卧室。他坐在桌旁，睡衣穿了一半，右臂裸露着，缠着绷带。见到我，他迅速披上睡衣遮挡，眉头微皱。

我问："你受伤了？我看见带血的药棉。你没去医院吗，在家处理了伤口？"

他反问："谁让你进来的？"

换作其他时候，他的话足以让我离开，但现在不行。我一边道歉一边靠近，拉开他的衣服，想看看他的伤。没想到他身材这样好，宽肩细腰，胸肌厚厚的，胳膊上的肌肉鼓鼓的，腹肌有清晰的马甲线。平时他的好身材都藏在衬衫下。我红了脸。

他躲避我，重新披上衣服，指着医药箱，说："把它拿出去。"话未说完，他的手机响了。趁他接电话，我掀开衣服察看他的伤，他瞪我，我装看不见。绷带包扎得很糟糕，是他自己包扎的，伤口处理得估计也不怎么样。

站着不方便，我蹲下，剪开绷带的死结，怕他疼，不禁看向他，正对上他的目光。我说："我动作很轻，你放心。"

他转开头，对着手机说："他担心什么？方案发给他了吗？……我看不出有向他解释的必要。如果他看不懂，还剩一条路——按我说的做。既没能力理解我的方案又不信任我，留他何用？我的团队必须绝对信任我，同时得到我的信任。请他另谋高就吧。"

"独断专行。"我心里默念。

绷带一圈圈打开。那是一道水平的伤口，幸好伤得不深，已经上过药，药粉被血浸没了。我深深闭了一下眼睛，告诉自己：别慌，一定要坚持。

我用意志控制双手不要抖，忍着翻涌的恶心，轻轻擦拭伤口外围的血，重新上药包扎，说："打破伤风针了吗？一定得打针。"

他的目光停驻在书上。我的后背已经被冷汗湿透，随时可能晕倒。我飞速收拾医药箱，离开他的房间，出门后，靠在客厅的沙发扶手上，手足发凉，眼前景物直晃，好一会儿才缓过来。

我给郎林御打电话，询问王在野受伤的事。他说："今天刮大风，写字楼的广告牌被刮倒了，他把我推到一边，广告牌的金属边剐伤了他。我想带他去医院，他死活不去，想给他上药，他嫌我笨，说要回家让你包扎。"

"什么时候的事？"

"下班的时候，六点多。"

王在野等我治伤，我却回来迟了。我满心歉疚，次日早早地起床，在客厅徘徊，见到他，说："对不起，我昨天回来晚了。"他"嗯"了一声。我叮嘱："记得打破伤风针。"他点一下头，走了。

这个淡漠的人昨晚真的等过我吗？

我想给他写一封信，怕他不耐烦看。我打好草稿，给他发了一段很长的语音信息："最近发生了许多事，真的很抱歉。我不是故意的，也不是不考虑后果，我真的动脑子想了。视网膜脱落的时候，我除了怕以后瞎了，还觉得对不起你。刚结婚我就生病，你那么忙，即使你愿意照顾我，我也不自在。刚做完手术的时候我离不开人，头疼，恶心，偶尔会吐。我不愿让你看见。我希望你见到的是我最好的状态。当时我觉得自己的想法可对了，现在想想，确实不妥。是我先疏远你，还怪你对我冷淡，请原谅。

"我爸来的那次也是。我和你结婚仓促，还没准备好面对你的家人，我默认你也没准备好见我的。突然要见家长，谁都会反感吧。况且，我爸是从别人那儿听到我结婚的消息的，要兴师问罪。他脾气火暴，说话容易伤人。我家里的情况有些复杂，所以我故意瞒着他们，但爸爸误会成是你不懂事，和我结婚了却不去拜见家长。我本想拖一拖，等我和你熟一点儿再跟你提，结果我爸对你的误会更深了。对不起，是我没处理好。我应该早点告诉你，你就不会这么被动了。我不是个合格的妻子，也不是个孝顺的儿媳。别说孝顺了，结婚这么久，我对你爸妈连一句问候都没有，从来没想起过他们，他们肯定也像我爸一样责怪我不懂事吧。拖得越久我越害怕，越不敢提这件事。等你有空了，你带我一起给他们打个电话吧。"

发完之后，我心里七上八下，猜测他何时会听，听完作何反应。我后悔不已，早知道这么煎熬，不如当面讲清楚，可以第一时间得到反馈，省得这么提心吊胆的。

我把口服的消炎药放进他的房间，回转客厅，他正好回来。他是听着这段语音进门的。我无比尴尬，想躲进房间已经来不及。他站在我面前，把语音听完，一言不发。

我怯怯地问："你能不能别生我的气？我宁愿你像以前那样漠视我，也不想看见你生气。你当我不存在好了，别和我计较。"

他凝视我，一向黑沉沉的眼中有光芒闪动。我心虚地低头，咬着嘴唇。

他问："你怕我？"

"有一点。"

"怕我什么？"

"怕你赶我走。"我顿了顿，说，"我不是没地方住，我是……是……"我是不想离开他，可我说不出口。

"我以为你怕我心狠手辣，翻脸无情。别人都这么说我。"他说得平静，仿佛这些贬义词不是用在自己身上。

我说："你一定有你的理由！"

"我没理由。"他淡淡地说。

我低着头，不知道该如何聊下去。

他问："你喜欢我？"我的脸顿时红透了。他问："为什么？"

我手心冒汗，心咚咚跳。他说："回答我。"

我的声音跟蚊子似的，头低得不能再低了。"因为……因为……你是王在野啊。"嘴里说出这三个字，心快速跳动几下，仿佛产生共振。

他静了一会儿，说："很晚了，休息吧。"

我跑回房间，又羞又窘。

事情怎么变成这样了？想解决的还没解决，倒把自己弄得更乱了。想当初，我可是泰山崩于前而色不变，一张木头脸应对万物，何曾像今天这样失措！事情是怎么跑偏的？我是要道歉求原谅，改善我们之间关系的，到底成功了没？

公司认为我起草的开发方案预算偏高，要求压减。陈孚说："我知道时间很紧，只给了两天，不过你的实习期快结束了，面临最终评分，做好方案对你很重要。"我说："我能行。"

不加班完不成，偏赶上公司晚上停电，我把工作拿回家做，占用书房修改方案。眼睛酸累，每隔一会儿就需要滴眼药水，闭目休息。

"电力迁改的工程量不对。"身旁传来王在野的声音。

我睁开眼睛，连忙起身，问："你用书房吗？"

他看着电脑屏幕上的项目投资明细表，问："什么时候交？"

"明天下班前。"

他说："要改的地方很多，你肯定完不成。"

"必须完成。"

"你的眼睛还要不要了？"

我不语，神情倔强。

他说："我要用书房。"

我收拾笔记本电脑和资料。他说："东西留下。"

"我还要改呢。"

"改什么，应该重做。这些已经没用了。"他按下我的资料。

我踌躇地说:"那,那,你删掉吧,资料也撕了吧。"

"这种东西顶多当反面教材。"尽管这么说,他已会意,知道这些是内部资料,不能泄露。

我让同事把正确数据尽快给我,他说最快也得明天早上。缺少数据,我想加班也加不成,被迫休息。

第二天一上班,我便风风火火加紧核算,忙到中午,只干完三分之一。陈孚走出办公室,见其他人都去吃饭了,我还在工位上,便招呼我一起去,说:"新方案我看了,不错。我已经报给来经理了。"我不解。他说:"你刚才发到我邮箱里的,忘了?"我清楚自己没发过,又不好辩驳。这时,我收到王在野发来的预算方案,他说实在看不下去我的,改了几笔,已发给陈孚。

他竟然帮我!我问:"你怎么有我们经理的邮箱?"他不回复。

他修改过的方案,除了电力迁改,连转非安置、市政道路等内容都做了调整,比我做的那版翔实明确得多,预算压减了百分之十五。最关键的是,这是他改过的呀,而且是在我惹他生气之后,他看到我的难处,主动帮忙,并非对我不管不顾。

我喜出望外,把方案存在手机的加密文档里,时不时看一眼,嘴角不由自主上扬。

积压的乌云瞬间随风而散,天空晴朗,冬日暖阳明媚如春。

找出深藏的紫色印花笔记本,翻开崭新的一页,我写:

> 何缘何求,何依何傍?
>
> 西风白露,冷月明霜。
>
> 何堪何解,何失何忘?
>
> 雪中烈焰,惆怅盈江。

淡漠却可靠,冷冽难亲,却别有一片柔情。这就是我要找的人啊,承载我深挚思恋、无限依赖。他可能还不喜欢我,但从他指缝中漏出的一点温柔已足够我甘之如饴。

我的心被注入了太多的快乐，整颗心都膨胀起来。我嘲笑自己小题大做。这不是他第一次帮我。早在不认识的时候，他就帮过我好几次。他的冰冷下藏着善良，这次又显露出来了而已。修改方案对他来说是小菜一碟，不值一提，是我太夸张了。

我笑容深深，眉眼弯弯，一遍又一遍回忆他把我赶出书房的样子，想象他修改方案时认真的神情，心花怒放。

我在客厅等王在野，他回来了，我跳下沙发迎上去，为他摆好拖鞋，眼眸闪耀欢欣，柔声说："谢谢你。"他看着我。我说："项目方案啊。"

他一边换鞋一边说："你瞎了我会很麻烦。"我满面笑容。

他说："工作保住了，这么开心吗？"我摇摇头，依然微笑。

"换药。"他指胳膊。

我蹦跳着去拿医药箱。他褪下半边上衣，露出胳膊。我轻车熟路地剪开绷带换药。伤处已结痂。绷带上的血刺目地红。我安慰自己：没事，上次那么多血都没事，这次也一定没事。人的意志力是强大的，我一定能战胜晕血症。

"还疼吗？"我抬头问，迎上他凝视的目光。他扭头，说："不疼。"

我说："你的方案我看过，改得真好。以后你能教我吗？"

"不能。"

"哦。"遭到拒绝，我的好心情丝毫不减。

他诧异："到底在开心什么东西？"

我在开心他呀。他对我的好，像阳光照进黑暗，哪怕只有一缕光，也改变了黑暗的实质。

桌上摆着他写的《智慧配电网源网荷储高效协同运行控制技术研究》，上面用红笔做了很多修改。我说："'灵鹿森林'真了不起，我只接触了一点点就已经叹为观止了。"

他问："比来自新攒的那个怎么样？"原来他都知道。我莞尔。

他说："如果你有兴趣，项目资料在书房电脑的加密文件夹里，密码是无人会登临意。'无'用 5 代替，'意'用 1 代替，其他是拼音首字母。"

我惊喜。他肯让我碰触他的梦想，我可以走近他了！

"像只小兔子。"他忽然说。

顺着他的目光看去，换下来的绷带团成一团，形状确实像一只小兔子。我莞尔，手指无意中碰到绷带上的血，霎时间头晕目眩。我是蹲着的，这一晕让我分不清方向，坐倒在地。

他本能地拽我一把，问："怎么了？"

"没事。"我一开口便想吐，脸色煞白，赶紧闭上眼睛。

他问："眼睛不舒服？"

我摆摆手。

他问："晕血？"

我咬紧牙关，渴盼难受劲儿快点过去，额头冒出虚汗，浑身无力，打心里发虚。

他迅速穿好衣服，要换我起来。我怕一起身头更昏，推开他的手，想告诉他我很快就好，却说不出话。他把我横抱起来，放在床上。换成平躺的姿势后，不适缓解了一些。我又羞又惭，为给他添麻烦而自责，为我不争气的样子痛悔。此刻的我一定很狼狈。

他打开窗户通风，走出房间，很快又回来。我睁开眼睛，他把杯子递给我，说："蜂蜜水。"我摇摇头。起身喝水再躺下，一起一卧，我可能会晕过去。他再次走出去，回来时拿了一根吸管插在杯子里，递到我嘴边。

他的眼眸真黑，像无底深渊，暗沉沉，却有莫名的光芒，深邃耀眼。我看得出神，他命令："喝水！"我醒悟，喝了一口，怕吐，不敢再喝，歉然望着他。

"晕血还逞强。"他的语气平板，听不出是责怪还是讥讽。

"对不起。"

"闭上眼。"

不用他说，我已经支撑不住，闭上眼睛。

他说："晕血有时是因为紧张。别怕我，也别想任何事，安心休息。"

奇怪，为什么闭着眼睛听他说话会觉得他语气温柔？

他说得对。我试着放松，可是没用。我惦记回自己的房间，怕晕在他这里。回到自己的房间，晕也晕在自己的床上。所以我刻意保持清醒，盼着快点恢复，至少能下床走路。

他说："血并不可怕，它象征着生命力。你试着想想其他红色的美好的东西，比如红玫瑰、红酒、红丝绒蛋糕、漂亮的红裙子。"

他在安抚我？我忍不住睁开眼睛，想确认一下。他威严地瞪我，我赶紧闭眼。

他说："我在这儿让你紧张？那我出去。"

"不是。"我慌忙拉住他，又赶紧放手，喃喃地说，"占了你的床我心里不踏实，我想回那屋。"

他要抱我。我躲避，说："你的胳膊受伤了，万一伤口绽开就不好了。我自己能走。"他还是抱起我。我轻叫："你的伤！"他不理，把我放到我的床上。我红着脸道谢，既不想让他继续看我的狼狈样，又舍不得他走。

他没走，坐在床边。我们都没说话，气氛安静得有些尴尬。幸好他不看我，只望着窗外。他的侧影像雕塑一样好看。

他抱了我！天啊，我可以因此快乐一整年。我生平头一次感谢晕血症，因祸得福了！我处在甜蜜的晕眩中，许久才缓过劲，轻声说："给我讲点什么吧。"

"你想听什么？"

我想说"你"，又害羞，说："什么都行。"

他微微低头，似乎在琢磨讲些什么，静默好久，说了一句："你休息吧。"接着退出房间。

我失望，又怪自己贪心。他不是巧言令色之辈，性格冷清，能安静陪我一会儿已属破例。我的婚姻似乎终于走上正轨了。王在野，王在野！默念他的名字，我心里像灌了蜜。我反复回味着他的照顾，喜悦地用被子蒙住头偷笑。月光啊，别急着照进西楼，让今夜的温柔慢慢流淌，多延长一会儿吧。

十六、花嫁之约

爸爸给我三十万元购车款。他说："男方出房子，咱们家买车。"我说王在野已经给我买了。爸爸执意把钱给我，怕我在婆家抬不起头，说："要是家里真穷我就不张罗了，又不是没钱，不能一点都不出。钱你拿着，算嫁妆，你们爱买什么买什么。"我告诉王在野，王在野说："收下吧，这是长辈的心意。谢谢他们。"

正好玉措的爸爸得了重病，她手头拮据，四处筹措医药费，我把钱借给她，至于她嫁的豪门，一言难尽。借款之前，我跟王在野商量，他说："你安排吧，我同意。"我欣然，不仅因为他同意，更多地是为这种有商有量的气氛，这才是两人相处该有的样子，尽管他的态度依旧清清淡淡。

祝薇说："你们结婚没办婚礼，你至少得穿一次婚纱，摆席请我们吃饭。"

邢之效笑着说："祝薇认识一家婚纱店的老板，总想叫你去挑婚纱，为你们办一场婚礼。"

婚礼！我想都没想过。我双颊绯红，看向王在野。他说："随便。"

祝薇说："我替你们约时间。他家的婚纱特别好看。新娘去挑婚纱，新郎得陪着。"祝薇建议四月份举办婚礼，春暖花开，穿婚纱不冷。

挑婚纱的时间选在周末下午三点。我心里甜丝丝，羞得好几天不敢看王在野，想象着在春日暖阳中，碧绿的草地上，我身穿美丽的婚纱，与他并肩穿过花门，当着亲友的面交换戒指。放在从前，我绝不会把这种场面联系到我身上，现在，它即将发生。啊，我的婚姻不仅走上正轨了，而且在飞速前进。

祝薇载我去婚纱店，商月嚷着一起去。王在野说他有事要办，会准时到。祝薇一边开车一边说："他绝对不敢迟到。"

我忍不住问："为什么帮我？"我真的不懂，我并未对她们展现友善。

祝薇说："我们喜欢你。你清爽干净，让人舒服。"商月点头。

我问："不觉得我冷吗？"

"你还能比王在野冷？第一次见面，你那番热情洋溢的话把我们感动坏了。"

我说："可是，季如好像很讨厌我。"

商月说："他？最欣赏你的就是他。他说，总算有个正常人喜欢老六了。他熟悉老六的脾气，怕你投入真心却换来失望。老六和夏暖……"她惊觉失言，我倒无所谓，她看我面无表情，继续说，"他们纠缠好多年了，我们不希望再有无辜的人搅进去受伤，尤其是你真心喜欢老六，越是这样，越让人觉得心疼。"

原来季如是为我好。

正常人，我算吗？

送我到达，她们嬉笑着说："我们就不当电灯泡了，走啦。"

老板热情地招呼我。看着一件件华美的婚纱，我不禁微笑。时间到了，我向外张望，不见王在野的身影。一个小时后，还是不见人。我暗暗焦急。他忘记了？他在忙，走不开？为什么连电话也不打一个？我想询问，又怕他正开车往这里赶，不方便接。

一直等到五点钟，我的手机响了。是郎林御。他说王在野被公司安排紧急出差，不能来了。他要到我家帮王在野拿几件衣服。

我心里发凉，当下回家，郎林御已在楼下等我，说："他的那个大项目，你知道的，真的十万火急，否则决不能在今天派他出差。"他有点语无伦次。

为什么王在野不亲自对我说？他连个电话都不想给我打？如果他亲自对我说，我心里能舒服点。

我领着郎林御向次卧走，打开衣柜收拾王在野的衣服。我问："出差几天？"

"十天半个月的。"郎林御含混地说。

已经临近春节，这么说，王在野整个春节都不在家。

我把衣服装进行李箱，交给郎林御。他打量房间。我忽然意识到，我无意中暴露了和王在野分屋睡的事。郎林御眼中都是了解，他大概早就猜到了。临走时，郎林御欲言又止，似乎想宽慰我，但终究什么也没说，脸上写满同情。

刚送走郎林御，手机响起提示音。我以为是王在野发来消息，连忙查看，原来是陌生地址给我的电子邮箱发来一段视频。视频中，夏暖依偎在王在野怀中，仰头微笑，王在野低头凝视她。在此前偷拍的照片上，他们从没有身体接触。在这段只有七秒的视频中，他们靠在一起，王在野目不转睛地看着她，目光深沉。夏暖笑靥如花。

我惊得头晕目眩。

视频的拍摄时间是今天。难怪他失约，原来他另有约会。

我再也不能骗自己他们只是喝茶聊天，我再也不能骗自己他们发乎情止乎礼，我再也不能骗自己王在野已经拒绝夏暖。所谓的出差真的是出差吗？他们现在很可能在一起。

五脏六腑绞缠拧转，疼得我弯下腰。婚纱、婚礼，这些彩色泡泡全都破了。所有的甜蜜都变成苦涩，然后是恐惧。我不想失去他，但我正在失去，眼睁睁的，不可逆的。他与她一次比一次亲近，离我越来越远，说不定哪天就彻底走了。

于婚姻，夏暖是第三者。

于感情，我是第三者。

我是怎么变成一个手握结婚证的第三者的？光明正大与他结婚，莫名其妙成了第三者。这身份犹如大山，压得我喘不过气。那些照片和视频在我心上碾过一遍又一遍。

其他妻子遇到这种情况怎么做？把视频发给他并质问，召集亲朋好友谴责他，公开视频让他身败名裂，或者干脆收拾东西回娘家。如果这么做，婚姻很可能彻底破裂。我不敢。我连愤怒都不敢愤怒。不管过得多委屈，我都不想离开他。

我用三次偶遇走进了他的家，却用了三个月都没能让他多看我一眼。我迫不及待想靠近他，可夏暖的存在让我处境尴尬，我真的觉得我是多余的。

是我的退让给他们留出了空间？我若强势索爱，是否更惹他讨厌？

我今年二十三岁，这是我最好的年纪，如果他现在不爱我，那他以后也不会爱我了。

不出所料，春节我独自度过。祝薇等人约我一起过节，我坚决不去。人家阖家欢乐，我去算什么。我打开电视，播放春节联欢晚会，躺在沙发上看手机。我一个人包饺子，一个人吃饺子，一个人听除夕零点的钟声。

我害怕，怕自己习惯这样的生活，也怕王在野习惯这样的生活。我一个人住在他家，进进出出，来来往往，都是一个人。虽然他偶尔也跟我说话，态度平静，但是，我不敢往深里想。我对于他到底算什么？或许像一件家具，不痛不痒，可有可无，他就这样接受了我的存在，也只允许我这样存在。

高中同学群里突然蹦出消息，说李寄重病住院，提议大家募捐。我连忙联系那个同学，问他李寄得了什么病。他说了一个病名，我一惊，那不是绝症吗！

我匆匆在群里捐了款，心里放不下，整日惦记着。

玉措问我："知道李寄的事了吗？"我答知道了。

她问："你不回去看看他？"

她催我回去看，必是去日无多了。"严重到这种地步了？！"我大恸。

大年初二的火车票极好买。我当即启程。没想到，连续几年春节不回老家的习惯今年打破了，竟是为了李寄。

从同学那儿打听到医院，我敲响了病房门。李寄躺在病床上，被病折磨得变了样，我心里一紧。他的父母在旁边守着。我问候他们，将水果牛奶放在一旁。他们都知道我和李寄交往过，对我的到来并不奇怪，一再表示感谢，陪着我说了许多话，说李寄的病来得突然，说着说着抹起眼泪。我亦戚然。

我看二老神情疲惫，说："叔叔阿姨，你们回去歇着吧。我过年放假，回老家看看。这几天正好有空，我来照顾他。你们已经很累了，趁这几天休息休息吧。"

他们过意不去，李寄笑着说："易若然不是外人，我们很久没见，正好聊聊。爸，妈，你们回去吧，有事我打电话叫你们。"

二老再次向我道谢，步履蹒跚地相扶离去。不过五十岁左右的人，头发已经全白了，脸色并不比李寄好到哪儿去。

我说："分开时好好的，怎么得了这个病？"

李寄说："病来得突然，谁都没想到。你什么时候回来的？"

"今天。"

"回过家了没有？"

我摇头。我根本不打算回家，爸爸和继母不知道我现在和他们在同一个城市，他们也没做着我回家过年的打算。

李寄叹气："你是专门为我回来的。"

"这几天我来照顾你。"

"你不回去了？为我抛家舍业的？你那新婚丈夫呢？"他促狭。

"他出差了。说真的，你爸妈熬得快不成了，你爸自己的病还没好。正好我有空，替他们两天。"

我住在旅馆，每日到医院去。他的父母每天都来，不是不放心我，一来是全依赖我他们过意不去，二来是多看儿子两眼。李寄精神还好，有说有笑，对自己的病看得开。他说："既然得了病，说什么都没用，只有好好治疗，多陪我父母一些日子。"我心中酸楚。我一向不会安慰人，只是陪着他，或者念新闻给他听。

转眼假期只剩下两天，李寄说："你该回去了。"

下次不知何时再见，我沉默了。

他说："工作中亲和一点，别像以前那么耿直。唉，说了你也不听。"

我说："你别惦记我了。我挺好的。"

李寄笑着说："你也别惦记我。这病是对我三心二意的惩罚，谁叫我不好好待你，总是伤你的心。急巴巴地离开你，追求所谓的幸福，落得这么个下场。"

我说："别胡说。"他的玩笑从来都不好笑。我只觉心酸，一片悲凉。

李寄伸出手，那双皮包骨头的手，我握住。他说："原谅我没能带给你幸福。"我的泪掉下来。

敲门声响起。我们看过去，门口站着的赫然是王在野。我松开李寄的手。

王在野不看我，对李寄说："你好，我是王在野。"

"王在野！"李寄睁大眼睛看向我。

王在野说："我是易若然的丈夫。听说你病了，我来看看你。"

李寄说："当然，王在野当然应该是易若然的丈夫。"

王在野目光一闪。

李寄说："原来你就是王在野，久闻大名。她居然真的找到你了，真是傻人有傻福。你不知道，我吃你的醋好多年了，今天终于见到你了。"

王在野听不懂他说什么，也不追问。他问候病情，李寄表示感谢，说："别担心，我撑得住。"

我们告辞出来。走到医院外，我问："你怎么来了？"陪完夏暖，想起有我这么个人了？他怎么知道我在这儿？

他答："接我妻子回家。你来几天了？"

我如实说："四天。"

他问："那么，回家？"

"家"这个词格外刺耳。那算"家"吗，冰窖而已。我心里抗拒这个词，迟疑了一会儿才点头。

我到旅馆办理退房手续，王在野把我的行李放入后备箱。车行驶在高速路上，我们没有交谈。我满心都是李寄的病。行驶到服务区，王在野问我是否下车休息，我摇头，他下了车。

回想李寄的样子，我不由得心痛。半年不到，一个活蹦乱跳的小伙子竟衰弱至此！他刚二十四岁啊。我为他难过，对生命的脆弱、人生的无常感到惶恐。明年此时，他可安好？我红了眼眶。

王在野回来了，拿着食物和水。我怕他看见我的眼睛，接过水马上转开头。他没有立刻发动车，似乎在想什么。过了好一会儿，他说："如果你想回去，我找出口调头。"我说："不用了。"

我不明白，他要把我送回李寄身边吗？我不明白他为什么来找我。他对夏暖旧情难忘，又对我表示关心，一心两用是怎么做到的？我不明白我的生活怎么变成这样。假如不曾离婚，现在的我应该陪着李寄，他若死了，我该何去何从，有怎样的人生轨迹？

在我心里，还有一个更大的疑问。

独自一人在家，我给玉措打电话："我以为笑寒在照顾他，但我在医院待了四天，没见过笑寒，也没有人提过她。"

"你是说……"

"我怀疑李寄一直在骗我。他并不是为了笑寒才和我吵架的。也许那时他已经知道自己病了。"

玉措说："你是说，他为了不连累你，故意让你伤心，和你离婚？"

我抱着头。"我不知道，我不确定。"

"如果真是这样，我对他肃然起敬。"玉措说，"王在野知道吗？"

"不知道吧。"

"易若然，"玉措严肃地说，"你需要坦诚地告诉王在野你的想法，否则他会误会。如果他以为你跟李寄余情未了，他会觉得自己是多余的。"

我苦笑："他在乎吗？"

"他不在乎的话，为什么去找你？"

我不管王在野怎么想，沉吟："李寄到底怎么想的？玉措，高中三年，你对他印象怎么样？你觉得他能干出这种事吗？你听到什么消息了吗？我一直觉得他不够爱我，我们在一起纯属是老乡加同学的感情，彼此认识，慢慢走到了一起，没有什么轰轰烈烈，我甚至没有什么浪漫的回忆。可是，如果他为我做到这种地步，我……"我心如刀绞。

玉措说："回答我一个问题：假如你没和王在野结婚，让你回李寄身边，你去吗？"

"去！但是不可能了。历史不能改变，我已经再婚。"

玉措叹气："我最怕这样。你会让王在野以为他是第三者。你和李寄的感情走到尽头以后，你和谁在一起都无可厚非。可要是你和李寄因为误会分手，你对他的感情还在，那王在野的处境就十分难堪了。他有点儿趁虚而入的嫌疑。在你和李寄的感情中，王在野是多余的一个。"

"可、可他是王在野啊。"此言一出，心里一疼。那些照片和视频又一次从心头碾过。

玉措说："但他不明白。只有了解你的人才明白这句话的含义。他知道前因后果吗？"

"不知道。"我无奈地说，"他需要知道吗？他……唉。"

"你又想说他不在乎。即使他不爱你，他还是有可能在乎你的。有的人在乎是因为爱，有的人是因为占有欲。即使不喜欢，但是在他的名下，就不许别人染指。你嫁给了他，就要考虑他的感受，保全他的面子。"

"我知道。"

我刚才说，如果李寄需要照顾，我会去，不代表我还爱他，我只是不忍心，没有其他意思。离婚前他说的让人寒心的话，做的让人难受的事，把我对他的感情消磨没了。哪怕现在证实他真的是为我好，撒谎骗我让我死心，已经死掉的感情也无法复活。这一点我得想办法让王在野明白。只是，王在野和夏暖拥抱的画面在脑海盘桓不去，弄得我心灰意懒。

玉措担忧地说："你外表冷淡，容易让人误会。其实你内心柔软，看你写的文字就知道，你只是一个有着冷淡外表的小女生，渴望温暖，渴望爱。你要真跟外表一样倒好了，我就不担心了。你一定得把真实想法告诉王在野。还有，不要总在他面前表露出你想着李寄。"

我苦涩一笑。在他面前？玉措不知道我很少能见到他。我说："放心吧。你说过，从我的脸上看不出我的想法，我天生就是隐藏高手。"

"隐藏什么？"

身后突然传来的声音吓了我一跳。王在野何时回来的？他听到了多少，是不是已经误会了？我该说什么，说我不爱李寄，挂念他只是出于善良？是不是有"此地无银三百两"的意思？而且，王在野眼里只有夏暖，我有必要向他解释吗，他有兴趣听吗？我暗生倔强，缄默不言。

王在野见我不回答，转身走开，又驻足，道："如果你要走，把钥匙放在玄关桌上，我就明白了。"

走，主动离开他？怎么可能？

我倒吸一口凉气，问："你希望我走吗？"

他回眸。我希冀他的回答，又隐藏着不表露出来。

他只淡淡地说："好问题。"

当晚，李寄给我发来信息："别把我想得太好。我不是因病离开你，而是离开你后查出病。所以，不用同情我。至于笑寒，我只剩半条命了，没必要连累别人。"

他越澄清，我越怀疑。

十七、雷霆之怒

神秘快递又寄来了，依然装满偷拍照片！我怒火升腾。我有两个怀疑对象，一个是季如，一个是夏暖。

我给夏暖打电话。手机那边传来音乐声，她似乎在户外。我说要见她，她给我一个地址，是某商场。我赶到那里，她正站在母婴商品柜台前兴致盎然地咨询售货员。我本想旁敲侧击问一些问题，见状什么都说不出了。

她亲热地和我打招呼，问我哪件孕妇装好看。我问："你怀孕了？"她笑而不答，问我何时要孩子。我说："顺其自然吧。"她说："这件淡蓝色的孕妇装很好看，适合你。"我摇头。

她满脸憧憬地说："和相爱的人有爱情的结晶，组建一个温暖的家，是所有女孩的梦想。孩子多可爱啊，粉嘟嘟，软乎乎。我喜欢抱小孩，一抱上就不撒手。朋友的小孩都喜欢我。"

我想象不出她当妈妈的样子。她风姿柔美，眉目含情，是个恋爱气息满满的女人，从恋爱到为人母，差一大截呢。

她问："你有想守护的人吗？"不等我回答，她说，"我以前没有，只有想追着跑的人，过得好累好累。我天生没有安全感，需要靠得到什么才觉得踏实。孩子是母亲一生的牵挂，是夺不走的。我觉得有了孩子我才真的安全了。我想一辈子守护他，把最好的给他。"

她慨叹："我曾经堕胎三次，很怕以后不能再有宝宝。如果能幸运地当妈妈，我别的什么都不要了。"她指给我看同在母婴专区挑选商品的孕妇，小声说，"她穿得好少，着凉了怎么办。为了宝宝，生病了孕妇也不能吃药。我今天出门时特意穿了兔毛袜子。"

我问："你到底是不是……"

她神神秘秘一笑，打断我，要我保密。保密什么？堕胎三次，还是怀孕的事？

她含笑挑选婴儿服装，看了又看，最后没买。

有了宝宝的人会以宝宝为中心，不再想其他的了吧？她的心将安定下来，放在孩子身上。夏暖的嫌疑降低了。她有了新的生活目标，破坏我的生活没有意义。

除了她，还能是谁？难道真是季如？季如一直打击我，冷嘲热讽，想让我离开王在野。但是，用这么卑鄙的手段？我觉得不像。我倒不是多了解季如，而是相信王在野，他不会和人品差的人称兄道弟，况且商月已解释过季如排斥我的原因。

倘若寄件人是夏暖或季如，至少我知道他们的动机。倘若是其他人，动机不明，躲在暗处，让人无从防备。我不擅社交，和其他人关系很浅，知心的朋友少，交恶的人也少，实在想不出得罪了谁。

和夏暖分开，我在路边等公交车，一辆车停下，车里面是郎林御。"你去哪儿？上车，我送你。"

我上了车。他奇怪我这样的人也会出现在商场附近，他说我不像爱逛商场的人。我说："陪夏暖。她好像怀孕了，一直转母婴专区。"

郎林御大惊，紧张地问："还有谁知道这件事？"

"不清楚。"

郎林御脸色十分难看。我问："怎么了？"郎林御摇头。

我说："这个好消息不知道路常轩知道不知道。"

他看我一眼，踌躇许久，说："当年，夏暖刺伤二哥……那个地方，二哥不可能有孩子。"

夏暖背叛路常轩！

我又惊诧又疑惑。夏暖背叛路常轩，按理说应该极力隐瞒，为什么告诉我？郎林御难过地看我，又迅速移开目光。他的神情提醒了我。我们不约而同猜到了孩子的父亲。我心里一凛，寒气直冒，强烈的不洁之感包围了我。

郎林御说："你，你，唉，你不该搅进来。"我说我没事。郎林御叮嘱：

"千万别让二哥知道。"我点头。

送我到家，郎林御告别，离开他担忧的视线，我长舒一口气。刚才提着这口气压制心痛，此时一松懈，心痛席卷而来。我扶着墙，半天动弹不得。

孩子是王在野的？夏暖说她曾三次堕胎，那些孩子的父亲是谁？我不敢继续想。

王在野正在书房对着电脑忙碌。我身体软绵绵，没有力气，倚着门问："要是未婚先孕，孩子的权利能得到保障吗？"

他抬头看我。我轻声问："夏暖和二哥还没结婚吧？"

王在野锐利地盯着我，问："你说什么？"

"没什么。"

王在野的表情阴沉了，眼中闪过一抹复杂的光。我的心突突地跳。若与他无关，何至于这样变颜变色？我明白了，转身走开。

一夜辗转反侧。翻开紫色印花笔记本，我轻轻念："冷月明霜。"

冷月明霜，虽冷，却干净。我曾以为他是。我多么希望他是！

次日清晨，打开卧室门，家里全是烟味。书房的烟灰缸里堆满烟蒂。我从不知道他吸烟。

我梳洗完毕，竖着耳朵听，预感到接下来将发生的事，请了假，暗暗盯着王在野。他出门，我跟着出门。他开车，我打车跟在后面。他去接夏暖，我远远看着，一路跟到妇产医院。

王在野下车，从副驾驶座扯出夏暖，拽着她往医院里走。夏暖抗拒着。周围的人都好奇地观瞧。我站在医院门口，脸色惨白。他们拉扯着到了医院门口，看到了我，动作僵住。我的目光凝注在王在野的手上，结婚戒指闪着光，刺痛我的眼睛，他用那只手拉着夏暖。

"救我。"夏暖挣脱他，跑到我身后。

王在野严厉地盯着我。真可笑，倒好像做错事的是我。王在野说："我知道你在想什么，让开！"

我轻声说："孩子何其无辜。"

"你什么都不懂。"

夏暖趁机跑了，王在野要追赶，被我拦住。他厉声问："你知不知道你在干什么？"

我淡淡地说："我干了什么？我知道我干了什么，但我不知道你们干了什么。"

"我没工夫儿跟你细说，孩子不能留！"

我望着他，心生鄙夷。懦弱怕事，推卸责任，这不是我认识的王在野。他看一眼夏暖跑掉的方向，已然追不上了。他看我，我沉默回望。他的眼眸中积蓄怒意，一把拉住我的手腕，把我推进车。

一进家门，他低吼："你都知道什么，告诉我！"

我木然说："我能知道什么。二哥不能生育，夏暖怀孕了，我只知道这些。"

他的瞳孔收缩，他在害怕。一向镇定自若的王在野啊，今天的他真不像他。将他扰乱至此的人，我真的佩服。

他凝视我，望进我眼眸深处，可惜我为了避免伤痛而刻意麻木，眼中什么情绪都没有。他问："还有谁知道？"

我说："郎林御，其他人我不清楚。"

"不许再跟任何人说。"

"然后呢，你以为瞒得住？"

"这孩子绝对不能生下来。"他无情地说。

我望着他，神情惨然，为我爱了这样一个人而哀痛。我脱掉大衣，低头换鞋，不想再听他说话。

他说："我说过，除非我在场，否则你不许单独和他们见面。你把我的话当耳旁风。"

他怕什么？一切都昭然若揭，掩饰何用？我轻轻顶一句："只许你见她，不许我见？"

他咬紧牙。

我犹如一个旁观者，看着惨痛到心冷的我与他对峙。我嫉妒夏暖，真的嫉妒。她能令他性情大改，慌乱激动。我没有这种可以左右他的本领。

他说："你什么都不懂。你根本不知道这里面的事。不要相信夏暖的话，一句都别信！"

我呆板地说："是，这世上原本没有什么可信的。"

"事情不是你想的那样。"

"你说怎样就怎样，我想什么不重要，你不必和我说。"

他阴沉地说："我最恨别人冤枉我！"

冤枉？那段视频冤枉他了吗？他难道没抱着夏暖？他的解释激起我的反感，我脸上已带着讥诮。

他问："夏暖为什么告诉你，难道你不明白？"

我说："她的手段是不堪，那也是因为爱你。"

他显出难以忍受的神情。爱而不得，我戳到了他的痛处。他说："我对别人的东西不感兴趣。她是二哥的女人。"

"如果他们分手了呢，如果她不再跟着他呢？"

他冷冷地看着我，"你从来都不信我。"

我嘲弄地说："夏暖那么美，对她动心也不过分，没必要急着否认。要想证明清白也容易，等孩子生下来，查一下 DNA 就知道了。还是说，你得了和路常轩一样的毛病，所以孩子绝不可能是你的？"话一说完，我自己都愣住。这么刻薄的话我是怎么说出口的？

一句话引发雷霆之怒。王在野的怒火几乎从眼中喷射出来。"好，我说什么你都不信，倒信一个外人的话。"他逼近我，无形的威慑如泰山压顶。"你总怀疑我和别的女人有私情，那我就让你看看，我是怎么对待她们的。"他脱下外套，扔在地上，扯开衬衫，一步步走近我，眼中闪着可怕的光。

我警觉地后退，问："你干什么？"

"我们是夫妻，我当然是要干夫妻干的事，"他笑得阴沉，"行使丈夫的权利。"

"你不喜欢我，提什么夫妻。"

"你是我的妻子，我怎么可能不喜欢你？"他抓住我的胳膊，我挣扎。

"何必侮辱我，也侮辱你自己。"我叫。

"侮辱？"他眯起眼睛，目光寒冷，"我倒觉得一直冷落你是不对的。"

他是认真的，真的用力按住我。我们力量悬殊，从一开始我便落入下风。我叫："放开我！"

他眼中充满戏谑，盯着我像盯着猎物。"你嫌我和别的女人亲近，那我就和你亲近亲近，不好吗？"

"放开！"

他低吼："我是你丈夫，你干吗反抗？你不是一心一意要嫁给我吗，嫁给你心心念念的王在野，为什么不让我碰你？"

我被逼入死角，挣脱不开，衣服扣子已被他扯掉一颗。我浑身发抖，恐惧地大喊："放开我，你不是王在野！王在野已经死了！"

他的动作僵住。我趁机跑到窗边，打开窗户，寒风吹彻房间。我望着他，带着警告意味。他敢过来，我就敢跳下去。

他瞬间恢复了镇静，眼眸暗沉沉的，像黑洞，吞噬所有感情，只余冰冷。他变得这么快，难道刚才的侵犯是在演戏，他故意吓我？无论如何，他吓住我了。我守着窗户，高度戒备，防止他走过来。

他没动，只是沉声说了一句："原来你心里住着一个死人。"

委屈和辛酸湿润了我的眼眶。我说："你想把我们的婚姻坐实，好成全他们？没用的。夏暖只爱你。"

他打断我："别跟我提她！"

我哽咽："感情不能勉强，心里的人抹不掉，不可代替。无论设置多少障碍，都无法阻挡真正的渴望。婚姻拦不住，时间拦不住，生死也拦不住。别再骗自己了。"

他冷冷地看我一眼，大步走出房间。我立刻扑过去锁上门，泪落如雨。

夜凉如水。天上所有的星照见我的煎熬。

脑海中一个声音说：易若然，你识相一点。你才认识他几天，人家十年的感情，你赶紧退出吧。

另一个说：我听说过一见钟情，也听说过同床异梦几十载。用时间计算感情的深浅，愚蠢。

一个说：我不跟别人分享感情，从前不，以后也不！

另一个讥笑：你有别的选择吗？

一个说：他不是你的王在野。

另一个说：那又怎样？

一个说：他已经讨厌你了，这是你的目的？

另一个说：我不放手。好不容易找到他，我不放手！

一个说：这样的腌臜事你也能忍？

另一个说：哟，现在搬出妻子的身份了。假如你们没结婚，你还计较他爱别人吗？

是啊，作为妻子，他婚内出轨，我有权生气，忍耐至今，不过是因为我舍不得他，怕吵架把婚姻吵没了。他们屡屡试探我的底线，我要忍到哪天？转念一想，假如我不是他的妻子，只是个路人，他有喜欢的人，我除了伤心，没有资格生气，对他的热爱丝毫不会减少，反而因为了解他的痴心而更喜欢他，依然一心想得到他，只要看见他便开心。现在我已进入他的生活，顶着妻子的名号，却得陇望蜀，不知满足。

不对不对，现实情况是，我是他的妻子，他应该忠于我，我怎么反倒怪自己贪心？

我的头抵着膝盖，脑袋快炸了。

我理解并尊重深挚隽永的感情，因为我心中也有一个人。试想，如果有人对我的痴迷指手画脚，横加阻拦，甚至插足，我也绝不允许。管他是不是真心，我只觉他不自量力，愚蠢得可笑。推己及人，既知王在野的往事，对他的任何刺探、接近，甚至倾慕，都是一种打扰。于是我退后，再退后，守在他生活的边缘，只远远用目光触摸他，用耳朵感受他。可夏暖在他的引领下，一步步侵入我仅存的领地，他们的交往像刀子戳我的心。

伤口越忍越疼，感情越压抑越强烈，于他，于我，于夏暖，皆如此。局面该如何破解？

他伤了我的感情，而我伤了他的自尊。我情急之下喊出的那句"王在野已经死了"产生的影响有多大，我在他的脸上看到了。

接下来的日子，我们相互回避，不在公共区域停留。偶尔撞见，故作无视。每晚我都把房门锁上，即使他不靠近我。家里压抑得让人窒息，我最先绷不住，忍着屈辱主动找他，说："我们的相处有问题，我需要你和我一起解决。"

他说："我们之间最大的问题恐怕就是，我们不该那么快结婚。"我抖了一下。

他说："咱们彼此不了解，你对我一无所知，除了名字。"

我轻声说："对不起。"

"用不着道歉。我对你也一样。"

我的心像被针扎了一下，需要缓一口气才能正常呼吸。我嗫嚅："告诉我你需要我做什么，或者你想要什么样的生活。"

他答："我不需要你特别地做什么。对于生活，我没有任何要求。"

他的回答并未提供任何帮助。

我说："我们有很多……误会。"

他说："时间是真相的拆信刀，胜过所有诡辩。"

他说得对，我们之间最大的问题是结婚仓促。我不懂他，他不懂我。我不知道他在想什么，跟不上他的步伐。有时我想靠近，但他一看我，我就觉得自己越界了，他被打扰到了，我只能绕着他走。后来，又有了夏暖，不容忽视的旧情将我们隔得更远。

我缩成一团。心破了一个洞，热量慢慢流逝。或许我们都在等，等它冷透的那天。

十八、血绽桃花

商月与朋友合伙开了一家旅行社，开业那日大家去道贺。我本不想去，商月诚挚邀请，甚至愿意为我更改开业时间，我只能参加。夏暖神情如常，若无其事，倒是我心如针刺，同时替她觉得难堪，不知她如何面对知情人。剪彩结束，其余宾客散去，商月邀请我们一众好友到二楼用茶点。

郎林御和王在野聊起工作。郎林御说："上头催你好几次了吧？战略合作框架协议签了半年了，到现在新公司筹建还停滞不前。你可是公司的首席代表，到时候追责怎么办？"

王在野说："一个小小的公司副总，而且还是待定人选，就敢公然说拆迁的活儿给谁，评估的活儿给谁，拆不动的话怎么恐吓。让这样的人进公司，我坚决不同意。"

郎林御说："那是对方指派的，咱们做不了主，管他干什么。"

"现在不立下规矩，以后再想扳过来就难了。"

"先给他们个面子，让他进来，他要是不听话，你可以关门打狗。"

王在野说："招个害群之马，天天防着他搞破坏，你觉得我日子过得太清闲了是吗？"

郎林御说："我是让你别跟他们较劲。咱们是去做项目的，不是去整顿风气的，自然有人去管他们，你做好自己的事就成了。"

"我得对项目的未来负责。"

"想办法绕开他们，别跟他们正面冲突就完了。"

"项目本身有很多工作，我没有精力分给其他事。必须未雨绸缪，防患于未然。"

郎林御说："哎呀，你先把眼前这点事过去再说吧。这刚是项目的第一步，后面还有九十九步呢，不能卡在这儿呀。"

"如果第一步没走好，后面走得更难。"

郎林御摇摇头，说："你可想好了，'灵鹿森林'是你的心血，你这么较劲，挡的是自己的路。得罪了地头蛇，项目有可能就黄了。你是要事业还是要肃清职场，你挑吧。"

王在野不解，"你说得好像这是两件事似的。内部腐烂，工程能成功？"

季如说："六王爷的脾气你还不知道？去吧，杀他们个片甲不留。哈哈。"

商月用胳膊肘捅一下季如，说："王在野是澧兰沅芷，不入俗流，恐怕不容于现实，得靠老郎斡旋。"

邢之效说："商月说得对。老六做事一丝不苟，眼里不揉沙子。老郎的考虑也有道理，得妥善解决问题，不能激化矛盾。"

路常轩说："现在有几个人敢旗帜鲜明地抵制不正之风？要是我，只敢暗地里骂。"

夏暖说："你不劝他，反倒夸他。他这样下去要吃大亏的。"

王在野目光坚定。

郎林御叹息："你再这么固执，公司要把你清出项目了。"

眼看气氛冷下来，商月热情地介绍她设计的"花之旅"。

"等伊犁的杏花开放时，去伊犁的杏花沟看花吧。景色美得像画一样。碧绿的草原上，一片一片粉色的天然杏花林，看着心情就好。或者等梅花开放的时候，去吴中的'香雪海'，连空气中都带着幽香。农历三月的时候去扬州，'烟花三月下扬州'嘛，既应景又文雅。"

季如会意，帮着岔开话题，说："考考你们，关于烟花的诗句还有哪些？"

祝薇配合地说："雨晴云收，烟花澹荡，遥山凝碧。"

邢之效说："烟花巷陌，依约丹青屏障。"

祝薇说："他最爱柳永。"

问到郎林御，他抱头哀号说不知。问到路常轩，他看一眼夏暖，说："幽兰露，如啼眼，无物结同心，烟花不堪剪。"

季如问："老六？"王在野说："十里寒塘路，烟花一半醒。"

大家闲聊着，气氛缓和下来。我孤零零在角落，置身事外。祝薇走到我身边，低声问："你们怎么了？"

"什么？"我装傻。

祝薇说："你看着王在野的时候，眼里的光不见了。以前是充满感情的，现在你几乎不看他，甚至故意回避。王在野也发现了，看你好几眼。"

王在野会留意我的变化？在配合演出时，我的表演不够卖力？

祝薇说："你还在为他挑婚纱失约生气？我们批评过他了。他说找时间再陪你去。"

婚纱，婚礼，遥不可及。

我看向王在野。我已经很久没有仔细看过他。他苍白了许多，比以往更沉默。婚姻折磨我，也折磨着他。

我心疼了。

他本可以收获幸福，是我赖在他身边不肯走！我找不到第二个他，无论如何不想放手，总盼着他有一天能爱我，只要名分上还是夫妻，只要还在他身边，我就觉得还有一线希望。我不停地骗自己，给自己留下的理由。即使他不爱我，只要看到他，我就快乐，可他呢？他的朋友那么幸福。邢之效与祝薇感情好得如胶似漆，商月是个女强人，到了季如面前就变成小女生，眼睛里盛满柔情。王在野也该得到幸福。他比他们更优秀，更应该幸福。

不行，作为一个自私的人，不管别人怎么样，我得先抓住我想要的。没有人照顾我，我自己再不为自己着想，怎么活得下去！尽管婚姻给我伤痛，那我也愿意在他身边。他还在拒绝夏暖，他还守着我们的婚姻，我还有希望。

我躲开众人，打算下楼。走到楼梯边，夏暖跟上来，说："那天谢谢你。"

我不语。

"你不是要走吧？我刚洗了水果，你尝尝。"她笑着伸出手，说，"瞧我笨得，削个苹果把手弄破了。"

她手指上的伤口还在冒血。我顿时头晕眼花，站不稳，连忙向旁边抓去，听到夏暖尖叫："等一下，别……"接着是混乱的声音。我抓着楼梯扶手瘫倒在地，努力睁大眼睛，只见她从楼梯滚下去，摔在地上，红石榴裙像一摊血。我晕倒了。

醒来时郎林御和祝薇正围着我，我躺在旅行社的沙发上。"夏暖呢？"我猛地坐起来，头发晕，又躺下。

郎林御说："送医院了。老六让我们在这里陪你。"

"他呢？"

"也去医院了。"

我又急又痛，问："孩子呢？孩子保住了吗？"

郎林御脸色变了。祝薇问："什么孩子？你怀孕了？"

"夏暖的孩子。"我焦急，"她摔下楼梯，孩子是不是没了？"

祝薇大惊，看向郎林御，说："怎么可能？"

我忽然想起在商月家厨房里关于孩子的对话，显然，大家都知道路常轩不能生育。

"夏暖没事，只是脑震荡。"祝薇盯着我，"你以为夏暖怀孕了？"

我比她还惊讶："不是吗？"

他们摇头，神情复杂。我忽然明白了。在他们眼中，我以为夏暖怀孕了，且怀的是王在野的孩子，于是把她推下楼。

夏暖没怀孕，她骗我！王在野警告我别相信她，但我还是信了。我急火攻心，反而冷静下来。我要去医院看夏暖，我得问清楚。

郎林御说："老六不让你去。他让我送你回家。"

不让我见夏暖，怕我伤害她，还是怕路常轩知晓？既然孩子的事是假的，还怕路常轩知道什么！

郎林御把我送回家，说："老六不放心，让我陪着你。"是陪着我还是看管我，我自然明白。他们总不见得二十四小时防着我，我早晚能见到夏暖。老郎好言相劝："别去找夏暖，最好以后永远不见她。"

我在他们眼中已是十足恶人，我不打算解释。王在野怎么想？他也认为我故意把夏暖推下楼？我肯定没推她，但她是不是被我撞下去的，我说不清。我感觉确实碰到她了，但力度有多大，当时我头晕目眩，判断不出。

我手脚冰凉，心里像火烧。夏暖利用了我，博取所有人的同情，离间我和王在野，而我乖乖中计。

王在野说"时间是真相的拆信刀"，真是精辟。

王在野回来了，他像一尊石雕，没有任何表情。郎林御询问情况，王在野说："已经醒了，脑震荡，休息几天就好。"

我问："夏暖说了什么？"

他说："什么都没说。"

什么都没说？没说是我推的，也没说不是我。

我说："我想去医院看她。"

他说："不必。"

我说："我没有故意推她。"

王在野看了我一眼。他信还是不信？我等他发问，但他什么都没说。

郎林御打圆场："没人说是你。"

没人说出口而已。

郎林御说："因为你一直冷冰冰的，一副难以接近的样子，别人才误会你。"

王在野斥责："谬论。以貌取人、以情度事，都是不负责任的自我蒙蔽。"

我目不转睛地望着他。他相信我，还是只是就事论事？

郎林御告辞走了。

我对王在野说："对不起，我不是故意惹麻烦。我搅了商月的开业典礼，得向她道歉。"

"不用了。"他向卧室走。

我说："我还有一句话。"他停住脚步。"我没有故意推她，我不会推她，我以为孩子已经打掉了，所以用不着多此一举。你可以讨厌我，但别误会我。"

"你要说的就是这个？"他回眸看我。

我说："当然，你们也可以说我出于妒忌，不管她是否怀孕，都要推她下楼。"

"你是吗？"

"不是。我根本没资格妒忌她。"

他抿紧嘴唇，眼中闪着幽暗的光。

"你不信我？"我问。

"你信过我吗？"他反问。

"你要我相信什么？"

"孩子不是我的。"

"好，我信。"

他扬眉，神情分明是责怪我敷衍。

我说："你怪我不相信你。我相信你，你又觉得我敷衍。"

"那好，你告诉我，你为什么相信我？你是怎么分析的？"

"你说我就信，这还不够？"

他问："那为什么你以前不信？"

"我不信什么？以前你什么都没说啊。你不分辩，大家以为你默认。"

他生气地说："这么说还怪我了，怪我没解释，怪我没告诉你！"他来到书房，拉开抽屉，抽屉中有一个精致的木盒。他打开木盒，拿出结婚证，甩到我面前。"我要说的都在这上面。不是所有的事都需要讲出来。我既然和你结婚，是你的丈夫，该干什么，不该干什么，我很清楚！"

我心里一酸又一暖，为他的话，也为他用精致的木盒存放结婚证。且慢，难道孩子真的与他无关？那夏暖的孩子打哪儿来的？夏暖深爱他，不可能还有别的男人。王在野要么说的是真的，要么在骗我，只有这两种可能。如果他一边信誓旦旦一边行背叛之事，这精致的木盒更显得他虚伪。

他说："我说过的话都兑现了，倒是你，你说的话都是真的吗？"

我愕然："我什么时候骗过你？"

"你说你爱我，是真的吗？你爱的是我还是我的名字？"他的眼睛不放过我任何表情。我咬着嘴唇，无法辩驳。我的确是因为名字才注意到他。他眼中冒着寒气，质问："你根本不认识我，何谈爱我，何谈信任？你为什么和我结婚？为了一个名字，你就把一辈子草草交代了？"

我反诘："那你又为什么和我结婚？你同样不认识我。婚姻只是你的工具，用来骗人的。事实证明这没用，欲盖弥彰。"

我们都沉默了。他在生气，而我凄然。

过了一会儿，他捏着眉头，叹了一口气，说："拜托，就当是帮我的忙，以后不要去见她。"

我被他柔和的语气惊到。刚才还咄咄逼人的他此时显得忧郁而无奈。为了保护心爱的人，他已筋疲力尽，甚至要来求我。怜悯和委屈齐袭我心，酸楚到无以复加。我接近夏暖，就是蓄谋害她？他是这么看我的？我嘴唇颤抖，说："你放心……"喉头哽住，说不下去，我迅速走回房间。

十九、酒慰风尘

没人再提夏暖摔下楼的事，我无从分辩，因为根本没人兴师问罪，于是这件事就如同一把剑悬在空中，摇摇欲坠。

发生了这么多事，我们的婚姻居然还在维持，非常不可思议。

不知为何，这个周末王在野待在家。我不知如何与他相处，尽量躲到外面去。

蓝色清晨，寒梅在风中吐蕊。我无处可去，在街上游荡。

"易若然。"有人叫我，是我的高中同学，"从远处看着就像你。"

我想不起他的名字。我从不在意他们叫什么名字。他客套地问我最近过得怎么样，说没想到我也在北京。他说："李寄的情况很危急了。唉。"

我心一颤，问："他的病又重了？"

他点头，叹息："笑寒说能支撑三年，现在看来……"

"笑寒？"

"对，去年同学会她也参加了。"

我说："哦，对了，去年有一次同学会。"

"笑寒正在读研究生，她是专门研究这个病的。那次同学会，李寄聊到他身体不舒服，笑寒问清症状，担心他得了这个病，安排李寄做检查，结果真被她说中了。那时候看李寄挺精神的，没想到这么快人就不行了。"

我一震。那时李寄就知道他的病了，而不是离婚后。我语无伦次："笑寒，李寄，他们……"

"笑寒的老师是李寄的主治医生。唉，李寄那么活泼的一个人。同学们都觉得很难过。"

我还以为笑寒是因为李寄生病才离开他，原来他们根本没有在一起的意思。李寄骗我！

他再说什么我都没听见。我失神地走着，心像是忽然不见了，胸口空落落的，猛一抬头，发觉已在家门口。多讽刺，潜意识中，我还是回到这个家。我快快地蹲下，准备换鞋，看到镜中的自己，不禁停止动作。这是我？忧戚满面，愁苦盈眉。这是我？我应该是喜怒不形于色、万事不挂于心的。

衣帽架上挂着王在野的大衣，口袋里露出粉红色的一角。我抽出来，那是一张卡片，上面写着"十年相知路，沧海会有期"，落款：王在野。

卡片从我的手上掉下。

这不可能是写给兄弟的，而祝薇与邢之效、季如与商月，相识都不到十年。十年！王在野与夏暖相识十年！王在野还没死心，还有期盼！我以为他已经想好了，已经认命了，原来他没有。他用木质盒子珍藏结婚证，他说他清楚该干什么，不该干什么。是那张结婚证束缚了他，不是我，更不是他对我的感情。

我崩溃了。

王在野要娶我，是他要娶我的！当他开口求婚时便该放下过往。他给了我错觉。

他一直盼着和夏暖双宿双栖，那我算什么，这段婚姻算什么？！我只是一块绊脚石。难怪不管我怎么做他都无动于衷。他可以不爱我，但不能用这种方式践踏我的感情。

我颤颤巍巍把卡片放回他的口袋。心太疼了，疼得我弯下腰，眼前一花，急于抓住什么支撑身体，却拽倒了镜子。镜子摔碎了，一片片，照出我扭曲的脸。

王在野听到声音，到玄关来看。我激动不已，脑袋嗡嗡的，眼前直冒金星，直不起腰，靠扶着墙支撑自己，额头全是虚汗。想必我的模样实在不正常，王在野要来扶我。

我的嘴唇哆嗦着，椎心泣血地说："你骗我！你骗了我！"

他脸色一变，伸出的手臂停在半空，问："我骗了你什么？"他的表情说明我说中了，他心虚了。

是啊，他骗了我什么？我早就知道啊，怨不得别人，我都知道，都看见了，一直自欺欺人罢了。"你为什么不早告诉我？！"我歇斯底里地喊。

他眯起眼睛。

我颤抖着向外走，跌跌撞撞，边走边说："我不想挡任何人的路，不想成为任何人的借口。"

"易若然！"他叫我。

我跑得很快，进入电梯时，他在门边穿鞋，准备追我。

胸口烈焰高涨，我必须走，必须跑，让那热力散发出来，否则我就要爆炸了。手机不停地响，我直接关机。

我如一叶扁舟，从他们的沧海漂过。水过无痕，我的作用是见证他们的深情。他们的沧海之约彻底粉碎了我的幻想。我能以王在野妻子的身份存在，全凭王在野对夏暖的拒绝，如果他内心也在渴盼她，我一点儿希望都没有。我捡漏的幸福原来岌岌可危。

天大地大，我却无处可去。人山人海，我却无处倾诉。我打车去合租屋。密码锁的密码还是原来的，肖添添和徐傲朵都不在。肖添添总在厨房放几瓶酒。我把酒打开，闷头喝了起来。酒辛辣，穿肠而过，痛快非常。我狠狠地抓头发，一口一口地灌自己。头脑发蒙，麻醉了疼痛。

有人回来了。我醉眼乜斜，眼前景物摇晃，看不清楚。一个绿头发的女孩惊叫："你在这儿。他找你都快找疯了！"这大概是徐傲朵。

我举起酒瓶，笑嘻嘻："我有一瓢酒，可以慰风尘。"

有个男人举起手机对着我拍，说："我们找到她了。你在哪儿？你先回家，不用过来，我把她送回去。好了，放心。"

徐傲朵抢我手里的酒瓶，我抱着不撒手，说："我没事，真的。我很清醒，我找到安全的地方才喝的。我很安全。你知道我后来为什么不再喝酒吗？我怕喝多了被人欺负。只有身边有能保护我的人的时候我才喝。我以为找不到那个人了，其实他早就出现了，是我把他弄丢了。我把他弄丢了，找不回来了！我不可能回头了，不能去照顾他。他只剩一个人，独自生病，独自等死。"

徐傲朵掰我的手，说："这么喝酒会瞎的。"

"我的眼早就瞎了，该看见的我全看不见，我就是个睁眼瞎！"

手机还在对着我拍，男人摇头说："醉鬼真可怕。"

我笑起来，大笑，笑得流泪。

在旁人眼中，我的精神状况实在堪忧。或许疯癫才是我真正的模样。他们错把我当成正常人，其实我从来都不是。

"你怎么醉成这副样子。起来，我送你回家。"徐傲朵夺走酒瓶。"别拍了，过来帮忙！"

我抗拒，"我不回家，不想看见我后妈。"

"谁说那个家了。"徐傲朵拉我。

我唯恐她把我送回去，抱着沙发不放。"李寄，我要去找李寄。他需要我！"我突发奇想：李寄时日无多，我去照顾他可好？

徐傲朵问："谁是李寄？"

我拉住她的手，哀求："带我找李寄。"

"好，我带你去。"

我顺从地跟着她，脚步踉跄。上了车，我心满意足地靠着徐傲朵。她真是个好人，能帮我见到李寄。我闭上眼睛，半梦半醒。

不知过了多久，车停了，我迷迷糊糊地被搀下车，徐傲朵和另一个人扶着我。眼前景物晃动。医院改进了，不再是一片白色。他们扶我进入电梯。我说："病房在八层。"

他们敲开了一扇门。这扇门好眼熟，我在哪儿见过。它很像我住过的那栋房子的门。

徐傲朵气喘吁吁地说："总算到了。"

他们不会要送我回家吧？我向后退，叫："我不进去！"

徐傲朵说："你总得回家啊。"

"这不是我家，这是冰窖。我不进去！带我走！"我哀恳地说，拽着她向电梯走。男人拦住我。他们都尴尬地看向我身后。徐傲朵犹豫着，十分为难。

我哀求："带我找李寄，你答应我的。"

"我们已经到了。"男人说。

到了？我疑惑。真的到了？

门里站着一个人，他们把我送过去，说："交给你了。"

我望向徐傲朵，她对我点点头。徐傲朵绝不会害我。他们真的把我送到医院了！我感激不尽，已顾不得他们，抓住李寄的胳膊，哽咽道："你骗我。你早就知道自己病了，故意瞒着我。你要瞒我到什么时候？"

我站不住，身子直往下坠，他扶我，我说："不用，你别使劲，你的身体不好，我在地上坐一会儿。"

他把我抱起来，放在床上。我握着他的手，问："为什么和我结婚？明知我心里装着另一个人还和我结婚，为什么？你爱我，对吗？"我痛苦地抓自己的头发，"为什么？为什么？我没有同样的爱给你，你为什么爱我？这不公平。"我替他愤怒，替他不值，"我是一个没有心的人，比谁都无情。你不爱我，只是喜欢我，我也不爱你，只是靠你取暖，这样才对，这样才公平。可是你爱我，为我设想了那么多，做了那么多，怕连累我，故意隐瞒病情。事情不该这样啊。不对，完全不对。我爱的人眼里心里都没有我，唯一一个真心爱我的人，居然是你！"我落泪，委屈至极。

他一句话都不说。

"一定是哪儿搞错了。手机呢，我的手机？"我翻出手机，屏幕怎么按都不亮。"玉措，你在听吗？李寄早就知道他的病。他策划了我们的离婚。笑寒是他主治医生的学生，他们联系是为了治病。"

我一边流泪一边说："他曾经问我为他能付出到什么程度。其实他不是问我，他说的是他自己。他已经决定不拖累我，还不肯让我知道。因为爱我，他选择离开。临走前，为了不让我难过，他扮演渣男，故意惹我生气，让我对他死心。

"我真傻啊，我已经看出他的反常，但我以为他和笑寒旧情复燃，看我不顺眼，想摆脱我。他提起我们以前的快乐，我发现他在做比较，他要做出选择。我以为他在对比我和笑寒谁更好，原来不是，原来他想知道他在我心里的分量，他对比的，是他对我的感情和他的牺牲。那时他就已经想好了。

"我真傻啊。我提出离婚，还以为自己多伟大，自己当恶人，把好人的角色留给他。他问我舍得分手吗，我不好好回答他，还嘲讽他。离婚那天，他跟我说，以后别想他。他说要是离婚了，他就真的去找笑寒了。我说，我对他说，"我泣不成声，"赶紧去，飞着去。"

我坐不住，悲伤耗尽我的体力，我躺下，哭着蜷缩身体。"他故意抹黑自己，让我恨他。他等着我说分手，不是为了推卸责任，而是照顾我的感受。由我提出分手，既保护了我的自尊，又让我面对离婚时容易接受。他为我考虑了那么多，我却误会他。我真想回到那一天，抱着他，跟他说我们不分开。可是来不及了，一切都晚了。我不值得他为我付出这么多。要是能把我的命换给他就好了。世界上只有他爱我，可他快死了。"我哭得上气不接下气。"为什么爱我的偏偏是他？为什么是他啊？"沧海有期。对我有情的不是我的意中人，我的意中人与他人海誓山盟。

我脑中灵光一闪，抽泣着问："李寄是不是因为我才要死了？他是不是被我害得？王在野被我害死了，现在轮到李寄。"

王在野死了，李寄也快死了，这一定不是巧合。他们都认识我，都和我有很深的渊源，所以问题在我！他们的不幸都是我带来的。那么，离开我会不会好一些？李寄离我够远的了，为什么还是没躲过？

玉措一言不发。想必她无法回答我的问题。

我不再哭闹，不再说话，专心致志思索这个问题。酒精麻痹了身体，神志却出奇得清醒。流泪太多，眼睛好痛，我闭上眼睛继续想。

有什么声音震耳欲聋，就在耳边。啊，原来是李寄的心跳，我在他怀里。

我说："你别爱我了，我不爱你，对不起。"

他轻轻地说："晚了。"

两个字勾动酸楚，我的泪滑落。他为我擦泪。他的手上还戴着结婚戒指。他怎么这么傻？我把他的戒指摘下来，紧紧握住，按在胸口，无声抽泣。

他放我躺下，把被子盖在我身上，轻轻拍我，哄我睡觉。

陌生的手机铃声响了，近得我能听到对话。

"我把徐傲朵送回家了。你那边怎么样？"

"她刚睡着。"

"我第一次见女人撒酒疯，真够壮观的。平时那么冷漠的人，今天怎么了？总算消停了。喂，你今天的戏有点儿过了啊。你质问夏暖跟易若然说了什么，那气势跟要吃人似的。你想让大家相信你宠易若然，我懂，但是你的表现太夸张了，太夸张就显得假了。你发动这么多人找她……"

"早点休息吧。"

"喂，放过她吧。她和这一切没关系。她只是个涉世不深的小女孩，意外地被扯进来。"

"她哭的是另一个人。"

"可是她躲到朋友家里哭。如果不是这段婚姻让她这么难受，她伤心的时候应该找你才对。"

一阵沉默。电话似乎挂断了。

我的被角被小心地掖好，有个人轻声叹息。

二十、情不可欺

醒来时头昏脑胀，眼睛酸涩，眼前似笼罩白雾，我赶紧滴眼药水缓解。一看表，已经上午十点了。闹钟没响！我腾地坐起来。手机打不开，原来是关机了。开机一看，今天是星期日。我又躺回去，口渴得厉害，扭头看见床头柜上的水杯，一口气把水喝光。

手机上有许多未接来电，王在野给我打过三十多个电话。我把手机放下，不想看。

等等，这是我的房间。我不是应该在病房吗，何时回家的？如果我昨天回家了，那我的样子以及说的话都被王在野知道了。

无所谓了。

我打电话给玉措，说："我昨晚喝多了，你别担心。"

她惊讶："你喝酒了？"

"大惊小怪。我昨天不是告诉你了吗？"

"你昨天没联系我啊。"

我翻看手机通信记录，果然没有拨给她。我支着头。我喝多了，昨晚种种，都是梦。只有眼睛红肿是真的，证明我哭得厉害。

她问我为什么喝酒。我把李寄的事告诉她。她说："你是不是想多了？他向你澄清过。"

可我不信。"李寄这个人，最可恨的就是口不对心。"我说。

玉措说："别让愧疚蒙了你的眼。"

我苦笑。人人都担心我看走眼，我是多不让人省心啊。

我告诉她我曾经想去陪护李寄，不过已打消念头。上次的照顾已经让他父母看我的眼神发生了变化，说不定哪天他们想起给我们算命的结果，把李寄生病怪在我头上，怪我这个与他八字不合的人总赖在他身边，给他带来噩运，尽管我自己也这样想。我觉得自己是个扫把星。

玉措问："你怎么冒出这么个想法。你去照顾他，是因为爱还是同情？你的家怎么办？王在野呢，你不要了？"

我不吭气。

玉措说："我这么问吧，假设没有王在野，你是单身，李寄非常爱你，他病了，你回去陪他，打算陪多久？陪到他死？他活不长了，你陪他不需要太长时间，但要是他好了呢，要是医院误诊呢，要是他的病拖个十年二十年，你还陪他吗？"

玉措总是一针见血。

即使李寄深爱我，但我不爱他。我可以拿出几年的时间照顾他，但更长的时间，我做不到。

玉措已从我的沉默中得到答案，心疼地说："易若然啊易若然，你白长了一副高冷的样子，你是个善良的傻瓜。还好你打消这个念头了。别去，别让李寄误会你。"

她想劝我，但"误会"两个字让我两眼发光。如果能让李寄在临终前快乐，哪怕是骗他，给他一个假象，让他在快乐中离世，不好吗？

玉措警告我："不许回去！"

结束通话，我起床，拉开窗帘。昨晚下雪了，天地一片洁白。我望着雪，心绪渐渐沉静。洗漱时对着镜子看，镜中的脸有些熟悉：漠然的眼神，眉宇间的疏离，嘴角的不屑，玉措说的善良毫无踪迹，快乐荡然无存。

久违了，易若然。

这段时间，我被王在野左右情绪，以前稳如泰山、冷若冰霜的劲儿消失了。是时候把它们找回来了。

房产中介带我转了四个小区，最后，我看中一个半地下室。窗户能打开，阳光透过半个窗户照进来。房间只有十六平方米，分隔出一个卫生间。因为有窗户，价格比纯地下室贵了两百元。月租金两千，我还负担得起。我和房东磨了许久，他同意我每三个月付一次房租，押金为两个月房租。

签完租房合同，我约夏暖见面。我冷冷望着她，她也回望我。

我说："你骗我你怀孕了，又从楼上摔下去，让其他人以为我因为妒忌故意害你。"

她瞄一眼我的手机，怀疑我在录音。"我从没说过我怀孕，是你非要这么想。我只是盼着能有个宝宝，所以去转母婴用品。"

我盯着她，她没留下任何把柄。

"易若然，你对我的指责让我很难过。我一直想和你交朋友，从来没把你当做敌人。说实话，做我的敌人你还不够格。你以为你很幸运？你不会真以为他喜欢你吧？他一直在利用你。"

我问："你一点儿都不爱路常轩？"

夏暖说："他对我真的好，死心塌地，没有人比他更爱我。不过他早就明白，我的心从来不在他那里。"

多么无奈，明知得不到回应，依然倾心去爱。

夏暖古怪一笑，说："我一直想了解你，弄明白为什么王在野娶你。你不发朋友圈，社交群里不说话，好不容易，我通过你的同学知道了那个'王在野'的存在。他死了？他是你的同学还是邻居？听你的同学说，没有他你活不了。王在野知道另一个'王在野'吗？他知道你为什么喜欢他吗？到现在他还蒙在鼓里吧？"

我不为所动，如一潭死水。

她说："那么多女人爱他爱得死去活来，他却娶了你，大家都以为你爱他，谁知你只把他当替代品。真是讽刺！他有精神洁癖，对别人的东西不感兴趣。如果他知道你心里有别人，不知作何感想。"

我木然说："你可以去告诉他。"

"然后落个挑拨你们关系的恶名？我才没那么傻。"夏暖说，"我很羡慕你。虽然他不爱你，但是能留在他身边，得到妻子的名分，也是幸福的。"

我问："为什么不坦诚一点，正大光明地和路常轩分手，和王在野在一起？"

她笑得眼泪都快流出来了，说："易若然，你天真得可爱，我几乎要喜欢你了。"

我静静地看着她。她那么美，那么执着。王在野用了多大的意志力才能拒绝这样一个人。别着急，我马上就走了，给你们腾地方。

回到家，楼下的信箱中露出信封的一角，抽出一看，依旧装满偷拍照片。这次居然寄到家里了！我无声冷笑。我是正大光明的王在野之妻，这些照片本该是我的武器，怕它作甚？此时正好为我所用。

我在一楼等电梯。电梯门打开，王在野在里面，他从地下车库上来，神情罕见的忧郁，见到我，他刹那间恢复漠然。

我们已建立层层壁垒，不让对方知晓情绪。

我走进电梯，我们没有交谈。

我打电话给商月，提出请她吃饭，给她赔礼道歉，顺便请了所有相关的人，唯独没叫王在野。

祝薇问："那天你去哪儿了，手机是不是丢了？六王爷急坏了，给我们挨个打电话，发动大家找你。"

邢之效说："从没见他那么着急过。"

季如问："老六呢？"

我不答，端杯说："谢谢各位对我的关心。我先干为敬。"

我并不是善于待客的主人，气氛被我弄得凝重。

我说："我最近发现一些有趣的东西，给你们看看。"

商月说："好呀，你觉得有趣的一定有趣。"

我掏出手机，播放王在野和夏暖依偎的视频。所有人的脸色都变了。路常轩站起来，瞪着我，又瞪向夏暖。夏暖大吃一惊。我从包里拿出信封，举到半空，几十张照片飘下来。

祝薇轻声叫："易若然。"

我说："也不知谁帮了我这个忙，省了我的事。不过我不感激他。偷窥别人的生活是不道德的，我正考虑报警，用法律手段制裁这个跟踪并偷拍我丈夫的人。反正这个人不是你们，没什么可担心的。既然做了，就得承担后果，没有人逃得掉。"我看向路常轩，"拜托，管好你的女朋友。"

路常轩的脸变成酱紫色，大家瞠目结舌，郎林御的眼中全是震惊，继而难过地低下头。

"再见。"我拿起包离去。

早在他们以为我把夏暖推下楼时就已经为我打上了阴毒的标签，但他们想不到我能做得这么绝。

路常轩更想不到我会到他家找他。他显然不欢迎，脸色十分难看，勉强让我进去。

我说："我不是来道歉的，也不是来兴师问罪的，更不是来诉苦的。"

他了解，说："你要离开他了。"

闹成这样，就没想回头。每个人都猜到了我接下来的行动。

我问："你能忍受你爱的人爱着别人？"

他反问："不然呢？你能改变吗？"

"她不仅心不在你身上，还用实际行动背叛了你，你不在乎？"原谅我残忍地揭开他的疮疤，我真的怕他不清楚状况。

他用忍耐的、麻木的、逆来顺受的语气说："就这样吧，总比失去她强。"

"永远提心吊胆，永远受煎熬？"

"也不是一天两天了，习惯了。煎熬是相对的，至少现在她还在我身边。"说这些话的时候，他眼中虽然有痛苦，但透着执迷不悟。

我忽然明白了为什么王在野拒绝夏暖。路常轩痴情至深，如果失去夏暖，他会怎样，我不敢想。王在野了解路常轩，所以选择成全。

我问："何必委屈自己？"

他说："每个人都有自己的选择，并承担选择的后果。邢之效和祝薇，季如和商月，你觉得他们幸福，他们在感情上没问题，但有其他烦恼。日子总得过下去，等事情过了，回过头想想，有些事就看开了。改变的代价太大，如果不是逼到绝境，没有必要改变，因为那个后果可能是你承受不了的。生活充满磨难，换一种生活就快乐了？不能冒这个险。"他看我一眼，"你和王在野结婚是个错误，但我不是。"

我来找路常轩是想告诉他我的决定。我无意于指挥别人的生活，也不是想逼他也退出。我以为他不知道夏暖他们的私情，却发现他不仅知道，而且知道得比我更多、更详细。然而，他依然选择忍耐，因循往日，不思改变。最可怕的是，他觉得这些理所当然。

我打个寒战，脊背冒凉气。不，我绝不认同，绝不像他一样。

我突然后怕。我闯入了一个什么圈子？这圈子里的人有其固定的生活方式、思维定式、相处模式，我的出现显得格格不入。我引起的骚乱对他们没有丝毫触动。他们早已习惯这种生活，且不会改变。我像一个闯进齿轮组的人，巨大的齿轮运转着，我要么随之而动，要么被绞得粉碎。

我更加坚定了抽身而去的念头。

多奇妙，糟糕的婚姻竟然激发了我的"求生欲"。我急于脱身，好让自己活下去。

他还在啰唆，我心里说："别再说了，我放手了。别再说了，我放手了。我放手了。"

何必赖在别人的生活里不走，惹人厌，自己也烦。不如放手，反正得不到王在野的爱，在不在他身边都一样。我走后，他们爱怎样就怎样，说不定他们因此收获幸福。

我不是个大度的人，他们也不曾顾忌我的感受，步步紧逼。如果我不走，连我自己都看不起自己。我有我的骄傲，一度丢掉，现在该找回来了。我宁愿骄傲地孤独着，也不肯为爱卑躬屈膝。

人可欺，情不可欺。

扭曲的生活配不上我的爱。

"抱歉，打扰了。"我对路常轩说，在心里对他们所有人说。

二十一、与君作别

风定落花深雪。暮色苍然。

我坐在阳台看窗外树梢的雪。雪正消融，只余斑斑点点。

王在野回来了。"闹够了没有？"他的语气如常。无论我做什么都不能让木人石心的王在野失惊，我激不起他心里的波澜，这世上只有一个人能撼动他的从容。

我坐在摇椅上，眼睛直勾勾盯着窗外的树，语气同样平静，说："够了，这次真的够了。"我的嘴角露出一丝飘忽的笑，"离婚吧。"说出离婚的一刻，我心里一块石头落了地。早知道有这么一天，现在，这一天到了。事情发展到最坏的地步，不可能更坏了，我反而踏实了。

静默，死一般的静默。我的心在静默中紧缩，疼痛。我以为在此之前心痛已经到了极点，原来它还可以更疼。

"随你。"他说，进入书房。

我的眼睛仍然盯着那棵树。事情顺利得超乎想象。都说离婚会让人剥一层皮，原来不尽然。或许，他早就在等我提出来。我缓缓站起身，拿着准备好的离婚协议书来到书房，说："离婚协议书你看一下，没有异议就签字吧。"

他说："我饿了。"我一呆。他从不在家吃饭。他说："有事等吃完饭再说。"

"我没买菜。我……我点外卖。"

他说："我不吃外卖。"

冰箱里还剩两棵青菜，一个鸡蛋，不够炒一个菜。我问："炒米饭行吗？菜不够了。"

"随便。"

炒饭颗颗金黄，粒粒分开。我盛了一碗，放到他面前。他问："你呢？"我没有回答，到书房等他。

他默默吃完。手机响了，他边接电话边走进卧室，关上了门。我犹豫着，觉得跟过去不妥。

次日下班，他已在家中。我拿出离婚协议书，他正在看一份文件，头也不抬说："我买了菜，在厨房。先吃饭。"

厨房只有两棵青菜和一个鸡蛋，和昨天一样。

两棵青菜，一个鸡蛋，人家居然肯卖给他。今天连剩米饭也没有了，我用挂面做了汤面，给他盛好，拿着离婚协议书坐在餐桌旁等。今天一定得盯着他把字签了。

他到厨房又盛了一碗面，摆在我面前，把荷包蛋夹起来放进我的碗里。我想拒绝，他淡淡地看我一眼，置之不理。

他吃完了，我把离婚协议书递给他。他说："笔。"

我到书房中拿笔，以前明明见过，今天却找不到。我的包里也没带。客厅没有，卧室没有，玄关桌的抽屉里也没有。家里所有的笔都不见了。

我说："借用一下你的笔。"

"没墨水了。"

我咬着嘴唇。又签不成了。

第三天，我准备了三支笔，买好菜和肉回家，边做饭边等王在野。

门铃响了。门外是路常轩。他的脸色很难看，天寒地冻，他却满头大汗。我还来不及让路，他闯进来，抓住我，恶狠狠地问："孩子是谁的？"

我愕然。

他掏出一张皱巴巴的单子，喝道："为什么签字的是王在野？为什么把孩子打掉？"

什么孩子？哪儿来的孩子？他在说什么？

那张单子上患者的名字是夏暖，家属签名是王在野，日期是十天前。

我脑袋"嗡"的一下。真的有一个孩子，夏暖真的去堕胎了！她摔下楼梯是在堕胎之后。这是她故意设计的？为什么在时间上这样设计？为什么提前打掉孩子？等摔下楼的时候流产不是更能栽赃我，让我显得更可恨吗？难道，在那之前王在野真的成功逼她堕胎了？

路常轩问我，我去问谁？我已经蒙了。

路常轩眼神狂乱，说："王在野动我的女人，我就动他的！"

我大惊。他的力气极大，把我摔到沙发上，拉扯我的衣服。"你疯了，快放开我！"我一边叫一边挣扎。

围裙被扯掉了，我的头发全散了，我踹他时踢飞了拖鞋。他不顾我的喊叫，用力撕我的衣服。我双手挥舞，打他他没有反应，我到处抓，抓到一个东西，猛砸他的头。他吃痛，捂着头，趁此空隙，我起身要跑，他钳住我的胳膊，再次控制我。

突然，他被人扳向后方，带得我也被拉起来，紧接着，一个拳头打中他的脸，他彻底放手，我摔倒在地。

王在野怒吼："你疯啦？！"他拦在我和路常轩之间，挡住瑟瑟发抖的我。

路常轩的额头被我砸出血，看上去更加疯狂。他破口大骂："亏我拿你当兄弟，你敢玩我的女人。你知不知道她对我多重要！"

王在野说："我没碰过夏暖！不管她跟你说了什么，都不是真的。你还要被那个女人蒙骗多久？滚，滚出我家，不许你靠近易若然！"王在野将路常轩赶出门。

我拉着衣服，一层又一层，还嫌裹得不够严实。地上散落瓷器碎片，那是路常轩送给我们的结婚礼物，一个陶瓷摆件。刚才情急之下，我就是用它砸了他。我避开碎片，找到拖鞋，往里一穿，脚顿时剧痛。拖鞋里有一片陶瓷碎片，割破了我的脚。我扶着茶几，胳膊抖得厉害，差点儿没扶住。我抬脚拔掉陶瓷碎片，血流出来。我虽然晕血，但从来不怕自己流血，因为可以预估严重程度，所以不怕。我一只脚着地，流血的脚悬着，在满地碎片中寻找落足之地。

王在野疾步赶来扶我。"别碰我！"我尖叫。他的动作停顿一下，还是扶我，我试图甩开他，身体摇晃。"别碰我，我自己走。"我找到一处空地落脚，踩出一地血。

"易若然，"他干脆抱起我，咬牙切齿地说，"你不逞强会死啊。"

"会。我是靠尊严活着的。"

"我不会践踏你的尊严，你在我面前逞什么强！"

身体和他的每一处接触都令我恐惧。"别碰我！放手！"

他把我抱到床上，我迅速退到床头，缩成一团。他拿来医药箱，说："让我看看伤口。"我惊悸地盯着他。他坐近了，我退得更远，想从另一侧爬下床。他不耐烦了，抓住我，厉声说："让我看看你到底伤哪儿了！"他捉我的脚，我条件反射地躲避。他大喝："别动！"强行把我的脚拽到怀里，仔细查看伤口。我害怕地抱着腿。他说："可能会疼，忍着点。"他用棉球蘸了碘伏，轻轻擦拭。我知道逃不过，只能强自忍耐。他清理完伤口，上了药，用纱布包扎。他一包扎完，我立刻把腿缩回去。他说："慢点，别磕着。"我戒备地望着他。他深深地看我一眼，收拾医药箱走了。

我依然缩在床角，听见他扫客厅的碎片，听见他在厨房做饭。他把饭菜放在我的床头，默默退出去。我无法安睡，一晚上醒了好几次，心头突突地跳，始终不踏实。

次日，我一瘸一拐去上班，只用脚尖点地。回到家，我拿着离婚协议书和笔，跛着脚走进他的卧室。

王在野正在收拾行李，看样子要出差。他说："如果要离婚，换个时间！"我固执地把离婚协议书递到他面前。他说："我没空去民政局。"

我说："我还没签字。"

他的动作停下来，看着我，问："为什么？"

"离婚协议书你还没看。关于财产分配的部分，你有什么意见？"

他继续收拾东西。"随你。"

我签上名字，再次递给他。他问："你不想知道路常轩说的孩子的事吗？"

"不想。我已经把一切都放下了。"

"都放下了？"他的声音低沉。

"我签好了，只差你。"

他看我一眼，又看向离婚协议书，砰的一声合上行李箱，大笔一挥签上名字，摔笔走了。

我开始收拾东西。我的东西不多，只有一些衣物和随身物品。

我给玉措打电话，她听完一阵沉默。我说："告诉你是避免以后再聊起他。"

她惋惜："你好不容易才嫁给他。"

我苦笑："我嫁给他了吗？嫁了个寂寞。"

她问："后悔了？"

我想，我大概是不后悔的。若非遇见他，我到现在还在做梦，梦想着有一天能找到他，嫁给他，为此终日抱憾，跟其他任何人在一起都觉得意难平。经历过，我才明白他不适合我。他叫醒了我的梦。

玉措替我难过。我若无其事，说："反正他不是'他'。"

她哼一声，说："说得就跟你能不爱他似的。"

我伪装的平静被一语打破。最懂我的玉措啊，最亲爱的玉措，幸好她是友非敌。

王在野不会知道，我爱他爱得快要死了，感情强烈得让我自己都害怕。所有的血液都为他燃烧，所有的力量都为他耗尽，无论如愿还是失望，无论是否得到回应，感情都从身体里不回头地向他奔涌，完全不受控制，身体如同被掏空了，心脏无法负荷，处在脱力而死的边缘。

玉措曾预言，王在野的一举一动对我影响巨大，她说得没错。王在野的一点嫌弃足以毁灭我。谁能救救我？怎么救我？我必须自救。

我轻声说："都过去了。"

最后一次收拾房子，以后，它与我无关了。

床脚内侧扫出一枚铂金戒指，内圈刻着字母 W 和 Y，两个字母中间有一个心形。戒圈很大，不是我的，是王在野的。他的戒指怎么掉在我的床下？

我把戒指放在桌上，继续收拾房间，等都收拾完了，我拿起戒指，想放到王在野的卧室，忽然看见戒圈内侧发出微微的金光。原有的字母变成了金色，小小的心中出现了一个字母 X，Y 的后面多出一个 R。正待细看，字母消失了。

我急忙擦拭，无论怎么擦，它都不出现了。我把戒指放回原来的位置，等了一会儿，隐藏的字母再次冒出来！

为什么字母能隐藏，又莫名地出现？ WXYR，什么意思？

心形里的 X 无比刺眼，我想到了"夏"。W，王在野，X，夏暖，后面的字母如何解释？假如 Y 是我，R 又指什么？

字母渐渐消失。我仔细观察，戒指旁边是水杯，我收拾房间之前倒了一杯热水，这会儿热水凉了。我重新倒了一杯热水，把戒指放进去，果然，字母再次出现。

我找出我的婚戒，放入水杯，它也发生了变化，两个字母中间的心形里出现一个字母 Z，连起来是 WZY，王在野。

WXYR 折磨着我的神经。我想到了"我心依然"。我抗拒这四个字。

首饰盒上除了一个银色的字母 J 没有其他信息，不知道品牌，也不知道从哪家首饰店买的。我拿着戒指到附近的首饰店询问，店员说没见过这种隐形字母的设计，也不知道戒指出自什么品牌。回去的路上，我觉得自己可笑。已经决定放手了，还在意这些干什么？

我把戒指、钥匙、他给的银行卡放在玄关桌的钥匙盘里，然后坐在阳台看窗外，把窗外的梅花数了无数遍，二十四朵。我拖延着，珍惜最后的时光。这是我在这里的最后一天，出了这个门，以后再也回不来。

又要离婚了。果然，没人会喜欢我，我的性格不讨喜，自己都看不上自己，何况他人？

天黑透了，什么也看不见了。

黑暗，我的朋友，你好。

我坐在黑暗中，月亮升起来，照亮了阳台。时针一点点指向十二，我自语："看，这一天要过去了，都过去了。"该醒了，从我那毁天灭地的爱情幻想中回到现实。

时针走到了十二。订好的出租车已在楼下等待，我拉起行李箱，离开他的家。

二十二、门外天涯

生活像一杯水，在他身边时，痛与渴望总搅动着。分手后，静静放一段时间，情绪如同水中杂质慢慢沉淀，我将重获平静。

我只是一个平凡的女孩，做着寻常事，生活平庸至极。偶然邂逅王在野，犹如打开一扇神奇的门，踏足未知的领域，遇见新鲜的人和事。如今，我从那扇门里出来了。

回到原来的合租房是不可能的。徐傲朵和肖添添的关心和好奇，我光想一想就受不了，所以另租了房子。房间里只有一张床和一个简易衣柜，阴暗潮湿，好在有窗，看得到阳光，哪怕只有窄窄的一片光亮，也让人舒畅。

为了省电，我尽量不开灯。为了保持室内空气清新，也不点蜡烛。我早已习惯了黑暗，黑暗是我的朋友，藏匿我的期盼和幻想。我在枕头下放了一把刀，在屋子里安装了摄像头，把窗帘换成不透光的，每天睡觉都用椅子顶住门。

物质基础是生存之本。要想不依附他人、独立自主地生存下去，必须有稳定的工作。我穷得无暇悲哀，得赶紧赚钱养活自己。我问自己要不要在这个城市扎根，答案是肯定的。那么，我必须改变自己，适应它。

改变自己，首先从改变默默无闻的状态开始，让人们发现我、认识我，这样他们更容易看见我的努力。外形的改变最直接，见效最快。我不再故意扮丑，数着钱包做支出预算，专门拿出一笔置装费，精致得体的衣装既体现我的品位又提升了我的形象。走在街上，路人纷纷对我注目，进入公司，张燕没认出我，问我找谁。我说我是易若然，她尖叫一声，引得周围人都看过来。来自新惊艳："易若然！是你，天啊，竟然是你！"男同事们似乎刚刚发现公司里还有一个我，惊为天人，趋之若鹜地来搭讪。我客气地表明已婚，不给他们幻想的空间，因态度明确，落落大方，得到一众女同事的赞赏。

我对着镜子练习笑容，改善谈吐，逼自己开朗，并且设定了目标，每天至少和三名同事深入沟通，不许再寥寥几句结束话题。

只要肯努力，总会有收获。以前我自诩内心强大，不受外界干扰，对别人的看法无动于衷，别人也懒得费力气指点我。自从我开始积极沟通，与同事之间的交流多起来。我主动询问他们的意见和建议，虚心听取，去伪存真，受益匪浅。同事渐渐和我熟络。

我下功夫钻研业务，这是吃饭的本事，必须做好，没有退路。我想通过工作在职位上有所提升，进而改变经济窘迫的状况。有个同事揶揄："以你的容貌，上什么班啊。"我淡淡扫他一眼，他自知没趣，灰溜溜走开。

我把订阅鲜花的收货地址改为公司。花送达时，同事们非常惊讶，说没想到我是个热爱生活的人。只有我自己知道，我的外表装得越开朗，内心越冰冷。

独处时，我问自己：营营碌碌，所求为何？

另一个我作答：活着已是成功。

一个我说：百年后不过一抔黄土，繁华终灭，谁会到你的埋骨之地祭奠？如果艰辛，不如放弃，何必等到百年后？死算什么，活着又能怎样？生活味如嚼蜡，你还不腻？你已没有期盼，所谓奋斗不过是多喘一天气，图什么？

一个我答：我答应过，不逃避，不放弃。

一个我说：注定辛苦，且没有意义。

签完离婚协议书，我憋着离婚的那股劲仿佛用尽了，虽不后悔，但也不像前一段时间那样紧盯不放，只等王在野出差归来后办理。之后很长一段时间，他没有联系我，我也将此事搁置。

新入职的女孩被老员工欺负，忍不住哭泣。陈孚装看不见，同事们对此漠视。老员工振振有词教训她："别人凭什么善待你？"

我走过去，捡起地上的东西递给女孩，说："不是所有的人都爱欺负人。"她抬起泪眼。我说："你可以选择忍气吞声，也可以反抗。围观的人不帮你，也不会帮他，所以不用怕。"她用难以置信的眼神看我，大概想不到一向冷漠的我会说出这种话。

老员工看我一眼，不言语。

容貌为我招致的麻烦因我的这次仗义执言褪去热度，大概他们怕被我连累。

因为业务精湛，来自新外出谈事越来越多地带上我。来自新说："你和以前不一样了，不再冷冰冰，但还是拒人于千里之外，只是不那么明显了。"

领导器重，我的工作也随之多起来。我加班加点做出项目方案，第二天汇报时，老员工先发言，说的全是我的创意。这已经不是第一次。我不动声色。轮到我，我歉然说："我想的和前辈的差不多。我得再想一个。"

陈孚说："易若然，该学的向前辈学，但自己也得动脑筋。"

我诺诺，心中已有打算。善良嘛，我没多少，帮实习女孩时已几乎用光。他们要是以为我是善男信女，那可大错特错了。

我在网上请计算机高手帮我编程，制作电脑病毒，伪装成可行性研究报告。一旦打开文件，病毒程序即刻启动，感染电脑上所有文件，直接将文件摧毁并删除，同时，设计监控软件，对病毒的感染效果实时监控。

三天后，老员工中招，明知是我干的，却不敢声张，否则他需要先解释病毒文件是如何跑到他电脑上的。这是我编制的实施方案，我的电脑设置了密码，除非窃取，否则不可能得到。

他急于邀功，已将文件发给陈孚和来自新，导致他们的电脑也中了病毒。公司花了几十万元请人杀毒。杀毒仅能防止病毒扩散，恢复数据是不可能的。他被辞退，公司保留追偿的权利。对陈孚和来自新我毫无愧疚，他们明知老员工抄袭，却不声不响，纵容姑息。再说，他们是部门主管，平时只管审阅，基础数据都在小职员手里，他们的电脑就算爆炸也没事。

老员工离开那天，我"好心"地提出帮他收拾东西，他恶狠狠瞪我一眼。

来自新把他那仿照"灵鹿森林"编制的项目策划书又拿了出来，变本加厉，从各部门调集人手成立策划组，继续研究项目方案。陈孚带我加入策划组。

同事们议论，董事长年纪大了，明年董事会选举，来副总裁想竞争董事长位子。来自新想用这个项目为他叔叔争脸，顺便巩固自己的地位，然而以他的专业能力和协调能力完全无法驾驭。

祝薇打电话约我见面。我纳闷她怎么还愿意理我。我在他们眼里应该是个恶毒的妒妇。

她待我一如往常，热情地说："你一个人过得好不好？有困难尽管说，我们一定尽力帮忙。"

"不用。"

我的冷淡十分明显，她尴尬地说："你不想跟我说话？"

我坦言："我以为以后不用再见你们。"

她被我刺伤了，低下头。我冷着心，不领情，不愧疚。祝薇说："你讨厌我。因为夏暖，你讨厌我们所有人。"我沉默。

"你把她等同于'我们'。"她难过地说，"别拿有色眼镜看我们，我们没有把夏暖不健康的感情当作正常，没有跟着她一起扭曲变态。易若然，别躲着我们。"

我说："朋友是一种情感需要，不是人好就能当朋友。我没有这种需要。"或者说，我只对特定的人有需要，比如玉措。

她眼里闪动泪光，掩饰地转头。

我麻木不仁。假装开朗后，我收获许多"朋友"，其实他们从未触及我心底，只能算"熟人"。为了不伤得更重，我麻痹了自己的感情，无论友情还是爱情。我希望"熟人"越来越多，却不想要祝薇这样的朋友，因为她真心待我，真的拿我当朋友。

祝薇看着我发愣。看吧，这才是真正的我。我是个阴暗的人，放任少年时的阴影扩散，总是在黑暗深渊的边缘徘徊，费力挣扎才扒在边缘不掉下去。我没有多余的温情可以给人，拒绝所有的善意，以免对方啰唆。

同一天，商月找我，说女孩不适合干工程，她认识猎头公司的人，要给我介绍新工作。我婉拒。我觉得这行挺好，每天和钢筋水泥、土木沙石打交道，与图纸、数据对话，不用费脑子费心与人交往。

郎林御给我打电话："听说你和来自新走得很近。"

我说："他是我上司。我们共事有问题吗？"

他说："调岗，或者退出公司。"

"为什么？"

"为你好。"郎林御叹口气。

"我的事与你们无关，请不要对我的生活指手画脚。"

他再次叹气，说："易若然，最近关于你的负面传闻比较多，最好注意一下。"

我给他三分薄面，换作别人，我早已横眉相对。我平静地说："我的负面传闻不会伤害任何人，要伤伤的也是我自己，无需他人关心。"

他问："为什么不换个工作？商月给你介绍过工作吧？工作其实不难找。"

"不用。"

"你赖在这行不走，是不是盼着以后在工作中碰到他？"

我反问："'他'是谁？我认识吗？"

他语塞。我挂断电话。

最近来自新总带我一起外出，虽是公干，但渐渐传出闲话，居然都传到老郎耳朵里了。看来我的确需要谨慎小心，尽量避免两人独处。

二十三、云隐星途

烟花三月，来自新带领策划小组到江南考察学习，顺便参加建筑业论坛。策划小组有来自新、陈孚、张燕、我，以及两位男同事。

邢之效出现在会场，前呼后拥的。我这才知道，原来邢之效的父亲是著名的商界大亨，他是名副其实的豪门公子。以前和他接触时，他言谈举止亲和自然，朋友们也从未提及他的家境，对于真正的友谊来说，那些并不重要。

邢之效见到来自新，生疏地点一下头，倒是对我微笑致意。张燕惊问："你认识他？"

许洲来了。有人向邢之效介绍：海彻集团与河灵市灵达伟业集团已经合资设立圆溪领海投资有限公司，董事长和财务总监由灵达伟业集团派出，总经理由海彻集团的许洲担任，项目具体负责人是郎林御，任公司副总。

邢之效与许洲并不陌生。两人寒暄后，邢之效说："北京太小，许总去江南开辟新天地了。我记得项目负责人原定是王在野吧。"

许洲说："王总留在海彻集团另有重任。"

海彻集团也派了人参加论坛。那人说："集团的一个境外工程出了问题，王总被派到国外做善后处理，他海外工作经验丰富，而且那个项目一开始是他牵头的。目前已经处理得差不多了。"

邢之效笑呵呵说："和我得到的消息不太一样啊。听说在筹建圆溪领海公司时，王在野得罪了战略合作伙伴。海彻集团不知该怎么处理他，干脆借境外工程的事把他支走。这种调动明升暗降，等于不让他碰零碳城镇项目了。等境外工程的事处理完了，圆溪领海公司的组建也已经完成，没有他的位置。"

许洲说："哪有这样的事。王总能力出众，董事长舍不得他，于是把他留在身边，派我和郎总去河灵市。"

邢之效说："老郎也很优秀，只是可惜了王在野的努力，他为项目筹备了好几年。你们这买卖划算啊。王在野和老郎的关系业内谁不知道。老郎在项目上要是遇到困难，王在野肯定得帮忙。你们聘了一个老郎，实际上得到的劳动力是两个。"

许洲哈哈笑，说："邢总说的这个我还真没想到。"

邢之效说："十鹿镇的能源控制中心你们是怎么考虑的？"

许洲的表情有些僵硬。

邢之效目光如针，说："打造零碳城镇，能源控制利用是最关键的。'灵鹿森林'需要强大的电力基础设施，离开了电力支撑它就是一座死城。分布式光伏、电动汽车等多元化源荷资源大规模接入将导致配电网'双高、双峰'，怎么应对？配电网观测难度增加、潮流分布不均衡、局部重过载、分布式电源消纳困难等问题怎么解决？"

许洲擦汗。

邢之效说："一座城市的运营以及能源消耗情况很复杂，要做好测算，考虑容量充裕性，能源调度和利用必须得能适应各种极端情况。能源控制中心是十鹿镇的心脏，辐射周边五镇。王在野下功夫最深的就是能源控制中心的设计，可惜他还没做完就不得不从项目上撤下来了。不过，有你和老郎二位精兵强将，肯定能把它建好。"

许洲说："公司充分认识到了能源控制的重要性，打算举办设计征集大赛，集思广益。"

我的情绪几经波动，先是惊讶于王在野离开了"灵鹿森林"，不禁为他受到排挤而扼腕，后来又为有邢之效替他发声而欣慰。因为深知王在野的付出，我明白邢之效的怨气从何而来，尤其是他最后一句话，简直像挑衅。他说的专有名词我不懂，但他的意思我听懂了——能源控制中心的设计很复杂，一般人搞不定，但王在野可以。

王在野被派到国外是什么时候？难道就是他在离婚协议书上签字那天？他遭受了如此不公正的对待，而我偏偏在那天逼他签字！

是王在野第一个提出了建设"灵鹿森林"的想法，利用业余时间走遍了十鹿镇和周边五个镇，与几百户村民座谈，调研了当地十几个行业，光走访记录就写了八万多字，收集的各种资料多达几千份。他独自调研，独自设计，最终形成翔实可行的项目建议书。大家总说"他的"灵鹿森林，一点儿都没错。现在，这个倾注了他心血的项目他反倒沾不得了。曾许天下第一流，正要大展宏图，却被强行折翼，他怎么受得了？

邢之效忽然看向我，问："易小姐觉得呢，是否该把王在野请回来？"

我平和地说："把项目成功与否押在某个人身上，本就是项目的悲哀，说明项目不成熟，脆弱得不堪一击。即使王在野答应加入，万一他中途退出，公司岂不是进退两难。到时候，邀请王在野的功臣就是把项目推下悬崖的罪人。真正该做的是找到可行的技术方案，而不是指望某一个人。与其把希望寄托在无法掌控的人身上，不如想想怎么把项目做实。我不想指望一个人，然后受制于这个人。"

我籍籍无名，人们本就好奇邢之效怎么点名向我提问，我出言不逊，人们更加惊讶，纷纷打听我是谁。

邢之效没有生气，眼神中一闪而过的竟然是同情。难道他发现了？我看似理性分析，其实是基于怨愤说出了这番话。这项目让王在野吃了许多苦头，干脆不要管了，由它自生自灭去吧！我就不信，少了他项目能干成！

邢之效不再咄咄逼人，换了话题。许洲擦了擦汗。

我面容似冰，内心却一片焦灼，胸口像压了一块大石头，呼吸不畅，踱步到一旁，听见几个人低声交谈。

"举办设计征集大赛不就是为了跟王在野较劲嘛。他们逼他退出，要求他把所有与项目有关的资料都留下，包括他设计了一半的能源控制中心。结果，能源控制中心设计图的半成品太出彩，就像曹雪芹的《红楼梦》，谁续写都达不到他的水准。许洲和郎林御以此为理由想把王在野请回来，但有人从中作梗，宁可弃用王在野的设计稿，从零开始，也不愿让他加入。最后，公司请示市政府，提议举办设计征集大赛。"

"邢之效摆明了是给王在野打抱不平，想靠他的力量把王在野捞起来，难。"

"王在野的能力确实强。'灵鹿森林'了不得，带动多少商机，河灵市将发生天翻地覆的变化。可他的性格嘛……平时他眼高于顶，又攥着超级大项目，傲气得很，这回看他还怎么狂。"

"所以一个人锋芒过盛容易惹祸上身。甭管多厉害的人，总有对付的方法，尤其是他这种个性鲜明的。古人云：君子可欺以其方……"

另一人接口说："……难罔以非其道。"

我一激灵。他们说的没错。有人摸透王在野的性格，量体裁衣为他设置障碍。

"看来真得罪人了，要不怎么一点都不让他参与。"

"我还以为他是主动退出的，不想去穷乡僻壤。"

"赶上这种大项目能吃一辈子，主动退出？不过他可不是任人摆布的，早晚他得回来。"

"你认识他？"

"去年见过。有一个周末我去大学里找人，碰见他去听城市人因工程学的课，教课的是我朋友，为我们引见了一下。我的朋友说经常在大学里碰见他。他好像总是利用周末去学习，都是工学类的。他在为他的超级大项目做知识储备。"

他以前周末总是不见人影，难道都是去上课了？

别看我和他共同生活了几个月，其实我对他一无所知。我获知他的消息，大多来自听说，现在如此，从前亦然。

能源控制中心的设计方案是王在野利用业余时间独立完成的，海彻集团从未因此支付过报酬，更是在项目启动前将他排除在外，他没有义务交出来。至于调任，他也可以拒绝。集团派他去海外他就去海外，让他交出资料他就交出资料，圆溪领海公司没有他的位置他也不急。桀骜不驯的王在野什么时候变得这么听话？

我忽然发现有一个地方不对：我看过"灵鹿森林"的资料，能源控制中心的完整设计方案王在野已经做完了，分为两期建设，每一期的内容列得很清楚，怎么刚才他们说设计了一半？

我思索：王在野的俯首听命是否是虚晃一枪？他遵照要求交出了设计方案，只交一半，把水准提高，让其他人接不住。圆溪领海公司要么全盘推翻他的方案，要么允许他加入。圆溪领海公司当然有权选择其他方案。不过，王在野的设计方案已被业内认可并得到高度评价，圆溪领海公司弃用他的方案必将遭到多方质疑。

避其锋芒，以退为进，用半个设计方案埋下日后荣耀回归的伏笔，是这样吗？若果真如此，这将是一场知识与权力的博弈。

然而，圆溪领海公司察觉到了这一点，变被动为主动，举办设计征集大赛，用比赛来堵众人悠悠之口。获奖设计哪怕不如王在野的，也是众人评比得出的。王在野当然可以参赛，但假如对手让他的设计方案在初赛阶段就石沉大海，他将如何应对？

我思虑沉沉，忧心忡忡，安慰自己：他没事的，这点挫折对他来讲不值一提，他一定没事，用不着我瞎操心。他不是我的什么人，我犯不着为他担忧。我甩甩头，强迫自己斩断思绪，心却迟迟难安。他坚持原则，捍卫理想，落了一身伤。此时此刻，他在哪儿，可有人安慰他、支持他？我忽然期盼他如传言般狠绝毒辣，好好教训那些伤害他的人。

张燕拍我的肩，说："你在这儿。总算有人不是因为你漂亮而打听你了。大家都想知道这小辣椒是何方神圣。'不想指望一个人，然后受制于这个人'说出了多少人的心声，说得真好。圆溪领海公司可以拿它当借口了。"

我暗惊，脸色平静，说："我同时也奚落了项目，说它不成熟，圆溪领海公司不怪我就已经很好了。"

陈孚走过来，说："怎么会呢。项目是王在野提出的，不成熟也是他的问题，圆溪领海公司内部不知道有多少人赞同你的话。"

我都说了些什么呀，每句话都能被人利用。王在野若是因为我的发言而被项目推得更远，我怎么过意得去。果然言多必失，他的事我应该视而不见、听而不闻，什么都不做才对。

张燕说："王在野不受待见是必然的。他的想法总是和别人不一样。比如项目方案，他非要征求群众意见，劳民伤财还不讨好。能干好自己的事已经不容易了，他却在能源设计时把周边的几个镇都考虑进去，这操的是市长的心，你说他是不是吃饱了撑的。"

王在野的气魄与格局哪是他们能理解的！

我淡淡地说："日暮江天，栏杆拍遍，无人会、登临意。"

张燕问："你说的是啥？"

陈孚盯了我一眼。

二十四、十里寒塘

　　江南考察的最后一站是杭州。在车上领略了"十里寒塘路，烟花一半醒"的美景，我们奔赴考察目的地，晚上，结束一天的工作，到达酒店。办理入住时，原定的方案是来自新和陈孚各住一间单人间，我和张燕住一起，另外两个男同事住一起。来自新忽然指定我住单人间，剩下张燕一个女生只得也开了单人间。张燕说："谢谢老板。"两个男同事交换眼神，没说什么。

　　我们访问企业，参观模范工程。三天的行程结束，最后一天晚上，来自新提议放松一下，招呼大家去唱歌。他们又唱又跳，我默默吃水果。他们玩游戏，我给腾地方，坐在沙发边缘。他们聊天，我不参与。我不适应这种环境，内在的不合群于此时冒出来。

　　来自新坐在我身边，问："你怎么不去唱歌？"音乐声很大，他凑近我，对着我的耳朵喊。我摆手。他再次凑近，大声鼓动我去。我微笑，不动声色地坐远一些。他拉张燕跳舞，过一会儿，又坐在我旁边，和陈孚喝啤酒。他大笑，说："小组有你们，我省心多了！"他豪迈地伸出左臂揽住陈孚，右臂想揽住我，我借口去洗手间躲开了。或许是我神经过敏，来自新可能只是喝醉了，酒后失态。说他轻薄或许冤枉他，但他的亲密我实在受不了。

　　五分钟后，我回到包间，来自新拉我跳舞，我扭转身体避开，找个角落坐下，装作专心听歌。来自新坐下，差点撞到我身上，他喷着酒气，喊："公司里有好多男的盯着你，都不怀好意，是我帮你挡住了他们。你怎么谢我？快来喝酒。"

　　我端起果汁敬他，碰杯时，他顺势把啤酒倒进我的杯子里。我不喝，陈孚说："来经理，你替她喝。"来自新哈哈一笑，干了自己的杯子，又拿过我的杯子一饮而尽，对我说："你这么不合群，全靠我罩着你，要不你能在开发部待下去？天下没有免费的午餐，你滴，明白？"

事情不该这样。我努力工作，勤勉认真，希望以工作业绩立足，而不是别的什么，与旁人也仅维持同事关系，不交朋友。然而，现在不是分辩的时机，我不卑不亢地说："谢谢经理。"

他们又喝又唱直到半夜。来自新脚步蹒跚，陈孚示意我搀扶。我说："陈经理，我去结账。"

我故意磨磨蹭蹭付钱，他们终于从包间出来了。陈孚扶着来自新，张燕帮忙，另外两个男同事互相搀扶，我断后，一行六人溜达着回酒店。大家分别回房间。

我心里不踏实，来到总服务台，要求再开一个房间。接待员问："女士，是房间有问题吗？我们检查一下，如果不能解决，我们帮您调换。"

"不需要调换，再开一个房间，房钱我另付。"

她不解地望着我。我轻声说："我被人骚扰。请务必保密，别告诉任何人我住在哪儿。"

她惊讶，问："需要报警吗？"我摇头。

她问："还是用您的身份证开房吗？"

"是的。"

她思索一下，说："一个身份证只能开一间客房。这样吧，您的团队中有两个人住在同一间，我用他们的身份证帮您开房，可以吗？"我由衷感激。

我回房间取洗漱用品和衣物，不动行李箱。万一事情真像我担心的那样，留几样东西在原来的客房，别人只会认为我回来晚，不会想到我搬到别的地方住了。我住进新客房，锁上门，关上手机，一觉睡到天亮。

清晨，我打开手机，一共有七个未接来电，六个是来自新，一个是陈孚。我把新客房的账结了，回到原来的房间。房间里没人，弥漫着浓浓的酒气，床上的痕迹显示有人躺过。我越想越后怕，带上行李到服务台退房，前往酒店大堂集合。

男同事低声交谈着走来。

"昨晚隔壁的呼噜声，你别说没听见。"

"别乱说。"

"我哪儿乱说了。早晨咱们都看见了，来经理从她房里走出来。"

"你小点儿声。"

他们见到我，不自然地打个招呼。

不能任由他人误会，但我不知道该从何解释，倘若他们真的看见来自新从我房间走出来，我百口莫辩。

真可笑，我竟然想澄清，想给人留下好印象。

来自新和陈孚陆续来到大堂，集合完毕，启程回京。来自新看上去很正常，仿佛什么都没发生过。我的警惕反而增加。房卡在我手中，来自新却顺利进入我的房间，这不是一个喝醉酒的人能轻易办到的，他蓄谋已久。

回到公司，我申请调职，理由是想到其他部门学习。人力资源部受理了，迟迟不动。我自称能力微薄，向来自新申请退出策划小组。来自新目光闪动，嘴里说着挽留的话，眼神却冰冷，他已清楚我的态度。

陈孚把我叫进他的办公室。他提醒，且不论项目能否成功，被来自新选中的小组成员皆为他的亲信。选择退出，无异于与来自新划清界限，甚至有对立之嫌。值此公司高层变动前夕，我的举动实在不明智。

我不为所动。

陈孚沉默一会儿，忽然一笑，神情无比古怪，说："看来来自新失手了。啧啧。"

这是那个平日里温和提点我的前辈？我心里冒寒气。"你早知道！"

陈孚涎着脸，一副无赖的样子，说："装什么清高！你为什么能进公司，为什么来到开发部，你以为我不知道？"

我心里充满鄙夷，立刻起身离开。

等了几天，调职一事依然不见动静。我思索：丢了工作，如何生活？要不要为五斗米折腰？不怀好意的来自新，助纣为虐的陈孚，他们能容我平平安安到调职那天吗？

"饿不死的。"我对自己说，"君子不立危墙之下。"我递交辞职报告，广发简历，重新找工作。

我到某房地产企业面试，面试结束，我道谢，刚要离开，公司经理请我留下单独谈话。他直言不讳，希望我把大北骅建公司的内部信息告诉他。我拒绝。

"易小姐，请不要见怪。很多跳槽的人都手握一定资源，作为与新公司谈待遇的资本，相信你也不例外。"

"让您失望了，我是例外。"

"开出你的条件。"

"贵公司招聘广告上列出的条件已足够。"

"你的原雇主给你的评价并不高，你不用对他们尽忠。"

我依旧摇头。面试结果可想而知。

那时我并没有意识到"原雇主给你的评价并不高"是什么意思，直到多次求职碰壁后，一家公司的人事主管在面试时诧异地问我到底怎么得罪了来自新，问得我一头雾水。他说："你不知道吗？来自新放出话，不许业内公司聘用你，否则就是跟他作对，以后别想和大北骅建集团合作。"

来自新这卑鄙小人。

大北骅建在行业内影响力巨大，我的求职皆以失败告终，要么投出的简历石沉大海，要么参加完笔试再无消息。我把求职条件一降再降，还是不行。如果选择其他行业，求职大概比现在顺利一点，我坚持在建筑工程业找工作，纯属赌气。来自新以为他能一手遮天，我偏要把天捅个窟窿！

二十五、峰回路转

　　一个陌生公司发来面试通知。我投的简历太多，没印象投过这家。既然有机会，肯定得去试试。我按照地址来到一幢大厦，向服务台报上姓名和来意，接待员请我稍候。片刻，一位西装革履的男士前来迎接，其他人对他毕恭毕敬。他对我非常礼貌，为我引路，却是向外走去。门口停着一辆车，他打开车门，我说："我来面试。"他说："已经安排好了。"我暗暗记下车牌号，发给玉措，以防不测。

　　来到一处高档住宅，进入私人电梯，男人按下顶楼按键。一出电梯是一个极宽敞的室内中庭，布置成温室花园，落地窗外是空中露台。外面寒风瑟瑟，室内绿意盎然。穿过温室，登楼梯来到上层，面前是金丝楠木大门，木纹中金丝闪闪，纹理呈现天然山水图案。

　　男人敲了敲门，里面有人应："进来。"他推开门，一股隽永幽深的暗香飘来，使人心绪沉静。屋内装潢豪华精致、稳重大气，墙上挂着一个斗大的"恕"字，书柜中满是书籍，博古架上放置着多块形状各异的陨石。

　　有个男人坐在沙发上看书，见到我，站起身。我见过他，在某个活动中。他叫什么来着？

　　他率先开口："汪白鹤。"

　　"您好，汪先生。"

　　他请我坐下。领路的男人端上热茶便出去了。偌大的办公室只剩我和汪白鹤。我现在可以确定，我没有向他的公司投过简历，至今不知他是何许人也。

　　汪白鹤态度温和，一双眼牢牢地盯在我身上，说话不紧不慢，声音不高，仿佛知道不管他怎么说，说什么，别人都会认真听，不会错过一个字，所以从容不迫。"一别多日，听说你在求职，可喜可贺。"

　　"跳槽而已，算不得什么大事。"

"你辞掉的不仅仅是一份工作。"他松弛地向后靠，眼睛微微眯起，闪烁微光。

我平静地说："汪先生，我不能胜任贵公司的工作。抱歉。"

"哦？易小姐已经知道我要给你什么工作了？"

"无论什么职位我都无法胜任。"

"倒也不用妄自菲薄。易小姐，我很欣赏你。初次见面时你给我留下了深刻的印象。我希望你能来我身边。"

"我缺的是工作，希望别人欣赏的是我的工作能力，除此以外……"我摇头。

他一笑，说："没错，我看中了你的容貌。当然，你很能干，不过我不缺能干的人。是你的美丽打动了我。我见过很多美女，但只有你的美完全符合我的想象又超出我的想象。我要先向你道歉，因为对你有兴趣，所以我找人调查了你。我没有恶意，只是想了解你，找到讨你欢心的办法。"

我暗想：有的人的坦诚是性格如此，有的人的坦诚源自他的资历和权势，让他能不管不顾，直抒胸臆。

"汪先生，既然您调查过我，您应该知道，我混成今天这样主要是因为不识好歹，而且我不打算改。"

他双手交叉，大拇指缠绕着转了转，说："十年之内，王在野眼中只有事业，等到了我这个年纪，他才懂得其他东西的可贵。不要把最美好的年华浪费在等待上。十年后，我对你失去兴趣，他开始考虑其他，那时候你再找他也不迟。"

汪白鹤把我查得很清楚。我说："我的人生不是从一个男人身边到另一个男人身边。请'恕'我拒绝您的美意。"我指了指墙上的"恕"字。

他说："王在野最近不太顺。"眼睛直勾勾看着我。

这算什么，胁迫？利诱？我的情绪沉了沉，说："大概是吧，他也是个不识好歹的人。"该死，为什么我的语气中有种莫名的自豪？！

他在等我继续说，见我没别的话，也随之沉默，深深凝望我。墙角有个一人高的老式座钟，钟摆左右摆动，反射着从窗口照进来的光，光影在房间里来回摇晃。

他充满疑惑地说："怎么有人美得这么勾人魂魄又拒人于千里之外，这么冷又让人欲罢不能，把所有矛盾糅合在一起，让人忘不掉又得不到。"

"谢谢您的赞美。一副皮囊而已。"再美也没用，那个人也不为所动。

他敏锐地问："这么说，即使我得到你，也只是得到皮囊，内在触及不到？"

我不语。我不知道汪白鹤究竟有多大本事。他说起"即使我得到你"时语气轻松，仿佛这是一件很容易的事。我有些怕了，不是为我自己，而是为我在乎的人。真糟糕，不管我怎么狠下心肠，世上还是有我在乎的人。他该不会用他们要挟我吧？如果他看上的是这张脸，我可以把脸毁了，但这么做是否会激怒他？无论如何，让我自愿妥协是不可能的。我倔强地望着他。

他的神情变幻几次，终于点一下头，让人送我出去。

重新站在阳光下，我长长地呼出一口气，把肺里所有隽永幽深的气味清干净。

汪白鹤提到了王在野，我一直避免想起的人，他开启了闸门，我的思绪便如奔涌的河流一般停不住了。王在野的麻烦消除了吗？重掌"灵鹿森林"了吗？他不肯随波逐流，免不了被排挤。汪白鹤是否真的神通广大？他帮得了王在野吗？如果我提出请求，他会答应吗？不行，向汪白鹤求助，且不说代价是什么，这本身就是对王在野能力的质疑。何况王在野有精神洁癖，如果他知道我与汪白鹤做交易，将会怎样鄙夷我。

我愣了。我在想什么？事到如今，我居然还在在意他对我的看法。我们已经没有关系了！我曾把他当作梦中人，盲目痴迷，后来发现他与所愿相去甚远，且另有挚爱，我伤心失望，不再苟合取容，决然离去。这个决定我至今不后悔，却怎么忽然鬼迷心窍，以为未来跟他还有交集。

万安能建筑工程有限公司给我面试的机会，我顺利通过。总经理谢万安在国外从业多年，今年回国开了这家公司，公司成立不足三个月。我在项目实施部任职，部门没有主管，暂由公司副总经理代为主管。我继续装活泼开朗。

谢万安大概三十岁，嘻嘻哈哈，一点经理架子都没有。我问他是否听闻关于我的传言。谢万安笑呵呵说："我看来自新不顺眼，你跟他合不来，正合我意。他越是说你的坏话，我越是看好你。哈哈哈，开个玩笑。不管他怎么想，别人怎么说，我看重的是你的才干。"

公司作为施工方参加四方验收，项目由同事茜雪负责，她称病告假，公司临时找人，大家都不作声。副总经理指派我去，我应允。副总经理刚离开办公室，好几个同事围住我。一个说："茜雪装病，你干吗替她去？"一个说："甲方找的专家特别难缠，简单一个项目也要刨到祖宗十八代，从他挑的验收日期就能看出来。挑哪天不好，非得挑沙尘暴这天。这场强沙尘上周天气预报就预警了。他是故意刁难人。"一个说："易若然，你脾气好，当心吃亏。"

我感谢同事们的提醒，自有打算。

茜雪偷奸耍滑早在我的预料中。她称病不去，我也不争着出头，但倘若公司派我前去，我要漂漂亮亮地把事办好。这是出彩的机会，我已提前把项目情况摸得清清楚楚，只等机会来临。而且我还有一个预判：该项目是公司迄今为止承接的项目中金额最大的，专家又是出名的难沟通，说不定谢万安会亲自出马，我争取能在他面前露脸。

我的判断没错。临出门时，谢万安叫住我，说跟我一起去。

在六级大风的呼啸中，我回答了专家所有刁钻的问题，谢万安看我的目光已露出赞许。回去的路上，谢万安说："干得不错。"

"谢谢老板夸奖。"

"换成别人，不一定能摆平。"

我说："尊重事实，实事求是，当着其他两方，他总不能无中生有。"

我的脸上、头发里，甚至羽绒服的衣兜里都是沙子，谢万安准我休息半天。我刚坐上公交车准备回家，就接到电话说某工地出现滑坡。我赶紧打车赶往工地，同时电话告知副总经理。

到达施工现场，护坡已坍塌出一个凹坑，一辆重型货车翻滚至坡下，车上货物散落一地，幸无人员伤亡。我们公司是施工总包，分包的施工队见我到来，纷纷上前与我讨论货车维修费及车上物资的损失。我扫了一眼现场已经明了。

施工队见我年轻，且一人前来，以为有机可乘，又是威胁又是哭穷，意图让公司承担损失并做出赔偿。我说："周队长，您干这行二十几年了，不会看不出事故原因吧？坡顶堆满钢筋，还在坡上走施工车辆，边坡失稳造成滑坡，这是施工操作问题。"我扬声喊，"驻场人员呢？安全施工监督员呢？我回去一定向公司说明情况，追究安全施工监督员施工现场管理不严的责任，但是施工队应该负主要责任。"

周队长脸色变了，大声争论。我指向另一处边坡，说："那边的坡顶存在同样的问题，边坡已经变形了。上面那辆货车上有没有司机？赶紧把车挪走！您就庆幸吧，滑坡的时候车上没人，司机去吃饭了，这要是连人带车滚下来，二十米的深沟，后果得多严重。"

周队长还要狡辩，其他工人也围过来。我从容不迫。他跟我提安全，我就拿出安全生产责任书里的条款分析双方责任；他跟我讲操作，我就拿出操作规范手册和他讲道理；他跟我谈交情，我也虚与委蛇表示理解和同情，同时强调工作的严肃性。

副总经理到达时，周队长已经被我驳得哑口无言，散落的建材已整理好，货车被拖走维修，工人正加紧修复护坡。公司驻场人员向副总经理汇报事情经过。副总经理从此对我刮目相看。他低声问："你已经搞定了？"

"还得您来做定海神针。"我确实已经搞定了。

处理完现场已是黄昏，我这才想起没吃午饭，跑到附近的快餐店买了一份饭。一低头，脸上的灰尘落到饭里。

忙碌填补了我的空虚，也增加了生活的真实感。

叮咚。手机收到一段视频，来自我曾帮助过的大北骅建集团开发部的实习女孩。视频拍摄的是来自新的办公室，角度对着门缝，看不到里面的人，只听得到对话。说话的人刻意压低了声音。

来自新说："拿工作压她，多给她派些任务，让她完不成，然后打压她。"

"您放心。"是谢万安的声音。"您让我把她招进公司，找机会惩治她。这招儿高啊。"

来自新说："有些话你以后可以说了。你是她的同事，你的话代表知情人的话，别人不会怀疑。"

谢万安问："她怎么惹您了，您恨得牙都痒痒？"

"这你不用管，总之，折磨她，抹黑她，你想怎么干就怎么干，别让她好过。"

"这个自然。来先生，您看上次咱们说的那个项目……"

"交给你们公司干。"

谢万安谄媚地说："多谢来先生。"

视频结束了。

好一个狼狈为奸。

保护自己、抵御外侮是我的强项，从小到大我都是这么过来的。他们激发了我反抗的欲望。

我敲开谢万安的门，直截了当地问："谢总，您和来经理的交谈顺利吗？"他一怔。我嘴角微扯，攒出一朵讥诮的笑。他哈哈笑，说："消息挺灵通啊。"

我把工作证甩在他的办公桌上，转身就走。"易若然。"他挡住门，靠着门框，一条腿站着，另一条腿弯曲，摇晃着，一副玩世不恭的样子。我冷冷地望着他。他用下巴指向工作证。"不能冲动，冲动是魔鬼。拿回去。"

我说："怎么，怕我走了，没法向来自新交差？"

"眼见不一定为实。做人要圆滑，要学会见人说人话，见鬼说鬼话。"

我讥讽："你现在说的是人话还是鬼话？"

"易若然，用你的小脑袋瓜儿想想，我交给你的工作比别人多吗？我霸凌过你还是压榨过你？你加班没拿加班费吗？"

平心而论，他给的加班费很可观。

他说："来自新是大北骅建集团开发部主管，后台是他叔叔，你只是一个小职员，别拿鸡蛋碰石头。"

我面无表情。

他啧啧连声，伸出一根手指摇了摇，说："玉石俱焚最要不得。打得过就打，打不过就跑，等能打过的时候再找他算账。得不到就毁掉，是来自新一贯的风格。他已经知会所有同行，你不可能在这行找到工作，即使找到了，恐怕他们也像我一样，是有目的地录取你。你只有在我这儿才安全，因为我最擅长当面说一套背后做一套，心里唾弃，脸上恭恭敬敬。别觉得丢人，达到目的最重要。"

他敢对抗来自新？我怀疑。

"阳奉阴违你懂不懂？先答应他，拿到项目再说。他又不能二十四小时盯着我。"他摊开手，环视四周，"万安能公司虽然不大，为你遮风挡雨还是没问题的。"

我问："你能骗他多久？"

他挤挤眼睛，说："那得看你的配合程度了。你最好做出被我压榨的样子，换我平安。希望等来自新明白过来时我已经羽翼丰满，不用管他高不高兴了。"他把工作证递给我，"记住，冲动是魔鬼。"

"羽翼丰满"，这句话打动了我，我也正为了这个目标努力。我决定先留下。以后如果谢万安欺压我，我至少清楚原因，那时再做打算也不迟。

谢万安待我如常，我干得好他表扬，出了纰漏他批评，遇到困难他指点。他总是一副吊儿郎当的样子，为人大大咧咧，和女同事开一些无伤大雅的暧昧玩笑，和男同事下班聚会，一醉方休。我始终戒备着，处处小心。

晚上，同事们都走了，我加班。谢万安回来取东西，看见我，惊讶："你还没走？"

"赶一份投标文件。"

他边看文件边点头，说："你还真是干活的一把好手。"但紧接着他关上了我的电脑，说，"大好春光，你却在加班。快走，快！我要关灯了。"我被他轰走。

已是暮春，晚风和煦，夜色静美。我双手插进衣兜，向公交车站溜达。谢万安追上来，跟我一起走。他问："你去哪儿？"

"回家。"

"怎么回去？"

"公交车。"

"我也去公交车站。"

他明明开了车，进公司的时候手里还甩着车钥匙。我不说话，默默走到公交车站。过了一会儿，车来了，不是我要等的，但我还是上了车。他站在站台，说："明天见。"

我抽空回老家看李寄。他越发憔悴了，劝我不要再来探望。我低头削苹果。李寄说："我得跟你坦白一件事。我曾经向笑寒求婚，在这间病房里，她拒绝了我，后来她很少来了。你看，我并不像你想得那么无辜。我想离开你，后来才查出这个病。你不用可怜我。有没有这个病，我都要跟你分手。"

知道他不再爱我，我心里好过一点。但，等等，他了解我，知道会有这种效果，他是不是在骗我？我盯着他。他无奈地说："我说什么你都不信。你把我想得太好，也把自己想得太好。我没那么喜欢你。"

我哭笑不得。人之将死，其言也善。他一个劲儿赶我走，让我怎么信？

他说："以后别来了。我爸妈很迷信。咱俩八字不合，他们认为是你克我。你看他俩的脸色，他们不欢迎你。我怕他们对你说出不礼貌的话。"

临走时，我见到笑寒。我来了许多次，只碰见她这一次。我们点头致意，擦身而过。

二十六、岁月怡和

　　谢万安似乎越来越器重我，总叫我一起谈工作。我吸取与来自新相处的教训，尽量避免与他独处。茜雪有意无意地勾引所有男同事。奇怪的是，男同事们都躲着她。她转移目标，专盯谢万安。这倒帮了我的忙，在我被召进谢万安的办公室后，茜雪常常找个理由进来，各种献媚，我安静看戏。

　　谢万安把茜雪给他买的早餐转手给我。我故作天真俏皮，说："谢主隆恩。我不要。"

　　他说："还热着呢。"

　　"我不吃来历不明的东西。"

　　"那以后我给你买，就不算来历不明了吧？"

　　"一样。"

　　他笑哈哈："你把我当大灰狼了？就算我是大灰狼，你也不是小白兔，你是一只小刺猬。看起来憨憨的，可可爱爱，一靠近全是刺。"

　　他通知我晚上有饭局，我声明我不喝酒，他同意。他请的是业内的朋友，分属不同的公司，一个个不是总经理就是总工、总监。谢万安做东，先敬三杯。三杯过后，大家分散作战。在座的都是同行，共同话题数不胜数，越聊越兴奋。谢万安一轮又一轮地敬酒，觥筹交错，推杯换盏，已经有人喝多了。

　　"哥，你是不是我哥，是不是我亲哥？"

　　"那必须的。"

　　"弟弟敬你一杯，满满儿的。得，都在酒里了。"

　　两个人搂着脖子喝酒，对大伙说："你们看看我们哥俩，什么叫勇往直前！"没人顾得上理他们，他们也不需要别人回应，搂着对方又喝起来。

　　"我在您面前永远是弟弟，您永远是我哥。"

　　"那你听哥的吗？"

"谁敢不听？谁不听我第一个不干。"

"那你听我说，咱们这帮兄弟能聚在一块，难得！以后这种聚会得经常组织，一周一次！"

"得嘞，哥，您的指示精神我一定落实到位。"

白酒是高度的，颜色微微发黄。谁做东已经不重要，大家都喝醉了。人均七两白酒后，他们又叫了啤酒，一杯接一杯。

谢万安醉了，步履蹒跚地去洗手间吐。出来后，他走到套间的外屋，趴在茶案上。我给他倒了一杯茶，低声说："喝点水吧。"

他摆摆手，口齿不清地说："你去招呼他们，别失礼，今天我请客。"

我遵命，继续招待众人。他们说："小谢呢，阵亡了？让他歇会儿，我们继续。"

外面响起鼾声，谢万安睡着了。接着，又有人直接趴在了餐桌上。其他人不受影响，继续喝酒吹牛套近乎。

我拿起谢万安的外套披在他身上。他醒了，依然趴着，在胳膊上蹭眼睛，问："还喝呢？"

"又有两个倒下了。"

"待会儿你叫车把他们送回去。"

"好。"

"叫车就行，看着他们上车，不用跟着去。"

"好。"

"那个戴眼镜的喝多了爱闹事，你躲着他点。"

"好。"

我问他想吃点什么，他摇头。我回餐桌伺候着。终于，所有人都尽兴了。我轻轻推谢万安，他惊醒，意识到酒局散了，强撑着送大家离开。等最后一个人走了，谢万安又跑到洗手间吐。我检查餐厅，看看有没有遗漏物品。谢万安走出洗手间，趴在墙上，头埋在臂弯里。

我问："还难受？"

"晕。"

"你喝得太多了。"

他枕着手，歪着头，醉眼看我，说："我不是因为喝多了才晕的，我第一眼看见你就晕了。"

"我叫代驾送你回家。"

他又把头埋在臂弯里，说："叫个男同事来接我，你弄不动我。"

"你的车怎么办？先放这里？"

他不答，过了好一会儿，我以为他又睡着了，听到他含混地说："小刺猬，我会保护好你的。"

男同事来了，我们扶谢万安上车，他一上车便睡了，怎么叫都不醒。我们都不认识他家，只好把他送回公司。

第二天上班时见到他，他又神采奕奕了。他说外套找不到了，我说被他吐脏了，我送到干洗店了。他问："多少钱？"

"31块4。原价34块9，打了九折。"我有意把金额说得清清楚楚，以示我们之间没有交情可言。

他转账给我，我一看，1314元。我不肯收。他说："314多难听，1314就好多了。"

我拒收，他重新转账，这次是5200元。我冷眼看他胡闹，他笑嘻嘻，问："这个数是不是更好看？"我不理他。衣服洗好了，我取回来给他。他说："收钱啊，怎么还不收？"

我递给他咖啡，他笑逐颜开，我也一脸笑容，说："茜雪给你买的。"他的脸顿时垮下来，说："小刺猬，专门扎我的心。"我重申："我不叫小刺猬。"

公司发展越来越好，主营业务收入节节攀升。谢万安为人幽默开朗，狡黠圆滑，在这行很吃得开。

我工作出色，每次都圆满完成任务。公司规模小，我的努力迅速得到反馈。如果在大公司，我在神经末梢，即使表现突出，反应到领导那里也需要很长时间。几个月后，谢万安擢升我为部门副经理，代任部门经理。

茜雪进公司比我早，我升职比她快，她不高兴，时常请假。她本就业务稀松，如今更不把工作放在心上，故意拖延，我督促她，她不服，暗中找谢万安告状。谢万安惯会打哈哈，滑得跟泥鳅似的，两边装好人。茜雪得不到支持，但也没遭到批评，愈加变本加厉。为了不耽误工作，好几次都是我替她把工作完成。我找她谈话，严肃地指出她的问题，她一脸敷衍。

一天，她又出错，我拿着方案找她，平和地说："基础梁使用砖胎模施工时，工作面宽度应该按钢筋混凝土基础梁的外侧各加 300 毫米计算。因为这里的砌砖是作为模板使用，不是作为基础使用。砌筑基础墙需要一定的工作面，而作为模板的砖胎模只是施工措施，可以利用梁的位置操作，解决作业面的问题。可在你的测算方案中，基础梁使用砖胎模施工的工作面远远大于 300毫米。"

这些是基础知识，我耐着性子教她，她一副无所谓的样子。我要求她尽快修改，她曼声应着。我实在忍不住，批评她几句，她哭起来。谢万安正巧从外面回来，见状不问缘由先劝慰她，又说有事和我说，借机把我俩分开。

我跟着谢万安进入总经理办公室。他说："别生气了。"

"这是你的公司，她作为一个员工，干活干成这样，你反倒拦着我！"

"我错了。可是我最见不得女孩子哭。"

"只要你不怕公司倒闭，我无所谓。"

谢万安笑呵呵，说："你替我担心啊。"

"你想多了，我只是觉得这样工作不痛快。"

他嬉笑："别和她计较。气坏了你，我该心疼了。"

"胡说八道！"我顿时沉下脸，向门外走去。谢万安想拦我，我目光凌厉地扫他一眼，神情凛然难侵，他停止动作，不敢造次。气氛降到冰点。过了一会儿，我语气淡漠地说："我认为我能在公司立足靠的是工作能力和工作成绩。是我的认知有误，还是您对我有某种误会？您可以随时撤掉我的部门副经理，或者干脆开除我。"他诺诺，赔着笑。

次日一早，我一走进办公楼便看见陈孚。他对我故作无视。茜雪得意地看我一眼，又娇弱地挽紧陈孚的手臂。我明白，陈孚是茜雪的男朋友，她带他来示威。

谢万安见到陈孚颇感意外，装作诚惶诚恐，亲自陪同。陈孚表示不用，说他今日空闲，心血来潮陪女友上班。公司上上下下互递眼色，小心伺候着，独我不在意，微笑着，不卑不亢。

想必茜雪向他诉苦，说被上司欺负，他来为她撑腰。背靠大树好乘凉，基于大北骅建集团这个平台，在小公司面前，陈孚自认为有主导权，他不信万安能公司敢不买他的账。

奈何，部门主管是我。

谢万安热情地邀请陈孚到贵宾室坐坐，陈孚不肯，坐在茜雪身后看她工作。两个人有说有笑，旁若无人。

过一会儿，我拿着茜雪做错的方案让她修改。茜雪接过去，委屈地看一眼陈孚。陈孚不得不说话，问我："你也参与这个方案？"

"我是牵头人。茜雪，方案中数据有误，这是你本周第三次出错，立即改正！"

陈孚直到此时才明白我的职务，不禁看了茜雪一眼。

我微笑着说："如果你不会，可以让你男朋友教你。他的手段多着呢。陈孚，好久不见，想不到你这么闲。"

陈孚咳嗽一声，说："我也想不到，大北骅建集团淘汰的小职员到了万安能居然能当上部门经理。万安能的用人标准这么低吗，什么杂七杂八的人都招进来？"

茜雪听我直呼陈孚的名字已经觉得意外，再听对话更是睁大眼睛，暗暗瞟陈孚，想不通我们明枪暗箭的是为什么。

我含笑，"是呀。我的心眼的确比你少一万个，论能力也只比某些人高了一点点。"

陈孚说："没想到谢总也有看走眼的时候，稍后我给他提一些建议。"

"我倒觉得谢总眼睛雪亮。"

茜雪怯怯地说："对不起。你们别说了，都是我的错，是我工作没做好。陈孚，不能怪易经理，她工作很认真，不是故意为难我。我以后注意。易经理，陈孚是担心我，你别往心里去。"

我温和地说："茜雪，你不了解情况。我建议你去忙你的事。"茜雪还想装温柔懂事，暗地挑拨，被我用眼神制止。

陈孚说："我听说茜雪被上司针对，替她生气。知道是你主管她，我就明白是她错了。你一向目中无人，不会故意针对谁。"

"谢谢。"

在我们的唇枪舌剑中，茜雪已知她的后台没有那么大能量，默默修改方案去了。

谢万安走过来，对陈孚说："到我办公室喝茶，前几天别人送给我的好茶。"

"不必了。谢总，贵公司与大北骅建集团合作过几次，还算顺利，以后就不好说了。"

谢万安哈哈笑，说："以后合作更多。来来来，陈经理，里面坐。"

"合作必须找专业人士。"陈孚扫我一眼，说，"我觉得贵公司在选人用人上急需加强。"

我早知道他会这么说，不在今天也会在未来的某一天，所以我从一开始就不忍着，忍耐没用，该来的躲不掉。陈孚心机深沉，要想使坏，别人防不胜防，不如明着来。我带着笑意，说："谢总，我失陪一会儿。"

"等一下。"谢万安明白我要干什么，小声对我说，"你到旁边等我。"我刚要走开，他又叮嘱，"记住，冲动是魔鬼。"

陈孚讽刺："难怪这么嚣张，原来是找到靠山了。谢总想扮演霸道总裁还是白马王子？你最好掂量一下。"

谢万安笑："我哪儿够格。"

陈孚说："霸道总裁的实质是总裁，要是失业了，霸道就成了穷横。"

谢万安的笑容短暂冻结。

我一个劲点头，说："是啊，穷横和狐假虎威都要不得。"

陈孚变了脸色，阴阳怪气地说："易若然，多日不见，看来你得势了。谢总果然体恤下属。"

我说："呵，像来自新那种'体恤'下属吗，还是像你那种'提携'后辈？我庆幸我都没遇到。在这里，我没有被职场打压，没有被恶意觊觎，我没给霸道总裁或白马王子任何拯救我的机会，我不需要他们。谢总，我有事，先告辞了。"

谢万安叫住我，转而对陈孚说："陈经理，你说得对，我在选人用人上的确有很大问题。茜雪工作出现重大纰漏，还总是消极怠工，我一直都没处理，对其他同事不公平。根据公司制度，我要扣她的绩效奖金。"

陈孚脸色又是一变。不等他说话，谢万安说："陈经理，您工作很忙吧？我们公司虽然小，事务也不少，茜雪还有工作要做，不如您下班再来接她。"

陈孚瞪了我们一眼，拂袖而去。

他一走，谢万安的笑容顿时消失，要我跟他走。我问："干什么去？"

"散心。"

上了车，他生气地拍方向盘："一个小经理也敢对我指手画脚！"

我咯咯笑，为把陈孚气走而痛快，也为谢万安罕见的生气而失笑。我促狭："谁说的冲动是魔鬼？"

"你这个小东西，我为你牺牲多少你知道吗？你还笑。"

"那你别管我啊。"我心情实在好，一时没挑剔他言语中的暧昧。

"我说过要给你遮风挡雨，你当我说笑话？"

我静了一会儿，说："其实不用。"

"说出的话泼出的水，覆水难收。"

我认真地问："我给你惹了多大的麻烦？"

"天大的麻烦。"他瞅我，"所以你得赔我。"

"扣我工资吧。"

"你那点儿工资哪够扣的。你得赔我别的。"

我叹："得不偿失啊。"

他又瞅我一眼，脸色晴朗许多，说："虽然生了一肚子气，但是你心情好了，值了。你怼陈孚的话真带劲。我只希望你的刺一律对外，不要对内。"

我问："何为外，何为内？"他含笑不语。

我正色道："谢总，如果我让您有什么误会……"

他打断我："别老跟我您您的，叫得生疏了，平时也没见你多尊敬我啊，这会儿干什么？保持距离？"

我沉默。

他忽然笑了，说："你刚才的话让我很感动。你说，在公司里，你没有遭遇职场打压和恶意觊觎，这么高的评价，谢谢。"

我说："是我该向您道谢。"

天气晴朗，白云悠悠。我开了一点车窗，凉爽的风吹动我的长发。

他去买咖啡，把车停在路边，我在车上等待，忽然发现前方有间店似曾相识。啊，是那家婚纱店。橱窗内摆着精致美丽的婚纱，柔情烂漫一如从前。我不禁凝目。谢万安回来了，递给我咖啡，我回过神，说："谢谢。"

来自新从陈孚那儿得知谢万安在蒙他，终于回过神来，于是连我带万安能公司一同刁难，告诫同行不要与万安能合作。公司业绩直线下跌，同事们的情绪也随之跌落。因工作量锐减，办公室里无所事事的人多起来。谢万安笑嘻嘻的，似乎一点都不着急。他待我如常，偶尔冒出一两句甜腻腻的话。我坦坦荡荡，一边微笑，一边装傻，且故意让他看出我的敷衍，连打带消，将他的暧昧化解。

茜雪还留在公司。大家都以为陈孚闹了一场以后她会离开，没想到她仍在。她和陈孚好像分手了。

谢万安说："谁像你那么有志气，说走就走。我要不拦着，这会儿你不知跑哪儿去了。"

"倒也不是有志气。天底下那么多公司，在哪儿上班不行。离开这儿我也饿不死。不过，还是要谢谢老板。"我故作谄媚。

过了一段时间，公司境况愈加窘迫。茜雪在我身边曼声说："长得漂亮就是好啊，闯多大的祸都有人护着。红颜祸水。"其他同事偷眼看着。我淡淡地说："不是谁都有本事当红颜祸水的。"她瞪眼："你……"谢万安在经理室里叫："茜雪，进来。"茜雪气恼地瞪我一眼，走进谢万安的办公室，过了一会儿，气呼呼地出来，显然被谢万安批评了。自此以后，其他同事更不再说什么。

　　我不想领谢万安这么大的人情，私下投求职信，被谢万安发现，他震怒，质问我："我哪点对你不好，你背着我出去找工作？"

　　我冷漠地说："公司倒闭了我也得饿死，得早做打算。"

　　他悻悻地说："你这个无情无义的小东西。我偏不放。万安能公司还撑得下去，工资一分都不会少给你。"

　　他的好意我心领了。他越是示好，我越想躲避。

二十七、君自翩然

肖添添与男朋友谈婚论嫁，打算回故乡定居。我和徐傲朵商量送她一件结婚礼物。徐傲朵带我来到一家名为"君自翩然"的首饰店。店铺装潢雅致，娇艳的杜鹃花盛开。

店内设有不同的专柜，有一个叫"那个人的心"。我看了一眼，如遭雷击，脚步无法移动。

这个专柜的饰品都是心形的。

——有一颗蓝色透明心形吊坠，里面装着无数颗小珠，每个小珠上都写着一个"她"字，小珠上还画着各种表情。

他把她所有的样子装在心里，快乐的、悲伤的、哭泣的、大笑的，每一个他都记得。

——有一颗无色透明心形吊坠，里面套着一颗红色的心，上面写着"她"，红色的心几乎将无色的心充满。

他的心中满是她，再也容不下其他。

——有一颗鸽血红的心形吊坠，上面有许多小洞，每个小洞都镀着银边，闪着寒冷的微光。

年华逝去，伤痛仍会闪耀，对吗？

——有一颗透明的心形吊坠，上面有许多小洞，吊坠里的小珠比洞小，却没有掉出来，因为洞口内小外大。小珠上写着"忧""思""喜""乐""哀"，挤得满满的。

所有情绪都憋在心里，不流露，纵然痛，也忍着。

——有一颗透明的心形吊坠，数十个切割光面灿烂无比，里面隐隐有裂纹。

啊，那个人的心澄净通透，灿若星辰，这样的人最容易受伤。

——有一颗纯金的心，上面有一圈交错的银线，细看，是细密的针脚。它曾裂成两半，又被缝合。

原来真的有人有金子般的心。原来金子般的心也会裂开。

我惊讶万分。这是谁设计的，一一印证我意。设计师真是鬼才，他用设计指出了我所有隐秘的情绪，说出了我说不出的心事，揭开我的伤疤，抚摸我的伤痛，看透我的悲哀，诉尽我的委屈。

徐傲朵招呼我去别的专柜看看，我充耳不闻，把每一件饰品都仔细观瞧。

有一颗黑色透明水晶心吊坠，吊环处镶着碎钻，里面不知装了什么，璀璨生辉，令整颗黑水晶光彩夺目，丝毫不觉得黑暗。我问里面装了什么，店员答："用锆石做的心形碎片。"

是一颗心碎的心。

我着魔一般，非要买。徐傲朵拦着我，问："你买一颗黑心干什么？"

她不明白。这是我的心，怎么掉在这里了！

我用一条银色珠链串起吊坠，当即戴上。徐傲朵说："倒是挺好看的。"店员把包装盒递给我。似曾相识的黑丝绒盒子，盒子上印着一个银色的字母"J"。

我问："这位设计师……他的感情生活好吗？"

店员诧异地看我一眼。徐傲朵暗暗扯我，嫌我多管闲事。

店员说："这是两位设计师共同设计的，他们是情侣。我见过很多情侣，但从没见过像他们那么相爱的。"

万幸，这两个感情细腻深沉的人收获了幸福。我深感欣慰，比自己得到幸福都高兴。

徐傲朵问："这些设计太悲伤了，为什么不设计些快乐的？"

店员回答："幸福的家庭都是相似的，不幸的家庭则各有其不幸。"

呵，托尔斯泰的名言。

快乐的人常常主动散发出快乐信息，而悲伤的人往往不会说出他的悲伤。这些首饰代替悲伤的人道出心声。

徐傲朵拉着我去"38.4℃专柜"，这个专柜只卖戒指，是这家店最著名的专柜。她介绍："戒指内圈可以用特殊合金液体写字，字是隐形的，当温度超过38.4℃才会显现。"

我问："为什么？"

她双手合十，侧着头，憧憬地说："爱情令人发烧，是一场永远不想治好的病。"

如果热情不到，字便和心事一起隐藏，只有为爱燃烧的人才有资格看到那些字。

我呆了，不敢相信人间有设计师能想出这种创意，简直令人拍案叫绝！

徐傲朵得意地问我："不虚此行吧？"

W与Y之间的那颗心，当温度达到才显出的X，王在野把他珍爱的X藏在心里。

我胸口疼得厉害，问店员"WXYR"是什么意思。店员抱歉地摇头，说："我不敢擅自解读缩写字母代表的含义，只有写的人才明白。"

徐傲朵精挑细选，最后选中一个胸针，作为给肖添添的礼物。

从"君自翩然"出来，我失魂落魄。徐傲朵说："你怎么了，傻了吧唧的，半天没听你说一句话。逛了一次首饰店，跟受了洗礼似的。"

"洗礼"一词精准无比。

我深受震撼，为那素未谋面、深谙我心的设计师，为那些窥探我心深处的设计。从此我成了这家店的常客，攒够钱便来买一件。

二十八、是梦欺我

梦中，又来到民政局外。我像一个鬼魂，飘飘荡荡。来到小巷，王在野正在问一个女孩："要不要嫁给我？"那个女孩正是"我"。我飘过去，捂住那个"我"的嘴，不让她回答。

"要不要嫁给我？"王在野又问。这一次，他看的是我，直视我的眼睛。在大脑反应过来之前，我已回答："嫁！"

我惊醒，无限悲哀。

无论多少次，他问我，我都如此作答。这是心底的渴盼，无法根除。清醒时，我尚能用理智压制渴盼，睡梦中，欲望摆脱理智的控制，肆意喧嚣。

时至今日，看见和他相似的身影，我依然会驻足，傻傻看一会儿，听到有人说"再也"，心依然会牵动，好一阵才平静。

我曾承诺不再逃避。离婚是我懦弱的表现，还是我勇于直面没有他的人生的见证？

聊天和微笑耗尽我的精力，简直呕心沥血，比工作还累。独处时，我不用再戴面具，任由自己发呆，脑海一片空白。

立尽斜阳无限秋。

我再次问自己：营营碌碌，所求为何？

没有答案。

我没有坚持的理由，也没有放弃的理由，只是按照惯性过下去。

"君自翩然"的网站上有一则网友留言：往事沉重，何以"翩然"？

这个人问出了我的疑问。

网站回复：把你的心事交给一个人，把你的爱与愁都交给那个人，有他在，可翩然。

我叹服，心戚戚然。

谢万安笑话我的黑心吊坠，说："你倒有勇气，承认自己黑心。"

"水晶心！"

"那也是黑的。"

谢万安带我去应酬。我问他对方是何公司，他神神秘秘不肯说。与客户接洽一向由企业服务部负责，我是负责工程的，按说还不到我的环节，但上司发话，我不能推辞。我问："听起来今晚的饭局很重要，不用喝酒吗？你不用带个挡酒的？"

他说："挡酒的固然重要，你更重要，你能保护我。"

到达西餐厅，预订的座位在最幽静处。这种地方不适合谈生意吧？

客户还没到，我俩开始闲聊。他鼓励我好好干，许我部门经理的位置，我无心接受，但装作热血沸腾，说："天将降大任于斯人也！"接着夸张地大呼皇恩浩荡。

他哈哈笑："虚伪。也不知跟谁学的。"

我一脸乖巧，说："是啊，也不知跟谁学的。"

两个人向我们走来。我一看，血液顿时凝结。郎林御和王在野！

郎林御正要跟谢万安打招呼，看见我，微微一怔，转头看向王在野。王在野没有任何表情。

我下意识想照镜子。我现在的样子如何，能见人吗，是不是很丑？头发乱不乱，表情自然吗？可我没有随身携带镜子的习惯。

谢万安站起身，我也随之起立。郎林御回过神，叫了一声"三哥"。

三哥！原来谢万安就是那个出国的老三。世界这么小！

谢万安热情地说："欢迎欢迎！我来介绍，这两位是我的大学同学，更是好兄弟，王在野，郎林御。这位是我们公司项目实施部经理易若然，也是我们公司的小刺猬。"

这是他第一次当着别人的面叫我小刺猬。我该抗议，该瞪他，总之该做点什么反对他的亲昵，但我已经蒙了，什么都干不了。

郎林御说："幸会。"

他的反应正合我意，我们不约而同装素不相识。

我向他们点头致意，表面平静，实则惊得头晕眼花，赶紧低头收拾情绪，再抬头，已重筑心墙。

他们寒暄着，说好久不见，别来无恙什么的。王在野一直没说话。

郎林御暗中观察我。他没见过工作状态的我，更何况我的形象与以前大相径庭。我化了淡妆，衣着精致考究，嘴角带着微笑，鲜艳靓丽，人情练达。郎林御则沧桑许多，表情有些沉郁，心事重重的。至于王在野，我根本不敢看向他。

谢万安说："老六，见你一面真不容易。"

王在野说："哪里。"

平静的两个字，音量不高，在我听来却如同惊雷，盖过周围所有的声音。

我的耳朵啊，不要刻意捕捉他的声音好不好。

谢万安推荐这家餐厅的牛排，每人点了一份。

王在野说："我的牛排要七分熟。"

谢万安说："我记得你喜欢吃五分熟的，怎么，开始养生了？我的要五分熟。老五，你呢？"郎林御和以前一样，说话前总是先看看王在野，他也要七分熟。谢万安笑着说："你什么都跟他学。"

问到我，我要全熟的。谢万安笑道："肉都老了，糟践食材。"我坚持。他说："好吧，一会儿你尝尝我的。要是觉得好，我跟你换。"

侍者为大家倒红酒，谢万安低声问我："喝一点吗？"我摇头。谢万安对我的亲昵态度惹得郎林御注目。

谢万安口若悬河，有他在不会冷场。他吹捧海彻集团，夸赞王在野的能力，羡慕郎林御的生活。我以前惯于用沉默掩盖无措，用冷淡击退窥探，虽然已经很久不使，此时无奈，只能再次拿出来，能不开口就不开口，只在嘴角挂一个微笑。

谢万安说："还是滕老师有面子，帮我请动你。"

滕老师？是有这么一个人。听这意思，他能让王在野听话。

谢万安说："我约了你们好几个月，架子够大的。"

郎林御说："不敢，实在是抽不出空。"

谢万安说："那是，那是，你们都是大忙人嘛。圆溪领海公司有眼无珠，居然把老六这大能人放跑了，真不知道他们的能源控制中心该怎么办。"

郎林御说："不用替他们发愁，圆溪领海公司正举办能源中心设计征集大赛。"

这是我最揪心的事。看来王在野仍旧不能参与项目。可他既没表现出失意，也不见锋芒，平静若水。他真的心绪平静？没人看得出来。沉默是最好的伪装，而他一向话不多。或许，人间浊气无法侵染高天寒月，他依然是超脱潇然的，与凡尘疏离的，什么都无法影响他。

我内心受到的震撼迟迟不散，思维跟不上他们，反应总是慢半拍。我对自己说，易若然，你长点志气，别让人看不起。激励自己半天，维持外表若无其事已经是我能做到的最好状态。

牛排端上来了。我悄悄把一根牙签握在手心里。

五分熟的牛排里是不是带血，在每一次切时渗出来？我避免向谢万安的方向看，但他每切一下我都能想象血渗出来的画面。手脚开始发凉，头有些昏，我握紧牙签，靠手心的疼痛拉回清醒。不能在王在野面前露出软弱，没有他我过得很好，我就算死也不能当着他的面！

——"血并不可怕，它象征着生命力。你试着想想其他红色的美好的东西，比如红玫瑰、红酒、红丝绒蛋糕、漂亮的红裙子。"

对，我得想点别的，红色的，美好的，流动的，不，不能是流动的。

饭局什么时候结束？！

谢万安对我说："要不要尝尝我的？你的牛排都咬不动了吧。"他分给我一小块，"这块我没动过。"

我正咬牙忍耐，连拒绝都说不出，他逼得我不得不看向那块肉。我的目光还没触到它，已经摇晃起来，眼冒金星。就在这时，侍者添酒，王在野起身，两人相撞，红酒洒在王在野的西装上。侍者连声道歉，王在野说："没事。"谢万安找纸巾递给他。趁着混乱，我把那块肉用纸巾包起来放在一旁。

谢万安笑着对王在野说："看把那小伙子吓得，大概是看你冷着脸，怕你不依不饶。"

王在野说："我得回去换衣服，抱歉。"

要结束了？太好了，我快撑不下去了。

"每次你都扫兴。"谢万安显然不愿意，又不能强留。

我们一同离席，谢万安到前台结账。我仍然头晕，走得很慢，想拖到最后，在无人得见处收拾狼狈。王在野同样走得慢。突然，他抓起我的手腕，看一眼我的手心。牙签掉下来，我的手心已经扎了十几个血点。我一愣，连忙抽出手，与此同时他也放了手，表情淡淡的。

郎林御咳嗽一下，说："这家的牛排确实挺好吃的。"

我快步走到门口。谢万安正好结完账，说："我送女士，咱们改天再约。"

来到停车场，我估摸郎林御和王在野已经走了，对谢万安说："老板，我要去看一个朋友，我先走了。"

"易若然，"他认真地看我，"不高兴了？话都少了。我没骗你，我真的是谈工作，只不过还没展开说就出现意外。我可没有假公济私。谁规定不能和朋友做生意？咱们得罪了大北骅建，海彻集团的实力与大北骅建不相上下，要是能靠上这棵大树，以后咱们就不用怕来自新了。"

我笑："老板，你不用解释。我当然知道咱们是来谈工作的，否则我也不来。"

他说："你去哪儿，我送你。"

"不用。公事办完了，剩下的是私事，私事怎么能麻烦老板。"

"瞧你说的。我们除了是同事，还是朋友啊。"

"公私要分明。再见。"我转身离去。

金菊凋谢，残英遍地，暗香萦绕，风微凉。我走在一地金黄中，五感仿佛一夜间苏醒了，花香、温度、风、天上的云以及其他平时不在意的事此刻全都触动着我。回到住处，关上房门，拉上窗帘，我把自己密闭在里面。只有在这个狭小的空间里我才是安全的，任外面风刀霜剑、江海翻覆。

怎么会碰见他呢？怎么还会碰见他呢？原来我并没有脱离王在野的世界。不闻他的消息，是因为公司的业务与他没有交集，他暂时淡出了我的视野，其实他一直都在。只要我在这行，迟早能听到他的名字。果然我选择留下是错的，我应该去其他城市。

整个晚上我只看了他两眼，初见的一眼、他抓住我手腕时的一眼。他的样貌却如此清晰，在我脑海挥之不去：面庞似玉石雕刻，冰冷精致，眼眸还是那样幽深，黑沉沉，吞噬所有的光，深不见底，鼻梁挺直，嘴唇微薄，平静中有一种难以名状的淡漠。

这是梦！我在做梦，对不对？梦是我的敌人，总来扰乱我！

我嘲笑自己：曾经日日相对，那时也不见我心旌摇曳成这个样子。是我心如死灰，主动提出离婚的，怎么大半年不见，把那些失望和伤痛都忘了。

手腕被他握过的地方灼烧得难受。我辗转反侧，夜不能寐，中宵起坐，打了一盆凉水，把手泡在水里。

他注意到我的手了。他知道我晕血，所以特意选择七分熟牛排。他把我的事记在心上，许久不见，他还记得。他是否看出我快支撑不住，故意打翻红酒，提出要走？

我甩甩头，禁止自己再想。

二十九、皎皎清寒

一上班，谢万安指着我的护腕问："怎么回事？"

我淡淡地说："烫伤了。"睡醒一觉，依然觉得手腕有烧灼之感，因此翻箱倒柜找出旧护腕戴上。

"怎么这么不小心。"他怜惜不已，"你情绪不高，病了？"我摇头。

他叮嘱我天凉了需预防感冒，说着拿出一件羊绒披肩，我不收。他担心我工作劳累，要给我添加人手，我婉拒，他直接把人力资源部部长叫来商议人事安排。

谢万安为我做了那么多，不及王在野抓起我的手淡淡地一瞥。

为什么又想到王在野？为什么把他们两个放在一起比较？我暗自懊恼。

谢万安召开经理会，说："大家知道，前一段时间，我们遭到大北骅建集团的打压。有的同事看不到希望，离职了。要想翻身，光靠自己不够，必须借助强大的外力。出路有两条，第一，与大集团合作，冲破大北骅建的封锁。企业服务部已经与多家公司进行了沟通。第二，拓展京外业务。最近我正和圆溪领海公司对接，我们要积极争取参与'灵鹿森林'建设。"

谢万安侃侃而谈，展望与圆溪领海公司的合作，我默默在网上搜索十鹿镇能源控制中心设计大赛的信息。大赛已近尾声，再过一周将揭晓结果。除此以外，信息少得可怜。

谢万安给各部门下达任务，说："请大家务必高度重视。这是公司未来十年的发展重心，一定要抓住机遇。"他自己也频繁去往河灵市，与当地的发改、住建等部门对接，削尖脑袋往里钻。

我想方设法躲得远远的，能不在公司待着就不在公司，连续几周缺席经理会。谢万安问我最近跑哪儿去了，我回答工地。他纳闷："活少了，你去得倒勤了，连续好几天不见人影。"我说："防风防火，安全检查。"他不准我缺席经理会，说："这是全公司的战略布局，与每名员工都密切相关。"

公司与圆溪领海的沟通并不顺利。战略发展部部长愁眉苦脸地说："圆溪领海公司放话，绝不跟我们合作。听说，听说……"他看我一眼，欲言又止，谢万安追问，他说："他们说，只要易经理在我们公司，合作的事就别想了。"

所有人都惊讶地看我。

企业服务部部长叹气："大北骅建真厉害，影响力都覆盖千里之外了。"

谢万安皱眉，对战略发展部部长说："无稽之谈。这事和易经理无关，他们就是胡乱找个借口。继续沟通，找到真正原因。"

企业服务部部长小声说："圆溪领海公司指名道姓，说的就是易经理，当时我也在场。"

谢万安说："好了，该干什么干什么，别找其他理由，肯定是我们某些工作做得还不到位。"

战略发展部部长唯唯诺诺，小眼睛好奇地瞥我。我直觉圆溪领海公司对我的排挤与大北骅建的封杀不是同一理由，但不敢确定，我倒不是对王在野抱有希望，而是觉得我不值得他特意针对。

谢万安沉思，宣布散会，把我叫进办公室，问："有没有晚礼服？跟我去参加泰安建工基金会的年度盛典。"

我答："没有。"

他笑："给你钱买。"

"不想参加。"

"泰安建工基金会的年度盛典邀请的都是知名的建筑企业，大北骅建、海彻集团的重要人物都将出席，还有其他大公司。"

"大公司。"我加重了"大"字的语气。

他说："别再扎我心了啊。我是因为个人魅力受到特别邀请的。"

"既然受邀的是您个人，我去就更不合适了。"

他说："你是我女朋友啊。"我脸一沉，刚要怒斥，他转为正经样，说："好啦好啦，开个玩笑。我不会放弃跟圆溪领海公司沟通。他们也参加年度盛典，机不可失。"

我说："我情商低，怕搞砸。"

"你？你一露面，倾国倾城，不用说话，他们已拜倒在你裙下。"

我翻白眼。他拿我当花瓶？

他说："这段时间公司的利益以及你个人的名誉都遭到损害，借此机会正好扳过来。"

"其实我不在意。"我轻声说。真的，这世界与我何干？由他们说去吧。

"我在意！来自新仗势欺人！"他激我，"你不会是怕他吧？生意场上没有永远的敌人，也没有永远的朋友，不可能一辈子躲着不见。"

有的人，我就是打算一辈子不见的。那个人并不是来自新。

谢万安一再游说，我不好再推托。我买了一件端庄文静的黑色连衣裙，面料带着珠光，光彩暗生，搭配黑水晶吊坠，相得益彰。袖笼和腰间的黑色珠链增加亮色，又不过分抢眼。黑色符合我的气质，尽管我已经努力变得活泼，骨子里仍旧冷漠。

晚礼服难敌寒冷，我在外面罩了一件深紫红色的斗篷式大衣。

谢万安要接我，我不愿让人知道我的住处，婉言谢绝。到达会场，把大衣寄存在衣帽处，拿着手包走进宴会厅。谢万安见到我，眼睛一亮，吹了一声口哨，说："你美得简直让人挪不开眼睛。还戴着你那颗黑心哪。"他环顾四周，低声耳语，"大家都在看你。你为我加了很多分。"

第一次参加这么隆重的活动，以前只在电视上见过。我以为室内很暖和，原来都是装样子，宴会厅很大，开足暖风依然冷。男士还好，女士就惨啦，腿部小凉风飕飕的。

我正赶上来月经，以前没有痛经的毛病，此时肚子却隐隐作痛，估计是着凉了。这下真叫"美丽冻人"了。我暗暗后悔，应该在里面套一条保暖裤，反正长裙垂地，别人看不见。

谢万安带我直奔一位中年男人。男人一脸书卷气，眼镜片很厚，面容严肃，语调亲切。是那位滕老师。谢万安说滕老师不只是他的大学老师，他在国外还长期参与滕老师的课题研究。滕老师前几年在IEC（国际电工委员会）工作，曾以顾问身份参与了国内一些电力建设工程，此时正与几位行业内大佬交谈，其中有大北骅建集团的来副总裁和来自新。滕老师极其自然地将谢万安介绍给众人，声称是他的学生。其他人打量了一下谢万安，看在滕老师的面子上，接纳谢万安加入交谈。万安能公司就这样不露痕迹地结识了行业大佬，重启与大北骅建集团的沟通。谢万安主动与大人物攀谈。他好像谁都认识，张口就能叫出对方的称谓，尽管人家不认识他。

滕老师对我说："我见过你。"我客套地微笑，我在绿色建筑精英论坛远远地看见过他，他应该没注意到我。滕老师思索片刻，又说："我见过你，对吧？"他有些拿不准，看向谢万安，谢万安含糊地应着。

来自新热情张罗，俨然是这里的主人，陈孚跟着忙里忙外，跑前跑后。谢万安小声给我讲："泰安建工基金会是年度盛典的组织者，每年的盛典都有一家企业提供赞助，今年是大北骅建集团。万一同来自新讲话，自然一些。我说过，生意场上没有永远的敌人。"

真可悲，连厌恶都不能随意表达。

谢万安指给我看："那是路常轩，我的大学同学，泰安建工基金会的。走，跟我去打个招呼。"谢万安为我们引见。我说："初次见面，请多关照。"路常轩的眼神有片刻摇曳，继而说："幸会。"

谢万安称赞年度盛典，路常轩客套地道谢。谢万安与这几个大学同学并不亲近。其余五个人好得跟亲兄弟似的，谢万安与他们总像有隔阂。如果我有同情心的话，我会觉得谢万安有些可怜。

有人把谢万安叫走交谈。

路常轩眼神躲避着我，非常羞愧，低声说："对不起，我那天疯了。别害怕，我不会真的伤害你，我……没有那个能力。"

我知道他指的是什么。我们尴尬地静默。过了一会儿，我说："我得感谢你，是你帮我下定决心离开。"

他一怔，说："所以他不原谅我。"

他们兄弟之间产生嫌隙，不怪那个女人，倒怪我?

我不发问，不纠结，点头致意，踱步走开。前尘往事已远去，我已不是当初的我，不愿也不想提起过去。

许洲来了，跟在他身后的正是王在野。王在野风度翩翩，着一袭黑衣，颜色低调，却遮不住光彩。许多人跟他们打招呼，祝贺王在野在能源控制中心设计大赛独占鳌头，又祝贺许洲得了一员大将，如虎添翼。

能源控制中心设计大赛结束了？百万奖金不重要，冠军的荣誉不重要，重要的是王在野以实力证明了他是当之无愧的核心关键人物。

我刻意与他们拉开距离，谢万安却凑上去，寻找和许洲攀谈的机会。

许洲说："他得第一，所有人心服口服。圆溪领海公司任命他为总能源工程师，主管能源中心建设。是金子总会发光，才华横溢的人藏不住。"

滕老师说："水电站有些数据是保密的。当初王在野设计能源控制中心时向我要过，我不能给，谁来问都一样。在水电站的数据不能全部获得的情况下，依然能设计出适应各种极端情况的能源控制系统，这才叫本事。"

许洲说："名师出高徒，都是您教得好。"

滕老师问王在野："听说你在几个月前就向省委书记汇报过了？"

王在野说："纯粹是巧合。我一直惦记着这个项目，即使不能参与，还是想把设计方案完成，所以经常在周末去当地调研。有一次在高铁上，我打电话跟朋友聊起电力建设。等挂了电话，前排有个人主动和我交谈，提到'灵鹿森林'，建议我参加设计大赛。我告诉他我已经投稿了。他问起我的方案，我们聊了一路。直到下火车，旁边才有人告诉我他是省委书记。"

我身后有人窃窃私语："我也听过这事，说起来挺传奇。他的设计方案早就被人扔进垃圾桶了，一看署名是他就扔了，但他经常利用周末做调研，结果遇见了省委书记。他的见解给省委书记留下了深刻印象。当时省委书记没说什么，也没有对他特别关照。过了几个月，设计大赛快结束了，省委书记向组委会问起王在野的方案。组委会没办法，只能把他的设计方案翻出来一同评比。你想吧，他做了好几年，其他参赛者才做了几个月，那能比吗？根本不是一个段位。为排挤他举办的设计大赛反而替他扬了名，主办方这哑巴亏吃的。"

"一个人的成功是偶然，也是必然。他一年往十鹿镇跑那么多次，好几年了，才碰见一次省委书记，要我说这概率都算走背字了，他们可能已经共同乘车好几次了，互相不知道。他被赶出筹建小组时，大家都以为他完了，可是你看，沉寂了几个月，他风风光光地又回来了，毫发无损，还一跃成为许洲眼前的红人。事实证明，只要本事过硬就能稳稳站住脚，无法轻易扳倒。零碳城镇的概念说起来简单做起来难，他干和别人干，效果就是不一样。"

人人都在谈论王在野，他被围在中央，如众星捧月，一时风光无两。

我已经听到想要的结果，默默走到窗边，望向暗沉沉的夜色。玻璃倒映大厅里的流光溢彩。我有一点恍惚。我为何置身于此，与这些人共处一室，逼自己攒出笑容，曲意逢迎？我到底在干什么？

小腹的疼痛把我的思绪扯回现实。我告诉自己：易若然，既然来了，就做该做的事，否则干脆离开。

我审视自己的倒影，娴静端庄，泰然自若，只有眼中的灼灼有些暴露心事，稍微收敛一些就好。我带着笑容，转身走入热闹。

大家三两成群，自动结组。如果说滕老师、各大集团的总裁级人物算第一阵营，来自新、王在野等人算第二阵营，那么剩下的人就算第三阵营了。谢万安正在第三阵营与人讨论财政承受能力评估的事。他说："这算什么难题？找到做承受能力评估的咨询公司，许他点儿好处，还怕搞不定？"

"谢总和从前一样，一点儿没变。"

"那是，我多聪明啊。"谢万安错将讽刺当成夸赞，沾沾自喜。接着，他话锋一转，说："玩笑归玩笑，规矩还得遵守。"

哟，这人还不笨。

谢万安带我去跟来自新和王在野打招呼。

一个人问王在野："王总，在调研时，你花了大量时间走访当地群众，收集他们的意见，调整项目设计和整体规划。我不明白，普通群众哪儿懂规划啊，有必要征求他们的意见吗？如果他们提出反对意见，反而扰乱了自己。"

王在野说："兼听则明。"

不行啊，这样简短的回答远远不够。他把想法都放在心里闷着，不在意旁人的眼光，受了冤枉也不屑于辩解。是冷漠也好，是强大也罢，因为他的沉默，反让别人有机可乘，胡说八道。眼下是绝好的机会，人们肯听他说话，他得多说一些，让大家了解他。

我本来眼神飘忽，避免看他，听到他的回答，不由得殷切地，几乎是祈求地望向他，期盼他多说一些。正巧王在野的目光在我脸上飘过，四目相对，又各自移开视线。

他说："去年，海彻电气公司因为不及时结算工程款被施工企业围了，真正原因是施工企业偷工减料，工程质量不达标，又拒绝整改。我们明明有理，但在拖欠农民工工资的大舆论下，有理也没人听。当时我想，老旧小区改造是为居民造福的，工程质量有问题，居民最有理由愤怒。我将事情原委告知居委会，居民们成为我的强大后盾，扭转了舆论风向，化解了危机。事后我反思：我做项目到底为了谁？以前我直奔目标，忽略了使用者的感受，只想着实现个人的理想。可无论技术多么先进，设计多么完美，如果使用者不满意，有什么用？一个杵在那儿无人使用的项目，即使获奖无数也不值得称颂，反而是建设者的耻辱。'一'在'土'上才成'王'。城市设计需要扎根于民，而不是设计者一己私愿。"

众人纷纷点头。

有人觉得王在野占尽风头，于是吹捧来自新，夸他风流倜傥，年轻有为。来自新笑着摆手，不停地谦让。谢万安说："来经理确实很帅，是不是，易若然？"我点头。他问："大北骅建好多女孩追他吧？"我含笑不语。

说实话，身处富丽堂皇之所，与会者个个绣衣朱履、光鲜亮丽。若只看外表，来自新和谢万安，包括那个神色寥寥的路常轩以及一脸假笑的陈孚，都是人中翘楚、世之俊彦，只有深入交往才能分出优劣。

一个人说："王总魅力真大，听说你出差时有个女的一路追你到国外，后来怎么样了？"

王在野说："什么女的？不知道。我对不属于我的东西不感兴趣。"

陈孚问："你对什么样的女孩感兴趣？"

王在野答："不麻烦的。"

大家笑："这叫什么话。"

来自新说："女人确实很麻烦。抱歉，易小姐，不包括你，我指的是个别女人。人不可貌相。有的人看起来老实巴交的，其实诡诈得很。有的人看起来难以接近，实际上又滥交又低俗。陈孚，记得吗，公司以前有个女同事，表面上清高，一起出差时她试图勾引我，幸亏被我看破，严词拒绝，不久她就离职了。"陈孚表示他记得，添油加醋杜撰很多情节。

他们指的是杭州之事，虽然没有指名道姓，但架不住有人聪慧，何况来自新此地无银三百两地向我道歉。谢万安的表情渐渐僵住。

我不甘平白受辱，从容地说："来经理说得是。我也曾经遇到这样的事。同事道貌岸然，以关心为名试图接近，出差时故意带我去喝酒，又不知用什么方法复制了我的房卡，吓得我不敢回房，只好偷偷找到服务台，自费开了一个房间。现在我的手机里还保留着当时付房费的记录呢。"

来自新显然想不到事情是这样的，愣了一下，说："还是易小姐机智。"

有人说："你应该报警。"我微笑。

陈孚明智地岔开话题。谢万安的脸色好看了一些。许洲在远处招呼王在野过去，来自新趁人不注意，狠狠瞪我一眼。

我肚子疼得直冒冷汗，强撑着装作没事，心知撑不了多久，于是向谢万安告假。谢万安说："你脸色不好。"

我说："让来自新气得。再待下去，他还会针对我。"我不能说身体不舒服，不想给谢万安献殷勤的机会。

谢万安说："他再敢挑衅，我就对他不客气了。"

"算了，你今天是来交朋友的。"

他说："好吧，你走也好，已经有好几个人向我打听你了。人长得漂亮难免被人惦记。"他的语气酸溜溜的。

他提出送我，我拒绝。他在这里如鱼得水，让他留下尽情施展他的交际才华吧。他叮嘱我路上小心。我取回寄存的大衣，他追出来，再三叮咛后，一步三回头地进去了。

背后忽然传来一声冷笑。循声望去，陈孚站在角落里抽烟。他嘲弄地说："好一出十八相送。你挺有本事啊，让谢万安对你死心塌地。"

我整理大衣。"刚才的发难是你教来自新的吧？他自己想不出来。可惜呀，玩砸了。"

"火药味儿别这么重嘛。你得罪了来自新，他要报复你，我身为属下，当然得为上司出力。要怪，你就怪他。"

我要走，他拦住路。我眯起眼睛，目光锐利如针，轻轻地、无比威严地说："别挡我的路。"

他举起双手退后，说："哇哦。好的。不过嘛，我好心提醒你一下，"他表情诡异地说，"你以为谢万安是好人？哈哈，你认识的人一个比一个危险。"

他在门口的垃圾桶上捻灭香烟，悠悠走远。

走出酒店，一阵尖锐的疼痛撕扯着神经，我不由得弯下腰。为避免让人发现，尤其是那个阴险的陈孚，我顺着酒店外墙走到灯火阑珊处。斗篷式大衣下面灌风，一点都不保暖。我哆嗦着，额头冒虚汗，站不住，慢慢蹲下，打开手机准备叫出租车。屏幕的亮光照亮了我的藏身之处。

远处出现一个高大的身影，直奔我而来。我赶紧收起手机，角落重归昏暗。他继续向这边走。这里是偏僻角落，除了墙壁就是几棵树，他是冲我来的。

是来自新趁我落单前来报复？我抓紧手包。如果他敢无礼，我定然反击。

男人走到我面前，抓住我的手腕把我提拎起来。是王在野！

"来自新说的不是真的，我和他没关系。他骗人！"我柔弱地申辩，怕他不信，又为自己要向他解释而悲哀。不管我愿不愿意，他还在左右着我。当他无意间瞥向我，我的胸膛依然会迸出火星。

王在野不语，拉起我便走。乍一起身，我不免头晕，本来就疼得直不起腰，哪儿能及时迈开步子，被他扯得差点栽倒。他察觉我的迟缓，停下脚步，我便直接撞到他身上。他的身体很暖，衬托出我的冰冷。我的手脚都是凉的，全身发寒。

我连忙退后，再次急切地申辩："我是清白的，我没有勾引他！"

他平静地说："我知道，你心里只有一个人，看不见其他。"

我心头一紧，同时又一松。既然不是兴师问罪，他找我干什么？

他带我到停车场，命令我上车。我不动，他拉开副驾驶的车门，把我塞进去，扣上安全带，脱下外套扔给我，说："盖在腿上。"外套上残留余温，我把它扔在后座，刚要开车门，他已经踩下油门，车向前蹿去。

他目视前方，问："为什么不告诉别人你和我的关系？如果来自新知道你是谁，他不敢动你。"

我说："他们不需要知道，请你也不要对外说。"

他抿紧嘴唇，黑眸中光彩闪动，问："我就这么拿不出手？"

他怎么会是拿不出手的人？我只是不愿让人知道，得到时独自窃喜，失去了也不必有人围观我的痛苦。

我静静地问："什么时候办离婚手续？"

"没空。"

"那我们没什么可说的。靠边停车。"

车毫不减速。他问："你住哪儿？"

我答："十三陵。"

他又问一遍："你住哪儿？"

"八宝山。"

他也不烦，继续平静地问："你住哪儿？"

"天安门。"

他拨通了某个人的号码，说："姜糖水。"对方没听清，他又说一次，"姜糖水，滚烫的。麻烦你了。"他的行为永远出人意料。

车内的温暖缓解了疼痛。

谢万安打来电话："打到车了吗？"

"已经上车了，谢谢老板。"我堆起笑容，尽管他看不见，我已习惯用这副表情跟他说话。

谢万安说："好好休息。"我连声称是，再三道谢，结束通话，笑容立刻消失。

王在野淡淡地说："笑那么多，你不累？"我不理他。

他说："告诉谢万安别白费力气了。"我的心跳漏了一拍。他介意谢万安对我献殷勤？他说："我早就跟他说过，只要你在公司，合作免谈，找谁都没用。"

原来他在说公事。王在野刻意针对我？那真是抬举我了。谢万安早就知道影响合作的原因是我，可他什么都没说过，一点都没表露出来。

我的情绪暗暗起伏。我及时封闭所有感觉，打定主意，不管王在野说什么、做什么，我都不为所动。

王在野说："我没跟别的女人乱搞。"

我看他一眼。高傲的王在野特意向我解释，怕我误会？

他看着前方，说："我只有一个女人，就是你。"

我顿时涨红了脸。这个男人的话有毒，我已决定麻木不仁，却被他寥寥几句轻易扰乱。我努力摒除他的影响，平稳情绪，说："用不着跟我说这些。"

他沉默一会儿，说："除了你，跟谁还有说的必要。"语调一如既往的平静，却莫名地带着叹息之意，于是便多了一种低柔。那低柔溶入了我的血液，回流到心脏，以致它跳得软绵绵没有力气。

这不是我认识的王在野。王在野一向是淡漠的。一定是我出现了错觉，是空调的暖风和朦胧的月色扰乱了我的感觉。我暗暗咬唇，将内在的汹涌压抑成涟漪，伸手想把暖风关小一点，与此同时他也伸出手，我们的手指轻触。我缩回手，他静静看我一眼，把暖风开到最大。

到达一个陌生的住宅区，王在野下车，为我打开车门，转身大步走，我尽力跟上他的步伐。似乎考虑到我身体不适，他走得没有刚才在酒店时那么快了。

按响门铃，开门的是祝薇，原来这是她和邢之效的家。我曾用言语伤她，拒绝她的友情，哪儿有脸踏进她的家门。祝薇热情地拉住我向屋里拽，我想后退，她力气奇大。身后是王在野，我没有退路，只能前进。

祝薇怜惜地说："你着凉了？快坐下，我给你盛姜糖水，刚熬好的。"我摇头，她说："必须喝。"她把一碗姜糖水端给我。

"我走了。"王在野不等回答，转身离去。

"怎么了他这是？生谁的气了？"祝薇打量我，说，"你穿得太少。"

我看着热气腾腾的姜糖水。

"快喝吧，别感冒。你嘴唇都冻紫了，看把六王爷心疼的。"

我说："打扰你了。"

"邢之效加班，我一个人正闷得慌。"

姜糖水带着暖意，温暖了五脏六腑。

祝薇问："他带你参加活动去了？"

"谢万安带我去的。我在谢万安的公司工作。"

听到谢万安的名字，她的表情有些奇异。

我说："你们好像不喜欢谢万安。都是同学，为什么厚此薄彼？"

"分在同一间宿舍是缘分，没得选。"她话里有话，又给我倒了一杯姜糖水，"你离开大北骅建太好了。六王爷整天催我们给你找工作，说你傻不拉几的，看似精明，其实最容易轻信别人。他怕你跟着来自新会卷入大北骅建集团高层争斗，沦为炮灰。"

他们频繁给我介绍新工作，原来是这么回事。不过那时我们已经要离婚了，王在野在国外出差，还在操心我的事？

祝薇说："我问一件事啊，你喜欢的黄皮衣到底是什么牌子的？"

"什么黄皮衣？"

"那件衣服快把我逼疯了。王在野说你喜欢鹅黄色皮衣，托我帮忙买，但他对款式、品牌一概不知，又不肯找你问清楚，也不让我问，我只好一件一件地找，找一件他说不是，再找他还是摇头，总说不像是你喜欢的。我满北京城地找，找了快一百件了，到最后也没找到。"

一句无心之语，他却认了真，大费周章地四处寻找。我心绪烦乱，夹杂着些许甜丝丝的疼，如坐针毡，起身告辞。祝薇说："这么快就走？让他来接你吧，要不我送你。"

"不用了，谢谢。"

她忽然起疑，问："为什么他不带你回家，把你送到这里？"她像是想到什么，激动地说，"他把你赶出来了？我找他算账。"

我说："离婚了，当然得搬出来。"

"离婚？"她大叫，"什么时候的事？"

"一年前。"我觉得奇怪，他们不知道？"你那时不是还说如果我有事可以找你们帮忙。"

"那是因为他出国了，他让我们照顾你，说你天生骄傲，不会主动开口，让我们勤问着点儿。"她气愤，"他提出离婚？"

"我提的。"

她盯着我，问："因为夏暖？"

"也不算是。一言难尽。"

她紧盯不放，"如果不是因为夏暖，你会离婚吗？"

我沉默。如果没有夏暖，我会放手吗？遇见王在野是奇迹，嫁给他是奇迹中的奇迹，天上掉下来的幸运，我岂能主动放弃这千载难逢的好机会，哪怕他不爱我。但，既知他不爱我，我会快乐吗？我的贪婪将吞噬平静，迟早要走到离婚这步。既然决定了，就不回头。

祝薇说："那时他真应该带你出国。出发前，他特地来我家和邢之效商量，打算借机向公司申请在外常驻，远离是是非非。他先出去，等安顿好了再把你接过去。他没来得及跟你说，因为那时你刚把夏暖和他私会的事抖搂出来，正在气头上。"

我说："我该走了。"

祝薇说："对王在野和夏暖的关系我不好评论，但我敢说，王在野为你做的事，他从来没为夏暖做过，没为其他任何一个人做过。你做手术，他特意给你买燕窝。你住院，他去探望，跟我讨论半天送什么花。他说你眼睛看不见，花好不好看没用，他选了有香气的，说希望你在黑暗中依然有芳香为伴。他原本话就不多，在你面前说话更是加着小心，怕你多想。他不想让你着急，甚至连受伤都不敢告诉你……"她突然住口。

送花的是王在野？他为什么不说。哦，当时我正跟病友谈论"世界上对我最好的人"，他是不是听到了，气得走了？燕窝是他送的？那时他还在生我的气吧。不对不对，这些陈年旧事都过去了。今天的事我也必须赶快忘记。我面无表情，再次告辞。

祝薇说："别恨他。"

我微惊。我何时恨他了？我只是用恨来掩饰另一种强烈的感情。

离开祝薇的家，月光皎皎，清寒洒向人间。我吸一口寒冷空气，冷却波动的情绪。

三十、九旋之渊

同事悄悄对我说："大北骅建的来副总裁好像出事了。"

"哦？"

"听说是吃回扣被举报了。你说是不是谢总举报的？大北骅建总跟咱们过不去，以谢总的脾气，我早就觉得他不会任大北骅建欺负。"说完眼睛觑着我，意思是谢万安也替我出了气。

我将信将疑。来副总裁出事，来自新肯定地位不保，确实解气。不过这不太像谢万安干的。谢万安借滕老师之力前几天刚和来副总裁建立联系，他能主动把这么重要的资源扔掉？和来副总裁搞好关系已足以解除大北骅建对万安能公司的封锁，何必多此一举？

快递员送来一大束花。我告诉他送错了，我订的鲜花早已到期。快递员核对地址和名字，说没错。送花人没留下名字。我把来历不明的花放在公共区域。同事们以为是我订的，夸赞我有生活情趣。

我只在某一段日子由衷地热爱过生活，后来又不爱了。

谢万安悄悄对我说："特意给你买了一束花，你却把它放在茶水桌上。唉。"

原来送花的是他。我说："我只收男朋友送的花。"

他撇嘴，"别拿你那不存在的男朋友骗我。下班时别的女同事都有男朋友接，你一个人坐公交车，怪凄凉的。我看得清楚着呢。"

"您看错了。有人爱着我，我也爱着一个人，我很幸福。"

"打肿脸充胖子。你要是真有男朋友，他叫什么，在哪儿工作，月薪多少？"

我平静地说："那些不重要。他无与伦比。"

谢万安气得直哼。

公司召开经理会。众人七嘴八舌，说圆溪领海公司拒不合作，接待人员态度恶劣，有个女同事都被他们气哭了。

"肯定是王在野从中作梗，他最难搞了。"

"对方不提条件，见面归见面，就是不往正题上说，急死人。咱们所有部门的人几乎都去碰过钉子，他们把我们全都刁难了一遍。"

"谢总认识郎林御，何不请郎林御帮忙？"

"王在野才是'灵鹿森林'的核心人物。郎林御虽然是公司副总，职务比王在野高，但他哪儿管得了王在野那个活阎王。"

"王在野性格古怪，恃才傲物，以后真合作了，谁受得了他？"

"真合作了再考虑这些吧。眼下咱们连门都摸不到。"

"他翻脸无情，我可不敢与他共事。"

我缄默，一边听一边想：才不是那样！就算王在野狂傲，也不是故意为之，因为他根本不会花精力狂傲。他的世界简单纯粹，所有人和事分为两种，他在意的和不在意的。对在意的，他执着到匪夷所思的地步，以致人们觉得他性格极端。对不在意的，他常常表现得冷漠无情，实则是不受外物干扰，不为无谓的事分一点神。清淡疏离与坚定执着并存，因事而异，哪有什么性格古怪！

大家都认可王在野是突破口，只是不知道如何突破。谢万安突然说："易经理，这个重任恐怕要交给你了。"

我躲得还不够远吗？我一点儿都不想沾边，一个字都没讲过。我说："我正在筹备'多规合一'平台的审核资料，抽不出空。"

谢万安宣布散会，把我叫进他的办公室，跟我讲他的战略布局，和圆溪领海公司合作的重大意义，讲得口沫横飞。他说："别人不理解我，你应该理解我呀。"

我平静地说："谢总，我佩服您的宏图大志。我可以在其他方面效力，但与圆溪领海公司的沟通……我没有能力完成这个艰巨任务。"

"能力你绝对有。要不是舍不得你，我早就派你去了。事到如今，不得不派公司最漂亮的人出马了。"他哀叹。

"他恐怕不吃这套。其他女生也漂亮啊，还不是被弄哭了。我去也不会给我好脸色。"

谢万安说："所以要派你去。你看上去乐呵呵的，其实是个没有心的。你感觉不到别人的善意，同样也感觉不到恶意。你去最合适。"

我望着他。

他得意地说："怎么样，是不是引我为知己？我看人很准。要说你不敢去，我不信。你根本没有'怕'这种感觉。你是感情上的植物人。无论说笑还是生气，你的眼中没有任何情绪。我佩服你，你这样的人无敌。你不喜欢任何人，包括自己。"

他说得不错。我对自己的生活冷眼旁观，像在观赏一个人挑战生存极限，猜测我能活多久，挨到哪一天。每迎来新的一天都刷新了纪录。

谢万安看清我的真面目并不稀奇。他这人鬼精鬼精的。令我不解的是：难道就因为我感情麻木，我就活该被推出去承受伤害？而且，把我推出去的人是他。

谢万安总是对我献殷勤，不停地示好，我还以为他喜欢我，尽管我从不打算接受，但我没有误解，他努力引导我往那方面想。如果他对我是假意，他一向巧言令色，虚实难辨，我只能说他心机深沉，以后离他远一点就是了。如果他对我是真心的，那这个人就太可怕了，拿感情当投资，为了金钱可以出卖自己的感情。或许，他的真心虽然真，但分量轻得不值一提。无论如何，他为了利益选择牺牲我，让我顿觉轻松，以后不必顾忌他的感受。

我沟通的结果绝不是谢万安想要的。他敢把我豁出去，我就敢由着性子来。——有那么一瞬间，我真想搞砸了让谢万安看看，随即又冷静下来。我曾对季如说，假如分手后和王在野偶遇，我将转身离去。话犹在耳，我岂能主动送上门？

谢万安见我不肯去，失望透顶。这时，企业服务部的部长敲门，说："有人找易经理。"

谢万安问："谁？"

"王在野。我把他请到贵宾接待室了。"

谢万安瞬间换了好几种表情，惊讶、恐惧、恼怒、疑惑。他死死盯着我，几秒后恢复正常，说："走，去看看。"

大名鼎鼎的王在野竟然来到万安能这种小公司，整个公司都轰动了。大家无心工作，纷纷向贵宾接待室张望，低声议论。谢万安热情地与王在野打招呼，说："有事你打个电话就行了，我过去，不用劳你大驾亲自跑来。"

王在野说："别误会，我不是来谈合作的。圆溪领海公司绝不和万安能公司合作。"

谁都没想到王在野这么直接。企业服务部部长还来不及退出贵宾室，倒茶的女同事愣在当场，能说会道的谢万安一时也没了词。

圆溪领海公司不跟我们合作，这件事我耳朵听得都快磨出茧子了，用不着他跑来再说一遍。难道他特意来羞辱我们？我不禁动了气，要开口，谢万安用眼神制止我。我装看不见，不卑不亢，不疾不徐，说："感谢王总开诚布公，专程登门指教。'灵鹿森林'是个宏大的项目，也是重要的民生工程，涵盖大大小小数百个子项目。我有幸拜读过项目方案，钦佩您的创意，同时也为您的小气感到惋惜。"

谢万安诧异地看我一眼，又瞄一眼王在野。

我说："'灵鹿森林'需多方努力共同建设。敝公司希望能够参与，除了追求利益，同时也希望尽绵薄之力造福一方百姓。但，您百般阻挠，禁止我们染指。蛋糕不与外人分，我们懂。老实说，我们虽然进行着不懈努力，但并没有抱太大希望。如果打扰了您，我们道歉。不过，都是同行，您不该故意刁难，仗势欺人。万安能公司虽小，也是有尊严的。您对我们缺少最起码的尊重！"

王在野认真地听我说话。认识他以来，这一次他的目光在我身上停留的时间最长，最专注。

我用平静的语气说完责备的话，道一声抱歉，正要离开，王在野沉静地说："只要易若然在万安能公司，合作的事就免谈。"

此言一出，在门口偷听的同事已经炸了锅。谢万安忍不住问："为什么？"

王在野说:"看她不顺眼。"

外面又是一阵惊讶。我心里发急。话说得不清不楚,引起这么大骚动,有没有考虑过我的处境?别人会怎么猜测我跟他的关系?这么会儿工夫,恐怕已经编出好几本小说了。得赶紧撇清!

我从容一笑,说:"那好办。要么您离开圆溪领海,要么我离开万安能,问题就解决了。"

"易经理。"谢万安轻轻喝止。他对王在野说:"你对我的员工恐怕有误会……"

王在野打断他,"没有误会。'不想指望一个人,然后受制于这个人',金玉良言,发人深省,我受教了。"

这番话似乎解释了他为什么看我不顺眼。同事们面面相觑,一副恍然的模样。

谢万安说:"她不是那个意思。"

王在野说:"她什么意思我最清楚。"

我扫他一眼。他真的清楚?

谢万安还想替我解释,王在野说:"我需要易若然跟我去办一件事。"话是对谢万安说的,他的目光却一直凝注我。这人怎么回事,上一秒还当众表明针对我,转眼又叫我出去,搞什么!

我说:"我没时间。"

王在野说:"这件事非她不可,现在就得出发。"他沉稳如山,仿佛认定我们一定就范。

谢万安讨好地说:"当然,你亲自上门,一定是急事、大事。正好易经理也有事跟你商议。易经理,你去吧。"他向我递眼色,让我借机与王在野搞好关系。我心中冷哼,服从老板安排。如果我搞砸了,导致两个公司关系恶化,可不赖我。

我和王在野在众人的目送中走出公司。进入电梯,我的表情垮下来,冷冷地盯着他。已成陌路,找我干吗?

他静静地问:"你的眼睛是批发刀子的吗,用这么扎人的眼神看我?"

我问:"什么事非我不可?"我就不信了,地球离了我还不转了!

他说:"离婚。"

我顿时没了脾气。是啊,地球离了我照样转,但没有我他离不成婚。我说:"我没带结婚证和户口本,得回家取。"

"身份证带了吗?"

"带了。"

"够了。"他说。

够吗?离婚手续简化了?办完就踏实了,从此一了百了,无须再见。

车开了很久,行驶到郊外。他带我去哪儿?问是问不出来的,只能随遇而安。

到达机场。机场的安保升级了,检查过身份证才能入内。走进一家SPA中心,一个瘦高的男人正在休息,见到王在野,喜悦地说:"你不是说人在外地赶不及吗,是要给我惊喜吗?"

王在野指着我说:"她的眼睛一年多以前做过手术,视网膜脱落,你给检查检查。"

我定定地望着王在野。他行事永远出乎我的预料。

那人大失所望,叫:"我就知道你没这种好心来送我。"

王在野看表,说:"你再啰唆就没时间了。"

那个人不情愿地上下打量我,像是要从我身上找到原因,说:"失明了吗?我可是世界顶尖眼科专家,小毛病不值得我出手。"

王在野眉一横,说:"你态度好点儿。"

那个人有些惧意地瞪他,一边打开行李箱一边叨咕:"怪不得让我先不要托运行李。"

他的行李箱是一个便携式器械箱,装满各种眼科工具。他为我检查一番,说:"手术做得不错,术后恢复也不错,没什么问题。"

我说:"谢谢。"

王在野说："你看仔细，日后她眼睛有事，我唯你是问。"

那个人气得叫："喂，我只停留一天，要见你你说没空，好不容易见面，你还威胁我！"

王在野说："走吧，你该安检了。"

那个人悻悻地，不理王在野，转身与我道别，面带笑容说："美女，留个电话，以后方便联系。"

王在野拿出一个礼盒拍在他身上，说："礼物。快走。"

"礼物？算诊费吧。"那个人嘴硬，但已露出喜色，要拆开。

王在野说："没时间了，登机后慢慢看吧。"他带我离开。他大步流星，我加紧脚步，距离却越拉越大。他的背影高大，肩很宽，别有一种高冷孤傲。

回程中一路无话。我搞不懂这个男人。工作中打压我，紧接着又为我治眼睛，说他体贴，他又一副公事公办的模样。他的心如九旋之渊，我看不清，真的看不清。

路口，一只流浪狗过马路。王在野远远地放慢速度。小狗徘徊着，想跑到路对面又不敢，停在路中间，见有车靠近，更加慌张。王在野停住，后面的车一直按喇叭，他充耳不闻，直到那只狗跑到路边，他才重新行驶。

他一直是善良的，是我被怨气蒙住了眼睛，举其一不计其十，只盯着他的缺点。想当初，我们因他的善良结识，他在酒吧帮了我，后来几次邂逅，他都帮了我。

我说："你可以善良，但请不要对我善良，我不需要。"

他说："我没有闲心善良。"停顿一下，他又说，"我答应过你爸照顾你。"

我心里顿时五味杂陈。爸爸特意要他做出保证？嘴硬心软的爸爸呀，他对我诸多不满，见面必然训斥，我俩无法好好相处，可他一直默默关心着我。他以为找到了可以托付我终身的人，可惜，我要的并不是王在野偶发善心的照顾。誓言再炽热，也抵不过貌合神离的冷。

我说："不必了。你的承诺解除了。什么时候办离婚手续？"

路口正好是红灯，车停下了。他转头凝视我的眼睛，像要望到我心底，说：

"易若然，我只问一次，你想好了再回答：你，真的要错过我吗？"

心瞬间坠入暖洋，被温暖的洪流席卷。我不是已经错过他了吗？难道还没有，还有机会？他的身边依然给我留着位置？身体仿佛被注入力量，血液开始流动，尽管还带着冰碴，填充那深不见底的沟壑。

不行，不能受他影响。我由自己主宰，不是他，不是他！我拼命把镇静拉回来，冻结所有感情。"对。"我只说得出这一个字，喉咙几乎痉挛。他望着我。大概是我刚才发愣的那一秒钟让他怀疑我的坚定。没关系，我知道怎样应对。我用无比平静的语气说："魔法消失了。"

他的眼神起了微妙的变化。他懂我的意思。

回到公司楼下，我说："除非办手续，否则不要再找我。"他看了我一眼，黑色眼眸暗沉沉，开车走了。

回到住处，我扑在床上，脑子乱哄哄，回响着同一句话"你真的要错过我吗"。我用被子捂着头，那声音往脑袋里钻，往心里钻。缘何有此一问？他盼我回去，不是别人，依旧是我？原来一直搞不清状况的是他啊，他始终在梦中，一场我们没有错失彼此的梦。想到这儿，我的心隐隐作痛。我是否错过了最后的机会？回头还来得及吗？他还在等我吗？

他又打开了神奇世界的大门，站在门内望着我。我抗拒着不靠近，对自己说："你说过魔法消失了，你自己先得相信。他不需要你。他只是觉得离婚很麻烦，不是因为需要你。别过去，千万别过去。"我把紫色印花笔记本紧紧抱在怀里，如同抱着一面盾牌。

三十一、梅梢月上

第二天，谢万安前往河灵市，出发前叮嘱我不许辞职，其余什么都没说，不询问，不责备。我为连累公司而道歉，他反倒安慰我："王在野的话你别往心里去。他针对的是我。他看出我重视你，故意刁难，想让我知难而退。"

啥？这么解读对吗？我眨眨眼睛。

他叹气："上大学的时候他们就不喜欢我，在宿舍里，我总是被孤立的那个。因为我喜欢你，所以他们拿你当借口。如果我喜欢别人，他们也会拿别人说事。"

我说："所以谢总你最好正经一点，不要再引起别人的误会。咱们是干干净净的同事关系。"

一整天，同事们窥探的目光就没离开我。他们好奇我怎么得罪了王在野，猜测谢万安选我还是选项目。他们悄悄打赌，赌谢万安一从河灵市回来就辞退我。

说来讽刺，我一直希望以能力和努力在行业中立足，与同事保持单纯的工作关系，靠劳动取酬，凭业绩升职，在大北骅建如此，在万安能亦如此，奈何总是事与愿违。来自新、谢万安，他们对我的态度与我的工作无关，他们甚至不给我踏踏实实工作的机会。而一旦超出工作的范畴，我不打算付出任何东西。前途未卜，未来完全不受把控。谢万安对我的另眼相看不会改变，只能我做出改变。

傍晚，我接到谢万安的电话。"易若然，你在哪儿？"他听上去十分着急，不等我回答，他嚷道，"快去找王在野，拖住他！我跟河灵市发改委秦主任已经约好了，结果他临时出差去北京了。今晚王在野请他吃饭，一定要阻止他们碰面！"

我一头雾水。

谢万安说："王在野一心把我拦在项目外。这家伙油盐不进，谁说情都不管用。我找了秦主任，打算跳过圆溪领海公司，直接拿项目，我做项目主体，到时候王在野想拦也拦不住。秦主任说先给我几条道路，弄得好的话后期多给我一些工程。这件事我酝酿好几个月了，要不我干吗每周都跑一千里去陪秦主任钓鱼。我和秦主任约好今天谈细节，没想到他临时去北京了。易若然，你一定得帮我，公司成败在此一举。"谢万安悻悻地，"你不知道王在野的阴险。他现在是红人，一句话就能决定小公司的生死，必须想办法冲破他的封锁。"

河灵市、王在野、灵鹿森林，我统统不想沾。我说："有您出马，什么事办不成？不用着急，等秦主任回到河灵市，你们继续谈。"

"王在野已经猜到我的想法。今晚他一定会说服秦主任，坏我的事，所以决不能让他们见面。今天、现在，必须阻止他们！"

"谢总，我没那么大能量。而且就算今天阻止他们见面，明天呢？"

"明天秦主任就回来。今晚最关键！王在野一定充分利用今晚的时间。现在几点了？六点。他们马上就要会合了。快点，快点！"

我说："王在野要想搞破坏，见不见面都一样。"

"你傻啊，有些事必须当面说，哪儿能打电话。酒桌上能谈很多事，王在野最擅长在酒桌上笼络人。"谢万安郑重地说，"易若然，这是决定公司命运最重要的时刻。你是公司员工，也是我的……重要伙伴，一损俱损，一荣俱荣，你得帮我把事办成！"

老板与员工的利益并不完全一致，我们不是休戚与共的关系，从来都不是。至于他话中的暗示，更是令人反感。

他见我沉默，急了，说："没时间了，快去！要是我能飞过去，我早去了。咱们公司只有你和他说过话，只有你能办这件事。我不管你用什么办法，色诱也好，利诱也罢，总之拖住他，事后有你的好处。"

色诱，利诱。为什么我听到他的话一点儿都不惊讶？我嘴角浮现讽刺，可惜他见不到。

谢万安忽然说："如果真让王在野得逞，我只剩举报一条路了。发改委主任接受企业宴请，说没有权钱交易、利益输送，谁信？哼。"

我皱眉。

他叹气："我陪着秦主任钓了多少回鱼了，晒得脱了一层皮。刚跑熟的一个关系，放弃了实在可惜。这是王在野逼我的。"他咬牙切齿，"他不给我活路，他也别想好！"

我提醒："秦主任要是出事，换一个新主任，你还得重新跑关系。"

谢万安说："跑呗，那有什么办法。没有钱敲不开的门！"

我问："他们在哪儿吃饭？"

谢万安阴恻恻地说："我不知道。纪委能查出来。"

我说："我去试试。"他大喜过望。

我平静地说："只是试试，没有任何把握。"

"什么方法都可以用。撞坏他的车，或者找个女人拦着他大闹一场，假装是他的情人。总之拦住他，费用我出。"

他似乎没意识到他的主意有多么卑鄙。我敷衍地嗯了一声。

谢万安说得出做得到。要是他真去举报，王在野和秦主任必将经历一番调查，即使不存在非法勾当，行政机关人员接受企业宴请这一条也够他们受的。秦主任受到处分，企业的人也好受不了。王在野本就因"灵鹿森林"而万众瞩目，惹得许多人眼红，经历波折，他刚刚回归原位，平时树敌又多，到时候谢万安再添油加醋、无中生有，事情就更糟了。眼下要紧的是保住王在野，阻止他和秦主任见面。

但是，凭我阻止得了他吗？是否找人帮忙？滕老师？邢之效、郎林御他们？我该怎么向他们解释阻止王在野见秦主任的原因？为了谢万安？为了王在野？我苦思冥想，想不出办法。

我翻到通讯录中王在野的号码，我从未给他打过电话。他接听了，电话那边还传来其他人模糊的语声。

他和秦主任已经碰面了？我着急地问："你在哪儿？我要见你。"

"我现在有事。"

"我也有事，十万火急，必须马上见到你。"

"长话短说。"他似乎走到了清静之处，周围的杂音没有了。

"不行，电话里说不清。我要见你！你在哪儿，我去找你。"我声音发颤。

他察觉我的反常，问："出了什么事？"

"我要见你。"我的语气已带着恳求。

"我走不开。"

"我有性命攸关的大事，我……我……"不能点破他宴请秦主任的事，也不能把谢万安的阴谋说出来，我不想让他知道我在帮他。"我必须马上见你，否则就来不及了。"

"我让老郎去找你。"

"不行，别人都不行，只有你。求求你。"最后三个字我说得无比艰难。

短暂的沉默后，他问："你在哪儿？"

我的心怦怦跳，不敢相信他肯见我。我说："我……我去你家门口等你。"

我火速赶往他家。

从未想过有一天我会回到这里。梅花绽放，如一场粉色的雪落在枝头，幽香萦绕。新生的花苞鼓鼓的，不日将陆续盛开。真快，一年了。一年前，我数过梅花。如今，我站在同一棵梅树下，依然在数梅花。

二十四朵。与我同龄。

半个小时过去了，他没出现。再打他的电话，他关机了。天渐渐黑了。我给郎林御打，他带着怒意斥责我："易若然，你能不能懂事一点儿，别添乱！"我五内俱焚，给王在野打了无数次，他依然关机。谢万安每隔一会儿就催我一次。

我背靠墙壁。一个小时过去了。我的心凉了。王在野还是先去参加应酬了。全市那么多饭店，他在哪儿？两个小时过去了，我顺着墙壁蹲在地上。

谢万安打来电话，暴喝："易若然，你到底在干什么？你能不能有点儿用？全耽误了，前功尽弃！"他怒挂电话。我再打过去，他也关机。

完了，来不及了。该发生的已经发生，未来的事也必将发生。腿长在王在野身上，我阻止不了他。嘴长在谢万安脸上，我也无法阻止他。王在野的名声和事业岌岌可危，我救不了他。

已是半夜，我扶着墙站起来，腿一阵阵发木。我垂头丧气地向电梯走，这时，电梯上行，门开了，王在野走出电梯。他的黑眸闪亮无比，说："我来迟了。"

我凝望他，失望、遗憾、感慨、酸楚，齐袭心头。他是来迟了，一切都晚了。

他问："出了什么事？"

"没事了。"我走向电梯。他拉住我，仔细看我的脸，关切而疑惑。

"没事了，没有任何事。"我心灰意懒，轻轻拨开他的手。

他的眼睛忽然一暗，黑色凝聚，神情转为研判。原来黑色可以有这么多层次，在他的眼中流转变换。"是谢万安让你找我的？"他问，声音清冽如冰。

我无法否认，只能沉默。

他目光如针，冷森森，瘆人的阴鸷。"一丘之貉。"他一个字一个字说，无尽轻蔑。

我嘴唇动了动，又觉得什么都不必说了。踏进电梯，我走了。

梅梢月上，一整晚的心惊肉跳、焦灼担忧都融化在惨白的月色中。

三十二、翠幕屏深

清晨上班，遇见人力资源部部长，她气愤地指责我："你给公司造成了重大损失！总经理对你那么好，真是瞎了眼。"

我茫然。

她说："刚接到海彻集团公告，说我们公司严重扰乱建筑工程市场秩序，存在不正当竞争行为，海彻集团所有公司，包括参股公司，都不考虑与万安能公司在任何领域的合作。海彻集团还明确提出封杀你。你又干了什么？你真有本事啊，惹得麻烦一次比一次大，大北骅建、圆溪领海，这次居然连海彻集团都得罪了。海彻集团要想捻死你，跟捻死一只臭虫一样容易，你自作自受，别连累我们呀！"

王在野的反击来得真快！我一直给谢万安打电话，想说服他打消对付王在野的念头，他始终关机。看来谢万安昨晚已经举报了，什么都来不及了。

所有人都对我怒目而视，用难听的话发泄愤怒和沮丧。茜雪忽然睁大眼睛看向我身后，叫了一声"谢总"。只见谢万安春风得意地走来。茜雪口齿伶俐地把噩耗告诉谢万安，谢万安一愣，喃喃："怎么这样？"企业服务部部长哭丧着脸跑来，说海彻集团对万安能的人一概不见，根本无法沟通，以前与海彻集团下属公司签订的几个合同也被告知要解约。

谢万安紧皱双眉，把我叫进办公室。

我叹息："是王在野的报复。"

"可我什么都没干啊。"谢万安委屈地叫。我诧异，他说："昨天气得要死，真想举报他，后来又想，毕竟同窗四年，大家都不容易，就什么都没干。为什么终止合作？王在野是条疯狗吗，这是要干什么？"

他在屋中踱步，过了一会儿，停下脚步，点点头，说："这么说，彻底摊牌了。怪不得。"

怪不得什么？我听不懂。

他欲言又止，又开始踱步，这次时间更久，然后他停下了，苦笑了一下，说："看来只能剑走偏锋了。"

剑走偏锋？他又在打什么鬼主意？万安能公司遭到前所未有的打击，谢万安是否会铤而走险？我不禁留意。过了一会儿，谢万安穿上大衣出门，我跟在后边。他开车，我打车。他停在一间茶楼，一辆黑车停在他旁边，下车的是郎林御。原来他是找老郎沟通，我的心放下一些。

我尾随他们进入茶楼，他们进入包间，我溜进隔壁包间。包间之间以从上到下的实木浮雕屏风做隔断，隔音效果不佳。屏风上螺钿生花，勾勒春景，花树俨然。我压低声音点了一壶碧螺春，叮嘱服务员不要进来打扰。

谢万安说："老郎，不用搞这么大动静吧。好好的合作，怎么说终止就终止了？六王爷还和当年一样霸道。这回他有点儿不讲理，你不觉得吗？"

郎林御冷冷地说："终止合作的原因你很清楚。"

"冤枉啊，我真不知道！"

郎林御怒道："昨天的事，你敢说不是你？"

谢万安反问："什么事？我一整天都在河灵市，发生什么了？我这儿还一肚子冤枉呢。"

郎林御说："行。你嘴硬。合作的事别做梦了。他用他的方式挑选值得信任的伙伴，你肯定不是。害了他还想从他身上捞钱？"

谢万安叫："嘿，咱们这么多年兄弟，你不信我？你太让我伤心了。"

"我们也想信任你，可你满嘴没一句实话。"

"别这么说呀。你们对我误会太深了，尤其是老六。你帮我劝劝他。有钱大家一起赚，犯不着为一个女人影响大事。"

郎林御沉默一会儿，说："你指易若然？王在野公私分明，事情和易若然无关。"

"只要易若然在，合作就免谈。他还真是公私分明。其实也好办，我不让易若然参加项目不就行了。我在河灵市成立个子公司，用子公司承接工程。"

谢万安纳闷，"易若然怎么得罪他了，他这么讨厌她？"

郎林御说："我说了，跟易若然无关！"

谢万安哈哈笑，说："干吗这么着急？你也喜欢她？"

郎林御的声音沉下来，说："别扯没用的。你从来不做没把握的事，不干亏本的买卖。早在你招聘易若然的时候就知道她的身份了吧，她是王在野的妻子。"

谢万安云淡风轻地说："你说得好像我城府很深似的。我看重的是工作能力，与身份无关。"

谢万安的语气没有丝毫惊讶，显然早已知情。我大吃一惊。陈孚说我认识的人一个比一个危险，真没说错。

郎林御严肃地说："你知道他们的关系，就不该向她献殷勤。"

谢万安说："王在野的魅力真是不行了，连女人都看不住，还得你出手帮忙。不过他们已经离婚了，我追易若然有什么问题？"

"他们还没办离婚手续。"

"迟早的事。"

郎林御说："兔子不吃窝边草。你好歹顾一下大家的体面。"

"这话你对老六讲过吗？他和夏暖怎么回事？啊，对，我该找夏暖出面，说不定管用。英雄难过美人关哪。"

"老谢！"郎林御怒喝。

"瞧你的反应，我说对了？"

郎林御努力压制怒火，说："无论如何，别打易若然的主意。"

"那得看你是否照顾你三哥了。我可以拿爱情换面包，放弃喜欢的人。要是没有面包，爱情我必须抓得紧紧的。我本来打算过几天向易若然求婚呢。"我能想象出谢万安涎着脸的无赖样儿，也能猜到郎林御脸色有多难看。

郎林御咬牙切齿地说："你知不知道朋友妻不可欺？！"

谢万安说："他们离婚可不赖我，我也没把易若然怎么样。全公司谁不知道我对她特别优待。要不是我，她早就被来自新挤对死了。王在野有精神洁癖，对别人的东西不感兴趣，我不是他，我这人不挑。易若然真是个好女孩。窈窕淑女，君子好逑嘛。"谢万安换了一种推心置腹的语气，"六王爷脾气冷硬，对女孩子肯定不够温柔。我觉得我就够不解风情的了，但我肯定比他强。女孩子需要好好呵护，易若然也喜欢被人捧在手心里。她很喜欢和我相处，我们私交很好。"

郎林御忍着气，问："你想怎么样？"

谢万安说："咱们做笔交易怎么样？我对易若然放手，你促成我与圆溪领海公司的合作。"郎林御不语。谢万安说："我这可是忍痛割爱。要不是为了公司，我绝对舍不得她。"

"谢万安，还有什么是你不能出卖的？"

"瞧你说得多难听。我再说一遍，是'忍痛割爱'！"

沉默一会儿，郎林御问："你能保证吗？"

"这么不信任我？"

郎林御咬牙说："辞退她，我就信你！"

"啧啧，王在野的意思吧？这是有什么深仇大恨呀？好，我答应。作为交换条件，你给我什么？"

一阵沉默，接着是茶盏放下的声音。郎林御郁闷地说："我可以把十鹿镇东南片区综合管廊项目给你，我只能做到这个份儿了。"

谢万安不悦地说："我的爱情就换来这么点儿？"

"这是总投资超过十亿的项目，我都怕你的小公司吃不下，噎死！"

忽听门被推开，一个人说："易若然不值这个价。"

我的心被刺了一下。

谢万安不自然地打招呼："王在野。"郎林御咳嗽两声。

郎林御说："这件事赶紧了结了吧。"

王在野说："了结什么？谢万安，你与易若然的关系是你们的事，我不关心，你们随意，爱怎样就怎样。郎林御，这个项目不是你的，也不是我的，是公司的，你我都无权出让公司利益。"

谢万安赔着小心说："老六，干吗这么严肃？"

王在野语气冰冷，说："谢万安，如果我是你，现在该想的是谁给你收尸。"

谢万安说："得，我明白了。二位，我先走了。"

"老谢。"郎林御叫他。

谢万安说："得了，你只是个羽林郎，做不了六王爷的主儿。我看出来了。我呀，还是饿着肚子抓紧我的爱情吧。"

谢万安走了。屋里一阵安静，接着，郎林御小心翼翼地问："你怎么了？"

王在野说："谢万安是什么人，你不知道？狂言謷说，口蜜腹剑。和他做哪门子交易？"他语气平和，却有一种说不出的森冷。

郎林御像是吓得够呛，嗓音发抖，说："我只想把易若然择出来。她不知道你针对的是谢万安。无论怎样你都不会跟万能公司合作，但你非要说是因为易若然。你这不是逼谢万安辞退她吗？"

王在野说："让谢万安当恶人不好吗？"

郎林御说："谢万安肯定装出被逼无奈的样子，恶人是你，你心里清楚。谢万安只把易若然当工具，用的时候可劲儿压榨，等她失去价值就丢弃，要么降职，要么辞退，借此拉拢所有恨她的人，转眼就能得到来自新的欢心。所以你提前布局，拿易若然当不合作的理由，为的是不让谢万安继续利用她。你替她看出五步远，怕她掉坑里。这么关心她，当初为什么答应离婚呢？"

王在野说："郎林御，你哪只眼看见我关心她？她是死是活，待在谁身边，对谁笑，与我无关，更轮不到你管。"

他不在乎我。清清淡淡的语气，平静无波的表述，他就这样轻巧地说出了具有极大杀伤力的事实，而我无法责怪他，因为他说的是真话。

谢万安知晓我的身份并设计利用，王在野洞悉一切却装不知情，陪着我演互不相识。他们将我玩弄于股掌，只有我蒙在鼓里，自以为隐藏得很好。

我本就羞愤难当，听了王在野这番话又被彻底寒透，下意识抱紧胳膊。

郎林御声音发虚，问："你怎么了？董事长不放过你，还要深究？"

有什么东西扔在了桌上。郎林御倒吸一口凉气，说："不可能！假的！"

"真的，找人验过。"

郎林御说："她……她……"

王在野说："她和谢万安早就串通好了，假装和我结婚，背地里不知干了什么！"

我头昏脑胀，耳鸣越来越严重，渐渐什么都听不到，呆坐了一会儿，心下茫茫，也不管隔壁的人是否走了，跟跄着出门，正撞上王在野。

看见他，我明白了郎林御的恐惧。从未见王在野脸上出现过这么可怕的表情。他脸色铁青，毫无血色，连嘴唇都是青白的，眼中杀气腾腾，被深深的黑色包裹，有种吞噬天地、毁灭一切的气势。

我们对视着，他阴沉的眼神仿佛已杀了我一百次。他的嘴唇动了。我调动所有注意力才反应过来他在说什么。"美丽和丑恶原来可以在一个人的身上如此集中。为什么接近我？你想从我身上得到什么？你和谢万安到底有什么企图？所有的偶遇都是精心安排，你讲的话，你出现的地点，你委曲求全的样子，你编的动人故事。我早该想到，世上哪有那么巧的事。"

我蒙了，不明所以，心抖成一团，只能先用冷漠抵挡。

他极尽鄙夷地说："无话可说吗？也好，天花乱坠的故事我已经听够了。别再到处拿你们那点儿事恶心人，给世界留点干净。"他脸上全是嫌恶，"回去告诉谢万安，让他带着你滚远点儿，看你一眼我都觉得脏。"

他知道吗，仅他一个鄙夷的眼神就能击碎我的心，无他，因为他是王在野。然后，他用残忍言语在我心的碎片上狠狠碾磨。

郎林御皱眉望着我。这个刚才还为了我跟谢万安谈判的人，此时神情复杂，毫无同情。

我脑袋嗡嗡响，嘴里有一股咸味，原来是咬牙过于用力，咬得牙龈出血。我冲出茶楼，站在门口，大脑一片空白。

"女士，女士，您的东西。"

服务员追出来。我反应迟钝，望着他，过了几秒才接过羽绒服和背包，假装镇定，机械地穿上衣服。包里有紫色印花笔记本，它是我的命，它还在！

三十三、夤夜雪踪

生活对我而言是一场漫长的羞辱，我又怕又累。难堪和沮丧像大山压在背上。王在野恨我！空气中仿佛遍布尖针，针尖全都对着我，我无处躲藏，连呼吸都会把那些针吸进去，上上下下、里里外外无一处不疼，尤其是心。心太疼了。有没有人因心疼而死？

王在野的斥责一点都没错，是我对不起他，自取其辱。他骂得对，我也觉得自己特别脏。一想到谢万安什么都知道，设下圈套给我钻，整天玩暧昧，连我自己都觉得恶心。这种羞辱任何一个当丈夫的都受不了，何况王在野有精神洁癖。

我低着头，不看路，靠疼痛支配双腿，放空思想，神色茫然，行尸走肉一般。我焦灼惶恐，然而，内心深处，我对自己的遭遇毫不在意。似乎在一瞬间，意识从身上抽离了，分离出两个我，一个痛苦不堪，一个冷眼旁观。我不停走路，其实并无目标。不曾希冀，何谈失望？我是站在旁观者的角度为我的遇人不淑嗟叹，并非为自身悲哀。

景物有些奇怪，我愣了一会儿才反应过来下雪了。洁白的雪，不绕开我吗，我是个不干净的人啊。

手机不停响，高中同学群里有三十多条未读消息，大家都在发蜡烛的图片，我心里顿时一沉，找到最初的未读消息，果然，是李寄病故的讣告。

李寄死了！

我眼前昏花，立即冻结所有感情，封存所有记忆，理性知道应该悲戚，感觉的反应却缓慢。正好，趁着麻木，忘记这个人。

李寄走了，我的牵挂又少了一个，轻松了。我不该难过，我该为生命的轻盈庆幸，总有一天，失去所有，我将彻底解脱，无悲无喜，无牵无挂。

可为什么胸口发闷，像有个重物压着，让我呼吸不畅？

我望着天空。是因为天气吧？雪越下越大了。

爸爸打电话责备我："你怎么回事？春节都过了，一个电话都不打。眼看到元宵节了，我要不给你打，你都忘了你有家了吧？"继母在旁边小声劝他。爸爸说："去年你在婆家过年，今年怎么也该回这边看看了。你和王在野一个赛一个不懂事，平常连句问候都没有。你让他给我打电话！"

我说："不怪他。"除了这句，我说不出别的。

继母抢过电话，说："易若然，你爸担心你。前几天听人说你的一个高中同学不行了。这刚多大年纪，说没就没了。你自己一个人在外地一定要注意身体。"她说了好多。爸爸在一旁发牢骚。

我干巴巴地说："知道了。"

爸爸说："你听听她什么态度！"

继母说："别再数落她了。孩子在外边不容易。"

没意思，一切都显得无聊而可笑。他们在意的我都不在意，他们觉得重要的我都觉得不重要。他们不认识真正的我，我自己也不认识。我知道他们是为我好，但我害怕，我无法赞同他们，更怕有一天我赞同他们。如果我提出要求，他们一定会帮我。我不知道该要求些什么，如果说有要求的话，我只希望被遗忘。

我和别人不一样，我怕被人发现这一点，又不肯变得和别人一样，左右为难，矛盾重重。

站在公交车站，看车一辆辆来了又走，人一拨拨上车下车。车尾灯亮了，接着，街灯亮了。满城流光。

繁华尽头，终逃不过破败。

我再次问自己：营营碌碌，所求为何？

人们都忙碌着，他们知道要什么吗？为什么他们能找到生活目标，我却找不到？

身体疼痛，说不出具体哪疼，那痛楚如丝如缕，绵绵不绝，搅得我厌烦透顶。我察觉自己的思想滑向危险的深渊，心里酝酿着阻拦之力，却没有伸手。

我的身体已经滑下去了，只有一只手扒在悬崖边。

谁在毁灭我？王在野？谢万安？似乎还要加上我自己。

黑水晶吊坠不见了。我的心丢了。

我已走过很多路，完全不记得走过哪里。我回过头一寸一寸地找，人行道、过街天桥、十字路口、背街小巷。我或许路过过这里，或许从未经过。雪打湿了羽绒服，鞋也湿透了，我身上却出了汗。

很多人给我打电话，我一律不接，把谢万安加入黑名单。祝薇和徐傲朵见我不接电话，纷纷发来信息。

"海彻集团发布官方消息，谴责你和万安能公司违规竞争。这里面是不是有什么误会？告诉我们，我和邢之效给你评理。"

"许多媒体憋着参访你。速来找我，咱们一起商量对策。"

朋友们燃起温暖的篝火，招呼我过去。我又累又乏，已经走不到篝火旁了。

眼前有些模糊，原来是睫毛上结了冰，我揉了揉眼睛，我的手并没有暖和到哪儿去，我呼了一口热气，用手围拢住，靠它把冰化成水。回望雪地上的脚印，大雪很快将覆盖它，它将消失无踪，如同不曾存在。

抬头看天，雪落了一脸。十二重高天之上，可有一双眼睛凝望着我？我快撑不下去了，他知道吗？

我从健步如飞走到步履蹒跚。让我继续找下去的动力不是坚强，而是偏执。我在等一个答案。我把能否找到吊坠当成一个象征。如果找到了，这人间还值得，如果找不到……空心人还能活吗？

快到半夜了，路上没有行人，偶尔有一两辆车。路面一片水光，街灯昏黄。一辆车路过，急刹车，接着往回倒。我头也不抬，直到一个人走近，一双腿闯入眼帘。

"她怎么在这儿？"郎林御厌憎地说。

这儿？我四顾，不知何时走到了海彻集团附近。

王在野冷冰冰命令我："上车。"

我不动。

王在野又说："上车。"

我麻木地说："你已经羞辱过我了，还要怎样？赶尽杀绝？"

郎林御拉王在野，一脸不耐烦，说："她好好的。走吧。"

王在野对我说："别让我说第三次。"

我淡淡地说："你伤不了我，因为我不爱你。我爱着一个人，那个人不是你。"我眺望夜空，"他去了我去不到的地方。我多想跟他走啊，可我答应过他好好活着。我很努力地活，不逃避，不放弃，尽管这让我苦不堪言，但我答应了他！曾经以为可以找个人重新开始，到最后却发现他无可替代。"

郎林御脸色大变，惊慌地看王在野。王在野只是静静望着我。

我捂着胸口，"我并不孤单，他在这儿，一直陪着我。除了他，我谁也不爱。我的心门只开启一次，再也不会打开，我怕打开他会跑出来。我要把他牢牢锁在里面。他走了，我依然深深爱着，我的心被这份爱填满了。我的爱不需要他在身边，也不需要得到回报，便能自行生长，不受减损。我只为他疯狂。别人说我不善于表达感情，其实不是，我只是没有感情可以表达，我把所有的感情都给了他。"

风雪凄迷，我目注杳冥。"再没有人值得我这样去爱。我活着，就为了把'爱他'这件事进行下去，直到停止呼吸。我的辛苦，我的努力，他都看着，心疼着。到最后，我就能见到他了。无论分别多久，最后总能见到的。"我收回天上的目光，"我不需要其他人，也不在乎其他人。"

郎林御满面怒容，恨不得剥了我的皮。王在野的眼神深邃难测。

我转身离去，继续找吊坠。手脚逐渐冻僵，持续一天的颤抖停止了，仿佛因为冻透了，内外温度都一样，身体已不再挣扎。疲惫坠着我的脚步，迟滞我所有的动作，我的精神也阵阵恍惚。寒冷占领了四肢，一点点缩小包围圈，向心脏入侵。

我没有放弃，你不能算我放弃。如果到最后，严寒扑灭我心头的火，不赖我，好不好？

我爬上过街天桥，突然感到一阵眩晕，忙抓栏杆，手指已经不能弯曲，我用手腕勾住栏杆，心跳得好快，呼吸急促。

最后的时刻快到了吗？我是个多余的人，上天终于发现了这一点，肯收回我了吗？

雪下得越发紧，雪片如鹅毛，飘飘扬扬，铺天盖地。我轻吟："落落寞寞路不分，梦中唤作梨花云。"眼前一黑，我失去知觉。

有个声音震耳欲聋，响在耳畔。我被吵醒了，睁开眼睛，看见了谢万安。我在他家中。我吓了一大跳，说："你。"

"除了我还有谁。"他笑嘻嘻。

我爬起来，他按住我。我推拒，他用力箍住我的身体。我叫："我恨你，放开我。"越挣扎越挣脱不得。

"别乱动。"一声不耐烦的呵斥惊醒我，我眨着眼睛，光线刺目，好一会儿，眼才勉强睁开。眼前景象摇摇晃晃，王在野的脸在飘荡。呵斥我的是他，我在他怀里。

我委屈极了。无论怎么假装刚强，我面对他时内心都是柔软，他却对我严厉，我都快死了他还对我凶。"王在野，你要保护我，别欺负我。"我孱弱喘息，头一歪，昏了过去。

热，火烧火燎，冷，刺骨深寒。我在冒汗，也在发抖，喘息和心跳都很急促，仿佛不如此便无法维系生命。我闭着眼辗转反侧，被自己烫到，头脑混沌，眼睛酸胀，呻吟："疼。"

"哪儿疼？"

我说："疼，别碾我的骨头。"

一只手轻抚我的脸。连这样的轻触都让我疼痛。"你烧得厉害。忍一忍，退烧针快生效了。"

是他吗？是他啊，轻声细语，温柔如水。

"带我走，别让我再受苦，带我走。"我悲从中来，泪如泉涌，惨痛怛悼至无以复加，"带我走。"

他为我擦泪。"我不能放你走。不许离开我。"

疼痛从骨头缝冒出来，传遍全身。我咬着牙强忍。睡了不知多久，我悠悠睁开眼睛。病房十分安静，输液瓶高悬，药液一点点流进我的血管。

我没走成，还在人间。我大失所望。

晶莹的药液，每一滴都叫孤独，它流进我身体，和我原有的融为一体，越聚越多。所以它能救回我，它与我同源同根，我的血型就叫孤独。

"醒了。"一个漠然的声音说。是王在野。逃不开的他，最不想见的他。

我没有丝毫感激之意。

"你心里在怪我多管闲事，影响了你们的最终相聚，是吗？"他俯身看我，明亮的黑眸中清晰地有一个我。"你欠我一条命。虽然只是举手之劳，但我毕竟伸了手，这条命如果你不想要，给我。"

给他？怎么给？我转而醒悟，他说给我就给，凭什么？

我声音微弱，问："什么时候办离婚手续？"

他微微讥讽："我把你救回来，你却跟我提离婚。原来我辛苦半天，只不过是从'丧偶'变成了'离异'。"

"叫医生。"我有气无力地说。

医生给我检查一番，说："除了热度还没降下来，其他指标基本恢复正常。以后可得小心，失温非常危险，严重时会危及生命。所幸寒气还没伤到内脏。你的手已经轻度冻伤，要按时抹药，不用担心，养一养就好了。"

我说："我要出院。"

医生说："你的体温还没降下来。"

"我要出院。"

医生说："别着急，病来得快，去得慢。至少再观察一天。"

我伸手拔输液管，护士忙按住我。医生笑着说："脾气这么大呀。在医院你得听医生的，我最清楚你的病情，等你能出院的时候，我一定让你出院。"

病情算什么？医生不知道我的心情。我绝不将自己置于任人摆布的境地。我倔强的神色使得医生看王在野。

王在野问："她的状况能出院吗？"

我说："我要出院。"

医生说："你自己听听，你说话的声音小得都快听不见了。身体这么弱，怎么出院？"

我强撑着起身，胳膊支在床上，因为无力而不停抖动，再次倒下。我不甘地说："我不会配合治疗。我死在医院你们受得了吗？"

医生翻看我的各项指标，说："如果非要出院，倒不是不行，得随时监测她的体温。她的视网膜脱落过，最忌高烧和咳嗽。出现剧烈咳嗽或者打喷嚏，务必用舌头顶住上腭，以防视网膜再次脱落。"

王在野跟医生去办出院手续。

剩余的药液输完了。我向护士要我的衣服。她打开衣柜，摸了摸，说："还有些潮，没干透。"

"湿的也能穿。"

护士犹豫地从衣柜里把衣服拿出来，被走进来的王在野劈手夺过。他冷冷地说："如果你非要把自己折腾死，不要在我面前，别让我看见。"

我强硬地说："给我！"

王在野把手里的一袋衣物递给我，说："刚给你买的。"他退出房间。

我浑身无力，笨拙地穿衣，手又红又肿，颜色像煮熟的胡萝卜，表皮疼痛，里面痒得钻心。护士动手帮我，说："你男朋友？吵架了？你刚送来时情况危急，他急得眼睛都红了，守着你两天两夜没合眼。你一醒，他又摆出一副臭脸。"

好半天才穿上衣服，外面穿上羽绒服。护士把王在野叫进来。我说："鞋。"王在野拿出鞋蹲下给我穿。我不让，但拨不动他的手。鞋穿好了，他背对我，说："上来。"我嫌弃。他说："如果你不听话，出不了院。"我犹豫一下，趴上他的背。

三十四、一枕星河

一上车，只见黑心吊坠在前方储物格中。我惊问："你从哪儿拿到的？"

"捡的。"

多讽刺，分手后从未回头，"心"却落在他手里。我拿起来紧紧握住。

离开医院，我说："在路边停一下。"车没有停。我又说："把我放在路边。"他置之不理。我说："刚才在医院不是这么说的。出了医院就该一拍两散。"他说："那是你的想法，我可没说过。"

他开车回家，车停在地下车库。他抱我下车，我挣扎，说："放我下来。你到底有什么毛病？我说过，我要错过你，我盼着错过你！把我扔回大街上。"他不放手，面无表情地说："听见了。"我问："那你在干什么？"他说："带我生病的妻子回家休养。"

我有我的志气，既然他嫌弃我，我才不用他同情，但我气力不济，不管我愿不愿意，都被带进他的家。他把我放在他的床上，拉我羽绒服的拉链，我捂住，不敌他的力气，羽绒服被剥下来。他按我躺下，给我盖被子。

"你乘人之危。"我控诉。

"你践踏我的尊严，我只是来讨还。"

"你欺负女人！"

他冷冷地说："你被别人捧在手心里太久了。我要不欺负你，你会把我混同他人。"

"所以你不允许我死，因为你想亲手置我于死地。"我哂然，"我不会把你混同他人。"他眼波闪动。

我问："你到底想怎样？"

他说："看心情。折磨你，直到我解气为止。或者亮出结婚证，看周围人如何震惊，欣赏谢万安气急败坏的样子。"

我一惊。"不行！不能说！别用我曾经在乎的毁了我。"我战栗着恳求。他沉默地凝视我，表情没有一丝波澜。他是说真的，他真的做得出来。我绝望了，愤怒了，声音微弱，话语却犀利："你不是有精神洁癖吗，不是看我一眼就恶心吗，我心里有另一个人，你还留着我干什么？你不怕成为笑话？你敢公开我们的关系，我就敢当着大家的面说我心里有别人！"说完这段话，我累得喘息。

他的眼神变得幽深，黑色层层叠叠。我以为成功激怒了他，他会使出传说中的毒辣手段对付我，或者把我赶出门，然而，他只是阴鸷地盯着我，沉声说："很好，我很希望你把实情全说出来。我从没要求你演戏，是你自己在演。你演得逼真，骗过了所有人。你让大家觉得你爱我！真正用婚姻做挡箭牌的是你。"

我拿婚姻当挡箭牌？这种说法第一次听到。我拿婚姻当挡箭牌？开什么玩笑？我挡什么了？他竟说我爱他是演戏！我演戏也是为了配合他！

我又惊又怒，内心深处却知道他说得对。我失去了"王在野"，终日惶惶，遇见一个可以代替"他"的人便匆匆结了婚，抵挡失去"他"的凄清。婚姻是我的挡箭牌，我用它阻止自己妄想。我和李寄结婚是为了逃避现实，和王在野结婚也是。

我得离开王在野，离开这个能看透我的人，几次想起身都起不来，没有力气。他静静看着，直到我差点儿滚下床才一把抄起我按回床上，捏着我的下巴逼视，半是嘲弄半是威慑地说："易若然，我是什么人，你始终没认清。我不是你想要就要、想不要就不要的，我的家不是你想来就来、想走就走的。"

我头昏眼花，说："我恨你！"我恨他，更恨自己，恨我粗心大意，落到他手里，恨我错付痴心，曾经为他颠倒。

王在野直勾勾看着我，说："为什么不说'王在野，我恨你'？你从来不叫我的名字。你很清楚，你念出那个名字时指的不是我。你不愿承认我也叫王在野，所以总是跳过称呼的环节。你知不知道我也恨你！别人眼里的我，好也罢，坏也罢，至少是我，而你根本看不见我，只看见一个名字！你就这样把我抹杀了！你甚至耻于承认与我结过婚，巴不得早点跟我脱离关系。"

他真的恨我，我能感觉到。他的恨意刺得我遍体疼痛。我咬着牙，忍耐着巨大的压迫感，同时无限悲哀。"怨侣"两个字就是为我们设计的吧。恨，是我最不希望从他那儿得到的，偏偏得到了。

我烧得更加厉害，身体每一处都酸痛钻心，头痛欲裂，手好像被无数小蚂蚁噬咬，我好想挠一挠，又倦懒得无法动弹，只在脑海中想了千遍。

烧得迷迷糊糊的，忽觉手指逐渐清凉，我忍不住动了动，想体会得更真切。眼睛睁开一条缝，见王在野捧着我的手正在抹药，抹完药，把我的手小心地放下。

我莫名地怆然，眼泪簌簌而落。我太难受了，手指的不适得到片刻缓解，倒勾起伤心，说不出的委屈。我把头埋进被子里，强忍着哭声，哭自己，哭李寄，哭所有的不如意，哭得肝肠寸断。我哭够了，擦干眼泪。鼻子堵住了，眼眶酸痛，口干舌燥，头更加昏沉。

王在野掀开被子，半抱着我帮我坐起来，靠在床头。反抗没用，且我没有力气。我任他摆布，眼神空洞。他端着水杯，把吸管递到我嘴边。我喝光一杯水。他又端起一碗白米粥，舀了一勺送到我嘴边。

我有些恍惚，这是王在野吗？他的神色仍旧是淡淡的，看不出情绪，但他正在给我喂粥。这一幕若从旁观者的角度看去该有多温馨，谁又知道，我们一个心有所属，一个另有打算。

还是那个神清骨冷、漠然无情的王在野更让人习惯。

我回过神，他正举着勺静静等着，粥色清亮如玉。我喝了一口，味觉已经麻痹，尝不出味道，只觉得苦。肚子空空，喉咙却拒绝吞咽。我实在不想吃。当他再次把粥送到我嘴边，我微微躲闪。他说："再吃两口，吃完饭吃药。"我逼自己吃下去。我得赶快好起来。

折腾了半日，我精疲力竭，沉沉睡去，偶然睁眼，床头灯的光线已调到最暗，蒙眬中只见王在野睡在身旁。他和衣侧躺，面对我，没盖被子。我蓦然心疼，深深悲哀。他并未做错什么，他只是不是"他"啊。我有什么权利拿我的

"王在野"践踏他？错在我，自我欺骗，迁怒于人，折磨自己也折磨他。他为什么救我？仿佛嫌我背负的还不够，要再给我加一笔情义债，让我永远还不清。他不知道我面对他时的煎熬。我的怨愤来自失望，来自自责，来自受伤的自尊，来自恩将仇报的内疚。如果他不管我就好了，如果从未相遇就好了。

清晨，醒来时鼻端芳香缭绕，清幽甜馨。床头柜上摆放着一个水晶花瓶，一大束白色栀子花插在瓶中。我想起祝薇说"希望你在黑暗中依然有芳香为伴"，扭头不看，说："拿走，我讨厌它。"

"嘘"，王在野连忙示意我噤声，紧张地把花瓶拿出卧室。他回转房间，说："别当面说不喜欢，那些花该难过了。"他在意的居然是花的感受。

我说："它只是花。"

"它是有生命的。"

我说："鲜切花！从剪下来的一刻就注定要死！何况它怎么可能听得懂人话。"

他认真地说："它能感受到你是不是喜欢它。"

他的天真令我惊奇。这是冷峻漠然的王在野？花知道不受喜欢会难过，这是内心纯净的人才能看到的世界。一瞬间，我自惭形秽，觉得自己世俗且阴暗。

我散发的热把被子里烘得如同火炉，汗出了一身又一身，体温降下来一些，疼痛减轻许多，我能自己起身喝水了。

我要洗澡，他说："不行！如果你不想烧傻了的话，躺下。"我一秒钟都忍不了自己的邋遢样子。他无奈，说："我找人帮你。"我坚决不肯。我不想让任何人知道我还和他有联系。僵持许久，他妥协了，将一把椅子搬进浴室，搀扶我进去。

清水涤尘，寂静涤心。

洗澡耗去我积攒的力气，幸好有椅子可坐。等穿衣服时，我发现不对。没有干净衣服！唯有一件干净睡袍是王在野的。可内衣怎么办？我用冻伤的手笨拙地洗干净内衣。没有烘干机，洗衣机也不带烘干功能，湿衣服又不能穿。我傻了眼，只好先穿他的睡袍。

热气蒸得我头晕，双腿发抖。打开浴室的门，我扶着墙慢慢走。讲话声从门口传来。有客人？我穿着睡袍，羞于见人，想转身退回去，又膝盖发软。我怕跌倒，不敢再动。

"赶我走？别演戏了！谁不知道你们两个分居……"夏暖看见我，声音戛然而止。她打量我，眼中浮现嫉恨。我穿着王在野的睡袍从浴室走出来，头发湿漉漉。这一幕给她何等冲击，可以想象得出。

我还在晕，一半是因为发烧，一半是热气蒸的。王在野看出我快虚脱，疾步赶来扶我。与此同时，夏暖摔门而去。

"夏暖。"我摇摇头，觉得不可思议。

他问："怎么？"

"我已经忘了这个人，她从我的生活里彻底消失了。"她曾是我的噩梦，离开王在野后，噩梦便停了。

王在野凝视我。我推开他的手，努力站直，说："戏演完了吗？你们为什么还不在一起？你还在跟自己较劲？"

冰冷代替了关切，他的目光移开了。

我好心提醒："一个人的给予是有限的。不管她多爱你，你老伤她的心，总有一天她会离开。"

沉默片刻，他说："她爱我？"

我震惊！何以有此一问？难道他不知道？

他说："你们都说她爱我，我感觉不到。我只看见你眼里的光，后来，你眼里的光也消失了。"

突然被点名，我不知所措。

他困惑不解："真的爱一个人，怎么会选择留在另一个人身边？怎么会对另一个人笑？怎么能忍受另一个人碰自己？"

我越听越惊奇。王在野单纯得不像话。他的爱情观简单直白，清澈纯净。我说："有一个词叫情非得已，你不知道吗？"他看我，带着疑惑。我说："爱情与婚姻是两码事。有情人不能相守很正常，痴男怨女多着呢。再说，你碍于兄弟情谊不接受她，她能怎么办？你倒怪她。要怪应该怪你自己，你不够勇敢，逃避感情，弄得三个人都难受。拖泥带水不是你的风格啊。你是谁，怎么能任由自己的东西流落他人之手？”

王在野突然抱起我，我惊叫。他抱我回卧室，轻放在床上，取来吹风机为我吹头发。我抢吹风机，他淡淡说：“你的领口开了。”我赶紧用手捂住，低头查看才发觉他骗我。

我向他要吹风机，说：“我有用。”他要我说清楚。我被逼无奈，脸红得发烫，声音比蚊子声都小，说：“吹干内衣。”

他的脸也红了，飞快地扫了我的身体一眼。我知道他在想什么，羞得无地自容。他说：“我去弄。”我死死抓住他，说：“不行，我自己来。”

他问我的住址，我摇头。他说：“总不能每次都这样。”我说：“把手机给我，我买新的。”他纳闷地问：“你被软禁了，心里没点数吗？是我坏得不够明显吗？”我惊奇地睁大眼睛。软禁？他确实不允许我走，而且态度冷冰冰的，但这哪点像软禁。他把他的手机给我，告诉我密码，说：“用我的买。”我才不要在他的手机上留下内衣尺码。我又羞又急，连连摇头。

我想给徐傲朵打电话，让她帮我取来。王在野说：“那就让她把你的东西全都送来。”我不以为然：“干吗都送来？你迟早得让我走。”他悠悠地说：“只拿内衣，让她知道你没有内衣穿？”说完，他的脸又是一红。我羞得快哭了，左思右想，只能告诉他住址。毕竟这件事知道的人越少越好。

他搬了两个大箱子回来，还把房子退租了。我傻了！他整理了所有物品，那么他一定看见了我收集的“灵鹿森林”素材以及圆溪领海公司资料。那些资料我为了方便分析，打印了出来，就放在案头，里面还有我洋洋洒洒写了一万字的申辩书——他被迫离开项目时，我耿耿于怀，替他抱屈，总想为他翻案。

这些最不该被他看见！

我忐忑地盯着他，他的神情没有任何异样，但我心里有鬼，兀自尴尬不已，只能用愤怒掩饰。“谁允许你退租的？你以为这样就断了我的退路？”

他淡淡地说："此身暂居人间，此处还是彼处，对你来说有分别吗？"

"有。此处不自由。"

他说："我囚你于形，你自囚于无形。"我内心一震。他又说："你的身份证我拿走了，委托人才服务公司代办你的离职手续，用完还你。"

我抗议："你自作主张，干涉我的私事！"

"你的私事？那都是我的事。"

我说："谢万安不会同意我辞职。"

听到这个名字，他的脸沉下来，目光凌厉，说："你以为他能救你？不管以前怎样，你现在是我的妻子，你们最好牢记这一点！"

他认准我与谢万安有私情，解释没用。我扭开头。

他为我的手抹冻伤药膏。我说："别指望我感激你。"他眼中充满戏谑。他压根儿没这么想过。

我吃不出饭菜的味道，吃什么都是苦的。喉咙拒绝吞咽，肠胃拒绝消化，所有器官都嚷着罢工。他买了老鸡汤，我一口都不想喝。他逼我喝。我幽怨地瞪他一眼，强灌下去一碗。

夜晚，我躺在床中央，他躺在边缘。我的睡眠奇差无比，睡一会儿醒一会儿。他睡得安稳，呼吸均匀，面容安宁。

恍然如梦。

此前是梦，还是现在是梦？

或许我们从未分开，对峙冷战、打压刁难都不存在，我仍在忐忑中维系味如嚼蜡的婚姻，顶着妻子的光环，每日以他的情绪为我的情绪，紧抓着我的奇遇不放。

他的一只手放松地放在胸前，手背上有一道细细的血痂。血痂微微凸起，长约三四厘米。他怎么总是受伤啊。我情不自禁伸手，轻轻抚摸他的伤处。

他忽然反手握住我的手。我吃了一惊。他把我的手拉过去，贴在他温热的胸口。我想抽出来，他不放。我呻吟："疼。"他松手，慢慢睁开眼睛。多么动人的一双眼睛，眼眸黑亮，似星河闪耀，目光幽幽，似蕴含万语千言。

我轻声问："为什么？"

我有好多"为什么"要问。讨厌我，为什么还屡屡帮我？说了要折磨我，为什么又照顾？为什么针对我，为什么又救我？为什么签了字却迟迟不离婚？为什么恨我却不让我走？为什么心怀沧海之约却拒爱人于千里？

他凝望我，他懂得这三个字隐含的疑问，也知晓所有的答案。他目光低垂，沉默不语。

"放我走吧。"我说。

他再度抬眸，眼神是清澈的，却又让人看不透。他突然探身，吻住了我的唇。我猝不及防，心中大震，手推着他，被他抓住按在床上。他碾着我的唇，仿佛有无限怨愤都要通过这个吻发泄。我浑身滚烫，又羞又怒，几乎燃烧。

终于，他松开我，剑眉微展，声音有些喑哑，说："这是给你的警告。你再说一个'走'字试试。"

我喘息不已，惊魂未定，翻身想要逃离。他只用一条胳膊便压得我无法动弹，说："如果你还想被罚，我乐意效劳。"我气得说不出话。

他说："睡觉。"

谁睡得着？他已经靠近，和我躺在同一个枕头上，胳膊压在我的腰间。他行为不端，近在咫尺，我又不是个死人，且正生气，沸腾的血液尚未冷却，怎么可能安睡？

我只有一颗沉寂的心，他却不准我沉寂下去。我有轻生之意，他偏要我浊世呼吸。我想独自清净，他却让我不得安生。我只想找个荒无人烟的地方，把自己深深藏起来，他偏来搅扰。忧虑惊恐惶怒悲，情绪之大忌全被他激发。我是要心如止水的啊。

我望着天花板，目光被阻隔，看不到高空。

"为什么不安？"他问，"你已经看淡生死，无所畏惧，你自己也说过，我伤不了你，你怕什么？"

是他的照顾使我不安。我不需要他的善良。

他低语："冷酷无情，偏又渴望爱，认为世间不可能有配得上自己渴望的感情，期盼的同时深深失望，从此不付出，只索取，又怕索取后被缠上，干脆什么都不要。一旦有人亲近，立刻心生敌意，彻底远离。"

我的心暗暗悸动。他怎么知道？！他说的每一个字都是我，说尽我的心事。

他的嘴角勾起一抹自嘲，"我说的是我自己。"

怎么又被他把思绪带跑了，而且我的眼神泄露了太多秘密。我闭眼，暗自咬牙。

他说："你放心。照顾和喜欢是两码事，就像婚姻和爱情是两码事。你可以继续做你自己，一块冰。"

他提醒了我。我怎么忘了自己是谁？我是麻木不仁、淡漠无情的，岂能轻易被他左右情绪！我是看透荣辱、处变不惊的，何必在意身归何处。

他说得对，我可以继续做一块冰，我最擅长的事。

三十五、梦碎长风

郎林御来找王在野，他们在书房交谈。

王在野说："再说一遍，我不喜欢她。"

郎林御说："谁信？她出事时你看你急得。你送她去医院时，车开得快飞起来了。"

"恻隐之心，人皆有之。"

"恻隐之心？你？王在野？"

"如果不管，她真的会死。"

郎林御生气地说："她死她的，管她呢。你被她害得还不够？"

王在野说："她弄成这样是因为我。我不想让她的阴影跟我一辈子。救过她这一次，我仁至义尽。以后她再有事，我不会过问。"

"你最好记住今天说的话。等她好了，我要看看你怎么对她。喜欢你的女人个个有病！"

"一个女人你也怕？"

郎林御说："她是谢万安的'特洛伊木马'，杀伤力惊人。"停顿一下，他说，"董事长明天有空。"

王在野说："我走不开。"

郎林御急道："你得主动向董事长请罪。难得他明天有空，赶紧去呀。易若然死不了，我帮你看着她。"

"我认罚，没什么可解释的。"

书房的门关上了，后面的话听不到了。

我口渴，到厨房喝水，桌上有一个小瓶，我下意识地拿起来看，顿时脑中轰鸣。

盐酸舍曲林。王在野知道我有抑郁症！

严重的抑郁症曾贯穿我的少年时代，当药物治疗收效甚微、医生的心理干预也不起作用，我写下《寇据金銮王在野》，靠幻想中的骑士战胜心魔。抑郁症难以根治，频繁复发。这次犯病早在我跟王在野离婚时就开始了，我一直压抑病痛，直到大雪那夜在多重打击下彻底崩溃。我以为隐瞒得很好，王在野不知道，原来他早已发现！怪不得我总是口渴、眩晕、嗜睡，怪不得所有饭菜的味道都不对，他肯定把药加在饭菜里了。

我的病、我的脆弱全被他看在眼里，尊严碎了一地，恨不得找个地缝钻进去。我恼羞成怒，同时慌得不行，头冒虚汗，手脚打战。我深呼吸。易若然，冷静下来，撕破脸没好处，必须若无其事，不能引起他的警觉。

我走到客厅，正好书房的门打开，郎林御看着我，眼神责备，又嗔怪地看一眼王在野，似乎怪他把我捡回家，接着他的目光回到我身上，想说什么，终是不忍，只叹了一口气。

我听到郎林御在大门外叮嘱："明天九点我在董事长办公室门口等你，你一定得出现，我可是拿全部身家给你作保，你别坑我。明早九点，这件事非同小可，千万别忘了！"

明早九点，机会千载难逢。我盘算着时间，表面继续装心如死灰、逆来顺受。王在野对我的小心思全然不知。深夜，我望着身边熟睡的他。这是我在他身边的最后一晚，十个小时后，我将远走高飞。

"你真的要错过我吗？"耳边忽然轰响，回荡他的话。尽管我早已给出绝情的答复，他依然……依然宠溺般地帮我。我这条命是他捡回来的，尽管相处不愉快，但他无疑救了我，在他的悉心照料下，我的抑郁症才没有大肆发作。就算他不喜欢我，善良也让他无法弃我于不顾。

我问自己："你已经浪费了太多他给的机会，难道非要他失望转身，你才知道后悔？"可是，我的狼狈还要被他看见多少才算完？再这样下去我还不如死了！我已一无所有，仅剩一点点尊严。身患抑郁症且在结婚时隐瞒病情让我在他面前一辈子抬不起头，自卑和愧疚是抑郁症的两大重要诱因，抑郁症又导致我更加自卑和愧疚，生活陷入恶性循环。趁他没看见我更不堪的样子，趁他的同情还没变成厌憎，赶紧走。

我翻个身，闭上眼睛，隔绝一切干扰。心疼得厉害，我不管，只当它死了。

第二天，王在野一出门，我立刻跳起来收拾东西。背包中紫色印花笔记本好端端的，似乎没被动过，我松了一口气。多日不用，手机早已没电。充上电，我叫了一辆出租车。

把两个储物箱推到门外，其余用品塞进拉杆箱，背着包，回望一眼，确定没落下东西，我关上门。我不是小气，只是不想留下任何念想给他，我要彻彻底底从王在野的世界消失。

来不及跟徐傲朵打招呼，我直奔出租屋。她正摆弄五颜六色的假发，见到我十分惊讶，一边帮我搬东西，一边问："你这是干什么？你好了吗？我想去看你，王在野不让。你这是干什么？"

我把所有行李打开，默默整理东西。刚才匆忙逃离，东西胡乱塞进箱子，全是乱的。

徐傲朵不知道我离婚的事，也不知道我早就搬出来住了，问："出什么事了？和王在野吵架了？再生气他也不能把你赶出来啊！"

我听而不闻，只顾收拾。靓丽的礼服、精致的鞋子、昂贵的化妆品，这些我伪装所用的道具如今已无用处。重要物品只需一个背包就能装下。我检查包里的物品，紫色印花笔记本、身份证、银行卡，这三样最重要。背包里多了一把钥匙，顶端有十字星。我没有钥匙，这世上任何一个存身之地都不属于我。熟悉的十字星，熟悉的重量，这是王在野家的钥匙。他什么时候放进去的？我得还回去。我不要他任何东西。

徐傲朵问："他们都说你和谢万安串通一气，我不信，到底怎么回事？"

我不答，她用力握住我的胳膊，问："你真的骗了王在野，真的给他打了电话？"

我看不出有回答她的必要。

"你不否认？"她震惊，"为什么这么做？你是为他好，不是故意害他，对不对？易若然，你不是那样的人。"

我的确是为了王在野好，我要防止谢万安害他，所以帮谢万安阻止他。

但我冷笑。

徐傲朵说："他冒着大雨从河灵市飞回北京，原来是你和谢万安设下的圈套！"

她在说什么？

徐傲朵跺脚。"那可是省政府的专题会，他本来是汇报人。许洲和郎林御都希望他一战成名，好推荐他出任公司副总，牵头负责'灵鹿森林'，结果他丢下大家走了，把省长、董事长撂下不管，被公司停职。"

不对呀，王在野不是要请秦主任吃饭吗，他不是在北京吗？什么专题会，什么省长、董事长，什么情况？

徐傲朵犹自为我的无情痛心。"你吃了什么迷魂药，要帮谢万安？那是王在野啊，你的王在野啊！他以为你出事了，谁想到你在算计他！"

我头皮发麻。谢万安骗我！他利用我骗王在野，同时离间了我们，一箭双雕。王在野对我的挖苦，老郎提到向董事长请罪，原因在此。难怪海彻集团说万安能公司"不正当竞争"，坚决不与其合作。我都干了些什么？我对谢万安深信不疑，对王在野抱有戒心。如果我早点坦言相告，何至于被人离间？他好不容易才回归项目，却被我的一个电话毁了所有，还落下不负责任的骂名。我懊恼得几乎吐血。事情因我而起，应该由我为他解释。可我能力不足，行事莽撞，想帮忙，却只会帮倒忙，我已经给他惹了极大的麻烦，不敢轻举妄动。

徐傲朵说："谢万安不是什么好人。听说他借钓鱼接近河灵市发改委的秦主任，秦主任为了避嫌，干脆把这项爱好戒了，从此不钓鱼了，就为躲着他。这么恶心的人，你跟着他干什么？"

我问："这些你怎么知道？"

她脸红了，支支吾吾说："我……我和郎林御正在谈恋爱。"

原来如此。这里不能待了。"东西先寄存在你这里。别告诉任何人我来过。"我背上包匆匆离去。

"你等等，等等。"她在后面叫，急忙给郎林御打电话。

王在野有要事在身，为什么回来？后果有多严重，他没想过？只因为我说十万火急，他就丢下一切来了，是这样吗？真的是这样吗？

是否要向王在野解释？如何解释？大家都以为我助纣为虐，致使他停职，他也这么想，为什么还在我生病时帮我？他说是软禁，但，那也算软禁吗？

他说"她待在谁身边，对谁笑，与我无关"，他说看我一眼都觉得脏，他说他恨我。

我实在搞不懂。

认识王在野为我打开了陌生世界的大门。如果不是因为他，即使我认识夏暖、谢万安等人，我和他们的关系也不会变成现在这样。我害怕深入了解别人，怕挖出他们的丑恶，发现他们阴暗的一面，事实证明，这些人正是我怕的那种。他们的所作所为、所思所想，我根本无法理解。他们扑朔迷离、难以捉摸，接触越多越令人恐惧。一旦离开王在野，这扇门就会关上，所有奇遇都将消失。我不想要奇遇，只愿平凡普通，安度余生。我不能再存有侥幸，不能再抱有幻想，否则终将失望。我再也经不起折腾了。

把钥匙一还，我和他们再无瓜葛。

再次来到王在野家，我把钥匙放在玄关桌上的彩色瓷盘里，又掏出手机，取出电话卡，也放入彩色瓷盘，以示断绝来往的决心。

书房突然传来巨响，似乎有重物倒下。难道他在家，他摔倒了？我应该赶紧走，远离他，远离所有的疯狂，可我的脚不受控制，担忧促使我来到书房。

窗户开着，方才一阵大风吹拂窗帘，窗帘刚倒了落地灯。我关上窗，扶起落地灯。刚整理完，便听见门开了，传来郎林御的声音。"……她走了。有人看见谢万安在你家楼下等她。"声音停了，没有下文，原来是一段语音信息。

玄关处静悄悄的。过了好一会儿，我轻手轻脚探出头。王在野站在玄关桌前，背对着我，低头看着彩色瓷盘。画面似乎静止了。

我屏息，缩回书房。我不怕他，只是不愿见他。等他离开玄关，我便趁机溜走。

有人哐哐砸门，像是要把房拆了。门开了，一个人怒吼着冲进来："你这混蛋！"紧接着是撞击声。有人摔倒了。

"她那么爱你，你伤透了她的心！为什么辜负一个这么爱你的女孩？你到底有没有感情？"是路常轩，路常轩在打他，喘息、闷哼、击打声和衣服撕裂的声音频频传来。

"为什么不还手？还手啊，跟我打啊。别以为这样我就原谅你。"路常轩气喘吁吁，"胆小鬼！伪君子！她怎么喜欢你这种无情无义的混蛋！"

王在野咳嗽着。

路常轩大吼："从今以后，你不再是我兄弟，就当我们从没认识过！"接着是摔门声。

王在野的咳嗽声渐渐停了，他忽然大笑，笑声豪放，然后，他哭了。

我知道他笑什么。路常轩终于相信他在努力拒绝夏暖，心疼他的煎熬。

他哭，是为那句"你不再是我兄弟"。无情的言语，藏着路常轩的成全，他要王在野不必顾虑兄弟情，以免错过真爱。视爱如命的路常轩决定退让，为了王在野。

我胸口憋闷，低头发现我正紧紧抓着自己的领口。

王在野走向厨房。厨房传来玻璃瓶碰撞的声音。接着，他走向客厅，闷头喝酒，低声啜泣。过了很久，客厅里有瓶子倒地的声音，我探出头。他喝得烂醉，背靠沙发坐在地上，头低垂，身边有好几个空酒瓶，还有一个碎了，满地玻璃碴。

这是溜走的好机会。我轻手轻脚走到门边，听到酒瓶的声音，不禁回眸，他闭着眼睛摸索酒瓶。我咬了咬嘴唇，心里催促自己快走。他的手伸向碎玻璃，等我反应过来，我已经跑去阻止他了。

他眼神蒙眬，甩开我，头歪向一边。我把碎玻璃踢远，试图扶他起来。他醉眼乜斜，目光摇晃，带着疑问望我。他认不出我。

我费了九牛二虎之力把他揽起来，向卧室走，好几次撞到墙。我总算把他扶到床边，抓紧他，收着劲，把他往床上送。他拉着我一起倒在床上。烂醉的人死沉死沉的，一条胳膊便压得我无法起身，我举起他的胳膊，他反手抓住我的肩。

"人心，怎样才能看透啊？口口声声说爱我，却一再陷我于不义。"他紧闭双眼，声音低沉，闷在心中的痛苦慢慢发酵，时间越久越浓厚。

他含混地说："你应该是最懂我的人才对。我们同样外表冰冷，内心火热，同样善于隐藏情感，同样执迷不悟，不撞南墙不回头。可为什么对我误会最深的，是你？"

他的头抵着我的头，凑到我耳边，"你心里有没有我的位置？我以为我住进了你的心，我以为你给了我一个家。"

我瞬间鼻酸，眼泪自眼角滑落，无比心疼。

他吻我的泪，我想推开他，他已吻住我的唇。酒气熏染了我，我醉了，脑海一片空白。他捧着我的脸，吻得热切而深情。这个吻好长，我四肢瘫软，几乎窒息。他放开我，头垂在我的脸侧，好像睡着了，安静的睡颜像个天使。

我凝望他，心里又酸又暖，思绪纷乱，双颊绯红若醉。

他忽然不安地摆头，痛苦地皱眉，仿佛被噩梦魇住，又仿佛被什么惊扰，口齿不清地说："夏暖。"我沸腾的血瞬间凉了。

"夏暖，"他又说，声音低柔，"不要再折磨自己。"

我不知从哪儿来了一股力气，推开他的胳膊，他试图抓我，手半路垂落，醉眼难睁，呢喃："别走，别留我一个人疯掉。我只剩你了。"

我以最快速度冲出他的家。

谁叫我梦太多，活该我经历这一场梦碎。

世界好吵。啊，原来是我脑海中的喧嚣。它催我向前跑，不回头。

三十六、以爱之名

来到楼下，赫然见到谢万安，他正在徘徊，神情阴沉。他倒有胆量，敢到王在野家来。离职手续已经办完，我与万安能公司再无瓜葛。

我们对视，许多事不言自明。他问："谁同意你辞职的？"他的声音带着一种尖厉，像刀尖划过玻璃。

我冷冷地说："你拿我换综合管廊工程时视同批准。"

他愣了一下，急道："谁告诉你的？郎林御？王在野？我骗他们的。我说过保护你，你当成虚情假意，为什么我其他的话你反而信以为真？我承认，我这人说话有真有假，但我对你一片真心。我伤害谁都不会伤害你！你根本想象不到我为你做了多少事。你不愿相信我对你好，反倒愿意相信我对你坏。你对我'双标'，不公平！"

我懒得理他，他拦住路说："易若然，用你的心看看我。我伤害过你吗？我比任何人对你都好。你总是躲着我。我想把心掏出来给你看，可是你扭过头，什么都不想看。易若然，我喜欢你，你别装不知道。"

我反唇相讥："明知我是他的妻子还对我献殷勤，拿我换工程项目，把我骗得团团转，你对我还真好。"

他说："要怪就怪你自己。如果你不管他，什么都不会发生。为什么你不喜欢我，我对你那么好？如果我不叫谢万安，而是叫王在野……"

"不许你玷污这三个字！"我厉声说。

他说："夏暖说得没错，你为这个名字已经疯了。"听起来他跟夏暖很熟。

他冷笑，"他哪点比得上我？！如果他叫张三、李四，你还会为他抱不平吗？如果我和他对调，你会怎么做，会不会竭尽全力帮我？看着我，我是王在野，看着我！"

我一阵恶心。

他忽然打向自己的鼻子。

他在干什么？

血从他鼻子里流出来。我明白了。"卑鄙。"我虚弱地说，头顿时晕眩。我使劲掐人中，用疼痛拉扯清醒，终是无用。

房间是蓝色的，清新中带着宁静，像一个人的忧伤。我揉着太阳穴坐起来，四处打量。床头柜上、桌上、墙上有许多相框。照片上的两个人分别是我和谢万安！有亲吻的，有吹蜡烛的，有海边嬉戏的，有手捧玫瑰的。

这家伙竟然伪造了亲密照！他对我觊觎已久！

我暗惊，凝神看，又觉得这些照片非常自然，不像合成的。

门开了，谢万安走进来。我警惕地退后。他扫一眼照片，温柔地说："蕾拉，我妻子。"我这才注意到照片上的他们戴着同款结婚戒指，生活中从未见他戴过。"她离开我二十九个月了。周末，她和朋友们去冲浪，发生意外。"他眼里闪烁泪光，"她出门前我们吵了一架。我永远没有机会跟她和好了。"

又一个人间抱憾的故事。

"蕾拉是我在国外结识的。滕老师见过她，他曾经把你当成她。不过你们只是外表像，你冷漠，她热情。"他悲伤地说，"现在你相信我了吗？我接近你不是为了对付王在野，也不是故意利用你。见你的第一眼，我已沦陷。我失去了她，上天还我一个你。我对你的关心都是真的，我宁愿伤害自己也不会伤害你。"

他以为他这么说我会高兴？我是他妻子的影子。他看见的我不是真的我，而是还魂的蕾拉。无论多么深爱，都是虚幻，他的眼泪是给另一个女子的祭奠。尽管我不喜欢他，他拿我当感情的替代品，我还是不舒服。他的甜言蜜语是说给蕾拉听的，他的关心照顾是给她的，他理所当然期待回应，可我不是蕾拉。他越深情，我越觉得受辱。

这一刻，我深切体会到王在野的感受。无情似我，被人当作替身尚且难受，骄傲如他，定然自尊受伤。

谢万安说："我第一次见你，是在我们宿舍六个人的群聊里，他们发的照片上有你，当时我就崩溃了。我请求大家多发一些聚会照，在里面不停地找你，各种角度，各种场景，一遍又一遍地看。我每天都在想你过得快乐吗，王在野待你好不好。我曾经几次回国，只为偷偷看你。夏暖回到北京肯定去找王在野。我雇私家侦探拍下照片寄给你，提醒你王在野不可信，他背叛了你，他们旧情复燃，可你视而不见，坚持留在他身边。"

照片是他寄的！

谢万安说："看着你一天天消沉，你的笑容渐渐消失，我有多心疼你知道吗？我对你不是一时的，不是为了利用你才接近你，我真的喜欢你，你相信我了吗？"他指着自己的胸口，像是恨不得掏出心来。"要说利用，我只利用你一次，就是把他骗回北京。我本来想让夏暖去做，夏暖比你更有把握，可我还是让你去。你亲自动手，为我伤害王在野，真是大快人心。没错。那天晚上他不在北京，他在河灵市准备向省政府作专题汇报。没想到你真有那么大能量，让他丢下省长跑回来见你。这是我们共同完成的杰作。"

愧疚蚕食我心，愤怒让我红了眼，我啐向谢万安，恨声道："你这混蛋！"

谢万安一脸委屈，眼泪汪汪地说："我为你做了多少事，你根本无法想象。你那么美，让夏暖一点自信都没有，她恨你恨得咬牙切齿。我一再恳求她别伤害你。作为交换，我帮她接近王在野，甚至帮她……怀孕。她笨死了，一手好牌打个稀烂，枉费王在野爱她。好在你终于提出离婚了。我就知道，你这么聪明，一定能醒悟。"

我听到了什么？他说他帮夏暖怀孕？夏暖的孩子是他的？他不爱夏暖，夏暖也不爱他，他们两个……天啊！

眼神不会骗人，他确实做了那些疯狂的事。太可怕了，他们都太可怕了。"为爱疯狂"听起来俗气，我以为不过就是自杀他杀等等简单而极端的事例，没想到竟然扭曲变态到这种地步。王在野是清白的，他们故意冤枉他，说给我听，诱使我离婚。王在野曾试图解释，我却以为他狡辩。

谢万安温言相劝："他不在乎你。一个男人要是喜欢你，不会放任你照顾其他男人。他都已经看见你找李寄了，却无动于衷，继续若无其事和你过日子，无非就是因为你触动不了他，他对你从未用过情，所以不可能吃醋。"

谢万安怎么知道我照顾李寄？我恍悟。他也在跟踪我，并将我的行踪告知了王在野，难怪王在野找到医院去。

谢万安说："后来海彻集团琢磨把他支走。正好海彻集团的境外工程是我承接的，我看准时机，故意把工程干砸，算准了海彻集团会顺水推舟派他到国外救急，我则利用合同漏洞全身而退，回来找你。本以为从此摆脱他了，我可以和你天长地久好好过日子，没想到他折腾一番又回来了，而你还忘不了他。"

谢万安忽然神色怨恨，说："可恶的王在野，拖着不离婚。你和来自新传出绯闻，你骗他回京让他事业受挫，都已经这样了，他还是不跟你离婚，反而封杀了我的公司。我不在乎公司，我要的是你！他越不放手，我越要抢。我把我和蕾拉的合照发给他，他深信不疑，以为那是你，以为你和他结婚是我们计划好的。他快气疯了，哈哈哈，那天他一走进茶楼我就看出来了。心高气傲的六王爷哪儿受过这种侮辱，哈哈哈，痛快。"

回想在茶楼时王在野与郎林御最后的对话，原来是看到了照片。王在野对我横眉怒斥，一向友善的郎林御也跟我翻脸，都是谢万安害的。谢万安捏造事实，毁我名誉，故意让王在野误会！我气急打他。他抓住我的胳膊大笑，然后，笑声戛然而止，他眼睛发红，大喊："可是即使这样，他还是不跟你离婚！为什么，为什么？他这是要折磨死我。他知道我喜欢你，他就是想让我难受，让我得不到你！你怪我害他，你看看他是怎么对我的。我不对付他行吗？我为你牺牲了几千万的生意，在你最难的时候陪在你身边，为你得罪行业大佬，公司也倒闭了，他凭什么跟我比？你是我的！"

我咬牙，"你这个疯子！"

他说："我疯？你呢？抑郁症，晕血，有个死了的叫王在野的前男友。很惊讶吗？夏暖把你查得清清楚楚。你以为能重回王在野身边？他去国外的时候，追他到国外的女人是谁你猜不到吗？他从不寂寞。"

我起了一身鸡皮疙瘩。

他说："你已经不能回头。一个不喜欢你的人永远不给你回头的机会。"他说得残酷，却是事实。

我说："你说得对。我不喜欢你，别说回头，在我这里，你一点儿机会都没有！"

他跪下，紧握我的手，恳求："嫁给我，做我妻子，我不能失去你！"

我抽出手，说："你看清楚，我是易若然。"

"我看清了，"他痛苦地说，"我爱你！"

我叫："我是独一无二的易若然，不是蕾拉。"

"我不管。我好不容易找到你。"他偏执地说，"我说过保护你，这个承诺管一辈子！"他的眼神有一种莫名的狂热，笑容古怪。

我说："你伤害我，还指望我喜欢你，别做梦了！放我走！"

他缓缓摇头，说："你不明白。外面的世界很危险，你不能出去。世界那么大，你走了，我到哪儿找你？"

他要囚禁我！事情怎么突然变成这样？前一刻我还在王在野身边，转眼却被谢万安掳劫。我的心沉下去。同样是不自由，王在野让我烦恼，谢万安则让我害怕。谢万安的疯狂不受控制，谁知道他下一秒会干什么。

我强令自己冷静，说："到处都是监控，你已经被拍下来了。现在放我走，我不追究你的责任。"

他轻蔑地笑："你以为我是傻子，会站在监控能拍到的地方？"

他大笑。我往门外冲，他拧住我的胳膊，把我按在床上。我拼命挣扎，从空当钻出来，刚跑到门外，被他扯住，我的身体被扯得兜了半圈，摔进储藏室。他捂着我的嘴，我的呼喊被闷在嘴里，只发出呜呜的声音。房间漆黑，光线从敞开的门照进来，他的脸狰狞如厉鬼。他摸索着胶带，用嘴撕开，封住我的嘴，又捆住我的手脚。

他气喘吁吁，打开了灯，抚着我的脸，哭着说："我这么爱你，你竟狠心离开我！"他想吻我，我疯狂摇头躲避。他捏着我的下巴，隔着胶带咬我的唇，又觉得不解气，揭开胶带。千钧一发之际，我叫："你不爱蕾拉！"他愣了。我叫："谢万安变心了！"

他愤怒地脸通红，吼道："胡说！"

"谢万安不爱蕾拉了，他要吻别的女孩！"

"胡说，胡说！"他狠狠打了我一个耳光。

激怒他将导致我受伤，但至少能争取不受辱。我继续叫："蕾拉那么爱你，你却吻别人，她要是知道了，死不瞑目！"

他死死捂着我的嘴。我的嘴唇被压在牙齿上硌破了，血染红了牙，我的样子一定很恐怖。他看着我呆住了，愣了几秒，重新撕了一张胶带封住我的嘴，关了灯，悻悻离开。随着门的关闭，最后一丝光线消失了。

我一阵后怕，庆幸赌对了，他既然能因痴情犯罪，我便利用他的痴情自保。这次侥幸成功，下次不一定奏效。我的身体摔得很疼，嘴里腥甜，残留血的味道。我费力地翻身，扑腾起一些灰尘。刚才借光亮匆匆看了一眼，储藏室里有几个大箱子，还有一个架子。我的手被绑在背后，只能在有限的范围内摸索，希望找到尖利的东西割断胶带，摸了许久都没摸到。

现在大概是半夜了。自从早上离开王在野家，我已经一天水米未进，饿得心慌。

谢万安打算把我关多久，一辈子？他很清楚他在犯罪，既然做了，就不会轻易放过我。

一切来得太突然，像一场梦。这是清醒时的噩梦，是命运对我的嘲弄。果然没有人会真正爱我，谢万安的"爱"是拿我当替身。他还说什么不伤害我，他伤害得还少吗？他的爱让人毛骨悚然。

门再次打开，谢万安用衣服包住我的头，把我的叫声闷在里面，将我塞入一个纸箱。纸箱被搬动了。我听不见外面的声音，只感觉不停地摇晃。衣服密不透风，我渐渐窒息，昏厥过去。醒来时嘴上的胶带已被撕下，我正大口大口地喘息。谢万安紧张地看着我，我睁开眼睛，他松了一口气。

"放了我！"我大叫。他无动于衷。

这是一间狭窄的屋子，水泥墙，没有窗户，只有一扇铁门，屋里连灯都没有，地上放着应急灯，屋子中央摆着一把木椅，谢万安坐在椅子上。他敢撕下我嘴上的胶带，说明我喊叫也没人能听见。

他悲伤地问："为什么你不爱我？如果你爱我该有多好。你的工作有我帮忙，你受欺负有我保护，你孤单时我陪着你，我们可以过得很幸福。"他把一束红玫瑰摆在我身边。"别恨我。我是因为爱你。我太爱你了。"

"你爱的是蕾拉。"

"我那么爱你，为什么你不喜欢我？"他摇晃我。

我无情反问："你爱我我就得爱你，你以为感情可以交换？"

他伤心，说："无论我做什么你都不在乎。你真的没有心吗？"

"谢万安，私自囚禁别人是犯罪！"

他嘶吼："你爱的人已经死了。在那以后，你遇见的人都不是他，你嫁给谁都一样，那为什么不能是我？"

和他讲道理是不明智的，此刻的他听不进去，我们各说各的，根本不是对话。我闭目休息。

他抚我的头发，我躲避。他揪着我的头发，逼我看他。他说："你对王在野不死心，是不是？那好，从现在开始，我就是他。我可以改名字，只要你喜欢。我叫王在野，我爱你，你满意了吗？"

我眼珠一转，说："你爱我？我问你一个问题，你不能骗我，要如实回答。"

他兴奋，"你问，你快问。"

"你爱我还是蕾拉？"

他发愣。"什么？"

"你爱我胜过她，对吗？说啊。"

他痛苦地叫："别逼我。"

"你必须选，只能选一个。"

"我不选，我不选！"

我冷冷地说："谢万安爱易若然，胜过爱蕾拉。"

"不是，你胡说！"他抱着头。

"啊，对，你现在是王在野了，那我来当蕾拉。你爱我，王在野爱蕾拉，蕾拉也爱王在野，多好呀。谢万安爱易若然，只爱易若然。是这样吧？"

"胡说！你胡说！"他一脸恐惧，气得发抖。

我讥诮地问："有什么不对？"

"你不是蕾拉，你是易若然。"

"是呀，我不是蕾拉，你爱的是我，不是蕾拉。"

"闭嘴。不许再说！"他捂住我的嘴。我眯着眼睛，用眼神无声地说。

"不许说！一个字都不许说！"他大叫一声，仓皇逃出房间。

我哈哈笑，笑得肆意张狂。

多么讽刺，我一意轻生，却被王在野强行拯救，刚活过来，又被谢万安拖入黑暗。命运的安排如此无常。我拆掉了电话卡，断绝与所有人的联系，本打算销声匿迹，这下真的销声匿迹了。不会有人想到绑架，一切痕迹看起来像是我自己出走了，我将困在这里默默死去。想到这儿，只觉乌云压到眉梢，仿若被活埋，绝望得让人透不过气。

我眼神迷茫，望着虚无。

你还在吗？在天上吗？正看着我吗？我是如此想念你！我困顿无助，虽有光，却漆黑无比，仿佛你从未出现，从未拯救我，我仍在深渊中。身体的疼痛、精神的痛苦都是一时的，何时能解脱啊？这世界太苦了，你还要我撑下去吗？

我的人生多么荒唐。爱我的人要么病死，要么是疯子。啊，可悲的我，可笑的我。

应急灯耗光电，世界重归黑暗。

三十七、春不临渊

春天到了，我还没好好看它。花都开好了吗？鼻端仿佛又闻到花香。王在野喜欢买白色香花。

一想到他，他突然就充满整个脑海。这一瞬，对他的想念无法抑制，汹涌澎湃，想得五内俱焚，疼痛不已。为什么想起他？他带给我新生，也带给我绝望。此时此刻，为什么想起他？如果他知道我被囚禁，会怎么做？我伤害他那么多次，决绝地离开他，他会飞奔而来，奋不顾身地救我吗？会的，他认为我和谢万安合谋害他，他都要救我！他何时出现？下一秒，或者明天。也许耳畔即将传来脚步声，也许他在呼唤我的名字，而我听不到。

易若然，你在想什么呀，到现在你还在做梦。你处心积虑躲开他，遇到危险又盼他来救，你要不要脸？

谢万安一直暗害王在野，王在野知情吗？谢万安被我刺激，是否会迁怒王在野，继续害他？想到这儿，我顿时焦急，转念又想，王在野签下离婚协议书的那天曾经想告诉我关于夏暖孩子的事，他已经知道真相，所以已经提防谢万安了。我松口气，高悬的心渐渐放下。

黑暗中没有时间概念，每隔一段时间谢万安就来一次。我们相互折磨，他逼我说爱他，我不从，他毒打我，有时直接用手，有时用脚碾、用皮带抽、用烟头烫、用牙签扎，用力过猛，牙签断在肉里，导致肿胀发炎。我遍体鳞伤，但我也没放过他，我用蕾拉深深伤害他。

好几次，他试图强暴，我大骂蕾拉。谢万安气得声音发抖，叫："不关她的事，不许你骂她！"

他打我的嘴，我嘴角淌血，犹自冷笑："不关她的事？我遭罪都是因为她。我诅咒她，她死后应该下地狱，永世受苦。滚远点儿！你要是敢碰我，我每天骂她十万遍。就算你堵上我的嘴，我在心里照样骂。"

"易若然，你个泼妇！"

"我比泼妇歹毒。你们信教吗？什么教？天主教？基督教？不管什么教，我要让那个宗教里所有的恶魔蹂躏她、折磨她。"

他暴跳如雷。"住口！住口！"

我尖刻地说："你就是恶魔，假借爱的名义施加暴力！"

他欲望全无，只剩愤怒，往死里打我。这种办法拖延不了多久，万一谢万安兽性大发侮辱我，我一点办法都没有。

他在我喝的水里掺了药，我昏昏沉沉，幻觉不断。他痴痴看着我，似乎只要看着我他就快乐。我岂能让他如愿？既然他把我禁锢在他身边，那就谁都别想好过。我们都在努力把对方逼疯。他防着我逃走，而我准备和他耗下去，同归于尽。生死看淡，面对他，我没有恐惧，只有无尽的憎恶和愤怒。他不停地说甜言蜜语，我昏昏欲睡。

他要我唱歌给他听，说："你以前很爱唱歌的。"我知道这一刻他眼中的是蕾拉。

我唱起来，歌词是瞎编的："裹着春光，花下埋葬。不可遗忘的时光，带来永恒的伤。分离是罪，无法原谅。早该毁灭的渴望，笑问如何收场。"

他心惊胆战地瞪着我，仿佛我是魔鬼。他却不知，他的模样在应急灯的光影中狰狞无比。或许我们真是一对，两个魔鬼，和这地狱多么相配。

我本黑暗，蒙王在野搭救，偶见光明，现在重归黑暗，有何不可？

谢万安以为只有他是疯子，殊不知黑暗是我的伙伴，我素来阴沉狠绝，论疯魔，他未必比得上我。我和他的区别是我不主动害人。对他，不必留情。

我阴森森地说："蕾拉来了。她在你身后。为什么她身上有泥？啊，花下埋葬的是她！你把她亲手埋了。她来找你了。她的指甲上全是血。她是从地下爬出来的。"我笑得凄厉，笑声几乎逼疯谢万安。他逃走的时候，表情像是真的见到蕾拉的鬼魂在索命。

多日未洗澡，我身上又脏又臭。谢万安把我带到另一间无窗的房间，拿着水管子对着我浇。冰冷的水激得我生了病，小腹传来疼痛。我预感经期快到了。

算算日子，他已经囚禁我三周了。

谢万安扔给我几身衣服，我猜是蕾拉的。算他有廉耻，在我换衣服的时候，他解开胶带，退出房间，过了一会儿又进来，再次把我绑住。

我发起高烧，不禁窃喜。死了好，一了百了。高烧令我视线模糊。恍惚间看见王在野向我伸手，掌心里是药。"吃药。"他命令。我想拿，却动不了。他说："快吃药。你的眼睛还要不要了？"我着急，不愿见他担忧，不想让他等待，手却怎么都使不上力，越急越感觉浑身紧缩，四肢变短了。我急醒了。

几天后，高烧退去。

我和谢万安依然彼此折磨，更加狠毒，更加无情。谢万安试过毒打我，试过不给我吃饭，始终无法逼我就范。他对我咬牙切齿又无可奈何。他吼："我跟王在野比差在哪儿了？我比他强！"

我说："黑夜披上缀满星光的沙丽到处炫耀。白昼的衣服却很朴素，只是光。"

不知又过了多少天，这一日，谢万安带来笔记本电脑，摆在我面前。"你不接受我是因为王在野。别再对他抱有幻想，他不值得。"他打开电脑，以幻灯片的方式播放王在野与夏暖私会的照片，有的我看过，大多是我没见过的。

我冷笑。他想出了打击我的新方法，可惜无效。

他说："总有一天你会明白，你属于我，你一定会爱我的。"他把电脑留下便走了。

电脑显示的日期离绑架那天已过了七周。我翻滚着坐起来。我遍体鳞伤，随便一动都会碰到伤口，疼得龇牙咧嘴。手被反绑着，我背对电脑，费力地用手指操控，退出幻灯片模式，打开网络设置。不出所料，电脑无法联网。

所有照片存在一个文件夹里，文件夹中还有一些视频，其中一个十分熟悉，是王在野和夏暖拥抱的场景。我打开它。

镜头对着露天花园的一张桌子，夏暖坐在桌边。寒冬腊月，周围空无一人。接着，王在野出现了。他目光冷峻，问："二哥呢？"

夏暖甜甜地笑："AI换脸对你屡试不爽。你的小新娘最近好吗？"

王在野的眼神锐利似刃。"你别动她。"

"你真要和她结婚？"

王在野说："我们已经结婚了，现在是补办婚礼。"

夏暖不屑地哼一声。

王在野说："我警告你，不要在我的婚礼上搞事情，撕破脸对大家都不好。"

夏暖笑出了声。王在野要走，夏暖说："等等。"她站起来，手背在身后，赫然拿着一把匕首。她忽然扑到王在野怀里，王在野的表情凝固了。夏暖的声音诡谲，"不让我在婚礼上搞事情，那我只能提前动手了。"

我愣了。接下来的画面我见过，长达七秒的拥抱视频原来是这种情形。王在野望着她，眼神深不可测，不推拒，甚至是毫无反应。夏暖笑容甜美。现在我才懂这一幕，王在野在用眼神做了断。

"你干什么？"一个男人惊恐地说，出现在镜头里。夏暖含笑远离王在野。王在野的腹部已经被鲜血染红，匕首还插在上面。男人赶紧扶着王在野，叫："王先生，王先生，你怎么样？"

王在野捂着腹部，问："他们找的私家侦探就是你吧？"

私家侦探尴尬地说："我，唉，我叫救护车。"

"不能叫救护车，也别报警，给我二哥留点面子。"

"你命都快没了！"

王在野向远处望，说："易若然在婚纱店等我。"

私家侦探说："我给她打电话，让她直接去医院。"

"不行。她晕血，不能让她看见我这样。让郎林御通知她，就说我出差了。"他的声音渐渐微弱。

"王先生，王先生！"

镜头外，一阵发动机的轰鸣和急刹车的声音。夏暖慢悠悠地问："两位，要搭车吗？"

私家侦探说："你疯了。"他收起微型摄像机，视频到此结束。

试婚纱爽约，原来王在野被刺伤了，我还以为他和夏暖私奔了。他和夏暖见面不是自愿的，是被骗去的。性命攸关之际，他还惦记着在婚纱店等候的我。他想陪我挑婚纱，他想和我举行婚礼！他知道我晕血，所以受伤后瞒着我。

淡漠却可靠，冷冽难亲，却别有一片柔情。我曾经看清他，怎么后来又看不清了呢？

我心里又酸又暖。在我不知道的情况下，到底发生了多少事？一桩桩、一件件，足以影响我和王在野的关系、颠覆我以往的认知。可惜，我知道得太晚了。

视频循环播放，我贪婪地看着，把他说的每一个字都铭记于心。谢万安肯定想不到，他想让我死心，却意外地燃起了我的希望。笔记本电脑蹦出电量低的提示。我意识到时间不多了。不能坐以待毙。王在野一定在担心我，他只是找不到。

借着屏幕的亮光，我搜寻房间。玫瑰花已经枯萎，我在花枝上找了许久，找到一根没剪掉的花刺。刺因干燥而变得坚硬无比，我用它弄断了手脚的胶带。

谢万安很谨慎，在绑住我的情况下依然把铁门锁上了。我躲在门后，抱着笔记本电脑站在椅子上。我打算用笔记本电脑做武器。平拍的力道不大，必须得用角砸。我默默演练，做足准备，连身上的疼都显得不那么厉害了。我也考虑过用椅子砸，但以我现在的力气挥不动椅子。我实在虚弱，伤病缠身，在椅子上站一会儿便开始头晕，只能暂时蹲下。

回忆王在野受伤后的模样，我竟想不起来。他是否面无血色，是否身体虚弱，我都想不起来，那时我已经很少看他，只顾嫉妒和伤心。我去探望李寄，王在野去接我，那时距他被刺伤没过多少天，伤肯定还没好。我竟一点没看出来。我满心牵挂李寄，其余的都没在意。

在漫长的等待中，我的心怦怦跳。因为有了希望，反而有了恐惧，害怕失败。等了很久，我的肚子忽然叫了一声，在寂静的房间里格外清晰。我吓得冒汗。要是谢万安进来时我肚子叫了，他会立刻发现我，那我就跑不了了！我又饿又渴，可又不敢碰食物，怕里面掺了让人昏睡的药。我死死摁着饿瘪了的肚子，祈祷当谢万安进屋时它不要叫。

不知过了多久，脚步声传来了。我竖起耳朵，缓缓站起来，举起电脑。门开了，谢万安提着应急灯进来，集中的光柱让他难以迅速发现背后的我。我狠狠地对着他的头砸下去，慌乱之中忘了要用电脑的一角，不过这一击我用了全力，他被砸晕了。哪怕只有几秒，也够我蹿出屋子。

在被带到另一个房间冲凉水时，我曾仔细观察路线，尽管只有短短的一段路，我已牢牢记住，即使在黑暗中我也能找到路。然而，接下来该往哪儿走，我就不知道了。四周漆黑不见五指，我摸索着，留意脚下，避免蹭到什么发出声响。

这些没有窗户的房间显示我身处地下室，要出去就得找到楼梯。我摸了好久都摸不到。这时，楼里传来脚步声以及谢万安的怒吼，光束纷乱地摇晃，我在闪烁的光影中发现了楼梯，而谢万安也在那一侧。我猫着腰，在黑暗和光束中躲避魔爪，与他周旋。谢万安的手机响了，他恼怒地吼了一声，接听了，手机那头似乎没有声音，他"喂"了半天，挂断了。接着，手机再次响起。地下室信号不好，他向楼梯上走了几级，还是没接通。

我急速思考，一瞬间学过的知识全被调动起来。以这栋楼的建筑规制，安全通道不止一个，另一个最有可能在与它对称的地方。我无声无息来到楼的另一侧，果然找到了楼梯。

来到一楼，窗子没装窗框和玻璃。我从一扇窗爬出去，贴着墙观察地形。这是某个烂尾楼的建筑工地。我专捡阴影里走，尽量贴着墙，淡淡星光为我照明道路。在黑暗中囚禁许久，这点星光对我来说足够亮了。

工地看上去荒废多年，围墙有多处缺口。看守工地的人只守着大门，缺口处宽敞得能开进汽车。我犹豫了一下，感觉孤身一人向看守工地的人求救不安全。越过缺口，远处出现高速公路的车灯。我向那里狂奔，沿着路走，找到了高速公路收费站。收费员见到我吓了一大跳。我浑身邋遢，披头散发，已不成人形，下体全是血，是经血。他们赶紧报警。

在医院里我得到治疗。被囚禁将近两个月，我瘦了十七斤，满身是伤，令人不忍卒睹。做完询问，女警说谢万安跑了，他们已立案侦查，提醒我注意安全，保持联络畅通。她要替我通知家人。我不假思索地说："我丈夫叫王在野。"死里逃生后，第一个想到的就是他。

一个小时后，女警回来了，神情古怪。我心一沉。她说："没联系上。"

没联系上可以继续联系，等联系上再告诉我，我没有要求她一小时内必须给我答复，她轻描淡写的样子分明另有隐情。我明白了：王在野不愿见我。他以为我被侮辱，嫌弃我？他因我的不辞而别生我的气？他也累了，决定就此结束？

我已经归还钥匙，留下了手机卡，以示永不联系的决心。既然断了，就该断得干干净净、彻彻底底。我以绝情对他，他以绝情对我，他做得对。

眼前景物摇晃，我闭上眼睛，懒得再听再看。我没有痛苦的感觉，只是觉得无聊，生死皆无趣。

女警问我其他亲友的联系方式，我摇摇头。女警说："我们搜查了谢万安的住处，找到了一些你的东西。有的作为证物暂时由我们保管，其余的我给你带来了。"

手机摔烂了，其他东西也都在。抱着紫色印花笔记本，我的心跳了一下，仿佛活了过来。还好，我还有"他"。

三十八、是缘是劫

出院后，我不联系任何人，径自离京，去了河灵市。

还剩一件事，等做完了，我将避世而居。

王在野被骗是因为我。以他的骄傲，不会向他人解释原因，我有责任澄清事实，尽管已过了很久。要澄清就免不了去圆溪领海公司，我不愿抛头露面，尤其在建筑工程行业，我的风评极差，但顾不得那么多了。况且，千里之外的河灵市未必有人认得我。

我审视自己——刚买了新衣服换上，伤痕都藏在衣服下，据说这是家暴的特征，表面如常，伤都藏着——我的样子勉强能见人。

圆溪领海公司前台接待员问我是谁，我犹豫一下，忽听一人说："万安能公司易若然。"接待员看我的眼神顿时充满敌意，对着我身后的人叫了一声"郎总"。

这是我从未见过的郎林御，凛然难亲，不复以前的温和。他愁容满面，即使是故作严肃时，愁绪依然在额头堆积，不显严肃，倒有一种焦躁的狼狈。他说："你跟我来。"他并不是把我带进公司，而是带到大门外，说："他不在。"

"我找董事长。"

"不在。"

"许总呢？"

"不在。"

我一时无措。

郎林御说："二哥和他断绝关系了，从此不再是兄弟。"我早已知道，我想问的是，后来王在野和夏暖在一起了吗。话到嘴边，我又觉得不必问了。障碍一旦消除，夏暖肯定一秒都等不了，插翅飞到王在野身边。

郎林御说："我有两个问题，你不必回答，自己知道答案就好。第一，你到底把王在野当什么？哪怕只有亿万分之一和他在一起的机会，夏暖都不会错过，天涯海角都要追他去，你却轻易丢掉。夏暖梦寐以求的，你得到了，却毫不在意。夏暖的确做过很多错事，但她敢爱敢恨，胜你太多。"

我自有理由，不必说与他听。

郎林御说："第二，你觉得你配站在王在野身边吗？他是个内心纯净、行为纯洁的人，你是吗？"

我的灵魂瑟瑟发抖，想反驳一句"夏暖配吗"，又不甘与她相提并论，在这件事上多纠缠一分就多一分耻辱。

郎林御说："不懂他的可贵，无法匹配他的优秀，只会给他添麻烦，赖着他干什么？"

我说："我只想找公司领导说明他缺席省政府专题会的原因。"

郎林御讥讽："亮明身份，然后告诉大家王在野的妻子误信其他男人，骗了自己的丈夫？"说到这儿，他警惕地四下看看，怕人听见。

我说："不用亮明身份。"

"那请问你是谁，值得王在野回去？"

我无言以对。我的脑子不好使了。他说的都对，而我根本没想过，冒冒失失就来了。

郎林御目光如针，望着我说："你今天来，王在野不知道吧？我想也是。他不会沦落到让一个女人替他出头，尤其是你。你和谢万安侮辱他侮辱得还不够吗？他已经躲得这么远了，你还想怎样？大家刚忘了这事，别哪壶不开提哪壶。"

原来我连替他澄清都不配。与谢万安的纠缠成为我洗刷不掉的污点，我无法自证清白。我来恐怕比我不来造成的危害更大。我垂首，默默走了。

过了一会儿，我从羞恼中冷静下来，对于郎林御的问题，我得出了与刚才不同的答案。

离开王在野，有太多原因，屈辱、失望、内疚、嫉妒。这些东西压过了我对他的感情，至今仍横亘在心，未来将继续作乱。相比之下，夏暖更勇敢、更执着、更一往无前。

王在野是纯净的，率真的，神清骨冷，刚直不阿，是不受尘嚣污染的寒天孤月。我想说我也是干净的，但我名声太坏，不宜再出现在他身边，连与他沾边都可能连累他。

郎林御的问题尖锐而准确，我得出答案，同时看清了未来的路。

我坐长途大巴离开河灵市。

天蓝得很真实，白云在风的催促下匆忙赶路，它和我一样漂泊不定。大巴车到达终点，我随便挑了一辆公交车，乘坐它漫无目的地转，换乘一辆又一辆。对一个没有家的人，到处都是他乡。远方是个相对词，此处是彼处的远方，我不在意是这里还是那里，青山隐隐，碧水汤汤，不及我眼神苍茫。

无意中一摸衣兜，兜里多了一个小纸条，上面写着：鹿鸣城公交站广场。许洲。

去那儿能见到许洲？跟他把事解释清楚，以后我不欠王在野的了。

广场上人来人往，我找得眼都花了，不见许洲的影子。

一个男人从人行道走过，背影又高又瘦，像极了王在野。我的目光像被烫了，赶紧收回，过了几秒，又不由自主飘过去。

不可能是他！这个人太瘦了，瘦得简直不成样子，只有个头和轮廓像他。

他在路口转弯，刹那间，我看清他的侧脸，顿时动弹不得。

不可能是他！太瘦了，形销骨立，瘦得脱相，脸色有一种病态的苍白。王在野是漠然的，面无表情，而这个人神情阴鸷。

与此同时，心里有个声音说：不可大意，那就是他！

我忽然发现，这里是鹿鸣城，毗邻河灵市，过了市界就是十鹿镇。

我着魔一般跟着那个人。他进入一栋大厦。我和他保持着距离，等他在大堂消失，我再跟上。电梯下行，停在地下一层。我从楼梯跑下去。地下一层有许多分岔路，他已不见人影。地下室阴暗，空气滞闷，阳光的绚烂在这里丝毫不见。沿着走廊往前走，有个房间传出凌乱的乐器声，是一个乐队在合奏；一个房间传出嘈杂的吵闹，有人在吵架；一个房间里有人在大声打电话……

他住在地下室？

不是他，一定不是！我笑自己是惊弓之鸟，觉得自己冒失而愚蠢，转身要走，一抬眼，身体如同石化。那个人站在走廊入口，远远望着我。

是他。面容有七分依旧，神情似是而非，可那就是他！身穿黑色衬衫，牛仔裤，面庞似玉石雕刻般精致，眼窝深陷，因为消瘦，显得颧骨突出，脸色苍白，一双黑眸暗沉沉，吞噬所有的光。他以前神清骨冷，如今，神清不再，骨冷更甚。

我的心在震颤。是我自投罗网，被他发现。躲已来不及，我们沉默对立，过了好一会儿我才能动，默默向楼梯走，暗暗发誓永不踏足此地，就此消失。

走廊显得好长，周围的喧嚣都去哪儿了？我努力守住心神，怕被人摄了去。他静立不动，我低着头，与他错身的一瞬，我屏住呼吸。

我经过他了，刚要透口气，他忽然抓住我的胳膊，一股莫名的力量仿佛从他的手注入我的身体。时光静止，永远地停在此刻。日月不再变换，刹那变成永恒，繁星坠地，火花四射。内心的期待被翻出来无限放大。原来我竟如此渴望再见他，渴望他挽留我，正如现在这样。

他拉着我走向一扇门。电光石火间，我脑海闪过无数念头：挣脱离去，言语呵斥，奋力反抗……可实际上，我老老实实跟着他走。

这间地下室比我当年租住的那间还要小。床和桌椅十分简陋，除此以外可谓家徒四壁。房间里有三个人，一个是中年女人，一个是二十五六岁的年轻男人，另一个男人四十来岁，染着棕黄色头发。

没有夏暖。

见到我，三个人都看王在野。王在野并不打算介绍我。

屋内局促，两个人坐在床上，一个坐在折叠椅上，另一把折叠椅空着，显然是给王在野留的。他看一眼椅子，又看我。我坐下。他靠着桌子站着。

我打量房间。桌上摆着王在野的水杯和笔记本电脑。房间过于狭窄，没地方放衣柜，衣物放在储物箱中，塞在床下。床下还摆着一双橡胶拖鞋。毫无疑问，王在野住在这里。

他是王在野啊，天之骄子，业内的传奇，自视极高，睥睨众生，何以落魄至此？

年轻人清清嗓子，说："0302街区的控规还没批下来，压在总经理那儿已经八个月，他不签字，就无法向规划国土局报。郎总找了他很多次，他不批也不退件。问他是否需要改，他也不说，总之就是压着不签字。控规批不下来，制约后续工作。"

黄头发说："他等着你们送钱呢。"

年轻人大吃一惊，说："他是公司总经理，项目是公司自己的项目。推进自己的工作还得给他送礼？"

黄头发笑他天真。"公司是公司，个人是个人。"

年轻人震惊无比。

女人对王在野说："圆溪领海内部真该好好整顿一下了。你不在，公司找专家又组建了一支能源小组。那些专家个个都挺好，可是公司内部流程不畅，推诿扯皮不断，这帮专家们也快干不下去了。另外，发行绿色金融债券的事推进缓慢，金融办说没问题，事情卡在能源办，能源办称还在研究可行性。"

年轻人生气地说："主要工作在金融办，能源办没什么实际工作，但他们统管能源，所以程序上必须经过他们。一夫当关，万夫莫开。那个姓包的主任成天不知在想什么。签一个字的事，让他整得跟他负全部责任似的。他也不收礼，单纯就是油盐不进。"

女人说："他被前一段时间的舆情弄怕了。"

他们讨论着工作中遇到的难题，发牢骚，想对策。

女人说："'灵鹿森林'摊子铺得越来越大，盯上它的人也越来越多。王总，你快回来吧！"

年轻人说："是啊，老大，郎总夸我足智多谋，给他解了大难题。我什么时候能告诉他幕后出主意的是你？他把功劳都算在我头上，再不澄清，我就要被提拔成部门经理了！"他说的好像要遭罪似的。女人失笑。

黄头发故作吃惊："你要回来？什么时候？提前一天告诉我，我搬家。"

王在野一直静静听着，这时他开口了，语气沉稳，自带威严："收集包主任的信息，要自我表扬的那种，最好是被报道过的，从政府网站里找。"年轻人立刻取出平板电脑查询。

黄头发问："干吗，你想夸夸他？"

王在野问："河灵市最近有什么新闻，市政府公布了什么新措施？"

黄头发对答如流："守住耕地红线宣传活动，交通违法行为专项整治一百天，创建国家森林城市评选活动，清理整顿违法出租地下空间行为，对了，你住的这个就算。"

王在野问："总经理索贿的事属实？"

黄头发说："实得不能再实。我知道你在想什么。提醒你啊，得罪小人，后患无穷。他很谨慎，你抓不住他的把柄。他索贿也很隐晦，要不你们怎么一直没转过弯来。他还经常敲诈施工总包，手段高明得你根本发现不了。"

女人叹息："董事长生病了，没人管得了他了。公司有这样的总经理，好得了吗？"

王在野沉吟："制造一场车祸。"

所有人都吓了一跳，王在野面无表情。年轻人紧张地瞄我一眼。

黄头发说："又疯了。"

女人故作轻松地劝说："项目没那么急。"

年轻人附和："不急，不急。"

女人说："就算惩治了他，控规还得报规划国土局批准呢，一时半会儿也拿不到，别着急。"

王在野说："控规批不批我不管，吃拿卡要的毛病不能惯。"

年轻人说："包主任的信息都在这里了，从官方网站上找的。"他依次念标题，念到"改善营商环境，减免行政收费"，王在野叫停。年轻人说："营商环境是现在的大热门。为了支持一个新能源项目加快实施，能源办创新工作，给企业减免相关行政收费。"

王在野探身看屏幕，问："包主任是圆溪区能源办的？"

"对。"

女人说："看看具体的减免通知。"

年轻人说："包括一项缓征，一项减免。能源办提议后，区政府批准了。"

王在野嘴角一勾。女人问："有问题？"

王在野说："行政事业性收费实行分类分级管理。文件中提到的两项收费由市级制定政策，区政府无权做出缓征或者减免的决定。包主任越权了。"三个人眼睛亮了。

女人思索，"会不会市级已经批准了，区级执行？"

王在野说："要是那样，创新的功劳是市政府的，区政府不能居功，只能算落实。"

年轻人问："老大，我该做什么？"

王在野说："你只是一个关心惠企利民政策的热心网友。"

年轻人笑了，说："明白了。"他开始打字。

女人问："你在干吗？"

年轻人说："网站留言，然后把截图传播一下。我是热心网友嘛。"

女人说："这顶多算工作过失，只要撤销缓征和减免的决定就算改正了。我不懂，把包主任整惨了对我们有什么好处？"黄头发和年轻人也疑惑。

王在野说："他栽了跟头，急于翻身，绿色金融债券就是他翻身的好机会。大力支持省级重点工程嘛。"

三个人喃喃："对呀。"

王在野说："提醒老郎，适当的时候给包主任送一面锦旗。"

黄头发一拍大腿，冲王在野跷大拇指，说："太阴险了。我以前没得罪过你吧？"

女人叹息："郎总最近日子很不好过，'灵鹿森林'是一块大肥肉，人人都想分一杯羹。郎总承受的压力很大，总怕掉坑里，又得防着小人掣肘。有人利欲熏心，老惦记着公权私用，出卖项目换取个人利益。唉，不怕工作累，就怕上面瞎指挥。"

女人和年轻人愁容满面。

王在野说："这有什么难的。给老郎提建议，通过生态环境局申报项目，申请中央环保专项资金支持。"

"你停职前提过这个建议，被否决了，记得吗？中央环保专项资金全省才十二个亿，排队的项目多得很，分到'灵鹿森林'上能有一千万就不错了，跟项目总投资比，杯水车薪。资金支出范围限制得死，钱没多少，查得又严，后期很可能引来中央专项督查。"

王在野说："中央督查好啊。"

一开始大家以为他说反话，须臾，见他泰然自若，都反应过来。年轻人叫："中央督查好啊，能吓跑居心叵测的人！"

女人喜动眉梢，说："以点带面，用一千万保住百亿工程，让大家提高警惕，不敢乱来。这招妙啊！"

年轻人问："申报国家级智能绿色科技示范区也是出于这个考虑吗？"

王在野说："要做就做行业标杆，做第一，体现示范地位。"

年轻人连声称是，满脸钦佩。

黄头发说："说真的，你哪天来河灵，告诉我，我走，趁我还没得罪你。"年轻人和女人哈哈笑。

王在野轻巧的几句话解决困扰他们许久的问题，看似信手拈来，实则源自他渊博的学识、专业的素养和准确的判断。工作难题解决了，他们的笑容却隐隐带着担忧，王在野的亦正亦邪让他们不安。

王在野说："车祸的事我亲自部署。"他又一次提起，显然认了真。年轻人和女人的表情顿时凝重。年轻人向王在野使眼色，提醒他我在听。黄头发说："真要干？人我给你找，绝对可靠。"女人用眼神责备黄头发，她望着王在野，欲言又止。年轻人既紧张又有些害怕，偷瞄我。

王在野说："严格控制人数，不要伤及无辜。"黄头发揶揄："你也有慈悲心？"王在野的脸上飘过一丝阴鸷，一闪即逝，然后，他笑了，那是极尽冷酷而危险的笑容，凉薄如水，松弛自然得仿佛天生如此。

谈论结束，三个人向门外走，王在野指着我说："把她带走。"

大家都愣了。他把我带进来又赶我走？可笑我还在担忧万一被他扣下该如何脱身。我心如针刺，迅速用冷漠武装了自己。

王在野看看发愣的三个人，眉一挑，眸中透出些许凌厉，说："谁把她带来的？带走。"三个人交换了眼神，女人赔着笑想说什么，黄头发一扯她。

沉默，无声的压迫。周遭的喧闹于寂静中更加明显。隔壁的乐手练习不畅，愤怒地砸乐器，吵架的人重重地摔门而去，一个女人大声哭泣。

我扭头离开。

三十九、石破天惊

走出大厦，我有一种重见天日的感觉，深深呼吸，同时困惑不解，不明白刚才的所见所闻。最大的疑问是：王在野为什么在这里，为什么变成这样？以前他也曾遭遇打击，他都能从容应对，这次怎么了？

三个人跟着走出来。女人沮丧地掏出一百块钱给黄头发，黄头发得意地收下，戏谑地对我说："姑娘，跟我走吧。我虽然不是好人，但比王在野强。他是危险人物，阎王爷都怕他。"女人警告地咳嗽一声，黄头发哈哈笑。

女人说："王总真不解风情，害我输了。"黄头发上下打量我："她？她哪儿有风情？漂亮是漂亮，瘦成一把柴，冷冰冰，像石头。"

女人忍俊不禁，说："她是六王妃。"年轻人吓了一跳。黄头发肃然起敬，重新打量我，说："敢嫁给他，我佩服你。难怪你的气质看起来眼熟，和他一模一样。"

女人对我说："我叫严羽，以前在海彻电气，是王在野手下的项目经理，后来调到圆溪领海公司。他叫岳浪，河灵市的百事通。这个小伙子是林之风，工程技术部的。"

"大家都叫我小林。"小林点头致意，眼中全是好奇。

严羽说："纸条是我让岳哥放在你口袋里的。请原谅。在圆溪领海公司见到你，我就知道救星来了。王在野一直死气沉沉的，但刚才他看着你的时候，眼中有小火苗在跳。情况你都看到了，帮我们阻止他。"

岳浪说："没有'我们'，别算上我。我倒是喜欢他现在这样。这才是六王爷。"

严羽恳切地说："他做事雷厉风行，也许今晚就实施。时间不多了，拜托，劝劝他。"

我问："既然你担心，为什么你不劝他？"

严羽无奈地说："我不敢。谁劝得了他？他不是随便谁都能接近的。见他一面都难。除非请他帮忙，否则他不许我们找他。要是把他惹烦了，他可能又走了。"

我冷淡地说："我没兴趣。"

严羽抓住我不放。"要是没想好，他不会说出来。他说得出做得到，想到了就一定去做，必须打消他的念头，而且要快。"因为焦急，她的声音微微发颤。我无动于衷。

她问："你难道忍心看他……万劫不复？"这女人真是危言耸听。王在野是个成年人，头脑清醒，知道自己在干什么，哪儿就到万劫不复的地步了？

我摇头，她眼睛亮了，我说："我根本不看。"她眼中的光熄灭了。

岳浪笑了，说："臭脾气，跟那个谁一样。"严羽气恼地瞪他，问："你敢说出'那个谁'的名字吗？"岳浪不服气，说："以我在河灵的地位……"严羽打断他，追问："敢吗？"岳浪哼一声，不答话。

天黑了，我找了一间便宜的小旅馆，躺在床上，望着天花板，越是避免想他，思绪越绕不开他。

高傲的王在野竟栖身地下室！我翻个身。隔音特别差，终年不见光。我又翻个身。屋子里一件像样的家具都没有，桌上摆着方便面。我再次翻身。

王在野依然智谋超群，可又透着一股邪气。他点拨严羽等人，出的主意明晰有效，可又不够光明磊落；说他自暴自弃，他又积极谋划，为"灵鹿森林"保驾护航；说他奋发向上，他又阴沉压抑、冷漠疏离。针对慢作为的包主任和其余一众觊觎项目的人，他能想出高明的对策，对索贿受贿的总经理，他一定也有更稳妥的办法，但他选择暴力。

我揣度他的车祸计划：怂恿总经理酒后开车，等着他出车祸？岳浪说总经理十分谨慎，不可能犯这种低级错误。雇人撞伤总经理？那也阻止不了他扣着文件不批。除非，除非把他撞死，换一个总经理。

我脊背冒凉气。理智告诫自己，我和他已是陌路人，他怎样都与我无关，手却不由自主拿起电话打给徐傲朵。徐傲朵是郎林御的女朋友，多少应该听到了一些王在野的事吧。

徐傲朵大叫："你跑哪儿去了？"我的耳朵被她吼得发麻。徐傲朵说："到处找不到你，我以为你也被抓了呢。你这是哪儿的号码？"

因为不打算联系任何人，所以我没再买新手机，此时用的是旅馆房间的固定电话。我说："被抓？"她的用词很奇怪，我是被绑架。

她问："你不知道？"

"知道什么？"

她说："王在野被带走调查，然后就消失了，人间蒸发了！老郎他们到处打听，得到的回答是正在调查，其他就问不出了。一个大活人啊，说带走就带走了，带哪儿去了也不知道，吓死人了。老郎以为你知道什么。你的手机一直关机，家里也没人。我们以为你也被调查了。"

我问："到现在也没找到王在野？"

"据说他前几天刚放出来，没跟任何人联系，很快又失踪了。"

王在野前几天刚被放出来！我联想到女警告诉我联系不上王在野时的表情，她真的联系不上他，他被带走调查了。他恐怕还不知道我经历了什么。

我问："到底怎么回事？"

徐傲朵叹气："夏暖自杀引起的。"

我今天听到的全是爆炸性消息，且是过期的。

徐傲朵惊叫："这你也不知道？嘿。王在野因为被你骗回北京，被公司停职。原本以为事情很快就能过去，谁想到，转眼公司就接到举报信，说他乱搞男女关系，私生活混乱，对他的停职延长了不说，还要调查风纪。过了两天，不知夏暖受了什么刺激，自杀了。"

算算时间，我猜到夏暖受了什么刺激：她在王在野家看见了我。

徐傲朵说："放心，她没死。她留下遗书，说王在野辜负她的一片深情，不管她怎么爱他，他都不理她。她绝望了，选择自杀。老郎特别生气，觉得夏暖落井下石，专挑这时候下刀子，净添乱。我跟他相反，我当时第一反应是这女人真爱王在野，为了帮他洗清污名，竟然用这种极端的方式，又表白了，又洗白了。因为你看，她在遗书里写了，王在野一再拒绝她。多绝啊，多妙啊。"

那几天王在野正在照顾生病的我。被停职，被调查，夏暖因他自杀，他顶着多大的压力啊，可他只字未提，没有露出任何情绪，一个人默默扛着。我想到他与郎林御在书房的对话，当时我以为他们谈论的是我，原来是夏暖。

徐傲朵说："没过几天，王在野就被带走了，对了，就是你把行李放在我家的第二天。我们到处找你，可你也不见了。后来我们才知道，夏暖在自杀前寄出了一封告发信。"

"告发什么？"

她压低声音，说："水电站的设计图。她说王在野把图纸卖给国外了。"

我大惊。这是间谍罪。她要整死他！

我立刻说："胡说八道。王在野以国家电力发展为荣，绝不可能卖国。他正直纯粹，不可能干这种丧良心的事。他不在乎钱，不在乎命，没有什么能诱惑他卖国。他不会的！哪怕山穷水尽、穷途末路，他也绝不会！而且，他哪来什么水电站的设计图！"说到这儿，我忽然想到滕老师，想到抽水蓄能电站。

徐傲朵说："你别着急，既然他被放出来了，就说明他没什么问题。"

"查了两个月！"我不满，"事情不是明摆着的吗，得出结论很难吗？他是清白的！他从不把名利放在心上，眼里没有别的，只有项目。他只做自己热爱的事，不计后果，不惜代价。出卖它们，怎么可能呢？"

"别人不这么想。能放出来就不错了。你不知道，滕老师真的……唉。"徐傲朵的语气遗憾，"他们是师徒，'灵鹿森林'项目的电力来源恰好又是水电站，王在野和水电站有千丝万缕的联系。滕老师出事，夏暖又用'死谏'的方式举报他，能不调查他吗？夏暖太狠了，王在野差点被她毁了。"

因为绝望至极，所以选择玉石俱焚。爱而不得就毁了他。夏暖这一闹，永远失去王在野了。

徐傲朵说："王在野十有八九得调岗。圆溪领海公司没有撤销关于他的停职决定，海彻集团也没调他回北京。说好听点是让他休整，实际上他们没想好怎么处置他。下一步他去哪儿很难说。"

我不解，"他并没有被定罪，为什么不能复职？"

"毕竟被调查过。"

我冷冷道："'莫须有'三字何以服天下？"

至此，王在野的阴郁和消瘦都有了解释，偏激和落魄都有了出处。他生平最恨被人冤枉，偏偏遭此天大的冤枉，且出自爱人之手。这场风波不同于职场的钩心斗角，而是他的忠诚遭到质疑，他的心理受到巨大冲击。对于一个自视极高、自尊极强的人，这种冲击有可能是毁灭性的。纵然获释，旁人也不断猜忌，想污蔑他的人照样不会放过他，背后的闲言碎语就够他受的。有人借题发挥，再次把他从核心挤到外围，他连项目都碰不到，只能旁敲侧击打探消息，愤怒和委屈可想而知。平生愿，尽付东流水。何况，他敬仰的老师真的涉嫌犯罪。他曾经以滕老师为榜样，特别崇敬他。滕老师出事震碎了他的三观，他的精神世界面临崩塌。

我问："现在郎林御负责项目？"

徐傲朵说："对。他一直是公司副总，对情况比较了解。他愿意管项目，谁叫他是六王爷的羽林郎，六王爷不在，他的梦想由老郎继续实现。"

我问："连他都找不到王在野？"

徐傲朵说："老郎给他打电话，他要么不接，接了也不说他在哪儿。"

徐傲朵问我在哪儿，我不答，说："我想静静。别向任何人透露我的消息，尽量别联系。我是闲云野鹤。"

短短几个月，王在野历尽坎坷。我明白严羽为什么用"万劫不复"这个词了。王在野一只脚已踏入深渊，而促使他跌落的力量从未停止，他自己又爱走极端，眼看就要掉下去了。

四十、不可向迩

整晚，我噩梦连连，梦到各种车祸现场，梦到那间狭窄阴暗的地下室，胸口堵得慌，仿佛污浊的空气萦绕四周。我想拨开滞闷，冲出去呼吸新鲜空气，急得手脚乱舞，惊醒过来。

我早已厌倦生活，想抛弃世界，又因发过誓不能轻生，只得半死不活地拖着，惟愿漂泊四方，了无牵挂。然而，王在野打乱了我的计划。他的遭遇折磨着我。倘若他鲜衣怒马、意气风发，我会飞快远离，但他偏激阴沉，孤身一人在陌生的城市，苟活于嘈杂混乱之地。

回想那间地下室，在噪声和灰尘的攻击下，希望之神在门外窥探一下也要逃走。

情人反目，事业受阻，名誉遭毁，尊敬的恩师让他失望，拳拳之忱遭到质疑，他怎么受得了？寒透心的人，深陷阴暗孤寂，满目一片荒漠，寸草不生，因为无所牵挂，所以什么事都做得出来。

他昨天表现得多么沉着，那源自他内心的刚毅。当命运咆哮着携暴风骤雨来袭，敲打在一身铁骨上，唯铿锵之声作回应。不必担心他消沉，他是遇强则强的那种人，唯一要担心的是他误入歧途，反应过激，害人害己。例如他策划的车祸，无疑是犯罪，谁来阻止他？

平心而论，王在野帮了我很多，一次又一次不计前嫌地救我。他遇到困难，我却没做什么，仅有的一次相助还害得他停职。我问自己：你袖手旁观得够久了，不做点什么吗？何况，你也曾无意间落井下石。

另一个声音说：易若然啊易若然，别再蹚浑水了，自不量力，就好像你有本事说抽身就抽身似的。

内心激烈地挣扎着，每一秒都想回头，每一秒都往前走。我该远离，但我放不下。他已落魄，却比从前更扰乱我。不管我愿不愿意，他还在左右着我的情绪。我太想把他从泥淖中拽出来了，想把他推到阳光下晒晒心里的苦闷，带他看清新明丽的世界。

来到他的住处，他站在大厦外，好像在等什么人。我远远地停下。

过了很久，一位花白头发的女士出现在街角。她年过半百，黑框眼镜下是一张带有浓浓书卷气的脸。她走得很慢，一只手提着一个很大的旅行包，另一只手拎着新鲜蔬菜。

王在野快步迎上去，恭敬地叫一声"师母"，要接她手里的东西。女人避让着不让他拿，态度疏远地问："你怎么又来了？"

王在野目光低垂，默默伸手，坚持要帮她。

女人说："你被连累得还不够？如果别人知道你总来看我，你以后更难解释了。你走吧。"

王在野平静地说："我知道自己是谁，不用别人评判。"

"你已经照顾我好几天了，仁至义尽。去忙你自己的事。我有儿有女，有手有脚，不需要你照顾。"

"您的孩子不在身边，您又刚出院，就把我当成您的孩子吧。"

女人摇摇头，说："你是个好孩子。要是老滕知道你被他连累了还来照顾我，一定无地自容。以后你别再来了。你一来我就想起他，心里难受。"

"师母……"

"你非要逼我搬家吗？"

王在野愣住了。女人绕过他，进入大厦。

我感到一阵窒息，仿佛被驱逐的是我，被孤独和无望淹没的是我。

我曾以为王在野出现在这里是因为靠近十鹿镇，我一直想不通他为什么住地下室，原来滕老师的家在这儿，他想就近照顾师母。大概当时他租不到合适的房子，只有那间地下室。

我的冷漠啊，何时才能不再蒙蔽双眼？他的过分消瘦、他冷漠背后的颓废、他的计划中隐藏的愤怒，我明明都看见了，却没有给予重视。别人说滕老师出事给他很大打击，我听见了，却没有在意，直到现在亲眼见到他与老师一家深厚的感情，才意识到爱之深，痛之切。他的痛苦有多深，我现在终于能体会一些了。

果然，世上没有真正的感同身受。知道是一回事，感受是另一回事。正如我的抑郁症在某些人眼中是无病呻吟一样，王在野的痛苦只有他自己清楚。所有轻飘飘的劝说都苍白无力，他需要实质上的释怀。

王在野黯然站了许久。太阳越升越高，烈日炎炎，他的影子越缩越短，几乎不见。

王尔德说，人的灵魂在影子里。

如果影子不见了，灵魂去哪儿安家？

走啊，我心里在喊，走啊，酷暑逼人，快找棵阴凉的大树。

他终于有了动作，走进大厦。

我敲门，门开了，王在野的眼眸漆黑，冷森森，深不见底的眼睛似乎吞噬一切，黑暗中酝酿着风暴。

他正在打电话，手机那头的人几乎是在喊，声音大得我都能听到。那是郎林御。郎林御说："你被扫地出门了，你忘了？这个项目跟你没关系了，你别再瞎指挥！你天天打白工，谁给你发工资？你现在是一个外人，不该插手项目的事。谁要是再敢把项目进展告诉你，我开除他！"

王在野冷冷地说："你还好意思说。我为什么上手，还不是因为你缺位！这些都是你该做的，而且你有能力处理，为什么拖着不办？"

郎林御大吼："我要是都干了，你还回得来吗？"

空气安静了。过了一会儿，王在野说："不用你多管闲事。"

"咱俩到底谁多管闲事？"郎林御气道，"你到底在哪儿？"

王在野不答，挂断电话。

我来的时机完全不对，此刻他恐怕听不进劝说，但我怕他情绪激动做傻事，所以不能等。我问："能进去说吗？"他迟疑一下，让开路。

我说："我来道歉。以前很多事冤枉你了，对不起。"但我的表情不含歉意，刻板而生硬，更像是讨债的。他"嗯"了一声。

我说："我想谢谢你以前的照顾，我给你添了很多麻烦。"但我的表情同样不含感激，语气平直得像在念数学公式。

"用不着。那是我为我妻子做的。任何人只要顶着我妻子的头衔，我都会照顾，这是身为丈夫的义务。"

"车祸计划你不是认真的吧？"我的语调平得像死人的心电图，"撞伤总经理能解决什么问题？"

他凝视我一会儿，声音同样刻板，问："你对我的事有兴趣？"

"不敢。"我说，"我只是想到将来有一天和别人谈起你，他们说，呵，那个人，听说他故意伤人，被判了刑。"

他说："不会的，你不会和别人提起我。"

他说得对。我会装作不认识他，连他的名字都没听过。

我说："故意伤人，锒铛入狱，这不是你千里迢迢来这里的目的吧？为了一个坏人，犯不着搭上自己的前途。假如你的利益受到了极大损害，你应该及时止损，而不是用错误的方式将损失扩大。不能以暴制暴，坏人应该交给法律制裁。"

他冷淡地说："要阻止我，最好的办法是报警。"

我说："你信任我，让我听见了你的计划，我会守口如瓶，但我不赞同你的做法。"

"信任？我是觉得让你听见了也无所谓，反正你不关心别人的事。早知道你这么烦人，我昨天应该轰你走。"

来了，伤人的话来了。冷语伤人是一种自我保护，受伤的人本能地警惕其他人靠近，我已预见到了。

他的声音没有任何温度，说："想必你很清楚，我和你结婚不是因为喜欢你。你不愿做我的妻子，也不是我的朋友，现在你以什么身份跟我讲话，我凭什么听你的？你可以善良，但请不要对我善良，我不需要。我们在彼此人生中的戏份已经结束，如你所愿，我们分开了，你为什么反倒纠缠不休？我没有碍你的事，也不会拖累你，请把我当成陌路人。"他顿了顿，说，"哦，离婚手续。关于和你结婚这件事我很抱歉，等有空了我会去找你办手续。"

万万没想到，有一天会有一个人因为和我结婚而道歉，且是他。这句道歉远比其他的伤害致命。他后悔了。终于，他让我知道他也后悔了。

我还想规劝，他笑得残忍，说："又一个自以为是的女人，拿关心当幌子，肆意入侵别人的生活，死缠烂打，赶都赶不走。你和夏暖还真像。"他打开门，无声地逐客。

他竟然拿我跟夏暖比，我最讨厌的人，最不愿提起的人！她是我的噩梦，压在我头顶的乌云，他们都是。他竟然拿我跟她相提并论！这种比较本身就让我难堪至极，何况还是如此恶劣的语气。我和那个女人哪儿像？她疯狂伤害他，差点儿毁了他。原来在他眼中我也是那样的。他的表情充满嫌弃，如同我犯了不可饶恕的罪，他连看我一眼都觉得烦。

他说："我不是那个王在野。请你看清楚。"

我的心尖锐地疼痛。他太了解我，知道如何伤害我、逼退我，而我主动送上门，给了他伤害我的机会。我脸色惨白，筑起的铜墙铁壁全部崩塌，不由自主后退。门在我面前"砰"地关上。

不管了，不管了，不管了！他是死是活与我何干？从未有人命令我帮他，是我自己非要凑上前，被他挖苦讽刺是我活该。他说得对，我们已经没有任何关系。他是一个陌生人。世界上有那么多陌生人，他们各有各的烦恼，何劳我挂怀？我已劝过——我的劝说本身就是多余的，他不需要——他怎么会听一个他讨厌的人的话？我尽力了。

我自我解除责任，然而他的话语带给我的冲击并未散去。

我不是他的谁。我这个"自以为是""死缠烂打"的女人从此消失，不再烦他了。他不想看见我，正好，我正想躲开他。

真可笑，漠然已久，一时动了善念，在远离尘嚣前为了他再赴人海，跑到另一个城市为他奔走。只此一次，绝无下回！他不需要我的善良，我自己更不需要，这个词与我无缘。

那句"你和夏暖还真像"绝对是侮辱！哪儿像？我们的性格、脾气、做事风格完全不同。最扎心还是他最后那句话。我想都不敢再想,思绪往那儿一飘,心立刻哗哗流血。

本以为已做足准备,他话语的凌厉却超乎我的想象,我根本承受不住。我自己的心态已经失衡,遑论劝慰他。

来到大厦外,玻璃幕墙倒映我的脸。啊,刚才我就是以这样一副拒人于千里之外的模样去劝说的,能成功才怪。

我走到公交站,放心不下,又回转大厦,想了想,狠心决定不管,再次来到公交站。车来了,我迟迟不动,一直瞄大厦的方向,想看看他是否走出来,实施他的计划。公交车走了,我再次跑回大厦。

我守在大厦外不敢离开,深感无力。王在野是一颗不定时炸弹。他要做的事谁都拦不住。防得住一时,防不住一世,我总不能一直看着他。心里却有一个声音说:怎么不能?余生你也没有什么重要的事,耗在他身上也不算浪费。阻止一个人自毁前程是很有意义的,为此花多少时间都值。

可是为什么呢?以前设想万一李寄痊愈,他需要我陪他度过后半生,我是不愿意的。为什么想到王在野我却愿意?我不爱李寄,光想一想下半辈子和他拴在一起便觉得前途无光,但对王在野却可以,难道仅仅因为一个名字?

我忽然觉得好烦。我讨厌为他命运所牵的自己,讨厌他打破我的麻木,讨厌为他劳神。我的心已经冻成冰疙瘩,应该永远沉寂,现在却因为他,在胸膛里硬邦邦地蹦跶,格外难受。

乌云凝聚,下雨了。

我已守了整整一天,一会儿站在走廊,一会儿站在大厦门口。

暮色降临,因为下雨,天色更加昏暗,有一些窗口已亮起灯。街灯亮了,人声稀了,天黑透了。王在野从大厦里走出来。

他没打伞。我从包里掏出雨伞,追在他身后为他遮雨。裤子容易摩擦腿上的伤口,所以我穿了一条直垂脚面的长裙。长裙从下湿到上,绊着我的脚步,我把裙子提起来一点,裙子贴紧腿,我跑不快,而他步子太大,我与他的距离渐渐拉大。我伸长胳膊,把伞举在他头上,自己完全淋在雨里,一路小跑。走到街角，他突然停步，我收势不及，差点儿撞到他。他转过身面对我。我的脸上全是雨水，头发湿了一半，仰脸望着他。街灯昏黄的光从头顶洒下，被伞遮住，他的脸在阴影里，眼睛闪闪发光。

街角的风很大，一阵风夹着雨刮来，伞猛然被吹歪。我用双手都握不住，他伸手，将我的手连同伞柄一同握住，伞稳定了。他的手很温暖，我的手冰凉。

他沉声问："你到底要干什么？"

"我想把曾经的你找回来，那个不苟言笑、却心藏温柔、自信满满的你。"实话实说原来这么容易，我不明白以前对我为什么那么难。

他望着我。我看不清他的表情，轻声央求："我知道你讨厌我，不该由我劝你。如果换成别人，你可能更容易听进去，可我又不能告诉别人。别去，求求你。别做傻事，别让怨恨蒙住你的眼睛，别自毁前程！咱们再想其他办法，好不好？无论什么时候，我们都应该洁身自好，正直善良，对吗？"

"找个地方避雨，然后，"他的声音低沉，"别再来烦我！"

他松开手，我拿不住伞，风吹跑了它。我正忙乱，他拦住路过的出租车上了车。车开远了，伞被风吹向另一个方向。大雨的街道上只剩我一个人。我站在十字路口，浑身都在滴水，头发一绺一绺，我缓缓走向伞，捡起它。该不该继续等？不管多晚，他总得回来。如果他不回来，直接被警察抓走，我怎么才能知道？

我痛恨我的高傲。假如我早点儿放下姿态，把劝说的话淋漓尽致地说出来多好，可我磨蹭了两天。

一辆车在旁边停下，按喇叭。我躲远一些，下意识地寻找周边的监控摄像头。车窗降下，露出岳浪的脸，他说："上车。"

他对我来说是个陌生人，我不可能上他的车。他又说："请上车，六王妃。"虚伪的恭敬中带着戏谑。我发现了公交候车亭上的监控摄像头，他顺着我的视线也看见了，说："放心，你是他的人，我没胆子伤害你。"他压低声音，没头没脑地说了一句："今天晚上。"我明白了。动手的时间是今晚！我立刻上车。

他说："我不清楚你到底有多大本事，说不定你能阻止他。"

"为什么你不去阻止？"

他吓了一大跳，指着自己的鼻子，说："我？我还要命呢！我不想劝他。他做得对。对那种人就得恶治，光想想我都觉得痛快。不过，再这样下去很危险，说不定哪天他一冲动做出不得了的事，把自己毁了。"

我问："他的计划是什么？"

他说："问他，如果他想告诉你的话。"

车驶向旷野。岳浪突然说："我坐过牢。"他在我脸上没看到惊慌，笑了，"我早该想到，敢嫁给他的人，胆量一定不小。我因为故意伤害罪坐过牢，真的。出狱后找不到工作，没人敢用我。我花光了手头的钱，除了再去犯罪，没有别的出路。我跑到河灵市最高档的饭店吃霸王餐，就想酒足饭饱后被抓起来重新吃牢饭。饭店报了警，保安围着我怕我跑。我说'老子就是没钱，杀了人，刚放出来。少废话，快抓我，赶紧的'。饭店的人被吓住了。这时，王在野来了，一声不吭帮我付饭钱。我说我没钱还，没工作，没家。他问我想要工作吗，我说你是聋子吗，我杀过人，蹲过牢房。他说他听见了，说我已经得到惩罚了。他又问我想不想工作。我说废话，当然想了。他当场给了我五千块钱，让我第二天给他打电话。我怀疑他想雇我干违法的事。这样也好，省得欠他人情。第二天，他托人给我介绍了一份司机的工作。"

岳浪自顾自说，也不管我听不听。"过了几个月，以前的朋友找到我，约我干一票大的。说实话，司机的工作清汤寡水，只够活着，挣不来大钱，我讨厌天天坐班。我正犹豫要不要加入，不知怎么被王在野知道了。他特意从北京赶到河灵市找我，只问我一句话：想不想正大光明地过日子。我说我怎么不正大光明了。他说，你不属于他们。他给了我十万块钱，告诉我缺钱可以再找他。有了免费饭票，谁还冒险？隔了半个月，我又向王在野要钱，他给了。又过了一个月，我又向他要，他又给了。我问他到底需要我干什么。他说，他拿钱买我下半辈子平安。他说任何人都有重新来过的权利。他就是个大傻子，我到现在都这么觉得。我说你怎么能肯定我不再犯罪，我都是骗你的，我把钱都用在吃喝玩乐上了。他说在酒店的时候他看出我在生气，因为我想变好，可是没人给我机会，所以我才生气。他给我这个机会。傻，傻透了。你怎么嫁给这么个傻瓜？"他边说边摇头，"走了狗屎运了你。"

我内心五味杂陈。嫁了，散了，冷面相向，形同陌路。这算有运气吗？

岳浪看我一眼，慢吞吞地说："谁敢动他，我跟谁玩命！可我是个粗人，不懂怎么才算帮他。看你的了。别看他嘴上老是轰你走，其实他一直在找你，朋友们都说不知道，你的公司也倒闭了。后来找到一个叫茜雪的，她说老板带你私奔了。我从没见他的脸色那么可怕过，就算被诬陷时都没那么可怕。"

我们到达另一个城市。这里天气晴朗。岳浪靠边停车，严羽已经在路边等候，她不上车，而是把一个大袋子递给我，说："听说你湿透了，我给你买了几件衣服。你要是病了，王总该担心了。"她用力握一下我的手，充满希冀地说，"靠你了。"

我暗暗感慨："寇据金銮王在野，将军一夜白发生。勤王千里行，提剑斩鲲鹏。"

他们都担心王在野，又不知怎样帮他，只能干着急。他们指望我。难道他们不知道，他同样拒绝我靠近啊。

四十一、芳尊恐浅

车开到位于河畔的一家酒吧。酒吧造型别致，是船型的，临水而建。柔和的灯光亮起，河面倒映流光，岸上水中皆是风流旖旎。河边杨柳青青，枝条随风舞动。酒吧环境优雅，人们低声细语。室内有明亮处也有幽暗处，歌手低吟浅唱。露天区域清风徐徐，桌上的老式风灯烛火摇曳。

我去洗手间更衣。幸好严羽买的是长袖长裤，能遮住我一身的伤痕。干衣服一贴身我才发觉暖，进而发现自己快冻僵了，湿气从每个毛孔侵入身体。

岳浪带我在临近窗边最偏僻的座位坐下，放下水晶帘，不错，是水晶帘，待月出，便可玲珑望之。

窗外是露天客座，只有一张桌子，可谓贵宾席位。岳浪吩咐服务员："周围这几张桌子不再接待客人。如果这位女士不叫服务，别来打扰。拿点吃的来。"服务员应着。岳浪耸耸肩，对我说："别这么看我。我不是恶霸，我是酒吧的股东。放心待着，这里灯光最暗，别人看不见你。"他去忙别的了。

不知过了多久，酒吧里的气氛忽然起了微妙的变化。

王在野和一个身材秀颀的年轻男人走进来。那人与他年龄相仿，气宇轩昂，天生一双桃花眼，顾盼风流，不笑亦似带着笑意。王在野同样卓尔不群，潇洒俊逸，只是过于消瘦，减损了他的丰采。

两个人一进来便吸引众多目光。他们走向船头的露天客座。我所在的位置距离他们最近，幸好有水晶帘，阻挡了视线。

晚风吹拂，隐约能听到他们的对话。

王在野说："谢谢你来看我。"

年轻人说："准确地说是告别。"

王在野说："无论探望还是告别，在这个时候联络我，除了义气，还需要勇气。"

年轻人笑说："有勇气的人不止我。我知道你的大学好友一直试图联系你，你不想连累他们，躲着不见。在鹿鸣城还想躲开我？我是出了名的地头蛇。我没事，我孤家寡人一个，不怕连累。"

王在野说："你这混世魔王。倒是我该怕你连累我。"

年轻人问："你的事影响你爸妈了吗？"

"他们一心搞勘探，心无旁骛，精神富足，任何事都无法干扰他们。"

"真让人羡慕。他们不受干扰，主要是因为信任你，相信你能处理好。我也等着看你逆风翻盘呢。"年轻人分析当前局势，谈到圆溪领海公司，如数家珍。他的评论异常犀利，听得人直冒汗，幸好岳浪已清空附近区域。他说："你以前做的、正在做的和想要做的，我都知道。越是艰难，越要坚定。小打小闹出出气得了，别被鸡毛蒜皮的事耽误了正事。不要计较一城一池的得失，你的天地大着呢，志存高远的人将世界当做目标。"

王在野一言不发。

"你的脾气呀。"年轻人摇头，说，"一身傲骨，注定吃苦。拿工作来说，你应该回集团主动向董事会做一次汇报。压力你扛了，委屈你忍了，外人只看见你的骄纵，不清楚背后的原因。我建议你和他们深入聊一次，如果所遇并非明主，早作打算。还有，要擅用外力。你的号召力还在，追随者很多，单打独斗不如集团作战。比如我给你介绍的几位建筑师，他们能成为你的后援。"

"我在休息。"

"未来的路很长，你休息够了吧，赶紧启程吧。"

王在野说："你是唯恐天下不乱。"

年轻人说："我盼着有戏看。"

"戏可能很沉闷。"

年轻人问："'灵鹿森林'怎样了？"

王在野沉默很久，说："为了它，我愿意拿出人生中最好的二十年。我知道，全中国比我优秀的人多的是，他们比我能力强，比我经验丰富，比我更适合管理项目。'灵鹿森林'在谁手上都能建成，不是少了我就不行，但我希望它在我手上建成。只要能参与其中，我就满足了。我可以从基层做起，不要任何职位，哪怕只做工作专班中的一名办事员。可是他们不准我再碰它。"

年轻人说："你的定位是'参与'，他们以为你想'领导'。你不可能只当一个小小的办事员，就算你想，你的能力也不允许，慢慢地你就升到高位了，这是某些人不想看到的，所以实现你的愿望很难。你想低调，谁允许你低调？你自己都做不到。"

王在野说："我只是对自己要求高。我对别人严厉，对自己则是苛刻。我有自己的做事准绳。基于这条准绳，我不迁就任何人，只能别人迁就我。饮誉后世我不敢想。我想的是，当这一天结束，这一年结束，这一生结束，我能否说已经尽了全力，问心无愧。恐怕还不能。所以我得继续努力，追求更高的目标。在别人看来，我的努力是不甘雌伏，一心向高位爬。倒也没错。我一直向我心里的高位爬。"

年轻人理解地颔首。

王在野说："公司已正式通知我解聘。"

年轻人惊讶："放走你，他们不知道损失有多大？况且聘任合同没到期，他们得付违约金。"

王在野说："公司法务说我旷工两个月，不能为公司创造价值，按照合同约定，算我违约在先。"

"你被停职了，不是主观上故意旷工。"

王在野说："因水电站的事停职调查，算我这方的责任。"

年轻人连连摇头，替他不平。

王在野说："消息刚一出，就有人抛来了橄榄枝。"

年轻人欣慰，"还是有人识货的。"

"其中之一是来自新。他问我是否愿意到他分管的部门上班，那是大北骅建集团的四级子公司。"

年轻人皱眉，说："这哪是橄榄枝，分明是落井下石！来副总裁因为吃回扣被判刑，来自新自身难保，被调到子公司当一个小小的部门经理。他们到现在都不明白败在谁手里？居然还敢惹你！"

王在野风轻云淡地说："举目皆敌。"

年轻人莞尔，"这句话以前你说过。你说'举目皆敌，只好征服他们'。当时我就感慨，年轻真好，豪气纵横。"

"说得跟你多老似的。"

年轻人说："天天盼着老，盼着有来生，盼着赶紧开始下一段旅程。"他望向流淌的河水。

王在野问："这次去德国待多久？"

"没想好。"

"有什么需要帮忙的？"

年轻人说："没有。"

王在野说："世界没变，是人在变。"

"也不算变。一棵树从树苗到果实累累的大树，不是变了，是成长了。这些年发生了很多事，所有的经历都是成长的养分，决定了我们长成什么样的人。"年轻人微笑。

那样光彩夺目的人也有沉重的心事吗？我不禁打量。

年轻人外表开朗，却比寡言少语的王在野更让人揪心。年轻人是黑色的，和他相比，王在野还停留在灰色阶段。王在野的阴郁深藏在眼中，被冷漠遮住，若要探究，先要被他的冷漠伤一遍才能靠近，而那人连阴郁都找不到。看到他，就仿佛看到"生亦何欢、死亦何苦"这句话。他拥有出众的外表、不羁的风采，言谈开朗，不乏幽默，却笼罩着无形的忧伤，深深的无能为力的孤单。他是黑暗的，又因这黑暗而无比璀璨。他是潇洒的，无欲无求的，却怎么好似被掏空了灵魂，心灰意冷，因所求不得，所以干脆什么都不要了。他眼中有万水千山，却没有前路，有往日时光，却没有未来。

绝不能让王在野变得和他一样！

两个人惺惺相惜，一杯接一杯地喝酒，渐渐都有了醉意。年轻人轻叹："谢谢你给我的祝福。'十年相知路，沧海会有期'。已成殊途，不能强求。她现在很幸福。"

沧海之约原来是这么回事。我当年吃的都是哪儿来的飞醋啊。

王在野说："你就这么走了？"

年轻人说："没有我她过得更好。"

王在野说："换成我，我做不到。"

"据我所知，你已经这么做了。"

王在野说："所以我觉得自己有问题，还能放手。我可能真的是木人石心，工作时像个机器，生活中也不近人情。"

年轻人含笑说："无情多好，如果真能无情。"

王在野静了一会儿，说："她从不问我为什么和她结婚。"

他们在聊我！我竖起耳朵听。

王在野说："我和她结婚，因为她说她爱我。第一眼看见她，我就知道她是和我灵魂契合的人。后来，路常轩和夏暖来京，我想赶紧找个人结婚，让夏暖的妄想落空。我约的人迟迟不来。在等待的过程中，我不停反思，打消了靠结婚逃避问题的念头，正准备走，看见了她。她见到我，露出魂不守舍的样子，每一次她看见我都这样。我不明白自己哪来那么大的影响力。她求我离开，说她不能爱我。她哭得那么伤心，那么委屈，我忽然受不了看她哭。我向她求婚，她惊呆了，答应了。"

王在野的脸上显出朦胧的笑意，转瞬即逝。"最初的日子她很快乐。你明白吗，就是那种你什么都不用做，只要你在，只要看见你，有个人就很快乐。她那么珍视我，让我非常满足。我庆幸有一个人发自内心地爱我，不是因为外界对我的推崇，不是因为我的身外之物，她认识我的时候根本不知道这些。我以为她的快乐是我带来的，可我错了。"

他自饮一杯，说："那时我不明白，为什么她总是极力靠近我却又拒我于千里，将我隔绝在她的生活之外，眼睛做手术也不告诉我。她一边讨好我一边又躲着我，甚至不让我见她的父母。我以为我的严肃把她吓着了。她告诉我的朋友她爱我，能和我在一起她有多幸运。她的话听上去发自肺腑，感动了所有人，骗了所有人！其实她爱的是另一个人，一个和我有同样名字的人。在她心里，那个人至高无上，无与伦比。我曾以为，至少在这段婚姻中她得到了想要的，两个人中至少有一个人快乐。结果却是，我根本不是她想嫁的人，只是个替身，她的快乐并不是真的快乐，只是自欺欺人。她给我的自大好好上了一课。"

王在野再次倒酒，年轻人想拦，犹豫一下又作罢。

王在野说："我跟自己说，没关系，我不爱她，不能强求她爱我，可她伤了我的自尊。我很想知道，她望着我的时候看见的到底是谁。不过这些已经不重要了。她已经清醒了。"

年轻人说："你们需要好好谈一次。"

"我给她寄过好几封信，她没回复，再见面时，已形同陌路。"王在野说，"算了，都过去了。我的自尊心也没那么脆弱。"

年轻人说："所以你就同意离婚了。"

王在野说："她要的我给不了，而且她后来也不要了。"

他给不了。他给不了。他很清楚我要什么，而他明确说给不了。虽然早已知道，我还是为此心酸。

年轻人笑了，说："以无情著称的王在野居然在思考感情问题，说出去谁信？"

王在野说："人人都说我的无情是受伤太深所致。我有个传了十年的绯闻女友，你没听说？"

年轻人说："夏暖？她不足以入你的眼。不管外面传成什么样，我知道，你为难是因为路常轩。"

王在野不喜欢夏暖？是这样吗？我渴盼听到王在野的回应，可他不承认也不否认。他倒了一杯酒，说："敬你。"

年轻人说："我是个失败者，敬点别的吧。"

王在野说："你这样的算失败者？有些事可遇不可求。在你能做的事里，你已经做到最好。"

年轻人说："成与败，得与失，很难说清。"

王在野举杯，看了一会儿河水，沉吟："敬高仞深壑，跋涉不惰。"

年轻人动容，眼眸闪烁幽深的光，说："敬江海飘摇，颠沛沧波。"

王在野说："敬孤胆豪掷，万难无惧。"

年轻人说："敬所求皆枉，犹唱高歌。"

我不知道年轻人经历过什么，只觉感动莫名。"所求皆枉，犹唱高歌"听来尤其令人唏嘘。

年轻人的手机响了。他说："车到了，我该走了。有些人已经忘了你是谁，相信你会帮他们想起来。幸好我要走了，不必受血腥场面的刺激。下手留点儿情，别赶尽杀绝。"

他们干了最后一杯酒。

年轻人的话提醒了我今晚的任务。王在野与年轻人的会面看上去再正常不过，这是不是他的障眼法？接下来他要去实施计划了？

岳浪出现，低声叫我跟他走。他问："会开车吗？"我点头。他指着一辆车，说："你送他。"我明白，岳浪为我创造机会看着王在野。

车钥匙即将交到我手上，岳浪忽然停下，极认真地说："我对你只有一个请求，别成为他的弱点。"他郑重地把车钥匙交给我，仿佛同时把王在野也托付给了我。我想解释，又觉得三言两语说不清，而且现在也不是解释的时候。

王在野和年轻人走出来，握手言别。

王在野说："祝前路莫崎，铮骨依然。"

年轻人说："祝韬光在野，收复河山。"

岳浪告诉王在野已找好代驾司机，说完指向我，王在野瞪了岳浪一眼。年轻人微笑道："就算征服天下，也有意难平。"

王在野要搭年轻人的车。年轻人拦住他，说："别轻易转身，有些事，转了身就是一辈子。吸取我的教训。"我以目致谢。年轻人对我点一下头，乘车离开了。

岳浪识趣地避开，停车场只剩我和王在野。他走向车，我连忙跟过去，解开车锁，他坐在右后座，我打开导航，启程回去。

四十二、在野在野

我选择了距离最近的路线，导航没有及时更新路况，将我导入一片废墟。我在坑坑洼洼的道路上左拐右拐，想原路返回时，已经迷路，转不出去。

前方的道路被围挡拦住，导航提示继续向前。"停车。"王在野说。车停住，他下车。我跟下去。

一弯眉月升至半空，银辉淡淡，星子闪烁微光，夜风带着青草的清香。他向远处凝眸，说："灵鹿森林。"

村庄已被拆除，建筑渣土堆成小山等待清运，道路蜿蜒，许多路成了断头路。月光照在断壁残垣上，与阴影共同勾勒出一种苍凉的美。这里就是规划中的"灵鹿森林"，他的梦想所在！他的眼睛闪着光，仿佛已经看见了那座未来之城。他已与此无缘，对项目的热忱却丝毫不减，为它奔波，为它操劳，为它殚精竭虑。我被感动了。

他说："不用缠着我了，计划完成了。"

我愣了。他指的是车祸计划？什么时候完成的？他没离开我的视线啊。他派其他人做的？我真傻，竟然忘了他可以派其他人做，光盯着他管什么用！

霎时间天昏地暗，星月无光，眼前的景物微微摇晃，我的心沉到底。我问："你们把他撞伤了、撞残了，还是撞死了？"因为害怕，我的声音发虚，有气无力。

他的眼神带着挑衅，欣赏着我的失败，满意于我的反应。

我怔怔地望着他。这就是结局吗？他实施犯罪，锒铛入狱。我的脑海中闪过他戴上手铐的情景，他在铁窗内冷笑，接受质询时漠然，脸上写满决绝。他就这样被夺走了，具体被谁，似乎也说不上来，而我无力阻止。

他说："知道怕了？离远一点，免得受牵连。"

我没在意他说什么，只感觉眼前的他随时可能消失，下一秒就可能被抓走。

我再也忍不住，紧紧抓着他的胳膊，激动地说："告诉他们是我主使的，是我出的主意，让他们把我抓走吧！你和这件事无关，都是我干的！"

他一怔，声音喑哑，说："你在胡说什么？"

"是我看总经理不顺眼，找人撞他。车是我找的，司机也是我找的。你快把细节告诉我，我去自首，快呀！"我摇他的胳膊。

他问："你知不知道自己在说什么？"

我喊："快告诉我，再晚就来不及了，不能等他们查出来。"

他说："你能不能别再管我的事了？"

"我也不想管啊，可是你搅得我不得安生，我不能不管。"

他扬眉，说："谁搅得谁不得安生啊？"

我委屈地说："就是你搅得我不得安生。"

他凝视我，片刻，转开头，说："别再蹚这浑水。我的事不用别人管，更用不着别人替我顶罪。我既然敢做就敢承担后果。"

我激动地挥着手臂，叫："你能接受这个结果，我不接受！你那么优秀，满怀抱负，因为遭人暗算才跌落谷底，日后你还要翻身，还要一飞冲天呢，不能阴沟里翻船！我不让任何人毁了你，就算是你自己也不行！不行！绝对不行！"我指着废墟，"看看那里，那里有你的'灵鹿森林'，它现在连个雏形都不是，它在等你。我们都是干工程的，知道项目实施过程中有多少变数，你得看着它别让它跑偏。没有你，它就不叫'灵鹿森林'了。你还有很多事要做，你的梦想还没实现。"

说到这儿，我感到巨大的悲哀。"都怪我，要是我早点阻止你就好了。是我没把你保护好，还不停地帮倒忙。我和谢万安不是一伙的，我不知道那天你在河灵市。谢万安说你要宴请高官，如果不阻止你们见面，他就告你们官商勾结，所以我才急着见你。我以为我在帮你，结果却害了你。我和谢万安以前不认识，照片上的人不是我。我没跟他合谋害你，真的没有。不过，他确实因为我而跟你作对，害惨了你。"

我苦涩地说："你说举目皆敌，可我真的不是你的敌人。不是所有人都想害你，不是所有事都是坏的。无论我怎么说我是出于好心都没用了吧？我自己也觉得像狡辩。你可以不信。我没想改变你对我的看法。我知道你讨厌我，也知道我们的关系无法挽回……"

他打断我："你想过……挽回？"

我猝不及防，被问得一愣，说："我是说即使分开了，我也希望你好……"

他再次打断我，问："你想过挽回？"

"这不是重点！"

"回答我。"

叫我怎么回答？承认也不是，否认也不是。我的思绪全被打乱，眼睛看向别处，嗫嚅："我不回答这种问题。"

气氛宁静得令人尴尬。野草丛中的虫鸣能不能再大一些，驱散这让人心慌的宁静。

终于，他开口了："你给我惹了这么多麻烦，打算怎么赔？"

我傻了。"要赔吗？"后果那么严重，根本无法补救，怎么赔？拿什么赔才够数？

他说："当然。"

我问："你想让我怎么赔？"

"把你的水晶吊坠给我。"

我顿时护住。

他问："舍不得？"

我恳求："换一样别的吧。"

"别的？你一无所有。"

他说的对。可是，可是，这不是普通的吊坠，这是我的心，尽管只有我这么认为。我握着吊坠，万千为难。他向我伸手，无声地逼迫。我的冷酷都去哪儿了？我欠他的，因此被他拿捏，无法反抗，连板起脸都不敢。不给他，怕他的颓丧加深，给他，我又不愿。他沉默地等待，手抬着不放。我转念一想，坐牢期间不能带着吊坠，不如交给他保管。我解下吊坠，放入他的掌心，手依依不舍地抓着链子。

他的双眸辉映黑水晶的光芒，璀璨闪耀。他合拢手掌，说："不许再去买一个新的，否则这个就没用了。"

我明白，他要的是夺走我的东西，而不是我买个东西给他，这样才能体现惩罚。我依然拽着链子，说："你还没告诉我车祸的细节。"

"我敢做就敢当，用不着别人顶替。"他轻巧地把链子抽走，把吊坠放入西装左侧的内兜里，说，"你以为骗得了他们？三句话就能把你问住。替人顶罪是违法的。"

我心头发紧。他说的对，他说的总是对的。一厢情愿的谎言逃不过火眼金睛，把水搅浑只不过是苟延残喘。事实不能改变，结局已经注定，无法回头。

我不死心，说："至少试一试。"

"你什么都做不了，乖乖回你原来的生活去吧。"

"可是……"

他打断我："被一个女人保护，我成什么了？"

"可是……"

"没有可是。都结束了。"

他那么坦然，那么镇定，他已经准备好迎接黑暗了。我战胜不了我的命运，他也放弃抗争了吗？

我轻声问："你也看不到希望，对吗？"

所有人都不快乐。每个人都活在痛苦中。他的痛苦也有我的功劳。我百无一用，曾经想帮忙，结果却给他惹了更大的麻烦。

王在野毁了，被恨他的人、爱他的人和他自己一起毁了。他是童话中的童话，梦中的梦。梦里的"他"没了，现实中的他也要走了。太阳即将陨落，从此不再升起，这世界还有什么值得留恋？一天一天味如嚼蜡的日子，何时到尽头？挣扎是徒劳的，反抗是徒劳的，挽留是徒劳的，我从来都不是命运的对手。明天快来了，我懒得看那个明天。

黑黢黢的废墟，多像烧焦的坍塌的城堡。心一片荒芜，空得令人难受，剩下残破的躯壳能干些什么？

我缓缓说："那么，我和你一起。我是你的共犯。我知道你的计划，没有阻止你，我也应该被抓起来。"

他的眼神似乎在说："无缘无故多搭进去一个？"

我苦笑，说："不能共铸辉煌，能一起腐烂也是好的。"

他的眼睛闪着幽暗的光芒。他在怀疑我的话吗？我的目光清澈纯净，如一汪一眼见底的春水。他依旧望着我。他在想什么？啊，对了，就算腐烂，他也不一定选择由我陪伴。我是个扫把星，接近我的都得不到好下场。说不定正是因为我缠着他，他才遭此噩运。我的眼神退却了，移向别处。

这时，他低声说："我醉了，带我回家吧。"

在他的指挥下，我开出拆迁现场，回到大路上。他闭着眼睛，似乎睡着了。快到他的住处，他忽然说："我把包落在酒馆了，房门钥匙在包里。"我要调头回去。他说："不用，很晚了，把我放在路边，车你开走。我明天派人找你取车。"

我总不能把他扔在大街上。我改变路线，车停了，我说："我住的地方。"我带他进入房间，小旅馆没有单人房，全是标准间，两张床够我们住的。

他拿起车钥匙，说："我睡车里。"

新闻总是报道有人在车里睡觉最后死去。我拦着他，说："已经半夜了，凑合几个小时天就亮了。你睡这张床。"他默默止步。

我说："明天去自首吧。"

"你这么想看我蹲监狱？"

我说："做错事就得付出代价。早点把以前的事了结，就能早点轻装上路，开启新的生活，别让它搅得你以后都过不好。"

他问："你不是要陪我一起腐烂吗？"

"我陪啊。"我点点头，"但你不像我，你可以在腐烂中新生。"

他不语，和衣躺下，关上他那侧的床头灯。

自从被谢万安绑架，我不敢在黑暗中睡觉，总是留一盏夜灯，很久才能入睡，夜里常常惊醒，对声音特别敏感。今晚，王在野睡在距我一米远的地方，我关闭所有的灯，不便像平时那样辗转反侧，尽量保持不动。我本就身体虚弱，又经历了一天的惊心动魄，很快困意便席卷了我。与他能自由见面的日子不多了，每一秒都弥足珍贵，纵然漆黑一片，看不见彼此，只是沉默地相守，我都觉得庆幸。我舍不得睡，抵抗着困意，祈求黑夜慢一点消逝。

四十三、风露清幽

一觉醒来，王在野已不见。他逃走了？自首去了？去他租的地下室找他，正碰上房东收房，说租客已退租。我怅然片刻，只觉天地茫茫，无处可寻，或许以后都见不到他了。

回转旅馆，不一会儿，门铃响了，来人是岳浪，他笑盈盈地说："他派我来接你。"他身后带着一个短发的年轻女孩，目露精光，英气逼人，进屋就动手整理我的物品。我阻拦，岳浪说："你就听他一次吧。"

车向郊外山区驶去，来到位于半山的一片住宅区。

岳浪介绍："按他的要求，房子敞亮，家具齐全，有花园，窗外就能看见花，最要紧是清净。这里是当地最好的住宅区，离市区远，入住率低，园里碰不见几个人，中心有个人工湖。公共区域到处都有摄像头，物业保安二十四小时巡逻，安全绝对没问题。"

住宅区的房子呈阶梯状排列，似乎已建了十几年了，墙壁上爬满藤蔓，视野极好，一览无余。山色空蒙，烟岚云岫，时而遮掩山林，时而低回，露出满山的郁郁青青。如此清幽之处与飘逸潇洒的王在野再相配不过。

岳浪带我到达最高处。这栋别墅位于整个住宅区的顶端中心位置，如同一个王俯瞰众生。别墅共有三层，房间都位于北侧和两翼，南侧是从三楼贯通到一楼的挑空客厅，高达十几米的落地窗通透明亮。客厅极其宽敞，水晶灯从顶层的天花板垂下，风吹水晶珠发出悦耳的叮叮声，既是灯又是风铃。

岳浪说："房子是他今天早晨刚租的。"

王在野没逃走，我稍微松了一口气。

别墅内，几名保洁人员正在打扫屋子，众人安静地忙碌着。岳浪带来的女孩也跟着收拾，岳浪介绍说她叫小采，是他的员工，以后每天来这里帮忙做家政。我张望，岳浪说："他不在。"他让人先把花厅收拾出来供我休息，说：

"房子租得太急，稍等一下，我让他们尽快整理好。"小采把一盆栀子花摆在茶几上，又端来茶，对我一笑。

房子整理完毕，大家散去。岳浪递给我钥匙。我询问地看他，他耸肩，说："房子是他特意为你租的。"

我不接，说："我改天再来找他。"

岳浪拦住我，"如果只有他自己，他不会租这栋房子。你走了，这些就没意义了。我不知道他在哪儿，也不知道他什么时候回来，会不会来，不过，这里是最有可能见到他的地方。"他边说边向外走，嘱咐，"他没有钥匙，你怎么也得等他回来。"说完便走了，只剩我一个人。

钥匙放在玄关桌上，一把顶部有十字星，一把金色的，串在同一个银环上，沉甸甸的。我有一丝恍惚，远得看不见的前尘和一心逃离的当下就这样连在了一起。

房间整洁明净，宽敞空旷，每一个房间都摆着白色香花。山风阵阵，窗纱舞动，落地窗外，高大的树木枝叶摇晃，将被林雾浸润的斜晖摇成碎金般的光影。环境静谧平和，恬淡空远。我倚窗而立，眺望园中小路，直等到月隐星沉，东方破晓。在等待中，我好几次想过王在野已被抓走。

大门口传来钥匙开门的声音，王在野走了进来。我真傻，岳浪骗我他没有钥匙，我信以为真。我们相对凝视，他静静地开口："以后不许熬夜，不许糟践身体。"还说我，他一脸疲惫，分明也是一夜没睡。

门铃响了，他诧异地开门，门外赫然是两名警察。我心头一紧，这么快！事情败露了，他们上门抓他来了，自首的时机错过了！

警察出示证件，问我："你是易若然？"我点头。他们又问他："你是？"他答："我是她丈夫，王在野。"

不能说，不能说！他们抓的就是你！

警察要我出示身份证。我拿出来，同时飞快地瞥了一眼王在野。他怎么能如此镇定，跟没事似的？

警察掏出一张照片，问："在附近见过这个人吗？"照片上是谢万安。我和王在野均摇头。王在野问："他在附近？"警察不答，对我说："北京的李燕警官你认识吧？她在找你。我们通过旅馆登记查到你，到旅馆发现你已经走了，查天眼系统才找到你。她叫我们来确认你的安全。"

李燕就是负责我的绑架案的女警官。我给她留的手机号是原来的，留的地址是王在野家，都是真实信息，又让她无法联系我。那时我只想人间蒸发。

警察指了指照片，说："发现他及时通知我们。"

王在野说："谢谢。"

警察走了。我长舒一口气。关上门，王在野问："谢万安怎么了？"

我着急地说："去自首吧。"

他追问："他们为什么找你？谢万安怎么了？"

我说："不重要。去自首吧。"

"你不说，我不去。"他握着我的胳膊向屋内走，正碰到伤处，我疼得一缩。他警觉，撸起我的衣袖，尽管已做过治疗，胳膊上皮带抽的伤痕犹在。他瞳孔收缩，又撸起另一个衣袖，同样伤痕累累。我挣脱，迅速退后几步，放下衣袖。

他眉间紧蹙，眼中闪过的仿佛是极力克制的疼惜，厉声问："谢万安干的？"

我简单叙述了一遍被绑的经过，他阴沉着脸听完，喝道："易若然，你没家吗？就算联系不上我，你还有父母，还有朋友，你以为你是孤魂野鬼？遇见我之后，为什么不告诉我？你到底把我当什么？！"我低下头，鼻子发酸。真没出息，竟然被他给骂感动了。

他忽然抱住我，用胳膊轻轻地搂着，似碰触又不用力。我想躲，他叱道："别动，疼。"我鬼使神差地听了话，一动不动。

他轻声问："吓坏了吧？"

我快被吓死了！逃出魔窟纯属侥幸，可谓九死一生，一想起来就后怕。若是再迟几天，我恐怕就被折磨死了。谢万安成为我一生的噩梦。我用麻木强压着恐惧，内心却在持续尖叫，紧张的情绪得不到释放。此时，王在野若有若无的拥抱带给我一种难以名状的安全感，我忽然很想就这样一直被他的双臂护着，从此不必再害怕。

他低喟："自己还在黑暗中，却为了照亮我，把自己变成了一道光。你呀。"

我的眼眶湿了。我的心怀有他解怜，什么都值了。

他要带我去医院治伤，我摇头，说："包里有药。"

他说："我不是跟你商量。如果你不去，我请医生到家里来。"

我央求："我不重要。去自首吧。"他沉默，我急得顾不得矜持，抓住他的胳膊轻摇。

他凝视我的眼睛，"看来必须说清楚了。尊贵的总经理身体无恙。在身体上伤害他，从来都不在我的计划内。我的计划是找个可靠的施工总包经理请他吃饭，饭后，施工总包经理酒后驾车，故意被交警查到。现在正值'交通违法行为专项整治一百天'，很容易在路上碰到交警检查。对于酒驾司机，交警必问饮酒原因、酒宴参与人员和饭费来源，这样就能查到总经理接受宴请。我要求司机不能撞伤人，饮酒但不能醉酒。"

妙啊。岳浪说过，总经理十分谨慎，指望他酒驾是不可能的。他索贿受贿也很隐晦，很难抓到他的把柄。王在野从外围迂回，隔山打牛。从表面上看，酒驾司机属于'不慎'被交警查到，并非故意出卖总经理，所以不妨碍施工总包以后与圆溪领海公司打交道。饮酒驾车比醉酒驾车面临的处罚轻得多。王在野在策划时已经考虑周全。

王在野说："可惜，总经理拒绝了邀请。短期内再发邀请容易引起他的警觉，计划只能搁置。但是，第二天晚上，总经理主动打来电话，要施工总包经理去饭店找他。那是总经理的家宴，施工总包经理到达时酒席已散。很明显，总经理叫他去结账。我让他自称荣幸，向总经理及其家人敬酒三杯，靠这三杯酒促成了后面的饮酒驾车。为引起足够的轰动，我叫他开车撞倒了市政府门前的路灯杆。"

他说得轻描淡写，我听得心潮起伏。不愧是王在野，够冷静，够狠绝，手段高明，不落痕迹，轻而易举打击了对手。他没失去理智，没犯我以为的那种

"故意伤害罪"。不过，终究是阴谋诡计，让人不舒服，尤其是这种阴谋的隐蔽性更是让人不寒而栗。

心里一块大石头落了地。我松口气，又不解："你明知我误会了，为什么不说清？你甚至故意误导我。"

他沉默了几秒，说："我喜欢你缠着我。"

我的心一跳，连呼吸都停滞，不敢看他的眼睛，他的话语比他的拥抱更令人眩晕。我说："钥匙在桌上。我……"

"你说过陪我，不算数了？原来你只是同情我，见我不够惨，所以不陪了。"

我轻咬嘴唇。说不上是同情，我没有资格同情一个强者，只是觉得他落难时我必须在，一旦他境遇好了，我就没有存在的必要了。

他低声说："不能对我好，又不忍对我坏，只好离开，对吗？"

我一震。他早就看透了我。

"那么，什么都别想，交给我。"他深深凝视我，向我伸出手，低沉的声音莫名地让人踏实。

我摇摆不定，真想顺水推舟留下，但是不行。我怕他，因为他想接近我。我怕别人参与我的生命，扰乱我的生活，让我身不由己，而他恰恰拥有左右我的力量。这种怕跟怕谢万安不同，谢万安是疯子。

我的嘴唇微微颤抖，拒绝的话在舌尖转了又转，就是说不出口，忽觉手指温热，原来不知何时我已经将手放入他的掌心。我醒觉，要缩手，已被他紧紧握住。我撤一分，他就把我拉近一分，我几乎撞到他怀里，只好不再较劲。

他沉静地说："易若然，你是我妻子。你在外被人欺负，弄得满身是伤，半死不活，让人家看见，我的脸往哪儿搁？就当是我霸道专横，强迫你留下。"说是强迫，语气却恳切。

他的黑眸闪耀光彩，我挪不开视线，几乎陷入他眸中深渊。天平已然倾斜，我得拿些什么抵挡，可又手无寸铁，只剩一颗心惶恐地发抖，暗地里有一种释然：是他强迫我，不是我自愿的，我斗不过他，留下是必然结果。转念又为自己的不战而降内疚。理智窥见了真实意图，我用麻木将它驱赶，给自己一线喘息之机。

严羽等人来了。小林一进门就嚷："这才是人住的地方。"说完惊觉失言，吐吐舌头。

严羽说："我们劝他搬离地下室，劝了好久他都不听，你来了，他终于肯搬家了，还搬进这么敞亮的房子。谢谢你。"

岳浪咕哝："我喜欢地下室，那才有感觉。"

严羽慨叹："幸好你来了，有你，再大的房子也不显空了，否则越大越显得他一个人冷清。如果他还是一个人，我宁愿他住在小一点的房子里，一个人就能将房间填满。以前我们怕他太孤单，现在好了，他有家了，一个有温暖灯光、有人等他的地方。"

严羽为我置办了许多衣服，说按照王在野的嘱咐，选的都是最柔软的面料。他们买了很多东西，有日用品、摆件、厨具，热烈讨论着东西摆在哪儿，还缺什么。

小林惊叫："王在野家有花！"他抱着头，对着花瓶张大嘴巴。严羽大笑。

岳浪对我抱怨："原来六王爷也吃五谷杂粮，晚上也需要睡觉。你把他变成正常人了，我讨厌你。"严羽笑骂他。

他们营造热闹气氛，我沉默寡言，王在野亦是性格沉静之人。他们三个善于察言观色，没过多久便告辞了。

夜晚，我沐浴后换上睡裙。睡裙无袖，长度不到膝盖，遮不住那些伤。王在野扫了一眼，脸色阴沉，要帮我抹药。我说自己抹，他说："后背你够不着。"我说："明天我让小采帮我。"他握着我的手腕，强行把我拉近。我躲避，可他抱着我的腰，说："不想疼就别乱动。"话语生硬，动作却轻柔。

给后背抹药意味着得脱掉睡裙，即使背对他我也无法接受。我又羞又急，不顾疼痛，还想挣扎。他说："别逼我撕破你的衣服。你配合一点，早点搞完，早点结束。"他不由分说将睡裙的吊带脱下，撩起我的长发。睡裙滑落至腰间，露出整个后背。他吸了一口气，呆了一呆。

我的后背伤最多最重，除了鞭痕、刀片的划痕、牙签扎的血洞，还有烟头和卷发棒的烫伤，惨不忍睹。这副残破的躯壳人见人厌，我最不想让他看见。

王在野沉默上药。我感觉到森森寒意，不知是来自他冰冷的目光还是深沉的怒意。药膏抹上后有一种温热的刺痛，他对着伤口轻轻吹气，我的皮肤窜起一阵电流，微微发抖。

抹完药，他放开我。我迅速穿好睡裙。他说："我会让他付出代价。"语气淡淡的，阴鸷的表情却告诉我，如果此刻谢万安在眼前，他会毫不犹豫杀了他。

四十四、秘密败露

一觉睡到清晨。我睁开睡眼，王在野已经起床，坐在椅子上看书。等等，他看的不是书，是紫色印花笔记本！他收拾了我的物品，发现了它。

我如五雷轰顶，扑过去抢下本子，拼命按在胸口，脑海一片空白，有什么在轰然崩塌。

他发现笔记本了！我伪装的骄傲、吹嘘的挚爱全是假的，纯属想象。这是我最深的秘密，只有玉措和李寄知道，现在被他发现了！那个倾注我满腔热情的"王在野"，那个我念念不忘的"王在野"，那个我夸赞不已的世界上对我最好的人，只是我的谎言，是虚荣的臆想，是我自导自演的一场戏。

曾几何时，我趾高气扬，用"王在野"作利器狠狠地伤害他。我毫不掩饰对他的嫌弃，在对比中践踏他的尊严，直言不讳地称他为替身。如今真相大白，他将怎样嘲笑我？！

幻想中的"王在野"我已失去一次，是我用记忆拉扯不放，假装他还在，在幻境的天空守护着我。而今，我实实在在地感觉他走了——当真相被最不该发现的人发现，现实击碎了我的幻境，"王在野"灰飞烟灭，消散于真实的阳光下，我什么都没有了。

纸质的铠甲不堪一击，刺伤别人的剑刃由外转内，寒光森森。我面白如纸，连嘴唇都失去血色，积蓄所有力量抵御着，心里却明白大势已去，我已溃不成军，一败涂地。

王在野声音低沉，说："你竟然让一个虚构的人占据了本该属于我的位置。"

这就是他的嘲弄？和我想的完全不一样。但，关键词是"虚构"，没有任何误解，他抓住了实质，用词精准。这两个字刺穿我的心。

他说："我可以允许你留着本子，但不要让我看见。以后，我不会让你有机会想起他。"

他当然不会让我想起"他"，因为他已毁了"他"，毁了我的幻想！

我抱着头，又抱着双臂守住胸口，可是没用，"他"在急剧流失，从脑海里，从心里，从我的指缝中迅速地流失。我的心空空如也，已不剩什么。我绞尽脑汁，在脑海中积攒对"王在野"的印象，还未成形便消散，仿佛构成他形象的因子被"虚构"这两个字打得千疮百孔，无法聚拢到一起，仿佛我的大脑知道他只是个幻想，嘲弄使他羞惭遁形，不复重现。

我不在意别人的嘲弄，我才不管别人怎么看，哪怕是假的，我要他存在！我一向是我行我素的，不受别人影响的，可我的骑士为什么不可挽回地消失了？

他真的消失了。那我怎么办，我怎么办？！

回过神时王在野正抱着我，一遍遍叫我的名字。我想站起来，四肢麻木僵硬。我意识到抑郁症急性发作了。连日来的紧张焦虑加上秘密暴露引起的震撼导致病情突发，严重到出现了抑郁性木僵。

巨大的绝望抓住了我，我知道以后永远不可能自救了，我完了。那个在崩溃边缘拯救我的人消失了，当黑暗再临，我的骑士却不复存在。从此不用抬头望苍穹，他不在天上俯瞰我了。

"易若然，易若然。"王在野大声叫我。

我死气沉沉地说："你毁了我。"

他抚我的脸，我咬住他的手，起初只是轻咬，接着越来越用力。他一动不动，任由我咬。不管我怎么伤他，他都不躲吗？我松开嘴，怔怔地望着他，心如刀绞，茫然无言。

他问："好点儿了吗？"

没有，并没有！那个人还是没有出现，事情一点都没有好转。随着时间流逝，我越发清醒地认识到这一点。我的腰直不起来，仿佛被抽走了脊梁骨。幻境中的"王在野"用他的牺牲换我逃出生天。如今他消失了，我被重新关进噩梦，绝望清晰地写在脸上。

他说:"过度依赖某人某物,总有一天会被辜负。我会把你治好,没有他你依然可以。"

我缓了几秒,以确认没听错,继而暴怒。他像个凶手,淡淡看一眼犯罪现场,说着风凉话。我咬牙切齿地喊:"你个无耻的混蛋!你想用这套说辞掩盖你造成的伤害?你毁了我的希望,还说它根本不该存在,我抓着不放是我不对?你把我治好?我没记错的话,你的拯救是在你把我置于死地之后!我恨你!他消失了,原本只是个意外,谁都想不到会这样,但你要我脱离他,要我没有他,你到底有多狠毒?你以为我失去他,你就能代替他了?你没资格!他虽然是假的,胜过世间千千万!世上只有两种人,一个是他,其余的都叫作不是他。你以为你是谁?"

他被我骂得愣了,脸色苍白,衬得双眸漆黑,神情渐冷。

我浑身剧烈颤抖,嘴唇和舌头也在剧烈发抖,话语渐渐含混。他抱起我直奔医院。我挣扎,他说:"再动我就烧了你的笔记本。""不行!"别说烧,碰脏一点儿我都疼死。我顿时停止反抗。

他挂了外科、眼科、心理科。

谢万安的殴打造成的伤痕犹在。外科大夫一边检查一边说:"家暴别忍着,要勇敢说出来。"我想解释,话到嘴边,又觉得没必要。大夫亲自送我走出诊室,冷冰冰地对等候在外的王在野说:"她的伤很重,得留下疤了。"

心理科大夫开完药,又叮嘱王在野许多。我置身事外,一直发呆,忽然听到大夫要我做心理咨询。我条件反射似的跳起来,叫:"我不做心理咨询!"大夫吓了一跳,好言相劝。我要走,王在野拦住我。我暴躁地尖叫:"不做心理咨询!就是不做!"我反抗,如同被人扼住喉咙,不挣扎就会死。王在野搂着我的肩,说:"谢谢大夫,开药就行了。"我这才踏实下来,恶狠狠地说:"不做心理咨询!"

眼科大夫检查了我的视力,我的视力又下降了。大夫说除了生理上的原因,心理问题也容易导致眼病。王在野与他聊了很久,问得十分仔细,倒像是他来看病。

我抱着紫色印花笔记本一遍一遍地看，笔下明明有"他"，脑海中却没有画面。我循着故事里的足迹寻找"他"出现的证明，想得太阳穴疼，"他"依然无影无踪。我大声诵读，声音充满整个书房，期待"他"在这样的气氛中登场，脑中却一无所获。我打算抄写故事，以此拉扯不放。拿起笔，我一个字都写不出来。我不会写字了！我对着字描画，写一划看一眼，写一个字，不，描画一个字用了一分钟。我扔了笔，瑟瑟发抖。

　　我什么都不会了，什么都做不好。

　　我对着笔记本说："你是我写的，我叫你出来，你就得出来。快出来！"我把笔记本紧紧按在胸前，用体温焐热，"对不起，是我不好，出来，求求你！"

　　文字还是那些文字，但文章死了。现在它只是干巴巴的故事，失去了治愈心灵的魔力。我也在垂死边缘苟延残喘。我恐惧地把笔记本放进书桌抽屉，不敢再看。

　　没有人知道"他"对我有多重要。我并不是写完《寇据金銮王在野》就完了，因为抑郁症不是突然间治愈的。我日日夜夜捧着它，靠它滋养心灵。我的每一寸皮肤、每一根发丝都浸满"王在野"三个字。如果用这个名字敲打我，我整个人会像钟一样发出轰鸣。为了这个名字我早就疯了，失去"他"也就失去了所有。

　　夜幕降临。天心处，一轮月溶溶。我胸中空空。

　　灯开了，王在野来了。我机械地站起来，眼前一阵发黑，忙扶着桌子，碰倒了花瓶。他扶我回卧室，我躺在床头，他给我脱鞋，把枕头垫在我背后。他买了饭菜，耐心地喂我，又端水端药。

　　这一幕多么熟悉，如同几个月前他把半死不活的我捡回家。只是，这一次不同，这一次我失去所有，下坠之势无可逆转。

　　我们谁都没说话，像是默契得无需多言，又像是在沉默中对抗。

　　呼吸已让我耗尽气力，身体和精神都到了极限。我打算把睡衣当寿衣，躺到死。

王在野也躺下，侧身面对我。我思维迟钝，注意力涣散，已管不了其他。我闭上眼睛，关上了通往世界的窗。吃了药，依然辗转反侧，难以成眠。我尽量不发出动静，但他似乎一直没睡，我一动他就睁开眼睛。

他低声说："尘事不相关，犹自抱冰寒。弦上雨不落，镜中花不眠。"

他竟是我的知己。说来真是矛盾，我已无牵挂，却深陷痛楚不得解。心中空空，却精神紧绷，仿佛等待悬而未落的一场雨。不畏惧，又担忧，不期待，又等待，既忘不掉，又想不起。明明神思已游离到另一个世界，隔岸观火，事不关己，却被莫名拉扯着，无法松弛。

太阳升起来了。我怏怏躺着，如同瘫痪，无法动，下不了床。天荒地老人待死，我只剩喘气的份儿。我期待奇迹出现，让我从噩梦中醒来，或者干脆在噩梦中解脱。

我每天死掉一点，日复一日，终将到达彼岸。

王在野递给我一张纸，上面写着：

《易若然的日程表》

每天笑十次。

每天表扬自己三次。

每天做一件让自己开心的事。

每天运动一小时。

每天陪王在野聊天不少于一百句。

我闭眼不看。他说："下次我撕笔记本上的纸写。"

我睁眼，说："我恨你。"

他平静地说："恨我就做好报复我的准备。"

我扭头，"你不值得。"

他说："战都不战就投降，这是他教你的？"我怒目而视。

他说："既然有恨，岂有放过仇人的道理？易若然，我等着你来复仇，我给你安排了最佳位置，不管是动手还是看戏，都是第一排。"

我说："如果杀了你能换回他，我一定毫不犹豫去做。"

他说："首先你得活着，然后尽情发挥你的特长，用你的讽刺、挖苦和仇视折磨我。"

我评判："你是疯子。"

"很圆满。"他漠然说，"'运动一小时'等你体力恢复了再说，其余的从今天开始。"

我看着"每天笑十次"。他说："假笑也算。"我看着"每天陪王在野聊天不少于一百句"。他说："很有必要。你不让人省心，自作聪明，总惹麻烦。你必须告诉我你在想什么。"

我脸上浮现淡淡的嘲弄，说："你应该再写上每天陪王在野睡觉。"他真的动笔写上。

我寂然。那么多"每天""每天"，他以为我能活多久？

他让我说一百句话，我说："我恨你。如果你想听，我可以说一百遍。"

"重复的话不算。"

我说："我恨你。这句算赠送的。"

他淡然接受，说："一百句。"

我沉默了一会儿，开始背履历表："我叫易若然，大学本科毕业，今年二十四岁，结过两次婚，第一任丈夫叫李寄。我爸爸的名字是……"我干巴巴地说完一百句话，他"嗯"了一声。

除了吃饭服药，王在野并不打扰我，只在旁边安静地看书。即使他打扰，我也注意不到。我陷入精神囚笼，常常僵坐好几个小时。他不时提醒我换坐姿。我需要反应一会儿才听得懂他的话，再过一会儿才能付诸行动。

一旦失去搅扰，痛感便强烈起来，身体上的痛苦尚可忍耐，精神上的则让人无处躲藏。

我整日愧疚，无休无止，哀悼失去的挚爱。理智知道他存在于我的笔下，翻开笔记本就能看见他的名字，感情上他却不见踪影，再无亲近，不再支撑我。

我百思不得其解：我究竟怎么把他弄丢的？他是我幻想出来的，只要我想，他就应该在啊。在故事里，他舍身救我，葬身废墟，但作为精神支柱，他从未离去，这次怎么就真的离去了呢？

我深深自责。一定是因为我不够爱他，他生气了，所以走了。我对他的感情居然因为一个外人发现真相就溃败了。我对他的渴望竟能被世俗的眼光打败。我真没用。

临睡前，王在野说："你还有两项任务没完成。"他指的是每天笑十次，夸自己三次。我和自己斗争了一天，实在倦了，不做反应。他说："我不想惩罚你，但如果你逼我的话，你知道惩罚是什么。"

我轻蔑地说："我已是半死之人。我不信你的品位这么差。"

他说："别这么贬低自己，关上灯，你应该还不错。"

我又羞又怒，嘲讽："欲求不满，所以饥不择食了？你看上什么了？是胳膊上的伤，还是腿上的瘢痕。喜欢的话，你倒是看啊。"

他黑眸闪亮，忽然低头，轻吻我胳膊上的青紫。

我一震，皮肤窜起一阵阵电流，连忙闪躲。他松开我。我迅速滚到床边。

"永远不要揣度男人的喜好，你不会懂。"他说，"任务。"

我咬牙说："我善良，乐观，积极向上。"我假笑十声，以示讽刺。

他说："很好。"从头至尾，他面无表情，像是超脱于情绪之外。

四十五、洒然沉疴

靠着药劲勉强睡了几个小时，天蒙蒙亮，我醒了。一夜翻来覆去，醒来时身上的被子却盖得好好的。王在野还在熟睡，呼吸均匀，脸庞安静。这张英俊的脸让多少女孩目不转睛，夜半失眠。我联想到那个人，他的相貌是什么我从不知道，在脑海中描绘不出，所以现在追忆时也一片空白。

我轻轻起身，来到阳台，坐在地板上。刚破晓，寒气袭人。我抱着胳膊，透过玻璃俯瞰窗外，心里的痛苦压得我咬紧牙。

一条披肩裹住我，我想躲，王在野执意把披肩给我裹好，说："山里凉，以后披件衣服。"我抓着披肩后退。我的敌意对他无效。他望着窗外，说："卧听松涛，坐看林岚，不是很好吗？"我对着窗外一个小时了，他说的景色摆在面前，我直到现在才发现。

我说："我该走了。"

"不是恨我吗，报完仇了？"

我轻声说："不想恨你了。"他凝视我。我说："浪费感情。"我天生感情干涸，连恨意都维持不了多久，因为太耗精神，而我精神不济。

他说："你想要的清静只有我能给。你所有的秘密我都知道，你不必再隐瞒或者解释，省去许多麻烦。外面看起来天大地大，其实束缚更多。"

清静与否并不重要。我已放弃自己，就算世界喧闹，也影响不了我多久。

王在野握着我的肩使我转向他，严厉地说："易若然，你敢有轻生的念头，我饶不了你。"

他怎么发现的？我表现出的应该只有冷漠，并无厌世。发现就发现吧。他控制不了我，连我都控制不了自己。

他看穿我的想法，说："如果你控制不了自己，交给我。你是我的，不是你想放弃就能放弃的。"

我的音量不大，但清晰无比：“我不是你的。”

“你是！”

我想退后，他抓住我，我说：“让我走，我是自由的！”

他说：“你是自由的，在我允许的范围内。”

我用挣扎作为对独裁的回应，弄得自己精疲力竭。“我要离开你。你听见了吗？我要离开你！”我喊得自己眼冒金星，轻喘，说，“别忘了，我恨你！”

“你恨的不是我，而是我不是你想要的那个人。你恨的是你得不到想要的，不想要的却阴魂不散。你无时无刻不在想，为什么像我这样的人活得好好的，你爱的人却不在了。两相对比，你更恨。”

我被他看穿，颤抖地叫：“不，我恨的就是你！”

他说：“生理上的抑郁可以用药物治疗，心理上的最难治。你觉得你都已经失去他了，怎么能好。如果你被治好了，意味着你背叛了他，他对你没那么重要，少了他你也能活。你不肯让这种事发生，所以你根本不想被治愈。你要为他殉情，方显得你爱他，最重视的是他，你要把你的命和他的绑在一起。你已经觉察到身体在变好，于是你自责，你愧疚，觉得对不起他，你觉得应该跟他一起死。你认为我就是那个毁掉他的人。在我的帮助下痊愈，让你无地自容，像是和我联手背叛了他。身体状况越好，你心理上的疾病越重。你把冒出的每一分希望都当成罪恶。你一心求死，以表忠贞。他曾是你的救世主，别让他反过来成为你的催命符。不许你再想他！”

我捂着耳朵，他的声音往我心里钻。他洞察一切，说尽我隐秘的情绪。我痛彻心扉，缩成一团。他把我抱在怀里。“放开我！”我叫。

他置若罔闻。他的体温透过薄薄的衣服传递给我，似乎知道我的心即将失温死去。“易若然，你是我的。我看过你的小说，到过你的梦。不管你的心思飘到哪儿去了，在这个世界，这个时间和空间，你是我的！”他的眼睛摄人心魄，可惜我已经失去心魄。“你的身体，你的灵魂，你的心，我都要！从你惹我的那天开始，你就已经不是自由身了。”

“我不是你的。”我怎么能承认属于他。我属于另一个人，只属于那个人！

王在野的手臂强壮有力。"我不允许任何人把你夺走。我是你唯一的男人，救你的、害你的都只能是我！"

我挣扎，直到失去所有力气。

他说："易若然是个有自由意志的人，她不想留在王在野身边，是王在野强迫她留下的。没错，这是囚禁，她逃不掉。王在野居心叵测，他予人恩惠都是别有用心。易若然清楚这一点，当然不会心存感激，她虽然留下了，但不会让王在野得逞。假仁假义的温暖融化不了一块冰。她不怕王在野，但也不临阵脱逃。"

我好半天才反应过来他在干什么，他在维护我的自尊。他摸透了我的心思，知道我的精神负担。他既要帮我，又要顾全我的颜面。我号啕大哭。

王在野把话说开了，戳得我鲜血淋漓，倒像是切除了一颗毒瘤，我的痛楚变得清晰，心里反而轻松。他把我看得透彻无比，比我自己看得都清楚，我无所遁形，不必再隐藏什么。我所有的担忧他都知道，所有的痛苦他都理解，他不赞同，但他懂。

病情反反复复，严重时再次出现木僵。我已成废人，生活无法自理。痛苦将我碾平了，然后继续搬巨石压在我身上，我被碾成一张薄如蝉翼的纸，贴在地上起不来，奄奄一息。

王在野喂我吃药。

他救不了我。身体是一口棺材，装着我死去的灵魂。

我声若游丝："我死以后，晚点儿告诉我爸，我怕他难受。"

"你死不了！"

"太疼了。我不行了。"

"胡说。我能把你治好。"

他高估了自己，低估了我的病。我的抑郁症治不好，心里的空洞填不上，这两样哪一样都令人绝望。我沉默，懒得说了。

他眼中闪过恐惧。"易若然，世上真的没有你在乎的东西了吗？"

或许有，但我自身难保，随他去吧。我累了，太累了，想早点解脱。我本就自私，不顾别人的感受。我已经这么难受了，既然撑不下去，不如早日了断。我的骑士消失了，我做过的承诺不必再遵守。我说："我装不了多久正常人。趁着没崩溃，给我留一点体面，让我走。"

"不行！"

"你连我最后一点尊严也要夺走？"我咬牙切齿。

他不语，眼神毫不妥协。

我说："你困不住我。"死有很多种方式，我无时无刻不想死。喝水的时候我想过把自己呛死，吃药的时候我想把一整瓶都倒进嘴里，下楼梯的时候我幻想失足跌落，对着窗口我琢磨意外坠楼，吃饭的时候我拿着筷子，脑海里想了一千遍扎哪儿能快速解脱。之所以都未实施，是因为我不想死在他家给他添麻烦。他已经负面信息缠身了，如果我不明不白地死了，别人怎么看他。

他明白我的想法，说："这只是一栋房子，没有你，叫什么家。"我错愕，他已转开头，过了一会儿，他声音有些暗哑，说："再忍一忍，再撑一下。"

四十六、冷冷相依

药物控制了病情，年轻的身体迸发出不可阻挡的生命力，逐渐恢复。当我再次能起身，王在野露出欣慰。我忽然不忍，有一天我死了，他眼里的光会消失吧。

临镜生悲，朱颜惊暗换。

这是我，容颜苍黄，双眸无神，这是二十四岁的我。阴郁在脸上作祟，让我的表情僵化，如同罩了一个硬壳。

生活还在继续，我不想向前，王在野推着我向前。他要带我去医院复查，我说："不去，宁愿死！"

他说："想着完成你那一百句话的任务。"

我目光空洞地背诵大学专业课知识，一条一条的名词解释。说完了，他依旧"嗯"一声。

接下来的三天，我背唐诗宋词元曲。"平林漠漠烟如织，寒山一带伤心碧。""我有所念人，隔在远远乡。""年年今夜，月华如练，长是人千里。""哀筝一弄《湘江曲》，声声写尽湘波绿。"

王在野设计日程表的时候，大概把每天说一百句话当成最难的任务，他没料到我完成得如此得心应手。

他拉着我晨练，八成是大夫教他的，说运动有益于治疗抑郁症。我摇头。我根本不想治好。我已放弃我的人生，才不要做什么挣扎。他硬拖着我跑步，我不走，他就把我抱到楼下。我讥讽："对女人使用蛮力。"他说："对你，蛮力最管用。跑不跑？不跑我抱着你走，抱一小时。"

他说得出做得到。我懒得与他争执，跟着他跑。住宅区里有塑胶跑道，围着人工湖。我身体虚弱，跑了几百米就跑不动了，他陪着我慢慢走。

我问："为什么管我？"

"用你保持我的人味儿。"

"别人也可以。"

"我受不了别人，你是唯一一个我相处起来不累的女孩。"

"我？我应该是最麻烦的，不停地惹祸，还一身病。"

他说："是吗？我不觉得。"

牵扯他许多精力，搅得他无法过正常生活，他怎么可能不觉得？

我说："你可以善良，但别对我善良，我不需要。"

他还是那句话："我没有闲心善良。"

每天完成日程表任务，闲时依然凄惶得像淋雨的流浪狗，与强大的痛苦做斗争，内心充满歉疚，对所有人所有事，尤其是王在野，我只是不讲出来。

我与王在野的相处像冰与冰的碰撞，我的冷对上他的冷，叮叮作响。他的冷是沉寂，我的冷是尖刀。

人的情绪像宣纸上的墨滴，向外晕染，快乐和悲伤都是。我能带给周围的全是沮丧灰暗。王在野是怎么忍受我的？他真的是石头，可以不受影响？

有时想想，觉得很奇妙，我们两个，一个郁郁不得志，一个悠悠不得安，鬼使神差凑到了一起。想到这儿，我猛然意识到，王在野有他自己的烦恼啊。我沉浸在自己的痛苦里，完全忽略了他的。他天生冷清，拒绝别人靠近，什么事都一个人默默扛着。他照顾我，谁来照顾他？我心头滚过一阵苍凉，黯然如暮色，虽有心悯之，奈何自顾不暇。

王在野要么看淡了是非荣辱，要么找到了解决之法，总之，他十分沉静，不失意，不激进。他依然是那个清淡疏离得让俗世留不住的人，仿佛下一秒就要绝尘而去，消于远方，隐入无形，不屑与人间有一丝丝联系。唯有一点，他不放弃我。

他在我身上浪费了太多时间。我希望他去忙"灵鹿森林"，不是输不起，而是放心不下。他把它当梦想，别人把它当工作，还有人拿它当跳板、当钱包、当牟利工具，他要是不管，项目不知会干成什么样。

怎么才能让他回归项目？既要把事说明白，把他的责任择清，又得隐藏我的身份，免得引起更大的麻烦，实在是难。我试着给圆溪领海公司领导写信，写了一稿又一稿，总是不满意。自从抑郁症发作，我连组织语言的能力似乎都失去了。

我的伤口终于彻底愈合。小采眼泪汪汪，说我后背留下了伤疤，虽然很浅，但是去不掉了，然后又鼓舞我，说："没关系，姐姐你仍然是我见过最美丽的女生，又安静又清雅，给人的感觉就像，就像……"她苦思冥想，忽然指着窗外说，"就像夜香木兰。"

每日一百句进入人物专栏，我讲来自新，翌日，讲谢万安，之后，开启李寄三天专栏日，讲高中时的他，大学时的他，讲我们如何相恋，他对我的好，他的付出和牺牲。我一边讲一边观察王在野。他安静听着。

我讲完了，他说："想激怒我？我没有感情，这招对我没用。"

我说："我只是在完成'每天做一件让自己开心的事'。"

"如果你能决定我和李寄谁生病死掉，谁活下来，你怎么选？想好了再回答，说不定能实现。"

我没料到他抛出这种问题，很想说一句"我当然希望死掉的是你"，话在舌尖转了又转，终究说不出。我说："今天的一百句够了。"他微微点头。我说："别自作多情。如果生病死掉的是你，我同样不会用他换你。每个人都得接受自己的命运，不能偷换，不能替代，否则，我更愿意拿自己换他。"

他的表情没有任何变化，无论我说什么，他都平静得像个石像。

他问："什么时候讲我？"

他什么样自己不清楚，用我讲？

他说："我想听听你眼中的我。"

"我眼里没你。"

我讲玉措、讲茜雪、讲房东，然后，讲八荣八耻、北京精神、社会主义核心价值观，他睁大眼睛。呵，石像有反应了！

接下来的一天，我背诵："闻君有白玉美人，妙手雕成，极尽妍态，不胜心向往之，今夜子正，当踏月来取，君素雅达，必不致令我徒劳往返也。"

他扬眉。

没错，我背的是《楚留香传奇》。

后来，我念北欧神话、格林童话、民间志怪，觉得不解气，搜集鬼故事，专在临睡前讲，他无动于衷，我反倒脊背发寒，睡觉时悄悄靠近他。黑暗中什么都看不见，不小心碰到他，我赶紧撤后，退到床的边缘。他说："你再躲就掉下去了。"说完，揽着我的腰将我抱回来。我面红耳赤，幸好他看不见。我悄悄地又往床边挪，他按住我，静静地说："别乱动，睡觉。"咫尺之遥，我的心乱跳，怎么睡？他呼吸均匀，仿佛完全不受干扰，只有我羞窘，好半天才平静下来。

午后，我背靠墙，对着窗口发呆，跟自己较劲，像在罚站。他从书房出来，递给我耳机，说："听一些舒缓的音乐放松心情。"他这样的人也听音乐？他看穿我的想法，问："稀奇吗？"我戴上耳机。我听到了什么？！王在野唱《两只老虎》！他录了自己的歌声，而且唱得十分幼稚。我嘴角忍不住勾起，又恐他看见，转向墙壁站立。第二天，他又把耳机递给我。这次他录了另一首儿歌。我扭脸不让他看见我的微笑。

这算不算他对我讲鬼故事的反击？那我要反击回去。我打算用长篇故事吊他胃口，在最关键处中止，给他一句"欲知后事如何，且听下回分解"，让他抓耳挠腮，寝食难安。故事不能用现成的，否则他能查到，我动笔自己写。

初夏的清晨，风清凉，王在野带着我在园中跑步。湖中绿波漪漪。过了一会儿，太阳升起来了，气温上升，水面粼粼闪着金光，鸟鸣婉转，从一个枝头到另一个枝头。

我们坐在树下休息。石椅残留凉意，树池中的石子被阳光照得发亮，天很蓝。鞋带开了，我弯腰系。蚂蚁忙碌地寻找食物，他抬脚给它们让路。蚂蚁爬过青苔，沿着树干爬上树。树叶沙沙，枝干散发清香。我仰头看天，白云悠悠，变换形状，偶尔有鸟翩跹飞过。

我给他讲故事，估摸着够一百句了便停下。他意犹未尽，问："后来呢？""明天给你讲。"说完，我一愣，我居然开始计划明天，我不该有明天。

这些年来，我闷头赶路，向生命的终点奔跑，直到遇见他才抬起头。夏日、和风、绿柳，我原是不该感受到的。心如死灰的人怎能有闲情注意这些？自责涌上心头，我的情绪骤然低落。

王在野的手机响了，他接听，唯唯诺诺，低声道歉。呵，还有人能让高傲的王在野道歉。只听他说："对不起，爸，我没照顾好她。"

我跳起来，抓他的手机，他举高了，打开扬声器。

爸爸怒气冲冲质问："你把她怎么了？她不可能无缘无故犯病，你是不是对她不好？不行，我得过去看她。你怎么照顾她的？你当初怎么答应我的？"

王在野低声说："对不起。"

我踮脚，伸长了胳膊，还是够不到手机。爸爸一个劲儿数落他。我心里哀求：别骂他了，不关他的事，他对我很好，我的病是自找的。别再骂他了！

爸爸说："让我跟然然讲话！"

我摇头，直往后躲。

爸爸说："我明天就去看她。"

王在野说："我们不在北京。"

爸爸吃惊："什么？你把我女儿拐哪儿去了？"

爸爸的手机被继母抢去，她说："王在野，别理他，他一听然然有事就着急上火。跟我说说，她现在怎么样？"

我捂住王在野的嘴，拼命摇头，恨不得对王在野喊：别告诉她，什么都别说！

王在野转头避开我的手，说："情况很严重，她老有轻生的念头，只肯吃药，不做心理治疗。我一直逼她说话，让她把情绪宣泄出来，哪怕不是全部，只要她肯说话，让我多少能知道一些她的想法，判断她的状态。"

话筒那边爸爸在叫："什么？！"

爸爸要抢手机，继母劝住他，叹口气，说："她的第一任心理治疗师是我，所以她恨心理治疗师。"

王在野明白了。我为什么不回家，为什么和家人关系紧张，为什么抵触心理治疗，他全明白了。

继母说："监督她按时吃药。"

"嗯。"

继母问："你搬家是使用了环境疗法，换一个全新的环境给她？"

"是的。"

"运动疗法呢？"

"每天逼她跑步。"

"你做得很好。她的身体指标正常了吗？"

"身体好了，但她觉得自己不该被治愈，心理上的病反而更重了。"王在野凝视我，"我恐怕帮不了她，她讨厌我。我觉得我可能挡住了她的阳光。她痛苦的根源是我。我走开或许她反而能好起来，但我不敢冒险。"

继母说："第一天见你我就看出来了，你是那种只要喜欢一个人就把她宠上天的。然然对你有一种病态的依恋，这种依恋很可能变成强烈的抗拒，从一个极端走向另一个极端。我知道，她生病对你也是折磨，但是，她没有别人了。你离她最近。你不是心理医生，但你做得很好。多陪她，有需要随时给我打电话。"

王在野深深望着我，说："我一定好好照顾她，只要她肯多给我一点时间。"

我的心发颤，又甜又疼。我已放弃，他犹在努力，自己尚在风雪中，却对我敞开温暖的怀抱，明知我浑身冰刺，依然将我抱紧。

我本能地抗拒，自惭形秽，神经质地笑起来，嘲弄地说："你？哈哈，你？"我逃命似的跑了。

四十七、烟雨迷离

半山烟雨半山云。我光着脚沿螺旋楼梯下楼，真丝长裙垂至脚面，露出纤美的脚趾。王在野和小采在楼下聊天，我停下，坐在台阶上，头倚着栏杆静静听。

小采问王在野为什么我不开心，王在野说我病了。小采问我为什么受伤，王在野说他没保护好我。小采问为什么我对他爱答不理，王在野说因为他惹我不高兴了。小采说她从未见王在野对一个人这么好，王在野说那是因为她不知道有个人对我更好，我能留在他身边已经很不错了。

为了原谅我，他能找到无数借口，对吗？明明都是我的错，不管是因为病还是脾气，但他非要说是他不好。

小采说："有一天我进门，然然姐坐在花厅看雨，你在她旁边看书，桌上白色的花盛开，窗外的绿色映到屋里，那个画面太美了。然然姐是我见过最好看的女生，你是我见过最好看的男生，我希望你们永远在一起。"

王在野说："那就帮我照顾好她。别的我都能找回来，可她要是走了，就找不到了。"

小采说："交给我吧！只有她能让你笑，她最重要。我一定好好照顾她。"

小采走了，王在野上楼，一抬头发现了我。他一步步向我走来，我忍着没动，内心却节节后退，极力躲避。别靠近我，我最会连累别人，别靠近我！

他俯身向我伸手，说："楼梯凉。"

我提醒他，也提醒自己："不用对我好，没用。我只爱一个人，任何人要抢他的位置我都恨。"

他说："抢别人的位置？你说反了。我对别人的东西不感兴趣，我只是把自己的东西拿回来。"

"我不是你的。"

"你是我妻子。"

"有名无实。无论身体还是心，你都没得到。"

"所以我要让你爱上我，然后甩了你，方消我心头之恨。"他闲闲地说，仿佛唾手可得。"至于身体，"他扫我一眼，"那还不简单。"

我骨瘦如柴、表情惨淡，我不信他对这副皮囊有兴趣。我说："对一个孤苦伶仃的人好，她就会爱上你？那是别人，不是我。我只是行尸走肉，早就没有心了。"

他说："你已经把心给我了，在灵鹿森林。"

原来他知道吊坠的意义！我顿时尴尬，装作若无其事以掩饰内心波澜，说："那是你抢去的！只是一个吊坠，谁稀罕，拿去好了。"嘴上说得轻松，心里惶惶然。

大门开了，小采慌慌张张跑回来，手里拿着一个鞋盒。盒子里是一个小布老虎，头和四肢都被剪掉了。小采说鞋盒被丢在门外，她一时好奇就捡了。王在野说："大概是哪个熊孩子把玩具弄坏了。扔了吧。"

小老虎头上的"王"字有一点刺眼。鞋盒是男鞋的，42 码，王在野最喜欢的手工皮鞋品牌。

王在野说午饭带我出去吃。我摇头，冷淡地说："我只想与世隔绝，要么流浪远方，要么隐居，总之不跟任何人产生深入联系。"话刚说完，我察觉有问题——我无意中表示将在这里长住下去。因为要长住，所以才不抛头露面，免与周围人纠葛。

我不再多说，到衣帽间换衣服。镜中的女孩有一双灵动的大眼睛，神采柔和。这不是我。我是铁石心肠的，刚毅孤傲的，可我怎么都找不回那种神情了。换上浅蓝色长裙，多了一分沉静清冷，这才有一点像我。

王在野为我戴上黑心吊坠，雪白的皮肤对比黑水晶的璀璨，相映生辉。我询问地望着他，物归原主？他说："连你都是我的。"

车沿着蜿蜒的山路驶出山谷，从世外返回红尘。来到一家西餐厅，王在野说："停车场离这里有点远。我订好座位了，你先进去。"他在路边把我放下。

我不愿与人打交道，在门口等他。

有个男人低头走路，眼看要撞上我，我避开，与此同时他也察觉有人，边抬头边停步。我们同时认出对方，那是郎林御。几个月不见，他变化很大，鬓角出现白发，抬头纹很深，神情阴郁，眼神像刀子似的。

他皱眉，问："你怎么在这儿？"

"老郎。"王在野叫他，往这边走来。

一瞬间，郎林御的脸放出光，喜出望外，又神情复杂地看我一眼，不满意王在野和我在一起。他回手给了王在野一拳，气恼地说："天南地北找你，原来你就在我眼皮子底下。为什么不来找我？你们现在住哪儿？你怎么到这儿来了？"他问了许多问题，语速很快。

王在野说："你调走了严羽。"

郎林御的情绪迅速沉下来，说："我不能看你继续浪费时间。"

王在野说："你辞退了小林。"

郎林御说："我说过，谁再给你透露消息就开除谁。别再拉更多人下水，用你的私心害他们。"

郎林御竟然违拗王在野。我一直以为他是王在野的跟班，是绝对服从的羽林郎，尽管他的职务在王在野之上。

郎林御说："放手吧。以你的本事，干别的早就取得成绩了，干吗非在一棵树上吊死？'灵鹿森林'已经不是当初你设想的样子了，就算建成了你也落不着什么。你说你图什么？公司都不要你了，你还管它干吗？"

王在野不语。一瞬间，我竟然洞悉了他的心意：知我者谓我心忧，不知我者谓我何求。生前名利，身后哀荣，王在野并不在乎。唯从心而为，为热爱洒血，对知己诉衷，人生快哉。哪怕蚍蜉撼树，哪怕艰难险阻！

郎林御恳求："老六，项目我努力帮你撑着。你看看我，白头发都长出来了。你能不能别捣乱了？"

王在野说："别打扰我吃饭。"他带我绕过郎林御，走进餐厅。

王在野点了法式焗蜗牛和红酒炖牛肉，说："他家的菜很有名，我猜你会喜欢，一直想带你来。"最后的甜点是焦糖布丁。这时，他的手机响了，他到餐厅外接听。

他刚走，一个西装革履的男人不知从哪儿冒出来，一屁股坐在他的位置上，说："易小姐，别紧张，我认识王先生。"我平静地吃布丁。

男人说："易小姐和王先生生活美满，令人羡慕。有的人就没这么幸运了。请转告王先生，做事别太绝，得给别人留条活路，否则，兔子急了也咬人。"

我说："你是兔子？"

"哈，幽默。我自知没资格做他的对手，我只是个传话的。老实说，我很佩服这种杀人不用刀的人，一只手翻云覆雨，不动声色就把局搅乱了。"

我说："你搞错了吧，王在野目前赋闲在家。"

"易小姐，你在开玩笑吗？他把河灵市搅得天翻地覆，折在他手上的人没有一百也有八十了。别人不知道幕后主使是谁，我知道。除了他，谁敢动那些人？"男人压低声音，"有人想和他谈谈。只要他愿意，条件随便开。"

我说："我猜你现在不会告诉我那个人的名字。"

"聪明。还猜到什么了？"

"我猜你是个律师。"

他有些惊奇，问："何以见得？"

"你身上有那味儿。"

"什么味儿？"

"银手镯的味儿。"

他尴尬地说："再见。"

王在野回来了。我正要把刚才的事告诉他，他给了我一个安抚的眼神，向另一边招了招手。岳浪从不远处的座位站起来，不只是他，周围又站起好几个人。岳浪走过来，说："你引蛇出洞，结果引出的是一条虫。吓成这样，连当面跟你说话都不敢，还能干什么大事。"其余人也笑。王在野说："他不是虫，是一根藤。"岳浪说："明白了。我去查。"

王在野对我说："我有点事要办。让岳哥送你回家。"

他就这么走了，把我一个人扔下。如果我没记错，今天已经发生了两件不寻常的事，可他还是把我丢给别人了。

一下午，王在野不见人影。这是我发病以来他第一次不在我身边。我已经习惯了他的陪伴。他日日在家我难受，他不在，我心里没着没落。他怎么还不回来，不怕我出事吗，不怕我跑了吗？什么事比我重要？我的嫉妒油然而生，又为此自责。我已耽搁他太久，他早该回归自己的生活了。

半夜，王在野回来了。我听到他蹑手蹑脚到另一个卧室睡觉。第二天，他问我："昨晚的饭菜好像没动过，你没吃饭？"我不语。

他说："我最近有点儿忙，今天还要出去。你记得按时吃饭服药。"

我面无表情地说："很好，没人打扰我了。"

很晚了，他还没回来。我觉得自己像个深闺怨妇。我想他，想得五内俱焚，为此羞愧不已。我不该为他动心，不该胡思乱想，我有我的救世主。我打开书桌抽屉，看着紫色印花笔记本，想碰又不敢碰。我的心为他人牵动，有什么脸碰笔记本。

我一边与抑郁症斗争，一边防止王在野掠夺我的心，腹背受敌，精疲力竭。不行，必须摆脱这种情绪，我得出门走走。

大门外，小采正抱着一大杯奶茶啜饮，见到我赶紧立正，有点尴尬地说："岳哥让我来照顾姐姐。如果姐姐有需要，随时叫我。"

原来她每天做完家务后并没有离开，只是走出了大门，既不在我的视线内，又能监视我。这哪是岳浪派来的，分明是王在野安排的。想必王在野怕我出事，又知道我不会在他家寻死，所以让她守在门口。

我说："走开。"

她觑着我的脸色，赔着小心，说："我没打扰你吧？姐姐你要去哪儿，我陪你。"

我冷冷地说："别跟着我！"

微雨蒙蒙，夜香木兰于静谧中散发芬芳，白色花瓣落在园中小径上。园中路灯不多，光线昏暗，我的视力大概又下降了，分辨不出远处黑乎乎的是人还是树。好像是个人，站在黑暗处，和一排树相邻。我停住脚步，倒不是害怕，而是不想与人接触。

有个人跑过来，用手机照亮路。啊，是王在野，他带着光向我跑来。

他举着伞，低声责备："怎么不找地方避雨？"

我怒火中烧，不是生他的气，而是气我自己。我竟然因他的出现而欢喜，不可原谅！

他说："以后我给你打伞。"顿了顿，他摇头，沉吟，"不行。我收回刚才的话。如果离得远，我恐怕不能及时赶到，也不能保证每次都立刻停下正在做的事给你送伞。"

我惊讶于他的认真。他真的把送伞当成个问题在思考，慎重地做出承诺，察觉有失信可能，立刻收回。只是平常的一段对话，他都十分严谨。他实在不懂如何哄女孩子。情圣们在同样的情况下一定深情款款地说：以后我就是你的伞。虽然不可信，但女孩听了会开心。

走着走着，王在野停步，说："我想到了，以后你别离开我身边，这样我就能第一时间照顾到你。即使没有伞，我也能用衣服给你遮雨。就这样。"

他还在琢磨这事！郑重的样子显得有些木楞，莫名地教人感动。我压抑内心的波澜，尖刻地说："我是一个废人，整天无所事事，让我活着是浪费粮食，还不如捐给非洲饥民。我除了混吃等死，什么都干不了。你还能忍我多久？"

"你不是无所事事，你每天都在跟痛苦作斗争。你是我妻子，我的就是你的，你要心安理得地接受，想怎么用就怎么用。"

这一定是梦，快叫醒我。我的心就要被夺走了，快停下！

他说："你湿透了，快回家，我给你找点儿退烧药备着。你的眼睛做过手术，最忌发烧。"他始终挂念着我的眼疾，总怕我瞎了，比我自己都上心。

连续几天，王在野每天都出去。我像个闹情绪的小孩子，只要他不在我就不吃饭，对他恶声恶气。

"为什么不吃饭？"他发现后问我。我不吭声。他真的生气了，说："你存心想饿死是不是？要是再让我发现你不吃饭，你知道惩罚是什么。"

我冷冷地说："什么惩罚？这种吗？"我踮起脚，吻上他的唇，以示这个威胁对我不管用。

他一怔，搂住我。我本想吻一下便后退，他紧抱着我不放。挣扎反倒显得我慌张，我忍着不动，冷冰冰任他吻。我的反应显然不让他满意，于是这个吻变得热烈绵长，直到我微微喘息，面红耳赤，他才放手，淡淡地说："这种。"

我故作镇定，说："不过如此，一点都没有进步。"

他说："别试图激怒我，你不会想看到后果的。"呵斥完，他还是出门了。

他每天去干什么，是不是已经不在乎我了，只轻飘飘责备几句便弃我于不顾？我陷入被抛弃的恐慌中无法自拔，琢磨如何引起他的重视，然后惊觉我对他的依赖已接近失控。

四十八、无冕之王

朝阳初上。王在野开车带我去市区。到达一栋写字楼，岳浪正在楼下等候，见到王在野，低声与他说了几句话。王在野让我跟着岳浪，自己开车走了。

岳浪带我上楼。写字楼中有多家公司，他带我进入一家软件公司。楼道里，年轻职员见到他都点头问好。楼道尽头是总经理办公室和两间副总经理办公室。岳浪打开总经理室的门，又打电话叫来严羽。严羽恶作剧地对我说："女士您好，我们公司主营数智化平台研发与技术咨询，有什么能为您效劳？"岳浪说："正式介绍一下，我是公司的法人代表，公司的两位副总经理严羽、林之风你都见过了。严总，去楼上。"

总经理室有两扇门，一扇通往刚才的楼道，另一扇打开后正对着楼梯。由于总经理室设在楼道尽头，将楼道与这个楼梯完全隔开，只有穿过总经理室才能到达楼梯。顺楼梯上去是顶楼，第一个房间的牌子上只写着"办公室"，第二个房间装着防盗门，很像财务室。严羽打开防盗门，里面是一间很大的办公室，中间摆着会议桌，墙壁都做了隔音处理。

我们走进去，岳浪谨慎地关上门。他请我坐下，说："软件公司的实际控制人是王在野，成立于去年春天，他被赶出零碳小镇项目的时候。本来他想亲自给你介绍情况，但他临时有事，请严羽代劳吧。"

严羽说："几个月前，'灵鹿森林'的负面消息传得沸沸扬扬，传闻说项目是个骗局，伪造了资金平衡方案，一旦实施将血本无归。很多群众不明真相，纷纷上访。已整理好的地块在挂牌上市时频频流拍，市场极度低迷。市政府焦头烂额地处理舆情，却搞不清舆情是怎么起来的。十鹿镇村庄改造以棚户区改造的名义立项，资金来源是棚改债，也就是政府专项债。网上谣传政府将村庄卖了，把钱借出去了，可能收不回来。有的人听说了专项债，可又不明白债是什么，只知道有借钱这回事，也不管谁借给谁，就跟着一起散播谣言。谣言加剧了拆迁难度，出现了大量钉子户。"

我说："普通群众对政府债券资金缺乏了解，需要当地财政和金融部门宣讲政策。"

严羽说："没错。这个谣言用了一个多月解决了，紧接着又冒出一个听起来比较'靠谱'的谣言。村庄改造的资金平衡测算原本没问题，按照土地开发进度及供地计划，土地分批上市交易，土地出让收入能够覆盖土地开发成本，并形成约一百亿元政府收益。但政府债的谣言拖慢了拆迁进度，至今仍有许多钉子户占压拟上市地块，致使土地开发时间延长，资金无法及时回笼，影响资金周转和土地滚动开发，造成财务成本等各项费用上涨。"

她把笔记本电脑的屏幕转向我，展示表格。"有人算了一笔账，采用十年期市场报价利率，加上对土地市场的不良预期，测算项目投资收益，算出巨额亏损。于是人们得出结论：项目前期投入无法及时收回，因财政承受能力问题也无法增发政府专项债，项目将在中期出现资金枯竭。你说，这种对未来的预测让我们怎么解释？不管怎么解释，不信的人依然不信。他们只看见钉子户占压着安置房地块，安置房建设无法如期动工。有人借题发挥，说政府的资金链快断了。老百姓一般都会做最坏的打算，钉子户一听有风险，坚决不搬迁。"

我纳闷："关于拆迁滞留户，圆溪领海公司没有'拔钉子'计划吗？"

严羽叹息："有是有，当地的党员干部也带头搬迁，但又冒出黑社会涉赌骗钱，扫黑调查组在这里待了三个月。"

好歹一拖，半年就过去了，再一拖，一年就过完了。

严羽说："王总回来时正赶上'灵鹿森林'的开发计划要调整。圆溪领海公司不敢终止项目，毕竟市里已经向省里汇报过，也列入了本市五年规划，但是，种种迹象表明，'灵鹿森林'被盯上了。公司决定避其锋芒，调整项目内容，顺便平息舆论。公司向市政府汇报，称'灵鹿森林'项目太大，不好统筹调度，资金平衡方案也因项目太大、实施期过长而不准确，建议分期实施。说是分期，实际上是颠覆性调整。他们留着'灵鹿森林'这块招牌，把内容大幅缩水，并且分割成许多子项目。'灵鹿森林'最后剩下的内容几乎只是个城市休闲公园了。"

他们没本事，倒赖项目大。梦想被偷换，王在野不可能同意，偏偏他被公司踢出来，无法发力。

我思索：十鹿镇村庄改造是一级开发项目，"灵鹿森林"包含的不止一级开发，还有二级开发和配套市政工程，怎么能拿一级开发的资金难题论证所有项目都亏损呢？何况一级开发的资金难题并不属实。有人故意偷换概念，兴风作浪。

严羽说："市政府多次研究公司的建议，迟迟没做最终决策。这一届市领导其实挺想把项目做成。说实话，我已经做好最坏的打算，准备离职，这时王总回来了，带着我们开始调查。"

我疑惑："调查什么呢？调查舆情？"

严羽说："王总说，事情不可能这么巧，这是设计好的。前一个谣言看似平息了，其实它已经为下一个谣言埋下伏笔，一环套一环，直到提出'灵鹿森林'分割方案。"

我恍悟："查项目分割后的最终受益方！查到了吗？"

严羽摇头，说："藏得很深。"

新方案是公司提出的，幕后主使在公司里？然而，方案调整意味着承认能力不足，公司领导层必然遭到市领导训斥，对他们没好处。不对，对整个领导层没好处，不见得对个人没好处。有人明着挨骂，暗地里捞实惠。他们为了保证新方案顺利实施，一定得赶走所有能救"灵鹿森林"的人，谁阻止王在野碰项目，谁就有嫌疑。

我问："是不是总经理？毕竟他已经干出索贿的事，其他坏事也不是没可能。"

严羽说："我们也怀疑过，但不是他。"

有人敲门，进来的竟然是小采，她端着茶，见到我，她也一愣。严羽说："来得正好，让小采给你讲讲她的经历。"小采犹犹豫豫，不开口。严羽说："你今天怎么了，平时滔滔不绝，说起来没完，我至少听你讲过十遍，今天怎么不说话了。"她再三催促，小采才说出了她的故事。

小采的家在十鹿镇拆迁范围内。拆迁评估时，评估公司的人向她家要钱，不给就扣减测量面积。小采的爸爸不服气，要找村长。评估人员让他尽管去找，扬言谁都管不了他们，要么给钱，要么扣面积。最后，评估人员故意少算二十平方米。小采的爸爸去找村长，村长向拆迁指挥部反映情况，指挥部责令评估公司开展调查。这一调查不要紧，小采家的测量评估被搁置了，眼看十天已过，拆迁配合奖拿不到了，小采的爸爸又去找。评估公司说非常重视他家反映的问题，正在内部整顿，让他们等，小采爸爸找了好几次，评估公司一味敷衍。小采一家非常生气。原本拆迁是好事，全家期盼，从未打算当刁民，只想按真实测量面积拆迁，没想到遇到黑评估。小采一家最终被拖成了"钉子户"，小采爸爸气得脑出血，住院了。

小采说："我把事情告诉了岳哥，岳哥带我到这里来。王大哥帮我报案，不仅出了气，钱也要回来了。"她小心地觑着我的脸色，担心我因此离开王在野。

岳浪说："举报电话早在拆迁公告时就公布了，但是他们一家都是小老百姓，接触过的最大的官就是村长，举报的事以前连想都不敢想。"

严羽说："起初我们只是追查网上造谣的人，陆陆续续发现了其他问题，比如小采家被勒索，让人无法坐视不理，所以就越管越多了。王总建立了猎人小队，成员包括我、岳哥、小林、小采，以及一些不在这里办公的人。大家各有分工，有收集线索的、技术追踪的、分析数据的、法务审查的。我们帮走投无路的人解决问题。有的人受到欺负不懂怎么维权，我们给出主意，指点他们找相关部门。如果发现腐败或者骗补，我们就匿名把线索提供给纪委。小采的叔叔、二姨都是拆迁户，小采负责在村民中打听消息。目前，黑评估、黑拆迁已经得到有效遏制，有两个黑恶势力团伙被打掉了。王总连郎总也没告诉，郎总以为王总只是暗中帮他解决公司里的一些小麻烦，根本想不到他的大手笔。我们以软件公司作掩护，正常业务在楼下，楼上是猎人小队。楼下不知道楼上在干什么。这些事必须严格保密，决不能走漏风声，否则会招来祸事。王总刚才被一个线人叫走了，那个人只肯见他。"

我说："这是一支民间纪检队伍啊。"

严羽笑说："王总说了，要发挥人民监督作用。"

王在野暗中做了这么大的事！他对抗的不只是公司内部的乱象，还有当地的恶势力、各路盘剥的小鬼、幕后操控的黑手，事态之复杂，环境之险恶，远远超出我的想象。本以为王在野失意之余，只能外围迂回，艰难地靠近项目核心，维护他的梦想，原来他的眼界早已超出了一个能源工程师目光所及。

我暗自感慨：在野之王也是王啊。这哪儿是办公室，这是六王爷的银安殿！他没有一蹶不振，没有虚掷时光，他正用他的方式锄恶扶弱，冷静布局，精准打击，运筹帷幄之中，把河灵市搅翻了天。

胸中的倾慕与热爱无法抑制，激得我的心怦怦跳。

这时，王在野回来了，意味深长地望着我，我知道他在想什么。他做的事痛快非常，也危险万分。他以为我怕？我淡然说："不够刺激。我要看血流成河。"

王在野微微颔首。小采松了一口气，严羽笑了。岳浪一拍巴掌，说："嘿！冲这句话，你够格当六王妃！"

四十九、岂曰无衣

自打知道猎人小队的存在，我对王在野多了一分崇敬，所有自怨自艾都转化成对他的担忧。我知道我走不了了，从前难以离开，现在更是。现在走，像是临阵脱逃，把战友丢下。是的，只是战友，我的心还在，没有失守。

我提出整理猎人小队的档案，严羽笑问我是否在收集他们的"罪证"。严羽觉得他们做的事不正当，巴不得赶紧销毁档案，小采和岳浪没有这个意识，小林对此毫不关心，只有王在野点了一下头，特意吩咐准备两个文件柜，又买了一个保险柜，用来存放重要资料。有些资料已随着举报信寄出，无法重新获得。涉及谁，谁就负责梳理事情脉络，说明前因后果。

严羽问我这么做有什么意义，我答："我无聊，找点事做。"她说："其实他不想让这些乌七八糟的事烦你。他希望你安心休养，自在悠然。"

但我又怎能坐视不理？王在野不只为我开启了一扇门，他向我展示了一个世界，使我的目光不再局限于斗室，而是着眼于更广阔的天地。空虚和无聊一扫而光，我的热血全被他点燃。烽烟已起。王在野欲射天狼，我当为他捧箭，欲策马疆场，我应为他执鞭。否则，我还有什么存在的必要？

这份心怀无需他人知。

通过整理档案我发现，早在王在野最初与灵达伟业集团接触时，明里暗里就已揭露了许多丑恶，且一查到底，不少人因为他"家破人亡"，某些人吓得吃不下睡不着，恨他入骨。人们对他避之不及，联合排挤他。现在他继续暗中调查，手段更加隐蔽，挖得越来越深。

我翻阅着资料，仿佛参与了那些缺席的岁月，窥见了河灵市的暗流涌动，见证了王在野的坚定无畏，越看越心潮澎湃。我画人物关系图，把圆溪领海公司以及河灵市关键岗位人员信息列在上面，反复研究，标出需要重点关注的人，分析他们的关系网，愈发觉得前路艰险。

严羽忽然扑哧一笑，说："我终于知道他为什么喜欢你了。以前我觉得你只有一个优点，就是长得美，其余的什么性格啊做事啊都不讨喜。现在我懂了。柔弱美丽，让男人不由自主想保护，清冷的性子又带着一种矜持，让人不敢轻视。关键时刻非常靠谱，有种不管不顾的疯狂，为了喜欢的人什么都豁得出去。我要是男人也会被你迷住的。"她认真地说，"他一直觉得对不起你。他拒绝所有的朋友，免得连累他们，只有你是他没法割舍的，因为无论如何他都不愿离开你，所以明知危险，他还是把你留下了。你放心，我们一定保护好你。小采从小习武，是全省散打冠军。除了她，还有很多人在你看不见的地方保护着你。"

　　我无意与陌生人谈心，岔开话题，说："这些整理完了，还有吗？"

　　严羽说："只剩王总办公室里那些正在办理的了，小林去拿了。"正说着，小林抱了一摞资料进来，最下面一张纸他只托住一半，眼看往桌子上放的时候要压折，我顺手接过来。那是一张电脑截图，显示王在野的电子邮箱收到一份匿名邮件，邮件正文写着"图纸已发请查收"，邮件的附件赫然标着"水电站图纸"。

　　王在野真的在搜集水电站设计图！

　　我头皮发麻，过了几秒冷静下来。王在野的为人我清楚，即便他真的在搜集水电站图纸，也一定不是为了出卖，他肯定有他的理由。尽管这么想，我还是心惊。

　　严羽见我不对劲，伸头来看，脸色顿时变了，低声问小林："你把水电站的资料也拿来了？"小林吓了一跳，赶紧看一眼，脸色也变了。

　　看来他们不想让我知道。我反而攥紧了那张图。

　　严羽犹豫地说："事情不像你想的那样。"小林明显想把图拿走，又不好开口。这时，王在野走进来，见严羽一脸紧张，接着看到了我手上的图。小林负疚地看王在野。王在野向我伸手，我把图递给他。他在那摞文件中翻了翻，抽出几张纸，和那张图放在一起，说："我做的很多事就像这张图一样引人遐想，而且总是让大家往歪处想。如果你有问题可以直接问我。"

我问："伤害无辜的人了？"

"没有。"

"损害国家利益了？"

"绝不会。"

我平静地说："那么，去做吧。"我继续给文件编号，整理顺序。

三个人都望着我。王在野说："有时候不告诉你是怕吓到你。一年多以前，有个人得罪了当地一个恶霸，后来失踪了。有人说他被埋在水电站下面。"

我恍悟，"所以你问起水电站的图纸。"

他说："准确地说，我问的是建设时序，那个人失踪时哪些工程正在进行。结果我的邮箱中莫名地收到水电站图纸，图纸是假的，但足以配合夏暖的举报信诬告我，打断我的调查。"

经他这么一说，我才把两件事联系起来，意识到事情的严重性。事情竟然串到了夏暖身上。从南到北，逾越千里，两相呼应，是巧合还是精心设计？夏暖和那些人有联系？

王在野说："事情超出了我的能力范畴，我把失踪案的线索移交给相关部门了，可惜证据太少，不够立案的。我已起诉夏暖诬告陷害，看看借此警方能查出什么。"

起诉夏暖，他舍得？他面无表情，仿佛这是再平常不过的一件事。

局势扑朔迷离，他依然身处险境。我的心悬起来，同时又松了一口气。水电站藏尸固然耸人听闻，暗处的劲敌也算得上心狠手辣，但比起"王在野卖国"，这些都不算什么。只要他清白我就踏实了。

小林拍了拍厚厚的一摞文件，"要不是因为查这些事，你也不会被陷害。还查吗？"

王在野眼神坚毅，"查！"

严羽问："即使孤立无援，也要继续吗？"

王在野说："这些恶根我都要拔掉。"

严羽说："好吧。反正我跟着你干，你指哪儿我往哪儿走。"她看向小林，

"听说有人用百万年薪挖你，你为什么不去？"

小林说："日子过得太顺没意思。我就喜欢要死不死的劲儿，刺激。"

严羽对王在野说："你身边都是不要命的，就问你怕不怕？"

王在野说："我没怕过别人，都是别人怕我。"

他望着我，我风轻云淡地说："随便吧。反正我会一直在。谁叫你软禁了我，我想跑也跑不了。"

他眼中出现笑意，拉着我的手，轻快地说："来，我给你看一样东西。"他带我来到隔壁他的办公室，打开笔记本电脑，给我戴上 VR 眼镜。

这是……这绿意盎然、宁静祥和的地方是……

他说："灵鹿森林的效果展示。"

我惊讶于它的美丽，莫名地感动。呕心沥血，为的就是这片繁荣，其中辛苦几人知。

他指导我控制手柄，游览整个小镇，说："看到河岸的规划绿地了吗？你喜欢花，我要在那儿给你建一座花园。"

我心怦然。他的计划中有我！他的未来有我！胸口的暖流卷起海啸冲击着我，我赶紧稳住神，摘下眼镜，冷冷地说："我不喜欢花，更不需要花园。"我偷偷深呼吸。我真是太差劲了，怎么三言两语就被他迷惑了，心中却有一个声音说："可不是三言两语。那是他花费数年倾力打造的桃花源。他早已把你编织进他的梦，就算你们冷战、吵架，他都没有变过。"

五十、勘破迷津

王在野好像在忙一件大事，每天回来得都很晚，神情疲惫，精神却很振奋。我习惯坐在窗前等他。夜香木兰的香气随风送入，入夜更深。

大雨滂沱，他在大雨中回家，浑身湿透了，还没吃晚饭。我翻找厨房，只找到一些蔬菜和挂面。我煮了一碗面，放了两个荷包蛋，不声不响放在他面前，他吃的时候笑了。好吃还是难吃？老实说，上次抑郁症发作后，我的味觉和嗅觉不再灵敏。或许我做得很难吃但不自知，不过他全吃光了，连汤都喝得干干净净。

我为流露出的善意负疚。每次对他好，都像是对那个"他"的背叛，我知道这是一种病态，对王在野不公平，但我控制不住。为一个虚构的人寻死觅活，守着忠贞，在别人看来很可笑，对我来说却至关重要。每个人都有自己的执迷，旁人不会懂。我只能宽慰自己，我对他好是出于尊敬，没有别的。

半夜，他发起高烧。我把退烧药翻出来，他蹙眉，说："我很快就好了，不用吃药。"

我说："以后我也用这套说辞。"

他犹豫，再次蹙眉，说："我不吃药。"他的脸已经烧得通红，窗开着，风阴凉，我穿着睡袍，感觉温度正合适，他在发抖。我看着他。他摇头，再摇头，说："我不吃药，所有药都是苦的。"

我说："那吃清热胶囊，不苦。"

他的头摇得像拨浪鼓，说："胶囊最不好了，要是粘在嗓子眼儿咽不下去，胶囊化了，药粉撒出来，那得多苦啊。"他描绘得那么生动，仿佛已经尝到满嘴苦涩。

堂堂王在野居然怕吃药。我说："多喝水，胶囊就能咽下去。"

"药到了胃里也是苦的，顺着呼吸能返到嘴里。太苦了。我不吃药，宁可打针。"他想尽理由推搪，可爱又可笑。

这是王在野，一个出乎意料的王在野。我愣愣地看着他，又一次感觉从来就没认识过他。这么想着，他忽然显得远了，且越来越远，遥不可及。

他发觉我的脸色变了，二话不说拿起药吃了下去，然后看着我，一副我吃完药了，你得表扬我的样子。

吃完药，他睡了。我躺在他身边。他的呼吸和心率都很快，我甚至能感觉到他的心跳。他的热度隔着被子都显得烫。大概过了一个小时，他的心跳慢下来，紧裹的被子也松开了。夜灯光线昏暗，他双目紧闭，似乎睡着了。

他的热度退了一些，但正常了吗？我轻轻摸他的额头，没那么烫了，我又摸摸自己的，手上温度散得快，我感觉不出温度差异。我无声地靠近，小心翼翼地用额头贴着他的额头，这次能感觉到了，他比我热，还是有些烧。

他悠悠睁开眼睛，我被逮个正着。糟糕，一定是我反复折腾吵醒了他。我赶紧做出一副漠然的样子。

他的眼眸清亮，声音低沉，问："怕我死了吗？"

我说："正相反，我怕你死不了，我给你吃的是毒药。"

他握着我的手腕，翻身把我压在身下，低语："我知道，早晚得死在你手上。"他吻我，嘴唇和他的话语一样灼热。

天光大亮，风吹舞窗帘，阳光借机照进来。我迷蒙地睁开眼睛，正对上王在野眼中万千柔情，他轻声说："早。"他用手拨开我脸上的乱发，温柔地问："还疼吗？"

昨夜种种在脑海闪回，我瞬间清醒。

我的清白之身竟给了他，不是李寄，不是虎视眈眈的谢万安，而是他，与我的骑士最不相容的他！如果说失去我的骑士是个意外，那么昨夜的我实实在在地背叛了"他"。从此"他"也将遗弃我，不给任何回头的机会，即使我找到"他"，"他"心里已不会再有我。

我赶紧闭上眼睛，防止情绪外泄，努力镇定，心里却慌得不知如何是好。王在野没有强迫我，不怪任何人，都是我的错！我把头埋进枕头，用长发挡住脸，无颜面对世界。

王在野说："看着我。"他捧着我的脸，强迫我面对他，清澈的眼眸倒映我的惶恐。他眼中的柔情渐渐冷却，严肃地说："别打歪主意。"他已预判到我的行动。我向被子里躲，躲避他的碰触。

他的声音低沉，充满威胁："如果你逃走，天涯海角我都不让你消停；如果你轻生，我会冲你在乎的下手，让你后悔得恨不得从坟墓爬出来制止我。别以为你一无所有，你只是放弃了它们。我能做的超出你的想象。"

我一言不发，根本顾不得听他说话，我在翻阅心底的故事，试图把"他"找出来，赔礼道歉，磕头认罪，怎样都好。我恐惧至极，懊恨至极。我翻身，不让王在野看见我的脸，不想让他知道我有多难过。不是他的错，都怪我，是我水性杨花，见异思迁，我只恨自己。

"易若然！"

我捂着耳朵，不敢听，只盼他从眼前消失，可又不能开口赶他走，错在我，我不能迁怒于他，可我现在真的不想看见他。

死一般的沉寂持续了一会儿，他起身，稍后，浴室传来花洒的声音。

愧悔碾压着我，我摸索着找睡裙，哆哆嗦嗦地穿上，目光扫到床单上的落红，一阵心悸。我跑到另一间浴室洗澡，用力搓洗，差点儿把皮搓破，却再也找不回清白，不止身体，还有灵魂，我的灵魂在昨夜犯下背叛之罪。我不配活着，不配想"他"，也不配待在王在野身边。

我在浴室待了很久很久，走出浴室时，王在野早已出门了。

我跪坐在书桌前，从抽屉里拿出印花笔记本，头抵着桌子，喃喃："我背叛了你，你心里没我了，对吗？我以为可以拥有一切，两个都要，但我不能，必须做出选择。让我放弃你，我怎么能够？在任何人与你之间，我都选你，即使你离我而去，远得看不见。你是我的梦想，我的希望，我按照自己的愿望写下了你，你无处不合我心意。没人能跟你比，我永远选你。你走了，只剩下枯燥的文字，如同一个人灵魂飞升，只留下尸体。没有你，一切都无从谈起。你在，我才有可能想其他的事。"

罪恶感压得我喘不过气。我狠狠抓着头发，忏悔："我早该随你去的，为什么还要苟活，让自己动摇？我知道，一旦我接受别人，就永远失去你了，你将从你的心里清除我，不会再理我。我以为我的心小得只容得下一人，我以为我忠贞不渝，可我居然为了别人动心，我竟然是这么差劲的人。"

王在野为我做了那么多，我并非真的不识好歹，我感激且感动，可是，可是，他应该明白，毕竟他那么懂我，少了"他"，我怎能快乐，我不允许。我一心求死，以示忠贞。虽然这忠贞已蒙尘，且太迟。王在野说得对，我不想被治愈，所以不可能被治愈。

如果终究要辜负一个人，我选择辜负王在野。当他回家，不会再看见我了。他不用再担心我是否吃饭，担心我失眠，担心我的眼睛。他不用再浪费时间听我说那无趣的一百句话，不用再费尽心机唱歌给我听，不用再考虑送伞送到哪里，不用再小心地维护我的自尊。

他对我的好多得数不清。背弃这样的人叫我于心何忍？但，拖累这样的人又有什么道理？沉静冷漠的王在野，坚毅果断的王在野，不会因一个负心人的离去而消沉，他终将忘了我。

不知道他的烧是否退了。我把退烧药放在桌上。我能为他做的只有这么多了。心里升腾起强烈的不舍，然而，我的"他"已在彼岸，我得赶紧去追，如果我三心二意，"他"不会等我的。

书桌上放着他的笔记本电脑。我决定最后放肆一下，看一眼他计划为我建的花园。我还记得他的密码，"无人会登临意"，曲高和寡的王在野啊。

打开电脑，首先弹出来的是备忘录，我一眼就看见了自己的名字。这是他的日志，每篇都很短，简要记录时间和事件，例如论文发表、电能监测系统开发进展、与某人的会面，等等，其中有几篇是关于我的。

2月21日

　　我凭着一腔怒火说出极其刻薄的话，而她只是表情惨然地听着，那副失魂落魄还假装坚强的样子让人无比心疼。我真想对她大喊，反驳啊，否认啊，只要你说你不是，我就信，可她什么也不说。我宁愿她承认，然后告诉我以后跟他断绝来往，我会立刻把她抱在怀里，可她始终沉默。

她离开茶楼时整个人都在抖，我克制着不追上去。在门口，我捡到黑水晶吊坠，心想坏了，她连吊坠丢了都没发现，一定是神思恍惚、六神无主。这样走在街上，万一出车祸怎么办？我慌得不得了，开车满街乱转，到处寻找。老郎把我叫回公司研究补救措施，我用最狠的手段对付万安能公司，除了打击谢万安，我还想逼她求饶，这样我就能见到她了。深夜，我在路边看见了她。她正低头找东西，我知道她在找什么，我不能还给她。即使是颗黑心，即使那颗心里没有我，我也想要。

我跟着她，盼她回头。回头看一眼吧，只看一眼，你会知道我其实放不下。可她看着天空。她渴盼的那个人在天上。

她在昏迷中呼唤王在野，她喊的不是我。那个曾经满眼都是我的人根本没存在过吗？

2月22日

灯光下，她脸色苍白，几乎半透明。只有这一刻她是我的，躺在病床上，奄奄一息。

"王在野，你要保护我，别欺负我。"她的话揉碎了我的心。经历种种，她对我依然抱有一丝期望，相信我会温柔相待？我一直在保护她，尽管做得还远远不够，她肯接受了吗？

我以后不欺负你了，你也别欺负我，好吗？别用你的病痛折磨我，别为其他男人利用我。赶快好起来，我们一起回家吧。

3月2日

易若然走了。人海茫茫，她生着病，孤独一人。她带够钱了吗？万一想不开怎么办？病加重了怎么办？

5 月 8 日

谢天谢地她还活着。她憔悴得不成样子，看起来吃了很多苦。

我真是多余操心，一个三番五次弃我而去的人，我心疼她干什么！不能心软，她的柔弱都是假象，她最擅长谎言，一旦放松警惕，她会立刻趁虚而入，联合其他男人将我玩弄于股掌之上。

5 月 9 日

看着她明明急得不行还假装漠不关心，看着她被雨淋得发抖，我终究还是心软了。发烧了眼疾会加重的，这么简单的事她怎么就是记不住！

5 月 10 日

我醉了，也醒了。

5 月 12 日

我终于知道"王在野"是谁了。每当她受到打击，撑不下去，她就会想他。她有多想他，就证明她在现实中过得有多不快乐。我不会再让她想起他。

5 月 17 日

不知为什么，在我发现的那一刻，她幻想中的那个他消失了，不是死了，因为故事里他早就死了。她为此痛不欲生，抑郁症复发，拒绝治疗。

我能强迫她吃药，但她因身体的康复而自责。她认为自己应该陪他一起消失，否则便是背叛。我得想办法帮她迈过心里这道坎。

5月18日

她所在意的背叛早在嫁给我的时候就已经犯下了，为什么现在才愧疚？我不能跟她讨论这些。她已经很混乱了，她陷入了漩涡，心里打了死结，不能强行解开。

我明白了。她要的是两个都有，现在幻想中的那个没了，只剩一个，就变成了"取代"。她绝不允许任何人"取代"他，所以干脆都不要，连自己都不要了。如果只能有一个，她铁定选"他"。

她一直活在白日梦里，梦中有一个人为她奋不顾身。她竭尽全力维护这个梦，不允许现实侵入梦境。

5月19日

我们终将失去拥有的一切，但又非真的失去，他在她心里，她记得他，以后也将记得。别为了逝去的错过现有的。

如果用这番话劝她，我能预见她的回答：什么现有的，我不在乎，我只要他。

还得想其他办法。

5月25日

她又盯着窗户。

她很安静，不吵不闹。我很怕某天她就这样静悄悄地消失了，以后我醒来，身边不再有她。我逼她说话，哪怕是冷言冷语，只要她肯说，让我能找到蛛丝马迹，防患于未然。

5月30日

她疼得没处躲没处藏，我必须拼命克制才能不冲过去抱紧她。

她排斥我，从身体到心理。我做的到底是对是错？我实在没办法放手。我不想让她因生病而孤独，更不愿她因孤独而生病。

6月2日

我真想对她大喊。这个大傻瓜。哪儿有什么幻想中的骑士？寇据金銮王在野，在野之王不是别人，正是她自己啊。

这个说法或许能解开她的心结，也可能导致她更崩溃，更加无所依傍。

她的身体逃出生天，心却遗落黑暗中。

6月7日

我抓住你了，你一直在下坠，不过我抓住你了，绝不放手！

6月12日

我不是哲学家，说不出醍醐灌顶的话，也不会激励人，我自己是个冷静得近似无情的人，不知道热情为何物。生活让人厌倦，挫折令人恼火。我也曾憎恨世界，有过疯狂的念头，可我想再看看，说不定会有转机。什么都有可能发生，只要不放弃。

6月14日

我突然想到了，只有四个字：真实世界。她是真实的，世界是真实的，她存在于真实的世界中。她误以为自己横跨虚无，甚至属于虚无，她以虚无拯救真实，又因虚无而摧毁真实。

这些话不能由我告诉她。她从来都不信我，真理如果出自我的口，她会因我的最终得利而怀疑它的正确。应该找一个她信任的人来告诉她：她在真实世界里。她没有伤害任何人，不必负罪。她不欠任何人的。

到哪儿去找这个人？

真实世界——

我抬头环顾。

真实世界——

我咬自己，好疼，皮肉的疼。

蒙住双眼的薄纱被揭开了。

我一生都在梦中追寻，而今，王在野叫我在现实中看清。

这段时间，我像个丈夫尸骨未寒就春心荡漾的寡妇，每日自责，深感罪
孽深重，一边抵御王在野进入心房，一边又频频被他撼动。我爱他，又因这身
不由己的爱而痛悔。我陷入两难，忘了自己身处何地，连带着他每日一同受
煎熬。

真实世界——

这个发现解决了所有问题。正如王在野所说，我在真实世界，这才是我的
处境。骑士远去了，我痛不欲生，但我没有背叛"他"。在真实世界，只有一
个王在野，无与伦比的，不可替代的。

绑缚的石头脱落了，身体轻盈地飞起来，升出水面，我能够畅快呼吸了。

窗外蝉鸣大噪，怎么，已经到夏天了吗？潮湿的风吹进来，雨后的山林雾
气腾腾，杳霭流玉。我正要关窗，忽然闻到玫瑰的香气，原来窗口正对着花园，
窗下玫瑰盛开。

那扇神奇的门又打开了，王在野就是钥匙，他带我走进了鲜活的世界，充
满光芒的未来。

我关上电脑。我已经看见了他的心，不必再做窥视。

我珍爱地轻抚紫色印花笔记本，心中默道："我爱你，永远爱。我答应过，
不再逃避，不再构建幻境。无论在哪个世界，我都要努力。"我合上笔记本，
把它庄重地放入抽屉，带着沉甸甸的厚重的感激，以及顽强的生的希望。

我得赶紧去找王在野。我生命中最大的奇迹是遇见他，再不抓紧就错过一
辈子了。

门外，小采正抱着手机看视频，见到我顿时紧张。小采说："王大哥说师

母今天突然搬家，他去看看，很快回来。"我说："外面热，进来坐吧。"她摇头，担忧地望着我，不管我怎么说她都不进来。我不愿给她添麻烦，不想让任何人担心，只能回屋等候。

我等得五内俱焚。向窗外眺望，车道上空空的，一辆车都没有，偶尔有一辆车经过，我激动万分，待看清不是，顿生遗憾。

终于，王在野回来了。

门开了，我抑制激动，目不转睛望着他。他的眼神很复杂。一向从容的王在野也受到困扰，不知该如何面对我吗？我想说点什么，喉咙像被捏住，想对他笑，嘴唇却在发抖。我冲过去抱住他，脸紧紧贴在他的胸膛。我从未这样主动靠近他，抱着他，即使是满怀欣喜的新婚时期，我那时不敢碰他。

他先是一愣，继而搂紧我，我喘不过气，为这样的拥抱喜悦。他不恼我，还允许我靠近，并回应了我。

他低声说："我以为你不想见我了。"

我把头埋进他的胸膛，哽咽道："我害怕。"

他抚摸我的头发。"有我在，不用怕。"

"就是因为你我才害怕。你让我又有了牵挂，不能来去自如了。"

他的呼吸一凝，松开我，目光探寻我的眼睛。"你说什么？"

"你让我离不开你。我无数次想走，可我的心不自由。"我的语气有委屈，有感慨，有无法自持的彷徨。

他捧着我的脸审视我，缓慢而清晰地说："我不是他。"

我说："我知道。"

"你再说一遍！"

我说："我知道，一直都知道。那又怎样？难道我这颗心还收得回吗？我喜欢你，不仅仅因为你的名字。"说完，如释重负。我将全部希望系于他，把所有感情交给他，因为毫无保留，反而一身轻松。忽然想起"君自翩然"网页的一句话：把你的心事交给一个人，把你的爱与愁都交给那个人，有他在，可翩然。

他眼中的黑色卷起飓风，深深吻我，我被吻晕了，浑身在燃烧。他用双臂把我圈进怀里牢牢护住，脸贴着我的脸，低喟："你不知道我等了多久。"

　　真好，他还在等。

　　我颤声说："王在野。"这三个字简直烫嘴。这是我第一次对着他呼唤他的名字，震撼了他，也震撼了我自己。然后，我上了瘾。"王在野，王在野，王在野，"我听见自己的心跳，"我爱你，这个你。"

　　"那就抓紧我。"他的声音带着胸腔的共鸣。

　　不用他说，我已经全力拥抱他，余生皆如此。他知道我有多麻烦吗？他知道我的感情有多重吗？不管了，反正我不放手，他要我抓紧他，我不会再放手。他是我的光，撕破黑暗，暖透寒冬。

　　我怯怯地问："你不会甩了我吧？"

　　"嗯？"

　　"你说等我爱上你，你就甩了我。"

　　王在野声音低沉，"我说过那么多话，你只记住这句？"

　　"很多呢。你说你和我结婚不是因为喜欢我，你很抱歉。你让我别烦你，离远点，回自己的生活去。"

　　他轻斥："净记些没用的。"

　　"你叫我找个地方避雨，你问我是不是想过挽回，你说你到过我的梦。你说血不可怕，它象征着生命力。你说你像一个在暴风雪里冻伤了的人，我的冷正好能救你。你说时间是真相的拆信刀。你说世界上没有真正的感同身受。你说你不是我想要就要、想不要就不要的。你说你是我唯一的男人。"我轻叫一声，因为他把我抱了起来。

　　"等一下。"我叫。

　　但他显然不想等。

五十一、心之失守

一切如梦。从一个梦醒来，进入另一个梦，沉沉深陷，难以自拔。

他是夜，清凉安抚，最宜安放我的梦。他是我永不熄灭的渴望。他近在咫尺，我的心依然如脱缰野马一样向他狂奔。

他掬取我的笑容，捧到唇边啜饮，眸似醉。我托着腮看他，依偎在他怀里看他，躺在他的臂弯看他，总觉得看不够。他清亮的双眸是我天幕的星辰，英俊的脸庞是我梦想的色彩。

我探试他的额头，他凑过来，额头抵着我的。他已经不发烧了。我羞红了脸，同时放了心，胸口暖暖的，又有些酸。我有好多话想对他说，最后只说出一句："你瘦了，瘦得都没有原来好看了。"

他不语，眼神温柔。

我说："照顾我很累吧？我不听话，又麻烦。抑郁症会反复发作，你已经见过两次，我以后还可能犯病，你早晚得烦我，连我自己都觉得烦。"

"你病了我就治好你。就这样。"

"要是我一辈子都好不了呢？"

他说："那就一同腐烂吧。"

他是否明白，能一同腐烂也是一种浪漫。那是我私藏的心愿。

我嗫嚅："对不起，拖累你了。如果不是分神照顾我，你能做得更好。"

"胡说。有你在身边我才安心。"

"那是你的感觉，并不是我真的做了什么有用的事。"

他摇头，轻抚我的头发，说："刚活过一口气就来帮我，忍受我的冷言冷语，明明可以不管，却担心我自暴自弃。后来，你抑郁症发作，只想死，但因为不想死在我家给我添麻烦，一直强撑着。靠你这份善良，我才有时间救回你。精神忠贞折磨着你，你不忍心对我坏，又不能对我好，左右为难，一个人默默受煎熬，嘴上说着狠话，心里记挂着我的事，怕我孤立无援，怕我心结没解，这些我都看在眼里。"

我叹息："王在野，你为什么这么懂我？我上辈子肯定一件错事都没做过，今生才能遇见你。怎么才能不爱你啊。你那么好，我控制不住。如果刺穿我的心，流出来的不是血，而是对你的爱。"

"我怀疑这些话都是糖衣炮弹。你要把我捧得高高的，然后让我摔下来。如果你敢骗我……"他咬我的手指，却怎么好像咬在我心上，我的心跳乱了两拍。

他拉着我的手，探向他的胸口，强劲有力的心跳震动着我。我难为情地想缩手，他抓得更紧。我的手向下滑，滑到他的腹肌，触碰到他的伤疤，轻轻抚摸。"我知道是谁造成的。"我妒忌不已，"什么时候伤疤才能消失？"我可不许其他女人给他留下永久的印记。

他目光幽幽。

我说："你什么都瞒着我。你为我做的事，你对我的好，我总是很久以后才从别人那儿听说。那些感动来得太迟了，咱们已经分手了，等我知道的时候都拿不准该不该感动。总之，所有的事都没发生在对的时间。"想起来就令人懊恼。

他说："总有对的时候。因为我会一直做下去，你迟早能看见。"

"可是我已经错过好多了。我一丁点都不想错过！"我甚觉遗憾，"你才是那个需要每天说一百句话的人，把你心里的话说出来。"

他说："我不擅表达。你想知道什么，直接问。"

"你是不是把来自新整得挺惨？"

他说："多行不义必自毙。"

"谢万安……"

我想问谢万安与蕾拉的照片是否让他吃醋了，刚提到这个名字，他的表情就阴沉了，说："既然他挑衅，我就满足他。骚扰我妻子还想有好日子过？对万安能公司的制裁其实早就开始了。他以为他在国外工程上搞鬼我不知道？闹出人命，他拍拍屁股走了。多少补偿金都换不回那条命！谢万安急于拓展京外业务，是因为我逼得他在北京待不下去。不过他不吸取教训，还敢往我眼前凑，想染指'灵鹿森林'，我当然不能惯着他。但是，我还是疏忽了。"他抚摸我的脸，动作极轻，像是怕碰坏了我。

我清楚他在想什么，说："没事，我的伤已经好了。"

他说："我不会放过他！"眼中杀气腾腾。

有他心疼，所有的苦都变成了甜。我甚至愿意多受一些折磨，让他多心疼我一下。不过，不能让他做出什么过激的事来。他要为我出气，我当然高兴，但我的生活刚刚翻开崭新的一页，不能毁在谢万安身上。

我捧着王在野的手，说："如果有他的消息，交给警察。"王在野盯着我，我恳切地摇一摇他的手，他不情愿地嗯了一声，算是答应了。

我问："我冤枉你好多次，你生气吗？"

"哼，你还知道冤枉了我。跟你解释你也不听。你从不信我，只信自己。"

"我哪有！"

他说："你只看你想看到的，只听你想听见的。比如李寄，他离开你，你认定他是因为不想拖累你，无论他怎么解释你都不信。"

我惊讶："你怎么知道？"

他说："我后来去看过他。在他病逝前，他和笑寒领了结婚证。"

为了让我相信，李寄竟然做到这种地步！

王在野一针见血地指出："你是不是认为连这个都是做给你看的？你满怀感激，所以倍感痛苦，因为你没陪他走过最后的岁月。"

我问："你早就知道他们领证，为什么不告诉我？"

他说："李寄说的可能是真的，也可能是假的，你可能信，也可能不信，由我告诉你，你又添一层怀疑。"

其实不管谁跟我说，我都半信半疑。李寄的真实想法，我永远无法辨别了。

王在野咬我的手指，说："不许想他了。我就不该提他。现在轮到我问问题。为什么你在我身边没有安全感？为什么你总是误解我？你说我对你好却不告诉你，其实你想看都看得到，但你都忽略。"

"那是因为，因为……我自卑。'他'是我笔下的人物，'他'对我好，是我要写成那样。而你是现实中的，不受我控制。我不敢奢望你对我好。当你真的对我好，我忍不住怀疑，不敢相信，觉得我不配，一定是错觉。我反倒容易相信你对我坏。也不能说坏，是嫌弃吧。因为我这么讨厌，这么麻烦，一点都不可爱。"

"是吗？"他微笑，说，"我不觉得。"

我张了张嘴，觉得舌头都融化了，问："你对我，除了责任和同情，有没有……喜欢？"

他沉默，我差点儿在他的沉默中窒息而亡。过了几秒，他说："我不回答这种蠢问题。"

我不服气地叫："哪儿蠢啦？"

他说："就是蠢。"

其实我早已明白他的心意。

他曾是我见过最口是心非、最自相矛盾、最表里不一的人，后来我才发觉我错了。他是单纯的，直接的，率真的。我以前以为他深不可测，其实是我没看懂。所幸我及时发现了这一点。

每一次的紧紧拥抱，每一次的照顾呵护，都诠释着他对我的好。在他坚实的臂弯里，在他阻止我自暴自弃的斥责里，在他喂药时的逼迫里，蕴含他的关爱，尤其是了解了他纯净的爱情观后，我更是确定了他的感情。如果他不喜欢我，他不会吻我，不会和我同床共枕，不会几次三番纵容我的背弃。善良与爱绝不等同，我分辨得出。

问他，是因为好想听他亲口说。

转念一想，他和我一样，羞于将感情说出口。我可以对着祝薇等人说我有多喜欢王在野，可面对他我反而说不出来，他大概也是这样。我笑了，说："算了，蠢就蠢吧，傻人有傻福，偏偏是我得到你了。"只此一事，足以让我笑得晚上睡觉都合不拢嘴。

他点点我的鼻尖，眼中都是宠溺，我淹没在里面爬不上岸，好一会儿才稳住，柔弱地抗议："不公平。我现在心慌得要命，你却很冷静，这不公平。我以前不是这样的。我铁石心肠，麻木不仁，谁都无法扰乱我，只有我冷眼看别人慌张的份儿。没人能让我多看一眼，天塌下来我也不在乎，我才不会失守感情……"我回忆昔日荣光。

他打断我，说："那是遇见我以前。"

我呻吟了一声，无可辩驳。我问："为什么是我？"

他凝视我，"你的眼神清洌干净，冷寂幽绝。我认识这种眼神，我知道你是什么。你是一粒尘埃，风一吹就消失不见。你可以全心全意热爱世界，也可以毫不留恋地遗弃它。我还知道，这粒尘埃来自灰烬，而灰烬来自灼烧的灵魂。不管是什么引燃了它，毁灭了它，都已经过去了。你现在有我了。我懂你，因为我就是这样的人。第一次见你，我就知道遇见了同类。你出现的意义就是，我不再孤单了。"

我眼眶湿润，为他的珍视而感动莫名，为他的知己而万分庆幸。

我长发如瀑，眼波似月光流淌，唇角被快乐擒获，总是翘起的。我喜欢他沉静的眼神，他就这样静静看着我，看我的慌乱失措，我的心旌摇曳，我的沉醉痴迷。我羞涩又大胆地靠近他，颤颤地用花瓣一样的嘴唇轻轻碰他的唇。只有我有权吻他！甜蜜淹没了我。

他柔声说："易若然，欢迎回来。"

啊，他懂我，我也懂他的意思，是的，那个新婚时快乐得晕头转向的易若然回来了。

五十二、温情守望

我告诉爸爸我的病好了，多亏王在野悉心照顾。爸爸有一肚子牢骚，碍于我的病，不敢发火，反复叮嘱我按时吃药，受委屈务必告诉他。

我联系玉措，把最近的遭遇告诉她。她后怕，说："幸好你去了河灵市，幸好他的朋友看见了你，幸好你还关心他，这才有了后来被他拯救。"

是呀，差一步都不行，任何一个环节出错，我们都可能错过了。不过，这次相遇毁灭了我幻想中的"王在野"，也差点毁了我。

"他不把你当神经病，反而尊重你的感受，捡到宝了你。"玉措替我庆幸。

"以前我一直把王在野当成我的骑士的影子，一个幻想在现实中的投射。后来我渐渐认清他。他那么好，远远超出我的期待。他不可能是别人的替代品，因为没有任何一个替代品的光芒能与原主争辉。他是他，独一无二，举世无双。我很清楚他们不一样，我的痛苦正源于此，我把他们并列看待，又搞混了虚幻与现实，以为自己移情别恋。"

玉措问："你是怎么好的？"

我说："突然想通了。"

突然想通了，这五个字已足够。玉措都懂。

王在野并非每日都去软件公司，偶尔带着我去。听着大家汇报工作进展，饶是我沉稳冷静，也常常惊得手心出汗。追了一个月的线索戛然中断、线人遇到危险、突然冒出一个急需追踪的信息……总之没一件省心的事。王在野镇定指挥，似乎没有什么能让他着急。他的奇思妙想层出不穷，每每令人拍案叫绝，什么难题到了他手里都迎刃而解。

我依次看着会议桌前的各位。严羽，林之风，岳浪，羽、林、浪，羽林郎！六王爷到哪儿都有羽林郎相助。

有时，王在野带我去十鹿镇。我们坐在高高的山上，他指着远处的拆迁现场描述心中的宏图。我爱他口中美丽的"灵鹿森林"，更爱他谈论梦想时意气风发的模样。那一瞬，他无比璀璨，眼中有浩瀚星空，有光明未来。他神态沉迷，我不免嫉妒，又想，在锦绣河山与柔情万千中，男人大抵都选前者吧。既然爱他，就要成就他。他滚烫的梦想有我一同守护。

他沉吟："我现在做的事，不能说全是对的。将来某一天，人们会指责我行为不当，甚至用法律制裁我，但在精神上，能审判我的不是他们。"

每个无惧他人眼光的人都必然有他自己的评判，他们有非做不可的理由，其他人不会懂。具体到王在野身上，我赞同他，且崇拜他。我向月亮伸出双手，比画一个圆环，然后把那借月光做成的圆环戴在他头上，说："这是你的王冠，我用它为你加冕。"

他的眼眸闪亮，比月色更皎洁。

他说："滕老师曾经说，他做过学问，做过研究，做过生意，也做过工程。不管做什么，终极一生，我们其实都在做一件事，做人。这是最重要的，比其他任何事都重要。因为这番话，我以他为我的导师，学术上、精神上都是。也因为这番话，在很长一段时间里，我不敢相信他真的出卖国家，总盼着那是个误会。事实证明我太天真了。他讲的道理都对，但他并没有按照这个道理做。"他轻叹。

这是他第一次跟我提起滕老师。我屏住呼吸静静聆听，不敢发出任何动静。

他转头看我，"你从未问起我这些事，似乎认准我是清白的，为什么？"

"我想不出有什么能和你心中的壮丽河山相比，你没有任何理由出卖它。"

他眼中闪过难以忍受的痛楚，握紧我的手，把它贴在脸上。只有懂他的人才明白他的委屈，可惜懂他的人太少了。

我说那片废墟在夜色中很符合我心中崩塌的幻境城堡。他说："你以为你在幻境中，所以着急逃出来，殊不知是幻境在你心中，它仅占一隅。你的心远比幻境广阔得多。何须惊慌？一切由你主宰。"

我望着他幽深的黑眸发愣。我从没这么想过。他的话如阳光照进我思维的暗巷，带我从不同的角度认识了自己。

这日，一进公司，只见人人喜气洋洋，兴高采烈。小林迎上来，呈上邀请函。王在野问："你结婚？"众人哄堂大笑。小林几乎吐血，叫："高质量发展大会的邀请函！咱们研发的系统获得了数字经济创新大赛一等奖，大会发来特别邀请函。"

王在野宣布："所有人加发三个月绩效奖金！小林，你功劳最大，午饭给你加鸡腿，额外再加三个月奖金。"办公室里响起一阵热烈的掌声和欢呼声。

回到王在野的办公室，我说："软件公司真的在搞研发呀。我以为是幌子。"

他说："身在野，与闻国事，不可长久。等'灵鹿森林'度过危机，日子还得照常过。"

他保持着清醒，太好了。我曾暗暗担心，不知最后如何收场。我们做的终归不是我们的身份该做的，万幸他已想好退路。

他说："'灵鹿森林'是所有期待家乡复兴的十鹿人的希望，所以一有风吹草动就容易形成舆情。人们对它太关注了，太期盼了。如果取消项目，我梦想破灭不足惜，但以后要让市政府再拿出这样的魄力搞几百亿的大项目，不知要等到什么时候了。一旦错过了复兴的时机，将会被时代抛得远远的，很难追上。"

看上去冷漠难亲的王在野啊，是个有着强烈的社会责任感的人。说什么要我帮他保持人味儿，其实何须我，他内心柔软，一片赤子之情。

他说："缩水的'灵鹿森林'不是不行，考虑到资金问题，可以分期实施，但伤了根本，项目就变味了。工作让人有尊严地活，环境让人有幸福感地活。工业化与幸福感可以共生。那些身居高位的人应该多到实地走一走、看一看，了解群众真正想要什么，大家心目中的家是什么样的。城市为人服务，我们要建的是家，不是工厂。砍掉细枝末节可以，不能把实质弄丢了。"

我深表赞同。

他说："等'灵鹿森林'回到正轨，我就不管了，专心研究信息化平台。

即使'灵鹿森林'最终被搁置，只要不是有人蓄意破坏，我尊重相关部门的决定。"

我心甚慰。他计较的从来都不是个人得失，不是"收复河山"。

我说："我琢磨了好久，幕后的人肯定是阻止你回公司的人。"

"那可太多了。"

"是不是组建公司时你得罪的那个？"

王在野说："他不足为患。我第一个对付的就是他。那种人权欲熏心，难成大器，以往劣迹斑斑，对付起来太容易了。不是他。幕后的人比他难缠，在公司位置还不低。老郎最近工作不顺都是因为这个人。这个人预判能力很强，每次都抢占先机，破坏老郎的计划，而且非常狡猾，用了很多障眼法，一次次在最后关头逃掉。不过，有这样的对手才有意思。"他的眼眸闪烁着深沉而智慧的光。

我叮嘱："注意自我保护。"

王在野说："看看对面。"

对面是市公安局的大楼。这个办公地点肯定是王在野精心挑选的。我不禁微笑，说："无论发生什么，我陪你一起。"

"记住你的话。不过，一起腐烂我不愿意，共同辉煌听上去还不错。来，给你展示展示我的系统。"王在野让我坐在他的椅子上，打开电脑。"这是产业电力大数据监测平台，包括一个核心平台、八大应用模块，通过收集产业链各环节中电力能耗数据，辅助监测产业链健康度，从产业链到行业再到企业，层层穿透式分析，揭示产业现状、资源分布、发展韧性，协助客户进行能耗控制，诊断突发问题，及时预警，为进一步精准管理提供决策依据。我毛遂自荐，与市经信局合作，研发费用由我们公司承担，第一年免费供经信部门使用，开放所有模块，后期嘛，我可要收费了。在经信局的推动下，目前我们正跟本市22个行业谈合作，未来将推广到更多领域。"

我正纳闷他怎么搞起IT，原来还是围绕电力。这是他一辈子的情结。尽管他说得云淡风轻，我还是听出了自豪。有梦想的人灿烂无比，身处逆境，依然难掩光彩。立于不败之地并非指永远不败，而是能把逆境变成机遇。

我由衷地说："你真棒，特别特别棒！"

他声音低沉，问："你怎么奖励我？"

我双颊绯红，嗫嚅："你不是得奖了吗？"

"我要你的奖励。"他俯身，把脸凑近我，我飞快地在他脸上吻了一下。他不依，捧着我的脸深吻。我又羞又慌，说："严羽他们看见该笑咱们了。""他们不敢。只有你有胆子管我。"他微笑着说，放开我。

王在野带我参加河灵市高质量发展大会。我以为他对这种活动没兴趣。他说："高质量发展大会怎能少得了圆溪领海公司？我有话跟董事长说。"

他穿上西装，英俊得不像话，冷静散发着庄重，沉默蕴含着优雅，疏离充满神秘。我身穿浅紫色套裙，精心打扮。不能给他丢人，他倜傥出尘、风度翩然，我得配得上他。他轻抚我的脸庞。"你真美。"说完，他脸红了。一向内敛的他说出这样温柔的话，自己也觉得很不好意思。我深觉甜蜜，心花怒放。

王在野一进会议中心便受到关注，他只是静静站着，却似蕴万钧之势。"王在野！"接待人员见到他失声叫出来，接着抱歉地笑笑。众人皆动颜色，都望过来，一时鸦雀无声，过了几秒才恢复。

三个字足够，不必解释他是谁。他已成为传说。如果人们知道他的壮举，反应肯定不止于此。有人小声议论，似乎在说"瘟神"。

距离大会开始尚有时间，会场中人们聚集闲谈。王在野与市经信局的领导交谈，那位领导向其他人引荐他，我识趣地落后几步。多位企业家对产业电力监测平台表现出浓厚兴趣，王在野被他们围着提问。

"易若然！"徐傲朵不知从哪儿冒出来，亲热地拉住我的手，说："好家伙，一猛子好几个月没见。"何止好久不见。自从上次一别，我在生死边缘几番挣扎，差点见不着她。

我摸摸她棕红色的头发说："这个假发颜色好看，比较正常。"

她说："这是真头发，刚染的。"

我问："你怎么来了？"

"最近河灵市的新闻很多，引起媒体高度关注。我主动请缨来这里采访。哇，你光彩照人，美得让人不敢直视。"她上下打量我，又向王在野的方向一努嘴，说："和好了？"

我含笑不语。

她望着他说："看来他在这里也挺有影响力。"

"表面一团和气，实际上互相较劲。比如那边那个秃头的，是这里有名的房地产商，一直看王在野不顺眼。"

徐傲朵惊讶："搞房地产的跟他有什么关系？"

我一笑，说："他是房地产商的公敌。当初在他编制方案时，房地产商想借'灵鹿森林'之势大搞房地产，减少产业用地规模，增加商业住宅面积，他不干。规划部门支持他的意见，维持原规划布局。即使他走了，规划方案也没调整。人家不恨别人，只恨他。"

徐傲朵沉吟几秒，拉我到僻静处，左右看看，压低声音说："河灵市倒了一批官员，圆溪领海公司好几个高管牵涉其中，公司高层大换血。纪检部门接到很多举报信。当地有黑社会性质的组织，聚众赌博，骗拆迁户的钱，已经有两个团伙被打掉了。"她叹气，"老郎也被调查，不过他没事。老郎说，有人在幕后操纵事情走向，行事风格非常像王在野。"

"你说黑社会？"

"当然不。我指的是揭露黑社会以及其他黑幕。"

我故作疑惑："王在野有这么大本事？"

她说："如果消息属实，王在野和你都很危险。老郎很担心。强龙不压地头蛇，你们在人家的地盘要什么威风？"

"那些人罪有应得？"

她沉默一会儿，说："是的。"

"那么，如果真是王在野做的，我第一个鼓掌叫好。"

她加重语气："这是法治社会，遇到问题，要求助法律！"

我表示赞同，除此再不多言。徐傲朵拿我没辙。她说："最近老郎的日子很不好过。好像有个无形的对手总是抢先一步把他想做的事破坏掉，他工作特别不顺。很多人都说，那个人比他自己都了解他，而且聪明绝顶，让人防不胜防。"

我会意。"你怀疑王在野？"

她说："有可能吧？完全有可能吧？虽说王在野创建了项目，但他被踢出公司了，很可能怀恨在心，回来搞破坏。不过老郎说肯定不是他，为此还跟我发了一通脾气。那就怪了，那个人到底是谁呢？你能不能让王在野多和老郎沟通沟通。他们两个要是联手，威力就大了。各自为战容易被人各个击破。"

"我从来不管这些事。"我说。王在野不想把郎林御卷进来，否则他早就找他了。他们两个联手确实力量大，但也会束缚王在野。

徐傲朵叹气，说："听说季如他们一直试图联系王在野，邢之效都找到鹿鸣城了，被王在野拒之门外。这是要跟大家断绝来往吗？"

我不置可否。老郎把遇见我们的消息告诉了邢之效等人，朋友们担心王在野，纷纷嚷着要来探望，王在野拒绝见面，也是避免牵连他们。

我叮嘱徐傲朵多加小心。她大大咧咧地应了一声，问我："你那天为什么拿座机给我打？"我说手机丢了，换了号码。她要走了我新的手机号。

鲁总和陈孚代表大北骅建参加大会。我礼貌地冲他们致意。陈孚已提拔为开发部经理，见到我，阴阳怪气地说："这不是大名鼎鼎的易若然吗！能让两大集团封杀的人，我只认识你一个。你已经轰动京城建筑业了。怎么，北京混不下去，跑这里来了？"

他是十足的小丑，来自他的攻击完全不足为惧。我不打算理他，这时，只听王在野说："您认识我妻子？"一语惊四座，各色目光投来。

陈孚一时怔住，眨了半天眼睛，颤声说："什么？"

王在野说："易若然是我妻子。为了避嫌，我不与她所在的公司合作。所谓封杀，实在是误会。易若然是非常优秀的专业人才。"他看向我，目光充满赞许。

陈孚瞪圆眼睛，眼珠子几乎掉下来。王在野面无表情，在他冰冷的注视下，陈孚的面部微微抽搐，凝聚恐惧之意，忽然闪过一丝恍悟。他是个聪明人，这一刻，来副总裁的垮台，万安能公司的倒闭，各色人物之间的明争暗斗，他都明白了。他的恐惧更甚，找个借口迅速躲了。鲁总犹豫一下，似乎有些忌惮王在野，冲我们点头致意，也踱步到一旁去了。

远在边陲，身居市井，却能震慑全国行业排名前列的大集团，王在野的名头比我想象的大多了。

他似乎猜到我的想法，说："是破坏力巨大，没什么值得夸耀。人人都怕拆台的。"

大会结束，圆溪领海公司董事长与副市长交谈。王在野前去致意。董事长见到他，脸上的不悦一闪而过。副市长对王在野说："你的产业电力监测平台很不错，经信局正准备树立典型，向上汇报。"王在野致谢。董事长见他还从事别的业务，并得到副市长夸赞，有些诧异。

忽听身后一人说："敢把产业数据交给他，真有胆量。"大家都看过去。说话的是路常轩。路常轩不屑地瞥一眼王在野，向副市长自我介绍："泰安建工基金会，路常轩。"他又说，"把重要的国民经济数据交给来历不明的民营企业，不安全吧？"副市长询问地看向王在野。

王在野告夏暖诬告陷害，案件即将宣判。路常轩今日发难，估计是因为夏暖。王在野与夏暖之间的爱恨纠葛十分复杂，至少从我了解的情况看，王在野除了没有回应夏暖的痴情，并未辜负她。路常轩的攻击毫无道理。

我郑重提醒："路先生，请注意您的言辞。"

"我注意什么，被国安部门调查的可不是我。是不是，卖国贼？"路常轩直问到王在野脸上。

周围人都被吸引过来。徐傲朵暗暗着急，陈孚幸灾乐祸。我大怒。事情的真相路常轩最清楚。我说："路先生，我丈夫是被诬告的，国安部门已经查清了。至于诬告者，你不会不认识吧？"

路常轩说："丈夫？我记得你们好像离婚了。难道离婚是应对调查的手段？"

王在野冷冷地说："最近天气热得有些反常，路先生可能病了，建议到旁边凉快凉快。"

路常轩哈哈笑："我有病？你以为她正常？"他突然指我，"她看过五年心理医生，她正常？林小雨怎么死的？她为什么怕见血？"

矛头怎么突然转到我身上了，还提到了林小雨？我一时反应不过来。王在野眼中闪过凌厉的光。我悄悄握住王在野的胳膊阻止他发怒，深吸一口气，迎着众人疑问的目光，缓慢而清晰地说："小雨是我的大学同学，她跳楼自杀，七窍流血，我抱着她，她的血染红了我的裙子。从那以后，我特别怕见血。"王在野握住我的手。

我突然冒出一个想法，环视众人，说："我有严重的抑郁症，上次急性发作，正赶上王在野向省领导汇报'灵鹿森林'实施方案。他为了我跑回北京。如果他没及时赶回来，我可能早就不在人世了。对不起，我知道他临时离开给大家添了很多麻烦。真对不起，都是因为我。我拖累他了。"

我鞠躬致歉。众人露出恍然大悟的模样。董事长看向王在野的眼神柔和了。

王在野轻斥："不许再说拖累这个词。"

我说："我知道，你为了维护我的名声不会说出真相，宁可被停职调查。真的很抱歉。"他握紧我的手，摇摇头。

王在野从容地环视众人，说："一个人不该为他没有犯下的错受到谴责。有个人曾对我说，这一生无论做学问、做生意还是做研究，最重要的是做人。我一直在践行这个'人'字，到目前为止，问心无愧。"他向众人点头致意，带我离开。

一到地下停车场，他忽然拥抱我，好一会儿才松开。我有点蒙。他怜惜地说："没保护好你，给你的补偿。"

我摇摇头，说："我很庆幸，有机会当着副市长和董事长的面澄清。这种机会盼都盼不来，因祸得福了。"

他目光闪动。

我提醒他："你不是要找董事长说事吗？"

他说："不说了，回家。"

我劝他："去说吧。我在车里等你。"

他犹豫一下，说："我去核实一件事，很快回来。"

我坐在车上，回想刚才的意外状况，感慨我灵光乍现，反应机敏，因势利导，变不利为有利……

有人敲车窗，是路常轩。我不怕他，果断下车。他不复刚才的敌对，面带惭愧地说："对不起，我见到你们就意识到这是个好机会，用你的病作为老六当初临阵脱逃的理由。我本想用言语刺激你，让你当场露出病态，没想到反而是你利用了病情，通过另一种方式达到了我预期的效果。无论如何，我该向你道歉。"

我愣了。路常轩的真实目的是这个？他想帮王在野？我问："王在野知道吗？"

路常轩说："不知道。"

我忽然想起王在野刚才目光闪动，估计他已经猜到了路常轩的意图。

路常轩走了。他不打算和王在野见面。他们这帮兄弟呀，互相帮忙都别别扭扭的。

小采不知从哪儿冒出来，低声问："然然姐，没事吧？"严羽说有人在我看不见的地方一直保护我，看来的确如此，我完全没发现她。我说："没事。"

刚要上车，一辆黑色布加迪跑车用车灯闪了我一下。一个人下了车，是汪白鹤。小采警觉地看我。我说："你去吧，没事。"小采点头退下。

我与他打招呼："汪先生，您也在这里。"

他直言不讳："我为你而来。听说王在野有可能在这里出现，我来碰碰运气，果然见到了你。"他目不转睛地望着我，"原来你可以是这样的，像发着光，耀眼夺目。"

我说："谢谢您的赞美。"

他说："我以前把王在野想简单了。他的胆魄令人刮目相看。"

"我是个自带负能量的人，谁沾上我谁倒霉，只有他镇得住我。"

"言重了，是他有福气。"汪白鹤顿了顿，说，"人生真的能改变，你相信吗？只是当机会来临，很多人没意识到。"

我点头，说："遇见他，我的人生已经改变了，变成了我最想要的样子。"

我的回答必然不是汪白鹤想要的。他沉默，似乎在用最后的耐心等我回心转意，然而我终将令他失望。

汪白鹤怔怔地看了我一会儿，说："我竟然有些庆幸不曾得到你，因为我无法让你像现在这样发光。尽管不甘心，但离开他你就会失去光彩，没办法，只好放弃。"

王在野回来了。有几个参会者也来到地下车库，他们见到汪白鹤十分惊讶，争相与他交谈。汪白鹤独独走向王在野，与他握手，自我介绍。

王在野说："汪先生，久仰。"

汪白鹤说："幸会。王先生青年才俊，大有可为。"他扫了我一眼，在众人的目送中离去。

一旁有人问："他是谁？"

有人答："汪白鹤，一个跺一下脚大地都要颤三颤的人物，极少露面。"

"的确有王者之风。"

几十年的沉浮磨炼加上有意的积累，沉淀下来的智慧足以让一个人成为王者，哪怕他的国度只在自己心中。汪白鹤是幸运的，他收获的不止智慧，还有权势，他的国度外延到了其他人的世界。

人人追捧汪白鹤，但我觉得，论气度，似乎我的在野之王更胜一筹，尤其那份人间不可多得的清逸，有种不可一世的高贵凛然，与其他人明显区别开，无二无俦。

王在野静静看我一眼，未交一言，他已了然。

后来玉措调侃，说我错过了一座金矿。我说："汪白鹤没有任何吸引我的。我不在乎钱，他有金山银山我也看不上。名分嘛，就算他能给，我也不稀罕。'王在野的妻子'是我唯一想要的头衔。至于权势，如果他能帮我得到王在野，那倒可以考虑考虑。可是我已经得到了呀。在感情上，我已得偿所愿，甚至比我期望的还要多。王在野向我敞开了他的整个世界，给了我巨大的幸福，大到我奋力张开双臂都抱不动。而汪白鹤充其量只能给'十年'。等红颜老去，他厌了，便弃我若敝屣。就算他一直喜欢我，我也不喜欢他，所以没用。在他们之间，根本不存在选择。我眼里只有一个人，只想和那个人不受打扰地幸福终老。"

五十三、阴鸷酷烈

岳浪冲进会议室。从未见他如此惊慌，满眼透着焦急。他说黑虎帮抓了夏暖。黑虎帮是村里的一个流氓团伙，多次恫吓被拆迁人，猎人小队正在收集证据。黑虎帮抓了夏暖，显然是冲王在野来的。

王在野向严羽要黑虎帮的资料，翻了翻，说："这是威胁我不要动他们。怎么联系？"

岳浪说："河边废弃仓库。我去吧。"

王在野说："他们冲我来的，我去。"

我轻声问："夏暖在这儿？"

岳浪说："她因为诬告案被传唤，最近一直在这里。"

"报警吧。"严羽建议。

岳浪说："这帮人不讲武德，报警的话……先去看看再说。"

我心里五味杂陈，万分担忧。王在野拿着黑虎帮的资料，和岳浪匆匆离去。临走前，岳浪回头看我一眼，安抚说："我跟着他，放心。"

他们走了，屋里安静得连一根针掉在地上都能听见。每个人都怀揣一个疑惑，不曾说出口，我却听得到：夏暖是谁？为什么那些人用夏暖威胁王在野？

严羽带两个人送我回家。小采问是否需要留下陪我，我婉拒。她郑重地说："王大哥是我们的英雄，你是王大哥最重视的人。我一定尽全力保护好你。"严羽说："我们不会让你出事。如果你出事，王在野会血洗整个河灵。"她半开玩笑半认真，说完，深深看我一眼。

我关闭所有门窗，把匕首塞在枕头下。我得自我保护，不给王在野添乱，不能成为他的累赘。

后半夜，大门响，王在野回来了，我等了一会儿，不见他进卧室。我探头。他在客厅对窗而坐，没开灯，月光从落地窗照进来，照亮他的脸。他异常严肃，脸色有些可怕。我走近，他依然凝望黑夜。

我轻声问："救回夏暖了吗？"

"嗯。"

我悬着的心放下了，坐在他的脚边，头枕着他的腿。过了一会儿，他缓缓抬手，心不在焉地抚摸我的头发。我们静静的，谁都没说话。我的心向下沉，有一种不祥的预感。也就是从那天开始，他没有再好好看过我，他的注意力转移了。

翌日，到达公司，猎人小队气氛凝重。王在野宣布开会。他的态度越发冷淡，似不在意，却蕴含雷霆万钧，排兵布阵，杀伐决断，狠绝异常。所有人都感受到了无形的压迫。

王在野说："肖家村集体资产流失的线索该收线了。"

"信息还不完整。"

"足够了，发给纪检。剩下的工作让他们自己去做吧。"

"是。"

"把黑虎帮的材料提供给公安局。"

大家不约而同看他，又相互看看。严羽说："好的。"

我不解。昨天王在野应该与黑虎帮达成交易了，按下线索不举报，才换回夏暖。如果出尔反尔，肯定招来对方的报复。这和我们以前的检举不同，以前我们是正义之师，对方恨归恨，没话说，可这次他们之间是有约定的。为什么大家一声不吭，明明都察觉不对劲，为什么不提醒？

王在野翻着手里的资料，说："王会长小舅子选房的事有后续吗？"

"前面的情况和您预计的一样。目前没到测实际面积的时候，无法定性是不是受贿。"

"鱼塘骗补的事呢？"

"那个……"

王在野抬眼，"怎么吞吞吐吐的？"

"牵扯到已经高升的一位领导。"

"有证据就举报，有问题吗？一个亿的拆迁款，不能放跑他。"

严羽赔笑，说："要不先放放吧。那个人惹不得。"

王在野说："材料给我，我向中纪委实名举报。"

众人皆惊。以前大家藏在暗处，现在王在野要挑明了！严羽挤出三个字："不安全。"

王在野置之不理，说："其他人的工作有新进展吗？没有的话，按今天会议的决定落实吧。散会。"从头至尾，他平静如水，唯其平静，更有一种难以名状的坚决。

我跟着王在野来到他的办公室。乌云密布，白昼无光，大风吹得窗帘飘荡。他站在窗边，脸色阴沉。风雨欲来。我思索如何劝说。

他问："你记不记得老郎提过，有一个被拆迁人，选择的户型都在同一栋楼同一侧，楼上楼下，上下对应？"

"记得。"

"王会长小舅子的选房方式和那个一模一样。"他眯起眼睛。

我记得当时他做出的大胆假设，提醒道："是否有猫腻，最终要看交房时的面积以及合同约定。"

王在野颔首，说："回迁房还没盖，合同写得很模糊，暂时无法下结论。"他捏了捏眉心，陷入苦思。

我想提醒他谨慎处理黑虎帮的事，又不好打断他的思路，只能先退出。门口，严羽正拿着鱼塘的材料等候。我低声问："黑虎帮的事这么处理不妥吧？他们没达成协议吗？"

严羽艰难地咽了一口唾沫，说："这事你别管了。王总他……心里难受。"

"怎么了？"

她看着我，仿佛奇怪我为何有此一问，说："夏小姐被那帮畜生轮奸了。岳浪已报警。"

我眼前一黑，心忽悠一下，冷汗冒出来。他们将夏暖伤害到这种地步，难怪王在野杀红了眼。严羽担忧地望着我，我摆摆手表示没事。她进入王在野的办公室。我走到楼梯间，抓着扶手喘息，只觉苦不堪言。

如果不是因为他起诉夏暖，夏暖不会被传唤到这里，也就不会受到侵害。他一定是这么想的。是命运使然也好，天意弄人也罢，夏暖就这样占据了王在野的心。

王在野再也没笑过，冰冷木然。然而，在某一个瞬间，或许是一个不经意的清晨，或许是黄昏时我视觉出现恍惚，我看见他的脸上闪现可怕神色。然后，像出现时那样突然，可怕神色很快便消失了，他又变回冷漠的脸。

岳浪替他约了一个人，见面地点在拆迁现场的一片废墟里。我执意跟随，王在野没说什么。到了废墟，他不让我下车。

岳浪开车来了，从车上带下一个男人。那人一见王在野就跪下了，磕头如捣蒜，求他放过。王在野无动于衷。

男人咬牙切齿地问："王会长被逮捕了，赵总跳楼了，宁主任失踪了，还不够？你要整死我们所有人吗？"王在野一脸玩味地望着他。

男人跳起来，激动地大骂："王在野你欺人太甚，缺了大德，难怪女朋友被人玩了！"王在野依然面无表情。那人再次跪地哀求，痛哭流涕。

王在野说："你知道规矩，拿更劲爆的料来换，我就放过你。"

"你这是勒索，是要挟，犯法的！"

王在野说："去告我吧。"

男人浑身发抖，哀嚎："放过我吧。我不能说，真不能说！"

"保自己还是保别人，你自己选。"

男人头摇得像拨浪鼓。"你斗不过他。你不知道他有多恐怖。"

王在野转身上车。

男人大骂："王在野，你不得好死！"王在野嘴角勾起一抹残忍的笑。

我暗暗发抖。他们唤醒了恶魔，还妄想全身而退。王在野怒火滔天，阴鸷酷烈，没有人能逃脱。

我低声说："无论世界变成什么样，无论遇到什么事，只有我们能决定自己成为什么样的人。"王在野不置可否。

他行事越发极端，已在犯罪的边缘，随时可能越过红线。他一夜一夜不睡，在书房踱步，谋划他的大计。我不敢靠近，不敢发问，连安慰都是残忍。他需要空间疗伤，报复也好，静默也罢，不能打扰。事实上，我也打扰不了他，他专心致志，忽略其他一切，四面出击，所向披靡。

我问严羽夏暖在哪儿。她说王在野把夏暖安排在一个私人诊所休养。我要来地址，驱车前往。医生说夏暖已经走了，没有告诉任何人，悄悄走的。

我心中狂呼：不能这样，不能这样，不能这样！

她就这么走了，留他一生惦念。干得真漂亮。原来只要她想，她可以不费吹灰之力夺走他的关注，我根本不是她的对手。

医生问我的名字。我说："易若然。"他交给我一个信封，说："病人临走前放在床头的。"

信封上写着我的名字，打开后，里面还有一个信封，是写给我的，王在野的笔迹。另有一张纸条，一个陌生的笔迹写着：谢万安给我的，现物归原主。

依稀记得王在野在酒吧曾对年轻人说，他给我寄了很多信，没有收到回信，想必这封就是其中之一，不知怎么落在了谢万安手里。信纸是酒店的信纸，显然是王在野在旅行途中写的。

易若然：

在你说出离婚的时候，我知道，你心里的"他"赢了。我从来都不是他，也永远无法取代他。

在你逼我签字的刹那，你露出如释重负的表情。抱歉，这段婚姻拖累你了。

在你逼我签下离婚协议书的那天，我坐了十几个小时的飞机，到达地球另一端，世界上离你最远的地方。

自从得知你心里还有一个"王在野"，我便骄傲地隐藏了自己的情感，尽管我以前也不曾张扬过它。这份骄傲最终让我失去了你。

兜兜转转，回到原点。

身在此处，心却远离。

你在我身边，心却被那个人带走了。

我对别人的东西不感兴趣。有些东西我去争，是因为我觉得它属于我，它从来就不是别人的，我只是把它拿回来。我不屑于抢别人的东西，直到遇见你。你是他的，不管你身在何处，结婚证上如何记载，你是他的！而我生平第一次觊觎他人之物，就是你。

我问你为什么喜欢我，你回答因为我是王在野，那一刻我便察觉不对。你口中说的、你所爱的似乎并不是你眼前的我。我忽然想起你曾经哭着说不能因为一个名字就爱我，难道我只是个替代品，有个同名的人存在？

从什么时候开始，我要的不只是你在我身边快乐地生活，而是你爱我？我说不清。大概是你对我道歉的那天，你说你喜欢我，羞得低着头，不敢看我，声音轻轻的。也可能是更早的时候，你说我是你全部的梦想、唯一的希望。

然而，你眼中的光渐渐消失。你对我失望了，还是清醒了，意识到我不是他？我不能问，怕把话说清楚，你就走了。

我一向不擅长表达感情，只能默默观察，看你喜欢什么，需要什么。我想，总有一天你会感动，觉得我还不错，纵然比不上那个人，至少是可以共度一生的。

你骗了我，骗得我爱上你，你却走了。

多可笑，我彻底沦陷，是因为见到你为李寄哭得死去活来。素知你漠然的外表下藏着一颗火热的心，但那晚，那个感情无比强烈、至情至性的易若然仍然震撼到我的灵魂。你的感情爆发却是为了另一个男人，你的眼泪为他而流。我心动，我嫉妒。我想保护你，可你需要的不是我。

如果我们闹别扭只是因为夏暖就好了，一切都可以挽回，但我们最大的问题是，你"爱"我的时候我不爱你，等我爱上你，你却看清我，不爱我了。

夏暖演技高超，让所有人都以为我和她暧昧不清。她用一种深入人心的表演方式，将我的拒绝变成"忍痛割爱"，将我的辩解变成"极力撇清"。她让我百口莫辩，连我最亲近的兄弟都被她蒙骗。她毁了我的名誉，也毁了朋友们对我的信任。二哥选择宽容，殊不知他的宽容正是基于他的误解，我怎么可能因此高兴得起来？

我喜欢清爽利落的女孩，爱憎分明，言之有物，除此再不多言，夏暖从来都不是这样的。我为什么要喜欢那种女人？！我喜欢的是一块冰，时而刺骨、时而烫手的冰。

有的人具有极大的破坏力，能造成无法挽回的毁灭，比如当年我被污蔑出卖公司核心机密。夏暖造成的破坏是永久毁了兄弟们对我的信任，我因此憎恶所有与她沾边的事物。一件东西，只要她碰过，我就不再喜欢。一件事，是她提起的，我就不想听了。她毁了我对很多东西的兴趣。我禁止你接近她，怕的是因为她，我连你都讨厌了。

我不愿谈论她，我可以写在信中，但你要我说，我说不出来。我只能简短地做几句分辩，可你从不信我。

夏暖摔下楼梯，你担心我不相信你的无辜。我当然相信你。这是她一贯的伎俩，我很清楚。我阻止你与她单独接触。我希望你信任我，别被她利用，但显然，她对我生活的渗透就是从你开始的。你对她没有好感，可你相信她。你看着我的时候，眼中的崇拜和爱慕一天天黯淡，被猜忌和伤心取代。

我并未很好地向你表达我的感情。每一次表达，你都觉得我是刻意的，是演给别人看的。你怀疑我，也怀疑我们的婚姻。我没做任何背叛你的事，但你深信我从一开始就在感情上背离了你，从未靠近。我最恨别人冤枉我，但冤枉我的偏偏是你。

我不知道如何消除你的屈辱感，它来自精心设计的圈套。你的痛苦真实地存在着，而这痛苦的根源其实并不存在，只是假象。我该怎么消除不存在的事产生的影响？夏暖不断兴风作浪，我总不能杀了她。于是我想，不如我们走，到一个不受打扰的地方去。我借公司外派任务打算带你一起走。就在我马上要告诉你的时候，你提出离婚。

我想过挽留。除了你，我想不出还愿意让谁做我的伴侣。可当我看清你的表情，你眼中的光消失了，被厌倦取代，你十分坚决，你已经打定主意，那一刻，我知道失去你了。这段婚姻让你痛苦不堪，消磨了你所有的感情，你不愿和我继续纠缠，只想逃离。

你提出离婚的时候非常平静，然后热衷于这件事。我拖了两天，故意无视离婚协议书，第三天，我妥协了。我没有信心重建你我的关系。你爱的是我的名字，是"王在野"三个字，不是我。你对于爱情的幻想在我身上破灭了，还可以在别人身上附着、重生，因为你的爱从一开始就与我无关。

你要的我给不了。你是个用情至深的人，爱得惊天动地。我感情贫瘠，如何匹配你的天荒地老？既然如此，我不妨碍你了。就如你所愿吧。

你要回去找李寄了吗？我不甘心。他也不是"王在野"啊。你不是只爱"王在野"吗？

算了，你高兴就好。

祝你一切都好。

国王的王 存在的在 田野的野

3 月 10 日

迟来的信辁念幽幽，将他的冷峻一层层剥落，露出一个情感细腻、爱意深沉的王在野。

信不重要，我早已明白他的心。但，心知肚明是一回事，被他直接告白是另一回事。这是他的笔迹，他亲自写下的，他说他爱我！他一点都不喜欢夏暖，他爱的是我！他说我要的他给不了，原来不是不爱我，而是他觉得自己爱得还不够。莫大的幸福笼罩了我，我几乎要昏了，心膨胀着，承受不住狂喜，快要炸了。

　　等一下。这封信夏暖读过！我突然明白了谢万安说的剑走偏锋，明白了夏暖受了什么刺激去诬告王在野，继而自杀。读了这封信，她的心彻底死了，所以才去毁灭王在野。谢万安这招真狠！

五十四、雾失沧海

愁云淡淡雨潇潇。清早，大雾弥漫，后半夜的雨都化作烟霭。

严羽说市纪委找王在野谈话。她明显有些慌。王在野说："别当人家是吃干饭的。咱们做什么他们都知道。我干了很多不该我干的事，到了该说清楚的时候了。谈就谈吧。"

我说："下……"

他粗暴地打断我，说："都过去了。"

我只想说下山注意安全，但显然，他以为我要说出那个人的名字，迫不及待打断我。他的反应恰恰证明没过去。

他走后，我整理了一份猎人小队档案目录，又写了一份陈情书，将事情的起因、王在野的用意及结果一一说明。倘若他被追究责任，希望这份陈情书能帮他开脱一些。

严羽打来电话，语气凝重，说有人举报王在野，污蔑他涉黑。事情比我设想的严重。我将档案目录和陈情书交给严羽，指点她关键时刻如何使用。必要时，请那些接受过帮助的人在陈情书上联名签字。

徐傲朵发来的信息：易若然，我发现了一些事。

我顿时担忧，她根本不知道这里面的事有多大。我给她打电话，她不接，又发来一条消息：现在不方便接。

我：别轻举妄动。

徐傲朵：我有点儿害怕。

我：你在哪儿？

徐傲朵：河灵市。

我：河灵市哪里？

徐傲朵：我等的大新闻终于来了。我有一种不祥的预感。

我：告诉我你的位置，我去找你。

徐傲朵：我很安全，你不用来。别告诉任何人。

我：给我位置，待在原地别动！

徐傲朵：事情有点复杂，不跟你聊了。

我匆匆向外走，一出门才发觉雾真的好大，能见度只有几米，近处的东西也是朦朦胧胧的，忽而一团雾扑来，伸手不见五指。这种天气不宜下山，但是不行，我得帮徐傲朵。她在这里人生地不熟，孤身一人，万一出事了怎么办。先赶往河灵市再说。

雾太大，我不敢开车，正盘算叫出租车，一个声音说："小刺猬，我来救你了。"

谢万安！我环顾，四面八方只见白雾。我刚要喊人，一阵晕眩袭来，我失去意识。

苏醒时，我被绑在椅子上，眼睛被蒙着，脚下的地板在摇晃，周围有水声。我在船上！我试着动了动，绳子绑得非常结实。

谢万安抚摸我的脸，说："对不起，我来迟了。小刺猬，想我吗？"

"别碰我！"我嫌恶地躲避，能活动的空间有限。

他的语气像着了魔。"终于见到你了，可把我想死了。我用了很久才明白那时你为什么生气，你在妒忌，妒忌蕾拉。你是喜欢我的，你不希望我爱她！"他快乐地喘气。

"你做梦！来人呀，救命！"

"别白费力气了。这地方鸟不拉屎的，根本没人。"

"谢万安，我不是蕾拉，我不喜欢你！你听清楚，我是易若然，我不喜欢你！"

他扼住我的喉咙，"你骗我！"

我无法呼吸，艰难地说："我爱的是王在野。"

他抓住我的肩摇晃，叫："别做梦了，他不是你的王在野，他不是那个人！"他忽然大笑，"我明白了，你想激怒我，让我伤害你，然后让我内疚。

这是苦肉计。哈哈，我明白。"

我心生寒意。他疯了！绑架我，自说自话，自我陶醉，这人神志不清了。

他柔声说："我们不赌气了，好吗？我是爱你的。"

我一个字一个字说："放开我。"

"好，我放开你。"他真的解开绳子。我一把扯下眼罩，眼前一片漆黑，我愣了。他拍手，"哈哈哈。你哪儿也去不了。没错，你瞎了。你只能靠我活着。你会依赖我，缠着我，离不开我。从今以后，咱们在一起，永远不分开。"

我摸摸眼睛，没有外伤，但疼得厉害，什么都看不见，连一丝光都没有。"你对我干了什么？疯子！"我崩溃，凄厉的叫声几乎不成人声。"王在野不会放过你！他会杀了你！"脚下被绊住，我摔倒了，爬起来再走，再次被绊倒。

谢万安说："他？他只顾着找夏暖。只有我爱你，只有我。可怜的易若然，你还对他抱有幻想。你只剩我了。别怕，我陪你一辈子。"

我恐惧至极。眼睛瞎了，怎么逃走？我彻底落到这个恶魔手里了。

脚下虽然摇晃但还算稳定。我身处的地方好像不是船，更像是一个很大的漂流屋。周边不闻人声，眼前是阳光照不透的黑暗。我瞎了，且在水上，完全没有逃脱的机会，只能寄希望于王在野。王在野回家了吗？发现我不见了吗？他发现我失踪得多着急啊，他一定担心得要命，说不定已经报警，发动各方力量寻找。他一定能找到我，即使他认为我死了，活要见人，死要见尸，他不会停止寻找。

我无数次想，要是早上我没走出家门就好了。追悔莫及。

纷乱的水声传来。我侧耳倾听。谢万安抓住我，要捂我的嘴，下一个瞬间，他发出痛呼，接着，一个男人说："她在这儿。"

谢万安怒吼："你们是谁？"

一个烟嗓的男人问："就是她？"

男人含糊地说："是……吧。"

烟嗓男问："到底是不是？"

男人捏着我的下巴左右晃我的头，似在辨认，说："好像是。照片挺水灵的，一天不见，怎么成这样了。"

烟嗓男停顿了一会儿，问："她眼睛怎么了？"

男人回答："让这男的弄瞎了。"

烟嗓男笑了一下，说："这种穿西装打领带的，有时候比咱们更狠。"

有人抓我的胳膊，手像铁钳子，推着我走。谢万安叫："你们干什么？别碰她。"接着是打斗声，有人落水。谢万安暴喝："我和你们拼了！"有人低声骂："松开！狗皮膏药似的。做了他？"烟嗓男说："既然他不撒手，把他一块儿带上，让老大决定。"

马达声轰隆隆，我们在水上颠簸。有人按着我。从头至尾，我一言不发，不做无谓的挣扎，细心聆听，记下所有信息。在听说夏暖受伤害时，曾经有那么一瞬间，我希望受伤害的是我，为的是不让王在野挂念她。现在我不这么想了，我害怕夏暖的遭遇在我身上重现，怕得要命。我要留着力气，在关键时刻跟他们玩命。

我被带到一个地方。屋子想必很大很空，人们说话时有回声。自从失明，我的其他感官变得格外敏锐。屋里有很多灰尘，还带着一股纸张的潮味。头顶风声呼呼，却感觉不到风，大概有通风管道，风声从那里传来。

谢万安大骂，接着是痛呼，他又被打了一顿。有人按我坐在椅子上，绑住我的手脚。烟嗓男低声跟某人汇报着。接着，响起相机快门的声音。谢万安大喊："你们干什么？放了她！别碰她！你们要敢伤害她，我跟你们拼了。"有人笑骂："装什么装。她的眼睛不是你弄瞎的吗？"

人声散去，我似乎被独自扔下了。通过通风管道，我能听见很多声音。谢万安被关在隔壁房间，嘴被堵住，发出含混的叫声，不时挨揍，哀鸣也闷闷的。从语调能分辨出，他在喊我的名字。我不免动了恻隐。他跨山越海，为爱而来，若非选中有所属的我，换作其他女孩，大概早已配成佳偶了。无论他对我怎样，他对蕾拉的爱不容置疑。我又想到夏暖，她爱得死去活来，倘若她爱的人也爱她，她未尝不会成为一个温婉体贴的好妻子。我身边的情痴何其多。

我想到王在野，冷冽高傲的王在野，俊逸无俦的王在野。他允许我走进他的生活，在他身边拥有一席之地。他说，等解决"灵鹿森林"的危机，就把软件公司的经营管理都交给严羽，他去开疆拓土。他说要带我走遍产品推广的地方，塞外看雪，临海听涛，在漠北看日落，登高山观星河。他说春节跟我回老家看望父母，同时把他父母接来，两家人一起过节。这些还能实现吗？我想念他，又担心他。这帮人就是他的敌人吧，他们打算怎么对付他？

　　眼睛失明，我只能靠吃饭来估算时间。吃了四顿饭后，这天，传来杂乱的脚步声，几个人来到我跟前。

　　"黑心吊坠！"烟嗓男咕哝，"我早该注意到。"

　　一个人问："你叫什么名字？"很显然，问的是我。

　　"易若然。"

　　"王在野你认识吗？"

　　我不假思索地点头，深以王在野为荣。男人从鼻子里重重喷了一口气。

　　烟嗓男担忧地说："岳浪说得没错。怎么办？"

　　他们走了，过了一会儿，头顶的通风管道传来那人的大骂："你坑我。她是王在野的女人。"

　　无人搭话。他好像在打电话。

　　他说："没事？那是王在野，是大疯子！他正四处找这个女的。这不是钱的事。你当我不知道，姓王的已经杀疯了，一次比一次狠，一次比一次动静大，河灵市让他搅得天翻地覆，中央督导组都给招来了……拿她威胁王在野？说得轻巧。有种你自己干啊。黑虎他们被抓了，你坑完他们坑我？我不管，我不想招惹那个瘟神。有的是人傻钱多的拆迁户，赌桌上捞钱最容易，我跟你蹚这浑水干吗？我上了你的当才跟你干这票！甭跟我说没用的！"

　　挂断电话，男人气得踹椅子。

　　烟嗓男纳闷："王在野不是正接受调查吗？有人举报他是黑社会。这么快就没事了？"

　　男人说："王在野提前整理了他收集的黑料，交给调查组，解释说他不仅不是黑社会，而且正和他们斗。虽说调查组不是谁说的话都信，但那些资料起了很重要的作用。又不知道从哪儿冒出了上百名老百姓，联名为他作保。"

我欣慰。档案和陈情书都派上用场了。

烟嗓男说："大哥，岳浪只不过顺嘴提了一句这女的，绝对想不到她真在咱们手上，你别着急。"

男人说："你懂什么？一个岳浪已经够难对付的了，再加上一个王在野！"

烟嗓男嘀咕："王在野有那么厉害吗？"

男人说："找对手得找正常人，无论多狠的咱们都不怕。姓王的是疯子，动不动就跟你玩同归于尽，跟不要命似的，谁沾着谁死。"

烟嗓男说："有这女的在手上，咱们就能捏住他了。"

男人恶狠狠地说："留着她还不够招事儿的。"

烟嗓男吃惊，问："杀？"

静默很久，男人语气复杂地说："想什么呢，咱们跟那些疯子可不一样。"

烟嗓男大大松了一口气，说："大哥你吓死我了。"又困惑地问，"既然这女的这么重要，他们为什么不亲自动手抓她？"

"你脑袋让门挤了？调查组已经知道王在野正在反贪反黑，这时候谁动他谁就相当于不打自招。他已经站到明处，跟活靶子似的，周围藏着无数眼睛，专等你这种傻子自己蹦出来。"男人停顿了一下，语气忽然冷静不少，说，"我明白了，这就是那个人的高明之处。姓谢的鬼迷心窍，趁着大雾实施绑架，监控拍不到。然后，那个人让咱们找上姓谢的，把这女的抢过来。就算有人查，一时也查不到咱们头上，更查不到他头上。岳浪跟你提起这女的的时候，到底怎么说的？"

烟嗓男答："说他朋友的老婆失踪了，问我见没见到，给我看了照片。我说失踪报派出所啊，我哪儿知道。"

男人咒骂了一句，说："岳浪是人精，八成儿盯上你了，拿话点你呢。"

烟嗓男吓了一大跳，问："那、那怎么办？"

"王在野不能惹，河灵市现在全乱套了。这两天又出了几件大事。我都扛不住，何况你这颗小脑袋。"他沉吟一下，做出决定，"把这女的送给王在野，只有她才能让他安静下来。要不，早晚这把火得烧到咱们身上。黑虎比咱们厉害吧？已经被他端了。"

烟嗓男犹豫地说："可是，放了这女的，就得罪了那个人……"

"有种他自己上啊！"男人又是一阵大骂。

我的心怦怦跳。他们肯放我回去？

过了很久，烟嗓男走进来，给我解开绳子，客客气气地说："易小姐受委屈了。我们受人之托来救你，因为不确定你的身份，多花了一些时间。"

我不拆穿，问："绑我的人呢？"

"我们教训他了。"

"请送我回家。"

"那是自然。易小姐，是我们救了你，这点你清楚吧？"

我说："嗯。"

烟嗓男说："我派人送你回去。我们的事你最好别多嘴，否则，嘿嘿，造成误会对大家都不好。"

烟嗓男带我坐进一辆车。一开始，车开得很平稳，突然一个急刹，旋转着停下。我撞到前座的靠背。烟嗓男骂了一句，打开车门下了车。车外有人对话，声音不高，听不清内容，随后双方吵了起来，接着传来打斗的声音。车身晃动，接连发出"邦邦"声，好像被棍子一类的东西打中了。烟嗓男高声叫："你们太不把我们放在眼里！"另有人喝道："早就知道你们要造反！"

一片混战。

能与这帮人对打而不落败，难道是岳浪来了？王在野在哪儿？他可别受伤。

车门突然打开，打斗声瞬间放大，有人把我扯出来，又有人来夺，把我向另一个方向拽。叫骂声、怒喝声不绝于耳。忽然，一个熟悉的声音一闪而逝，我耳朵尖，叫道："老郎！老郎我在这儿！"

我被推着走，几番易手，一只手向下按我的头。我梗着脖子，他说："是我，老郎，低头。"他按着我的头，让我钻进一辆车。车发动了，离开喧闹，郎林御长舒一口气。

我急问："他呢？"

郎林御说："他让我来接你。"

我心一沉，问："他没来？"

郎林御吞吞吐吐地说："夏暖有消息了……老六很快就回来。"

我控制表情，不露出失望之色。夏暖受到巨大伤害，黯然离去，他应该去找她，我不妒忌，不难受。可是，可是，我这边也情况危急啊。我绞紧双手。

郎林御问："你受伤了？他们打你了？"

我恢复平静，说："谢万安绑架了我，是他打我。帮我报警。"

"你一失踪老六就报警了。大家都在找你。"

我说："我眼睛看不见了。"

"我马上带你看医生。"

我们再也无话。郎林御知道我的沮丧，并不故意找话题，让我有片刻宁静。车停了，他小心地引我走路。我问："医院？"他说："眼科诊所。注意，有台阶。"

我没闻到消毒水味，反而有股复印机的味儿。郎林御和医生到诊室外交谈，我独自等待，过了一会儿，医生给我做检查，排除了外伤的因素，问我吃过什么东西。他说我的眼角膜病变导致失明。既然不是外伤，又是突然失明，他怀疑是药物所致。我提供不出有用信息。

医生说："我给你做一些紧急处理，避免病情恶化。为了防止你的眼球乱动，我要实施麻醉。"

我点头。

他的嗓音有点儿耳熟，我想不起在哪儿听过。在昏迷的前一秒，我突然想起来了，他的嗓音很像出现在西餐厅的律师。

五十五、海天倾覆

醒来时，我躺在床上，眼前一如既往是黑的。不对！我的嘴上贴着胶带，手脚被绑住！一阵慌张后，我深呼吸，强自镇定，思考到底发生了什么。线索琐碎，虚虚实实，暂时理不出清晰的脉络。唯一能确定的是，倒霉的我才出虎穴又入龙潭。

我试着翻身。"醒了。"一个人说。

我头皮发麻。

郎林御，竟然是郎林御！他是自由的，声音平和，我本来还猜测他是否在诊所遇袭，无法救我，现在希望破灭了。

他问："很惊讶吗？"

不，我只惊讶了一秒，随即明白了。幕后主使一直是郎林御。唯有他才能提前破坏自己的计划，百发百中。唯有他才能预判王在野的行动，一次次在最后关头脱身。他了解王在野的行事风格。他曾以王在野不在其位为名阻止他碰"灵鹿森林"，他调走严羽，辞退小林，通过徐傲朵警告我……徐傲朵！

我发出这几个音，虽然嘴被堵，从音调他知道我在说"徐傲朵"。他说："放心，她是我女朋友。不过我对她已经厌了。我的生活多充实，多刺激，她实在引不起我的兴趣。我正考虑分手。"

我松口气。郎林御没伤害徐傲朵，徐傲朵跟他不是一伙的，而且听口风，郎林御没把徐傲朵和这些事联系起来。也不知徐傲朵究竟发现了什么，与郎林御的事是否有关，现在怎么样了。为避免节外生枝，我不敢再提起徐傲朵。

"徐傲朵很安全。"他忽然说，"她一心憋着查出大案，我就送给她一些线索，省得她闲着，生出其他是非。"

郎林御心思深沉，做事周密，我以前低估了他。

谢万安找到我，极有可能是郎林御透露的信息。我们周围都是眼线，王在野注重安全，严加防范，要不是这场大雾，谢万安根本没机会。郎林御藏得很深，他借谢万安之手绑架我，又借烟嗓男的团伙半途劫掠。当烟嗓男等人不听指挥，打算交出我，郎林御立刻出手将我掳走。他根本不是来救我的。

想通来龙去脉并不难，让人寒心的是，郎林御曾是我们的挚友。几个兄弟中，我们视郎林御为最亲密的朋友，无出其右，而他以前也确实全力支持王在野，被人称作六王爷的羽林郎。如今，羽林郎造反了。

大雾下，查到谢万安已是十分困难，从谢万安到烟嗓男再到现在的郎林御，几番易手，别人很难找到我了。

郎林御揭开我嘴上的胶带。我沉默，不呼救，不斥责。他说："你一点都不害怕。你料定我不敢动你，你觉得我怕王在野？他是个祸害，总是给周围人带来不幸。你当初要是离开他多好。"他的语气十分惋惜。

郎林御如此可鄙，我一点儿都不想搭理他。

我胸无大志，精神世界一片荒芜，后来被王在野感动，将他的理想视同为我的，从此有了家国梦。个人何其渺小，唯有将自己融入更重要的事，才能实现更大的价值。我曾经看淡生死，不是因为豁达，而是对生命毫不珍惜。王在野给了我一个目标，一个生活的意义。爱对了人，不仅感情能得到满足，灵魂也能得到滋养。从此以后，无论在生活中还是精神世界，我都将与王在野同行。

这些，自知即可，不必说与他人，更何况是陌路人。

郎林御说："我现在要你说：第一，不许王在野再管河灵市的事，把他现在搜集的材料全部销毁。第二，让他滚回北京。只要他肯走，我帮他回海彻集团。阿杰，录音。"

房间里还有其他人！

我不开口。郎林御说："录完这段话，我就送你治眼睛。眼睛是大事，耽误了治疗就真瞎了，拖下去对你没好处。"

我依然缄默。一道寒刃贴在我脸上。郎林御喝道："阿杰，别乱来！"语气不像喝止，倒带着宠溺。他又说："易若然，我兄弟脾气不好，你再不配合，我可管不住他。乖乖把录音弄完，王在野一答应，我就送你回去。好了，开始！"

阿杰说："说话，否则我划花你的脸！"听嗓音正是那个律师。

我说："他以为你会帮他完成梦想，他以为你遇到了麻烦，一直想帮你摆平……"

"停！"郎林御厉声说，"易若然，你真以为我不敢动你？夏暖的事你忘了？"

我心里一紧，说："没忘。我知道你已经不是以前的老郎了，好在我还知道自己是谁。我不是王在野追梦路上的绊脚石。他的光芒来自他的坚定无畏，那才是让我骄傲的王在野。答应你就等于出卖了他，那我也不配成为要挟他的筹码了。"

郎林御说："在王在野心中，事业永远是第一位的。你呢，眼睛再不治会瞎，长得再漂亮也不能维持一辈子，你会变老、变丑，到那天，王在野有他的梦想，你剩什么？"

我微微一笑。

郎林御冷冷地说："我给你们留着面子，想文明解决，你们非逼我来武的？你们的住址、行踪，哪一样我不掌握？我在教你帮王在野。我能把你绑来，就能绑他。你想看我直接对他下手？"

用王在野自己的安危去动摇他的执着？郎林御怎么想的？我说："哪一样他更在乎，你不知道？这一路走来他经历过什么，你最清楚。他从不向恶势力低头，否则也不至于吃那么多苦。"

郎林御大为不悦，说："恶势力？我怎么就成恶势力了？我也在为河灵市、为十鹿镇作贡献，方式不一样罢了。我付出的心血不比谁少。王在野在云端待久了，偶尔掉下来他就不干了，非要来搅局，显得'灵鹿森林'缺他不可。争到最后，能落下什么？"

他以为王在野是争意气？我实在无语。如果王在野在乎的仅仅是面子，就不会为了项目忍辱受屈，如果他争的是人前光鲜，就不会甘愿在幕后奔走。他要的不过是心中蓝图变作世间繁华。郎林御根本不懂王在野。

话不投机半句多。无论他说什么，我不再开口。

门铃忽然响起。"谁能找到这儿来？"阿杰紧张地说。郎林御示意他别慌，重新堵住我的嘴，走出去，关上了房门。

只听郎林御打开大门，惊讶地说："你怎么来了？你可好久没登门了。呵，这一身酒气。"

"喝！"是王在野！他还不知道郎林御的真面目。我急得五内俱焚。

他们走进客厅。酒瓶重重地墩在茶几上。郎林御无奈地叹气，接着是倒酒声，酒杯清脆的碰撞声。

郎林御问："还没找到易若然？"

王在野说："我做人很失败。"

"你刚发现啊。"

"电力我参与不进去，赖我年轻气盛，被人盯上了，早早就被踢出局。我羡慕你，你们，你们都有机会，不像我。可你们竟然没有一个从事电力的，枉费大学四年。"

郎林御说："你可以在其他领域大展拳脚。你开发的系统最近得了奖，火得不得了，这谁能想到，连我都刮目相看，没想到你能干IT。事实证明，不干'灵鹿森林'，你照样还是王在野。"

"那是退而求其次。你最清楚，我为'灵鹿森林'付出过多少心血，眼见它有倒悬之危，我干着急帮不上忙，你说我心里是什么滋味。"又是一声酒杯相碰。

郎林御说："最烦你抱着'灵鹿森林'不撒手。是，你是创意者，你到处奔走，动用所有资源。可你别忘了，决策者在你之上，项目是政府工程，哪儿由得你任性。让你干你就干，不让你干，你就听安排去干别的。老说什么'收复河山'，公司是你家的啊？谁听了不烦？"

王在野说："我可以不参与，但我不明白，好好的一个项目为什么不好好干？十鹿镇破破烂烂，比周边地区落后二十年，好不容易有机会了，结果各种出状况。"酒杯重重落在茶几上。

"那是你能改变的吗？百亿工程，牵涉多方利益，咱们只是打工的。老板让你往东你就往东，让你往西你就往西，较什么劲？"

王在野问："你是不是特瞧不惯我？"

郎林御说："你要不是我朋友，我早不理你了。我让你害惨啦。你有才华，如果你按照游戏规则走，平步青云不跟玩儿似的吗。"

"平步青云？"王在野不屑一顾，"我已在九天之上，俯瞰浮云。"

"狂得你。"郎林御又爱又恨地说，"你要是一直这么狂也行，可你后来得了'恋爱脑'。一个夏暖回来，吓得你眨眼就结了婚。以前你做事多痛快，'挡我者死'！谁敢不服，看都不看直接碾过去！那时的工作效率，现在看跟做梦似的。你脾气暴涨，成绩也暴涨，别人对你有意见都不敢说。你捅娄子，我给你收拾烂摊子，我认了。可自打你结了婚，夏暖天天缠着你，易若然跟着添乱，你的精力被她们分散了。不管是对付来自新还是跟谢万安过招，你都束手束脚，瞻前顾后，哪儿还有'活阎王'的劲儿。看着你让人拿捏，把我急得。易若然当着你的面说她爱的是别人，你居然能忍！天底下谁敢这么对你？你还是我认识的王在野吗？这样的女的，不赶紧离婚等什么！夏暖就更别提了，直接跟你动刀了。这要放在以前，谁敢造反，你不活劈了他，可你也忍了。你的尊严哪儿去了？我都替你害臊！"郎林御越说越气，恨铁不成钢。

王在野问："你就因为这些生我的气？"

郎林御气得叫："还不够？"

王在野缓缓说："等你爱上一个人，你就懂了。"

"那我宁愿遇不见那个人，饶了我吧，我想多活几年。你看夏暖，你不治她，她就变本加厉，一会儿假怀孕一会儿诬告，玩得比你狠多了。还有易若然，她死看不上你，她都说了她爱别人，你还把她带回家，给她治病。你脑子的病先治治吧！"

"不管她，她就死了。"

郎林御说："死就死呗。一个临时抓来结婚的工具，你那么上心干吗？她都说了不让你管。"

这不像郎林御说出的话。他给人的印象一直是善良热心的。曾几何时，我因夏暖而痛苦，他发自真心地怜悯我，替我不平，要王在野放过我。他经历了什么，怎么变成现在这样？

不知是同样被郎林御的话惊到，还是别的什么原因，王在野明显停顿了一下，说："不管不行。她一个人过不好，别人管她我又不放心，老觉得别人照顾不好她。把她放哪儿我都觉得不安全，只有带在身边天天看着我才踏实。"

郎林御怪叫："你还真上心了！女人不能老惯着。"

"我的女人我乐意。"

"好，好，你乐意。"郎林御悻悻地说，"你们都怎么了？一个你，一个谢万安，一个路常轩，一个赛一个没出息，全被女人坑了，还互掐。"

王在野问："我们认识多久了？"

郎林御说："十二年，十三年？我认识你们要比其他人晚两天。我迟到了，军训第三天我才报到。"

"是啊，十几年了，未来还有几十年。"

郎林御笑："怎么，嫌我们烦了？"

王在野语气低落，说："我最在意的就是这帮兄弟，为了你们，我什么都肯舍，让我干什么都行，可你们偏偏……二哥避而不见，想跟他坐下聊聊，恐怕这辈子不可能了。谢万安嘛，不是同路人。还有，夺妻之恨。"

郎林御笑得拍桌子，说："不错，夺妻之恨。夏暖人在路常轩身边，心在你身上。但凡你肯招呼一声，她立刻飞奔过来。谢万安更完蛋，蕾拉搅得他神志不清，他以为你抢了易若然，这还真是夺妻之恨。你怎么跟好几个人都有夺妻之恨啊？你说你平时功夫都下哪儿了，说你薄情寡欲谁信？"

王在野忽然说："还有一个人跟我有夺妻之恨。"

"谁？"郎林御惊得声音都变了。

"你。"王在野平静地说。

鸦雀无声。我的心怦怦跳。郎林御结结巴巴说："你喜欢徐、徐……"

王在野说："把易若然还给我。"

王在野发现真相了？他不是来找郎林御借酒消愁的，而是来找我的？

死一般的寂静。这两人现在肯定四目相对，心中暗暗较量。

"你什么时候知道是我的？"郎林御的声音变了，冷静而稳定。

"查清王会长小舅子的选房方式时。"

郎林御笑了一声，说："天马行空的手法容易引人注意，果然不宜多用。"

王在野说："很多迹象都指向你，我一直不愿相信，直到查清王会长小舅子的选房方式，我才百分百确认是你。你知道我一直在找易若然，你在河灵市见到她，跟我却只字未提。如果说那是因为你讨厌她，故意瞒着我，那么后来在鹿鸣城，易若然只用固定电话联系过一次徐傲朵，紧接着就有人发现谢万安出现在旅馆附近……"

郎林御抢着说："那可不关我的事。"

王在野说："的确不关你的事，因为谢万安根本没出现，对吗？我猜，事情经过应该是这样的：易若然到公司找董事长，通过交谈，你确定她不知道我的近况，也不知道我在哪儿，所以你并未在意，但徐傲朵告诉你，易若然联系了她，用的是固定电话，通过查固定电话号码，你发现她就在附近落脚。这引起了你的警觉。你派人跟踪她，找到了我。我的住处周围出现鬼鬼祟祟的陌生人，是你派的吧？"

"可惜扑空了。"

"我一发现陌生人立刻搬家，并且带走了易若然。你找不到我们，灵机一动，谎称见到了被通缉的谢万安。警方立刻重视起来，易若然的安全再次受到威胁，必须赶紧找到她。你就这样借助警方的力量找到了我们的新住处。监视住所、恐吓、绑走易若然，都是你干的吧？"

郎林御说："那帮家伙告诉你的？冤枉啊，这次绑架易若然的还是谢万安。我只不过请他们从老谢手里救出易若然。"

"你指的是岳浪警告过的那帮人？他们劣迹斑斑，哪敢自己送上门。我不知道谢万安，也不知道还有谁参与了，那些不重要。即使是谢万安绑架了她，也是你通风报信的。"

郎林御叫屈："他是个通缉犯,我哪有他的联系方式?见到你和易若然,我特别高兴,就在网上发了一些你们房子的照片。没人教唆他犯罪,绑架易若然是老谢自己的决定。"

王在野说:"绑架易若然看似是他的决定,其实是你引导的。你知道他必然会这么做。你惯于隐藏幕后,设计多重障眼法。谢万安在不知情的情况下充当了你的第一道屏障。接着,你派人从他手里劫走易若然,自己却不出面,这是你的第二道屏障……"

郎林御打断他,叫:"喂喂喂,说得我诡计多端似的。"

王在野平静地说:"在我面前你就别演了。我刚才说过,我不知道谢万安参与其中,也不知道其他人,那些不重要。我找到这里,是因为早已确定在河灵市搞鬼的就是你。别的线索其他人在追,而我只盯着你。"

郎林御笑笑,说:"这么看得起我?我不明白,你是怎么怀疑我的。凭一个选房方式,还是我隐瞒了见过易若然的事?这些都挨不上啊。你怎么联想到我跟河灵市的?"

王在野说:"许多看似不相关的线索,有一些甚至非常不起眼,当你把它放在合适的位置,你会发现原来它那么重要。首先,我被夏暖刺伤,那个私家侦探觉得把我的生活搅乱了,对我有愧。他不能泄露雇主信息,但是告诉了我夏暖的孩子是谢万安的。这个信息把夏暖和谢万安串到了一起。夏暖的举报信提到了水电站图纸,我又恰好在查埋尸案,邮箱里莫名其妙收到了假图纸,就这样,夏暖、谢万安、河灵市三个串在了一起。谢万安回国时间不长,他和河灵市有什么关系,我想不通。我以谢万安为中心寻找线索,始终没有答案。这个时候,易若然来了,告诉了我她的经历。于是我把眼光放远,当初在北京,你故意让易若然听到我第二天要去公司,为的就是给她创造机会离开我。那时候我就觉得你不对劲。易若然的确走了,投奔徐傲朵,从她那儿听到我停职的消息。就在那天,谢万安在我家楼下劫持了易若然。谢万安早不出现,晚不出现,怎么偏偏那时出现了?易若然说,她离开徐傲朵时徐傲朵正急着给你打电话。于是我想，是不是你告诉谢万安的？你猜到易若然匆忙离开徐傲朵是回来找我，为了不让她再干扰我，你通知谢万安在我家附近等。我说的没错吧？由此谢万安这根线串起了你。"

郎林御说："我和老谢是大学同学，跟他打电话聊聊天，不犯法吧？夏暖是二哥的女朋友，谢万安上大学时就认识她，这也没什么稀奇。"

王在野说："彼此认识很正常，但你们做的事不正常。他们两个弄了个孩子出来。易若然是我妻子，你却把她的行踪透露给觊觎她的谢万安。是这些奇怪的事让你们区别于正常关系，进入了我的视线。"

郎林御又笑笑，说："我也是心疼老谢一片痴情。"

王在野说："别墅收到恐吓包裹，既然已经暴露，我索性主动出击，高调亮相，在鹿鸣城预订餐厅，等鱼上钩，结果我第一个见到的人是你。你劝我别管闲事，我心里发寒，真怕是你。直到餐厅里出现另一个人，我才松口气。可经过调查，那只是个小兵。我又回到老路上，开始怀疑你，试着把你放进整个链条，发现所有原来说不通的地方都通了。十鹿镇征地拆迁、'灵鹿森林'方案分割，你都在关键岗位上。你对我了如指掌。埋尸的传闻你同样知道，你说认识熟人能查到当时在施的工程。要想陷害我，你最方便。"

郎林御说："证据，证据！你不能仅凭猜测就冤枉我。"

"我没有证据。我不是公检法人员，没有能力也没有权力取得证据。何况在我心里一直希望是我想错了，我一次次为你开脱，说服自己你有正当理由。十鹿镇征地拆迁你虽然参与决策，但并不是你牵头。'灵鹿森林'进行不下去，是另有人从中阻挠，不是你不尽力，甚至于在北京，你把易若然的行踪告诉谢万安，出发点是为易若然好。你觉得我们在一起不合适，谢万安又那么爱她，而你一直同情她。"

郎林御拍一下桌子，说："这么想就对了！我真的是为她好。她跟着你没有好结果。你都要被国安局调查了，何必连累她。她什么都不知道，不该被卷进来。要是国安局把她也审讯一遍，她的抑郁症不得大爆发？"

空气突然安静了。过了一会儿，王在野说："那封举报信果然是你指使的。

易若然被谢万安带走那天，国安局还没找我，夏暖的举报信按说咱们都应该不知道，你怎么能未卜先知防止易若然被我连累？"

掌声响起，郎林御说："精彩，真精彩！原来在这儿等着我。找不到直接证据，所以套我的话。你猜的都对，推理也说得通。老话说言多必失，还真是。"他语气轻松，毫不担心。

"为什么陷害我？"

郎林御说："都怪你追得太紧，已经接近真相，必须强制你停下。那人是我的小弟，我这个当哥哥的得保护他。现在好了，埋尸地上面的建筑工程主体已封顶，大家不会把楼扒了去挖一具不确定是否真实存在的尸体，这件命案就此石沉大海。你也没有什么损失，诬告嘛，早晚能证明你的清白。现在你没事了。你看，皆大欢喜。"

王在野说："四年，从你第一次接触这个项目到现在才四年，你怎么变得这么丧心病狂？"

"你是说我当上河灵市隐形老大的事？"郎林御态度谦虚，"利益驱动，加一点点运气，水到渠成。"

"我不是在夸你。为什么这么做？"

"权力嘛，你懂的。"

"我不懂。"

"是你让我见识了什么叫叱咤风云。我羡慕你的风光，于是想自己站上巅峰试试。"郎林御说得风轻云淡。

"你不是巅峰，是疯癫。"

郎林御说："别损我嘛。秦失其鹿，天下共逐之。你不识时务，注定退出舞台，该我上场了。我不叫'羽林郎'，我的名字叫郎、林、御！"

郎林御的不可一世和王在野如出一辙，如果不听音色，光凭语调根本无法分辨二人。我脊背一阵阵发寒。寒刃离开我，我听到手机发出频繁而轻微的振动，阿杰的呼吸乱了。他大概正发信息找帮手，得到的反馈不容乐观。过了一会儿，他的呼吸开始发抖，我反倒镇定了。王在野有备而来，很可能已剪除郎林御的羽翼。

王在野说："赚多少钱算够？有多大权力算够？你以为你能裂土为王？这里不是你的天下。"

"不是我的，难道是你的？你用你的方式收复旧山河，可惜你回来晚了，我已经接管了。"

"我不是要跟你争，你越界了。你操纵项目，拉高管下水，分割项目出售，你从中拿了多少，十亿，二十亿？你知道水有多深吗就敢出手，你以为你驾驭得了？"

郎林御呵呵笑，说："王在野，我跟在你后面干，累了，尤其是当你慢下来，我不想慢，所以我超车了。我也是专业出身，和你同时入行，你天赋高，做事张扬，我没你的本事，我相信勤能补拙，但是，现实给我上了一课，不管是锋芒毕露的你还是勤勤恳恳的我，都是棋子。我想当下棋的那只手。"说到最后，语气傲然。

"那我就来剁你的手！"

"十几年兄弟，你拦我的路，还要剁我的手？"郎林御低笑，"要不是我了解你，我会以为你怪我发财不带你。"

王在野问："斗了好几个月，手不疼？"

"疼。你做事不留情，有点儿当年的风采了。哎，我问你，"郎林御十分恳切，"你跟我说实话，我取得今天的成就，你羡慕不羡慕？你在背后已经查清我了吧？我是不是很厉害？"

王在野说："你管这叫成就？不羡慕！特别没意思。"

郎林御不服，"那是因为你不按套路走。你应该按部就班地攻击我，这样你就能见识我的厉害，我的组织架构有多合理，手下人的实力有多强。我建立的帝国你做梦都想不到。不靠偷袭，你能直接杀到我面前来？切。"他的态度哪儿像做了坏事的罪犯，倒像在朋友面前炫耀不成的自尊受挫的孩子。

郎林御突然一拍桌子，用恍然大悟的语气说："我明白了，你对别人的东西不感兴趣，所以觉得我的成就没意思。这我可得说说你了。你得胸怀天下，这些都是你的，不对，我的，所以我拥有它们，一点儿错都没有。"

"这就是你的抱负？当年我们的口号是：以电为马，驰骋天下；纵横捭阖，散发光热。我们要用电力振兴实业，实现国泰民安。可你看看你，你在干什么？你把河灵市、圆溪领海，甚至海彻集团都搞得乌烟瘴气。我求的是功名，不是功利，我要的是光明正大的加冕，不是鬼鬼祟祟地称雄。你干的事哪个能放在阳光下？你还捧着它们当'成就'夸夸其谈。别让我笑话你！"

郎林御说："啧啧啧，咱们两个到底谁见不得光？我是名正言顺的公司副总、项目负责人，你呢？你只是一个在背后瞎折腾的离职员工。我只要调走相关人员，你的信息来源就断了。不管你多有才华，没人用你，项目你一点都沾不上。啊，我说错了。你也不是完全没有存在感。大家都说暗中和我作对的人非常了解我，所以才能屡屡得手。破坏项目、扰乱公司、谋取私利，这些都是一个很厉害的人干的。他们以为是你，完全想不到是我。在他们眼里，我是一个被对手打得落花流水、努力收拾烂摊子的倒霉蛋。真可惜，我做得这么高明，名头却被你享有。唉，算了，谁叫这出戏是我自己导的。总有一天人们会知道我的厉害。王在野，你的壮志豪情呢？你让人打压得忘记自己是谁了。你光明正大，那就只能吃亏，他们用条条框框捆着你，你动都动不了。满怀抱负管什么用？"

王在野说："做事讲究时机。大丈夫能屈能伸，逆境中蛰伏养锐，藏器待时，择机而动，以成大业。归根结底，要看你心中的大业是什么。郎林御，你在意的到底是什么？"

郎林御问："你懂什么叫春风得意吗？"

"我懂春风得意，但不懂你的。你的得意从何而来？是钱？是指挥一群乌合之众的权？是将别人拉下水的影响力？是攻击人性弱点成功之后的快感？无聊。让我说你什么好。你把快乐建立在这些无聊的事上？这就是你找的乐子？"

郎林御豪情万丈地说："你得承认，我的成就无人能及！在河灵市，我能一手遮天，只要我想！"

王在野泼冷水："不管你拉拢了多少有权有势的人，手下有多少不法之徒，你不还在暗处躲着吗？让你忌惮的东西依然在，河灵市的天还亮着。你不过是秋后的蚂蚱。"

"王在野，你还没看清形势吗？我刚冒出绑架易若然的想法，就天降大雾，你被纪委叫走谈话，河灵市遍地都是我的人，天时地利人和我都占尽了，想不成功都难。"

"天时地利人和，造就一桩成功的犯罪？"

郎林御叹息："你看不上我，我看不上你，咱俩话不投机。"

"老郎，你已经不是我的同路人了吗？"王在野的语气透着寒心。

郎林御平静地说："恐怕早就不是了。"

王在野问："伤害夏暖，绑架易若然，也是你的'成就'？"

郎林御沉默一会儿，说："本意是警告你，让你知难而退。手下弟兄多了，管理跟不上，事态失控了。我没脸见二哥和你，更对不起夏暖。我知道你对易若然另眼相看。你娶她是一码事，允许她陪在身边又是另一码事。在西餐厅碰见你们，我就明白了。绑架易若然以后，我亲自接管，避免再出纰漏。"他忽然激动，"为什么你不罢手？我警告过你很多次，是你一意孤行，害了她们。我给过你很多机会，我早就知道你们的住址，迟迟不动手，已经够顾及昔日的情分了。要不是你多管闲事，她们现在好好儿的！"

"是吗？怪我交错朋友，害了她们？"王在野的声音无限寂寥。

郎林御大吼："是！都是你的错！"尾音有些颤抖。

王在野苦涩地说："你伤害我们在乎的人，算什么朋友？除了她们，你还伤害许多无辜的人，毁了我的项目，最后，你把我十几年的兄弟变成暴徒。你怎么赔我？"

倒酒的声音连续三次响起，有人碰倒了瓶子。郎林御突然笑起来，说："赔。我将来肯定赔。"

王在野说："你赔不起。"

郎林御恢复从容，说："现在你后悔了吧？这就是管闲事的代价。"

王在野说："我只后悔没早点发现，没早点阻止你。"

郎林御说："我一直在猜最后拦住我的是谁，是你先到，还是公安局。我想过是你，最不愿是你。我不想和你做对手，倒不是怕你，而是……不习惯。"

王在野说："你了解我，我不打无准备的仗，今天我敢来，你应该明白。"

"明白，明白。当我是兄弟，所以给我时间想清楚，劝我自首，对吧？如果我拒绝呢？"

王在野说："你要急死我吗？"

郎林御缓缓地说："来不及了。"

"胡说。想回头，什么时候都来得及。我不仅要找回易若然，还要找回你！"

郎林御说："你不知道我干过什么。我已经坐上过山车，要么到终点，要么中途脱轨摔死，只有这两条路。"

阿杰将我拎起来，推到门外，叫："哥，我拖住他，你走！"寒刃搁在我脖子上，不住地抖，"姓王的，想要她的命，你就上来试试！让我大哥走！"

王在野冷哼了一声，又柔和地说："易若然，别怕，我带你回家。"

我不怕，他来找我了，我什么都不怕。

郎林御说："阿杰，把刀放下，别脏了手，你的武器是头脑，拿刀不是咱们这种身份的人干的事。王在野，你知道是我还敢找我喝酒，好，不枉我认识你一场。易若然还你。"

阿杰叫："哥！"

郎林御说："现在外面肯定都是他的人，其他弟兄恐怕也联络不上了。阿杰，到此为止了。"郎林御过来拉我的胳膊。

"不行！"阿杰扯着我。

寒刃离开我，郎林御的声音变了，喝道："把枪收起来！"

枪！我心一沉。郎林御认识的都是什么人，他到底参与了什么？

阿杰激动地叫："哥，跟他们拼了，咱们还有机会。我的钱还没花，我刚二十七岁，不能就这么让他们抓了。"

郎林御厉声说："放下枪！"

王在野的声音沉稳镇定，带着安抚的力量，说："枪放下，人给我，你走我不拦着。"

　　阿杰的气息在抖。郎林御猛地把我推向王在野，王在野抱住我，迅速转身护住。郎林御忽然叫了一声："王在野！"与此同时，一声震耳欲聋的枪响，阿杰尖叫，王在野的身体顿时僵硬。我吓得心胆俱裂，大叫："王在野！"声音闷在胶带里。

　　王在野松开我。大门被撞开了，几个人快步冲过来，有人倒吸一口凉气。我侧耳努力听。脚步嘈杂，人声喧嚣。

　　我听到王在野用难以置信的语气低声呼唤："老郎？"

五十六、我心易燃

河灵市破获特大涉黑案件和一系列经济犯罪案件，震动全国，王在野名动四海。此间事了，他销声匿迹，淡出大众视野。

他带我回北京治疗眼疾。他比从前更沉默，像清冷月光。我们常常依偎着，一言不发，握着彼此的手，感受对方的陪伴。

我的视力一点点恢复，终于能看清他的脸。他容貌清瘦，乌黑双眸吞噬所有的光，神态仍是不可一世的孤高，带着掩饰心痛的漠然。我心疼他所有的苦，不禁怜惜地轻抚他的面庞，他握着我的手，贴在他的脸上。

同学聚会很久没办过了，因为有一个人永远无法出席了。他曾与我们亲密无间，客厅里摆着他送的结婚礼物，手机里存着他的电话号码，有时在街上听到他使用的手机铃声响起，我们都不禁一凛，驻足回望，那些谈笑风生、嬉闹喧嚷的日子永不再来。在最后，他用挡子弹的方式将他欠的都还了，却欠下更多，留给我们无尽伤痛。

祝薇说邢之效背着她偷偷哭，季如整夜失眠，瘦了十几斤。她说他们兄弟情深，每个人都难受得要命，无法彼此安慰，最近不宜见面。我倒觉得应该聚在一起，痛快哭一场，别总憋着。过了许久，我忽然有一个猜想——难道他们怨王在野，认为是他导致了悲剧发生？"灵鹿森林"是王在野的创意，被郎林御利用，最后一刻，是王在野找上门去，随后便发生了郎林御之死。

这想法令我如坠冰窖，我赶紧抛开它，它却萦绕不散。他们到底是故意疏远还是各自疗伤，王在野是否有同样疑问？我不敢想，替他难受，最好是我想错了，否则，这寒冷让人无法堪负。

徐傲朵拒不见我，悄悄搬了家，把我寄存在她那儿的物品都寄了回来。岳浪等人依然与我们亲厚，频频通过我探听王在野的近况。岳浪对我道歉，说没保护好我，辜负了王在野的嘱托。我被谢万安带走那天，谢万安还叫了其他帮手，用声东击西的方法引开了保护我的人，等他们回来，我早已被带走了。后来他一路追踪，每次都晚一步。

严羽攒了一堆公司的事务，犹豫是否请示王在野。我让她自行处理。工作或许能帮王在野振奋精神，但我觉得总得给他养伤的时间，用工作转移他的注意力不是长久之计。王在野早有将公司交给严羽管理的打算，不如借机完成交接。

王在野只字不提郎林御。他时常凝望虚无，神情木然，整日不说话。他的眼中有春秋过往，有烈火惊雷。或许在无声的凝视中，他又回到那生死诀别的一刻。偶尔，他的神情变得异常冰冷，仿佛与某个无形的敌人对视，将遭受的攻击通过目光如数奉还。

生活沉闷至极，大家都小心翼翼。我希望生活能有些波澜，又怕控制不好水花。我默默遵循每天一百句话的习惯，哪怕是念书给王在野听，希望我的"健谈"能带动他的开朗，结果收效甚微。

一天，我们正在吃饭，王在野突然注视窗外。对面的楼冒出黑烟。着火了！下一秒，他扔下筷子冲出门。他干什么去了？救火？

我跟着跑下楼。邻居都出来了，有的帮忙救火，有的拨打火警电话。消防队很快赶到，开始灭火。这时，王在野从冒烟的楼道里跑出来。我迎上去，问："你干什么去了？"

他被烟呛得猛烈咳嗽，一边从人群中向外走一边说："切断电源，避免发生电气类二次火灾。"

我心疼地抱住他，说："以后不许去。出了事怎么办，你又不是专业消防员。"

他咳得弯下腰，好半天才止住，说："我可是见义勇为，你不夸夸我？"

我跺脚，"夸你！你要没事，那叫见义勇为，万一发生意外，你就是愚蠢莽撞，到时候谁夸你？"

不等我说完，他一把抱住我，抱得那么紧，万分珍惜，勒得我有些疼。他的咳嗽带得我的身体跟着震动。他已经许久没表露过情绪，喜怒哀乐都藏着。

这一个深拥让我感慨万千，一时说不出话，好一会儿才低声说："以后不许逞强。我不管别人，我只要你好好的。你最重要。"我需要他，很多事需要他，他得保重自己，不能轻易涉险。

他声音极轻微地说："我不会让自己有事，否则后半辈子谁陪你。"我用力点头。我懂，平淡的一句话，既是安抚，又是承诺，更是他对自己的激励。

啊，王在野冰封的心复苏了，这一刻，他才真的从河灵市回来了。

我们紧紧相拥。他说："我在，别怕。"

紧绷的弦松弛了，无形的壁垒消失了。他不再辛苦地维持平静，至少在我面前，他会展现悲戚、忧郁、黯然神伤。每当这时，我便默默倚靠他，既是无声的抚慰，又能分散他的注意力。他拥抱我，将我贴在胸前，用来压制心痛。

伤痛终将平复，心底的刺将被岁月麻醉，然后尘封。

河灵市的政治生态和社会风气逐步清明，昔日对手已成亡虏。猎人小队早已解散，精力转至公司业务。圆溪领海公司高层更换，"灵鹿森林"项目恢复正常，业内一位经验丰富的前辈受邀主持大局。

严羽说圆溪领海公司内部为了王在野吵翻了天，有人提议请王在野回来，说他是"灵鹿森林"的核心关键人物，不可或缺；有人持相反意见，认为他能力强，个性更强，难以控制，恐影响团队稳定。

严羽说："我不明白这有什么好讨论的。早该把他请回去！现在的公司领导眼瞎了？"

岳浪说："真替他不值。他付出那么多。"

小林说："现在回去他得气死。'灵鹿森林'的方案又调整了，把大量工业用地调整为住宅用地。'灵鹿森林'都快变成房地产项目了。这是他极力反对的。"

他们在电话中与我讨论，被王在野听到，王在野冷淡地说："能人有的是，何必考虑我？"严羽和岳浪以为他说的是气话。他们担心圆溪领海公司真的不来请王在野，担忧他从此消沉，他是那么热爱这个项目。

我说："不会的。他可是王在野。他的抱负岂止一个'灵鹿森林'。"

真的不会的，圆溪领海请王在野他也不会去。我们这种人，对平常事物漠然视之，感情都攒着，等遇到真正值得的人或事便全数倾注，如山呼海啸一般强烈，一旦受伤，也伤得极重，近乎不治。余生，王在野绝不会再踏足河灵市，永远不再沾"灵鹿森林"。这项目耗尽他的心血，吞噬他的朋友，他满怀热爱空余恨。如果可以重来，我猜他宁愿从未闪现过有关它的灵感。

　　我喜欢写作，结婚前常写，写完发在微博上，婚后写得少了。王在野问原因，我答："当我对现实不满，就写一个我喜欢的故事。遇见你，你满足了我所有的想象，我不需要借故事让自己开心了。"

　　"希望你将来写一个关于我们的故事，我们所有人。"

　　我说："很难。我身在其中，写的时候不能保持客观。读者喜欢大团圆结局，最好先在万众瞩目下进行天地对决，坏人大败，最后大团圆。"

　　他说："哪有那么多大团圆？即使天纵英才，也难免力有不逮。现实生活中，烂尾的项目，夭折的计划，比比皆是。朋友反目，劳燕分飞，加班一宿，一个停电搞丢所有，今天摔倒，明天还得爬起来再战，这才是人生。弃我去者，昨日之日不可留。明天在我们手里，我们能把明天过成好日子。"

　　软件公司在北京设立子公司，即将开业剪彩。我换好礼服。王在野打量我，说："少了一样东西。"他取出黑丝绒首饰盒，拿出婚戒为我戴上，说："WZY，我把自己交给你。"我捧着手，心灼热。

　　我为他戴戒指，问："WXYR 是什么意思？"

　　他对我发现戒指的秘密并不感到意外，说："我心易燃。"

　　我热血沸腾。这么简单，我早该想到的。王在野温柔敏感，天真赤诚，极易被打动，只是外表漠然。

　　我忽然无比心疼。恩师堕落，挚友离散，视若拱璧的电力拒他于千里，呕心沥血的项目遗落旁人，外界对他的误解从未停止，一桩桩、一件件，无不在扑灭他心头的火焰。他不做无谓的冒险，他没有泛滥的善良，他的狠绝令人闻风丧胆，他的柔软谁人得见？人人道他无情，他的无情中隐含深情，他的深情对某些人便是无情。他惯于沉默，不屑言表，将所有情绪藏在平静之下。"我心易燃"是他的自我认定，今日再读，让人尤为感慨。易燃之心，却被风刀霜剑围攻，捧薪者寥寥。

或许，王注定都是孤独的。

我替他委屈，不禁落泪。他明白我感慨何来，轻声哄："别哭了，眼睛刚好点，不许哭。"我抽噎着点头。他为我擦泪，温和地说："你可是公司副总经理，要剪彩呢。妆花了，照相不好看呀。"

这个在暴风雪中冻伤的人是如何以一副平和的样貌继续前行的？

我唯有紧紧跟随，他每次回首，我都在。

尾 声

经营数载，软件公司的业绩蒸蒸日上，产业电力监测系统已布局大半个中国，并远销海外。王在野在新领域成为龙头，是近几年最受瞩目的青年企业家。业务与电力紧密相关，他的才干、专业性和号召力体现得淋漓尽致。房地产业经历剧烈震荡。人们猜测王在野是否提前预判了形势，因此退出十鹿镇开发项目，从此他的传奇色彩又增一分。

王在野将精力集中于工作，神清骨冷一如往日，平和淡漠更胜从前。往事无人碰触，其间曲折渐渐随岁月淡去。没有人知道，他也不会记得，一天晚上，他自斟自饮，酩酊之际，他对着衣架说："老郎，起来，该走了。"他拍打大衣，宛如拍打某个人的肩，"你再不起来，我不管你了。"最后，他抱着衣架沉沉睡去。

远方，偶有故人的消息传来：徐傲朵成为驻外记者；肖添添有了宝宝；谢万安因表现良好被减刑；岳浪开了新酒馆；路常轩与夏暖结婚了，远走他乡……

我放下手中梅花，它来自玉措。北国飘着小雪，江南柳绿桃红，又是一年春。

这一生得失不由己，累了可以停下休息，休息够了就继续走，不逃避，不放弃，要漂漂亮亮走到终点。

看，曾经消极的我也能说出这样的话了。我长大了，也成熟了。

书房中，白色小苍兰幽幽吐芳。王在野伏案工作，认真的模样无比动人。无论已共度多少时光，他依然令我心折。

我走到椅子后面，从身后搂住他的脖子。他握我的手，温存地贴在脸上摩挲，问："怎么了？"

我轻轻说："爱你。"

他微笑，反手抱住我，吻我的手，说："来，帮我看看这个方案。"

能帮他是我最大的快乐，况且，这是我们共同的事业。我坐在他身边，瞥见桌角的座右铭，他清秀俊逸的笔迹写着：

高仞深壑，跋涉不惰。

江海飘摇，颠沛沧波。

孤胆豪掷，万难无惧。

所求皆枉，犹唱高歌。

初稿完结于 2022 年 12 月 27 日

终稿完结于 2023 年 12 月 23 日 北京

同袍惜陌路，风雪自高歌

——《王在野》后记

都是第一人称的故事，《寇据金銮王在野》写的是易若然，《冷月明霜王在野》写的是王在野。

《寇据金銮王在野》源自一个白日梦。如果有一天撑不下去了，心中的戾气、怯懦、自卑等负面情绪压过了希望，总想放弃、想逃避，怎么办？我斟酌许久，写下这篇文章。

困难可能来自外界，但最后，我们要战胜的永远是自己。所谓战胜并非否定，而是促使自己更强大，犹如新生。逃避不是办法，幻想中的乐土不一定是乐土。无论多难，只要不放弃，下一秒，说不定会有美好的事发生。换一个角度，换一种活法，世界或许从此不同。

帮易若然逃生的是王在野，然而认清她、使她终成王者的是她自己。当她身上散发光芒，便是她肯定自我之时。

有了《寇据金銮王在野》，才有《冷月明霜王在野》。

为细致刻画人物，难免用了大量笔墨。要避免人物符号化，需要通过情节设计凸显人物性格，而不是硬说他是什么样的，得让读者感同身受，同时，作品需紧密结合时代，反映当下世风。于是，虚实结合，以点带面，力求生动。荦荦大端，委曲小变，皆着本意；惊雷细雨，详略交相，皆应核心。

结局改了三次，这一版写完，我感觉人物终于完整了，故事的起承转合更趋合理。

故事通过易若然的视角探究王在野，从多个角度进行描绘，透过表象触碰内在，使王在野的形象由模糊变得清晰。在易若然对王在野的追寻中，各色人物陆续登场，诡计多端的夏暖，情深致愚的路常轩，为爱痴狂的谢万安，真挚友善的祝薇，盲目自大的来自新，等等，事业线、感情线，多线并进，以展现人物的多面性。

　　王在野行事不循常理，锋芒毕露，我行我素，如澧兰沅芷，不入俗流，惊艳了世人，也遭人嫉恨。他看似锐不可当，所向披靡，实际上他的愿望总是落空，是个失意人。他刚正不阿，守着心中净土。他热爱电力事业却不得入，只能辗转迂回，从外围接近。他尊重师长，却收获失望，理想遭到重创。他外表霸道冷漠，实则重情重义，虽偏激却坦荡。他屡遭冤枉，朋友的误解和离散最让他难以释怀。他勤勉敬业，用尽浑身解数保住项目，自己却与之无缘。他心牵一人，情路坎坷，历尽波折。昔日志同道合的伙伴各有境遇，渐成陌路。风雪虽盛，他不辍前行。

　　书如人生。每天都有收获，每天都在失去。世事岂能尽如人意，唯无愧于心，足矣。

星光照进孤独

2023 年 12 月 23 日